L Mercier
agosto 2006

El lenguaje secreto del Jin-Shei

Alma Alexander

El lenguaje secreto del Jin-Shei

mr · ediciones

Publicado originalmente por HarperCollins.
Este libro ha sido publicado gracias a la intervención de Anderson Grinberg Literary Management, Inc., y Sandra Bruna Agencia Literaria, S.L.

Título original: *The Secrets of Jin-shei*

Paseo de Recoletos, 4. 28001 Madrid
www.mrediciones.com
Primera edición: junio de 2006
ISBN-13: 978-84-270-3295-8 (rústica)
ISBN-13: 978-84-270-3288-0 (tapa dura)
ISBN-10: 84-270-3295-1 (rústica)
ISBN-10: 84-270-3288-9 (tapa dura)
Depósito legal: M. 21.717-2006
Preimpresión: J.A. Diseño Editorial, S.L.
Impresión: Brosmac, S.L.

Impreso en España-Printed in Spain

A las mujeres que conformaron mi vida

a mi abuela
por su amor incondicional

a mi madre
por su orgullo a veces profundamente desconcertado

y a mi propio círculo del jin-shei
(vosotras sabéis quiénes sois)
por todo

Cuando yo era una niña y el mundo se quebró, pensé que mi vida se quedaría siempre rota por aquella noche en las montañas: el día anterior, el día posterior. Nada volvería a ser igual. Recuerdo ese ruido como de trueno cuando llegó el terremoto, el olor a sangre y cenizas en el aire, la sensación granulosa en mi piel debido al polvo del palacio destruido y el sabor metálico del miedo y la pérdida en la lengua. Recuerdo la sorpresa que sentí al ver salir el sol aquella mañana. Pero el sol salió, como siempre hacía, como siempre haría. Yo viví y el mundo que conocía murió.

Crecí en este mundo nuevo y pensé que nada volvería jamás a hacerme daño.

Era tan joven..., muy, muy joven.

Pero pronto aprendí que hay muchos lugares donde el dolor se puede esconder en esta vida terrenal que nos dan para vivir, fuera del reino bendito de Cahan, los Tres Cielos donde moran los Inmortales. Fui amada por aquellos que nacieron para amarme, mi madre, mis hijos, y por los que decidieron amarme, mi esposo y las hermanas de mi corazón. Los perdí o sobreviví a todos; ahora soy una anciana y a la luz de las estrellas espero a que el sol salga otra vez en un nuevo día, aguardo el momento en que salga el sol y vea el amanecer en las orillas de ese río que debo cruzar antes de estar de nuevo con aquellos a los que he amado.

He vivido en tres reinos imperiales. La mía fue una época de amor y fuego, de dolor, de pérdida, de alegría, de pesar, de risas, de codicia y arrogancia, de sueños y traiciones. Era el mundo de la familia, de los antepasados y del vínculo del jin-shei, *la hermandad de mujeres que conformaron la sociedad en la que yo nací. Pertenecí a mi mundo y éste me pertenecía a mí; y, sin embargo, no era más que un diminuto rincón del Imperio en el que también yo desempeñé un pequeño papel.*

Todas las mujeres de Syai reciben el don del juramento secreto, la promesa eterna, el vínculo que no se rompe. Compartí mi vida con una alquimista, una sabia, una guerrera, una nómada, una cabecilla de los rebeldes, un espíritu amoroso y una Emperatriz que soñaba con la inmortalidad y estuvo a punto de destruirnos a todas. Los años de la hermandad. Los años del jin-shei.

KITO-TAI
Año 28 del Emperador de la Estrella

PRIMERA PARTE

Liu

Soñamos en Atu hasta que volvemos a ser llamados
a las lágrimas y al precio de la vida
y nacemos, y aprendemos a caminar de nuevo
en Liu.

QIU-LIN, año 3 del Emperador de la Nube

UNO

Había sido el verano más caluroso que se recordaba. Las cartas que llegaban al Palacio de Verano de los que se habían quedado para abrasarse en la corte imperial en Linh-an no paraban de quejarse del sofocante y bochornoso calor que les envolvía y asfixiaba hasta hacerles jadear. Las enormes nubes púrpura que se formaban cada día en el cielo blanquecino no traían nada salvo tormentas secas y el distante rumor del trueno. Y apenas era mediados del mes de Chanain. El verano acababa de empezar.

Pero se quedaban pocos en Linh-an. En el Palacio de Verano, en las montañas, aunque también hacía suficiente calor como para que los criados, con enormes abanicos de plumas de pavo real, se situaran junto a las camas de las mujeres reales hasta que se quedaban dormidas, uno podía alzar los ojos a las lejanas cumbres nevadas y consolarse al evocar su frescor. En los jardines siempre corría la brisa, susurrando en las hojas de los magnolios enanos plantados en torno al patio interior. Era agradable entretenerse allí a primera hora de la mañana, cuando empezaba el coro de pájaros, o a media tarde con sus largas sombras y luz dorada. Las voces de los grillos silvestres se mezclaban con las de los que estaban cautivos en diminutas casas de mimbre que colgaban ocultas en los árboles. Había frescos estanques y surtidores de los que caía el agua sobre la piedra lisa y gris jaspeada que una Emperatriz, fallecida mucho tiempo atrás, había traído desde muy lejos para adornar sus jardines. Había flores blancas y rojas, algunas con un reflejo dorado y otras con gruesos pétalos color púrpura que sacudía la brisa. Y había mariposas.

Fueron las mariposas las que llevaron a Tai allí. Ella no pertenecía a la corte, ni siquiera al séquito de la misma; por derecho no le correspondía tener acceso a los jardines imperiales. Pero la vida imperial era complicada. En Linh-an, la gran capital, la vida de las mujeres de la corte se regía por interminables normas de etiqueta y protocolo. Había que ver a gente, recibir a los que venían a hacer peticiones; las princesas y concubinas de más alto rango tenían su corte propia, y se esperaba que honraran con su presencia las ceremonias públicas y atendieran los asuntos cotidianos de sus respectivos hogares. Todo esto requería unas reglas estrictas respecto al atuendo y los adornos. El verano era la única época del año en que a una mujer de la corte imperial de Syai le estaba permitido aparecer fuera de su dormitorio sin las horas obligatorias de preparación y perfección. Aquí, en el Palacio de Verano, la corte estaba de vacaciones; las mujeres tenían permiso para llevar el pelo suelto, salir de la reclusión de sus habitaciones sin el pesado ceremonial de las túnicas de exterior, ir descalzas por los jardines...

Y el verano era la única época en que las damas tenían tiempo para dedicarse a la preparación del atuendo ceremonial necesario para la Corte de Otoño, en la que todas tenían que aparecer para señalar su regreso a Linh-an después de sus diversiones veraniegas. Todo el mundo necesitaba una serie nueva de túnicas para esa ocasión, y el Palacio de Verano siempre era un feliz revoltijo de rollos de suntuosa seda, brillantes terciopelos, pieles para forrar capuchas y esclavinas, y un millar de bastidores de bordar con flores y colibríes a medio terminar.

La madre de Tai, Rimshi, formaba parte del séquito que las damas imperiales se llevaban al Palacio de Verano. Rimshi era una artista con la aguja. Podía transformar la seda, el terciopelo y el brocado en elegantes vestidos y sus servicios estaban muy solicitados. Desde que se había quedado viuda, hacía ya tres años, Rimshi se llevaba a Tai con ella al Palacio de Verano. Tai acababa de cumplir los seis años cuando fue allí por primera vez pegada a las faldas de su madre y todo el mundo la mimaba y le daba dulces y la ropa que las princesas desechaban, porque no estaba bien visto que vistieran en público dos veces la misma prenda. Tai tenía un armario lleno de lujosas túnicas que su madre reformaba con esmero y convertía en ropa adecuada para ella. Ahora tenía nueve años y ya se había convertido en alguien tan habitual en los jardines del Palacio de Verano que a nadie se le ocurría cuestionarse siquiera su presencia allí.

Encontraba algún rincón recogido en el patio y soñaba durante las ociosas mañanas estivales escuchando el coro de grillos y observando las mariposas de vivos colores revolotear de flor en flor, cuyos tonos de blanco, azul, violeta y vivo naranja contrastaban con los capullos y el follaje. Uno de los regalos que había recibido aquel verano en particular de una aburrida concubina real que no dominaba el arte de utilizarlas, era un juego de tizas de colores y un fajo de gruesos papeles de hilo de color crema. A Tai le encantó la idea de dibujar los somnolientos jardines de verano. Se estaba empezando a hacer una idea de cómo se utilizaban las tizas y sus primeros esfuerzos fueron toscos y chillones, al haber cambiado lo que estaba acostumbrada a utilizar: pinceles, tintas y el barato papel delgado que podía conseguir en su casa de Linh-an. Pero estaba aprendiendo y esas sorprendentes mariposas eran su tema favorito.

Una calurosa tarde, sentada a la sombra salpicada de luz de un viejo y retorcido castaño, con los pies recogidos recatadamente bajo su túnica, ajena a todo lo que la rodeaba, estaba dando los últimos toques a un dibujo de asombrosa delicadeza cuando se sobresaltó al oír una voz detrás de ella.

—Es realmente muy bueno —comentó la voz de una mujer joven, que parecía a un tiempo altiva y afectuosamente aprobadora.

Tai, que había hecho una pausa en su trabajo y había estado sentada con los ojos cerrados y la cabeza levantada en actitud de concentración, dejó caer el papel y se puso en pie con torpeza. La voz era patricia, aristocrática y, en cualquier caso, todo el que estuviera en aquel jardín tenía que formar parte de la corte imperial y no era correcto, según las normas de la etiqueta, que Tai estuviera sentada en presencia de una mujer de la corte.

La voz pertenecía a alguien tal vez sólo unos años mayor que Tai, pero incluso en la permisiva forma de vestir del Palacio de Verano no era posible confundir su rango. Llevaba una ligera túnica de verano que dejaba sus brazos, dorados por el sol, indiscretamente desnudos, pero su cabello relucía y estaba recogido en gruesas trenzas negras con perlas bajo un sombrero de ala ancha que daba sombra a su pálida tez. Tenía una mano apoyada en el tronco del castaño, colocados sus largos dedos con la elegancia de alguien educado para que todos sus movimientos fueran distinguidos. Tenía los ojos oscuros, rasgados y con un toque de kohl; lánguidos, amistosos, pero con un claro destello imperial acechando en las comisuras junto con un asomo de risa incontenible.

Tai hincó una rodilla en el suelo, bajando la vista.

—Oh, no —dijo la Princesa, haciéndole señas de que se levantara—. Estamos en verano. Hace demasiado calor para el protocolo. Dibujas bien. ¿Cómo te llamas?

—Tai, alteza...

—¿La hija de Rimshi? Creo que te presentaron a mí en una ocasión. Hace un año o tal vez dos. Has crecido.

Tai buscó frenéticamente en su memoria. Le habían presentado a varias damas imperiales, pero ¿una tan joven? Esta Princesa no podía tener más de catorce o quince años; eso significaba que... debía de tener unos trece años cuando Rimshi le había presentado a su hijita. No podían haber sido muchas...

No había muchas. Sólo había una. Antian, Primera Princesa, Pequeña Emperatriz, la heredera del trono de Syai.

Tai, que había empezado a ponerse en pie siguiendo la petición de la Princesa, hizo una reverencia.

—Su alteza imperial —dijo.

—He dicho que te levantes —dijo Antian—. Reconozco tus utensilios. Hsui nunca ha sabido utilizar la tiza como es debido. Me alegro de que haya tenido la sensatez de regalárselos a alguien que puede hacer mejor uso de ellos. ¿Sueles dibujar con los ojos cerrados?

Esta pregunta fue inesperada. Tai parpadeó.

—¿Princesa?

—Eso es lo que me ha hecho acercarme a ti —explicó Antian con paciencia—. Te he visto desde el otro lado del patio, te concentrabas en tu arte y te quedabas aquí sentada con los ojos cerrados alternativamente... y a veces tus manos se movían sobre el papel aun cuando tus ojos estaban cerrados. Eso me intriga.

Tai sonrió.

—Cierro los ojos para ver —dijo.

Ahora le tocó a Antian sorprenderse.

—¿Cierras los ojos para *ver*?

—No sé dibujar del natural —contestó Tai—. Veo las mariposas en las flores, pero antes de poder dibujarlas con mi mano tengo que cerrar los ojos y dibujarlas en mi mente.

—Ah —dijo Antian con suavidad—. Me gustaría echar un vistazo más de cerca a ese dibujo.

El primer instinto de Tai fue esconder el papel tras su espalda, un gesto infantil, tan natural como inútil.

—Princesa..., no es muy bueno... todavía...

Antian le tendió la mano. La obediencia y la deferencia, cosas que Tai había aprendido con esfuerzo y con las que se había criado, vencieron a la inseguridad; reacia, le entregó el papel. Antian examinó el boceto, dándose golpecitos en el labio inferior con las yemas de los dedos de la mano libre.

—¿Todavía...? —preguntó por fin—. Esto está terminado, si en verdad eres una principiante.

—He dibujado con tinta, Princesa, sólo modelos, después en seda...

—¿Seda?

—Bordados. Mi madre se ha asegurado de que practique el arte de la aguja.

—¿Tú bordas...? —preguntó Antian, alzando una ceja—. ¿Lo haces bien?

—Lleváis puesto algo de mi trabajo, Princesa —contestó Tai incapaz de disimular una sonrisa.

Antian bajó la mirada a la parte inferior de su túnica, donde estaba bordado un dibujo de estilizadas aves en hilo de color rojo.

—¿Esto lo has hecho tú? —preguntó, levantando el borde de su falda para observarlo mejor, con aspecto de estar impresionada.

—El dibujo y el trabajo de aguja —dijo Tai.

Antian soltó la túnica, se enderezó y le devolvió el dibujo con un ligero ademán.

—Me interesas —y sonrió levemente a Tai—. Volveremos a hablar.

Tai se inclinó en señal de obediencia:

—Princesa...

Pero ésta ya se había ido, haciendo un leve gesto para que su séquito formado por cuatro asistentes se pusiera en fila a su lado. Tai levantó la cabeza y vio el sombrero de paja inclinado mientras la Princesa decía algo a alguna de las cuatro damas que la habían esperado en el camino mientras ella se paraba a hablar con Tai; llegó el sonido de risas suaves hasta donde ella se encontraba con su dibujo a tiza aún en la mano.

La luz había cambiado y el sol casi estaba hundiéndose tras las montañas en el oeste. El palacio estaba construido pegado a una de sus laderas; sus jardines tenían gradas, sus patios estaban guardados por altos muros, así como las habitaciones de las mujeres allí recluidas, pero había una serie de terrazas que daban al jardín que quedaban casi suspendidas en la montaña, separadas del precipicio sólo por una balaustrada de piedra tallada, y desde las que se divisaba el empinado valle extendiéndose hacia el oeste, lo que constituía una vista imponente. A la hora de la puesta de sol la estrecha cinta que era el río, abajo, muy abajo en el valle, se convertía en una delgada madeja de hilo de oro; sólo durante unos minutos, cuando el ángulo del sol era el correcto, un río de oro discurría hacia el misterioso oeste. Tai no podía creer que ella fuera la primera en haber descubierto este momento de belleza, pero o bien todos los demás ya estaban cansados de ello o quizá las terrazas ponían nerviosos a los visitantes, porque siempre era la única que acudía allí cuando salía a realizar sus peregrinajes a la hora de la puesta del sol.

Ese día, distraída por el encuentro con Antian, iba tarde... casi demasiado tarde. El resplandor ya empezaba a desaparecer cuando llegó al lugar donde siempre se situaba. En general se marchaba con el sol, iba allí sólo para saludar al ocaso, pero esta vez se quedó, contemplando cómo el cielo al oscurecerse pasaba del color amatista al violeta y por fin al azul oscuro, casi negro. Observó las estrellas aparecer sobre las puntiagudas siluetas negras de las cumbres de las montañas y tuvo una sensación sumamente extraña de transitoriedad, como si todo aquello sólo fuera algo vislumbrado, como si al instante siguiente el mundo pudiera desaparecer y ella jamás volviera a ver el crepúsculo en la montaña.

Se quedó en la terraza, absorta en sus pensamientos y sueños, hasta que la piedra calentada por el sol en la que estaba apoyada se enfrió bajo su espalda, y entonces regresó a través de patios iluminados por faroles hasta las viviendas exteriores donde se alojaban ella y su madre.

—Llegas tarde —le recriminó Rimshi cuando entró en la habitación que compartían.

—Me he encontrado con la Pequeña Emperatriz —dijo Tai, tal vez a modo de explicación.

—¿Ah, sí? —exclamó Rimshi—. Tienes la cena en la mesa. Come y cuéntamelo.

—Llevaba un vestido que yo había bordado —explicó Tai.

—¿Y...? —Rimshi la apremió al ver que Tai no parecía tener ganas de hablar más.

Pero eso era todo lo que Tai tenía que contarle sobre el encuentro en aquel momento. El resto... aún estaba pensando en ello. «Volveremos a hablar», había dicho la Princesa. ¿Qué había querido decir? Su vida y la de Tai raramente coincidían; no habría sucedido de este modo si Tai no hubiera entrado a hurtadillas en los jardines imperiales para dibujar mariposas.

Rimshi no insistió. Ella y su hija mantenían una buena relación y ya llegaría el momento en que Tai estuviera dispuesta a hablar de ello.

—Es tarde —dijo cuando Tai hubo terminado de comer; fregó los platos y puso un montón de seda de color escarlata y una maraña de brillante hilo de bordar en la alfombra junto a la lámpara de aceite donde terminaría el trabajo del día—. La madera de la edad y luego a dormir.

La caja de la madera de la edad estaba al pie de la cama de Tai, como siempre. El pequeño cofre tallado que le habían regalado al nacer contenía el registro de los años; las pulcras bolsitas en las que se guardaban las ristras de cuentas de los años pasados, señalados con números en negro pintados a pincel con tinta y la delicada varita dividida en sus ristras de cuentas del año en curso. Siantain y Taian, finalizados, colgaban de sus ganchos: cuarenta cuentas en cada ristra, un registro de otra primavera de su vida que había pasado, otra primavera del reinado del Emperador del Marfil. La ristra actual, Chanain, el primer mes del verano, sólo tenía diez cuentas: la primera semana, con un nudo abajo. Esa noche finalizaba otra semana, Tai obedeció y extrajo diez cuentas de marfil de la caja y las ensartó con cuidado en la ristra de Chanain con ayuda de la aguja de hueso que iba unida al extremo de la ristra. Otra semana; ya había transcurrido medio Chanain y unas manitas cuidadosas habían hecho un nudo al final de las diez cuentas. Tai trabajaba concentrada; contar los días era casi un acto de devoción semanal para ella. Completada su tarea, miró a su madre en busca de su aprobación y recibió un gesto de asentimiento y una sonrisa.

Cumplido su deber, Tai se dedicó a una tarea menos exigente pero con la que siempre había disfrutado mucho. Fue a buscar su tintero, el pincel y el barato diario que le habían regalado el día de Año Nuevo, hecho de un papel tan delgado que se enrollaba sobre sí mismo al abrir su encuadernación en piel de vaca. Ese día tenía muchas cosas que escribir y nada en absoluto; durante un rato permaneció mordisqueando aún más el extremo de su pincel de madera y luego escribió con unas rápidas y nítidas pinceladas que dieron forma a las letras del *jin-ashu*, el lenguaje secreto que su madre le había estado enseñando desde que tenía seis años:

Encuentro con la Princesa. Le ha gustado mi dibujo. Llevaba mi bordado. Me he sentido orgullosa de ambos, aunque no creo que sea muy buena todavía con la tiza. He observado la puesta de sol desde la terraza, y el río dorado que discurre hacia el oeste, como siempre. He visto salir las estrellas. Hoy algo ha cambiado.

DOS

Tai se mantuvo apartada de los jardines interiores durante varios días después de su encuentro con la Pequeña Emperatriz. No podía decir por qué, pero se sentía feliz y asustada por su encuentro con Antian y algo en ella prefería evitar que se repitiera hasta que pudiera aclarar sus ideas.

Se dedicó a ser útil a su madre. Había sido bien enseñada por una reconocida artista, y a pesar de su tierna edad, ya era una experta costurera y bordadora, poseía dotes para el diseño y para transformar de forma meticulosa un boceto o una simple imagen mental en un magnífico bordado para una prenda para la corte. El borde del traje de Antian era sencillo, un ejercicio de los primeros tiempos. Pero esta vez Rimshi había confiado a su hija un bordado en oro, con dibujos que incluían perlas y pequeñas piezas de cristal de color y complicados remolinos que representaban dragones y serpientes de agua. Tai había estado trabajando durante algún tiempo en un diseño en particular que representaba la forma estilizada del símbolo de Tierra Hembra del Búfalo —su propio signo natal—, sus pequeñas y cuidadosas puntadas cubrían el dobladillo y los bordes de una gruesa túnica exterior formal de seda dorada con brocados; empleó los días del exilio de los jardines que ella misma se había impuesto en terminar esta compleja tarea. Cuando entregó la túnica terminada a Rimshi para que la examinara, su madre le sonrió, tapándose la boca con una mano como tenía por costumbre para ocultar un diente que le faltaba.

—Ésta es para tu amiga —dijo Rimshi.

Tai no preguntó a quién se refería. Lo supo de inmediato. Sus mejillas se sonrojaron.

—¿Para la Princesa? ¿Esto es para la Pequeña Emperatriz?

—La misma. No puedes evitar lo que hay ahí para ti —comentó Rimshi de un modo bastante críptico. A veces le daba por mostrarse profética.

A la mañana siguiente Tai volvió al jardín, temprano, cuando en las flores aún quedaba el rocío del verano que se secaba tan rápidamente. Algunas todavía estaban cerradas, aguardando soñolientas a que el sol iluminara los altos muros y derramara su luz dorada en el patio, y otras estaban abiertas, respirando impacientes el aire de la mañana. Ya hacía calor.

Se había traído sus utensilios de dibujo, pero el jardín aún se hallaba adormilado y apenas empezaba a cobrar vida. Raras veces salía a las terrazas por la mañana, porque su tesoro era la puesta de sol, aunque decidió hacerlo y sentarse a contemplar las montañas hasta que las mariposas regresaran a los patios interiores.

Creía que allá fuera estaría sola, pero ahogó un grito, sobresaltada, cuando al acceder al liso pavimento de piedra de la terraza con el papel y la tiza bajo el brazo, vio que ya había alguien allí.

Alguien con el cabello peinado en dos largas y sencillas trenzas negras, sin adorno alguno, que le llegaban casi hasta las rodillas, vestida con una túnica sin mangas cuyo borde Tai reconoció. Alguien que se volvió al notar su presencia y sonrió haciéndole señas de que se acercara.

—Te he buscado en el jardín —dijo Antian con un levísimo tono de autoridad en la voz.

—He estado trabajando en una túnica —comentó Tai. Y después, sin poder evitarlo, sonrió—. Tuya, Princesa. La de la cenefa del Búfalo. Tengo el mismo signo.

—Todavía no la he visto —Antian le devolvió la sonrisa—. Tengo ganas de hacerlo, ya que conozco la mano que la ha hecho. ¿Has estado dibujando?

—Estos últimos días no, Princesa.

—Llámame Antian —dijo ella con un gesto de la mano—. Estamos solas y no hay necesidad de seguir el protocolo en este lugar, a medio camino entre el cielo y la tierra.

—Vengo aquí al atardecer —dijo Tai con cautela.

—Y yo por la mañana —repuso la Princesa con una risita—. Y nadie más, que yo sepa, viene nunca.

—¿Por qué? —preguntó Tai, contemplando el valle y el río a sus pies.

La luz era diferente, brillante, una luminosidad blanca que se desprendía del sol matinal de verano; casi borraba de la vista las altas montañas de tan intensa como era—. ¿Por qué por la mañana? No se ve nada.

—Dispongo de menos tiempo para mí por la tarde —dijo Antian—. Háblame de lo que ves cuando vienes.

Y Tai describió, primero con vacilación y luego con creciente confianza, el río dorado que discurría hacia la puesta de sol y luego aquello que había captado por primera vez el otro día, las estrellas que aparecían en el firmamento de verano. Antian escuchaba sin interrumpirla, hasta que Tai calló y respiró hondo, brillantes aún sus ojos por su visión. Se dio cuenta de que la Princesa la estaba observando con una leve sonrisa de admiración que iluminaba sus rasgados ojos oscuros.

—Tienes un don —dijo—. Tienes la vista y la lengua de una poetisa. No sólo a través de tus manos sino a través de tu corazón y tu mente, de lo que ves y lo que oyes —hizo un gesto de impaciencia con la cabeza—. Muy pocos de los que me rodean poseen esa habilidad para pintarme un retrato: con tiza, con hilo, o con palabras. Un día vine aquí a la puesta de sol y vi estas cosas de las que has hablado. ¿Te gustaría venir a vivir a mi casa?

Esto último fue inesperado, una pregunta que se salía del ámbito del resto de las palabras de Antian y agredió a Tai con la fuerza de un golpe en el estómago. Abrió mucho los ojos, con consternación, pero lo que le salió fue algo que la sorprendió, algo que, si hubiera tenido la más remota posibilidad de pensar, jamás habría podido decir.

—No, Princesa...

Se quedaron mirándose fijamente con perplejidad mutua, una porque no estaba acostumbrada a que la rechazaran, la otra porque no podía creer que acabara de pronunciar esas palabras de rechazo a una Princesa imperial.

Pero Tai sabía por qué había dicho lo que había dicho. Apremiada a dar explicaciones, a retirar aquel «no» que se le había escapado, levantó la mano con la que todavía sostenía sus tizas y su papel.

—Princesa... Antian... yo... me siento muy honrada... pero mi madre me ha dicho...

—No te pongas así. No eres una esclava y no te compraré con oro —observó Antian con la voz extrañamente triste—. Me gusta la forma en que me haces ver las cosas. Eso es todo.

—Mi madre me ha contado cosas de la corte imperial —dijo Tai—. De cómo ha de hacerse todo, que la vida de cada uno está programada y controlada, que tienes que estar segura de que tu pelo está en su sitio y tus manos en la posición debida y que no se te permite sonreír ni hablar ni mirar hacia donde no se espera que mires...

—Sí —asintió Antian—, lo sé.

—Yo también debería hacerlo y eso significaría... que no podría contemplar las mariposas...

—Lo sé —repitió Antian, esta vez con un suspiro—. Tienes razón. Es una vida que ata. Hiciste la túnica del Búfalo con visión, pero yo la llevaré con ceremonia. Sólo es que deseaba... que alguien me permitiera ver las cosas que la pompa no me permite ver —levantó la mirada hacia las almenas que había detrás de ella, nivel tras nivel, y se irguió—. Probablemente debería irme ya —dijo, adquiriendo de pronto una curiosa formalidad—. Espero verte pronto en los jardines otra vez, Pintora de Mariposas.

—Espera —le pidió Tai siguiendo un impulso cuando la Princesa se giraba para marcharse. Antian volvió la cabeza, vio que Tai revolvía entre sus hojas de papel y extrajo el dibujo en el que había estado trabajando el día en que Antian la había visto por primera vez en los jardines. Se lo ofreció con aire tímido—: Me gustaría... que te quedaras con esto... si quieres.

Antian, con una sonrisa en los labios, tomó el dibujo algo manchado.

—Gracias —hubo un instante de vacilación, como si hubiera estado a punto de decir algo más y se hubiera contenido, y entonces inclinó la cabeza en un leve gesto regio, se dio media vuelta y se marchó.

Tai se quedó en la terraza largo rato, sola, contemplando el valle.

* * *

—A la Pequeña Emperatriz le ha gustado su vestido —le comentó Rimshi a Tai cuando ésta regresó a casa aquel día después de una sesión de prueba con las princesas—. Le he dicho que casi todo era obra tuya y ha tenido la amabilidad de darme algo para ti.

Tai levantó la mirada con cautela.

—¿Para mí?

—Eso ha dicho —Rimshi alzó una mano para disimular su sonrisa—. Te lo he traído, toma. Ha dicho: «Dile a tu hija que esto es para las mariposas y para el río dorado».

Tai tomó el pequeño paquete cuadrado envuelto en seda roja y lo abrió para dejar al descubierto un librito, un diario con un centenar de páginas de un blanco reluciente, que esperaban ser escritas con pensamientos y visiones, encuadernado en suave y brillante cuero rojo con unas tiras también de cuero para cerrarlo. Las manos de Tai acariciaron la lisa encuadernación, abrió y cerró el libro varias veces. Acudieron a sus ojos unas lágrimas que no pudo explicar. ¿Esto, después de haberle dicho a Antian que *no*?

—Es precioso —dijo Rimshi, mientras observaba la reacción de su hija—. Al parecer te tiene en muy buena consideración.

—Le gusta lo que veo —murmuró Tai.

—Ah —exclamó Rimshi sin dejar de sonreír—. Entonces, utilízalo bien para compartir eso que ves.

—Mira —dijo Tai de pronto levantando una hoja de papel muy fino que estaba colocada entre la última página y la tapa posterior—. Aquí hay otra cosa.

—Parece una carta —observó Rimshi.

Tai alzó la vista, consternada.

—¡No sé leer cartas!

—Creo que ésta sí puedes —dijo Rimshi—. La habrá escrito en el lenguaje de las mujeres.

—¿*Jin-ashu*? ¿Las princesas también saben *jin-ashu*?

Todas las mujeres saben *jin-ashu* —murmuró Rimshi—. Es nuestro lenguaje, el lenguaje del *jin-shei*, transmitido de madres a hijas desde el principio de los tiempos, que nos permite hablar libremente de los pensamientos, sueños y deseos que la mujer lleva en lo más hondo de su corazón. De cosas que los hombres no comprenden y no tienen que saber.

Tai abrió con reverencia el papel doblado.

—Aquí sólo hay una cosa escrita —dijo.

—¿Qué dice? —preguntó Rimshi, aunque lo sabía, y el corazón le dio un vuelco al ver el regalo que había recibido su hija.

Tai alzó los ojos muy brillantes.

—*Jin-shei* —susurró.

«Tan joven...»

Rimshi tenía doce años cuando había intercambiado su primer juramento del *jin-shei* con Meilin, la hija y heredera de una familia que era propietaria de un próspero negocio de seda en Linh-an. En su taller la joven Rimshi por primera vez había visto hilo de seda, había tocado tela de seda y había bordado en ésta su primera y torpe muestra; todo ello cuando era aún más joven, cuando tenía mucho menos de doce años. Y luego la amistad con Meilin se había convertido en algo mucho más profundo y se habían pronunciado las palabras mutuamente: *jin-shei*. Después de aquello Meilin, varios años mayor y por tanto más experta, hizo todo lo posible para que el talento de Rimshi fuera advertido y la enseñaron y formaron en el arte del bordado de seda.

El *jin-shei* había determinado la vida de Rimshi; era el *jin-shei* lo que le había concedido el regalo de su oficio y era el *jin-shei*, con otra *jin-shei-bao* que había llegado a concubina del Emperador, lo que le había ofrecido el lugar donde practicarlo. Rimshi le había contado a Tai la segunda historia y ésta conocía toda la parte romántica, la gloria de la muchacha pobre pero bella llevada al Palacio imperial para ser Princesa. Tai sólo conocía la luz del *jin-shei*, sus alegrías; Rimshi había pensado que aún tenía tiempo de enseñar a su hija sus deberes y responsabilidades. Y ahora ahí estaba, se lo ofrecía una chiquilla que algún día sería Emperatriz.

Se podía rechazar, simplemente no respondiendo a la oferta, que había que contestar con las mismas palabras. Pero Rimshi miró el rostro de Tai y vio el brillo que había en sus grandes ojos y no se le ocurrió ninguna razón para que rechazara este gran regalo que le habían ofrecido. Quedaba tiempo aún, si Cahan quería, de contarle a Tai el verdadero significado de la hermandad. Había tiempo suficiente para todo.

Pero en aquellos momentos era una estrella, algo brillante y glorioso que iluminó a Tai e hizo resplandecer todo su ser con alegría.

—*Jin-shei* —repitió Tai casi con sobrecogimiento—. La Pequeña Emperatriz quiere que yo sea su amiga.

Rimshi rodeó los delgados hombros de su hija con un brazo y la estrechó con fuerza.

—La Pequeña Emperatriz —dijo— quiere que seas su hermana, mi Tai.

TRES

El verano envolvía Linh-an, la capital de Syai, como una mortaja. Las murallas de la ciudad brillaron bajo su luz mucho antes que las campanas de mediodía del Gran Templo. Pero fuera invierno o verano, el recinto de la guardia imperial tenía su rutina. Los reclutas siempre encontraban algo de lo que quejarse en cualquier estación del año. Cuando llegaba el final del otoño se quejaban de que tendrían que hacer sus entrenamientos bajo la fría lluvia; en invierno se lamentaban de los sabañones y de que se congelaban. Ahora, cuando empezaba a instalarse el verano, hacían sus maniobras en el patio de prácticas, con el sol que rebotaba en las grises paredes del recinto y con el empedrado cubierto de paja caliente bajo la fina suela de sus botas en las que sus pies resbalaban y sudaban. Las jerarquías del orden se observaban aquí como en todo Linh-an; las cohortes de elite hacían sus prácticas en el frío de la madrugada o a media tarde cuando las brisas vespertinas empezarían a refrescar sus brazos desnudos, bañados en sudor. Todo parecía muy fácil: las luchas coreografiadas con armas de un solo filo, de filo doble, bastones con punta de hierro o luchas cuerpo a cuerpo en el rincón del patio donde el suelo estaba sin pavimentar para reducir el riesgo de resultar herido. Llevaban pantalones negros, metidos en las botas, y las camisetas negras sin mangas utilizadas para las prácticas, hombres y mujeres por igual; un pañuelo atado en la parte baja de la frente les secaba el sudor que les resbalaba y les entraba en los ojos. Éstos eran los viejos profesionales, los supervivientes, tatuados sus brazos con la insignia de varios emperadores. El más anciano llevaba hasta tres o incluso cuatro; el colmillo del Emperador del Marfil, en la actualidad en el trono de Syai, y los signos que habían pertenecido al Emperador del Zafiro y al Emperador de la Serpiente. Dos incluso llevaban el del Emperador del Lapislázuli, los mayores de todos ellos, los mejores.

El cuadro actual de la guardia, guerreros de ambos sexos con un solo tatuaje o tal vez dos, se entrenaba inmediatamente después de las fuerzas de elite mientras las mañanas aún eran frescas en aquel sofocante verano, o justo antes que ellas, en el rielante calor que se derramaba en los patios a media tarde. Así el patio de prácticas quedaba libre el resto del día para los más jóvenes, los niños que eran formados por la guardia para engrosar sus filas.

A menudo éstos eran hijos e hijas de miembros de la guardia, aunque no les solían obligar a seguir la profesión de sus padres, y siempre quedaban huecos por cubrir. Y lo hacían con los no deseados, los huérfanos, los abandonados. La guardia los adoptaba, vestía y alimentaba, le debían su vida. No era un contrato de aprendizaje, pero en ciertos aspectos era peor. Aunque en teoría un niño así siempre podía marcharse, jamás se les permitía que olvidaran su deuda hacia la guardia, y cuando tenían edad suficiente para elegir por sí mismos no podían optar más que por la única vida que habían conocido. A veces se encontraban niños apenas destetados, aún en pañales, abandonados en el umbral del recinto de la guardia: huérfanos o hijos de familias demasiado pobres para ser criados por ellas. Éste era el linaje de Xaforn.

Lo único que Xaforn sabía de sí misma era que pertenecía a la guardia. Cuando la encontraron no llevaba nada consigo: ningún amuleto, ninguna nota, ni siquiera un nombre. Todo lo que era se lo debía a la guardia. Había empezado a observar a las fuerzas de elite en sus entrenamientos diarios cuando apenas contaba con cinco años, y por la época en que cumplió los siete y su propio cuadro de jóvenes había iniciado el entrenamiento básico de caídas, giros y gimnasia, ella ya había estado practicando algunas cosas por su cuenta y brillaba como un diamante. Era fuerte y tenía nervio, las piernas largas, prometía ser alta; el duro ejercicio físico diario la mantenía delgada y ágil. Al cabo de seis meses de iniciar el entrenamiento, había sido separada de los novatos que aún iban tropezando sin conseguir más que cardenales en sus entrenamientos y empezó como la discípula más joven del cuadro dos niveles por encima de los principiantes. Tenía dos, incluso tres años menos que el resto de su clase, y el hecho de que fuera mejor que muchos de ellos no le granjeó muchas simpatías. Ella lo prefería así. Era una de las pocas que aceptaba lo que la estación del año ofrecía sin decir una palabra, sin una queja; con los sudores del verano o los fríos del invierno ella formaba parte de la guardia y se entrenaba con atención y una silenciosa concentración que a veces asustaba incluso a sus profesores.

—Ésa pronto matará o la matarán —decían observando a Xaforn realizar sus ejercicios.

—La matarán entrenándose —añadían al verla desafiar a oponentes mucho más avanzados para practicar peleas y perder, y volver a desafiarlos con otra estrategia y otros movimientos, aprendiendo de cada derrota, de cada error.

—Me asusta —había murmurado en una ocasión uno de las elites de tres tatuajes, al observar a Xaforn tratando de perfeccionar una patada particularmente difícil, repitiéndola una y otra vez, perdiendo el equilibrio, negándose a aceptar la derrota—. Dadle unos años más en el patio de prácticas y enviaré a Xaforn a proteger el Palacio sola contra una invasión de bárbaros de las llanuras. Morirán de agotamiento antes de que ninguno de ellos se acerque a ella lo suficiente para herirla.

Xaforn no conocía este comentario, pero se entrenaba como si intentara llegar hasta ese punto. Se entrenaba como si se estuviera preparando para un acontecimiento inminente que sólo ella veía venir.

Su única vanidad era su pelo. La mayoría de las mujeres de la guardia se lo cortaban muy corto; era más práctico para llevar el casco y requería menos cuidados. Xaforn lo llevaba recogido en una larga trenza que solía enrollar tensa en su pequeña cabeza; pero a veces, cuando practicaba sola, la dejaba colgar por la espalda y se movía como un látigo mientras ella se giraba y daba patadas y rodaba practicando sus ejercicios de lucha. Por alguna razón, esto la hacía parecer aún más peligrosa. Iba a cumplir diez años al final de aquel largo y caluroso verano y ya hablaban de ascenderla a otro nivel el siguiente otoño. Entrenaría con los de quince y dieciséis años, la penúltima clase antes de entrar de lleno en la guardia.

Ella pretendía ingresar a la primera oportunidad que se le ofreciera. Cuando tuviera catorce años, tal vez, incluso trece. Seguro que había cosas que alguien tan joven y ligero de pies como Xaforn podía hacer.

Pero de momento era joven, aún era recluta y todavía tenía que hacer tareas y dar recados si alguien mayor la atrapaba antes de que ella le diera esquinazo. Al salir del patio de prácticas, haciendo oscilar la trenza, secándose el sudor que le brillaba en el hueco de la garganta, un guardia igualmente sudoroso y sonrojado la detuvo a la entrada del recinto.

—Ah, bien. Puedes hacerme un recado y yo volver a mis asuntos —dijo él en broma—. En Palacio necesitan al capitán Aric. Ocúpate de que le llegue el mensaje.

—¿Dónde está? —preguntó Xaforn al guardia que se retiraba.

—¿Y yo qué sé? Por eso te envío a ti —replicó él, alejándose a toda prisa para regresar al grupo que luchaba con espada y daga en el patio.

Mascullando imprecaciones, Xaforn se encaminó corriendo hacia el recinto interior donde se hallaban los alojamientos. No le gustaba esa parte del recinto; quizá le recordaba demasiado todo lo que nunca había conocido. Los niños expósitos y huérfanos, esos niños abandonados para que la guardia los criara, eran alojados en unos dormitorios separados; lo más próximo a experimentar una vida familiar de verdad era observar el recinto de las familias, ver a los niños engendrados por guardias correteando por los patios interiores mientras las mujeres de la casa se peleaban, cocinaban y perseguían a los pequeños que hacían travesuras. Había una parte de Xaforn que deseaba con todas sus fuerzas la intimidad, la sensación de pertenecer a alguien que parecía pegarse a esas paredes, y otra parte de ella la despreciaba por su debilidad, su vulnerabilidad, por ser el aspecto blando de la guardia imperial. Para Xaforn, la familia era sólo el cuadro, el grupo de guerreros al que, tal y como había sido educada, debía pertenecer. Nunca había conocido a una madre o a un hermano; había vivido bajo la disciplina, no el afecto. Era incorruptible, insobornable, no había nadie cuyo bienestar le importara lo suficiente para tentarla a traicionar su vocación; podía ver a un padre de la guardia vacilando ante la amenaza de un cuchillo pegado a la garganta de uno de sus hijos queridos.

A primera vista el patio parecía estar lleno sólo de los que eran vulnerables, sólo de las mujeres, los niños, las familias. Pero entonces advirtió la presencia de la hija de Aric, Qiaan la Cara Larga —pocas personas podían afirmar haber visto jamás sonreír a aquella niña—, y se desvió para abordarla.

—Me han enviado a buscar al capitán Aric —dijo Xaforn sin preámbulo alguno—. ¿Sabes dónde puedo encontrarle?

—Ha estado aquí antes —dijo Qiaan con una mala disposición bastante estudiada. Tenía los ojos entrecerrados, la cara cuidadosamente inexpresiva. Como hija de un capitán de la guardia imperial estaba imbuida de las tradiciones de ésta, pero Xaforn, la expósita, pertenecía a la guardia de forma mucho más profunda de lo que Qiaan, la hija del capitán, jamás había pertenecido; no podía comprender, nunca había podido comprender, la entrega al deber, a convertirse en un arma afilada. No sabía lo que era, pero sabía lo que no era; y no era la clase de animal que era Xaforn.

Xaforn le arrancaría los ojos a cualquiera que intentara cometer el grave error de convertirla en una dama que vistiera sedas y se reclinara con elegancia en el lujo de Palacio; asimismo Qiaan habría gruñido ante la más simple sugerencia de que pudiera considerar la guardia como su camino en la vida. Se les preguntaba a todos los hijos y sólo aceptaban algunos, pero incluso aquellos que no lo aceptaban admiraban o al menos apreciaban a la guardia y el linaje que les otorgaba.

Sin embargo, Qiaan era diferente.

El padre de Qiaan era capitán de la guardia de alto rango y sus deberes con frecuencia le mantenían alejado de su familia, pero al menos era cariñoso con su hija cuando estaba con ella. Aunque con su madre, Rochanaa, oscilaba entre una especie de desesperado afecto y una inexplicable frialdad. A veces parecía que lo único que podía soportar era mirar el rostro de Qiaan. La niña, dividida entre estas actuaciones, jamás sabía cómo reaccionaría su madre cuando se acercaba a ella, y, al final, había dejado de pretender saberlo. Cuando Qiaan cumplió once años, su relación con su madre se había agriado y convertido en algo escrupulosamente correcto y curiosamente formal. Como su padre se hallaba ausente con demasiada frecuencia y su madre había abandonado la proximidad emocional, Qiaan iba a la deriva, despegada de sus parientes más inmediatos e incapaz de pertenecer a la «familia», a menudo cerrada, de la guardia imperial. Si alguien le hubiera preguntado, habría descartado la idea de querer siquiera alcanzar esa distancia de la guardia y todo lo que ésta significaba; pero cuando conocía a alguien que verdaderamente pertenecía a ella, como Xaforn, se acordaba de sus fracasos, de sus posibles deficiencias.

Las dos reaccionaban como dos productos químicos explosivamente opuestos en un alambique de alquimista, muriéndose de ganas de absorber lo mejor que veían que la otra poseía. Aún eran demasiado jóvenes para comprender las razones.

Cara a cara en el patio, Xaforn, que tenía un año menos, logró erguirse y dar la impresión de que miraba a Qiaan como si se tratara de alguien claramente más joven o inferior.

—El capitán es requerido en Palacio e iré en su busca yo misma. Pero deberías tener suficiente respeto por su puesto y su deber para asegurarte de que el mensaje le llega lo antes posible, si yo no le encuentro.

—Oh, lo sé todo sobre el *deber* —dijo Qiaan con cierta acritud—. Buena caza, Xaforn.

—Blanda —susurró Xaforn, todavía al alcance del oído de la otra.

—Tonta —replicó Qiaan, asegurándose de decir la última palabra. Eso se le daba bastante bien.

Las dos muchachas se separaron para seguir con sus respectivas tareas, molestas por igual. Era verano, hacía calor. En todas partes los ánimos estaban crispados.

Pero éste fue un verano de prueba para ambas.

Xaforn estaba decidida a *transformarse*. Toda su vida había sido una crisálida y éste era el último verano que tendría que esperar para su metamorfosis. Si lo hacía bien, si iba más adelantada que los demás, el otoño le depararía el ascenso y el año siguiente tal vez más que eso. Xaforn sabía, lo sabía con una pasión que nacía del deseo, que una vez fuera un miembro de la guardia hecho y derecho siempre tendría un lugar al que pertenecer, sabría quién era, tendría un hogar.

Qiaan igualmente estaba decidida a *ser*. Tenía un papel asignado, pero a ella le resultaba difícil interpretarlo. Era joven, pero también observadora y había visto frialdad entre sus padres, una frialdad que percibía más profunda cuando ella se hallaba en presencia de ambos al mismo tiempo, una frialdad que su madre le transmitía cuando su padre partía una vez más para cumplir con sus deberes en el recinto y el Palacio. Qiaan era un peón involuntario en algún juego de adultos, pero eso sólo era un instinto, no una certeza, y no tenía ni idea de cómo actuar para reducir el impacto de la situación en su propia vida. Procuraba ser una hija abnegada, hacía todo lo que podía. Cuando su madre, una sureña desplazada que a veces añoraba enormemente a su propia gente, se ablandaba lo suficiente para compartir algún aspecto de su infancia o de su cultura con Qiaan, la niña procuraba escuchar, aprender. No obstante, esas ocasiones eran raras y solía ser mucho más frecuente que recibiera un desaire o se le negara una caricia. Rochanaa cumplía con su deber y transmitía a Qiaan todo lo que una madre debe enseñar a una hija, pero nada más.

Las dos, expósita de la guardia e hija de la guardia, se sentían sumamente solas.

En la tercera semana de Chanain, cuando el verano estaba en su apogeo y los cielos se ponían blancos debido al calor en el interior de los muros de la ciudad, Xaforn dio la vuelta a una esquina en el recinto de la guardia y descubrió a cuatro muchachos que rodeaban a un gato. El animal bufaba y tenía un aspecto desaliñado. Daba la impresión de que se pasaban algo de uno a otro, riendo, impidiendo que el gato, con las orejas tiesas y que mostraba los dientes aullando, lo atrapara, fuera lo que fuese.

Los muchachos tenían tres o cuatro años más que Xaforn y al menos dos de ellos eran de una familia de la guardia. Normalmente les habría dejado con su juego, ¿qué le importaba a ella lo que le hicieran al gato? Pero entonces oyó claramente que lo que se pasaban de mano en mano gemía suavemente y vislumbró un gatito despatarrado atado a un par de palos en forma de cruz.

Los guardias eran justos, honorables. Esto formaba parte del entrenamiento, los cimientos de la «familia» de Xaforn. Aquí no había lugar para la pura crueldad. Además, aunque eso no tenía nada que ver con ello, por supuesto, a ella le gustaban mucho los gatos.

—Dejadlo.

Hasta ella misma se sorprendió del timbre de su voz. Fue bajo, sereno, peligroso.

Uno de los chicos se volvió —no pertenecía a la guardia y evidentemente no la reconoció—. Vio a una chiquilla con una larga trenza que le caía sobre el hombro, vestida con pantalones anchos, túnica de verano y los pies desnudos metidos en unas sandalias de suela de cuerda.

—Claro —dijo—. ¿Quieres jugar?... ¡Ay! —distraído, había dejado que la madre gata le arañara en la espinilla. Él le dio una patada, profiriendo un juramento primero contra la gata y luego, volviéndose, contra la chica que había sido la causa indirecta de su herida y que no se había movido.

—Déjalo —repitió Xaforn, defendiendo al gatito. Uno de los otros muchachos la reconoció y tiró de la manga del que había recibido el arañazo.

—Déjalo —aconsejó a su amigo, mirando vacilante a Xaforn—. Con ésa no.

—¿Tienes miedo de una *chica*?

—De esa chica, sí. Es una guardia.

El otro muchacho replicó:

—Una recluta de la guardia muy joven. Me gustan las reclutas jóvenes. Veamos lo que les enseñan en clase.

Los dos muchachos que eran guardias le agarraron de los brazos para apartarle, pero lo único que consiguieron al advertirle que fuera con cuidado fue inflamar su deseo de causar problemas. Era él quien sostenía al gatito despatarrado en sus manos; ahora lo arrojó a su cuarto compañero, que se quedó con aire indeciso sin saber si escuchar al cabecilla de su grupo o a los dos internos que parecían poseer información que el otro desconocía.

Xaforn era una cabeza más baja y mucho más ligera que su oponente y lo único que el muchacho veía era una chiquilla delgada que había desafiado su autoridad. Un buen golpe y habría terminado, la chica se desplomaría en el rincón del patio y a la mañana siguiente tendría unos buenos cardenales en toda la cara... Al menos éste era el plan. El muchacho se volvió y jamás supo qué era lo que le había golpeado. Xaforn se agachó bajo el brazo de él, giró sobre el talón del pie, se puso detrás y le pegó un golpe en la rabadilla y en los riñones que le hizo caer de rodillas. Después, cuando intentaba levantarse, recibió un golpe con el borde de la mano de Xaforn en el plexo solar. El muchacho osciló unos momentos, bizqueó los ojos dirigiéndolos a la punta de su nariz y luego cayó de bruces sobre el empedrado.

El resto, arrojando al gatito, huyó corriendo.

Todo había sucedido en una fracción de segundo. Xaforn quedó en posesión del campo, triunfante, sintiéndose un poco culpable.

—Se supone que no has de ir pegando a la población —dijo una voz, alimentando, al parecer, la culpabilidad que ella sentía.

Xaforn bajó la mirada. De rodillas en el polvoriento patio empedrado, sin preocuparse por su bonita túnica de seda, Qiaan estaba retirando al gatito de su aparato de tortura.

La madre gata se había apartado unos pasos y ahora estaba de pie gruñendo suave y profundamente, pero sin hacer ningún movimiento súbito.

—¿Qué haces aquí? —preguntó Xaforn con mordacidad.

—Sólo pasaba, igual que tú —contestó Qiaan. El gatito cayó en sus manos, libre al fin, sin respirar apenas. Aún tenía los ojos cerrados—. Ni siquiera sé si ya tiene edad para ser destetado.

—¿Lo aceptará de nuevo? —preguntó Xaforn, poniendo una rodilla al lado de Qiaan para ver más de cerca su trofeo. Ambas chiquillas hicieron caso omiso del matón que aún yacía en el suelo, gimiendo.

—Aunque lo hiciera —dijo Qiaan—, el gatito podría morir. Es tan pequeño... Me pregunto dónde lo habrán encontrado esos matones.

—Probablemente han matado al resto.

La madre gata soltó un gruñido, pero cuando levantaron la mirada al oírla se había marchado, había desaparecido en el resplandor del calor. Xaforn suspiró.

—Bueno, así es.

—¿Lo quieres?

—¿Qué voy a hacer con él? —espetó Xaforn. La habían pillado en un momento de debilidad y estaba dolida en especial porque había sido Qiaan, precisamente, quien la había visto sucumbir a él.

—Entonces, ¿por qué lo has salvado?

—Porque eran guardias —repuso Xaforn. Como si esto le diera todo el sentido. En su mundo, así era.

Qiaan incluso podía comprenderlo. Pero el que lo comprendiera no cambiaba las cosas.

—De todos modos, está muerto —dijo encogiéndose de hombros. Pero improvisó un cabestrillo con su manga y acunó al gatito, que maullaba débilmente. Hurgó con su diminuto hocico hasta que encontró el dedo de la niña y se puso a chupar con fuerza, emitiendo ruiditos lastimosos cuando no obtuvo sustento alguno.

—¿Qué vas a hacer?

—Me lo voy a llevar a casa —dijo Qiaan—. A ver si puedo encontrar algo. Leche que se vaya a estropear. Algo.

—Boba.

—Tonta —replicó Qiaan.

Se pusieron en pie y se separaron. Detrás de ella, el joven matón, aturdido, empezaba a incorporarse y meneó la cabeza confuso. Las chicas se alejaron en direcciones opuestas y luego Qiaan se volvió para mirar la espalda recta de Xaforn mientras se retiraba.

—Puedes venir a ver el gato si quieres —dijo con la voz lo bastante alta para que la oyera.

Xaforn se detuvo y volvió a medias la cabeza.

—¿Por qué iba a querer hacerlo?

Qiaan se encogió de hombros.

—Para saber si sobrevive a la guardia.

La trenza de Xaforn restalló como un látigo cuando ella se volvió.

—¡No ha sido la guardia quien le ha hecho eso al gato!

—*Gata* —dijo Qiaan—. Si no hubieran sido ellos tú no hubieras intervenido. Ya nos veremos.

—Bruja —murmuró Xaforn.

—Bruta —fue la respuesta cuando ya había desaparecido de su vista.

Xaforn se volvió. Intentó fruncir el entrecejo, pero por mucho que lo intentaba su boca seguía esbozando una leve sonrisa. Precisamente ella...

Tenía la espantosa sensación de que no podría resistirse e iría a ver al gato. A la *gata*. Aquel patético saquito de pelaje desaliñado, ensangrentado y débil y que apenas tenía vida. ¿Cómo sabía Qiaan que era hembra?

CUATRO

Xaforn compartía una habitación en un dormitorio con otras tres expósitas de la guardia. Mantenía una relación práctica con sus compañeras de habitación; no tenía mucho en común con ninguna de ellas. Había dado y recibido golpes en las sesiones de prácticas con todas, pero compartían el espacio amigablemente aunque Xaforn no se unía a las risas y a los chismorreos del recinto a los que eran aficionadas las otras tres niñas. Los miembros de la guardia solteros eran dados a aventuras amorosas transitorias y cambiantes con otros miembros de su cuadro, y las compañeras de habitación de Xaforn siempre parecían saber quién estaba con quién cada semana. A Xaforn no le importaba particularmente saberlo y había desarrollado la costumbre de desconectar de determinadas conversaciones, aquellas que estaban aderezadas con fuertes dosis de risas tontas y susurros. Pero los chismes también eran una mina de información sobre la vida cotidiana general en el recinto y Xaforn no rechazaba todo lo que entraba en su habitación a través de sus charlatanas compañeras.

Apenas una semana después del incidente con el gatito, se encontraba sentada en su cama arreglando una sandalia rota cuando un comentario referente a «gatos» traspasó sus defensas. Levantó un poco la cabeza, para escuchar sin dar la más mínima impresión de que de pronto le interesaba otra cosa aparte del trabajo que estaba realizando.

—... *adorable* —decía una de las chicas—. Tendrá sólo unas semanas y debe de haber sufrido algo terrible, aún tiene marcas donde fue torturado.

—¿De dónde lo sacó Qiaan? —preguntó otra.

—No quiere decirlo, no cuenta nada de dónde lo encontró ni de cómo lo consiguió —dijo la primera—. Pero creo que lo salvará. Aún le da de comer cuatro o cinco veces al día; le chupa el dedo como un bebé, me comentó An.

Así que el gatito vivía. Xaforn se inclinó sobre su sandalia, oscuramente satisfecha por la noticia. Tomó nota mentalmente de mantener el oído atento para tener noticias de él... de *ella*. Sus labios volvieron a esbozar una leve sonrisa al recordar la serena insistencia de Qiaan en ese punto. Acarició brevemente, como había hecho numerosas veces ya durante la semana anterior, la idea de visitar al gato... a la *gata*, no a Qiaan y luego la descartó, como siempre hacía, venciendo firmemente el impulso. No había nada para ella en el recinto interior, con su hervidero de niños, sus mujeres que se peleaban, sus *familias*, sus gatos.

Mascculló una maldición en voz baja. El pequeño gatito, con su vulnerable carita, la forma delicada de chupar el dedo de Qiaan, las patitas heridas... Xaforn clavó demasiado un gancho en la suela de cuerda de su sandalia rota, irritada por la insistencia con que el gatito se aferraba a su mente. Había intervenido porque dos de los torturadores eran *guardias*, maldita sea, no porque ella sintiera lástima por los animales abandonados y perdidos. No le importaba lo que después le ocurriera a aquél. No. Podía jurar que no. Se alegraba de que aquella cosita hubiera sobrevivido, pero había intentado quitarse a la criatura de su órbita y tenía intención de olvidarla. En especial ahora que sabía que había sobrevivido.

Pero el incidente del cachorro parecía dispuesto a no dejar de acosarla. Al día siguiente de haber oído la conversación sobre el bienestar del mismo, Xaforn fue llamada a presencia de la jefa de su cuadro.

—¿Es cierto? —preguntó sin preámbulos JeuJeu, la veterana llena de cicatrices que estaba a cargo de entrenar al grupo de Xaforn, en cuanto ésta entró en su cubículo.

Xaforn no tuvo que preguntar a qué se refería. Apretó los dientes. Qiaan... Probablemente Qiaan se lo había contado todo.

—Lo estaban torturando unos guardias —dijo Xaforn en actitud defensiva.

—Guardias —repitió JeuJeu sin inflexión en la voz.

—Había cuatro y dos eran reclutas de la guardia —dijo Xaforn—. Aquello no era... honorable.

JeuJeu se traicionó con una sonrisa.

—¿Te enfrentaste a cuatro chicos mayores por un gato callejero medio muerto porque lo que estaban haciendo no era *honorable*? Por el amor de Cahan, Xaforn. ¿Sabías quiénes eran aquellos muchachos?

—Sólo los guardias —respondió Xaforn.

—Los otros eran mucho más importantes —dijo JeuJeu—. El que acabó en la Casa de Curación durante cinco días era hijo de un miembro del Consejo. Su padre no quedó muy contento.

—El hijo del miembro del Consejo es un matón y un tonto —dijo Xaforn con mordacidad—. Los otros le advirtieron.

—¿Sí? —animó JeuJeu a Xaforn cuando ésta se interrumpió de pronto. Como Xaforn permanecía tercamente callada, JeuJeu exhaló un profundo suspiro y se recostó en la silla, estiró las piernas y las cruzó a la altura de los tobillos—. Te lo diré yo. Los otros dijeron a tu objetivo que no debían meterse contigo. No les escuchó. Y lo pagó.

—¿Tendré problemas? —preguntó Xaforn con cautela.

JeuJeu se echó a reír, una risa aguda como un ladrido que revelaba diversión pero no alegría—. Oh, muchísimos. Quebrantaste tantas reglas que probablemente tardaría menos en enumerar las que *no* quebrantaste. Hay personas que están muy enfadadas contigo y que no olvidarán fácilmente tu nombre. Pero te enfrentaste a un adversario contra toda probabilidad de éxito, ellos eran más corpulentos y superiores en número y lo hiciste por una cuestión de principios —JeuJeu meneó la cabeza—. Sí, diría que estás metida en un apuro. Pero a mí también me desagradan las intromisiones en los asuntos de la guardia y ellos estaban en el recinto. Por lo tanto técnicamente se hallaban en nuestra jurisdicción. Y era *nuestro* gato.

Xaforn, que había mantenido los ojos bajos, miró de reojo a JeuJeu a la cara al oír estas palabras. El maldito gato se había convertido en una especie de símbolo.

Y no había sido Qiaan la que se había chivado. Había sido aquel malicioso matón con sus músculos fofos y su vientre blando; una vez se había recuperado lo suficiente como para quejarse. Xaforn se permitió esbozar una leve sonrisa ante esa idea.

JeuJeu la captó.

—No presumas tanto, no vas a salir impune —espetó—. Este otoño te vamos a retener. Estás preparada para subir un nivel, pero es evidente que necesitas aprender más sobre estrategia y prudencia. Es decir, que en esta ocasión tu gato te ha costado el ascenso —vio la cara afligida de Xaforn, y sonrió—. Por si te interesa, mi opinión personal es que no importa y que *serás* la guardia más joven que ingresará en el cuerpo imperial. Pero será un año más tarde de lo que esperabas. Xaforn, no quiero que aprendas una lección equivocada de esto. Estoy orgullosa de ti. Todos estamos orgullosos de ti. Comprendes lo que es el honor. Ahora debes empezar a aprender a sopesar cuándo y cómo puede defenderse de la mejor manera. Habrías podido acudir a mí y yo habría hecho algo; la tortura me gusta tanto como a ti.

—Pero el gato habría muerto —dijo Xaforn con voz suave.

—Tal vez sí —dijo JeuJeu—. Y tal vez no. Y tal vez habría vivido y tú habrías tenido tu ascenso. Y tal vez jamás habrías sabido en qué crees realmente —la sonrisa de JeuJeu se torció un poco—. ¿La verdad? No sé si yo habría actuado de forma diferente. Veré lo que puedo hacer por ti. Puedes marcharte.

Xaforn se fue con la cabeza inundada de pensamientos. Tenía sentimientos completamente ambivalentes respecto al gato, el matón, sus propias acciones. El instinto le decía que había hecho lo correcto; su razón clamaba contra sí misma por haberse arriesgado haciendo algo que podía perjudicar a su único objetivo, su oportunidad de *pertenecer*, de ser guardia —guardia total, parte de aquella familia— en cuanto pudiera.

Aquel gato.

El maldito cachorro había sobrevivido. El animalito no tenía ninguna probabilidad, como tampoco la tenía Xaforn, de alcanzar metas imposibles. Xaforn no era ciega a la ironía del asunto. De pronto sintió curiosidad por ver cómo estaba, pero eso significaría, claro está, ir de nuevo a la parte donde se alojaban las familias. Donde se encontraba Qiaan.

—Puedo superarlo —masculló—. Probablemente no debería haberme metido.

Xaforn fruncía tanto el ceño cuando franqueó el arco y penetró en el recinto interior que niños absolutamente inocentes se apartaron de su camino de forma instintiva, para evitar la sensación de estar haciendo algo mal que acompañaba a Xaforn y que parecía tan sólo que esperaba encontrar un blanco al que tumbar. El ceño se hizo más profundo cuando salió del pasadizo que discurría hasta el jardín interior rodeado por las callejuelas donde vivía el capitán Aric, y encontró a Qiaan sentada en la hierba con un sombrero de paja en la cabeza y otro en el suelo a su lado que se había convertido en una especie de nido donde, ahora, un gatito negro con las puntas de las patas blancas dormía enroscado. Había allí una docena de niños, algunos jugando a las tabas, otros a las casitas con muñecas de tela o atacándose furiosamente con espadas de madera, algunos miraban de vez en cuando al cachorro y esperaban a que despertara y les hechizara con sus monadas.

El maldito animal se había convertido en una celebridad.

El ceño de Xaforn se hizo más profundo aún cuando algunos de los niños más bulliciosos se quedaron en silencio, mirándola avanzar por el patio. Un par de pequeños rostros reflejaron alarma.

—No tengáis miedo —dijo Qiaan, que no se había vuelto para mirar, pero de alguna manera sabía que los niños se habían puesto en guardia. Supuestamente se dirigía a ellos, aunque su voz estaba destinada a la visitante—. Sólo ha venido a ver a *Tinta*.

—¿*Tinta*? —repitió Xaforn, sorprendida por el hecho de que el gato hubiera sobrevivido el tiempo suficiente para recibir un nombre.

—Uno de los pequeños dijo que parecía que alguien le hubiera metido las patas en un tintero —explicó Qiaan con cara seria.

Al acercarse, Xaforn reparó en el papel alisado sobre una tabla de madera que Qiaan tenía en el regazo y un pequeño tintero de los que se usan para escribir junto a ella en la hierba.

—¿Qué haces?

—La estoy dibujando —dijo Qiaan dando la vuelta a la tabla.

—No lo haces muy bien —dijo Xaforn con poco tacto, al examinar el resultado del pincel y la tinta.

Qiaan se encogió de hombros.

—No importa —dijo—. Sólo es para mí.

Xaforn, que de alguna manera siempre estaba a la defensiva con la forma particular de resistencia pasiva de Qiaan, se apartó.

—Supongo que es mejor de lo que yo podría hacerlo.

El cachorrito eligió este momento para desperezarse y bostezar, dejando al descubierto unos dientecitos delicados, afilados como agujas y de alguna manera imposiblemente fieros. Abrió un ojo, sólo una estrecha rendija de reluciente verde en el pelaje negro de su cara, y luego los dos, mirando a Xaforn con los ojos muy abiertos y con expresión de candor.

Cautivada, Xaforn le acercó un dedo.

—Ten cuidado... —advirtió Qiaan.

El animalito se puso a ronronear con suavidad, acercando su cabeza al dedo de Xaforn.

—... porque araña —terminó Qiaan y entonces sonrió—. Bueno, mira eso.

La gatita era una maraña de conspiraciones. Xaforn se sonrojó, apartando la mano de golpe.

—Sólo quería comprobar que ella estaba bien.

Qiaan sonrió de nuevo al oír que se refería al animal en femenino. Xaforn y la gata siguieron mirándose con cautela. Sin dejar de sonreír, Qiaan cogió el delgado pincel que había junto al tintero, lo hundió en la tinta y dibujó unas cuantas letras al lado del dibujo de la gata. Sopló con suavidad para que se secara y Xaforn volvió su atención a ella.

—Toma —dijo Qiaan, cogiendo el papel y ofreciéndoselo a su visitante—. Quédatelo —sus ojos quedaron velados tras largas pestañas oscuras cuando añadió—: Aunque no está muy bien.

Xaforn cogió el papel de forma automática y su rostro volvió a ponerse ceñudo.

—¿Qué es esto? —preguntó, contemplando las letras que Qiaan había puesto en la página.

Qiaan empezó a responder y entonces se la quedó mirando.

—¿No conoces? ¿Y cómo ibas a conocerlo?

Sorprendida en algo mal hecho, después de haber sido alabada por ser demasiado buena en lo que hacía, Xaforn se sonrojó profundamente.

—Tal vez no necesitaba saberlo.

—*Jin-ashu* —dijo Qiaan—. El lenguaje de las mujeres.

Transmitido de madres a hijas. Rochanaa había cumplido al menos con este deber; Qiaan conocía la escritura del lenguaje de las mujeres, el lenguaje secreto. Pero ¿quién podía enseñárselo a las expósitas como Xaforn? Qiaan miró fijamente a la otra muchacha, curiosa y extrañamente asombrada por este descubrimiento. ¿Ninguna lo conocía? ¿Todas las guardias que habían ido allí como bebés abandonados desconocían este secreto que las mujeres de Syai habían conservado y transmitido de generación en generación durante mil años?

No podía creerlo. Gran parte de su mundo estaba construido sobre su existencia.

¿O sólo era Xaforn? ¿Se salía tanto de lo normal, estaba tan decidida a pertenecer a la guardia que nunca había aprendido a hacerlo consigo misma y con su herencia?

—Pone *Tinta* —dijo Qiaan con voz absolutamente carente de sarcasmo o burla, las dos armas con las que a menudo afrontaba el mundo. Volvió a coger el pincel, lo hundió en la tinta, dibujó un nuevo grupo de letras en un trozo de papel que se encontraba debajo del dibujo que había entregado a Xaforn. También le entregó éste sin decir una palabra a la otra niña. Xaforn lo cogió y clavó la mirada en él.

—No sé leerlo, así que... —objetó.

—Dice *jin-shei* —dijo Qiaan un poco insegura de pronto de sí misma, del impulso que le había hecho ofrecer esta sagrada confianza a la única persona de Linh-an que al parecer ni lo conocía ni lo apreciaba.

Xaforn tal vez desconocía el lenguaje secreto; aunque no se podía ser mujer en Syai, expósita o no, y no conocer la existencia de la hermandad del *jin-shei*. Pero es que se trataba de un misterio femenino, un secreto de mujeres, y era algo que Xaforn había descartado por poco importante para la vida que ella había decidido llevar.

—¿Para qué me sirve esto? —preguntó, alzando, como si fuera un escudo, la impetuosidad y la dureza del entrenamiento del guerrero, empleando los atributos masculinos para defenderse del insidioso ataque de la blandura de lo femenino que había en ella, reprimida cruelmente desde que había tomado las armas y elegido aprender a matar—. ¿Y qué significa para ti? ¿Tú, precisamente, y yo?

—¿Crees que no hay hermanas del *jin-shei* en la guardia? —dijo Qiaan—. Entonces, eres ignorante. Ésta es la herencia de toda mujer, sea princesa o la pilluela de menor categoría entre los mendigos.

—¿Las mendigas conocen el *jin-ashu*? —preguntó Xaforn con escepticismo—. No me lo creo.

Qiaan se encogió de hombros.

—Las mendigas pueden ser analfabetas, pero las mujeres tendrán suficiente *jin-ashu* para comunicarse con alguien como yo. Lo creas o no.

—Pensaré en ello —dijo Xaforn con brusquedad mientras se ponía en pie.

—Puedes decidir aceptarlo o no. Pero el *jin-shei* no es algo que no pueda decirse. Tienes el papel —echó una mirada a la gatita, que contemplaba cómo se movía su propio rabo con la profunda concentración de un cazador, y sonrió—. Compartimos la gata. Y algún día, *jin-shei-bao*, puede que haya un dibujo mejor de ella. Y tú misma puedas escribir su nombre en él —miró a Xaforn directamente a los ojos sin parpadear—. O el tuyo propio.

—Pensaré en ello —repitió Xaforn, retirándose. Sus ojos se apartaron de Qiaan, se detuvieron un último momento en la gatita, y luego salió del patio con los hombros encorvados.

—Tentadora —masculló cuando se iba, aferrando el dibujo de la gata y procurando que sus ojos no se desviaran constantemente hacia los misteriosos símbolos que había en el papel. Letras. Escritura. Lenguaje. Hermandad...

—Cobarde —respondió Qiaan.

Xaforn tuvo que apretar los dientes para vencer la repentina necesidad de echarse a reír en voz alta.

CINCO

Nhia había empezado a considerar el Gran Templo de Linh-an como un laberinto deliciosamente confuso, una caja dentro de una caja.

Para la niña que había sido, el lugar era enorme, hecho de capas como una flor de loto, y lleno de misterio. Sus muros exteriores estaban encalados en blanco, como algunas de las casas más pobres de la ciudad; sus tres enormes puertas, cortadas en esta blanca extensión, eran de madera antigua, llena de cicatrices, y no poseía un aire de sacralidad o ni siquiera de magnificencia salvo quizá por su inmenso tamaño. Pero siempre estaban abiertas —salvo una sola noche al año, en la fiesta de Todas las Almas, cuando el Templo se cerraba para ser purificado— y había una constante corriente de fieles que entraban y salían apresuradamente.

Nhia, que prácticamente había crecido en su umbral, conocía íntimamente los círculos exteriores del Gran Templo.

El Primer Círculo, que daba la vuelta directamente al perímetro interior de las paredes encaladas, estaba ocupado principalmente por vendedores del Templo y puestos de adivinos, y Nhia afirmaba conocerlos a casi todos, al menos de vista. Algunos hacía tanto tiempo como ella que acudían allí: el viejo Zhu, y su puesto de incienso tan meticulosamente dedicado a un perfume determinado cada día («Los clientes se confunden cuando les muestras todo lo que tienes», había confiado una vez a Nhia, haciendo gestos de asentimiento con aire de sabiduría); el Hombre del Arroz, cuyo nombre nunca había sabido, pero de cuya familia de ocho hijos y de sus dolencias y alegrías, sabían Nhia y su madre desde hacía años; So-Xan el tallador de cuentas de la madera de la edad y su joven hijo y aprendiz, Kito.

Dentro de las casetas individuales se colocaban mesas de caballete con mercancías tales como varitas de incienso para deidades individuales o plegarias específicas, cuencos de un color o diseño apropiado, frascos de vino de arroz o té, granos de arroz o de maíz y tintes en polvo. Cuando Nhia era una niña pequeña, curiosa, que sólo empezaba a balbucear preguntas —antes de que la vida hubiera vuelto a su madre taciturna e irritable— había pedido que le explicaran todas estas misteriosas ofrendas y parafernalia.

—¿Por qué cuencos amarillos, madre? ¿Por qué sólo trece granos, madre? ¿Por qué té y no vino de arroz, madre?

—Los cuencos amarillos para el Señor Sin, porque es el Señor del Este y por ahí es por donde sale el amarillo sol. Trece granos por las trece lecciones de Ama-bai. Té y no vino de arroz porque los Sabios son inferiores a los Emperadores.

Nhia recordaría esos tiempos con una punzada de nostalgia. Hacía años que no había vuelto a hacerle a su madre una pregunta así. Años, desde que ya no esperaba una respuesta de ella.

Otros puestos en el claustro exterior alojaban a los que tallaban las varitas de la madera de la edad o vendían arreglos para funerales, preparaban efigies de papel de las cosas que el fallecido necesitaba llevar consigo al otro mundo, amuletos o talismanes, regalos de boda o de compromiso, o —un poco clandestinamente, porque el Templo oficialmente lo miraba con malos ojos— pociones alquímicas de poco nivel con garantía de que aumentaban la fertilidad, la virilidad o la vida. Los lectores de *ganshu* se daban codazos para encontrar un espacio aquí, y sus clientes guardaban cola con paciencia para que les tocara el turno en el interior de la cabina protegida por un biombo donde el adivinador realizaba su trabajo.

Un corredor abierto cruzaba el claustro desde cada una de las tres puertas y conducía al patio. Después de una estrecha franja de hierba, se elevaba un muro de arcilla con tres aberturas en forma de arco alineadas con las tres puertas; estaba pintada de azul claro, un color casi blanco salvo por la aguada de azul que lo hacía parecer como el cielo de Linh-an bajo el sol estival en todo su esplendor. El muro rodeaba un perímetro de exactamente una losa de anchura alrededor del siguiente nivel del Templo, el Segundo Círculo, un edificio pintado del mismo color que la pared que lo rodeaba, que tenía a su vez un claustro interior alrededor de un patio abierto. Pero en este claustro no había nada que requiriera intercambio de dinero. Tenía dos pisos de altura y una galería abierta que daba al claustro. Toda la pared interior del edificio, en ambas plantas, era una catacumba de hornacinas y nichos en las paredes, con espacio para incienso y ofrendas; cada nicho contenía una imagen o una figurita ante la cual algunos fieles rezaban con una varita de incienso perfumado, que olía a canela, a esencia floral o a hierba, en una mano, y un cuenco con granos de arroz contados con exactitud en la otra.

Muchos nichos estaban vacíos, pues su deidad particular aún tenía que aparecer. Éstas eran las deidades y espíritus del Último Cielo, los dioses inferiores, los Espíritus de la Lluvia, el Trueno, el Viento y el Fuego, Tsu-ho el Espíritu de la Cocina de la abundancia, Hsih-to el Mensajero de los dioses, los Emperadores de Syai de la antigüedad, y los Sabios Santos. Éste era el lugar de la propiciación, de honrar a los Sabios, de rendir respeto al Grande, de pedir consejo. Nhia a veces pasaba despacio por delante de los nichos con los suplicantes (a veces más de uno, compartiendo amigablemente el tiempo y atención dedicados a una deidad y a menudo la ofrenda) y absorbía los susurros que se oían alrededor: susurros pidiendo ayuda, dando gracias, contándole al Dios de la Cocina el éxito de una hazaña particular que se realizaba en medio de la multitud y se le creía sumisamente.

—Te lo ruego, Espíritu de la Lluvia, nuestros campos están resecos, con humildad venimos a pedirte...

—Ofrezco arroz y grano como ejemplo de modesta gratitud pues mi hijo ha encontrado una buena esposa...

—Oh Sabio Santo, que sabes de estas cosas, he venido a pedirte que me guíes, pues los exámenes se acercan y este problema es demasiado grande para que yo lo comprenda...

—Sagrado Hsih-to, Mensajero de los Dioses, te ruego me ayudes a que mi esposo deje de estar enfadado conmigo, pues yo no hablé con mala intención cuando le dije...

—Ayúdame, Hsih-to, pues mi suegra me está molestando...

Había peticiones sencillas, pero eran también las más fundamentales, las que forman la base de la vida, los santuarios estaban abiertos y había pocos secretos. Éste era el meollo del Camino, las pequeñas cosas que, si se dejaban pasar, se convertirían en catástrofes, pero que aún eran lo bastante pequeñas, lo bastante humanas, para pertenecer a estos dioses y espíritus menores y para las que no había que molestar a las deidades mayores.

Para los milagros mayores, los tres corredores penetraban rectos como flechas desde las puertas exteriores a este círculo lleno de incienso y susurros. En el patio interior de este Segundo Círculo se erguía otro edificio, pintado de un azul más oscuro, el azul de un cielo otoñal. Sus claustros interiores, asimismo con dos plantas, eran más tranquilos, más escasamente poblados. Aquí, en el Tercer Círculo, había menos hornacinas y los dioses que había en ellas eran las deidades inferiores del Cielo Primitivo: Cahan, el Paraíso de los Espíritus. Aquí residían Yu, el general de los Ejércitos Celestiales; Ama-bai la Gran Maestra; los Señores de los Cuatro Cuartos: Kun Señor del Norte, Sin Señor del Este, T'ain Señora del Oeste y K'ain Señora del Sur. Éstos eran los tejedores del destino de los humanos, las primeras deidades en la gradación de los cielos con verdadero poder sobre nuestra vida, nuestros sueños y nuestro destino. Los antecedentes astrológicos de Nhia habían sido complicados, había nacido entre dos Cuartos, y su madre había hecho ofrendas a Sin y a K'ain para asegurarse de que no dejaba ninguna piedra sin volver cuando acudiera de nuevo a rezar por Nhia, pero al parecer los niños que estaban en medio no eran responsabilidad de ninguno de los Señores y las plegarias de la madre de Nhia habían caído en saco roto.

Era más caro venir aquí que al Segundo Círculo, las deidades del Tercer Círculo tenían sus propios asistentes que se ocupaban de las ofrendas y de encender las velas y las varitas de incienso de modo que todo estuviera en armonía y fuera aceptable. Aquí no se compartían amigablemente los dioses y los altares. La gente acudía al Tercer Círculo con un propósito.

En un nivel más profundo se encontraba el Cuarto Círculo. No era un edificio redondo como los otros, sino una estructura de tres lados y tres pisos. Cada una de sus tres secciones, las tres plantas del mismo, estaba dedicada a uno de los Tres Seres Puros, los Señores de los Tres Cielos de Cahan: el Shan, el I'Chi, el Taikua, los reinos del Puro Espíritu, la Pura Energía, la Pura Vitalidad. El edificio estaba pintado por dentro y por fuera de un azul más oscuro y en su interior sus muchas velas y linternas relucían como estrellas. En aquel lugar reinaban el silencio y el misterio y a Nhia le encantaba perderse por allí algunas veces, cuando había reunido suficientes monedas de cobre para comprar una ofrenda que le permitiera el acceso a este círculo. El jardín que separaba el Tercer Círculo del Cuarto contenía flores perfumadas y zonas de meditación con arena dorada alisada con el rastrillo y rocas de granito como lugar para que los suplicantes se concentraran. Los altares del Cuarto Círculo estaban tallados en mármol liso o cubiertos con costosas sedas doradas, de las que se ocupaban cuidadores especiales ataviados en azul y oro y que habían prestado juramento de fidelidad al servicio de cada deidad. Había alcobas de reclusión donde los que acudían a honrar a estas deidades podían permanecer apartados después de realizar su ofrenda a los acólitos y estar en comunión en privado con el dios al que habían venido a adorar.

Los tres corredores atravesaban también este tranquilo lugar sagrado y finalmente penetraban en el corazón del Templo: una torre azul medianoche que se erguía en el centro del patio interior del Cuarto Círculo, el hogar del Señor del Cielo. El devoto penetraba en este lugar descalzo, dejando los zapatos en la puerta, pues se trataba de suelo sagrado. Nueve pequeños altares rodeaban el centro de la torre, tres en cada puerta; a éstas les seguía un anillo interior de otros tres de mayor tamaño, uno por puerta, donde siempre ardían lámparas de aceite para indicar la presencia del dios. Después de éstas, sobre tres escalones y en una plataforma de mármol, estaba el altar del Señor del Cielo donde el propio Emperador acudía a hacer sacrificios para el bienestar de Syai la víspera de Año Nuevo. Era un altar donde ardía un fuego sagrado en un cuenco central y arrojaba una luz vacilante sobre las ofrendas pulcramente colocadas de las que se ocupaba uno de los tres sacerdotes de la torre. Muy en lo alto, adonde se llegaba por una plataforma pegada a las paredes de la torre muy lejos del altar, colgaba la gigantesca campana de latón que los sacerdotes hacían sonar cada mediodía.

Un lugar complejo para una fe compleja, una serie ordenada de creencias sobre las que emergía el cielo y la tierra, un credo que colocaba cada cosa en su lugar particular y adecuado.

Nhia había ido allí por primera vez cuando era un bebé que iba en brazos, recién nacida, apenas contaba una semana. Su madre había pasado con ella y había comprado amuletos y pociones, había ofrecido su hija y sus problemas a las deidades del Segundo Círculo y había rogado por su liberación. Pero la pierna torcida y el pie atrofiado de Nhia no habían desaparecido. La niña tardó mucho más en gatear que los demás niños, incapaz de cargar el peso en la pierna tullida; no había caminado hasta casi los cuatro años, e incluso entonces lo hizo con una pronunciada cojera. Cuando tenía diez años su madre había avanzado hasta el Tercer Círculo, suplicando la salvación a la autoridad superior, pero no hubo cantidad alguna de incienso o vino de arroz que sirviera de algo, y las lecturas de *ganshu* tampoco dieron resultado.

El Templo constituía una parada diaria, y su madre, la suplicante, le pedía que la acompañara para mostrar a los dioses lo que tenían que hacer por ella. Pero cualquier otra niña de cinco, seis o siete años —y a medida que pasaban los años Nhia llegó y superó todos esos hitos— habría empezado a desmontar el edificio piedra a piedra de puro aburrimiento. Nhia era diferente. Su discapacidad física hacía que su mente se concentrara en cosas que otros podían pasar por alto, y ya de muy niña era una aguda observadora y una astuta intérprete de las multitudes de gente que veía desfilar entrando y saliendo del Templo cada día. Con diez años, adquirió la costumbre de ir sola al Templo. Entablaba conversaciones sobre la teología del Camino con algunos de los acólitos más jóvenes y más indulgentes de los círculos exteriores o con alguno de los mayores dispuesto a complacer a una niña precoz e interesada. Antiguas historias y fábulas recogían toda la sabiduría del Camino. Había muchas, pero la mayoría de amigos del Templo de Nhia siempre acababan acudiendo a una en concreto.

—Cuando los espíritus del mal engañaron a Han-fei y asaltaron los Jardines de los dioses...

—Lo sé, lo sé —interrumpía Nhia cuando le ofrecían esta frase—. Él cogió demasiadas ciruelas del Árbol de la Sabiduría y no pudo llevárselas, así que tuvo que dejarlas todas cuando fue expulsado del Jardín por los enojados dioses. Lo sé, *sei*, lo sé. Las ciruelas de la sabiduría se debían coger y saborearse una a una. Pero aun así me gustaría saber...

Los maestros del Templo meneaban la cabeza y sonreían.

Pero a Nhia le contaban muchas cosas y había visto más de lo que ninguna niña de su edad de Linh-an podía afirmar saber y haber visto. Incluso había vislumbrado el altar de la torre cuando tenía once años.

A los trece años, Nhia ya podía recitar las ofrendas correctas para cualquier deidad del Gran Templo con gran precisión, tanto su composición como el compás adecuado. Su madre, Li, había agotado las posibilidades de ayuda y los recursos en el mundo de los vivos, los curanderos y todas las conexiones que había tenido en su vida, incluidas sus hermanas del *jin-shei*. Nada había servido y Li ahora se dedicaba casi por completo a los Cielos, a los que rogaba a diario para que intervinieran en las circunstancias relativas al pie atrofiado de Nhia. Pero para la propia niña aquel pie hacía mucho tiempo que había dejado de tener importancia. Escuchaba las súplicas que su madre hacía a los dioses, que habían empezado como humillaciones y súplicas para que se produjera una cura milagrosa y luego habían proliferado y se habían convertido en toda clase de demandas alternativas: «Envíale un esposo que se ocupe de ella». Pero Nhia sabía que era poco probable que jamás se casara o, al menos, que hiciera un buen matrimonio. Era hija de una lavandera, carecía de herencia o dote de la que hablar y la minusvalía sin duda eliminaba toda posibilidad de entrar en alguna casa rica como concubina cuyos hijos, dado que se consideraba que éstos siempre pertenecían a la esposa principal, podían tener la oportunidad de heredar algo.

Los Señores de los Cuatro Cuartos habían escrito la vida de Nhia mucho antes de que naciera. Esto lo sabía por sus conversaciones con los acólitos del Tercer Círculo. Probablemente Nhia no se casaría ni tendría hijos, pero podía haber algo diferente, otro tipo de existencia. Ella sólo deseaba saber cuál. Su madre seguía acudiendo con regularidad a las cabinas de los lectores de *ganshu* en busca de respuestas referentes a su hija tullida, respuestas que, a medida que transcurrían los años, tenían una relación más o menos directa con su propia vida y necesidades. Pero la propia Nhia había gastado algunas preciosas monedas de cobre en un par de lecturas de los lectores de *ganshu* más baratos, los que estaban en los bazares, no los que tenían acceso al Gran Templo, y no podía siquiera pensar en gastar tanto dinero en un capricho. Las lecturas no le habían dicho nada concreto o los lectores habían sido inexpertos. Fuera lo que fuese, el camino que Nhia tenía que recorrer seguía siendo oscuro para ella.

SEIS

Si Nhia tenía algún don que la diferenciaba del resto era que la gente confiaba en ella; aunque eso no significaba necesariamente que le gustara, ya que era una niña brillante e inteligente que parecía saber demasiado para su edad y no vacilaba en decir lo que sabía. Pero le contaban sus cosas gentes a las que de otro modo nunca les hubiese interesado contarle nada; esto fue en parte lo que la empujó al camino de los dioses cuando entró tambaleante en el Gran Templo apenas una semana después de cumplir trece años, en aquel caluroso verano que atenazaba todo Linh-an con su garra de hierro.

El Templo era una bendición de frescor en comparación con las sofocantes calles y Nhia se paró para recuperar el aliento y descansar el pie, que le dolía en su sandalia especial. Su madre siempre tenía una o dos monedas de cobre de sobra para el Templo si Nhia se las pedía, y había acudido armada con un puñado de monedas con las que esperaba comprar suficientes ofrendas para entrar en el Tercer Círculo.

Estrechas franjas de jardín separaban los círculos, junto con algunos árboles cuidadosamente cultivados con ciruelas o melocotones, símbolos del conocimiento y la inmortalidad, o que sólo daban flores muy olorosas en su época. Pero el jardín interior del Tercer Círculo era particularmente exuberante y agradable. Había varios estanques con peces dorados y pequeñas cascadas artificiales que añadían el murmullo del agua a la serenidad de los círculos interiores. En estos jardines Nhia encontraba a menudo a los acólitos que estaban dispuestos a hablar con ella de las cosas que le interesaban. El Segundo Círculo estaba lleno de murmullos y parloteos, desesperados intentos de hacer callar a los niños que lloriqueaban o gemían, ruido de pies que se arrastraban y algún ocasional chillido o grito; era difícil concentrarse en los pensamientos, aunque

Nhia a veces iba allí precisamente para ejercitar la concentración. Pero prefería como mínimo la tranquilidad del Tercer Círculo o, si podía elegir, la callada santidad del Cuarto.

Esta vez no tuvo suerte con sus ofrendas. Las monedas que había acumulado apenas fueron suficientes para el incienso necesario para aplacar a uno de los Sabios del Segundo Círculo. Pero la fortuna cambió cuando se encontró con uno de los acólitos al que había llegado a conocer mejor que a la mayoría gracias al tiempo que pasaba en el Templo, y que la invitó a entrar con él en el Tercer Círculo. Nhia aceptó de buen grado ya que así podría disfrutar de una media hora de agradable conversación, pero apenas habían entrado en el patio interior del Tercer Círculo cuando otro acólito se acercó apresurado a ellos y susurró algo al oído del amigo de Nhia con aire agitado.

—Lo siento —se disculpó su amigo cortésmente—, pero al parecer me requieren con urgencia en otro lugar. Hoy tenemos a uno de los Nueve Sabios en el Cuarto Círculo y se ha mostrado... exigente. Pero, por favor, pasea por el jardín. Procuraré volver cuando haya cumplido con mi deber.

—Gracias —dijo Nhia.

Él hizo una leve inclinación de cabeza con seriedad y se apresuró a marcharse.

Los Nueve Sabios eran seres casi míticos para Nhia. Se trataba de hombres y mujeres eruditos, grandes Sabios, la mayoría de los cuales se ganarían un nicho en el Segundo Círculo del Templo cuando fallecieran y muchos de cuyos predecesores ya ocupaban el suyo propio. Eran maestros de gran poder y conocimiento, consejeros imperiales, el primer y más honrado círculo del Consejo imperial. Uno de ellos había penetrado recientemente en el Último Cielo; Nhia había presenciado entre la multitud de la calle el desfile de su funeral, y había quedado profundamente impresionada por el cortejo y todos los objetos, que recreados con meticulosidad en papel pintado, precisaba para ser llevado al Otro Mundo. Su sucesor —cada Sabio nombraba a uno en el círculo antes de morir— era un misterio; nadie había visto ni oído nada aún sobre el mismo, al menos nadie de la gente corriente. Lo único que se sabía de él era que se trataba de un varón. Ya había sido objeto de muchas habladurías en la calle. Se decía que no tenía barba gris; no era joven, sin duda, porque ningún joven podía ser un Sabio, eso lo sabía cualquiera. Esto significaba que sería un hombre viril, en la plenitud de su vida, y todo el mundo, desde las corpulentas matronas que hacían virtuosos sacrificios en los círculos del Templo más elevados hasta las pintarrajeadas rameras de bazar, especulaban si había tomado una esposa o una concubina o si tenía intención de hacerlo. Nhia se preguntó por un instante y con una chispa de curiosidad pasajera si en realidad era el nuevo Sabio el que había provocado una actividad tan frenética en los acólitos del Gran Templo, pero era poco probable que ella jamás estuviera cerca de saberlo.

Sola en los jardines, Nhia estuvo casi una hora sentada contemplando los lánguidos peces sobrealimentados de uno de los estanques, feliz de disfrutar de un momento de auténtica paz. Cuando se preparaba para marcharse, su minusvalía volvió a hacerse patente. Cargó su peso con torpeza en el pie atrofiado al caminar por el sendero pavimentado que conducía a una de las puertas y el débil tobillo cedió. Nhia se desplomó al suelo ahogando un grito de dolor.

En su campo de visión, turbio de pronto por las lágrimas que habían acudido a sus ojos, apareció una mano que le ofrecía ayuda. Sorprendida, la cogió y alguien la ayudó amablemente a ponerse en pie y a apoyarse hasta que recuperó el equilibrio. Entonces levantó la mirada, parpadeando, para ver quién había acudido a auxiliarla.

El rostro del hombre era joven, sin arrugas; tenía el cabello largo y brillante atado atrás formando una cola trenzada como la que utilizaban los obreros; pero sus manos no eran las manos de un obrero y sus ojos no eran los ojos de un hombre joven. Las manos eran lisas y blancas y llevaba las uñas cuidadas, señal segura de un aristócrata con criados a su disposición, además de la reveladora caída del costoso tejido de su traje, que se derramó en pliegues cuidadosamente dispuestos, cuando se inclinó para ayudar a Nhia a levantarse. Sus ojos reflejaban una sabiduría secular, oscuros, bondadosos y misteriosos por completo.

—Yo... muchas gracias... estoy bien —farfulló, tan segura como de su nombre de que se estaba dirigiendo a alguien que se hallaba a mil kilómetros de distancia de ella en rango y posición social, y asustada por su temeridad al hablar con semejante personaje. Por protocolo debería haber permanecido callada con los ojos bajos hasta que se hubieran dirigido a ella directamente.

El hombre le soltó una de las manos con que le sujetaba los hombros y Nhia intentó ponerse en pie sin apoyo, pero cometió el error de apoyar su peso de nuevo en el pie malo. Intentó disimular el gesto de dolor que sin querer apareció en su rostro, pero evidentemente no lo logró pues una voz culta con la inflexión y entonación de la corte dijo:

—No lo creo.

Él le pasó el brazo por encima de los hombros y la ayudó a salir del camino, dirigiéndose hacia el banco más próximo de los jardines y dejando que se sentara con suavidad.

—Gracias —volvió a decir ella con timidez.

—¿Has venido a rezar por esto? —preguntó el hombre cortésmente, inclinando la cabeza una fracción de segundo para señalarle el pie, sin mencionar la dolencia, como exigía la educación.

—No, *sei*. No, no, señor, ésa es la razón por la que mi madre visita el Templo.

—Ah —exclamó él—. ¿Y no es la tuya?

—Vengo a entender, no a suplicar pequeños milagros —explicó Nhia, y, entonces, se mordió el labio para que no se le escapara un pequeño grito. Había cometido una descortesía, como mínimo, y él podía tomar su comentario casi como una blasfemia si quería.

—¿Cuántos años tienes? —le preguntó en cambio su benefactor, inesperadamente, tras una pausa que podía haber indicado sorpresa.

—Hace unos días cumplí trece, *sei* —respondió Nhia, aliviada porque de nuevo estaba en terreno seguro.

—He oído hablar de una muchachita que viene a hablar de los espíritus con los acólitos del Templo —comentó el hombre, pensativo—. ¿Puede que seas tú? ¿Cómo te llamas, niña?

—NhiNhi —respondió ella, dando de forma instintiva su nombre de niña, el nombre que su madre le había puesto cuando era un bebé y se sonrojó—. Quiero decir... Nhia, *sei*.

—Nhia —repitió él con aire de tratar de recordarlo—. Bien, Nhia, buscadora de sabiduría. Quizá volvamos a encontrarnos.

Nhia se atrevió a echar una rápida y vacilante mirada al rostro del hombre.

—Sí, *sei* —dijo, sin darse cuenta de que parecía que estaba accediendo a ese futuro encuentro en lugar de ser la sencilla respuesta que sus palabras parecían requerir.

Él se irguió, señaló hacia alguien que quedaba fuera del campo de visión de Nhia y luego le hizo una leve inclinación de cabeza —¡le hizo una *inclinación* de cabeza a ella!— y se alejó entre el susurrar de las costosas prendas de seda que vestía.

Nhia se dio cuenta de que estaba temblando.

Cuando instantes después unos pasos apresurados se acercaron a ella, levantó los ojos y vio la mirada intensamente curiosa de su amigo del Tercer Círculo.

—¿Qué te ha dicho? —preguntó el acólito con expresión de asombro—. ¿Te das cuenta de quién era?

Aún atónita, consciente de una multitud que murmuraba reunida en los claustros que había sido testigo colectivo de este extraño encuentro, Nhia se quedó mirando la puerta por la que su joven señor había desaparecido.

—Creo que sí —murmuró—. «Uno de los Nueve Sabios está hoy en el Cuarto Círculo...»

—Es Lihui..., era el Sabio Lihui..., es el más joven de los Nueve Sabios, el que ha venido hoy a honrarnos. Te he visto caer a sus pies y he tenido miedo, pero él...

Nhia abría los ojos como platos. Tenía razón, pero... ¿un Sabio? Un *Sabio* de la corte se había detenido para ayudar a levantarse a una niña tullida, preguntarle su nombre...

«Quizá volvamos a encontrarnos», había dicho.

Tal vez los lectores de *ganshu* nunca habían hablado a Nhia de este encuentro porque nunca debía haber tenido lugar. El acólito le había confiado la información de que en el Templo se hallaba un Sabio; la torcedura del tobillo podía haber sido pura casualidad, pero una parte de ella sabía a los pies de quién había caído y había guiado su lengua cuando le había dirigido la palabra.

Nhia miró alrededor y vio las vacilantes llamas de las velas y lámparas de aceite del Tercer Círculo, el brillo brumoso que rodeaba a los tejedores de los destinos humanos, a los Señores de los Cuatro Cuartos, y sonrió para sí. Aquel día se había situado en los senderos de los dioses. Quizá había dado su primer frágil paso para traspasar el velo que el *ganshu* había corrido sobre su vida y su destino.

SIETE

—¡Por el amor de todos los dioses, Khailin y, por última vez, hoy no! El canciller...

Se formaron arrugas de rebeldía en el rostro de Khailin.

—¡El canciller! Eso significa que no te veré hasta el anochecer y *eso* significa que hoy no tendré mi clase.

—Considéralo un día de descanso —dijo su padre con cierta impaciencia. Luego dejó de fruncir la frente y suspiró—. Khailin, saber tus letras *hacha* no hará que mágicamente...

—Lo sé —le interrumpió Khailin—. Sé lo que no hará. Pero hay tanto que quiero saber y que nunca sabré si no puedo...

Vaciló bajo la severa mirada de su padre.

—Y supongo que recuerdas que estas lecciones se basan en una actitud adecuada por tu parte. No permitiré que me interrumpas, Khailin, eso demuestra falta de respeto hacia tus padres.

—Sí, padre —dijo Khailin resignada.

—Bien. Entonces, asunto terminado. Reanudaremos nuestras clases cuando vuelva de Palacio. Entretanto, sugiero que te ocupes... de tus otras responsabilidades. Tendré que hablar con tu madre de eso. Dentro de un año o dos puede que estés casada y no tendrás tiempo para dedicarte a caprichos como libros y estudios.

Khailin hizo una leve inclinación de cabeza a su padre con el grado exacto de respeto que se requería, manteniendo los ojos bajos para que él no viera la rebeldía que había en ellos. Cheleh, cronista de la corte, se permitió una caricia leve como una pluma en el pelo de su hija antes de volver a inclinar la cabeza ante ella con el grado debido que indicaba conocimiento y la dejó sola en su cámara.

Cuando la puerta se cerró tras él, Khailin cogió un cojín con borlas de encima de la cama y lo arrojó contra la pared con un grito ahogado. Acababa de llegar a una parte interesante de un texto que su padre no sabía que había robado de su biblioteca de manuscritos y se había enfrascado en él. Esperaba sacarle alguna información aquel día, sin que él se enterara de que tenía el manuscrito, por supuesto, y terminar de leer el texto aquella noche. Era un antiguo tratado de astronomía escrito por un Sabio de la corte de un Emperador muerto mucho tiempo atrás; Khailin podía decir, incluso con su incapacidad para comprender por completo, que gran parte de la información ya estaba obsoleta, pero contenía varias descripciones que encajaban con algo que había podido observar por sí misma en el cielo nocturno con el visor de distancia que su padre tenía en su estudio. Esperaba poder extraer suficiente información de este manuscrito para confirmar sus propias observaciones, y quizá averiguar dónde podría obtener material más reciente sobre un objeto celestial determinado que le había llamado la atención, una esfera de color rojo y oro con un anillo alrededor.

Había empezado a insistir en que su padre le enseñara *hacha-ashu*, la escritura de la lengua corriente, cuando se dio cuenta por primera vez de que el *jin-ashu*, la escritura que su madre le había estado enseñando desde que cumplió cuatro años, no era el lenguaje en el que las cosas realmente interesantes estaban escritas. El *jin-ashu* era un lenguaje de mujeres y era el núcleo del mundo femenino. Sus escritos tendían a limitarse a poesía, leyendas, historias, la sabiduría del hogar, cartas entre hermanas del *jin-shei* (ya estuvieran separadas por la longitud y anchura de Syai, ya por tres calles en la misma ciudad). El *jin-ashu* trataba de lo cotidiano, conversaciones de las esposas y madres en el hogar, desahogos de un amor no correspondido o los éxtasis de una recién casada que acaba de iniciarse en los placeres del amor. Khailin había visto a algunas de estas últimas, aunque aún tenía que pasar por su ceremonia de iniciación Xat-Wau y se la consideraba demasiado joven para lo que a veces eran cartas francamente eróticas entre mujeres adultas e iniciadas sexualmente. Pero Khailin leía lo que le interesaba y si podía tomar a escondidas un tratado de astronomía de la preciada biblioteca de su padre, las cartas de *jin-ashu* que su madre acumulaba eran un problema considerablemente menor para resolver hasta que encontraba material que le llamaba la atención. Sabía mucho más de lo que sus padres sospechaban sobre lo que le esperaba como mujer joven que se acercaba rápidamente a la edad casadera.

En realidad, ya había empezado a echar el ojo a posibles objetivos: hombres jóvenes suficientemente cultos para tener acceso a las cosas que ella quería averiguar o lo bastante ricos para comprar tal acceso, o ambas cosas. Por desgracia, la mayoría de pretendientes más jóvenes en los que había pensado —los que sus padres considerarían adecuados— también fueron rechazados pronto, porque simplemente eran demasiado aburridos para resultarle interesantes. Khailin se preguntaba si podría conseguir un esposo bastante mayor que ella, pero cuya edad quedara compensada por el hecho de que sería más fácil que una esposa joven le engatusara para que le permitiera hacer las cosas que Khailin tenía intención de seguir haciendo. Estudiar. Leer.

Una llamada insegura en la puerta interrumpió sus pensamientos y cuando le gritó dándole permiso entró un sirviente con las manos juntas que, tras hacer una profunda inclinación de cabeza a su joven ama, anunció que su madre, la dama Yulinh, requería la presencia de Khailin.

—Dile que iré enseguida —dijo ésta y el sirviente se retiró, inclinándose de nuevo.

Khailin suspiró. Sospechaba que su padre se había detenido en los aposentos de su madre para sugerir que se llevara a Khailin y sabía lo que eso significaba.

No se equivocaba.

La señora Yulinh creía con fervor en el poder de la purificación y la meditación. Visitaba los baños rituales con frecuencia, actividad que Khailin despreciaba profundamente por la misma razón por la que encontraba el *hacha-ashu* más interesante que el *jin-ashu*; no se sentía a gusto cuando se hallaba encerrada mucho rato en presencia de la feminidad pura. La mayoría de las mujeres de los baños le parecían aburridas, chismosas e indeciblemente sosas. Ellas la encontraban demasiado directa, demasiado abrasiva, rozando sin duda la grosería, siempre pragmática, siempre procurando no enfrentarse de modo directo con ninguna de las matronas a las que algún día podría tener como suegras. Pero comportarse de la mejor manera, sin tacha y fríamente educada durante tres o cuatro horas seguidas, que era el tiempo que solían durar los rituales del baño de purificación, la agotaban e irritaban sumamente. Incluso su madre había aprendido a no llevársela más a menudo de lo necesario y a permanecer fuera de su camino durante un rato mientras volvían a casa, hasta que Khailin hubiera desahogado su irascibilidad en algún inocente criado.

Las visitas al Gran Templo eran otra cosa. La dama Yulinh poseía suficiente talla y respaldo económico para poder acudir regularmente al Tercer e incluso al Cuarto Círculo del Templo. Insistía en que sus hijas —pues su hija menor, Yan, había sido requerida para asistir a esos viajes devocionales desde que tenía ocho años— realizaran los rituales y protocolos precisos con ella, pero una vez hecha la parte oficial de la visita, las niñas eran libres de emplear su tiempo en el Templo como desearan hasta que Yulinh estaba lista para marcharse. Para Yan, eso significaba regresar al Primer y Segundo Círculo, mucho más pintorescos y más interesantes; pronto se hizo adicta a las lecturas de *ganshu* y a los adivinos de toda clase. Khailin prefería entretenerse en los círculos interiores del Templo, el Tercero y Cuarto, en los que había menos gente y más poder. Prefería su conocimiento empírico y sus datos bien demostrados y documentados por protocolos experimentales; pero el conocimiento era el conocimiento y las ramas de estudio más empíricas de la química y la alquimia tenían sus raíces en el Templo y en las deidades que albergaba. El resto ya vendría.

Al menos aquel día Yulinh propuso el Templo. No mencionó los baños, al menos no directamente. Khailin agradeció ese detalle; no creía que ese día pudiera comportarse con elegancia en ellos. Por lo menos, el Templo era en potencia un buen sustituto de la clase de lectura que se saltaría.

Yulinh y sus hijas fueron depositadas ante una de las puertas del Templo en su palanquín, seguidas por un par de callados criados que las habían seguido de cerca en otro. Yulinh envió a uno de los criados a comprar un tipo concreto de incienso, al otro, a conseguir una botella de vino de arroz y la cantidad adecuada de arroz y alubias para el ritual de súplica que tenía en mente. Luego pasó deprisa por los abarrotados corredores del Primer Círculo, encaminándose a los lugares sagrados del interior. Sus dos hijas, con los ojos bajos en actitud piadosa, la seguían de cerca.

Habían ido directamente a un santuario dedicado a I'Chi-sei, uno de los Tres Seres Puros. Últimamente, Yulinh había estado sufriendo de letargo y falta de energía a causa del opresivo calor del verano. Khailin opinaba en privado que su madre habría hecho mejor quedándose en el Segundo Círculo y pidiendo socorro al Espíritu de la Lluvia en lugar de suplicar a un dios de los Cielos Terrenales la energía que el tiempo caluroso y seco le arrebataba, pero se mordió la lengua. Cuando su madre estuvo lo bastante absorta en sus devociones para no darse cuenta de que Khailin no estaba, se alejó con sigilo y fue a buscar su propia iluminación.

En los jardines del Tercer Círculo, Khailin encontró un acólito que dibujaba con arena pintada un mandala con sumo detalle en un marco de madera untada de aceite. Estaba sentado frente a su santuario favorito, el de Sin, Señor del Este, la deidad que era ascendente de su signo de nacimiento y al que tenía especial devoción. Khailin se quedó mirándole un rato con las manos decorosamente metidas en las anchas mangas de su túnica de seda roja. Sabía que era mejor no interrumpirle, pero cuando él hizo un descanso, recostándose y alargando el brazo para coger un frasco de vino de arroz que tenía cerca, ella se arrodilló a su lado.

—¿Para qué es? —preguntó.

—Es para una dama que desea un favor del Señor Sin —dijo cortésmente el acólito—. Se colocará en ese nicho con una lámpara llena de aceite sagrado, hasta el momento en que la dama nos diga que su deseo ha sido concedido o que ha retirado la petición.

—¿Sirven de algo? —preguntó Khailin. Las había visto anteriormente, las pinturas de arena, colocadas en santuarios junto a ofrendas más prosaicas, bellas y crípticas, misteriosas. Nunca había visto preparar ninguna tan de cerca y la examinó con cierta curiosidad—. ¿Qué utilizas para teñir la arena?

—¿Deseas ingresar en el Templo algún día, joven *sai'an*? —preguntó el acólito sonriendo—. Esto son secretos del Templo. Hacemos el trabajo de los dioses. En cuanto a si se consigue algo, eso no es asunto nuestro. Nosotros facilitamos el contacto. El deseo y la concesión de la petición se queda entre el que reza y el dios que le escucha.

—He oído decir que los dioses ayudan a los que se ponen en su camino —dijo Khailin—. Pero esta pintura es un gesto muy pasivo. Es como si hubiera demasiada energía *cha'ia* y no suficiente *chao*...

El acólito alzó una ceja.

—Estás muy enterada, joven *sai'an*.

—¿No es mejor —continuó Khailin— conocer la plegaria y hacer algo que responda a ella? Si es una enfermedad, pues un elixir o una medicina. Si es un hijo, pues una manera de concebir o un modo de adoptar. Si es un amante...

—Eso es demasiado para que los acólitos de los dioses aspiren a ello —se apresuró a decir éste interrumpiéndola—. Y la gente consigue gran parte de eso. Pero no aquí —hizo evidente su desaprobación, pero no explicó nada más.

Sin embargo, Khailin ya había leído lo suficiente para conocer la dicotomía de las alquimias en el camino del Cha en que estaban envueltos los dioses y los espíritus del Gran Templo. Era uno de los primeros manuscritos que había tomado prestado de la biblioteca de su padre. Prácticamente se lo había aprendido de memoria:

> *Cha es el camino del espíritu, la energía y el poder. Cha es parte de todo y de cada criatura del mundo. El Cha puro es de lo que está hecho el Cielo más elevado, un lugar perfecto donde el varón y la hembra, el* chao *y el* cha'ia*, se encontraron y se fundieron en un equilibrio impecable, donde el buscador pierde el yo y se convierte en el mundo entero...*

En cualquier caso, ésta era la meta última de las alquimias internas del Camino del Cha: buscar caminos para fundir el espíritu del adepto con lo inaccesible al conocimiento, hacerse uno con los dioses. La alquimia interna, el *zhao-cha*, trataba de los reinos etéreos que sólo podían alcanzarse mediante lo incorpóreo, lo espiritual.

La alquimia externa, el *yang-cha*, trataba más de la comprensión del aquí y el ahora. La ciencia empírica. La parte del Camino que despertaba el mayor interés de Khailin.

Pero el Gran Templo negaba los mayores logros de aquellos que elegían el camino de la alquimia externa. Los astrónomos eran incomprendidos, sus hallazgos languidecían en antiguos manuscritos sólo para que los leyeran otros astrónomos. En cuanto a la preparación de los elixires, aquellos tan potentes que proporcionaban fuerza, conocimiento, incluso (si se creía la leyenda) la inmortalidad..., era demasiado secreto para los manuscritos que pertenecían a la colección del padre de Khailin, y su existencia sólo era insinuada en términos tan oscuramente misteriosos que Khailin se perdía con todo lo que no se decía.

—Si me disculpas —empezó a decir el acólito, actuando de nuevo con gran cortesía, la debida de acólito a suplicante. Pero fue interrumpido por el ruido de unos pies calzados con sandalias que pisaban las losas de piedras del círculo con cierta prisa, y luego el que calzaba esas sandalias, otro acólito, entró en el campo de visión al dar la vuelta a la esquina del claustro. Casi iba corriendo y la expresión de su rostro rayaba el pánico. Al mismo tiempo, otros dos llegaron apresurados cruzando la puerta del Cuarto Círculo a través de la cual la propia Khailin había pasado y, al ver al dibujante del mandala sentado ante su obra de arte inacabada, se habían encaminado hacia él. Los tres llegaron más o menos al mismo tiempo junto al que estaba sentado.

—Te reclaman —dijo el que había venido corriendo por el claustro.

Pero uno de los otros, quizá de rango más elevado o sólo más prudente que el resto, alzó una mano pidiendo calma para interrumpir al que había hablado, más impulsivo, antes de que pudiera decir cosas no apropiadas para los oídos de una persona no iniciada.

—Hermano —dijo, dirigiéndose al acólito que estaba sentado—, ha habido una llamada del Cuarto Círculo. Me han enviado para reunir la ayuda necesaria. Te ruego que dejes tu tarea un momento y vengas conmigo —se volvió a Khailin—. Si nos disculpas, joven *sai'an*, el Templo nos obliga a obedecer.

Khailin se puso en pie y mantuvo el semblante lo bastante inescrutable para ocultar su curiosidad, juntó las manos e hizo una leve inclinación de cabeza con la deferencia debida a la posición de que gozaban los otros. El que había hablado le devolvió el saludo. El que confeccionaba el mandala también se había levantado, haciendo una reverencia al Señor Sin en su nicho antes de guardar el mandala a medio hacer bajo el altar para volver a trabajar en él cuando regresara. Los cuatro, mientras el que se había despedido de Khailin hablaba a sus compañeros en voz baja, partieron hacia la puerta del Cuarto Círculo con cierta prisa.

A solas, Khailin consideró la posibilidad de sacar el mandala para examinarlo más de cerca, pero se encontró con los ojos de piedra de la ceñuda efigie del Señor Sin. Un temor supersticioso se apoderó de ella e hizo una rápida reverencia para compensar, tratando de alejar todo pensamiento irreverente mientras se marchaba. Tal vez ella no creyera en el poder de que los mandalas sirvieran para algún bien práctico, pero otras personas sí y eso les otorgaba cierto poder. Khailin ya había aprendido a respetar el poder.

Respetarlo lo suficiente para desearlo.

Cuando intentó volver al Cuarto Círculo para reunirse de nuevo con su madre y su hermana, le negaron la entrada, educada pero firmemente.

—Pero mi madre, la dama Yulinh, está ahí dentro —dijo Khailin. No le importaba recurrir al rango si no podía conseguir lo que quería con otros medios, y en aquel lugar el rango de Yulinh era lo que importaba para los que ostentaban el poder.

—No lo creo, *sai'an*. El Cuarto Círculo se ha vaciado para una ocasión especial. Si su señora madre se encontraba realmente allí con sus devociones, sin duda ya la han acompañado a otro sitio para completarlas.

—Pero...

—Lo lamento mucho, *sai'an*.

—¿Adónde pueden haberla llevado?

—Tal vez al santuario de Ama-bai —sugirió el guarda.

Khailin se alejó, frustrada. El Tercer Círculo estaba un poco más lleno de gente de lo usual y se oía un murmullo bajo de voces en el jardín en general silencioso, pero su madre y su hermana no se hallaban en el santuario de Ama-bai. Khailin prosiguió su recorrido por el Tercer Círculo, esperando tropezar con ellas. Se tomó su tiempo. Algo estaba ocurriendo allí, lo percibía, y tenía tanta curiosidad como un gato que observa la ratonera en espera de algún movimiento. En su primera vuelta no encontró a Yulinh ni a Yan. Había otras personas, interrumpidas evidentemente en sus devociones, hablando en susurros unas con otras y con aire un poco desconcertado, y una muchacha de aproximadamente su misma edad que, serena, estaba sentada en un banco de los jardines contemplando los peces con expresión meditativa. Pero esto no eran respuestas.

Hasta que, en su segunda vuelta, ahora buscando incansable alguna pista además de a su familia, Khailin tropezó de nuevo con la niña que estaba sentada en el banco. Ésta se levantó al ver que Khailin la miraba, se apartó unos pasos con torpeza para llegar a un sendero pavimentado de uno de los corredores que atravesaban los círculos y luego se desplomó con poca elegancia cuando su pierna cedió bajo su peso, casi exactamente en el momento en que una guardia de honor de acólitos pasaba por aquel lugar delante de un hombre vestido con una rica túnica y con aspecto de poder.

Todos los instintos de Khailin temblaron al verle. Era la personificación del conocimiento que ella estaba buscando. Lo llevaba adherido a él como una capa invisible.

No sabía cómo lo supo, pero observó con avidez al hombre que se inclinó para ayudar a levantarse a la niña tullida —pues su pie estaba lisiado, Khailin estaba lo bastante cerca para verlo con claridad— y luego la condujo amablemente a sentarse en el jardín, ayudándola a hacerlo. Intercambiaron algunas palabras, en voz muy baja, demasiado baja para que Khailin las entendiera, y luego él hizo una leve inclinación de cabeza a la niña y una seña a su escolta de acólitos que volvieron a ponerse en marcha. Khailin se las apañó para acercarse, se hallaba al alcance del oído cuando un joven acólito se acercó apresurado a la niña en el jardín.

—Era Lihui, el Sabio Lihui.

La familia de Khailin formaba parte de la corte interna. Sabía que había muerto uno de los Nueve Sabios y que había un sucesor. Nadie había visto aún a Lihui en el Palacio; se rumoreaba que estaba esperando a la Corte de Otoño, en la cual sería presentado formalmente al Emperador, lo que indicaría su entrada oficial en la sociedad.

Y había hablado con esta niña tullida, vestida de modo sencillo.

¿Qué le había dicho? ¿Quién era? ¿Cómo era posible que hubiera llamado la atención de uno de los hombres más cultos y más poderosos de Syai, sólo porque había elegido el momento preciso para caerse a sus pies?

Khailin no sabía quién era esta niña, la única a la que la fortuna había sonreído en el Gran Templo ante los ojos de los dioses.

Pero lo descubriría. Se ocuparía de averiguarlo.

Entretanto, se volvió y salió del Tercer Círculo, uniéndose a la bulliciosa multitud del Segundo donde el paso del Sabio aún se comentaba en voz alta y con alegría. Yan tenía un espíritu menor favorito entre los del Segundo Círculo, una figurilla fea hecha de barro y juncos; en este santuario era donde Khailin esperaba encontrar a su familia. La procedencia de esta deidad y por tanto su poder y su capacidad de acceder a la plegaria parecían ser un misterio para todo el mundo a quien Khailin conocía, incluida su propia madre; pero la fea efigie del espíritu desconocido era evidente que tenía más devotos aparte de Yan porque su altar siempre rebosaba de ofrendas. Nunca se veía a nadie colocar realmente nada en el altar, ni que admitiera que lo había hecho, lo que provocó que Khailin dijera a Yan una vez, atormentando adrede a su hermana pequeña, que era muy posible que el pequeño espíritu simplemente se adorara a sí mismo. Pero Yulinh había considerado esa idea un sacrilegio y había demostrado su repugnancia ante semejantes comentarios.

Ahora Khailin lucía una leve sonrisa mientras iba en busca del santuario del espíritu del misterio. Creía que por fin podría encontrar un uso para aquella cosita fea. Encendería una varita de incienso enfrente del dios del misterio y le pediría ayuda para resolver uno.

Que la ayudara a encontrar a la niña tullida.

OCHO

Nhia reflexionó sobre su encuentro en el Templo mientras regresaba cojeando a casa. Era algo que le producía gran placer. Habría podido contársela a Tai, la hija de la modista viuda que vivía a una manzana del bloque de Nhia, porque Tai sabía escuchar, hacer grande cualquier cosa y mantenerla en su lugar al mismo tiempo. Tai era lo bastante joven para que le impresionara y lo bastante mayor para saber por qué le impresionaba. Pero Tai y su madre estaban en el Palacio de Verano, ayudando a acicalarse a las damas imperiales para la corte que iba a llegar, y Nhia se encontraba en la bochornosa ciudad soportando el calor lo mejor que podía. Le sorprendió un poco descubrir la escasez de confidentes que tenía; al estar Tai ausente se había reducido a... a sí misma. Ella misma y las cosas que la gente a las que inspiraba confianza le contaban de forma instintiva. Pero era diferente; eso era que le hablaran a una, en lugar de hablar.

Cuando regresaba a casa por las calles que relucían por el calor y los callejones en los que se arremolinaba el polvo, se permitió un breve instante de amarga autocompasión. ¿Sería diferente si hubiera tenido un cuerpo sano? ¿La milagrosa cura de su pie atrofiado también le aportaría alguna amiga con la que pudiera compartir sus sueños?

Era muy tarde; Nhia había pasado demasiado tiempo en el Templo, incluso según la medida de su madre que admitía era exagerada.

—Llegas tarde —dijo Li—. ¿Has encontrado lo que buscabas en el Templo?

Siempre se lo preguntaba. Como si pudiera haber una respuesta diferente a la que siempre recibía. Sin embargo, esta vez su tono era un poco mordaz, y daba a entender que fuera lo que fuese lo que Nhia hubiera ido a buscar allí habría podido tardar menos tiempo.

—Sí, madre —respondió Nhia, apretando los dientes, dando la respuesta de siempre a la pregunta de costumbre, ya que prefería no responder a las insinuaciones—. El Templo me ha satisfecho.

Esta vez habría podido dar una respuesta distinta, pero Nhia, a pesar de las ganas que tenía de contar lo que había ocurrido, evitó comentarlo con su madre. Le haría demasiadas preguntas, sacaría demasiadas conclusiones, haría demasiadas extrapolaciones y especulaciones, probablemente se pondría excesivamente nerviosa sin necesidad. Eso no era lo que ella quería, no en aquellos momentos.

Li, que no sabía que había algo bajo la tersa y fría respuesta de Nhia, pareció satisfecha con las palabras que ya esperaba y no profundizó más. Entregó a Nhia un montón de prendas para remendar mientras ella se ponía a doblar la ropa de casa lavada, almidonada y planchada, lista para devolvérsela a los clientes antes de ponerse con el siguiente lote. No podía haber habido nada más calculado para empañar el entusiasmo y la euforia inicial de Nhia. Esto era ella. Esto era lo que siempre sería. La hija de la mujer que lavaba y remendaba la ropa de la gente rica y acomodada. La hija tullida de la mujer que hacía la colada. Alguien que podía ayudar a revolver las sábanas en las tinas, doliéndole los ojos debido al fuerte blanqueante que su madre utilizaba, o remendar pequeños desgarrones en elegantes manteles o ropa interior femenina. Ni siquiera era una habilidad o algo bello, algo que la mucho más joven Tai ya podía realizar con la aguja y el hilo de bordar. Nhia era cuidadosa, pero sus manos no eran hábiles, ni su mente se inclinaba hacia ese camino. Para ella, la aguja no era más que un simple trabajo aburrido.

Las dos pesadas planchas de hierro negro de su madre estaban puestas al fuego sobre la placa colocada encima de las brasas, y Li ya había iniciado la tarea de alisar con firmeza las sábanas de hilo almidonadas que altivos criados pronto colocarían en camas con colgantes brocados. Li planchaba haciendo una mueca, como si estuviera castigando a las sábanas por las manchas de placer con que habían llegado a su establecimiento, por todas las risas, los susurros y la alegría con que se burlaban de su solitaria existencia. Li no era viuda; al menos en esto había cierto honor, y hubiera podido llevar la cabeza tan alta como durante años había hecho la madre de Tai, Rimshi. Era peor. Mucho peor. Tras la llegada de Nhia, el esposo de Li se había quedado el tiempo suficiente para darse cuenta de cómo sería su vida a partir de aquel momento —la desesperada piedad, las ofrendas, los talismanes, los lectores de *ganshu*, los interminables peregrinajes al Templo, la amarga y no recompensada fe— y entonces un día se marchó, simplemente desapareció, llevándose una muda de ropa y su madera de la edad, nada más. El golpe más amargo había sido cuando a Li y a su hija abandonadas les llegaron rumores de que su esposo se había establecido en las afueras de Linh-an y vivía abiertamente con otra mujer con la que había formado otra familia. Tenía un hijo regordete y angelical de casi tres años cuando Li descubrió su existencia. Un hijo *perfecto*. Capaz ya de empezar a andar. Casi listo para correr.

Un reproche vivo para la mujer que había parido a la hija tullida.

Por alguna razón planchar era lo que sacaba todo esto de ella. La mayor parte del tiempo Li estaba dispuesta a acusar a los crueles dioses y deidades por su destino en la vida, pero cuando planchaba, a través de una extraña cadena de asociaciones, todo era culpa de Nhia; era su culpa haber nacido, que su madre hubiera vivido casi doce años ya sin un hombre que le calentara la cama, sin necesidad de lavar sus propias sábanas de las manchas del placer de la noche y almidonarlas con afán esperando la siguiente. Nhia conocía la pauta, si no los detalles exactos que había detrás; conocía las arrugas que aparecían en el rostro de su madre y sabía muy bien cuándo era prudente dejarse ver poco.

A Nhia le resultaba difícil caminar mucho rato o hasta muy lejos, aunque de alguna manera su pie torcido tenía suficiente fuerza para utilizar el carrito que funcionaba a pedales con el que iba a entregar la ropa que su madre lavaba y planchaba, por lo que esto se había convertido en una tarea suya. Rimshi, con las relaciones que tenía en la corte, había ayudado a Li a conseguir muchos encargos de casas relacionadas con ésta. No existía ninguna obligación, ningún deber, ni siquiera un vínculo de *jin-shei*, pero Rimshi no había necesitado el peso de un juramento de *jin-shei* para ofrecer la ayuda que podía dar. El verano era la época en que Rimshi se hallaba más ocupada, preparando a las mujeres imperiales para la Corte de Otoño, pero siempre era una época de escasez para Li, simplemente porque la corte verdadera se trasladaba al Palacio de Verano y eso significaba que no había cantidades abundantes de ropa manchada con descuido por las mujeres y pocos encargos importantes o generosas propinas de los que eran lo bastante ricos para permitírselas sin escrúpulos. No obstante, había otras casas, en los lindes, y eran éstas principalmente a las que Nhia iba pedaleando con su carrito cargado en esos días de verano.

Ella prefería hacer sus rondas a primera hora de la mañana o a última hora de la tarde, cuando el sol no era tan fuerte como durante las horas sofocantes del mediodía; aun así el calor del verano era infinitamente preferible al frío y tácito reproche de Li que de manera inevitable se percibía en su pequeña habitación cuando ésta ponía las planchas en el fuego. Al ver los instrumentos preparados, Nhia dejaba de remendar y se detenía sólo lo necesario para ponerse un sombrero ancho de pico que le tapaba el rostro y los hombros y atárselo bien bajo la barbilla con toscas cintas antes de salir a hurtadillas de casa.

En cada fardo estaban indicadas las entregas en un trozo de papel reciclado con el nombre y la dirección escritas en *jin-ashu*. Li, a pesar de estar constantemente dividida entre su abnegado amor a su hija, las constantes plegarias a dioses sordos para que curaran a la niña, y la amargura que suponía para ella que esa misma niña fuera responsable de su existencia solitaria, había sacado partido de esa situación. El *jin-ashu* era la herencia de su hija, le pertenecía igual que a todas las mujeres de Syai y Li se aseguraba de que al menos esto no le fuera escatimado a Nhia.

El carrito de entregas iba provisto de una campanita y al oír su llamada solía salir algún criado por una puerta lateral de alguna casa para recoger la ropa limpia, entregar el siguiente lote de ropa sucia y los honorarios de Li, que Nhia se metía en una bolsa que llevaba colgada a la cintura debajo de la túnica. Aquella tarde sólo tenía que hacer cinco entregas, pero Nhia notaba que el sol le chupaba la energía mientras pedaleaba por las polvorientas calles, notaba las gotas de sudor que le resbalaban por la espalda y le bañaban la frente. Tenía el pelo húmedo y pegado a la cabeza; antes de que hubiera hecho la mitad de su ruta, el sombrero de paja ya le apretaba en la cabeza y le producía la sensación de que tenía un tornillo de banco en las sienes. Pasó por delante de un vendedor de sorbetes que se había situado en un lugar en la sombra bajo los arcos de un patio y anunciaba a gritos sus bebidas frescas, pero ella había gastado todas sus monedas en el Templo aquella mañana y no se atrevía a gastar en semejantes caprichos el dinero que a Li tanto le costaba ganar.

Un sorbete pagado con la moneda de las acres acusaciones que Li le haría por el despilfarro al regresar a casa, realmente le resultaría demasiado caro para que ni siquiera pensara en ello. Así que se limitó a que su mente se refrescara con la idea del sorbete y siguió pedaleando, resignada, para realizar sus tareas.

La casa de Cheleh, el cronista de la corte, era la última parada de su lista. El cronista vivía en una pagoda de ladrillo de dos pisos con el tejado de tejas de vivo color rojo. Estaba rodeada por un muro bajo con los símbolos *hacha-ashu* de la prosperidad y la felicidad —tan comunes que incluso los que desconocían la escritura podían reconocer— pintados en los pilares de la puerta que conducía al patio cubierto de hojas, al que daban sombra unos magnolios. La temperatura descendió perceptiblemente cuando Nhia atravesó con su carrito esta arcada y dio la vuelta a la casa para ir a la parte posterior pedaleando a la sombra de los árboles. Incluso parecía que corría un poco de aire. Se detuvo unos instantes, respiró hondo, se tomó tiempo para quitarse el sombrero y secarse la frente y las sienes con la manga, se sintió lo bastante a salvo para levantar la mirada hacia el dosel de hojas que la rodeaba protegiéndola del implacable sol y sonrió.

Impaciente en el palanquín por el paso del portador, acalorada y sofocada en el pequeño espacio cerrado con cortinas que compartía con su madre y dócil hermana menor, el humor de Khailin era peligrosamente inestable cuando se acercaban a casa. El viaje al Templo había sido ampliado con una breve e imprevista parada en los odiados baños rituales, lo que había servido de poco para mejorar el talante de Khailin y el largo, caluroso y sofocante trayecto a casa sólo había servido para convertir lo que había sido un leve mal humor en una clara predisposición a explotar a la más mínima provocación. Tenía la piel grasienta por los aceites y bálsamos del baño, los poros tapados e incapaces de respirar, la ropa le resbalaba de modo desagradable en la piel por el sudor y los ungüentos. Aparentemente ajena a tales incomodidades físicas, Yulinh dormitaba, reclinada en los cojines en la parte posterior de su transporte; Yan estaba sentada sin elegancia con las piernas cruzadas en actitud indecorosa, jugueteando con un par de marionetas en el regazo. La propia Yan era como una marioneta, pensó Khailin poniendo ceño en actitud agresiva. Hacía lo que quien tirara de los hilos quería que hiciera; era la niña perfecta, obediente, respetuosa y carecía por completo de iniciativa o curiosidad.

Khailin había atisbado por las cortinas del palanquín en el preciso momento en que los portadores habían empezado a dar la vuelta al patio y vislumbró el símbolo pintado del pilar izquierdo de la puerta. «Felicidad». Vaya. El humor más bien agrio que tenía ese día sólo vio en ese signo una vaga burla.

Vislumbró una figura en un carrito a pedales que avanzaba lentamente bajo los árboles en la parte posterior del patio y entrecerró un poco los ojos al ver quién lo ocupaba. Por un instante podía haber sido cualquiera, cualquiera de los delgados niños abandonados de Linh-an, vestido con ropa sencilla y las facciones ocultas por un enorme sombrero de paja. Pero al tiempo que el palanquín giró y empezó a alejar a Khailin del carrito y la figura que lo conducía, ésta se agarró a las cortinas de su habitáculo y miró con atención al pequeño vehículo que se alejaba, la muchacha que iba en él hurgó bajo su barbilla y se apartó el sombrero, levantando la cara hacia los árboles, lo que permitió que Khailin viera, aunque fugazmente, las facciones que se le habían grabado en la memoria aquel día en el Templo.

¿Podía ser realmente...?

El pequeño y feo dios del Segundo Círculo iba a tener una buena ofrenda la próxima vez que Khailin acudiera al Templo, si en verdad era la misma niña que había hablado con el Sabio Lihui. Khailin saltó del palanquín casi antes de que los portadores la dejaran en el suelo, lo que le valió una perezosa reprimenda de su somnolienta madre.

—Khailin, ¿cuándo vas a aprender que una dama...?

—Lo siento, madre —se disculpó Khailin, de forma automática y completamente sin pensar, y se precipitó al interior de la casa.

Los gruesos muros de la pagoda hacían que el aire dentro fuera agradablemente fresco después del calor de las calles, pero Khailin no se detuvo a disfrutar de este cambio. Se deslizó por el vestíbulo y pasó de largo la escalinata curvada que conducía al segundo piso, cruzó la puerta que había bajo la escalera, pintada con esmero para hacerla prácticamente invisible en la pared, salió al corredor trasero y se dirigió a los aposentos del servicio. Una mujer que llevaba una bandeja con delicadas tazas de porcelana hizo una pirueta para apartarse del camino de Khailin, desviando la bandeja antes de que ésta chocara con ella. Más adelante, en el pasillo, había una puerta entreabierta, lo que permitió a Khailin vislumbrar una cocina ruidosa y llena de gente. Estuvo a punto de chocar con otra criada que portaba un montón de ropa limpia en una bolsa de tela blanca. Al final del pasillo, una puerta lacada en rojo daba al exterior; era la puerta trasera para las entregas y los aposentos de los criados, la que daba al patio trasero. Khailin la abrió de golpe, pero salió con una lentitud calculada, pues no quería irrumpir fuera con el aspecto de estar persiguiendo demonios. Tuvo tiempo de ver la parte posterior del carrito alejándose dando tumbos y dar la vuelta a la casa con la niña, que ahora volvía a llevar el sombrero, inclinada sobre el manillar. Sólo vio la pequeña espalda infantil coronada por aquel gigantesco sombrero que le daba el aspecto de alguna exótica seta... Era difícil estar segura... pero un instinto hizo sonreír a Khailin en señal de reconocimiento.

Después fue sencillo averiguar dónde se encontraba la niña y qué hacía en casa de Cheleh. Habían transcurrido menos de cuatro horas desde que Khailin había puesto los ojos en ella por primera vez en el Templo.

Tomó nota mentalmente para indagar *quién* era la pequeña y fea deidad.

NUEVE

—Estamos aquí por el *jin-shei* —le explicó Rimshi a Tai cuando se quedaron levantadas hasta tarde, hablando, la noche en que habían llegado de parte de la Pequeña Emperatriz el regalo y la invitación.

—Lo sé —dijo Tai, esperando con placer uno de sus cuentos de hadas favoritos, uno que era una historia vivida, una historia real.

—Tú eras *jin-shei-bao* de una de las concubinas y ella hacía que el resto viniera a ti para que les hicieras los vestidos para la corte... —Tai había oído la historia muchas veces, pero nunca se cansaba de escucharla; era la historia de Xien, la amiga de su madre y hermana del *jin-shei*, la única niña de una familia pobre de las calles laberínticas de Linh-an con cautivadores ojos verde oscuro y piel como un capullo de loto sobre los que Rimshi había atraído la atención de los representantes imperiales, y que había sido elevada a la corte imperial para ser el amor del Emperador. Xien no había dado ningún hijo al Emperador; fue una compañera amada durante años antes de que una enfermedad se la llevara cuando era muy joven. El Emperador la había llorado, y la corte la había echado de menos; pero para cuando hubo muerto, Rimshi, la compañera de infancia de Xien y su *jin-shei-bao*, era algo esencial sin cuyos suntuosos y meticulosos adornos en su atuendo las damas de la corte se sentían incompletas y desnudas.

Ahora Tai seguía los pasos de su madre y había conseguido una hermana en la corte imperial de Syai, una hermana de un linaje muy superior al que Rimshi jamás había aspirado.

Tai conocía el *jin-shei*, su teoría y protocolo, pero ahora de pronto había saltado de las páginas escritas en pulcras líneas de *jin-ashu,* y las palabras etéreas de las primeras historias de su madre habían adoptado una forma física real. Se había transformado en realidad, era suyo. Había preguntado, con febril excitación, qué tenía que hacer para responder a la nota que la Pequeña Emperatriz le había enviado con su regalo del diario encuadernado en cuero rojo, y Rimshi le había indicado que le enviara otro mensaje con las mismas palabras. Fue la propia Rimshi quien llevó esta respuesta al palacio aquella misma tarde y Antian la había recibido de su mano con una sonrisa.

—Dile que la buscaré mañana en los jardines —le pidió.

—Lo haré, Pequeña Emperatriz —dijo Rimshi con una leve inclinación de cabeza.

Así quedó sellado. Tai estaba demasiado nerviosa incluso para pensar en acostarse, por lo que Rimshi preparó para las dos un poco de té verde y se quedaron levantadas hasta mucho más tarde de la hora en que Tai solía acostarse, hablando de aquel mágico día.

—¿Cómo le hablo? ¿Cómo la llamo? —Tai había estado entrando y saliendo de aquella corte durante años, pisándole los talones a Rimshi, pero siempre había sido como alguien que está allí como compañera de otra persona. Alguien a quien la corte encontraba necesaria. Una niña que debería ser invisible, que no se dirigía a nadie y se aseguraba de no llamar la atención si no se la necesitaba. Ahora sería diferente... o eso imaginaba Tai. Con el nerviosismo había olvidado que sabía cómo debía hablar a esta Princesa, que ya lo había hecho en la pequeña terraza perdida aquella mañana.

—No deseará que seas demasiado formal con ella ahora que eres su *jin-shei* —dijo Rimshi—. Ella quería una hermana y una compañera, no una criada o una esclava. Ya tiene suficientes personas que la atienden; quiere una amiga.

—Es que no sé...

—Calla, Tai-*ban*. Esta noche tienes que dormir. Mañana por la mañana lo sabrás. Esto es sólo el comienzo, el *liu-kala* de tu primer vínculo del *jin-shei*. Apenas ha nacido, está en su primera edad, no puedes esperar hacerlo y saberlo todo.

—Pero no es el primero..., ¿verdad? —preguntó Tai.

—No lo sé; eso es algo que tú descubrirás. Así es como crece el círculo; si ella tiene otras hermanas del *jin-shei* te hablará de ellas. Puede que a través de ellas se vuelvan tuyas también, si decides jurarles lealtad; o serán tu *jin-shei-bao* por poderes, una hermana de una hermana. Aunque esto es algo entre tú y tu *jin-shei-bao* y no concierne a nadie más. Yo conozco a ésta ahora porque soy tu madre y me corresponde saberlo, pero cuando seas mayor de edad, y no faltan muchos años, será algo tuyo y sólo tuyo. Probablemente cuando tengas dieciocho o veinte años no sabré quiénes son tus hermanas del *jin-shei*. Puede que ni siquiera sepa cuántas hay en tu círculo. Y así es como debe ser.

—¿Dieciocho? —exclamó Tai recostándose en la almohada, pues de pronto le había entrado sueño—. No falta mucho tiempo para eso.

Rimshi se inclinó sobre ella, sonriendo largo rato después de que se hubiera quedado dormida con su oscuro cabello derramado sobre la almohada. No obstante, tenía los ojos demasiado brillantes y su sonrisa era un poco triste; una maraña de emociones llenaban la mente y el corazón de Rimshi. Estaba orgullosa de que Tai hubiera sido elegida para tener un vínculo tan profundo siendo aún tan joven y nada menos que por un personaje como la propia Pequeña Emperatriz. Pero también temía algo, era un temor que tenía su origen en su propio pasado. La historia que jamás había contado a Tai, quien había idolatrado a su padre, quien aún lloraba su pérdida.

Rimshi tenía dieciséis años cuando Tsexai empezó a cortejarla. Lo había hecho de una forma tan sutil, tan hábil, que ella ni siquiera se había dado cuenta de que se estaba enamorando hasta que ya no hubo remedio, estaba sellado y era irrevocable. Y entonces Meilin acudió a ella y Rimshi supo por la expresión de su cara que había ido a contarle algo duro. Y había sido duro. Casi más de lo que Rimshi podía soportar.

—Tsexai... su familia es propietaria de un negocio como el nuestro —dijo Meilin—. Igual que otras dos familias, pero ninguna tiene herederos en edad casadera. Como yo. Como él. Mi familia está dispuesta a ir a ver a la suya, a pedir su mano para mí. Rimshi, si esto no ocurre, mi familia se quedará en la ruina. Somos el más pequeño de los molinos de seda y no podemos sobrevivir, me toca a mí, yo tengo que solucionarlo, este matrimonio tiene que celebrarse. Sé que él quiere casarse contigo. ¿Te lo ha pedido ya?

Rimshi negó con la cabeza en silencio.

—Entonces... si lo hace... cuando lo haga..., ¿le rechazarás? Sé lo que pido, pero lo pido por mi familia, por mis antepasados. Lo siento,

Rimshi, lo siento mucho, pero te lo estoy pidiendo en nombre del *jin-shei*. No tengo alternativa.

Y Rimshi tampoco la tenía.

Tsexai se lo pidió; Rimshi rechazó el regalo de matrimonio; Tsexai se casó con Meilin. Que Rimshi supiera, fueron felices juntos y tuvieron una familia numerosa y la unión del negocio de ambas familias prosperó.

Rimshi lloró durante mucho tiempo y cuando Gan se acercó a ella le aceptó, aunque era mucho mayor y no estaba enamorada de él. De cualquier modo era un buen hombre, un esposo atento y un padre que adoraba a Tai, su única hija. Cuando Gan murió, Rimshi le lloró sinceramente y Tai tardó un año en volver a sonreír.

«¿Qué te deparará el *jin-shei*, hija mía? ¿Qué te pedirá?...»

A Rimshi le había quitado alegría, pero le había proporcionado satisfacción, y una buena vida. Y una hija a la que adoraba con locura. Una hija que jamás habría tenido con Tsexai. Otros hijos probablemente sí, pero no a Tai, no la Tai con la que los dioses de Cahan habían bendecido la vida de Rimshi...

Contempló a su hija ahora con un extraño temor premonitorio, un fuerte conocimiento, segura de que los frágiles hombros de Tai tendrían que soportar las responsabilidades de un imperio antes de que este vínculo del *jin-shei* particular llegara a su fin. Había dicho a Tai que sólo estaba entrando en este camino, que el *jin-shei* se hallaba en su infancia, y era cierto. No despertaría a su primera mañana hasta el día siguiente. Pero ¿adónde la llevaría?...

A la mañana siguiente Tai despertó temprano, inquieta. Su madre aún dormía en su colchoneta, con la boca ligeramente abierta, dejando al descubierto la mella que tenía en la dentadura. Era demasiado pronto para el desayuno, apenas había amanecido, el cielo aún estaba oscuro y las estrellas relucían. Pero Tai sabía que no volvería a dormirse; estaba completamente despierta, y todo lo que aquel día aún iba a depararle le hacía temblar por dentro. Se vistió sin hacer ruido, procurando no despertar a su madre, se puso las sandalias y salió de la habitación con sigilo. Tenía intención de ir un rato al jardín, pero se dirigió en cambio a la terraza sin saber por qué, la terraza en la que otro amanecer había conocido a Antian. Por primera vez desde que había empezado a pasar los veranos allí, en el Palacio de Verano, Tai vio salir el sol por detrás de las montañas, tiñendo las distantes cumbres nevadas de un rosa pálido y después dorado a medida que el sol se iba elevando y derramaba su luz por las empinadas laderas. Observó las estrellas que se apagaban sobre su cabeza, una a una, espíritus cada vez más pequeños y más frágiles extinguidos por el resplandor del regio sol en el firmamento. Era algo bello y triste que producía una inmensa expectación, como esperar a que algo nazca.

Se había llevado un diario, el rojo que Antian le había enviado, y se sentó en las frías losas de piedra de la terraza que el sol aún no había calentado, con el diario en el regazo y el pequeño tintero a su lado, sus letras *jin-ashu* tan pequeñas y hechas con tanta meticulosidad como sus bordados.

He visto salir el sol. Madre me habló anoche del liu-kala, *y tenía razón. Siento que algo nuevo está empezando a mi alrededor. Pero nada empieza sino que algo ha terminado, y en este día me pregunto qué ha sido. Como una de las estrellas en el firmamento esta mañana, he desaparecido..., he desaparecido, pero ahora hay otra cosa donde estaba aquello que yo era, algo más grande. Igual que las estrellas se desvanecen por la mañana y aparece el sol, y todo es luz.*

* * *

—No creía que te encontraría aquí tan temprano —una voz suave interrumpió sus pensamientos.

Tai levantó la cabeza. Era Antian, peinada con dos largas trenzas de nuevo que la hacían aparentar mucho menos de los catorce años que tenía, sonriendo.

—He venido porque me dijiste que las mañanas aquí también eran bellas. Y... no podía dormir.

—Yo también tenía ganas de que llegara el día —dijo Antian. Inclinó la cabeza una fracción hacia el cuaderno rojo que Tai sostenía y su sonrisa se ensanchó—. Me alegro de ver que te es útil.

—Es hermoso —dijo Tai mientras acariciaba con los dedos el suave cuero donde se ataba el cuaderno—. Nunca he tenido nada tan precioso.

—Entonces me ocuparé de regalarte otro igual cuando lo termines —exclamó Antian en un tono que parecía de auténtica satisfacción—. Y después otro, cada año, será mi regalo. Tal vez algún día compartirás conmigo parte de su contenido.

—Gracias —susurró Tai. No eran unas gracias sólo por el cuaderno o la promesa de reponerlo eternamente, estaba agradeciendo a Antian el abrirle el mundo un poco, el compartir una esfera más amplia de lo que Tai jamás habría podido aspirar por sí misma.

Antian lo comprendió y le tendió una mano.

—Pasea conmigo —dijo.

Tai cerró el cuaderno, tapó con firmeza su tintero, lo metió todo en un bolsillo de su túnica y le tendió a su vez la mano con los dedos temblorosos. Antian cogió su mano, la metió bajo un brazo y comenzó a andar. Juntas, con el cabello igual de oscuro y las mismas trenzas largas, sólo que las de Tai estaban un poco peor hechas que las de Antian, realmente parecían hermanas. Hermanas de verdad que compartían la misma sangre y familia.

«Pero esto es mejor», pensó Tai, cuyo corazón latía muy deprisa. «Somos *jin-shei*. Somos hermanas de corazón.»

Salieron de la terraza una del brazo de la otra y entraron en el jardín donde las mariposas despertaban, las flores empezaban a abrirse y el aire estaba cargado de perfume. De momento no hablaron, intercambiaron alguna palabra ocasional, cuando una de ellas señalaba un pájaro o una humilde abeja como si ninguna los hubiera visto nunca y susurraban: «¡Mira!». De momento, eso era suficiente. Tenían que aprender a compartir el tiempo, a fundir dos vidas diferentes que habían discurrido por dos corrientes distintas hasta la noche anterior y ahora se habían unido formando algo más grande, más profundo, más fuerte.

—Mira —exclamó Tai una vez más, señalando algo que le había llamado la atención en el jardín. Pero también apuntó a los pilares del claustro en sombra donde el jardín se unía al primero de los pabellones abiertos del Palacio de Verano, y cuando hizo la señal con el dedo, una delgada niña de cara alargada, tal vez un año menor que Antian, se apartó de un pilar en el que había estado apoyada, echó una mirada furiosa a las dos niñas que paseaban por el jardín y se alejó apresurada como si al verlas la hubieran pinchado.

Tai retiró su brazo, turbada. La niña iba vestida de seda de color turquesa y llevaba el peinado de estilo formal con flores de seda y perlas.

—¿Quién era? —preguntó con timidez. La mirada que le había lanzado no había sido amistosa.

—¿Ésa? —dijo Antian sonriendo con tristeza—. Era mi hermana. Mi enojada hermana. Es Liudan.

Pero la expresión que reflejaba el rostro de Liudan no era de enojo. Era una expresión que reflejaba miedo. Y dolor. Y pérdida.

SEGUNDA PARTE

Lan

Pasamos de los brazos maternos en pañales
a la cuna, nos alzamos
en pie y andamos; y cuando
envuelven en seda nuestro primer diente de leche
de Lan, donde una madre afectuosa
lo guardará por siempre,
dejamos de ser bebés.

QIU-LIN, año 5 del Emperador de la Nube

UNO

Esta noche hay mucha tranquilidad aquí.

Tai se paró, levantó el pincel de la página de su diario y escuchó el silencio.

Era el primer año que estaba en el Palacio de Verano sin su madre; Rimshi tenía una tos muy fuerte y una infección en el pecho el invierno anterior, y su médico, la curandera Szewan, que asistía a las mujeres de la corte imperial y que había sido enviada a cuidar de Rimshi por la propia emperatriz Yehonaia, había aconsejado que no viajara. Pero era el segundo año del *jin-shei* entre Tai y Antian, la Pequeña Emperatriz, y Tai había sido invitada por derecho propio como huésped de la corte. No le habían dado los aposentos que ella y su madre solían ocupar, en la periferia del palacio, en los patios exteriores. Tenía una habitación para ella sola, cerca de la de Antian; era una habitación con una ventana que daba al jardín, adornada con cortinas que ondeaban al viento y cojines mullidos. Incluso había un criado que dejaba un vaso de té helado cada mañana, cuando llegaba la hora del calor, como hacía en las cámaras de todas las mujeres.

Tai se sentía avergonzada aceptando todo esto. También se sentía aislada. El hecho de ser *jin-shei* de Antian era un secreto a voces en la corte, pero había ocasiones en que los sagrados preceptos del *jin-shei* chocaban con la rigidez más tradicional de la posición y la clase, y a muchas residentes de la elegante ala de las mujeres en palacio no les gustaba mucho que una plebeya hubiera sido invitada a vivir entre ellas. Antian, sin embargo, ya era mayor de edad; Tai había sido invitada a la ceremonia Xat-Wau de la Pequeña Emperatriz aquella primavera, y fue testigo de que la abuela de Antian, la anciana y frágil Emperatriz Viuda, colocaba la aguja lacada en rojo en el brillante cabello negro de Antian recogido hacia arriba. Antian era adulta, según la costumbre de Syai. También era miembro mayor de la casa imperial y disponía de su propia corte personal, que ahora era responsabilidad suya. Había pedido a Tai que fuera al Palacio de Verano y las otras mujeres tenían que comportarse como mínimo con educación.

O al menos ésa era la teoría. Tai había aprendido la diferencia entre tres tipos específicos de mujeres de la corte en lo que a ella se refería. Estaban las que eran sinceramente agradables y le sonreían o le decían una palabra amable al pasar por su lado, aun cuando Tai no fuera acompañada por Antian, y se sentían obligadas a mostrarse corteses en presencia de la poderosa amiga y protectora de Tai.

Estaban las que podían pasar por delante de Tai en silencio si iba sola, pero sonreían y la adulaban cuando se hallaba en compañía de Antian; Tai pronto supo reconocer una sonrisa que no llegaba a los ojos y el roce de unos dedos fríos y reacios.

Y después estaba Liudan.

En los dos años de su vínculo *jin-shei* con Antian, Tai había fracasado por completo en obtener algo más que fría hostilidad de la hermana de ésta, Liudan. Había empezado el mismo día del *jin-shei*, cuando ella y Antian paseaban por los jardines a los que ahora daba su habitación, cuando había señalado una flor y visto a Liudan retroceder y alejarse de ella.

«Era mi hermana. Mi enojada hermana.»

Más adelante Antian le había hablado de Liudan.

—Yo sólo tenía dos años cuando ella nació —le había contado Antian—, pero mi madre era la Emperatriz y todo el mundo me mimaba. Todos los hijos de las concubinas pertenecen a la Emperatriz, por supuesto, pero cuando Liudan nació, Cai, su madre, no quiso entregarla para que fuera criada por un ama de cría y después en la corte.

—¿Cuál de ellas es Cai? ¿La he conocido? —preguntó Tai.

—No —respondió Antian meneando la cabeza—. Cai murió. Estuvo en la corte pocos años, pero vivió su vida como un cometa.

—¿De dónde era?

—Era hija de un granjero pobre de las miserables rocas y piedras de la zona norte del país. No podía mantenerla: era el noveno hijo de la familia, la sexta niña, y por eso las llevó a ella y a otras dos hijas a Linh-an y las vendió para que fueran concubinas. Cai fue la única que entró en la corte imperial.

¿Y qué les ocurrió a sus hermanas? —preguntó Tai con los ojos desorbitados.

—¿Quién sabe? Cai nunca lo supo o al menos nunca volvió a hablar de ellas aquí en la corte.

—Entonces, ¿qué ocurrió? —siguió preguntando Tai, fascinada por la tristeza que percibía entre las líneas de esta historia, por los zarcillos con los que esta tristeza habían enredado a la propia Liudan.

—Tal vez fuera feliz —dijo Antian—. No lo sé. Yo era hija única. Cai llamó la atención del Emperador enseguida, pero corría el rumor de que no duraría mucho. Aunque le dio una hija. Una de sólo tres, incluida yo, que había engendrado con sus mujeres. Y todas nacimos también más o menos al mismo tiempo; la hermana que viene detrás de mí y yo sólo nos llevamos un año, y ella y Liudan también se llevan sólo un año. Ella es la más joven de la línea femenina. El resto, bueno, el linaje de él pasa a los chicos. Sus hijos varones ahora tienen edades que van desde veintitantos hasta niños de pecho...

Tai había oído suficiente para hacer sus cálculos. En Syai la herencia se transmitía a través de la línea femenina. El Emperador podía gobernar la tierra, por ser varón y haberle sido investido ese poder, pero que obtenía a través de la mujer con la que se había casado y que había sido el camino que le había conducido al trono, y su legado pasaría a las mujeres que había engendrado. Por lo tanto el Emperador había asegurado su sucesión, proporcionando después un par de herederas de repuesto para el Imperio, otras dos hijas, por si acaso le ocurría algo a la Pequeña Emperatriz. Los chicos harían buenos matrimonios y carecían de mayor importancia.

Pero Liudan era el segundo repuesto, nacida de una madre que, una vez cumplido su deber, se convirtió en una sombra en la corte: ya nadie se fijaba en ella, ya nadie la necesitaba, fue sustituida por otras mujeres del séquito de concubinas del Emperador. Lo único valioso que poseía Cai era su hija, por lo que Tai había extrapolado de las palabras anteriores de Antian. Cai no había deseado que otros la criaran, y quizá, si hubiera parido un varón, le habrían permitido quedarse con el niño y criarlo. Pero había dado a luz una posible heredera —tercera en la sucesión, claro, pero no obstante una posible heredera— y le arrebataron a la niña poco después de que naciera.

—Debió de sentirse muy sola —dijo Tai.

—Nos tenía a nosotras dos —repuso Antian, sin comprender las palabras de Tai y aplicándolas a Liudan, de quien acababan de estar hablando.

—Me refiero a Cai —dijo Tai—. ¿Qué le ocurrió después de que naciera Liudan? ¿Cuándo murió?

—No lo sé exactamente —dijo Antian pensativa—. Sé que dijeron que volvía a estar embarazada menos de un año después de que naciera Liudan, pero después de eso no lo sé. Tal vez fue así como murió, en el parto, ella y el bebé, porque cuando desapareció de la corte no quedó ninguno, que yo sepa, ni niño ni niña. Pero entonces corrieron rumores.

—¿De qué?

—De que había hecho algo vergonzoso —dijo Antian—. No recuerdo qué, pero había hecho algo que la había perjudicado. Y también a Liudan, su hija.

Y de pronto Tai comprendió por qué Liudan se había marchado apresurada del jardín.

—A ella la abandonaron, ¿verdad? —preguntó Tai en un susurro—. La hija de la que había cometido un error. Sin amigas. Excepto tú, Antian. Excepto tú.

Antian la había mirado con un brillo en sus ojos oscuros.

—¿Lo ves? Siempre entiendes. Sí, ella creció como Tercera Princesa, la más joven en el protocolo, la última de la línea, la no necesaria del todo... Su madre había caído en desgracia y nadie quería saber nada de ella.

—Y tenía miedo, ¿verdad? Aquella mañana en el jardín, tenía miedo de que ella fuera el precio de que yo entrara en tu vida. De que la abandonaras si elegías otra *compañera*.

—Oh, ella nunca había sido una compañera..., no así; ella es mi hermana...

—¿Ahora también lo es mía?

—No, el vínculo del *jin-shei* no significa que tengas que cargar con Liudan —dijo Antian con una sonrisa—. No es así. Ella es mi hermana de sangre y eso la hace diferente del vínculo del *jin-shei*. Y está equivocada si cree que voy a abandonarla sólo porque he encontrado una *jin-shei-bao* con la que compartir mi corazón. Pero ella siempre se siente herida y siempre está enfadada con el mundo. Ha crecido sola, a pesar de que todos los pasillos son un hervidero de hermanos, hermanas y mujeres que habían sido compañeras de su madre.

—Es muy guapa —dijo Tai.

—Cai también lo era. No la recuerdo, en realidad, pero hay un retrato que hizo el Emperador en marfil en las vitrinas de miniaturas del Palacio de Linh-an. Algún día te lo enseñaré. Era muy hermosa.

—Qué lástima que no la amaran —observó Tai.

Antian la miró de un modo extraño.

—Sí —expresó con lentitud—. Fue una lástima.

Era costumbre que una de las herederas siempre tenía que quedarse en Linh-an cuando el resto de la corte se iba al Palacio de Verano, sólo por si ocurría alguna desgracia. En el año en que Tai y Antian iniciaron el *jin-shei*, la tercera hermana, la Segunda Princesa Oylian, fue la que se quedó en la sofocante capital aquel largo y caluroso verano. El año siguiente fue la propia Antian. Este tercer verano le tocaba a Liudan, y a Tai, a pesar de que se sentía un poco culpable por su sensación de alivio, no le molestaba demasiado no tener a la enojada Tercera Princesa observándolas con ojos llenos de celos a ella y a Antian cuando estaban juntas. Sus sentimientos hacia Liudan oscilaban entre la lástima y el profundo resquemor por ser el centro de tanto odio inmerecido por ninguna razón mejor que el hecho de ser la compañera que Antian había elegido.

La Segunda Princesa Oylian era una muchacha gentil, dócil y agradable que iba por la vida sin sobresaltos; era una corriente de agua que discurría sorteando los obstáculos en lugar de intentar desviarlos.

—Lo peor que podría ocurrirle a Oylian y a Syai —le susurró una madrugada Antian a Tai en la terraza de la ladera de la montaña— sería que alguna vez llegara a Emperatriz. Quienquiera que fuera el Emperador, podría lograr que ella hiciera lo que él quisiera, ya que Oylian lo haría para mantener la paz. Nació en una familia, no en un Imperio.

Pero la Segunda Princesa sonreía a Tai, aunque no tuviera mucho que decirle. Liudan simplemente pasaba por su lado con rapidez y le hacía caso omiso siempre que podía. Tai era el peligro; era, como la propia madre de Liudan había sido, de linaje común, se hallaba a un solo paso de la posición ahora elevada de la propia Liudan, que le recordaba lo que ella habría podido ser si no hubiera nacido en el seno de la realeza. La Tercera Princesa era una compleja mezcla de inseguridades, que iba a la deriva porque era la segunda heredera de repuesto y por tanto se la necesitaba menos que a Oylian; a la que dejaban sola porque su madre había caído en desgracia por razones que ni la propia Liudan comprendía realmente, temerosa de la fina línea que separaba su realeza de la pobreza de la que procedía la familia de su madre. Liudan quería la realeza, la necesitaba como escudo protector contra toda clase de terrores y era un escudo delgado, que apenas existía. Al fin y al cabo sólo era Tercera Princesa.

Pero ese año en el que Antian había invitado a Tai al Palacio de Verano, Liudan afortunadamente se hallaba ausente, en Linh-an, sufriendo el calor del verano en el Palacio imperial, probablemente con más elegancia de lo que las otras dos lo habrían hecho porque al menos aquello era una muestra de su posición: ella era lo bastante importante en la jerarquía para ser preservada y protegida contra un posible desastre. Y su ausencia significaba que Antian y Tai podían reír con más libertad, más a menudo, sin esperar a que la melancólica presencia de Liudan interrumpiera las risas cuando sus ojos se encontraban.

Sin embargo, en cierto modo, la hostilidad de Liudan era lo que hacía que Tai fuera consciente de su propia posición en aquella corte; aunque la presencia de Liudan era incómoda, ella y Tai eran dos puntas de la misma estrella, ambas eran hermanas de Antian, más o menos, que se equilibraban. Sin la hostilidad no disimulada de una entre todas las mujeres imperiales, a Tai le resultaba un poco más difícil separar las auténticas de las falsas entre el resto de mujeres de la realeza imperial en el Palacio de Verano. Era como si, al estar allí Liudan, Tai estuviera sólo en guardia contra Liudan. Si ella no estaba, Tai se ponía en guardia contra todas las demás.

Pero ahora estaba allí, en los aposentos reales, inclinada sobre su diario a la luz de la vela aunque el sol asomaba ya por el este. Ella y Antian iban a reunirse en su terraza aquella mañana, más tarde, pero Tai se había despertado temprano, incómoda por algo, sin estar segura de qué era lo que la había despertado, hasta que había cogido su tintero y su pincel y su diario y se había concentrado.

Esta noche hay mucha tranquilidad aquí.

Miró fijamente la línea que había escrito y fue consciente de modo sobrenatural de la quietud que había sido quebrada en las profundidades del sueño para despertarla, del silencio que la rodeaba, del mundo que contenía el aliento. Le pareció oír muy a lo lejos, en algún lugar, el triste aullido de un perro atrapado, pero incluso eso estaba allí y había desaparecido casi antes de que tuviera oportunidad de identificar el sonido. El silencio era absoluto.

Y entonces la montaña se estremeció y se derrumbó.

DOS

En menos de lo que tardó en parpadear una vez, el silencio era un recuerdo. La obra de albañilería crujió; las cosas resbalaron por la superficie de la mesa lacada o cayeron al suelo, dejando éste sembrado de objetos. Por encima de todo había un ruido indescriptible que medio se oía y medio se absorbía directamente a través de los huesos y los músculos: el rugido de la piedra herida.

El instinto la había hecho reaccionar en el primer momento de terror y Tai había salido corriendo de su habitación al jardín, bajo el cielo raso. Sentía la tierra sacudirse bajo las plantas de sus pies desnudos, se tambaleaba para guardar el equilibrio, perdió la batalla y se cayó de lado en un macizo de flores que se balanceaban aún cerradas en la oscuridad gris perla previa al amanecer. Ante los horrorizados ojos de Tai el Palacio de Verano construido en varios niveles se plegó sobre sí mismo como si hubiera estado hecho de ramas y hojas; se desplomó hacia dentro, cayendo las tejas en cámara lenta y derrumbándose hasta convertirse en polvo, las columnas se partían en dos o caían de lado y golpeaban la siguiente columna, que a su vez caía y hacía caer la de al lado como fichas de dominó. Las elegantes ventanas y puertas curvadas se convirtieron en montones de ladrillos rotos y pedazos de yeso; los marcos de madera de las ventanas se partieron como cerillas. El cristal era algo precioso y que no se encontraba a menudo fuera de los palacios imperiales, e incluso allí era raro y se empleaba escasamente; ahora, con los marcos de madera doblados y rompiéndose, la noche había cobrado vida con el horrible ruido de cristal al quebrarse como si fueran las campanillas de las hadas.

Un árbol crujió y empezó a caer, lentamente, arrancando sus viejas raíces del suelo.

Al levantar los ojos hacia lo alto de la montaña cuya cima siempre se había alzado sobre el Palacio de Verano, Tai empezó a darse cuenta con horror de que la cumbre había desaparecido. En parte habían sido las enormes rocas procedentes de la ladera que se estaba desintegrando lo que había ayudado a producir esta catástrofe, al estrellarse sobre los edificios, aplastando estructuras a su paso, pasando por encima con furia devastadora. Una había destruido un surtidor del jardín y el agua derramada, aún oscura con la noche reflejada en ella, saturó los macizos de flores y fluyó hacia el patio cuyo empedrado parecía que había sido arado.

En algún lugar en las ruinas saltó una chispa y se prendió un incendio. Luego otro. Y otro. Hacia el cielo se elevaban columnas de humo; el aire era acre y olía a polvo, a cenizas y a miedo.

Cuando el ruido de las rocas que se desplomaban y los edificios que caían por fin paró, dejando un eco resonando en los oídos de Tai, se empezó a oír otro ruido: voces humanas, gemidos, gritos, llantos. Se dio cuenta de que ella misma estaba profiriendo leves quejidos. Acurrucada en el medio de lo que había sido un macizo de flores, ahora destrozado en los desaparecidos jardines, iba descalza, llevaba un camisón casi transparente, pero estaba entera e ilesa, y seguía aferrada al cuaderno de piel que le había regalado Antian.

Los que habían estado a mayor profundidad del palacio y no habían podido salir..., los que no habían despertado con el silencio previo a la ira de los dioses..., los que habían intentado correr pero no lo habían hecho con suficiente rapidez...

Todos estaban aún allí dentro.

En las ruinas del Palacio de Verano.

En los montones de polvo que aún se estaba depositando y en los escombros, bajo el peso de una montaña.

Antian.

* * *

El cielo se estaba iluminando por el este y el amanecer se abría paso sobre el palacio en ruinas, más brillante, más deprisa ahora que la ladera de la montaña que se elevaba en el cielo del este había desaparecido.

El amanecer. Primera hora de la mañana.

La terraza en la montaña.

Apretando con fuerza el cuaderno rojo que le había regalado Antian, Tai se puso en pie con dificultad en el destrozado jardín, indecisa, desgarrada. Tenía el camisón manchado de barro, los pies y el rostro manchados de barro y polvo; sintió una urgente necesidad de ir a hacer algo, ayudar a los que se encontraban enterrados en los escombros, escarbar con las manos hasta que encontrara a alguien a quien pudiera sacar de la destrucción, y sabía que a la única a la que quería encontrar era a Antian, la Pequeña Emperatriz, perdida en algún lugar de aquel caos. Era incapaz de moverse, porque si corría al palacio, podría ser que Antian estuviera en la terraza, y si iba a la terraza podría ser que Antian estuviera enterrada bajo el peso del palacio destruido.

Vio a alguien que corría hacia los edificios, un criado que lloraba, seguido de otro que se aferraba de un brazo doblado con torpeza y tenía el rostro manchado de sangre. Tal vez esto fue lo que hizo decidir a Tai. Pronto acudirían otros al palacio, pues no todo se había hundido, sin duda, y habría gente que podría moverse, que podría ayudar, pero nadie más que ella sabía que Antian iba a ir a la terraza aquella mañana. Si estaba allí, nadie acudiría en su ayuda.

Se volvió y echó a correr.

Por alguna razón la puerta que daba a la terraza exterior estaba intacta, su tejadillo se hallaba en su lugar, el muro que lo rodeaba engañosamente inocente y pacífico a la luz del amanecer. Pero al poner un pie en él y levantar la mirada, Tai se dio cuenta por primera vez del alcance de la catástrofe que aquel día había acontecido en el Palacio de Verano.

La montaña que se cernía sobre éste tenía una forma diferente. La mitad había desaparecido. La cumbre se había desintegrado y gran parte de ella había caído sobre los edificios y los patios. El resto de la ladera se había desgajado formando una capa de piedra y barro y simplemente se deslizó por la pendiente, llevándose consigo un gran pedazo del edificio.

Ya no existía el dibujo como de encaje de terrazas abiertas que daban al río que fluía en un tono dorado cuando el sol se ponía. La cara del surtidor era una herida abierta de balaustradas rotas, plataformas que se tambaleaban sobre nada, montones de piedra destrozada muy abajo, llegando hasta el río. Algunas terrazas habían sido arrancadas por completo y en los muros de los patios había grandes agujeros que daban directamente al abismo. Otras colgaban de una repisa, de la anchura de una losa o de parte de una balaustrada. Sin embargo otras estaban destrozadas, con múltiples niveles llenos de agujeros, con las losas hechas añicos o partidas por la mitad, como si estuvieran siendo observadas con un espejo hecho con fragmentos de cristal, reflejando cada uno un ángulo diferente, un aspecto diferente.

Tai se quedó en el borde de esta devastación con los ojos desorbitados por la conmoción. Si Antian había estado allí...

Intentó llamarla, pero su voz pareció morir en su garganta, y lo único que le salió fue un suave gemido. Pero ese sonido al parecer produjo alguna respuesta, pues las piedras rotas suspiraron y gimieron y una voz conocida pero muy débil respondió.

—¿Quién está ahí?

La primera reacción de Tai fue sentir una oleada de alivio, una fuerte alegría, la pura euforia de oír aquella voz. Y después aquella voz se hizo más baja y se convirtió casi en un susurro:

—*Ayúdame.*

«¡No!», exclamó Tai mentalmente. Pero ahogó ese grito, intentó aferrarse a la felicidad que había sentido un momento antes y se secó con las manos las lágrimas que de pronto habían acudido a sus ojos. Casi sin querer, sin desear ver lo que había más allá de las ruinas de la terraza, sin querer saber lo inevitable, Tai se arrastró con cuidado hacia el borde y atisbó.

A un brazo de distancia, en una repisa de una losa rota atrapada en una protuberancia rocosa de la ladera de la montaña, se encontraba Antian, la Pequeña Emperatriz. Una de sus largas trenzas se había enroscado sobre su pecho formando una larga cuerda negra, como una criatura viva que había acudido para consolarla; la otra le había resbalado por el hombro y ahora colgaba en el borde del lugar donde ella reposaba, oscilando en el abismo que se abría abajo. Tenía una mano —¡siempre elegante, siempre elegante!— junto a un costado, de un modo frágil, como si intentara restañar una herida sin que le quedaran fuerzas para hacerlo y en verdad había una mancha oscura que se iba extendiendo por su túnica bajo los dedos. Tenía la mano teñida de rojo, igual que la cara, con una brecha en la frente de la que brotaba un fino reguero de sangre hasta el rabillo del ojo y le resbalaba por la sien, y otra herida roja y sangrante en la mandíbula. Parecía que tenía una pierna doblada en un ángulo poco natural.

Pero sus ojos eran lúcidos y trató de sonreír cuando el rostro de Tai apareció por el borde de las ruinas sobre ella.

—No te muevas —dijo Tai con cierta dificultad para hablar—. Iré en busca de ayuda.

—Espera...

Pero Tai ya se había ido. Había algo en Antian que no soportaba ver: una especie de brillo, un aura que era algo más que simplemente los primeros rayos del resplandor dorado del amanecer, una luz sobrenatural que le decía que Antian ya había dado aquel primer paso irrevocable hacia el otro mundo, el mundo de los Inmortales.

Tai corrió a los patios, jadeando, con una expresión salvaje en los ojos, sus pies sangraban a causa de los arañazos y cortes que le producía el empedrado roto con el que tropezaba. Ahora había gente en los patios, pero sólo algunos realmente se movían o hacían algo constructivo. Había cuerpos que yacían en el jardín, y unos cuantos supervivientes ensangrentados habían sido llevados a una zona protegida donde uno o dos criados, ellos mismos vendados y sangrando o cojeando con muletas improvisadas, trataban de atenderles. Alguien lloraba débilmente pidiendo agua. Otra persona también lo hacía, pero de un modo curiosamente regular, como si no supiera parar.

Una mujer joven con una túnica blanca manchada de polvo y sangre estaba inclinada sobre el cuerpo de otra, palpándola con sus largos dedos, pero mientras Tai miraba se irguió con un suspiro y cerró los ojos. Su expresión lo decía todo.

Bajo una capa de suciedad, su rostro le resultaba familiar y Tai luchó con su propio pánico y miedo para sacar el nombre de su memoria; era alguien que podría ser útil..., quién era..., la conocía, era precisamente la persona que había estado buscando...

Yuet. El nombre acudió a su mente, seguido de otro —Szewan— la curandera que había asistido a la madre de Tai aquella primavera. Yuet había seguido los pasos de Szewan. Yuet era la aprendiz de curandera.

Tai corrió hasta la chica mayor y le tiró de la manga de la túnica.

—¡Ven! ¡Oh, has de venir! Se trata de Antian, la Pequeña Emperatriz, necesita tu ayuda.

La joven curandera volvió la cabeza, parpadeó en dirección a Tai un instante, sin acabar de comprender sus palabras. Luego, cuando comprendió la frase, se dio cuenta de lo que le acababan de decir y contuvo el aliento.

—¿Está viva?

—Sí. *¡Sí!* ¡Deprisa!

Yuet se pasó una mano temblorosa por la frente.

—¡Demos gracias a los dioses por eso, al menos! No dio muestras de haber reconocido a Tai, aunque se habían encontrado varias veces durante la primavera, pero ahora a Yuet le habría resultado difícil reconocer hasta a su propia madre. Lo único que veía era la muerte que la rodeaba, la muerte escrita en las mujeres destrozadas que se esforzaban por sacar de las ruinas, la desesperación escrita en el rostro de los que habían acudido a la petición de ayuda, heridos ellos mismos, sangrando. La muerte escrita en la montaña desmoronada que lo había aniquilado todo.

El Emperador y la Emperatriz habían muerto. Los que escarbaban en los escombros del palacio ya lo sabían. A Oylian, la Segunda Princesa, aún no la habían encontrado... y eso no podía ser buena señal. Y ahora esto...

—Llévame con ella —le pidió Yuet, mientras se alejaba del cuerpo que tenía a sus pies y echaba a andar hacia el palacio en ruinas.

—¡Por aquí! —Tai, que no le había soltado la manga, tiró de ella y le hizo cruzar los jardines.

Yuet se detuvo confusa.

—¿Dónde está la Pequeña Emperatriz?

—Estaba en una de las terrazas... en la montaña.

El poco color que quedaba en las mejillas de Yuet desapareció.

—En nombre de Cahan, ¿qué estaba haciendo allí cuando todo esto se estaba hundiendo?...

—Teníamos que reunirnos en la terraza esta mañana —Tai tiró del brazo de Yuet—. ¡Deprisa!

Yuet la siguió, frunciendo el entrecejo hasta que sus ojos de pronto se iluminaron brevemente como si hubiera comprendido algo.

—Tú eres de Linh-an, tú eres su *jin-shei-bao*.

—Deprisa —Tai parecía haber olvidado todas las demás palabras que conocía. Lo único que latía en su corazón, en su sangre, en su mente, era la palabra «deprisa». La muñeca rota en la repisa bajo la terraza, aquello sólo era la cáscara de Antian, pero si no iban *deprisadeprisadeprisa* la cáscara se derretiría y se haría pedazos con el viento de las montañas como una nube y desaparecería para siempre... y era Antian, la Princesa que se reía, que era afectuosa, que amaba, que algún día sería Emperatriz...

Yuet tuvo la presencia de ánimo suficiente para recoger a un criado relativamente en buena forma física cuando se dirigía hacia la terraza, al suponer —correctamente— que Antian debería ser extraída de algún espantoso montón de escombros antes de poder recibir ayuda. Pero eso no la había preparado para la devastación de la montaña cuando los tres por fin salieron a lo que quedaba de la pequeña terraza. Yuet ahogó un grito, llevándose una mano a la garganta.

—¿Ha sobrevivido a *esto*? —exclamó Yuet sin aliento.

Tai había corrido hasta el borde de los abismos.

—¿Antian? Antian, estoy aquí. He traído ayuda.

El criado se acercó y apartó a Tai, que forcejeó con él, de aquel lugar peligroso y se asomó con cuidado por el borde.

—Necesitaríamos una cuerda, creo —dijo.

—No hay tiempo para eso —Yuet se había acercado y calculaba la distancia que había entre ella y su paciente—. Creo que hay espacio suficiente. Bájame a mí y después ve a buscar una cuerda y otro par de manos para ayudarte. Esto habrá que hacerlo con suavidad. Dulce Cahan, aún vive. ¿Princesa? Voy a bajar hasta vos.

Antian susurró algo, muy bajito, y Tai creyó oír: «No, es demasiado peligroso...». Aunque Yuet ya se había agarrado a las muñecas del criado y éste le había cogido las suyas con fuerza y estaba intentando calcular el punto más estable donde situarse.

—No creo que haya ningún buen sitio —dijo Yuet al fin—. ¡No hay tiempo, no hay *tiempo*! ¡Bájame y ve a buscar ayuda!

—Sí, *sai'an* —le cogió las muñecas con firmeza y los músculos se contrajeron en sus brazos cuando la descendió despacio, suavemente, hasta donde yacía Antian. Yuet notó que sus pies tocaban algo sólido, luego se tambaleó. Ahogó un grito.

—¡Espera!

—No la soltaré, *sai'an* —dijo el criado con la voz tensa por el esfuerzo de mantenerla suspendida por encima del caos que había a sus pies—. No lo haré hasta que me lo diga.

Yuet palpó con el pie, encontró un punto de apoyo que le pareció sólido, lo probó y la sostuvo. Acercó el otro pie, encajó el tacón en el arco que estaba en el suelo como una bailarina, se equilibró y permaneció quieta. El criado notó que uno de sus largos dedos le daba unos golpecitos en la muñeca.

—Puedes soltarme. Ve a buscar una cuerda. Busca ayuda. ¡Por el amor de Cahan, corre!

—¡Sí, *sai'an*, ahora mismo!

Le soltó los brazos, se volvió y echó a correr por donde habían venido. Tai le oía gritar pidiendo ayuda con urgencia mientras corría, pero luego lo apartó de su mente y se arrodilló en el borde de la terraza en ruinas y estiró el cuello para ver lo que Yuet hacía.

La curandera poco a poco, con mucho cuidado, fue desviando su peso, consciente de que un solo falso movimiento podía enviarlas a ella y a la Pequeña Emperatriz al fondo del abismo que se abría a sus pies.

—Ya estoy aquí, Princesa. Ya llego...

—Es demasiado tarde —susurró Antian con un hilo de voz.

Yuet se mordió el labio, al mirar el cuerpo roto a sus pies. Los dedos de la mano de Antian, que reposaban sobre la mancha negra de su túnica que cada vez era mayor, estaban mojados con la sangre que había ido brotando. La herida de la frente empezaba a coagularse pero aún sangraba un poco, y un fino reguero le había resbalado por el rabillo del ojo y la sien, empapándole el brillante cabello negro. Yuet sabía interpretar las señales y se encontraban en todo el cuerpo de la Pequeña Emperatriz: la palidez de su piel, la sombra blanca alrededor de los labios, la leve respiración que apenas movía la caja torácica bajo la túnica empapada en sangre. Ésta era tan sólo una cara más de la muerte que Yuet había encontrado en cada esquina del palacio aquella triste mañana.

—Oh, no —exclamó Yuet sin querer—. No, no, no, *no*.

—Haz algo —dijo Tai desesperada desde el borde de la terraza, arriba.

Yuet dio otro paso con cuidado que la acercó al cuerpo de Antian y con cautela se puso sobre una rodilla.

—Dejadme que os vea, alteza.

Antian dejó que le apartara la mano de su costado ensangrentado, cerrando los ojos. Tenía los labios separados y respiraba tan levemente que Tai, que miraba desde arriba, no habría podido jurar que lo hacía en absoluto. La respiración se hizo un poco más fuerte cuando Yuet apretó con suavidad la herida del costado de Antian con los dedos y salió sangre. Yuet mantuvo los ojos bajos, miró la línea de la cadera de Antian y la pierna doblada de forma antinatural, pasó también los dedos por allí, arrancando de la niña otro grito ahogado de dolor.

—Sólo es una pierna rota, eso podemos arreglarlo —dijo Yuet para calmarla—. Haré una tablilla en cuanto te subamos.

Los ojos de Antian se abrieron, turbios pero alerta.

—¿Qué... les ha ocurrido a...?

Yuet trató de desviar la mirada pero una repentina oleada de lágrimas que no pudo contener la traicionó y Antian se mordió el labio.

—Están muertos, ¿verdad? ¿Todos?...

—No lo sé, alteza, pero... aún no hemos encontrado a la Segunda Princesa Oylian...

—O sea que no será... Emperatriz —murmuró Antian y levantó la mirada para ver a Tai. Le costó un poco, porque se le escapó un suave gemido cuando intentó girar la cabeza—. Y yo tampoco...

—Sólo es una pierna rota —insistió Yuet.

—¿Y esto? —susurró Antian, bajando los ojos hacia el costado; parecía que era lo único que tenía fuerzas para mover.

—¿Dónde está ese hombre con la cuerda? —espetó Yuet, irritada.

—Yo puedo ayudaros —dijo Tai de pronto—. Puedo ayudarte a subirla.

—No puedes sostener su peso —dijo Yuet escéptica, alzando la mirada hacia la muchachita de once años de constitución menuda que estaba arriba.

—Ella no pesa. Y si tú la sostienes por debajo, yo puedo subirla hasta aquí arriba.

—¡No deberíamos moverla en absoluto! —dijo Yuet con un leve tono de desesperación en la voz—. ¡Y mucho menos subirla con ese método! Sus costillas...

Tai contuvo el aliento para no echarse a llorar cuando se volvió y examinó los jardines que había detrás de ella en busca de alguna señal del criado que volvía con la cuerda y refuerzos.

—Morirá.

«De todos modos se está muriendo. Estará muerta para cuando ese hombre regrese.» Yuet tenía clara esa idea como si Szewan, su mentora y maestra curandera de la que era aprendiza, les hubiera hablado allí mismo.

Volvió a levantar la mirada hacia donde Tai se había puesto en pie, tensa, llorando. Luego miró abajo, el frágil cuerpo quebrado que tenía a sus pies. Después miró la cornisa donde ella se encontraba, precaria, inestable. Si se movía demasiado deprisa, con descuido, si giraba un tobillo sobre un pedazo de piedra suelto...

—De acuerdo —dijo con brusquedad—. Espera hasta que yo te diga.

La túnica de Antian tenía un largo desgarrón; debía de haberse quedado atrapada en algo cuando fue lanzada por el borde. Yuet cogió el tejido y lo acabó de desgarrar, quedándose con una tira. Formó con ella una gruesa compresa, la metió debajo de la túnica sobre la herida del costado de Antian, se quitó su cinturón y lo ató para que la compresa no se moviera.

—¿Podéis apretar eso, Princesa? ¿Lo justo para que no se mueva? —levantó la mano casi sin vida de Antian y la colocó sobre el improvisado torniquete. No iba a servir de ayuda. Nada iba a servir de ayuda, pero valía la pena probar.

Antian puso la mano sobre la compresa con su elegancia acostumbrada.

—Lo intentaré —dijo débilmente.

Yuet miró hacia arriba.

Tai se irguió.

—Aquí estoy. ¿Qué tengo que hacer?

—Intentaré levantarla. ¿Puedes llegar hasta sus hombros? Oh, ¿qué estamos haciendo? —exclamó Yuet asustada—. ¡Dentro de un minuto estaremos las tres abajo, hechas pedazos!

—Puedo hacerlo —dijo Tai—. ¡Puedo hacerlo!

—La mataremos —susurró Yuet desesperada, mirando a la niña que tenía a sus pies.

Antian volvió a abrir los ojos y en ellos había una sombra de una sonrisa.

—No podéis hacerlo —susurró—. Está fuera de vuestro alcance.

Yuet tenía diecisiete años. Había celebrado su ceremonia Xat-Wau casi tres años antes; había sido primera aprendiza y ahora ayudante de la curandera de la corte Szewan desde que tenía siete. Lo hacía bien. Salvaba vidas. Y ahora lo único que quería hacer era taparse la cara con las manos y echarse a llorar.

Aquí se jugaba todas sus oportunidades. Antian tenía razón. Yuet no podía matarla porque, salvo por aquellos últimos jadeos de dolor, ya estaba muerta.

—Ayúdame —pidió Yuet a Tai, que esperaba en la cornisa. Comprobó el nudo que sujetaba la compresa, se aseguró de que estaba lo más firme posible y levantó el delgado cuerpo de Antian con toda la suavidad de que fue capaz. Antian dejó escapar un suave sollozo de dolor y Yuet hizo una mueca; notaba la sangre del costado de Antian cálida y húmeda en su propia túnica mientras la sostenía contra su cuerpo; acunó a la Princesa unos instantes y cambió la posición de sus manos, y luego deslizó un brazo por su espalda, tumbando a Antian en los largos huesos de su propio brazo, poniendo el cuerpo de la Princesa todo lo recto que pudo—. No dejéis de apretar aquí con la mano, Princesa —le dijo sólo para seguir hablando, para que Antian oyera voces—. Quedaos con nosotros. Tú... ¿cómo te llamas?

—Tai. Soy Tai.

—Tai, cógela por las axilas con suavidad, mucha suavidad, lentamente. ¿La tienes?

Antian tenía los hombros en el borde de la terraza destruida y la cabeza le colgaba de lado. Tai la cogió por las axilas, procuró no tirar del lado herido y utilizó su brazo y hombro para impedir que la cabeza de Antian cayera sobre la piedra.

—Ya la tengo —dijo con voz entrecortada, tensa. Antian era una niña de complexión menuda y frágil, pero ahora era un peso muerto en sus brazos con los ojos cerrados con fuerza, su rostro una máscara de dolor, su respiración entrecortada.

Por unos espantosos instantes Tai pensó que se le estaba escapando de las manos, que los hombros vestidos de seda de Antian le resbalarían de los dedos y que tendría que verla caer hasta el fondo, hasta el río dorado que en otro tiempo había contemplado discurrir a la puesta del sol. Pero algo le dio la fuerza necesaria y logró hacer llegar a Antian al borde del resto sólido de la terraza. Entonces, de forma milagrosa, llegaron otras manos y alguien cogió el cuerpo inerte de Antian donde Tai no podía llegar, ayudaron a alzar a la Princesa y la tumbaron suavemente junto a la pared de la terraza. Llegó alguien y ayudó a Yuet a subir; Tai, cuya atención se concentraba ahora en Antian, oyó que se rompía algo y que caía con estrépito, chocando contra la montaña, y una parte de ella se estremeció al oír ese ruido, pero era como un telón de fondo.

Antian tenía los labios blancos de dolor; la compresa de su costado estaba empapada de sangre. La propia Yuet parecía haber sido apuñalada en el corazón, pues una mancha de color rojo oscuro se extendía por su túnica, cuando se acercó y se arrodilló al otro lado de Antian.

—Han traído una camilla, alteza, si podemos llevaros...

—Has hecho —susurró Antian— lo que has podido... Tai...

Intentó levantar una mano, pero apenas se apartó del abdomen antes de caer de nuevo débilmente. Tai la cogió, llorando abiertamente.

—¿Qué ocurre, Antian?

—Haz... algo por mí... *jin-shei-bao*.

—Lo que desees —dijo Tai—, ya lo sabes.

Antian cerró los ojos. Apretó la mano de Tai, una vez.

—Cuida de ella —pidió Antian en voz casi demasiado baja para que Tai la oyera—. Cuida... de mi hermana.

TRES

Un ruido sordo rugió en los oídos de Tai cuando la cabeza inerte de Antian descansó en el brazo que había deslizado por debajo de la nuca para sostenérsela. Por un instante no pudo moverse. Tenía la sensación de que el palacio entero se estaba desmoronando de nuevo, sólo que esta vez ella se encontraba dentro, muy dentro de él, y todo se estaba cayendo sobre ella y a su alrededor, enterrándola a causa del dolor. Yuet tuvo que realizar varios intentos antes de conseguir que reaccionara, pero al fin Tai se dio cuenta de que la otra muchacha la tenía agarrada por los hombros y le hablaba con voz suave.

—Tai. *Tai*. Escúchame. *Mírame*. Bien —Tai había alzado los ojos, las pupilas dilatadas por la conmoción, el rostro pálido—. Tengo que volver a... ellos se ocuparán... —la voz se le quebró unos instantes y luego pareció cambiar de opinión, tomar una decisión diferente—. No. *Tú* irás con ellos. Lleva a la Pequeña Emperatriz a la casa de verano, al jardín. Asegúrate de que la atienden con honor.

Tai la miró fijamente, tragó con esfuerzo lo que sabía a amargo aloe y dijo:

—Lo haré.

—Yo cuidaré de ti, después. Ahora tengo que irme y ocuparme de... de todo el que quede aquí. Iré a buscarte. Confío en ti.

—Lo haré —repitió Tai mientras se ponía en pie.

Yuet se dio cuenta de que no estaba completamente estable cuando se quedó de pie junto al cuerpo de Antian y que no le gustaba dejarla sola. Su instinto de curandera le decía que lo que Tai necesitaba en aquellos momentos era alguien a quien aferrarse, una cálida manta, algo caliente para beber, todo lo necesario para superar la conmoción. Pero todo esto era para curar su mente, no era daño físico, y había otros que necesitarían a Yuet, que podían ser extraídos de los escombros medio vivos, a los que ella podía salvar.

Yuet miró a los criados que esperaban.

—Llevad a la Pequeña Emperatriz a la casa de verano —vaciló; se necesitarían todas las manos, pero no podía dejar sola a Tai—. Uno de vosotros —dijo— que se quede con ella y con Tai. Y que alguien encuentre una túnica exterior para Tai.

—Sí, *sai'an* —el hombre que había ido a buscar ayuda se inclinó y cogió en brazos el cuerpo de Antian con mucha suavidad, como si se tratara de una preciada muñeca de porcelana, y esperó a que Tai guiara el camino. Tai se alejó del borde de la terraza en ruinas sin volver a mirar hacia su río. Pasó por delante de Yuet sin pronunciar una palabra, casi sin dar muestras de que era consciente de que la curandera se hallaba allí.

—No debería dejarla sola —murmuró Yuet para sí mientras el criado que se llevaba a Antian seguía a la niña hacia el jardín.

Pero ya no podía soportar más los gritos y gemidos, el dolor y el terror que le esperaba en los escombros del Palacio de Verano. Las voces la atraían; por un momento se olvidó de Tai, se olvidó de Antian cuya sangre llevaba en su propia túnica. Había otras vidas.

La mañana pasó con gran rapidez. Extinguieron dos de los incendios más pequeños pero el más grande, el que había empezado a mayor profundidad en las ruinas, rápidamente se descontroló. Gruesas columnas de humo negro ascendían por el inocente azul de un cielo estival inmaculado, y lenguas de fuego de color naranja añadían calor al que ya el día iba proporcionando. Había supervivientes; pero pocos, muy pocos, y las hileras de cadáveres cubiertos con tela de saco eran cada vez mayores.

Yuet se apoyó precariamente en el borde de un agujero que ella y otros supervivientes habían excavado en los escombros, siguiendo un llanto lejano que les había parecido que indicaba que allí abajo había alguien vivo, y entonces la primera réplica del terremoto sacudió la montaña. El montón de escombros en el que Yuet había estado de pie se movió y estuvo a punto de arrojarla al agujero, y luego se colocó en un ángulo distinto, de modo que formaba una pendiente diferente. Cuando los gritos de terror se acallaron un poco, ya no volvió a oír la voz que había estado siguiendo en sus intentos de rescate y Yuet había hecho que su equipo de ayudantes se marchara.

—Es inútil, mirad, todo ha caído —levantó la mirada y recorrió con ella todos los escombros, secándose el sudor y quitándose el polvo y ceniza de los ojos. Al erguirse tropezó con los ojos de la pequeña *jin-shei-bao* de Antian—. ¿Tú? ¿qué haces aquí? ¿Estás bien?

—Quiero ayudar —dijo Tai con voz un poco temblorosa. Llevaba una túnica prestada, al menos dos tallas grande para ella, y tenía un lastimoso aspecto de niña pequeña y frágil.

—Espera un momento —Yuet salió del montón de escombros en que se hallaba y se acercó a Tai, alzándole la barbilla con una mano y mirándola a los ojos—. Deberías estar tumbada en algún sitio y...

—Por favor —pidió Tai—. No puedo, déjame ayudar.

Yuet vaciló.

—Poco puedes hacer.

Alguien gritó, un grito que demostraba alegría; Yuet levantó la mirada. Un criado joven de los aposentos de las mujeres, con la túnica desgarrada y el rostro y los brazos llenos de arañazos y tizne, llegó corriendo torpemente con algo en sus brazos.

—Es un milagro, pero aún está vivo —dijo el criado, ofreciendo a Yuet un bebé que bramaba envuelto en un pañuelo de seda desgarrado—. Creo que ni siquiera está herido; sólo llora de miedo y hambre.

Tai cogió al niño, lo acunó en sus brazos y el bebé dejó de llorar, mirando a Tai con perplejidad, parpadeando con lágrimas en sus largas pestañas oscuras.

—Chssst —dijo Tai, meciéndole con suavidad mientras le apretaba contra su pecho—. Chssst, no pasa nada. No pasa nada.

La tierra volvió a temblar bajo sus pies y Tai no pudo reprimir un grito, aferrando al niño, que gimió pero no reanudó su desesperado llanto.

—¿Dónde le has encontrado? ¿Hay...?

—No —le interrumpió el criado bajando los ojos—. Sólo éste. Su madre está muerta.

—¿Hay otros niños? —preguntó Tai.

Yuet asintió.

—Puede que haya una media docena. Desde bebés como éste hasta niños de seis o siete años. Están en el ala exterior.

—Lo sé —dijo Tai. Era el ala donde ella y Rimshi siempre se habían alojado cuando estaban en el Palacio de Verano—. Me ocuparé de los niños.

—Necesitas... —empezó a decir Yuet, pero Tai la miró con un brillo en sus ojos oscuros y Yuet no prosiguió, tragándose lo que había estado a punto de decir.

—Necesito hacerlo —dijo Tai con voz muy queda—. Por *ella.*

—Ve —dijo Yuet tras una pausa—. Ve a ocuparte de los niños.

—Aún llevas... —dijo Tai, pero los ojos se le llenaron de nuevo de lágrimas inesperadas; se apartó rápidamente, apretando el niño contra sí, y se marchó. Yuet se miró la túnica, y acarició la parte donde la sangre de Antian ahora se había secado y se había vuelto una rígida mancha parduzca. Sí, aún llevaba... Aún llevaba la sangre de Antian.

Durante las siguientes horas casi se olvidó de Tai y de los niños, ocupada tratando de hacer frente a las consecuencias desastrosas del terremoto. Se ocupó de huesos rotos, curó heridas, cortes, rasguños, brechas y golpes. Limpió y vendó y dio hierbas sedantes a los que estaban peor. Asumió el control de los criados, envió un grupo de ellos a montar una cocina improvisada, preparar cantidades copiosas de té verde calmante y comida para los supervivientes, que se hallaban conmocionados. En el Palacio de Verano, despojado de su realeza, Yuet, la curandera, reinaba como reina por un día y nadie ponía en duda lo que decía ni la desobedecía.

Cuando por fin volvió con los niños ya no se encontraban en el lugar donde había dicho a Tai que deberían estar y después de buscar un poco encontró al pequeño grupo en los establos. Había más de los que creía; los supervivientes de las aldeas próximas a la montaña destruida habían acudido al palacio en lastimosos grupos de dos o tres en busca de ayuda, y Tai había añadido a los niños a su grupo. Ahora había unas dos docenas. La propia Tai dirigía a un solo criado y entre ellos habían limpiado varios pesebres y los habían convertido en improvisadas cunas para los más pequeños. Algunos lloraban de hambre, pero todos estaban limpios y recién cambiados y muchos de ellos dormían pacíficamente. Tai había descubierto una camada de cachorros de ocho semanas y los había llevado al patio del establo donde los niños mayores jugaban con ellos felices, gritando de placer con las travesuras de los cachorros.

Yuet se paró en seco y se quedó observando; era la primera escena de inocencia y satisfacción que veía aquel día. Sintió que el cansancio le desaparecía un poco al oír las risas de los niños.

Encontró a Tai acurrucada en los establos, sentada en una bala de heno con la barbilla apoyada en las rodillas, que tenía pegadas al cuerpo y rodeadas por los brazos. Con el rostro pálido y ojeras, tenía el aspecto de haber envejecido diez años en el espacio de las últimas horas.

—Has hecho milagros —dijo Yuet acercándose a ella.

Tai levantó la mirada sin soltar sus piernas.

—Has tenido que hacer la tarea más dura. ¿Puedo? —preguntó Yuet señalando la bala de heno, y Tai se hizo a un lado, dejando espacio para Yuet, que se sentó a su lado exhalando un suspiro. La curandera se frotó los ojos y se masajeó las sienes con dedos cansados. Le dolía muchísimo la cabeza. El corazón aún le dolía más.

—Me alegro de que estuvieras aquí —dijo Tai de pronto.

Yuet levantó la mirada, desconcertada.

—¿Qué?

—A ti te importa.

—Me importa la vida —dijo Yuet.

No recordaba una época en que no la hubieran llamado para curar. Sus primeros pacientes habían sido los animales de la pequeña casa de campo donde vivían los que la habían adoptado al quedarse huérfana cuando apenas contaba cuatro años. Y luego, cuando sólo tenía seis, Yuet había estado junto a su madre adoptiva cuando ésta hablaba con una dignataria que estaba de paso, nada menos que una curandera de la corte imperial de Syai. La madre adoptiva de Yuet había hecho algún comentario respetuoso respecto a la salud de las mujeres reales, y se le escapó que ella sufría en aquellos momentos un terrible dolor de cabeza.

—Corteza de sauce —había apuntado la joven Yuet antes de que la curandera real tuviera tiempo de responder—. Debería hervir un poco de corteza de sauce.

—¡Cállate, niña! —la increpó su madre adoptiva, turbada por la absoluta falta de decoro demostrada por la huérfana a la que caritativamente había acogido en su casa menos de dos años atrás, irritada porque sus enseñanzas no le hubieran inculcado mejores modales a la niña.

Pero la curandera levantó las cejas y miró a Yuet con interés.

—¿Y qué harías para un dolor de estómago? —le preguntó en un tono casi conversacional.

Yuet se lo dijo. La información era exacta y la dio sin la más mínima timidez ni vergüenza.

La curandera sonrió y en aquella ocasión no fue más allá. Pero al cabo de menos de un año llegó una carta a la casa, escrita en fluida escritura *jin-ashu*, en la que se preguntaba si Yuet deseaba ser aprendiza de la curandera imperial de Linh-an.

Yuet tuvo una percepción muy clara de su futuro y sabía que probablemente llegaría a ser la curandera de los heridos y enfermos de su aldea, tanto animales como humanos. Pero ya de muy niña siempre había poseído una vena profundamente práctica y realista, y se había dado cuenta de que le habían ofrecido una oportunidad extraordinaria de seguir su vocación en la esfera más elevada de la corte imperial al haber sido aprendiza de la vieja Szewan. Había ido a la ciudad la mañana siguiente a que la carta de Szewan llegara a la casa de campo donde había pasado su primera infancia.

No podía saber entonces que ese día llegaría, que el desastre sería un precio que debería pagar.

Antes de que Tai hubiera hablado, ni siquiera se había dado cuenta de que tenía miedo, pero ahora de pronto le hacía frente: aquel leve temor que había formado parte de lo que la había llevado hasta donde había llegado. Había que intervenir y curar y ésta era la familia imperial. Podrían plantearse preguntas sobre lo que ella, Yuet, había hecho o no había hecho, si alguno de los muertos se podría haber salvado con una curandera más experimentada al mando, o alguien que simplemente hubiera tomado decisiones diferentes en los momentos críticos. Las cifras ya eran devastadoras: había cincuenta y ocho personas en los aposentos del Palacio de Verano cuando se había producido el terremoto; de algunos aún no se sabía nada, pero los cuerpos de más de la mitad yacían en los jardines y cuatro pertenecían a miembros del más alto rango de la familia imperial de Syai.

Las palabras de Tai fueron un bálsamo, inesperadas, curación para la curandera: había alguien con ella que había visto lo que había ocurrido y que podía responder de las decisiones que había tomado.

Pero Tai volvía a estar muy lejos... o tan cerca como los destrozados jardines, la terraza en ruinas, la Princesa agonizante en los primeros rayos dorados del amanecer.

—Desearía... —susurró, muy quedamente, casi para sí.

—¿Qué deseas? —preguntó Yuet enseguida.

—Desearía saber cómo cumplir mis promesas.

Si Tai era testigo de Yuet, Yuet lo era de ella. Había estado presente cuando Antian había pronunciado sus palabras antes de morir: «Cuida de mi hermana».

—Ella quería que tú estuvieras allí para la Tercera Princesa. Quiero decir, para la Emperatriz Heredera Liudan —dijo Yuet despacio.

—Liudan me odia —explicó Tai simplemente.

Yuet alargó una mano y la puso sobre los dedos de Tai, que los tenía entrelazados en las rodillas.

—No es así. No te odiará. Necesitará una amiga —se interrumpió, insegura de pronto de lo que estaba a punto de hacer, pero parecía cierto, parecía *correcto*—. Y tú también. Sé que yo no soy la Pequeña Emperatriz. Sé que no puedo ocupar su lugar, pero si deseas yo seré tu *jin-shei-bao*. Te ayudaré a cumplir tu promesa.

Tai había vuelto un poco la cabeza para mirarla; fue una larga mirada y luego asintió de modo imperceptible.

—Aún llevas encima la sangre de su corazón —susurró Tai—. Creo que a ella le gustaría. *Jin-shei*.

Los supervivientes regresaron cojeando a Linh-an, en una lenta y sinuosa fila de carretas tiradas por caballos transportando veintisiete cadáveres en ataúdes cubiertos de tela en la blanca mañana. Los muros de la ciudad —enormes construcciones de piedra de casi veinte metros de ancho y trece de alto— apenas se veían desde el norte, debido a los estandartes de cinta blanca que se habían colgado de las almenas superiores. Las anchas cintas oscilaban y ondeaban en la brisa y de lejos parecía que los muros mismos habían cobrado vida y temblaban de pesar.

La gente de Linh-an se unió a la procesión en las calles, permaneciendo en silencio mientras cruzaba la Puerta del Norte y se adentraba en el corazón de la ciudad, casi trece kilómetros de sinuosos caminos hasta el Gran Templo, que aguardaba para recibir a los cuatro cadáveres más importantes: el Emperador del Marfil, su Emperatriz, la Pequeña Emperatriz, su heredera, y la Segunda Princesa Oylian. Las casas por delante de las cuales pasaba estaban adornadas con cintas blancas, como los muros exteriores, o banderolas con inscripciones de despedida o bendiciones. La ciudad estaba consternada. El país se tambaleaba.

Los supervivientes lloraban.

Tai había vuelto con la corte, de nuevo a Rimshi, su madre aún enferma, y se había aferrado a ella durante largo tiempo en silencio después de que el cortejo dejara a sus muertos en el Templo, y los que habían regresado del Palacio de Verano se habían separado. Tai se pasó días sin hablar de ellos, se limitaba a permanecer en silencio y con la cara pálida en un rincón de la habitación o pasaba largas horas en el Templo. Había poco dinero para efectuar todas las ofrendas que semejante muerte requería, pero Rimshi sacó de donde pudo; Tai quemó varitas de incienso y ofreció arroz y azafrán para que el alma de Antian llegara a salvo a las Tierras de los Inmortales.

El Emperador del Marfil, el padre de Antian, fue colocado en el nicho tradicional en el Salón de los Emperadores Inmortales, en el Segundo Círculo del Templo. El nuevo santuario rebosaba de ofrendas de personas que hacían cola para rendir homenaje u ofrendar su pena.

Pero Antian no era el Emperador, jamás tendría un nicho para ella donde la gente iría a rezar a su brillante espíritu. Tai pensaba en esto, con los ojos brillantes por las lágrimas que no podía ocultar, sentada junto al santuario del Emperador del Marfil, mientras observaba las cascadas de velas blancas que competían en espacio con soportes para incienso saturados de esencia de incienso o lila, con pilas de melocotones que simbolizaban la inmortalidad, con montones de arroz y semillas de tamarindo. El Emperador del Marfil se convertiría en un dios inferior. Antian quedaría como un recuerdo que a la larga se perdería.

Pero Tai no podía llorar. La pérdida estaba alojada demasiado honda, como una daga en su corazón, y ella alimentaba el dolor con fiereza; era como si creyera que sólo esto pudiera mantener viva a Antian para ella. El funeral se celebraría pasados veinte días, por lo que el cadáver del Emperador y los de su familia yacerían de cuerpo presente el tiempo adecuado. El período de luto para un Emperador fallecido estaba establecido en nueve meses para la nación y tres años para la familia que le sobreviviera. Durante tres años, Liudan, ahora la Emperatriz Heredera, sólo podría vestir colores pálidos y ninguna prenda de seda en señal de luto por su familia. Pero debido al modo en que el Emperador y su familia habían muerto, el modo no natural y violento en que se los habían llevado, se había decretado que habría un año entero de luto para la ciudad, tiempo durante el cual todos llevarían cintas blancas y trozos de tela de saco en su vestimenta. Pero para Tai esto no tenía sentido. Había visto demasiado aquella mañana en las montañas, había perdido una relación que apenas había empezado a convertirse en algo rico y atesorado en su vida, y su luto era profundo y absoluto, tenía la sensación de que jamás terminaría.

Cuando llegaron las lágrimas, no fue en el santuario del Emperador del Marfil, ni al ver a los que allí lloraban, o ni siquiera cuando encendió sus velas en los altares de los Círculos Tercero y Cuarto para Antian. Fue una cosa corriente lo que le arrancó el llanto, no el pensar en la pérdida, sino el recordar que la vida proseguía sin detenerse para llorar lo que se había perdido, que a cada puesta de sol le seguía un nuevo amanecer..., que un nuevo Emperador seguiría a éste.

Iba camino de la puerta, salía del Segundo Círculo para entrar en el caos del Primero, y dio la casualidad que pasó lo bastante cerca del puesto de So-Xan, el tallador de cuentas de la madera de la edad, y observó el cubo de cuentas de hueso tallado que tenía junto a la mesa de caballete. Kito, el hijo de So-Xan, raspaba pacientemente la madera, alisando las cuentas redondas para formar globos regulares, sin aristas, que serían sumergidas en pintura de plomo blanca y vendidas mientras durara el año de luto para ponerlas en las varitas señalando el paso del tiempo.

Fue esto, finalmente, lo que arrancó la daga del corazón de Tai. No esperaba el dolor, la oleada de sangre que seguía a la simple comprensión de que algo había *acabado* de forma irrevocable, que el reino del Emperador del Marfil había terminado... y de que Antian jamás elegiría al Emperador que ocuparía su lugar. Tai contuvo el aliento, se tambaleó y se apoyó en una caseta que había cerca.

Dio la casualidad de que Kito levantó la mirada, vio el pálido rostro, los ojos dilatados por la consternación, dejó la cuenta en la que estaba trabajando en el cubo de donde la había sacado y se puso en pie de un salto.

—¿Estás bien? Pareces enferma... —recorrió la distancia que les separaba en dos largos pasos y cogió a Tai por el codo, inclinándose sobre ella solícito—. ¡Xao-jin! —gritó, llamando al propietario de una caseta tres o cuatro puestos más abajo. Como respuesta se asomó un rostro redondo en forma de luna llena dividida por el tabique nasal—. ¡Tráeme una taza de té verde! ¡Corre!

Algo dio un golpe y de pronto Tai se encontró sollozando con fuertes convulsiones y estremecimientos mientras le caían las lágrimas. Kito la acompañó al interior de la caseta del tallador de cuentas y la instaló sobre un banco, dejándola sólo el tiempo suficiente para salir a por el cuenco de humeante té que el hombre al que había llamado había traído y darle las gracias con un murmullo. Luego regresó, se arrodilló junto al banco en el que Tai estaba sentada llorando con gran desconsuelo.

—Toma —dijo él—. Bebe esto. Te sentirás mejor.

Este absurdo comentario hizo que Tai reaccionara y se tomara un poco del líquido. Los ojos preocupados de Kito no dejaban de mirarla, al menos no lo hicieron hasta que sus mejillas recuperaron un poco de color y se sintió satisfecho, a pesar de que la niña aún lloraba en silencio con una pena inconsolable, no había peligro inminente de que ello le causara ningún daño.

Hubo un momento de embarazoso silencio en el que Tai no levantó los ojos para mirarle y él se sintió indefenso, sin saber qué hacer.

—¿Te encuentras bien ahora? —preguntó Kito por fin, mientras ella sostenía con las dos manos el tazón de té casi terminado. Habría sido de mala educación peguntar, ni siquiera sabía cómo se llamaba, pero Kito siempre había sentido una gran empatía por las personas y parte del dolor de Tai le había llegado a él. Se dio cuenta de que quería hacer algo para ayudar, cualquier cosa, pero como no sabía la causa no podía hacer nada para aliviarlo.

Tai comprendió que él no quería preguntar, pero sentía que le debía una explicación por ponerse a llorar al verle trabajar.

—Es... —empezó a decir, pero su voz aún era confusa debido a las lágrimas, tragó saliva con fuerza, y con ella una nueva oleada de llanto—. Las cuentas del Emperador del Marfil. Tú eras...

Kito desvió la mirada a la tarea que había abandonado.

—Sí —dijo con voz extrañamente amable—. Estoy haciendo las cuentas del duelo. Y después tendré que hacer las cuentas de la regencia. Porque la Emperatriz Heredera aún es demasiado joven para subir al trono y no sabemos aún cuál será la cuenta del nuevo reinado.

Liudan. En todo el tiempo que había alimentado su pena por la pérdida de su hermana *jin-shei*, Tai había pensado poco en la promesa que había hecho a Antian antes de morir. «Cuida de mi hermana», le había pedido. Liudan. La enojada.

La Emperatriz Heredera. La futura Emperatriz.

—Pero ¿cómo puedo hacerlo? —preguntó con voz entrecortada, respondiendo a sus propios pensamientos. ¿Cómo iba a cumplir su último juramento a Antian? Tai nunca le había caído bien a Liudan. Era tres años mayor, orgullosa, herida por demasiadas cosas que Tai no podía curar... y Tai había prometido ocuparse de ella.

—¿Cómo dices? —preguntó Kito desconcertado.

Tai por fin alzó los ojos, había gratitud en ellos y una calidez que casi era afecto. Se puso en pie; Kito desplegó su largo cuerpo adolescente y también se levantó, aceptando el tazón de té que ella le devolvió.

—Gracias —dijo Tai, e incluso logró esbozar la sombra de una sonrisa—. Me has ayudado.

«Es bonita», pensó Kito de modo irracional; sólo los dioses sabían de dónde le había venido esta idea. Una parte de él se burlaba de ello, porque no había nada bello en las sonrojadas mejillas de Tai y los ojos enrojecidos e hinchados por las lágrimas no disimuladas y las que después brotaron en un torrente de pena liberada. Pero había algo luminoso en aquella media sonrisa.

Ella le hizo una inclinación de cabeza, en gesto formal, con las manos juntas y los dedos entrelazados, y se apartó dispuesta a abandonar la caseta.

—Espera —dijo Kito de pronto de forma instintiva.

Metió la mano en el cubo de cuentas talladas en las que había estado trabajando, sacó una entera en la que aún no había empezado a trabajar y la puso en la mano de Tai.

—No todas —dijo en voz baja— serán destruidas.

La sonrisa que asomó a los labios de Tai iluminó sus ojos, sólo un instante; sus dedos se cerraron con fuerza en torno a la cuenta. Tai hizo un gesto de asentimiento para darle las gracias, se retiró, salió por la puerta exterior a las calles de Linh-an, dejando a Kito mirándola fijamente mientras se alejaba con expresión de perplejidad.

CUATRO

Tai no formaba parte de la procesión funeraria que recorría las calles de Linh-an cuando el Emperador y su familia fueron trasladados al lugar donde reposarían. Habría podido hacerlo, si lo hubiera pedido, pues una *jin-shei-bao* tiene derecho a seguir a su hermana a su funeral. Pero se hallaba aún demasiado sensible, la pena era demasiado íntima y demasiado profunda para exponerla a las multitudes que llenaban las calles. Tai había pensado que podía rendirles homenaje a su manera, sólo formando parte de la muchedumbre en las aceras cuando pasara la procesión, pero se había resignado a no poder ver gran parte del último viaje de Antian desde la multitud que se agolparía en las calles. Todo Linh-an estaría allí, el gentío sin duda formaría cinco o seis filas en las aceras; tendría que despedirse de la hermana de su corazón desde detrás de un muro de humanidad. Pero los dioses, que le habían dado tanto y después caprichosamente se lo habían quitado, parecían haberse arrepentido de su capricho y ahora derramaban sobre Tai muchos pequeños regalos como para remediarlo.

Uno fue una amistad inesperada iniciada en el puesto del tallador de cuentas. Había sido Nhia, vecina y amiga de Tai, quien por fin les había presentado formalmente. Daba la casualidad de que ella, de entre los muchos artesanos y mercaderes del Primer Círculo del Templo, conocía precisamente a Kito y a su padre desde que eran muy jóvenes. Nhia había acompañado a Tai en una de sus visitas al Templo durante las semanas previas al funeral del Emperador y Kito por casualidad las había visto y las había llamado para saludarlas.

—Estamos muy ocupados —respondió él a la pregunta de cortesía de Nhia respecto a cómo estaba. Pero sus ojos sonreían a Tai y ésta tenía la mirada baja, aunque su boca se curvó un poco hacia arriba. Nhia alzó una ceja una fracción y dijo con suavidad, como si no se hubiera dado cuenta de nada.

—No sé si conoces a mi amiga. Tai, éste es Kito, hijo de So-Xan, el tallador de cuentas. Kito, ésta es Tai, hija de Rimshi, la costurera.

Ambos se saludaron con una inclinación de cabeza.

—Quizá compartirás otro tazón de té verde conmigo algún día —dijo Kito. En teoría se dirigía a ambas muchachas, pero como Nhia, en todo el tiempo que hacía que le conocía, jamás había compartido té verde en la caseta del tallador de cuentas, supuso que había alguna historia detrás de esta fiesta que la excluía a ella.

Tai se había sonrojado.

—Me gustaría —dijo ella, y una vez más Nhia quedó excluida.

Nhia pasó por alto el misterio con estudiada e inocente ignorancia.

—Tal vez más tarde —murmuró y fue recompensada con una mirada sorprendida por sus dos compañeros, primero a ella y después, muy brevemente, entre ellos. Se despidieron y las muchachas entraron al Templo mientras Kito fingía volver a su trabajo, aunque tanto Nhia como Tai notaban perfectamente el peso de sus ojos en la espalda.

—Me regaló la última cuenta del Emperador del Marfil —contó Tai a Nhia a modo de explicación cuando se alejaban—. Le vi puliendo las cuentas, al tallar las del luto, y me regaló una entera, una que aún no había tocado. Me devolvió la memoria.

—Y te invitó a un tazón de té verde —murmuró Nhia.

Tai volvió a sonrojarse, cosa poco característica en ella.

—Estaba llorando —dijo con voz suave—. Era... la primera vez que lloraba por ella.

Nhia sabía que había tenido alguna relación con la corte, aparte de los deberes acostumbrados de Rimshi en el Palacio de Verano, pero no sabía de qué se trataba, y esta frase resultaba como mínimo críptica. Pero era Nhia y la gente confiaba en ella; y Tai, al fin y al cabo, era su amiga, quizá su única amiga. Ahora que Antian había muerto, ya no había ningún secreto. Tai levantó la cabeza y miró a Nhia a los ojos.

—Ella y yo éramos *jin-shei* —dijo Tai—. Éste era el tercer verano que compartía con mi hermana del corazón. Y en esos tres años hubo muchas cosas, Nhia, ¡muchas cosas! Ya había vivido toda una vida con ella. Y ahora está muerta.

Aún no había mencionado ningún nombre, pero como se refería a la familia imperial tenía que ser una de las dos muchachas que yacían muertas en el Templo en aquellos momentos.

—¿*Jin-shei*? —repitió Nhia—. ¿De la Segunda Princesa Oylian?...

—De Antian —dijo Tai—. De la Pequeña Emperatriz.

A Nhia le falló un poco el paso.

—¿Eras *jin-shei-bao* de la Pequeña Emperatriz? ¿Por Cahan, cómo ocurrió?

Entonces Tai volvió a contar la historia, sentadas una al lado de la otra en uno de los bancos junto a los estanques de los jardines del Tercer Círculo. Las lágrimas ahora corrían libremente, dejando rastros en sus mejillas mientras hablaba, y los ojos de Nhia se llenaron también de lágrimas de compasión. Al final abrazó a Tai, sin saber qué decir para calmar su dolor; pero era Nhia, que rebosaba de historias, parábolas y de sabiduría que había acumulado durante los años que pasó entre los muros del Templo, y ahora rescató una de su memoria.

—Cuando Han-fei cruzó el Gran Río y entró en el Reino de los Dioses —empezó, apartándole el pelo de los ojos a Tai con un gesto tierno como el de una madre—, caminó mucho sin encontrar a nadie, con los ojos fijos en el suelo, para no ofender a nadie con quien tropezara mirándole sin su permiso. Al final llegó a una playa y ésta se abría a un gran lago oscuro y tranquilo, como un espejo, y hermoso. Más hermoso aún era lo que veía en él: gloriosas cumbres de montaña, hilera tras hilera, que se elevaban majestuosas y estaban coronadas de nieve, tan elevadas que el cielo sobre ellas estaba eternamente punteado de estrellas. «¡Oh, que hermoso!», exclamó, y cayó de rodillas en gesto de adoración. Y una voz le dijo: «Ésta es la imagen, Han-fei, ahora levanta la mirada y contempla la verdad». Y Han-fei levantó la mirada y las montañas eran reales y rodeaban el lago en toda su majestad y no les molestaba que las mirara, y las conoció y las amó —Nhia se detuvo—. Puede ser —continuó con voz suave— que lo que compartías con la Pequeña Emperatriz sólo sea un reflejo de algo mayor y más verdadero que vendrá a ti, quizá ella llegó hasta ti para enseñarte el camino. Puede que fuera la imagen sobre la que ahora debes construir tu verdad.

De pronto Tai se volvió y dio a Nhia un fuerte abrazo.

—Tú siempre has sido mi amiga —dijo.

—A veces creo que tú has sido mi única amiga —dijo Nhia con un leve asomo de amargura.

Tai se recostó y echó a Nhia una larga mirada.

—Eso no es cierto —replicó—. Todo el mundo te tiene aprecio. La gente siempre te pregunta lo que piensas. La gente confía en ti.

—A lo mejor nunca me han *apreciado*, Tai —dijo Nhia.

—Pero tú resolvías toda clase de problemas en la calle SoChi...

Nhia hizo un gesto de desprecio al cumplido.

—No es lo mismo. La gente confía en mí, sí. A veces creo que la gente me cuenta más de lo que creen que debería saber. Pero eso les aleja del afecto, no les acerca a él. Si saben que sé todas esas cosas de ellos, sí, confían en mí, pero no me apreciarán jamás. La gente no aprecia a los que saben demasiado sobre ellos.

—Eres una de las personas más sabias que conozco —dijo Tai leal.

Nhia sonrió.

—Es porque todavía no has conocido a muchas personas.

—Claro que sí —dijo Tai con rebeldía—. En el Palacio de Verano...

Estas palabras se hundieron en un pozo de silencio que era aflicción. Nhia apretó los dedos fríos de Tai.

—Sé que has perdido algo maravilloso. Pero siempre has sido una hermana pequeña para mí, Tai. A veces realmente eras la única persona con la que podía hablar. Pase lo que pase en nuestra vida, quería que lo supieras. No compensa la pérdida de la Pequeña Emperatriz, pero...

—Pero he tenido una *jin-shei-bao* real, viva, que vivía en la puerta de al lado toda mi vida y nunca lo supe —dijo Tai.

Nhia la miró con sobresalto.

—Eso no es lo que quería decir —empezó a decir, pero Tai volvió la mano y enlazó sus dedos con los de la otra muchacha.

—Pero yo lo digo en serio —dijo—, si tú lo deseas.

Por un momento Nhia no pudo articular ni una sílaba, luego, cuando le salieron las palabras, lo hicieron con emoción.

—No puedo ni soñar con ocupar el lugar de la primera hermana del corazón, de la que habría sido Emperatriz —dijo—, pero seré tu hermana si tú quieres que lo sea. Estaría orgullosa de que me llamaras así.

Éste había sido el segundo regalo, otra *jin-shei*, otro lugar para el amor, el legado que Antian le había concedido.

El tercer regalo de los dioses fue aún más inesperado.

CINCO

Aunque había ido al Templo desde que era un bebé, hasta el último año más o menos la presencia de Nhia no había empezado a causar un impacto auténtico allí. Apenas había cumplido catorce años cuando ella y un joven acólito con el que estaba conversando habían sido abordados por una mujer mayor que se mostró cortésmente deferente a plantear la pregunta —al acólito— de a qué deidad debería acudir con su problema.

—Ayúdame, bienaventurado, pues no estoy segura de a qué dios sería mejor acudir; no soy digna de lo que se me pide, necesito saber...

Había sido Nhia, de sólo catorce años y no ligada a la jerarquía del Templo, quien había respondido a esta súplica con una historia de Han-fei, el desventurado aventurero cuyos encuentros con los dioses y los Inmortales eran un terreno tan fértil del que sacar buenos consejos.

—Cuando Han-fei se encontró con un Inmortal al otro lado del río Inderyn donde se encuentran los Cielos —había explicado Nhia en el expectante silencio, mientras el acólito del Templo aún estaba reflexionando sobre la pregunta—, se arrojó a los pies del Sabio Bendito y no alzó los ojos del borde de su túnica. «¡No soy digno, oh, Bienaventurado, no soy digno!» El Sabio dijo: «¿Qué ves cuando miras el espejo, Han-fei?». Y Han-fei respondió: «Veo un hombre sin belleza en su rostro y sin sabiduría en su mente y sin humildad en su espíritu». Y el Sabio entregó a Han- fei un espejo y dijo: «Entonces vuelve a mirar, porque lo que yo veo es un hombre con belleza en el rostro que es reflejo de la modestia de su alma, con la sabiduría de la mente que sabe que no sabe, y con la humildad de espíritu para pasar su vida tratando de aprender y comprender las cosas que ignora. Levántate, Han-fei, pues sí eres digno».

La mujer besó la mano de Nhia en silencio, y se había retirado con la cabeza inclinada. El acólito, puesto en pie, miró fijamente a Nhia un largo momento.

—¿Dónde aprendiste esa historia? —le preguntó.

—Oigo muchas historias en estos pasillos —Nhia continuó—. Veo a los monjes que enseñan a los niños en los patios a veces. Escucho y las recuerdo.

—Eso está muy bien —dijo el acólito con cautela—, salvo que el que acabas de contar jamás ha sido una historia de las que se enseñan. Que yo sepa, no está escrito que le ocurriera eso a Han-fei.

—¡No me lo he inventado! —protestó Nhia con el corazón latiéndole a toda velocidad—. Debo de haberlo oído...

—Te lo has inventado, Nhia, y ha sido perfecto —corrigió el acólito.

La primera reacción de Nhia fue un creciente pánico.

—No se lo digas a nadie —suplicó—. No volveré a hacerlo. Sólo quería...

—Pero ¿por qué no? —preguntó el acólito—. Eres maestra por naturaleza. Quizá algún día incluso formes parte realmente de este Templo; ya sabes más que algunos que se han entregado a ello durante años.

Si el acólito le contó a alguien el incidente, Nhia jamás lo supo, pero sólo porque los acontecimientos la sobrepasaron. Aunque éste se hubiera mordido la lengua, la mujer a la que Nhia le había contado la historia de Han-fei evidentemente no lo hizo.

Estaba regateando por un pescado en el mercado, más o menos una semana después del encuentro en el Templo, cuando Nhia notó que alguien le tiraba con suavidad de la manga y le sorprendió reconocer a la mujer del Templo. Ésta iba acompañada de un par de niños pequeños, uno de ellos sólo unos años más joven que la propia Nhia, los cuales la miraron de modo inescrutable. Nhia desvió la mirada, desconcertada.

—Quería darte las gracias, joven *sai'an* —dijo la mujer en voz baja, deferente—. Me ayudaste a comprender. La madre de mi esposo necesita tus sabias palabras también, pero está postrada en la cama y no puede acudir al Templo a menudo. Tal vez si pudieras ir...

—Pero yo no soy miembro del Templo —dijo Nhia.

Sólo por un instante la mujer pareció sorprendida y luego su expresión volvió a ser de seguridad.

—Puede que no seas uno de los que llevan túnica, *saï'an*, pero llevas en ti la sabiduría de los Inmortales. Mi suegra te agradecería que fueras a verla. Aunque sólo fuera un momento. Vivimos en la calle ZhuChao, en la casa amarilla de la esquina. Si tuvieras la bondad, *saï'an*...

Nada deseaba más Nhia que dar media vuelta y perderse entre la multitud del mercado, pero no podía echar a correr. Jamás podía echar a correr. Ni de esto, ni de nada. La ironía hizo que una sonrisa triste asomara a sus labios. La mujer interpretó este gesto como una aceptación, o una despedida; en cualquier caso se marchó, con la cabeza inclinada, acompañada de su prole.

Otros clientes del puesto de pescado habían presenciado este intercambio y el propio pescadero, que conocía a Nhia desde su infancia, se había quedado con el pescado que ella quería comprar en la mano.

—Así que eres una sabia ahora, joven NhiNhi —dijo el pescadero. Aquí hubo un intento de ligereza, pero había algo más, una curiosidad, un interés cauteloso. El mercado vivía de los chismes y rumores, así fue como la noticia se difundió por todos los rincones de la ciudad de Linh-an. Tal vez aquí había una historia.

—No lo soy —replicó Nhia con firmeza, y desvió el tema de conversación al pescado.

Pero dos días después otra mujer la paró en la calle y le hizo una pregunta muy específica. La pregunta se refería a la niña que llevaba cogida de la mano y que se quedó mirando a Nhia con la mirada perdida que le resultaba tan familiar. Ella misma la había tenido. El otro brazo y su mano, no la que le cogía su madre, eran delgados y parecían atrofiados tenía los dedos curvados como una garra que mantenía recogida sobre el vientre. Se trataba de otra Nhia, una tullida cuya madre se veía empujada a pedir ayuda donde creía que podría encontrarla.

Tal vez fue esto lo que hizo que Nhia le hablara. Había una parábola que se podía aplicar. Después contó otra historia directamente a la niña, otra historia de Han-fei, pero dirigida al viejo dolor tan familiar para ella, tratando de aliviar la carga de la pequeña. Fue recompensada con una tímida sonrisa, una mirada un poco más blanda. La madre se dio cuenta y sus ojos se iluminaron. Se llevó consigo el incidente, lo mimó, habló de él.

Después vinieron más.

Antes de cumplir diecinueve años Nhia se había encontrado una mañana sentada en una caseta desocupada del Primer Círculo, contando enseñanzas a un grupo de niños sentados a sus pies. Al principio fue algo irregular, sólo de vez en cuando; cuando había un número suficiente de jóvenes discípulos, Nhia se sentaba en algún lugar, todos se sentaban en el suelo a su alrededor y gritaban: «¡Una historia! ¡Una historia!». Pero pronto se convirtió en algo más grande. Algo que se hizo lo bastante sorprendente para llamar la atención de la casta de los sacerdotes del Templo. Varias veces, cuando se hallaba en mitad de una de sus historias, Nhia levantaba la cabeza y vislumbraba un discreto observador, un acólito ataviado con la túnica del Templo, que permanecía con los ojos bajos y las manos metidas en las mangas y escuchaba con atención lo que ella decía. Cuando captaba su presencia, Nhia trataba de ir con cuidado y contar sólo las historias que *sabía* que había oído antes allí, en el Templo, contadas por los sabios y maestros de éste. Pero a veces era difícil recordar de cuáles estaba segura. Todas las historias que contaba le resultaban antiguas y familiares. ¿Cuáles eran parábolas venerables, que enseñaban algo, y cuáles se había inventado?...

Li, la madre de Nhia, había actuado con cautela al respecto, y tenía miedo de que el Templo se ofendiera por las actividades de Nhia, en especial porque a menudo contaba sus historias en el recinto del mismo.

—Son juegos —le recriminó Li— y pueden ser peligrosos. Te estás situando por encima de la gente. Has tenido tu Xat-Wau y ya no eres una niña, Nhia. Piensa en lo que quieres hacer el resto de tu vida.

—Pero quizá ya lo estoy haciendo —contestó Nhia despacio.

No casarse, no tener hijos; lo había aceptado. Pero quizá éstos podían ser sus hijos, los que acudían a ella y cuya vida ella sabía que podía tocar, a veces curar. Tenía mucho que aprender, pero ya le parecía, también, que tenía mucho que enseñar. Una parte de ella estaba ufana de ello. Su cuerpo no podía correr, pero su espíritu podía volar.

Pero Li no estaba completamente convencida de la vocación de su hija. Había llegado incluso a abordar a uno de los sacerdotes de más alto rango del Templo y pedido absolución si Nhia abusaba.

—Hemos pensado en el castigo —le dijo el sacerdote a Li—, pero primero escuchamos lo que decía. Ella hace que los niños la escuchen. No ha dicho nada que nos haya ofendido. Creemos que el asunto ha ido tan lejos que si no lo hace aquí, lo haría en cualquier otra parte, en el mercado o en las calles.

—No si se lo prohibieran, *sei*.

—Pero ¿por qué íbamos a prohibírselo? Aquellos a los que ella toca van directos a nosotros. Ella hace el trabajo del Templo —dijo el sacerdote. Había algo de satisfacción en su sonrisa, pero los sacerdotes siempre habían sido pragmáticos respecto a su religión. En un Templo que tenía un círculo exterior próspero dedicado al comercio de la fe no podía ser de otro modo—. Pero comprendo tu preocupación; nos aseguraremos de que aprenda.

De modo que la vida de Nhia empezó a girar en torno al Templo, cada vez más. Enseñaba a los jóvenes, y ella a su vez aprendía las meditaciones y las purificaciones mentales del *zhao-cha*, llegando a rozar los bordes de lo luminoso, siguiendo a Han-fei a los jardines de los dioses en busca del Fruto de la Sabiduría.

Khailin, hija de Cheleh el cronista, se había ocupado de observar a la muchacha tullida que había llamado la atención del Sabio Lihui. En los meses que siguieron a aquel encuentro en el Templo, Khailin había descubierto que Nhia frecuentaba los círculos y tenía muchos amigos allí. También descubrió que ella y Nhia tenían más en común de lo que había creído. Aunque su interés y deseos últimos eran diferentes, teñidos en parte por su diferente posición en la vida y el lugar que ocupaban en la sociedad de Linh-an, compartían el interés por el Camino y la manera en que funcionaba. El interés de Nhia era más por la sabiduría y la pureza del Camino: el *zhao-cha*, la alquimia interna de la mente y el espíritu, la llamada de la mujer sabia. Khailin se sentía más atraída por el *yang-cha*, sus rituales, su magia matemática, su química, su naturaleza eminentemente práctica. Ambas habían sido empujadas a aprender, a comprender. Esto era algo que Khailin podía añadir. Incluso podía ser parte de la razón por la que el Sabio Lihui se había interesado por Nhia; quizá se había sentido atraído hacia la fuerte llama de la curiosidad, inteligencia, ansias de aprender. Quizá, pensó Khailin, ella y Nhia podían ser útiles la una a la otra.

Por eso había empezado a observar a Nhia en el Templo. Una parte de Khailin se maravillaba por el modo en que Nhia había logrado tener acceso a todas las disciplinas del Camino. Y lo había hecho sin leer un solo manuscrito *hacha-ashu* sobre las cosas prohibidas. Khailin era incómodamente consciente de que el tiempo se le estaba escapando de las manos.

Ya había rechazado varios pretendientes cuyos representantes habían acudido con el *so ji*, el regalo de propuesta de matrimonio de jade tallado. Lo que había ocurrido era que se había negado a aceptar la pequeña escultura personalmente de las tías y primas de más edad, ataviadas con trajes formales, a las que habían confiado su entrega como señalaba la tradición. «Como mi amado desee», significaban las palabras en un principio. Si la novia o el novio cortejado tomaba el regalo, se consideraba que la propuesta de matrimonio se había aceptado, y desde aquel momento el compromiso era oficial. Los pretendientes de Khailin no habían sido de su gusto: uno procedía de una familia numerosa y aferrada a la tradición, que la habrían puesto trabas como a un pájaro enjaulado; otro había sido un hombre unos años mayor que ella, al que ya había conocido de forma transitoria en la corte y que habría podido aceptar, salvo por su absoluta incapacidad de pasar por alto sus palmas de las manos constantemente sudorosas, que, reflexionando sobre ello, decidió que no podría soportar de forma regular.

Cuando dos emisarios de un Príncipe de Syai llegaron poco antes de que se celebrara la ceremonia de Xat-Wau de Khailin, Cheleh dejó claro a su díscola hija mayor que otra negativa sería recibida con gran desagrado. El Príncipe era joven, positivamente imberbe, exactamente el tipo de joven vacío con el que Khailin no deseaba casarse. Podía verse entregada a la vida blanda de las casas nobles, ser una esposa disciplinada, teniendo que obedecer interminables reglas de protocolo y decoro y soportar los odiados baños rituales con el resto de mimadas damas; tal vez jamás volvería a tener acceso al tipo de información arcana que ella ansiaba o la oportunidad de poner a prueba sus conocimientos..., pero, por otra parte, sería Princesa, lo cual era una especie de poder en sí mismo. Y el joven futuro esposo podría ser lo suficientemente moldeable para convertirse en el marido con el que Khailin pudiera vivir. El esposo al que, en caso necesario, podría hacérsele cerrar los ojos para que ella estudiara el *yang-cha*.

Khailin había aceptado el regalo del Príncipe con los dientes apretados. La boda tendría lugar el siguiente verano, pero entretanto Khailin había hecho todo lo posible para asegurarse de que su compromiso matrimonial no interfiriera indebidamente con el último año de libertad. Podía salir bien —podría ser lo mejor— pero a veces deseaba salvajemente que su cuerpo fuera tullido como el de Nhia, ya que hubiera sido más difícil arreglar un buen matrimonio. Que le hubieran dado más *tiempo*.

Pero quizá la propia Nhia abriría algunas puertas.

De modo que Khailin se aseguró de que sus caminos se cruzaban en el Templo, de que Nhia reconocía su rostro, de que empezaban a saludarse con una leve inclinación de cabeza al pasar por su lado, de que por fin intercambiaban un saludo y, luego, de que entablaban conversación. Khailin la cortesana había preparado a Nhia con toda la precisión y astucia de aquel que busca favores de un sabio o aristócrata de rango más elevado.

Por una vez, las cosas que le decían a Nhia no eran porque alguien instintivamente le confiaba aquella información, sino porque aquélla era la información que otra persona deseaba que ella conociera. Como nunca había tenido que lidiar en semejantes campos de batalla, no lo había reconocido como algo artificial; había aceptado las insinuaciones de Khailin con placer, tras el desconcierto y la cautela al ver que alguien como ella buscara su compañía. Había encontrado una compañera de su misma edad con la que podía hablar de cosas que le interesaban.

Hablaban de muchas cosas, y Khailin, a pesar de los motivos venales iniciales por los que había iniciado esta relación, se dio cuenta de que cada vez le gustaba más Nhia. Le sorprendió sentir una punzada de celos cuando Nhia inevitablemente habló de Tai, su única compañera próxima antes de que Khailin apareciera en escena.

—Es tan menuda y delicada —dijo Nhia a Khailin mientras caminaban en el Templo, menos de una semana antes de que la procesión funeraria del Emperador tuviera lugar por las calles de Linh-an—. Ella deseaba muchísimo despedirse, pero ni siquiera la verá, si está en la calle entre la multitud.

Nhia no mencionó la naturaleza exacta de la relación de Tai con la familia imperial, pero Khailin sentía curiosidad y tenía práctica en extraer la información que quería.

—Todos lloraremos —dijo Khailin—. Este verano nos ha traído una gran pérdida a Syai.

—No —dijo Nhia, meneando la cabeza—, para Tai es más.

—¿Pasó el verano en el palacio? —preguntó Khailin—. ¿Con su madre? Dijiste que su madre era la costurera de la corte.

—Rimshi es la costurera, sí, y también ha enseñado bien a Tai.

Estaban entrando demasiado en detalles. Khailin volvió la conversación al palacio.

—¿Cuántos años tiene ahora? Es un poco más joven que tú, ¿no?

—Once —dijo Nhia.

—Unos cuantos veranos en el palacio, y no es más que una niña. Para ella ha sido como vivir un sueño. Entiendo por qué le resulta difícil dejar... —pero Khailin de pronto se interrumpió, y se quedó con la mirada pensativa. Su familia formaba parte de la corte, y ella y su hermana, aunque no asistían a los actos sociales del Palacio Imperial con frecuencia, asistían lo bastante a menudo para que alguien como Khailin captara los trasfondos de la corte. Y uno de esos trasfondos, en el último año, había sido una relación forjada por Antian, la Pequeña Emperatriz. La Princesa que había resultado muerta en el terremoto del verano.

Tai había querido despedirse.

Para Tai, el duelo era mayor que el de la tierra para sus elegidos.

—Pero lo entiendo —dijo Khailin aprovechando la ocasión. Atando cabos y llegando a una conclusión poco sólida, pero de la que de pronto estaba muy segura, dijo con voz compasiva y engañosamente segura—: Ha de ser difícil aceptar semejante pérdida. Perder una amiga en una catástrofe como ésta ha de ser difícil. Una hermana...

Nhia levantó la cabeza con prontitud, pero no dijo nada y se quedó observando el rostro de Khailin, que dejó que sus facciones se ablandaran y esbozó una leve sonrisa triste.

—En la corte corrían rumores. La Pequeña Emperatriz y una compañera con la que pasaba tiempo. Era tu Tai, ¿verdad? Creo que oí mencionar algo de *jin-shei*.

—Sí —dijo Nhia tras una pausa—, eran *jin-shei*.

—Pero eso debería ser suficiente para asegurarle a Tai un lugar de honor, si dijera que deseaba estar allí.

—Tú no la conoces —dijo Nhia en un murmullo—. Era la *jin-shei-bao* de la Primera Princesa Antian, pero jamás se aprovecharía de...

Habría podido manipular a Nhia para que le hiciera confidencias, pero de pronto apareció en los ojos de Khailin un brillo auténtico.

—Jamás he visto a nadie —continuó—, jamás he tenido a una hermana que me entendiera, que me conociera. Yan hace lo que nuestra madre le dice que haga, sin mirar ni a izquierda ni a derecha; si le dijera que saltara por un acantilado lo haría y no preguntaría por qué. Aceptaría el matrimonio que han preparado para mí y estaría satisfecha con ello, como estaría satisfecha con todo. —Miró a Nhia y entrecerró los ojos, temerosa de pronto de demostrar demasiada emoción—. Si yo muriera —farfulló, incapaz de controlar sus palabras con la misma firmeza que sus facciones—, nadie me lloraría.

—Tus padres... —empezó a decir Nhia, pero Khailin la interrumpió con un brusco gesto de la mano.

—Nadie —dijo con convicción.

—Yo lo lamentaría —dijo Nhia tras una pausa.

—¿Porque eres mi amiga?

—Sí, lo soy.

—¿Serías mi hermana si te lo pidiera?...

—¿Me estás pidiendo el *jin-shei*? —preguntó Nhia, sentándose de pronto muy quieta.

Eso no era exactamente lo que Khailin había pretendido. Pero aún estaba muy emocionada, e incluso mientras la inundaba la emoción y las mejillas se le sonrojaban pensaba, con una parte racional de su mente, que esto era *exactamente* lo que quería cuando había empezado a atraer a Nhia hacia su círculo. Siendo hermanas del *jin-shei*, sería fácil entrelazar sus vidas y fortunas, y Nhia podía ser lo único que le quedara a Khailin, la única fuente de conocimiento, de aquel poder que necesitaba mantener a su alcance si quería seguir siendo ella misma y permanecer íntegra.

No sería el primer vínculo del *jin-shei* que nacía de una necesidad más prosaica que la de una pureza de corazón; pero, según el montón de literatura *jin-ashu* de la madre de Khailin, eso era superado por el poder del juramento. Empezara como empezara, siempre terminaba como una fuerte unión. Alguien se ocuparía. Alguien tendría la *obligación* de ocuparse.

—Sí —susurró.

Nhia le tendió la mano y le cogió la suya.

—Si lo deseas.

Khailin sintió que le desaparecía del corazón un peso que no sabía que llevaba y se irguió un poco, dejando su mano en la de Nhia unos instantes.

—Dile a Tai —dijo con brusquedad— que será bien recibida si quiere ver la procesión desde la terraza de la casa de mi familia. Pasarán por nuestra calle.

Ése había sido el tercer regalo.

En lugar de intentar encontrar un camino para ver por encima de los hombros y codos de la muchedumbre de las calles, Tai y Nhia habían subido la escalera en espiral de la casa de Khailin y habían estado en un lugar elevado sobre las calles abarrotadas de Linh-an de luto, y las tres habían contemplado la procesión funeraria desde la terraza de Khailin.

Primero llegaron los que tocaban los tambores, que estaban adornados con cintas blancas y en los que tañían una lenta marcha. Les seguían los carros con enormes pilas de ofrendas para los muertos. Los primeros carros llevaban los complicados ejemplares hechos en papel y papel maché de los artículos que los difuntos precisarían en la otra vida: había tres palanquines de tamaño natural con colgantes de tela de oro; un carruaje en miniatura hecho en papiroflexia y pintado de forma complicada junto con figuras de caballos, cuyo objeto era transportar los espíritus a Cahan; varias figuras humanas de tamaño natural con las manos juntas y el rostro pintado, criados para ocuparse de sus necesidades; tazas, abanicos, instrumentos musicales, tablillas de escritura, una réplica en papel de la tiara imperial; todo ello meticulosamente hecho a mano, creado, pintado, listo para ser pasto de las llamas cuando los cuerpos de los difuntos fueran entregados al fuego, para que las cenizas de todos estos objetos se mezclaran con las cenizas de aquéllos, cobrando forma en Cahan, donde los necesitarían. Estos carros —y había varios, cada uno escrupulosamente preparado para cada uno de los cuatro muertos— iban seguidos por otros que llevaban lingotes de oro y plata, cubiertos con banderas que tenían inscritas plegarias y bendiciones y otras que ensalzaban las virtudes de los fallecidos; y después aún algunos más resplandecientes con velas blancas encendidas que portaban platos y cuencos cargados de pasteles de miel ceremoniales, granadas, melocotones y botellas de rico vino.

Todo esto tardó mucho tiempo en pasar, pero finalmente un largo suspiro exhalado por la abarrotada calle anunció la llegada del primero de los cuatro cadáveres de la procesión.

Tai se sintió embargada por la pena cuando vio pasar los cuatro ataúdes, cada uno de ellos colocado en un carro tirado por un solo caballo blanco y colocado sobre un alto montón de flores blancas, algunas auténticas, y otras, creaciones artificiales en seda. Los caballos caminaban despacio, conducido cada uno por un guardia imperial ataviado con capa blanca, rodeado cada carro por una guardia de honor: doce para el Emperador y para la Emperatriz, seis para la Pequeña Emperatriz Antian y cuatro para la Segunda Princesa Oylian. Detrás del último carro, el de Oylian, seguían a pie los que quedaban de la corte imperial.

A la cabeza iba la Emperatriz Heredera Liudan, que caminaba sola, calzados sus pies con sencillas sandalias de suela de cuerda, ataviada con una simple túnica blanca de algodón. Iba peinada con dos largas trenzas recogidas formando un bucle y adornadas con cintas blancas; no llevaba maquillaje, en sus ojos no había kohl, y caminaba mirando fijamente al frente detrás del carro de su hermana. No miraba ni a izquierda ni a derecha, parecía concentrada en el simple acto de poner un pie delante de otro, la cabeza alta. Jamás había tenido un aspecto más regio.

—Siempre vestía de modo formal, incluso en el Palacio de Verano —murmuró Tai—. Siempre era tan... de la realeza. Ahora parece...

Las tres niñas miraron atentamente a Liudan mientras pasaba por las calles de Linh-an para acompañar a su familia al descanso eterno, y cada una de ellas veía una cosa diferente.

Khailin veía a la futura Emperatriz, el gran orgullo real, la nobleza del porte y la postura. Nhia veía más allá de todo eso, miraba más adentro y veía revolotear el miedo bajo la altivez. Tai la veía a través de un fantasma amado y descubría la soledad y el dolor, y aquella misma sensación de pérdida con la que en una ocasión había mirado a la propia Tai cuando al principio creía que Antian se estaba alejando de ella.

Y Liudan no vio nada, no oyó nada; caminaba en blanco silencio detrás de sus muertos, su espíritu, un gran vacío, una vasija sin nada dentro, que aguardaba ser llenada por el destino de su vida.

SEIS

Yuet, la aprendiza de curandera, había contemplado la procesión de los difuntos desde la ventana de su habitación en el piso superior de la casa que compartía con su maestra, la curandera Szewan. Su vista no era tan buena como la de Tai, pero también había visto a Liudan caminar tras los féretros y recordaba la conversación que había tenido con Tai en los establos del destruido Palacio de Verano. «Te ayudaré a cumplir tu promesa».

Liudan caminaba sola, aislada incluso en esta trágica procesión, con los ojos brillantes y ardientes en su pálido rostro. Al observar a la muchacha, Yuet fue dolorosamente consciente de lo muy clarividente que había sido Antian, la Pequeña Emperatriz fallecida. Yuet se había cruzado con Liudan varias veces en los pasillos de los aposentos de las mujeres, en las ocasiones en que Szewan la curandera había tenido que visitar a la Tercera Princesa o a sus hermanas durante alguna dolencia infantil. Yuet y Liudan nunca habían hablado directamente; siempre había estado en presencia de Liudan como ayudante de Szewan esperando de ella que estuviera cerca con la cabeza inclinada y los ojos bajos para ayudar a Szewan en cualquier momento en que ésta la requiriera. Pero incluso en estas circunstancias Yuet se había formado una buena opinión de la muchacha. Liudan siempre había dado la impresión de ser orgullosa, fuerte y autosuficiente, pero aún era vulnerable y dependiente de los demás, y ahora más que antes. Sería futura Emperatriz, pero aún era una niña.

Oficialmente, en realidad. Muchas chicas ya habían celebrado los ritos del Xat-Wau cuando tenían la edad de Liudan, pero Yuet sabía que la propia Liudan aún no había iniciado sus ciclos mensuales, y por tanto aún no había llegado a la edad a la que se celebraba la ceremonia de hacer cruzar a las niñas el umbral de la infancia a la edad adulta. La propia Yuet tenía catorce años cuando celebró su ceremonia del Xat-Wau, por lo que no se trataba de nada inusual; pero Yuet no era una persona importante, era una aprendiza de curandera, y su paso a la edad adulta no importaba al mundo. En el caso de Liudan, su situación de hija menor de edad significaba que debería haber una regencia formal hasta que la Emperatriz Heredera pudiera celebrar sus ritos del Xat-Wau.

Yuet no pudo observar a Liudan durante mucho tiempo en la procesión, ya que alguien llamó a la puerta de la casa de la curandera con una niña que gritaba porque se había caído y fracturado la muñeca cuando estaba en un elevado alféizar de ventana tratando de ver los carros y el cortejo fúnebre. Yuet tuvo que ocuparse de la paciente. Szewan estaba vieja, artrítica y medio ciega. Esos días prefería actuar como consejera y dejar el trabajo práctico de administrar el tratamiento y las medicinas a su joven aprendiza. Muchos pacientes ya no preguntaban por Szewan y simplemente pedían por los servicios de Yuet. Szewan hacía algún tiempo que hablaba de retirarse oficialmente y pasarle la práctica por completo a Yuet, pero aún había algunos clientes —los más ancianos, que habían pasado toda su vida siguiendo los consejos de Szewan, y una gran parte de las clasistas familias de la corte imperial— que aún insistían en que al menos estuviera presente mientras Yuet limpiaba, vendaba y preparaba cataplasmas y dosis de medicinas. Para cuando Yuet había visto la muñeca rota de la niña, la hubo inmovilizado con una tablilla y enviado fuera a la paciente y a su madre, la procesión había pasado y ya no había nada que ver.

La multitud se iba dispersando y algunos se dirigieron hacia el lugar donde arderían los cadáveres y todas las ofrendas en papel serían exhibidas alrededor de las cuatro piras antes de que les prendieran fuego; sería un espectáculo que atraería a muchos espectadores. Pero para la ciudad, el espectáculo había terminado y el luto estaba a punto de empezar.

Una vez terminadas las ceremonias de inmolación, Liudan y el resto de las cortes imperiales regresarían al Palacio de Linh-an en palanquines, por una ruta menos sinuosa, lejos de los ojos de la multitud; y una vez hecho esto la tarea de gobernar Syai sería un asunto que ocuparía durante algún tiempo a los que ostentaban un alto rango en Palacio.

«Te ayudaré a cumplir tu promesa», había dicho Yuet a Tai. Pero mientras limpiaba los utensilios cuando se hubo ido su paciente, Yuet se preguntó si sería posible. Tai había sido *jin-shei-bao* de la Pequeña Emperatriz, pero ahí empezaba y terminaba su relación con la corte, y Yuet sin duda no se hallaba en situación de ampliar esa relación. Ella aún era oficialmente una simple aprendiza de curandera; oficial, sin duda, y cada vez más independiente, pero no obstante aún dependía de la reputación de Szewan en lo que se refería a la corte. Sin duda no tenía, y no tendría en el futuro, a menos que las cosas cambiaran pronto, acceso íntimo a la propia Liudan salvo en presencia de Szewan, y ciertamente no tenía medios para conseguir este acceso para alguien como Tai. Tal vez Tai podría haber utilizado su relación del *jin-shei* para conseguir entrar en la corte, pero Liudan ahora sería muy cuidadosa con los favores y alianzas, en especial durante el período de regencia, y el cumplimiento de la promesa de Tai, una promesa doblemente vinculante porque había sido hecha a una muchacha moribunda y en nombre del *jin-shei*, parecía tristemente improbable.

Szewan se había acercado a la ventana brevemente para atisbar la procesión, pero no se había quedado mucho rato.

—Me duelen muchísimo las manos —se quejó al frotarse los hinchados nudillos artríticos—. Me tomaré una dosis de adormidera y me retiraré a la cama unas horas. Tú puedes ocuparte de lo que surja.

—Te prepararé la dosis —dijo Yuet.

Szewan asintió con un gruñido, cerrando los postigos para tratar de impedir que entrara en la habitación el fuerte calor.

Ya se había despojado de la túnica exterior y se había metido entre las finas sábanas en combinación cuando Yuet apareció con la taza de adormidera. Arrugó la nariz al oler el líquido cuando Yuet le acercó la taza.

—Huele fuerte —observó Szewan.

—Lo he preparado fuerte —dijo Yuet—. Si te duele tanto como para acostarte en pleno día será mejor que intentes dormir todo lo que puedas. Como has dicho, yo me ocuparé de todo lo que surja.

—Uno de estos días —dijo Szewan, tomando un delicado sorbo de la medicina para dormir— tendré que arreglar los papeles como es debido y hacerte socia. Ya no eres una aprendiza, Yuet-*mai*.

Yuet se sonrojó.

—Jamás sabré todo lo que tú sabes —dijo ella.

—Ya sabes más de lo que crees saber y considero que más de lo que yo misma creo que sabes. A veces pienso que guardas notas secretas de todo lo que digo y lo que no digo. Cuando haya muerto y te quedes con mis papeles, poco encontrarás que no hayas descubierto ya.

—Sólo escucho, Szewan-*lama*.

—Lo sé —dijo Szewan—. A veces oyes demasiado —bostezó, mostrando una boca en la que faltaban muchos dientes o que estaban amarillentos por la edad y las caries, y le devolvió la taza a Yuet—. Ahora dormiré. Déjame.

Yuet hizo una inclinación de cabeza en reconocimiento y se retiró mientras Szewan cerraba los ojos y apoyaba su ajada mejilla en el brazo a modo de almohada.

—Ahora dormiré —murmuró de nuevo, mientras Yuet cerraba la puerta con cuidado tras ella.

No hubo más urgencias aquella mañana y sólo tuvo que hacer una visita a domicilio a un paciente que estaba demasiado enfermo para ir a verla, por lo que Yuet pasó la mañana en su laboratorio, preparando las cantidades de remedios a base de hierbas que utilizaba para aliviar los dolores y dolencias más comunes en Linh-an, y comprobando las reservas de las medicinas más raras cuya existencia estaba escrita en libros secretos y sólo en escritura *jin-ashu* que una mujer podía leer. Echó un vistazo a Szewan antes de salir a ver a su paciente, pero la vieja curandera aún dormía tranquilamente roncando un poco con la boca entreabierta. El paciente de Yuet parecía estar mejor —aún débil pero sin duda mejoraba, se incorporaba y había tomado alimento sólido por primera vez en muchos días— y Yuet regresó a casa satisfecha consigo misma.

La recibió primero el desastre y después una catástrofe potencialmente cada vez más grande.

La primera persona a la que vio, cuando entró en el pasillo donde se encontraban las habitaciones que compartía con Szewan, fue la mujer que trabajaba en la casa de la curandera como cocinera y como chica para todo. Estaba en el pasillo, retorciéndose las manos, con expresión de pánico, miedo y pesar a partes iguales. El corazón de Yuet se paró un instante. Instintivamente supo lo que debía de haber ocurrido, pero se quedó paralizada, con la mano en el pomo de la puerta, mirando fijamente a la sirvienta en silencio.

También había culpabilidad en la expresión de la criada.

—La he oído respirar de un modo extraño, mi ama, lo juro, no sabía qué hacer, vos no estabais aquí y he entrado y he visto..., respiraba de un modo extraño, mi ama, y estaba tumbada de costado con la cara en la almohada, y me he acercado a mirar y he intentado volverle la cabeza, sólo un poquito, para que tuviera aire, y entonces... entonces...

—Oh, por todos los dioses —susurró Yuet.

—Lo siento, mi ama, yo no sabía..., no debería haberla tocado..., debería haber esperado..., debería haber enviado a por vos..., debería haber...

—¿Szewan está... muerta?

La criada prorrumpió en llanto.

—Sí, mi ama, está muerta..., le he vuelto la cabeza, sólo un poquito, para que pudiera respirar y ella... ella... se ha atragantado y ha empezado a toser y se ha vuelto a atragantar y era como si no le entrara suficiente aire y entonces...

—Basta —le interrumpió Yuet con los ojos llenos de lágrimas—. No es cosa tuya.

Buscó una actividad, algo que encargar a la criada, algo que le resultara familiar para calmar sus nervios y aliviar la culpabilidad y el pánico que sentía—. Ve... a preparar un poco de té verde. Llévalo a la sala de estar.

La criada sorbió por la nariz, secándose los ojos con el dorso de la mano.

—Sí, mi ama.

Yuet cerró la puerta tras de sí, muy despacio, se quitó de una patada las sandalias que se había puesto para salir y dejó la bolsa de cuero que se había llevado a casa del paciente. Se dirigió hacia el aposento donde dormía Szewan, caminando con suavidad sobre los talones de los pies desnudos, como si un ruido agudo pudiera despertar a su maestra.

«Le he dado una dosis fuerte de adormidera. ¿Y si fuera esto...? ¿Debería habérsela preparado más suave? Oh, por todos los dioses...»

Szewan yacía medio de costado, medio de espaldas, acción de la criada, sin duda. Yuet la examinó, pero no se había producido ninguna obstrucción física que bloqueara las vías respiratorias de Szewan; no se había asfixiado con la lengua o algo así, cosa que Yuet había visto ocurrir y había impedido en más de una ocasión con pacientes que sufrían ataques. Al menos en eso podía tranquilizar a la pobre cocinera, que probablemente creía que al tocar a la anciana curandera había hecho que muriera.

«Quizá sólo ha sido la edad.»

Yuet colocó el cuerpo de Szewan en la postura adecuada, de espaldas y con los brazos cruzados sobre su delgado torso. Como si no hubiera habido suficiente muerte en Linh-an en el mes que acababa de pasar. Habría que hacer preparativos en el Templo, no tenía familia inmediata y le tocaría a Yuet, la aprendiza y lo más parecido a un pariente que la anciana Szewan tenía en este mundo, ocuparse de los ritos funerarios precisos. Pero ya estaba pensando en más adelante: «Ha dicho que ya no era una aprendiza —pensó Yuet mientras arreglaba la ropa de la cama—. Pero los papeles aún no se habían redactado. ¿Y si...? ¿Qué ocurrirá ahora conmigo?».

Llamaron a la puerta.

—El té, mi ama.

Yuet se dirigió hacia la puerta.

—Ya voy.

La criada aún se retorcía las manos.

—Ha sido tan repentino, mi ama, yo no tenía intención..., yo no quería...

—Tú no has hecho nada mal, la he examinado y no hay nada que indique que no has hecho sino intentar ayudar —le dijo Yuet, calmando a la mujer—. Aquí aún hay trabajo para hacer.

Eso era parte de lo que le daba pánico a la criada, el miedo de que la despidieran ahora que la casa había cambiado. Pareció relajarse un poco con estas palabras, pero Yuet se preguntó si en realidad estaba en situación de decir aquello. Entró en la sala de estar para tomar el cuenco de humeante té verde que la cocinera había llevado en una bandeja lacada, y después entró en la pequeña alcoba que había servido de oficina a Szewan, en la que había montones de manuscritos, papeles y libros de recetas de medicinas, fichas de pacientes, acuerdos, licencias y otros documentos legales. Por alguna razón Szewan nunca había hecho planes para cuando muriera. Yuet sabía que necesitaría pasar por esto de todos modos, ahora era responsabilidad suya, al menos hasta que averiguara que debía ser de otra forma; pero buscaba cosas reales, cosas relacionadas con lo que ocurriría con la práctica de la sanación ahora que había muerto, si una ayudante como ella, que aún no había sido ascendida a la maestría completa, podría hacerse cargo de la misma, o si tendría que acudir a otra curandera de Linh-an con los papeles de su maestra y entregarle todo el tesoro de información acumulado por Szewan a esa... usurpadora. «Debería tener los papeles redactados», había dicho Szewan. Apenas unas horas antes. Si al menos hubiera habido algún testigo de ello, de que había expresado sus intenciones de pasar a Yuet de ayudante a curandera plena.

Lo había. Podría haberlo habido.

Si pudiera convencer a la cocinera de que lo había oído, de que su aceptación de jurar que lo había oído le aseguraba que se quedaría en aquella casa, tal vez podría encontrar un notario...

Yuet dejó el tazón de té, que se enfrió, olvidado, cuando se sumergió en los papeles de Szewan. En la tarea de reconstruir un futuro que, debido a pecados de omisión, parecía que podía desintegrarse a su alrededor.

Se lo debía a Szewan, para salvaguardar sus secretos. Se lo debía a los pacientes de alta cuna de Szewan, detalles de cuyas enfermedades no deberían convertirse en monedas de cambio para curanderos que no se habían ganado la confianza de esos pacientes.

Se lo debía a Tai, a su *jin-shei-bao*, a quien había hecho una promesa, que tal vez jamás podría cumplir si se veía desposeída de su posición y situación social. Se lo debía a los muertos del Palacio de Verano en el terremoto, algunos de los cuales habían pasado en sus féretros por debajo de su ventana aquella misma mañana.

Se lo debía a Liudan, la superviviente.

Se lo debía a sí misma.

SIETE

Yuet se pasó la noche sin dormir entre los caóticos documentos de Szewan, tratando de encontrar sentido al mundo que había heredado. Por fin se había retirado a su habitación en las últimas horas de oscuridad antes del amanecer y se había quedado adormilada; no estaba en su mejor momento cuando unas horas más tarde la criada la despertó de pronto.

—¿Mi ama?... Lo siento, mi ama, no quería molestarla, pero ha llegado un mensaje de la corte, para la señora Szewan..., el hombre dice que ha de recibir respuesta...

—¿Le has dicho algo sobre Szewan? —preguntó Yuet, incorporándose, despertándose con sobresalto.

—No, mi ama Yuet. Le he dicho que iría a despertaros.

—Gracias. Por favor, dile que enseguida estaré con él.

Fuera había luz, era pleno día. Yuet se puso su túnica exterior con febril apresuramiento, se rehízo las trenzas con hábiles y rápidos dedos para darles una apariencia de aseo y se paró a echarse un poco de agua fría en la cara, secándola dándose golpecitos con una de las finas toallas de hilo de Szewan. Tenía que salir bien. Al fin y al cabo, sólo se trataba de un mensajero.

El hombre que había traído el mensaje esperaba en el vestíbulo, pues había rehusado la invitación de la criada de pasar a la sala de estar.

Yuet le saludó con una inclinación de cabeza y él se la devolvió cortésmente.

—¿En qué puedo ayudaros? —preguntó ella.

—En Palacio requieren a la curandera Szewan, inmediatamente.

—Ella está..., no está disponible —dijo Yuet midiendo sus palabras. No quería en modo alguno que la noticia de la muerte de Szewan saliera de aquella casa antes de lo conveniente. Necesitaba tiempo para poner en orden su mundo, su vida. Tiempo para organizar su futuro—. Soy Yuet, su aprendiza..., su socia. ¿Alguien está enfermo? ¿Puedo ser de ayuda?

—Si tenéis la bondad, ama Yuet, vengo de parte del canciller. *Sei* Zibo solicita la presencia de la curandera Szewan en una reunión del Consejo imperial esta mañana.

La mente de Yuet se puso a funcionar a toda velocidad. ¿Consejo imperial? Esto tenía que ver con la regencia. ¿Por qué querían a Szewan?

La respuesta era evidente. Liudan.

—¿Cuándo se precisa la presencia de Szewan? —preguntó Yuet.

—La reunión es dentro de una hora, ama Yuet. Me han enviado para acompañar a la curandera a Palacio inmediatamente.

—Si hacéis el favor de esperar aquí —indicó—. Necesito unos momentos para hacer algunos preparativos y yo misma os acompañaré.

—Pero es a la curandera Szewan a quien...

—En este momento, como he dicho, no está disponible —dijo Yuet con una vena de serenidad que disimulaba un corazón que latía con violencia. Aquí iba a jugarse algo; era bueno que se tratara de un simple mensajero, no un guardia con órdenes específicas, no alguien que analizara las cosas y exigiera explicaciones. Aquel hombre era de una categoría inferior, alguien acostumbrado a recibir órdenes de quien supiera darlas, que obedecería la última orden que se le diera. Lo único que ella tenía que hacer era mantenerse firme—. Esperad aquí. Volveré en cuanto esté lista.

Él parecía un poco contrariado, pero hizo una inclinación de cabeza en gesto de aceptación y se dispuso a esperar junto a la puerta. Yuet volvió a su habitación y llamó a la criada, que entró tan pronto que Yuet estaba segura de que debía de haber estado acechando al otro lado de la puerta, escuchando.

—Ayúdame —dijo—. Necesito ayuda para peinarme. Iré a Palacio en nombre de Szewan. Eso está bien, al menos podré dar la noticia sin que se difundan rumores extraños. El mensajero espera para acompañarme allí, tenemos que darnos prisa.

La criada asintió, cogiendo un peine mientras Yuet se deshacía las trenzas y sacudía la ondulada masa oscura de pelo. Éste se derramó, liso, espeso y largo, casi hasta las rodillas.

—Lo más sencillo que la formalidad permita —indicó buscando adornos en la mesa que había delante de ella, cogió las cintas blancas de la mañana que iba a entrelazar con el pelo, eligió pasadores de plata para sujetar el resto en lo alto—. Entretanto —continuó, mientras los diestros dedos de la criada trenzaban y enroscaban— no dejes entrar a nadie en la casa hasta que yo vuelva y di que Szewan y yo no estamos disponibles en ese momento. Anota los detalles de todo el que necesite ayuda urgente y me ocuparé de ello cuando regrese. Pero que no se esperen aquí y que nadie entre en la casa. ¿Queda claro?

—Sí, ama Yuet —dijo la criada con los ojos abiertos desmesuradamente.

—Y cuando regrese, tendré que hablar contigo —dijo Yuet— sobre el ama Szewan.

—Sí, mi ama —asintió la mujer, temblándole un poco la voz.

Yuet la dejó con esa pequeña semilla de inquietud. Le haría bien preocuparse por ello un poco.

Se puso una combinación limpia, se ató al cuello una túnica interior de pálida seda, se colocó una pesada túnica exterior de brocado adecuada para aparecer en la corte, hizo un repaso final a su cabello y maquillaje, se aseguró de que llevaba la cinta blanca de luto en la manga y salió de sus aposentos dando una advertencia final a la criada de que cerrara la puerta con llave cuando ella se marchara y que no dejara entrar a nadie en la casa.

El escolta tenía un palanquín de alquiler esperando, evidentemente como deferencia a la edad y dolencias de Szewan, y como no se había dado ninguna contraorden, se limitó a ayudar a Yuet a subir a él y a dar la señal para que el conductor partiera. Las calles estaban vacías de gente, aún envueltas en el luto por el Emperador muerto, el comercio normal todavía funcionaba a trompicones; desde su habitáculo Yuet oía las llamadas intermitentes de los vendedores callejeros pero al palanquín le permitían el paso libre, no era empujado por otros vehículos ni obligado a esperar cuando pasaba otro de más alto rango, y pronto se encontraron ante las puertas de Palacio donde les dejaron entrar, tras vacilar un poco un par de guardias imperiales. El palanquín entró al trote en un patio interior; el acompañante de Yuet la ayudó a bajar cortésmente, ella le dio las gracias y él se marchó haciendo una inclinación de cabeza.

Sola ante la entrada del Palacio imperial, Yuet respiró hondo, consciente de que le temblaban las manos. Szewan querría que hiciera esto, estaba segura —tenía intención de ascender a Yuet y hacerla socia, con todo el derecho de estar allí en su lugar—, pero no lo había hecho todavía, *no lo había hecho todavía*, y Yuet ya estaba haciendo planes para remediarlo.

Después de que su presencia allí ya se hubiera convertido en un hecho aceptado.

Otro guardia imperial, de pie junto a la puerta que ella abrió, le hizo una tensa inclinación formal de cabeza, interrogándola sin pronunciar palabra.

—La curandera, convocada por *sei* Zibo, el canciller, para una reunión del Consejo —murmuró Yuet, evitando pronunciar nombres, temiendo que la guardia pidiera uno.

No pidió ninguno. Le hizo otra leve inclinación de cabeza en señal de reconocimiento y le indicó que le siguiera. Yuet se recogió la túnica de brocado y caminó detrás de él con la cabeza alta como una reina. El guardia la hizo entrar en una habitación vacía, cuyas dos altas ventanas arqueadas daban a un patio ajardinado con plantas que tenía en el centro una fuente de piedra con dragones tallados y pintados que se enroscaban sinuosamente en torno al borde exterior.

—Tened la bondad de esperar —pidió el guardia, que le hizo una inclinación de cabeza y se marchó, dejándola a solas.

Con un murmullo de seda Yuet se acercó a las ventanas y examinó el elegante jardín. Sus senderos estaban sembrados de piedra triturada y arena blanca, rastrillados para que quedaran lisos, y había un par de pavos reales directamente bajo la fuente con la cola desplegada sobre el camino formando un abanico de color índigo y púrpura. Parecía un cuadro de las cortes de Cahan, pacífico, casi sagrado.

—Esperaba a la curandera Szewan —interrumpió sus ensoñaciones una voz.

Yuet se volvió.

No conocía personalmente al gran canciller de Syai, pero sí de vista, como la mayoría de ciudadanos de Linh-an, por sus apariciones en las procesiones, en el Templo, en la calle en los días sagrados cuando salía a dar limosnas a los pobres. El gran canciller Zibo hoy iba vestido con todo el atuendo formal que correspondía a su cargo, incluidas las inevitables cintas blancas de luto: el cuello alto rígido de su túnica de brocado, que parecía sostener su papada; el fajín de brillante seda; la gruesa cadena de oro del cargo. Su cabello canoso pero aún brillante tenía gruesos rizos sujetos con varitas de ébano con borlas de plata. Le rodeaba una sensación de presencia e importancia como un aura.

Yuet hizo una reverencia en señal de profundo respeto.

—Traigo graves noticias, *sei*. La curandera Szewan pasó anoche a Cahan. Soy su aprendiza y su socia, Yuet. Vengo en su lugar si puedo ser de ayuda.

Zibo fruncía el entrecejo.

—Es una desgracia. Es una gran desgracia. Tendrás que presentarnos tus credenciales, por supuesto.

—*Sei*, esta mañana me ha despertado vuestro mensajero y he acudido a vuestra llamada tan pronto como me ha sido posible. No he tenido tiempo de traer nada.

—Sí, sí. Pero eres muy joven. Me pregunto si no deberíamos buscar a otra curandera con más experiencia para que se ocupara de la corte.

Yuet alzó los ojos brevemente.

—*Sei*, la curandera Szewan estaba al corriente de muchas cosas de la corte, algunas de ellas, secretos celosamente guardados. He cerrado con llave su despacho para que nadie pueda tener acceso a sus documentos, salvo yo, que trabajaba con ella. Os entregaré estos documentos si lo deseáis, pero ya formo parte de la confidencialidad que ella y la corte imperial habían establecido. Se confiaba en ella, *sei* Zibo, y ella confiaba en mí. Puede que sea joven, pero me instruyó la mujer a la que esta corte ha acudido para toda dolencia durante cuarenta años y estoy a vuestro servicio y al servicio de la corte imperial. Si me decís cómo puedo ayudar.

Había sido casi impertinente. Prácticamente le había interrumpido. Pero si hubiera dejado pasar una fracción más de segundo, el hombre le habría dado las gracias con cortesía, le habría dicho que se fuera a casa y empaquetara los papeles de Szewan y que se los entregara a... a cualquier curandera de Linh-an que él eligiera para ocupar su lugar.

Al menos le había hecho pararse a pensar. Cuando Yuet echó otra fugaz mirada a su corpulento rostro, tenía el entrecejo fruncido y se daba golpecitos en la papada con un rollizo dedo.

—Sí, sí —había un asomo de impaciencia en su voz—. ¿Dices que eras su socia?

—Sí, *sei* —dijo Yuet, clavándose las uñas en la palma de la mano donde él no podía verlas, detrás del pliegue de su túnica de brocado.

—Tú eras la curandera del Palacio de Verano, ¿verdad? —preguntó de pronto el hombre con un destello en los ojos.

Yuet hizo un esfuerzo para mirarle a la cara, aunque a su corazón de repente le dio un vuelco. Si él quería, encontraría cosas en las acciones que ella había realizado aquel terrible día que le impedirían para siempre el acceso a la corte.

—Sí, *sei* Zibo —respondió ella con voz controlada—. Me encontraba allí. Estaba presente cuando hallaron el cuerpo del Emperador. Y con la Pequeña Emperatriz Antian cuando murió.

Zibo la miró fijamente un largo rato con el rostro inescrutable.

—De momento haremos honor al criterio de la curandera Szewan —dijo al fin—. Tendrás que presentarnos tus credenciales en cuanto hayas iniciado los preparativos de sus ceremonias funerarias, por supuesto. La continuidad de tu posición dependerá de eso. Ahora, quién sabe, tal vez una curandera joven sea exactamente lo que necesitamos. Como solución.

—¿Cuál es el problema? —preguntó Yuet con delicadeza, prefiriendo pasar por alto de momento el asunto de las credenciales.

—Liudan. La Emperatriz Heredera —Zibo exhaló un profundo suspiro que hizo que la papada le cayera en cascada sobre el cuello de la túnica de un modo interesante—. Bueno, supongo que no es nada, insiste en que la examine una curandera y, al fin y al cabo, tú estás aquí. Sígueme.

—¿La Emperatriz Heredera? —preguntó Yuet cuando echó a andar dos pasos detrás de él como exigía el protocolo—. Pero vuestro mensajero ha dicho algo acerca del Consejo imperial...

—Habrá una reunión del Consejo —continuó—, éste espera los resultados de tu examen de la Emperatriz Heredera.

Perpleja, pero incapaz de formular ninguna otra pregunta que Zibo obviamente esperara que ella hiciera, Yuet siguió al canciller por corredores y cámaras suntuosamente amuebladas y por una escalera de cuatro tramos hasta que por fin llegaron a una serie de puertas doradas custodiadas por un par de guardias imperiales femeninas.

—La curandera —dijo el canciller Zibo, haciendo un gesto en dirección a Yuet—. Llevadla a la Emperatriz Heredera. Y cuando haya terminado, que alguien la acompañe a la Cámara del Consejo. La esperaremos allí. Curandera, tómate todo el tiempo que necesites. Ten en cuenta que te esperamos

—Excelencia —dijo Yuet, haciendo otra profunda reverencia mientras él le respondía con un gesto de asentimiento y se marchaba.

Una de las guardias abrió la puerta dorada y le señaló con la mano:

—Por aquí.

Yuet la siguió a un corredor cuyas ventanas con costosos cristales, velados por una seda tan fina que casi se veía a través, daban a otro magnífico jardín que en esta ocasión era un tapiz de sauces y bambú. La guardia hizo pasar a Yuet por delante de puertas semiabiertas a través de las cuales vislumbraba habitaciones ricamente amuebladas u oía murmullos de conversación o suave música, pero no vio a ningún ser humano hasta que la guardia se detuvo ante una puerta firmemente cerrada dos veces más alta que todas las demás, dorada y tallada con dragones entrelazados, y llamó dos veces.

—Alteza, la curandera.

Una joven sirvienta vestida con medias de algodón blanco y una túnica blanca que le llegaba hasta media pierna abrió la puerta. Iba descalza. Bajó la cabeza ante la guardia en silencio e hizo una seña a Yuet para que entrara. Ésta inclinó la cabeza ante la guardia en gesto de agradecimiento y siguió a la otra.

La puerta daba a una pequeña antesala iluminada con velas y la criada llamó a otra puerta, exacta a la primera, situada en la pared del otro extremo, y la abrió, indicando a Yuet que entrara.

Las ventanas acristaladas de la cámara interior se abrían como puertas a una amplia terraza que tenía una balaustrada de piedra tallada. La Emperatriz Heredera Liudan estaba de pie en la terraza, con el pelo suelto que le caía por la espalda, los pies calzados con unas zapatillas para protegerse del frío de las losas de piedra de la terraza y envuelta en una túnica que se ataba a la cintura con un ancho fajín. Estaba de espaldas a la habitación y tenía los hombros rígidos.

Cuando se volvió para mirar a Yuet, que estaba de pie esperando en silencio a que se le permitiera el acceso, hizo un rápido gesto salvaje para que entrara que le hizo ondear el pelo y enseguida se puso a hablar.

—Necesito tu ayuda, necesito preguntarte... —vaciló, con los ojos entrecerrados—. ¿Tú? Esperaba a la curandera anciana.

—Ella no se hallaba disponible, alteza —dijo Yuet con cuidado, haciendo una profunda inclinación de cabeza al hablar—. ¿Puedo ayudaros en algo?

Liudan se mordió el labio un momento, pensando.

—Quizá sea aún mejor —dijo—. Tú lo entenderás.

—¿Entender qué, alteza?

—Les he dicho que he iniciado mis ciclos —espetó Liudan.

«Debería haberlo imaginado», pensó Yuet. Bien mirado, era evidente; sin ciclos no había Xat-Wau y sí una regencia hasta que Liudan pudiera demostrar que físicamente era adulta. Si podía convencer al Consejo de que debía celebrarse de inmediato su ceremonia del Xat-Wau no habría regencia.

—¿Les habéis dicho que sangrabais y han pedido una prueba; habéis solicitado que os examine una curandera con la esperanza de convencerla para dar fe de vuestra historia aunque no sea técnicamente cierta? —preguntó Yuet.

Liudan le lanzó una mirada un poco desconcertada. No esperaba que se lo resumieran tan directamente, sin rodeos, sin suavizarlo.

—Esperan llevarme lejos de nuevo —dijo Liudan—, a algún lugar seguro durante una temporada que sólo Cahan sabe. Siempre he sido la Tercera, el recambio, y ahora mi propio cuerpo me está traicionando; no es como si mintiera, sucederá, ¿no? Al fin y al cabo, les sucede a todas y yo ya tengo edad para que me haya pasado una y otra vez, pero...

—Entiendo —dijo Yuet—. Nunca ha tenido importancia para mí, pero yo tenía vuestra edad, tal vez era unos meses mayor, cuando me llegó el mío.

—¿Entonces me ayudarás?

—Princesa —dijo Yuet, mirando a Liudan directamente a los ojos—, mi ayuda hacia vos, aunque os la ofrezco de buena gana, es posible que sea breve.

—¿Por qué?

—Habéis dicho que esperabais a «la anciana». La curandera Szewan ha muerto. Me habló unas horas antes de morir de redactar unos papeles ascendiéndome a la categoría de socia. Murió antes de hacerlo, que yo sepa. Le he dicho al canciller que era su socia, razón por la que estoy aquí, de lo contrario estaríais viendo una cara muy diferente en estos momentos. Pero él ha hablado de credenciales y tengo intención de proporcionárselas antes de mañana. Si no lo hago, mis palabras no sirven de mucho. Tengo un testigo —dijo Yuet con cautela— que jurará que conocía la intención de Szewan. Pero necesito encontrar un notario que esté dispuesto ahora a redactar los papeles una vez muerta Szewan.

Liudan la miró fijamente un largo momento.

—Creo que puedo ayudarte —dijo al fin—. Si haces lo que deseo, seré Emperatriz. Si soy Emperatriz, puedo protegerte. Si te envío al notario antes de que termine el día, ¿le dirás al canciller que ya no soy la niña que él cree que soy?

—Lo juraré —afirmó Yuet con calma—. Incluso presentaré una prueba de ello si la pide. Me la llevaré ahora.

—¿Qué? —Liudan no era de las que malgastaban palabras.

—Esto son aposentos de mujeres, habrá alguna que tenga su ciclo. Si podéis encontrarme a una mujer que sangre, sus paños me servirán como prueba si es necesario.

Liudan se lo pensó un momento; luego cruzó la habitación con grandes pasos y tiró de una cinta de brocado que colgaba del techo. Era para llamar, y enseguida apareció una criada desde la antesala. Liudan le hizo una serie de rápidas señas con las manos y la muchacha inclinó la cabeza y volvió a marcharse. Yuet observó con interés.

—¿El lenguaje de los signos?

—Es sorda y no puede hablar —dijo Liudan—. A veces eso me resulta útil. Ella y yo nos comunicamos muy bien por signos.

—¿Qué le habéis dicho que haga?

—Que consiga tu prueba —respondió Liudan—. Es algo en lo que yo ya había pensado, pero no necesariamente habrían de creerme, sobre todo teniendo en cuenta que hay tanto en juego. Sé que al menos uno de los príncipes del Consejo estaba esperando como mínimo un año de gobierno de regencia. Necesitaba a alguien que me respaldara —sus ojos ardían de lenta ira—. Nunca han pensando en mí como alguien con quien contar. Ninguno de ellos. Ni una sola persona en esta corte se ha preocupado jamás por mí.

—En absoluto, Princesa —murmuró Yuet.

Liudan giró en redondo.

—¿Qué quieres decir?

—Yo estaba en el Palacio de Verano cuando todos murieron —comentó Yuet con voz muy baja—. Estuve con vuestra hermana, la Pequeña Emperatriz, cuando exhaló su último aliento; llevé un rastro de la sangre de su corazón en mi túnica todo ese largo y espantoso día mientras buscábamos entre los escombros los cuerpos de los muertos.

—Antian —dijo Liudan con un brusco gesto de la mano para desviar el tema. Pero había tardado un instante de más en reaccionar y Yuet supo interpretar que allí había dolor, sensación de abandono.

—Sus últimas palabras, si no lo sabíais, Princesa, fueron sobre vos.

Liudan se volvió, pero no antes de que Yuet hubiera vislumbrado pura necesidad en sus ojos.

—¿De veras?

No le preguntaría qué había dicho Antian. Había un caparazón de orgullo que llevaba como una armadura y no dejaría que nadie lo traspasara. Todavía no.

—Le pidió a su *jin-shei-bao* que os quisiera en su nombre —dijo Yuet.

Liudan se apartó, se dirigió con rápidos pasos enojados hasta las puertas abiertas de la terraza y las cerró con una fuerza que hizo temblar los cristales.

—¿Pidió a la muchacha por la que me dejó que me *quisiera*?

—Tai dijo que la odiabais.

Liudan resolló, acción poco elegante.

—Princesa, ella prometió hacerlo. No tiene ni idea de cómo, pero lo prometió. Le haréis un favor, y honraréis a vuestra hermana real, si os reunís con ella.

Liudan la estaba observando otra vez con los ojos encendidos.

—¿Y tú qué tienes que ver con esto?

Yuet le sostuvo la mirada.

—Vi a Tai hacer esa promesa a una muchacha moribunda y la vi agonizar después por esa promesa. La vi realizar un pequeño milagro en el caos que siguió al terremoto, todo en nombre de vuestra hermana. Si alguna vez ha existido amor entre hermanas *jin-shei*, ha sido entre ellas dos. Me dolía el corazón de verla sola, igual que vos habíais estado.

—Yo no he... —empezó a decir Liudan con altivez, irguiéndose todo lo posible, su delgado rostro como de zorro afilándose por la indignación.

Yuet interrumpió la protesta.

—No sé si vos tenéis una *jin-shei-bao*, Princesa Liudan. Tal vez si la tenéis empezaréis a entender qué significó realizar semejante promesa. Y yo... yo prometí a mi *jin-shei-bao* que haría lo posible por ayudarla a cumplirla. En parte es por eso por lo que estoy dispuesta a ayudaros ahora con vuestro plan.

—¿Por Tai? —preguntó Liudan—. ¿También eres *jin-shei* de Tai?

—Nos juramos lealtad después del terremoto, sí —confirmó Yuet.

—Supongo que ella quiere que yo también le jure lealtad —dijo Liudan—. Le gusta la corte y...

—No, alteza. Tai no. Me gustaría que la conocierais. Me gustaría que vos también tuvierais una *jin-shei-bao*. Os haría más fácil lo que tenéis que afrontar aquí.

—En esta corte no hay ni una sola mujer —los ojos de Liudan se desenfocaron un momento. Había penetrado en su propia mente, en su propia memoria. En un tiempo *anterior*, cuando era más joven y cuando los susurros de la caída en desgracia de su madre envolvían a Liudan en la mortaja del los pecados de Cai. En el modo en que las mujeres que la rodeaban eran impecablemente correctas con ella, pero ninguna le sonreía con auténtico afecto —excepto la Emperatriz una o dos veces— y excepto *ella*, Antian. La hermana perdida que tal vez hubiera sido la única persona en la corte que verdaderamente amaba a Liudan.

Pero era demasiado tarde para ello; aquel mundo había desaparecido. Sólo quedaban el protocolo y la infinita educación.

—No hay una sola mujer en esta corte con la que quisiera unir mi fortuna de ese modo —dijo Liudan, terminando sus pensamientos con un brusco aunque elegante gesto de la mano—. No confío en que ninguna de ellas no me traicionara a la primera oportunidad.

—Pero confiáis en mí —murmuró Yuet.

Liudan sonrió, una sonrisa no del todo agradable.

—Pero acabas de decirme algo que me da poder sobre ti. Puedo destruirte si me traicionas.

—Pero sería agradable poder confiar sin protegeros de ese modo, ¿no os parece?

Liudan puso ceño.

—¿Qué quieres de mí?

La criada regresó, entrando apresuradamente en la habitación, con algo envuelto en retales de tela. Liudan hizo señas de que el paquete le fuera entregado a Yuet y la criada obedeció, inclinó la cabeza a Liudan y se marchó una vez más.

—¿Eso servirá? —preguntó Liudan cuando Yuet levantó una esquina del envoltorio e inspeccionó el contenido del paquete.

—Creo que sí —respondió Yuet, envolviendo el paquete de nuevo—. Ahora voy al Consejo. Sin duda darán su veredicto respecto a vos enseguida. Si puedo marcharme.

—Vete —dijo Liudan.

Yuet hizo una profunda reverencia y se retiró. En la puerta se volvió y miró atrás; Liudan no se había movido, seguía de pie, rígida, en el centro de su opulenta y vacía habitación.

—Yo de vos tendría preparados algunos más —dijo Yuet con voz suave indicando el paquete que llevaba en la mano—. Por si acaso. Y si os acostáis un rato y decís que no os encontráis bien, ofreced una explicación, si os presionan, decid que tenéis calambres, probablemente ayudará a demostrar vuestra situación.

Volvió a hacer una inclinación de cabeza y estaba a punto de marcharse cuando oyó que Liudan pronunciaba su nombre. Volvió la cabeza. Liudan tenía los hombros un poco más relajados, y el rostro se le había ablandado un poco y aparentaba algo parecido a la gratitud.

—Gracias —dijo—. No olvidaré esto.

—Emperatriz —saludó Yuet con una leve sonrisa.

Liudan logró devolverle una leve sonrisa también.

—Tu Tai..., pensaré en ello.

Yuet inclinó la cabeza, bajó los ojos, hizo una profunda reverencia y salió de la habitación cerrando la puerta tras de sí. La guardia que la había llevado allí esperaba fuera en el pasillo cuando la joven criada la acompañó.

—Llévame a la Cámara del Consejo —dijo Yuet con serenidad.

OCHO

En la Cámara del Consejo se palpaba la hostilidad. Las regencias significaban ingresos y, como Liudan había observado, al menos uno de los príncipes del Consejo había fruncido el ceño bastante abiertamente cuando Yuet informó al Consejo de que, en lugar de preparar un gobierno de regencia deberían empezar a ocuparse de preparar las ceremonias del Xat-Wau de Liudan. Eso les causaría problemas, dada la tradición de que la abuela de la muchacha colocaba la aguja roja del Xat-Wau en su cabello, y la abuela de Liudan, la Emperatriz Viuda, no estaba en el Palacio de Verano y por tanto había sobrevivido al terremoto, pero estaba en Linh-an por la sencilla razón de que se encontraba postrada en cama, inválida y casi senil del todo. Hacerle participar en cualquier ritual sería poco práctico si no imposible, pero todas las demás parientes femeninas de edad habían muerto o desaparecido en el terremoto. Por fortuna, pensó Yuet cuando hubo dejado al malhumorado Consejo, no era problema suyo.

Su problema era Szewan y si Liudan cumpliría su palabra.

A regresar a casa, pasó más horas en el despacho de Szewan, clasificando y rearchivando documentos según su propio sistema, de modo que se aseguraba el ser indispensable para que los documentos de Szewan, que constituían el arca del tesoro, tuvieran sentido. Yuet encontró una escritura de la casa, en la que Szewan se las había apañado para efectuar las anotaciones debidas antes de morir, y descubrió que la había hecho a ella única heredera de la casa y todas sus posesiones. Al parecer, realmente no tenía familia. Yuet sintió una punzada de piedad por la anciana que le había enseñado el oficio y que aparentemente había sobrevivido a todos los que había conocido, pero una parte de ella se limitó a sonreír y a archivar el documento en un lugar seguro. Le ayudaría en su afirmación de que eran socias. Szewan, en sentido técnico, ya había designado a Yuet su heredera.

Liudan cumplió su palabra.

Yuet había despejado el terreno para la visita del notario. Había preguntado a la cocinera si había oído a Szewan decir que haría a Yuet su socia, planteando la pregunta de un modo que implicaba que cualquier respuesta que no fuera afirmativa podía perjudicar a las perspectivas de la propia criada ya que la casa en la que trabajaba se desintegraría a su alrededor. La memoria de la cocinera de pronto se llenó de ejemplos en los que había oído a Szewan decir eso precisamente.

Aquella tarde se había presentado ante la puerta de la casa de Yuet un notario de la corte imperial con instrucciones precisas. Habían llamado a la criada y cocinera de la curandera y el notario había tomado nota de que había sido testigo de la intención de Szewan de hacer socia a Yuet, lo había sellado y después redactó dos copias de los artículos de la asociación. La tarea le llevó casi toda la noche, y Yuet se quedó con él hasta que hubo terminado. El documento se redactó en *hacha-ashu* formal que ninguna de las dos mujeres sabía leer, pero que ambas firmaron en elegante *jin-ashu*, y después lo firmó también el propio notario como testigo formal y como representante del gobierno. Por la mañana, tras haber dado a la cocinera una bolsita de plata y la promesa de empleo perpetuo en su casa mientras ella fuera la dueña, Yuet se presentó con sus «credenciales», apenas seca la tinta en ellas, en la oficina del sumo canciller de Syai.

Los siguientes días ocuparon a Yuet con las formalidades necesarias para preparar el reposo del cuerpo de Szewan y dejó todo lo demás. Hizo lo preciso para que se efectuaran las plegarias y ofrendas debidas en el Templo y para que se incinerara el cuerpo y se deshicieran de las cenizas. Había que informar a sus pacientes —los pacientes de Szewan—, y los que no necesitaban atención urgente se mantuvieron apartados en deferencia a esos preparativos, enviaron mensajes de pésame y ofrendas de pastelillos de miel ceremoniales o cintas blancas con inscripciones exaltando las virtudes de Szewan que Yuet colgó de las ventanas de la casa que estaba de luto.

Se hizo cargo, sin embargo, de las urgencias, en especial de las que estaban relacionadas con los círculos imperiales. Cuando llegó a su casa un guardia imperial a última hora de la tarde para que acudiera al recinto de la guardia para examinar una herida, Yuet recogió sus cosas y le siguió al patio de prácticas.

Al principio Yuet tomó la figura que estaba apoyada en una postura desgarbada en la pared del fondo del patio de prácticas por una niña que se había escabullido allí para observar y se había quedado dormida contra la pared. Al mirar más de cerca vio que la «niña» vestía el traje de lucha de un recluta de la guardia y que el brazo que le colgaba al costado no estaba colocado allí de un modo informal sino más bien como apoyo para permitir que la niña herida respirara sin sufrir demasiado dolor. Yuet se colocó como una muleta junto a la paciente.

—¿Qué te has hecho? —le preguntó—. Déjame ver.

—Yo no... he hecho nada... —informó su paciente casi sin aliento; la niña tenía unos ojos oscuros como la obsidiana que brillaban de dolor y de irritación—. *Él* me lo ha hecho.

Otro recluta de la guardia, que le sacaba más de una cabeza a la joven paciente y quizá era tres o cuatro años mayor, se encogió de hombros con timidez.

—No tenía intención de hacerlo —dijo—. Es demasiado buena, y primero he perdido los estribos y después he olvidado con quién estaba peleando y he luchado como si fuera uno de los de mi clase. Debería haber sido menos duro con ella, apenas ha empezado con la barra y no tiene fuerza todavía. Pero es muy buena, demasiado.

—Adularme... no te servirá... de nada —dijo con voz entrecortada su compañera—. Me... vengaré... ¡aaaaah!

Este último grito de dolor lo lanzó cuando los dedos de Yuet sondearon el costado de la niña.

—No, durante un tiempo no podrás hacerlo —dijo Yuet—. Me parece que te ha roto un par de costillas. Tengo que vendarte bastante fuerte y no podrás hacer movimientos bruscos durante al menos un mes —la clara rebelión en aquellos ojos oscuros cuando miraron con un destello los de Yuet hizo que su boca convirtiera una mueca en una sonrisa—. Bueno, podría decir unos días, y tú salir y hacer cosas, y después acudirías a mí al cabo de tres semanas, quejándote de que no puedes levantar un gatito con ese brazo. Tú quieres que se cure bien, ¿verdad? ¿Cómo te llamas, polvorilla?

—Xaforn —dijo la polvorilla en cuestión—. ¿Estaré fuera de combate... un *mes*?

—Como mínimo —dijo Yuet.

Xaforn lanzó a su compañero de prácticas una mirada matadora.

—Espera... —jadeó— ... a que vuelva... a ser yo... y no te atreverás a decirme..., no volverás a luchar conmigo... jamás.

—Será mejor que no lo hagas —dijo Yuet divertida, dirigiéndose al guardia mayor—. O tengo la sensación de que te partirá el palo en la cabeza.

—Entonces haremos la revancha más tarde —dijo el chico mayor riendo—. No debería haberte dejado seguir, Xaforn. ¡Tú no te rindes!

—Tienes razón, no me rindo.

Él hizo un saludo militar, sin dejar de reír, y se retiró. Yuet ayudó a Xaforn a volver cojeando a sus alojamientos y le vendó las costillas rotas mientras ella permanecía sentada en el borde de la cama.

—Xaforn —dijo Yuet mientras trabajaba—. He oído hablar de ti. Eres la fiera.

Xaforn se encogió de hombros e hizo una mueca de dolor.

—No hagas eso —ordenó Yuet—. En realidad, no lo hagas durante un tiempo. Encuentra alguna otra manera de hacer que la gente sepa lo dura que eres.

—¿Estás segura respecto al mes? —preguntó Xaforn, frunciendo el entrecejo.

—¿Por qué? ¿Tienes intención de darme una paliza a mí también cuando puedas volver a moverte? —preguntó Yuet riendo.

Al cabo de un momento, Xaforn se rió con ella.

—No tengo ni idea de qué hacer durante todo ese tiempo.

—Aprende a hacer algo manual —sugirió Yuet.

—¿Me enseñarás a curar?

—Tienes que permanecer quieta —dijo Yuet, desconcertada pero divertida—. No puedes ir de un lado a otro para ocuparte de los pacientes. Además, ya te enseñan medicina de campo como guardia, ¿no es así?

—Un poco —respondió Xaforn—. No lo decía en serio.

—Lo sé —dijo Yuet—. ¿Tienes a alguien que pueda pasar algún tiempo contigo? ¿Alguna compañera?

Xaforn vaciló un momento y dijo:

—Supongo que podría visitar a la gata.

—¿Cómo dices?

—Rescaté un cachorro —explicó Xaforn de forma críptica—. Y ahora Qiaan quiere enseñarme *jin-ashu.*

Yuet la miró, un poco perpleja.

—¿No sabes *jin-ashu*?

—Me abandonaron —explicó Xaforn—. La guardia me crió.

—Ah —no había habido ninguna madre que enseñara a aquel pequeño gato salvaje las delicias de su legado—. ¿Y quién es Qiaan?

—Ella quiere ser *jin-shei* —respondió Xaforn—. Aún no le he dicho ni sí ni no.

—Bueno —dijo Yuet con voz amable—, ahora sería tan buena ocasión como otra para aprender *jin-ashu.* Y es bueno tener una *jin-shei-bao* cuando te has hecho daño y necesitas ayuda. Yo de ti aceptaría la petición de tu Qiaan.

—¿Tú tienes una? —preguntó bruscamente Xaforn.

—Sí —respondió Yuet.

—¿Qué hacéis? —preguntó Xaforn perpleja. El concepto le resultaba conocido y ajeno al mismo tiempo; sabía los principios básicos del *jin-shei*, pero nunca había ido hasta el fondo de este misterio. Todo parecía muy emocional y nada práctico y estaba convencida de que no le resultaría útil en la vida que había elegido.

Yuet contó la historia de la Pequeña Emperatriz, por segunda vez en pocos días, y con bastantes más detalles. Xaforn escuchaba con atención.

—No creo que Qiaan haya tenido otra antes —dijo Xaforn cuando Yuet hubo terminado—. Me pregunto si conoce siquiera lo que ha pedido. Tú sabes mucho de ello.

—No —dijo Yuet—, sólo sé lo que he visto y experimentado, que no es gran cosa.

—¿Sólo tienes una?

—Tuve otra —dijo Yuet— hace mucho tiempo, pero murió de viruela cuando tenía quince años y yo catorce. Después no tuve ninguna más, no, no tuve ninguna hasta hace poco.

—¿Querrías ser la mía? —le preguntó Xaforn.

La pregunta fue tan inesperada que Yuet se quedó momentáneamente sin habla. Xaforn vio su expresión y la malinterpretó. Su rostro se ensombreció.

—Sólo creía... —empezó a decir, pero Yuet levantó una mano para que callara.

—Lo siento. Me has desconcertado. Si crees que Qiaan no está segura de lo que te estaba ofreciendo, ¿sabes *tú* lo que estás haciendo?

Xaforn asintió con aire de terquedad. No iba a volver a hablar.

Yuet parpadeó unas cuantas veces, atónita aún.

—No tengo ni idea de por qué lo deseas —dijo—, pero supongo que una guardia consideraría útil a una *jin-shei* curandera. O sea, hermanita, que si realmente deseas esto...

Xaforn volvió a asentir.

—Sí, puedes enseñarme cosas y entonces Qiaan no pensará que soy estúpida.

Yuet se echó a reír.

—¿O sea que has decidido aceptar a Qiaan también?

—Sí, creo que sí. Está la gata.

—Algún día tendrás que hablarme de esa gata —dijo Yuet con aire alegre—. Mañana pasaré a verte. Y nada de peleas. Me enteraré, recuérdalo. Envía a buscar al cachorro, si tienes que hacerlo, pero quédate quieta, ¿entendido?

—Sí. Gracias.

Cuando se marchó, Yuet seguía sonriendo, meneando la cabeza con aire divertido. Xaforn se quedó tumbada en su catre con expresión inescrutable, boca arriba y la cabeza vuelta hacia la puerta por la que Yuet había salido.

NUEVE

Cuando volvieron a llamarla de Palacio, menos de dos semanas después de su encuentro inicial con Liudan, Yuet se quedó un poco desconcertada. Sin embargo, su sorpresa inicial pronto se convirtió en auténtico asombro.

En un paquete envuelto en brocado y atado con cuerda de seda con borlas, dirigido a ella en elegante escritura *jin-ashu*, Yuet encontró tres mensajes diferentes. El primer mensaje era una invitación formal a las ceremonias del Xat-Wau, que tendrían lugar al día siguiente a la puesta de sol. Yuet casi la esperaba, después de su declaración ante el Consejo, era cuestión de tiempo, y estaba segura de que Liudan presionaría para que la ceremonia tuviera lugar lo antes posible.

El segundo mensaje, escrito de puño y letra de Liudan, dejó a Yuet sin aliento:

> *Me dicen que el* jin-shei *debe basarse en numerosas cosas, pero que protegerse las espaldas no es una de ellas, y probablemente tienen razón. Pero tú tenías razón en que me resulta difícil confiar en alguien. Me separaron de mi madre cuando era una niña y no la sustituyeron de ninguna manera; y luego me hicieron expiar su caída en desgracia. Aún no sé siquiera de qué la acusaban, aunque no paro de oír rumores. Tengo algunas amigas en esta corte. Odiaba a tu Tai porque entraba sin dificultad y recibía el único afecto que siempre se me había demostrado libremente: el de Antian. Pero ese* jin-shei *había comenzado por las razones correctas, según lo entiendo. Por eso y porque yo no puedo evitar ser lo que soy, te diré tres cosas. La primera es que veré a tu Tai, la Tai de Antian, una vez haya terminado este ritual y vuelva*

a ser dueña de mí misma. No prometo nada más, pero la veré y hablaré con ella de Antian. La segunda es que no me queda en Palacio ninguna pariente mayor aparte de mi anciana y honorable abuela, la Emperatriz Viuda, cuya salud se ha deteriorado mucho estos últimos meses y ni siquiera puede asistir a la ceremonia a menos que la celebremos en su habitación de enferma, como bien sabrás. Necesito a alguien, una mujer adulta próxima a mí, que me coloque la aguja roja en el pelo mañana por la noche. Existen precedentes en los que una hermana del jin-shei *lo haya hecho con una huérfana o con una* jin-shei-bao *que esté sola por las circunstancias que sean, por tanto, la tercera cosa es que quiero que me pongas la aguja roja en el pelo.*

El tercer mensaje estaba escrito en un trozo de fino papel de seda introducido en el pliegue de la carta. Contenía sólo las dos palabras: *jin-shei.*

Una niñita guardia y la Emperatriz de Syai en la misma semana. Y Yuet había pensado que ser *jin-shei-bao* de Tai, que en otro tiempo había sido la de la Pequeña Emperatriz, era llegar alto.

La carta de Liudan provocó cierta culpabilidad así como un irónico reconocimiento en Yuet: protegerse las espaldas, aunque no era la principal ni la única razón por la que se había ofrecido a ser *jin-shei* de Tai, sin duda había formado parte de su razonamiento en las montañas al finalizar aquel amargo y espantoso día en que el mundo se había desplomado alrededor de todas ellas. Ahora le habían ofrecido lo mismo casi en términos semejantes; la diferencia era que Tai no había conocido los términos, no del todo, y Yuet comprendía los motivos de forma mucho más precisa.

Aun así... *jin-shei* de una Emperatriz.

Su mensaje a Liudan había sido breve y preciso.

Jin-shei. Allí estaré.

* * *

La ceremonia del Xat-Wau era reducida, con un escaso círculo de invitados, en su mayoría sólo los mínimos necesarios para los fines oficiales. Parte de la razón de ello era que la corte seguía de luto —y lo seguiría estando durante mucho tiempo— por lo que no podían realizarse celebraciones muy ostentosas, pero en parte era por la simple prisa que Liudan había dado una vez recibida la aprobación. Aparte de la propia Liudan, entre los asistentes se incluían un grupo de mujeres de la corte imperial que estaban allí como ayudantes de Liudan, el gran canciller y otros dos miembros del Consejo, un par de sacerdotes del Templo, Yuet y Tai.

Tai prácticamente había sido obligada por Yuet a asistir.

—No me lo había pedido y no pertenezco a ese lugar —repetía tercamente cuando Yuet le planteó el tema por primera vez.

—Me dijo que quería hablar contigo —señaló Yuet—. ¿No es eso lo que deseabas conseguir?

—Sí, pero dijo más adelante, cuando todo haya terminado, cuando sea Emperatriz...

—Tai, será Emperatriz dentro de unos días. Y en cuanto al «más adelante», igual se refería a después de la ceremonia.

—No lo sabes.

—Sí que lo sé. Ahora vamos y colabora conmigo. Dije que intentaría ayudarte a cumplir la promesa que le hiciste a Antian, y te he llevado hasta aquí. Ahora tienes que seguirme —se interrumpió, desconcertada por el repentino brillo de las lágrimas en las pestañas de Tai—. ¿Qué pasa ahora?

—Me pregunto... —empezó a decir y Yuet de pronto se dio cuenta de cuál era el obstáculo. Sería Liudan la que recibiría el permiso de la edad adulta, Liudan, cuyo camino al Imperio sería más fácil.

No Antian.

Yuet suspiró y acarició el pelo de Tai.

—Quién sabe —murmuró—, pero las dos nacieron para esto, Tai. Y tú interpretaste un papel en todo ello.

—¿Qué? —preguntó Tai, secándose el rostro con el dorso de la mano con el rápido movimiento de una niña—. Antian fue un milagro para mí y Liudan es una promesa...

—Exactamente. La promesa.

Tai al fin había capitulado y acompañó a Yuet a Palacio al día siguiente cuando el sol se hundía en el oeste, y fueron recibidas en la estancia donde iba a tener lugar la ceremonia del Xat-Wau.

Todos los demás invitados estaban allí esperando cuando por fin Liudan fue conducida a la sala por dos de sus mujeres, exactamente cuando la última luz del día se extinguía y comenzaba el crepúsculo. Le habían dado dispensa especial para vestir un suntuoso traje de seda de violento color rojo para la ocasión, aunque aún llevaba bandas blancas en los brazos en señal de luto. Tenía el pelo suelto, como una lisa cascada de negra seda, sujeto sólo por un par de peinetas de marfil. Las ayudantes la acompañaron a la silla de caoba tallada colocada junto a una mesita cubierta de seda que contenía una profusión de horquillas y pasadores como si se tratara del tocador de cualquier otra mujer de Syai. En un cojín especial se encontraba sólo una gran aguja teñida de rojo, ricamente tallada y tan pulida que brillaba como el satén.

Dos de los sacerdotes iniciaron un suave canto que se oía de fondo mientras una de las mujeres llevaba la aguja en su cojín al tercer sacerdote, el de rango más elevado. El sacerdote colocó las manos sobre la aguja, pronunció una bendición de los antepasados para ella y expresó la buena voluntad de los Inmortales hacia la mujer que la llevaría a su vida adulta. Entonces se volvió y entregó la aguja a Yuet.

Ésta había estado cogida de la mano de Tai durante toda la ceremonia. Ahora, consciente de que los ojos de todos estaban puestos en ella —no todos ellos de modo amistoso—, Yuet soltó los dedos de Tai, que se aferraban a ella, y se acercó al sacerdote. La aguja era gruesa; más de lo que creía. Sin duda era más gruesa que la suya.

Era lo bastante gruesa para soportar el peso de un Imperio.

Yuet se dirigió hacia donde Liudan permanecía sentada en su trono, erguida, mirando directamente al frente.

«La estoy coronando», pensó Yuet por un instante. Esto era ese momento de forma no oficial: ni más ni menos que una ceremonia de coronación, sin la cual la joven Emperatriz no podría poner las manos en el timón de su tierra. Y ella, Yuet, lo había hecho posible. Si hubiera frustrado el plan de Liudan..., bueno, Liudan tal vez lo habría logrado igualmente, pero no sin víctimas. En realidad, ella y Yuet habían puesto en práctica un pequeño golpe de Estado, decapitando una regencia en su infancia y canalizando todo el poder en las manos de Liudan.

Yuet saludó con un gesto de la cabeza a las dos ayudantes que estaban de pie al lado de la silla de Liudan y ellas hicieron una reverencia a la Emperatriz, cogieron peinetas y pasadores, y con pericia empezaron a enroscar la reluciente masa de pelo negro formando los complejos rizos y tirabuzones del peinado que correspondía a una dama de la corte, sujetándolo con horquillas escondidas y adornándolo luego con las peinetas lacadas y agujas con joyas hasta que Liudan relució como una gema a la luz de las velas. Cuando terminaron su trabajo, las dos mujeres se arrodillaron al lado de la silla.

Tai, entre el público, sintió un escalofrío mientras observaba. Ésta era la imagen que siempre había tenido de Liudan: esplendorosa, real, orgullosa. Incluso en el Palacio de Verano, donde las mujeres relajaban las reglas del protocolo de la corte, Liudan había llevado el peinado formal con adornos de flores y mariposas y peinetas en forma de dragón y agujas con joyas. Era como si siempre hubiera de recordar a todo el mundo su posición, el hecho de que formaba parte de la realeza. Antian nunca lo había necesitado. Poseía la elegancia innata de quien es de alta cuna por nacimiento, podía hablar con gente de toda clase, desde la de mayor importancia a la más inferior, y sentirse a gusto. Incluso había sido así cuando corría por los jardines con los brazos desnudos y el cabello recogido en un par de largas trenzas. La realeza de Liudan, por el contrario, era mucho más frágil, y por tanto atesorada y exhibida. Si alguna vez hubiera sucumbido al descuido de Antian respecto a su posición real, Liudan, la heredera de recambio, sencillamente habría podido quedarse al margen, olvidada. Le habían enseñado todo lo que una Emperatriz necesitaría saber, pero nunca se había esperado que tuviera ocasión de poner en práctica esos conocimientos, debido al lugar que ocupaba en la sucesión. Por tanto siempre se había asegurado de que todo el mundo supiera que poseía esa posición de realeza.

Liudan nunca había jugado; al menos, no los juegos infantiles de fantasía e imaginación. Había dedicado todos los instantes de su vida a demostrar al mundo que podía ser todo lo que tenía que ser.

El peinado estaba terminado.

Todos los presentes en la estancia —que habían estado de pie, pues Liudan ya era técnicamente Emperatriz y nadie de rango inferior tenía permiso para estar sentado en su presencia a menos que ella se lo pidiera— pusieron una rodilla en el suelo cuando Yuet, la única que aún permanecía de pie, alzó la aguja roja del Xat-Wau y la deslizó suavemente en lo alto del peinado, mirando fijamente a Liudan a los ojos.

—Larga vida y un reinado justo —dijo Yuet muy quedamente, hincando una rodilla en el suelo ante Liudan en señal de profundo homenaje.

A la luz de las velas vio que los ojos de Liudan brillaban a causa de unas lágrimas inesperadas.

Tai, que tenía violentos escalofríos, casi vio el sonriente fantasma de Antian de pie detrás de la reluciente forma de Liudan. La expresión de la propia Liudan era inescrutable y Tai se preguntó por un breve e infinitamente doloroso momento si la propia Liudan había pensado en algún momento en Antian aquella noche.

Los otros se habían marchado; después Liudan se retiró a sus aposentos. Al cabo de una hora, la joven criada sorda condujo a Tai y a Yuet allí. Cuando llegaron Liudan se había cambiado la túnica roja de la corte y se había puesto otra más sencilla y calzado escarpines de seda, una pequeña pero reveladora rebelión contra las reglas estrictas del luto. Aún llevaba el peinado del Xat-Wau, con la aguja roja en su lugar, pero sus ojos brillaban más que las joyas que llevaba clavadas en su oscura corona de cabello.

—Bueno, dime —dijo Liudan con un leve asomo de malicia en la voz—. Háblame de ella.

—Nunca tuve intención de interponerme entre Antian y aquellos a los que amaba —dijo Tai en voz baja—. No sé por qué creíais eso.

—Porque cuando entraste en su vida pasaba poco tiempo en mi compañía en el Palacio de Verano. Siempre había sido amable conmigo, era una de las pocas personas que lo hacía, la única de los cuatro por los que llevo *esto*, a la que realmente echo de menos —se tironeó de una cinta blanca que llevaba en el pelo—. A veces tengo la sensación de que es un fraude. No lloro al hombre que fue mi padre, porque apenas le conocí; creo que le vi, en privado, en algún encuentro informal, quizá veinte veces en toda mi vida. Y la mujer que estaba segura de mi situación de hija de una concubina nunca me quiso y se alegró de que me dejaran en el fondo de la cesta real como heredera de repuesto en caso de que algo les ocurriera a la Pequeña Emperatriz o a Oylian —de pronto se volvió, haciendo un gesto brusco con la cabeza—. Todo el mundo la adoraba, ya lo sabéis.

—¿A Antian? ¿Teníais celos de ella? —preguntó Tai—. ¿Por qué? Ambas nacisteis para el Imperio...

—*Ella*. Probablemente yo nunca habría nacido, si se les hubiera ocurrido. Cada vez que me mostraba reacia a algo decían «la Pequeña Emperatriz habría hecho esto o la Pequeña Emperatriz no habría hecho aquello». Ya me resultaba bastante difícil vivir a su sombra cuando vivía, pero ahora es imposible.

—Vos no sois ella —dijo Tai—. Debéis buscar vuestra propia felicidad.

Liudan la miró parpadeando, perpleja.

—No creas que puedes decirme lo que debo hacer.

—Tai —dijo Yuet en tono de advertencia.

—Pero debo... —replicó Tai—. Habéis dicho que estabais enfadada. Quizá tengáis motivos para estarlo. Pero os ruego que no estéis enfadada conmigo por ser feliz porque ella me eligió, o con ella, por quererme. Porque no creo que haya otro ser humano que jamás signifique lo que ella significó para mí. Y porque ella... porque por ella... le hice una promesa y no tengo medios para cumplirla, pero por lo menos tenía que veros y deciros que si pudiera hacer algo, lo que sea, por amor a ella, lo haría..., y sé que no puedo hacer gran cosa y que estáis pensando que estoy loca por la pena hasta el punto de hablar de este modo. Pero si llegaba el momento tenía que decir esto. Tenía que veros y decíroslo.

Las otras dos muchachas mayores miraban fijamente a Tai con asombro, pero ella había dicho lo que tenía que decir y entonces adoptó una actitud de profunda sumisión a Liudan.

—Gracias —dijo con voz apenas inaudible pero firme— por hablar conmigo.

De pronto Liudan se echó a reír y Yuet, que no se había dado cuenta de que había estado conteniendo el aliento, exhaló un suspiro.

—Empiezo a ver por qué le gustabas —dijo Liudan—. Muy bien. Tienes mi palabra de que si alguna vez puedes hacer algo por mí te daré la oportunidad de hacerlo, pequeña *jin-shei-bao*.

Tai levantó la mirada con brusquedad.

—Pero ella dijo...

—¿Qué dijo?

—Dijo... —lo que Antian había dicho realmente era que ser *jin-shei* suya no significaba que Tai tuviera que encargarse de Liudan. Pero en el último momento Tai se reprimió de repetir este sentimiento en términos poco diplomáticos y lo expresó de otro modo—. Yo no sabía que se transmitía.

—No —dijo Liudan—, pero me complace reclamarlo, ya que tú lo ofreciste.

—¿Lo hice?

—Claro. Le hiciste una promesa. No le prometiste protegerme del Consejo, porque no puedes, sino contra el resto del mundo cuando sea demasiado. Y para eso eres *jin-shei* —Liudan volvió a reír—. O sea que aquí somos todas hermanas, entonces. Vaya, qué extraño círculo para que una Emperatriz dé sus primeros pasos en el mundo; pero en conjunto... una abnegada amiga y una curandera a mi lado... parece que puede ser un viaje interesante.

Más tarde, después de haberse despedido de la joven Emperatriz aún ebria tras el primer sorbo de poder y de que Yuet la hubiera dejado en casa de su madre, Tai buscó de nuevo su diario. Tenía intención de escribir un relato del Xat-Wau y del modo en que había visto relucir los ojos de Liudan a la luz de las velas, y de lo único que Liudan le había dicho aquella noche. Pero lo que escribió en cambio fue un poema:

Sube al estrado del poder, y su corona
es su orgullo, y su herida
es su miedo.
El mundo acudirá a ella, preguntando,
y yo estaré allí para escuchar
cuando ella responda.

Tai meditó sobre las palabras que había escrito, sintiéndose extrañamente profética en aquellos momentos; luego levantó la cabeza y escuchó los ruidos nocturnos del vecindario que entraban en su habitación por la ventana abierta y la envolvían en su reconfortante capullo de lo familiar: el maullido de un gato que rondaba en la noche, el eco distante de risas humanas y el ruido de los cascos de la mula del basurero en el empedrado de la calle al hacer su ronda con su carro en la oscuridad por las calles de Linh-an.

TERCERA PARTE

Xat

Ay, ¡qué conmoción!
La abuela de la joven le recoge el cabello
con su primera peineta de marfil, y qué distintos,
totalmente distintos,
parecieron entonces sus ojos...
E incluso el muchacho que será Emperador
se despierta agitado
en la mañana del Xat-Wau, la ceremonia
que dice «hoy soy un hombre».

QIU-LIN, año 8 del Emperador de la Nube

UNO

La Corte de Otoño estuvo comprensiblemente apagada el año del terremoto. Hubo algunas grandes reuniones y cuando Liudan aparecía en ellas estaba distante, retraída y sin gracia en su atuendo de luto. El arte de Rimshi fue poco lucido ese año, aunque a Liudan le agradaba vestir en público una chaqueta bordada, una chaqueta de hilo color crema, trabajada con algodón teñido que, sin romper las normas del atuendo de luto por no llevar demasiado bordado de hilo de seda, resultó lo bastante ostentosa como para provocar cuchicheos en las sombras de la corte. Había sido obra de Tai y en parte también de Yuet: fue Yuet quien consiguió la chaqueta y Tai proyectó su magia en ella. Se la dieron a Liudan por su cumpleaños. Liudan era una Cúspide de Fuego, nacida cerca de medianoche en el último día de Kannaian, de modo que compartía las cualidades del León y del Dragón. Tai había trabajado ambos en el bordado: leones de color tostado que se estiraban perezosamente, entrelazados con largos y sinuosos dragones rojos y dorados con pequeñas cuentas de vidrio escarlata en los ojos, y una única concesión para las reglas del luto: un intrincado dibujo de hilo blanco que se enroscaba por las mangas. Liudan, al aceptar el regalo, se traicionó con una sincera sonrisa.

—¿Qué es lo que te dio la idea? —le preguntó Tai a Yuet en voz baja, cuando la chaqueta hizo su primera aparición en la corte. Había estado observando a algunas mujeres al paso de la chaqueta, su forma de abrir los ojos y la estela de susurros amortiguados por el hueco de las manos.

Yuet se encogió de hombros.

—Tú misma la has oído. Liudan es franca del todo y un luto total y profundo para ella sería absolutamente hipócrita. Le habría resultado muy duro sobrevivir en esta corte sin tener al menos un poco de rebeldía.

—Tú la comprendes —dijo Tai.

—Me quedé huérfana con cuatro años —explicó Yuet—. Mi luto «oficial» duró hasta bien entrados los siete y era demasiado pequeña para recordar bien a mis padres. Aquello me molestaba, de alguna manera. Con Liudan, el drama imperial se magnifica. Si yo mostraba rebeldía, me reprendían por no ser buena hija; si Liudan lo hace, no sólo es mala hija, sino insoportablemente escandalosa. Todo el país tiene sus ojos fijos en ella en este momento. No puede ser cómodo.

—Así que la chaqueta...

—... es un escape —dijo Yuet, sonriendo—. Mírala.

Liudan vestía la chaqueta como si fuera cargada de oro y perlas. Y una vez que el impacto inicial hubo pasado, recibió uno o dos moderados halagos a los que le complació responder comentando que el bordado era un regalo realizado por Tai. Antes de que terminara la sesión de la corte, dos cortesanas se acercaron a Tai con disimuladas preguntas sobre la posibilidad de conseguir algo parecido. Lo que vestía la Emperatriz enseguida creaba tendencia. Tai desvió por un momento sus ojos de estas dos clientes potenciales y se encontró con la brillante y divertida mirada de Liudan. Había aprovechado la oportunidad de poner a una vergonzosa Tai como centro de atención por ser partícipe del regalo.

Aparte del pequeño escándalo de la chaqueta, la corte fue lenta y silenciosa, una corte de duelo. El atuendo había enmudecido bajo el blanco de luto; las galerías estaban desiertas de músicos; la gente hablaba en susurros todavía más bajos de lo habitual en los corredores oficiales de las Cámaras de la Audiencia imperial.

Khailin, aburrida, atesoraba su último verano de libertad como un avaro su oro, pretendiendo que cada momento valiera para algo, y convenció a una reticente Nhia a asistir a la corte con ella, con la única intención de querer inyectar un poco de animación y controversia en los ceremoniosos círculos de la corte. Nhia había ido arrojando a los pies de Khailin excusas cada vez más desesperadas, pero Khailin, con esa inimitable y casi estremecedora determinación que a veces la volvía tan dura, se las arregló para rebatirlas todas, replicando con una solución que Nhia no podía refutar o rechazando «el problema» de plano. «No tengo nada apropiado que ponerme» tuvo como respuesta uno de los propios vestidos de Khailin; «No sé cómo hablar con nadie» fue rechazada rotundamente cuando Khailin señaló que un gran número de personas que Nhia había conocido en el Gran Templo no estarían de acuerdo con esa afirmación, y la respuesta de Nhia sobre que el Templo no era precisamente la corte imperial se topó con la exigencia de las diferencias exactas que hacían del Templo un lugar mucho más asequible que el Palacio.

—No puedo ir tan lejos, ni aguantar de pie mucho tiempo —protestó Nhia débilmente al final, sacando a colación sus dolencias físicas.

—Te conseguiré un bastón —replicó Khailin—. Considéralo un regalo tardío de cumpleaños. Además, necesitabas algo que encajara con tu nuevo estatus.

—¿Qué nuevo estatus?

—Ya casi eres una sabia en el Templo —dijo Khailin, y había un ligero tono parecido a la envidia en su voz que hizo que Nhia la mirara confusa. ¿Khailin podía sentir envidia de *ella*? ¿De la hija lisiada de una pobre lavandera? En el nombre de Cahan, ¿por qué habría de sentirla?

Khailin rechazó también la última excusa y en tan pocos días que parecía inverosímil consiguió un bastón de caoba finamente tallado con una cabeza de garza en el puño, del tamaño y peso justo, y se lo presentó a Nhia sin hacer el menor caso de las protestas de ésta. Equipada con su bastón, un vestido de seda que sólo necesitó un mínimo cambio —y Tai le hizo ese favor alegremente— y la adición de una cinta blanca de luto para estar presentable en la corte, con el pelo recogido en un elaborado peinado al estilo de la corte realizado por la propia doncella personal de Khailin, Nhia se encontró en una audiencia de tarde de la Corte de Otoño, sin saber verdaderamente cómo se había metido ahí. Disimuló bien su perplejidad, pero se delataba de tanto en tanto queriendo asimilar cosas con las que nunca antes había tropezado.

—¿Quién es ése? —le susurró a Khailin mientras un hombre vestido con relucientes brocados que sólo llevaba el blanco simbólico en el dobladillo pasó rápidamente a su lado con alguna misión urgente.

—Chehao, eunuco de las dependencias femeninas, la mano derecha del jefe de los eunucos, Abahai —informó Khailin.

Nhia clavó los ojos en él.

—¿Un eunuco de verdad? Creo que nunca había visto ninguno.

—Sí, uno de verdad —dijo Khailin divertida—. Hay unos cuantos por aquí. Las mujeres imperiales necesitaban guardianes que fueran incapaces de probar la miel real si lo quisieran, de ahí los eunucos. Ésa es también la causa de los cuadros femeninos de la guardia imperial, cuyo deber principal es proteger a las mujeres. De sí mismas, tal vez.

Nhia la miró fijamente.

—Tú vas a ser una de las mujeres imperiales en pocos meses —comentó.

La sonrisa de Khailin desapareció.

—Lo sé.

—¿Y ése? ¿Quién es ése? —volvió a preguntar Nhia rompiendo el inquietante silencio para distraer a Khailin del negro panorama de su futuro conyugal.

—Uno de los Sabios —dijo Khailin, inmediatamente entretenida como era habitual en ella con las apariencias del poder—. De hecho, son dos Sabios. Míralos.

—¡Por Cahan! ¿Cómo puedes saberlo? —exclamó Nhia, contemplando a los dos hombres canosos que habían entrado en la sala de audiencias y hablaban en voz baja entre sí en un discreto rincón, arreglándoselas para dar la impresión de que no se daban cuenta de la atención que generaban.

—Son ancianos —respondió Khailin—. No encontrarás muchos viejos en este lugar. Y los que hay o están en el Consejo o son Sabios... o son eunucos, pero los eunucos que llegan a esa edad, y son muy pocos, son espléndidamente gordos e incapaces de moverse sin un carro y un caballo.

—¿Dentro de Palacio? —preguntó Nhia divertida de nuevo.

Khailin resopló.

—Descubrirás que hay más asnos dentro de Palacio que fuera. Siempre hay suficientes para tirar de un carro —escudriñó a los dos Sabios sin dar la impresión de que los estaba observando, una habilidad cortesana que había aprendido cuando era pequeña—. Ésos son el Sabio del León y el Sabio del Águila —dijo, cuando hubo terminado el examen.

—¿Cómo lo sabes? —preguntó Nhia con interés.

—Sus trajes. El dibujo del bordado en los puños de las mangas. Y los anillos.

—¿Qué anillos?

—Cada Sabio lleva el anillo de su signo —Khailin se volvió con bastante perplejidad—. ¡Deberías saber esas cosas, Nhia! Se rumorea que eres prácticamente una sabia tú misma.

—No precisamente —murmuró Nhia—. Sólo cuento enseñanzas en el Templo.

—Y tus propios maestros dicen que eres una maravilla.

—¿Cómo lo sabes? —preguntó Nhia.

Khailin se sonrojó.

—Escucho detrás de las puertas.

Nhia abrió la boca para decir algo, pero Khailin le agarró la muñeca casi dolorosamente.

—Mira quién está ahí.

Nhia giró la cabeza y ahogó un gemido.

No había puesto sus ojos en aquel hombre durante dos años y aunque este día y para esta ocasión iba vestido con bastante más lujo que el día del Templo, Lihui era inconfundible, el Noveno Sabio, el Sabio más joven, el gran señor que una vez se agachó para ayudar a levantarse a una pobre niña lisiada en un jardín del Templo. Al entrar, su mirada recorrió la habitación sin detenerse en las dos muchachas, pero Nhia reconocería esos ojos en cualquier lugar. Aún soñaba algunas veces con ellos.

—¿Cuál es él? —preguntó Nhia.

—¿Qué?

—¿Qué Sabio es? Si los otros dos son el León y el Águila...

Khailin apartó los ojos de los tres Sabios con dificultad y miró a Nhia a la cara.

—Hay nueve Sabios en el círculo y ocho de ellos llevan los anillos de su elemento (León, Lucio, Cerdo, Águila, Colibrí, Búfalo, Cisne y Dragón). El Noveno Sabio pertenece a todos los elementos y a ninguno de ellos. Tiene el rango más alto, gobierna a los demás... Pero tú sabes todo esto.

—Estoy enterada de los Sabios, Khailin —dijo Nhia con delicadeza—. Tú estás hablando del misterio. Es como si te dijera que sabes todo acerca del Templo porque conoces qué dioses y espíritus viven en cada círculo. No, yo no lo sé. Ni siquiera entiendo cómo sabes *tú* tanto del tema.

Khailin la miró.

—Siempre he pensado que sabías más sobre el Camino —dijo lentamente—. Pensé que por eso se había parado a hablar contigo aquel día en el Templo. Porque sabías cosas. Porque quería...

—¿*Quién* habló conmigo en el Templo? —preguntó Nhia confusa.

—*Él* —dijo Khailin, señalando a Lihui con la barbilla.

—¿Estabas ahí?

—Vi lo que pasó.

Nhia se encontró recordando el encuentro de Lihui con todo detalle, cómo se le subió la sangre a la cabeza cuando él la levantó, cómo casi dejó de respirar cuando se inclinó ante ella en ese jardín del Templo, cómo atesoró la experiencia, compartiéndola sólo con Tai, ni siquiera con su madre, cómo la analizó y la palpó y hurgó en ella y finalmente intentó olvidarla como una casualidad, como una suerte, como un accidente del destino.

Khailin había estado allí.

Khailin lo había visto y analizado a su propia manera, o eso parecía. Y lo había convertido en algo bastante distinto de lo que había sido.

—¡Si no significó nada de nada! Ese breve encuentro fue lo único que ocurrió —Nhia hizo una pausa. El corazón le latía dolorosamente como si algo duro y afilado la cortara por dentro—. ¿Fue la primera vez que supiste que existía? —preguntó—. ¿Por eso quisiste conocerme?

Khailin apretó los labios hasta que se convirtieron en una fina línea blanca, enderezando la mandíbula.

—Al principio —admitió.

Nhia apartó la mirada, pero no antes de que Khailin viera en sus ojos el brillo de repentinas lágrimas.

—Por favor, no —dijo, sinceramente disgustada, más disgustada de lo que pensaba que podría estar—. He dicho «al principio». Al poco tiempo me gustaste, me gustaste de verdad. Si no hubiera sido por ese condenado Sabio nunca habría sabido que existías, ¡nunca nos habríamos conocido!

—Me duele el pie —susurró Nhia, dando un paso vacilante hacia atrás para apoyarse en alguna pared que tuviera a mano.

Calculó mal el ángulo y su espalda resbaló hacia un lado por la suave columna de piedra y sólo mantuvo el equilibrio por pura fuerza de voluntad y apoyándose en el bastón de Khailin con una mano de blancos nudillos. «No voy..., no voy a dar un espectáculo aquí», pensó con rabia mientras luchaba por mantenerse en pie.

Una mano fuerte se deslizó discretamente bajo su omóplato, enderezándola, y al instante desapareció, tan rápido que Nhia fue casi incapaz de jurar que alguna vez la mano hubiera estado allí. Pero así había sido y era la misma mano que estuvo ahí una vez. El Sabio Lihui apareció detrás de ella por un lateral y ofreció a ambas muchachas una delicada y cortés reverencia.

—Creo recordar —murmuró el Sabio— otra chica a la que ayudé a levantarse en una ocasión. *Nhia*, era, ¿recuerdo bien?

—Sí, *sei* —respondió Nhia casi sin aliento, asombrada de que se acordase de ella y, todavía más, de su nombre.

Él sonrió.

—He estado oyendo mucho ese nombre —dijo—. Los círculos del Templo lo repiten como un zumbido. No te ruborices, querida, todo lo que he oído te honra —giró ligeramente la cabeza en la dirección de Khailin y ella se inclinó en una profunda reverencia—. ¿Y quién es tu acompañante? —inquirió Lihui con ojos de serena obsidiana.

Khailin alzó la mirada.

—Soy Khailin, hija de Cheleh, cronista de la corte —comentó con atrevimiento.

—Ah —dijo Lihui—. Sí.

Su sencilla respuesta parecía dar a entender que éste, también, era un nombre que conocía, aunque las cosas que había oído acerca de Khailin no eran tan buenas y brillantes como la reputación de Nhia.

—Bueno —dijo Lihui amigablemente a ambas muchachas, aunque su mirada permaneció un momento más sobre Khailin—, ha sido un inesperado placer encontrarte de nuevo, Nhia. Ya había estado observándote. Dama Khailin, encantado de conocerte. Ahora, si me excusáis, tengo una cita y ya llego tarde —les hizo otra ligera reverencia, se dio la vuelta con un gracioso movimiento cortesano y se fue.

—Estás roja —dijo Nhia, mirando a Khailin.

—¿Lo estoy? —las manos de Khailin subieron a cubrirse la cara.

La expresión de Nhia había pasado del dolor a la curiosidad.

—¿Qué pensabas que podrías ganar, Khailin? No tengo contactos ni amigos en lugares importantes y nunca podría...

—Ahora los tienes —dijo Khailin con pasión. Siento haber enredado tanto las cosas, pero no siento haberte hecho mi amiga, mi *jin-shei-bao*. Es algo para siempre, ya sabes. Eso no se deshace.

—Lo sé —dijo Nhia.

—Te necesitaba de verdad, Nhia —dijo Khailin—. Todavía lo hago.

—Comprendo, creo. Sí, lo comprendo bien.

Los ojos de Khailin se llenaron de inesperadas lágrimas y Nhia suspiró.

—Oh, no —dijo—. Por favor, no. En vez de llorar encuéntrame un sitio para que me siente.

Khailin echó una rápida ojeada por la habitación.

—Hay un banco justo ahí en el otro extremo de la sala, junto a la columna, y creo que podríamos... Ay, Cahan, ahora no...

—¿Qué pasa?

—La Emperatriz —dijo Khailin, hundiéndose en otra reverencia e instando a Nhia a hacer lo mismo bajo la presión de su mano—. Nadie se sentará ahora y no podemos retirarnos a no ser que nos dé permiso.

Inclinada, Nhia miró a través de sus pestañas, intentando echarle una ojeada a Liudan mientras pasaba majestuosamente a su lado. Ése era el círculo de Tai. Tai era la que de algún modo se había juntado con las mujeres del Imperio. «Y si —pensó Nhia de repente, con el pálido espectro de la reciente traición bailando ante sus ojos— el *jin-shei* de Tai nunca hubiera significado nada aparte de una necesidad, una querencia... y no algo compartido... y ella volcó su corazón en aquel vínculo con Antian, y ahora está pegada a ello, con su legado y lo que Liudan pueda querer de ella?».

—¿Qué estás murmurando? —susurró Khailin—. ¿Te duele mucho? Podría intentar...

—Nada —dijo Nhia apresuradamente—. ¿Quién es ese que está allí con el Sabio?

—¿Dónde? —la mirada de Khailin voló a su alrededor buscando a Lihui, pero era otro de los Sabios al que Nhia se refería, uno de los más mayores, que estaba ahora acompañado de una anciana bastante etérea, vestida de pálida seda, con su fino pelo blanco trenzado en una corona sobre su frente que brillaba a través de su elaborado tocado de corte como plata viva.

—Ése es el Sabio del León —susurró Khailin— y su mujer.

—¿Qué estás planeando ahora? —preguntó Nhia un momento después. Había aprendido a reconocer los súbitos silencios de Khailin como chispas de inspiración sobre las que Khailin meditaba cuando la sacudían, algún tipo de perverso plan, alguna diablura, algo que debería no haber tenido la oportunidad, el conocimiento o los medios de llevar a cabo pero que, una vez revisadas todas las consecuencias en su cabeza, se las arreglaría para realizar de cualquier forma.

—Nada —dijo Khailin lentamente, siguiendo con los ojos al Sabio del León y a su mujer en su lento y cuidadoso camino a través de la sala, observándolos recibir reverencias y profundas atenciones, entre ellas las de la propia Emperatriz durante unos momentos, mientras un grupo de príncipes imperiales ricamente ataviados se reían inútilmente entre sí, ignorados casi por el resto de la corte, en un rincón apartado, sosteniendo grandes jarras de vino de arroz.

DOS

Khailin no era la única preocupada por la idea del matrimonio. Liudan había pensado que apresurándose a su ceremonia de Xat-Wau tendría más poder sobre su propio destino, pero no era del todo cierto. El Consejo había aceptado la pérdida de la regencia si no con alegría por lo menos con elegancia. Pero Liudan era joven y la acción del Consejo en el poder político no se limitaba a la cuestión de si ella había alcanzado o no la mayoría de edad. Estaba también el tema, tan importante o más que el primero, de asegurar la continuidad de la dinastía. El tema del matrimonio. De los herederos.

—¿Queréis saber qué es lo más irónico de toda esta situación? —les dijo Liudan a Yuet y Tai con la voz tensa y furiosa. Las dos habían sido convocadas por Liudan una fría y lluviosa tarde de últimos de otoño. Les habían permitido quitarse las capas empapadas y les dieron ponche caliente de vino y especias en tazas de porcelana fina para que calentaran sus manos heladas mientras se sentaban junto al fuego, pero hasta ahí llegó la hospitalidad. Estaban allí para escuchar y lo hicieron diligentemente—. ¡Después de todo! ¡Después del riesgo que asumí fingiéndolo todo! ¿Te acuerdas, Yuet, de que me dijiste que me metiera en la cama y que actuara como si me atormentaran los calambres porque me creerían más si desarrollaba ciertos síntomas? Bueno, pues me levanté a la mañana siguiente, Yuet. Justo como dijiste, con calambres, y antes de que el Xat-Wau estuviera en marcha ya estaba cualificada verdaderamente para ello tanto como en tu documento. Y cuando había quitado ya ese obstáculo de mi camino, están sobre mí otra vez. Pensé que había terminado y ahora...

—¿Y ahora te das cuenta de que esto es sólo el principio? —dijo Yuet. No debería sorprenderte. Hay muchísima gente que espera la más mínima oportunidad de hacerse hueco en el poder.

—¿Qué quieren? —preguntó Tai.

—Eres una inocente, *jin-shei-bao* —rió Liudan.

Yuet giró la cabeza para mirar a Tai.

—Quieren que se case, por supuesto. Quieren que elija Emperador.

Liudan, dando vueltas por sus habitaciones como una leona encerrada, hizo una mueca.

—Pero está el luto —dijo Tai.

—Sí, y gracias a Cahan, tiene alguna utilidad. No puedo, según la ley, contemplar el matrimonio o ninguna ceremonia similar antes de que termine mi período de duelo o, por lo menos, ése sería el caso si yo hubiera sido huérfana de campesinos, si fuera como mi madre antes de venir aquí —Liudan rió, un poco forzada—. A veces es una bendición no ser de sangre real, hermanita. Si ni siquiera han podido dejarla descansar en sus cenizas durante un mes antes de echarme a *sus* pretendientes encima.

—¿Los pretendientes de quién? —preguntó Tai, verdaderamente confusa.

De nuevo fue Yuet la que ató cabos.

—¿Querían que eligieras Emperador entre los pretendientes de Antian?

—Hasta en eso —dijo Liudan con ferocidad— sigue siendo cuestión de hacer lo que Antian hubiera hecho. Quieren que elija del modo que ella hubiera elegido.

—Eso no es justo —protestó Tai.

—No —dijo Liudan, deteniéndose en su caminar para mirarla fijamente—. Entonces, ¿qué quieres que haga?

—¿Yo? Difícilmente podría aconsejarte.

—Puedes, cuando yo te pida que lo hagas. Debes hacerlo, si te lo pido—. Liudan sonrió burlonamente—. Lo asumiste con el *jin-shei*, Tai. Es para lo que está una *jin-shei-bao*: para dar sabios consejos.

—Entonces no deberías pedírmelo —dijo Tai—. No soy tan sabia como Nhia y ella también es tu *jin-shei*, si te comprometes con ella.

—¿Nhia? ¿Quién es Nhia?

—Hablan de ella muy favorablemente —dijo Yuet—. Tiene sabiduría y desenvoltura para lo joven que es. Enseña incluso en el Gran Templo y no tiene más que dieciséis años.

Liudan se acomodó sobre algunos cojines junto al fuego, gesticulando majestuosamente para que le trajeran una copa de vino. La pequeña sirvienta sorda, que seguía siendo la primera asistente de Liudan a pesar de la competitividad de bastantes damas de la corte para hacerse íntimas de su aposento, vino a la carrera con una copa y desapareció después entre las sombras—. Háblame de ella.

—¿Te acuerdas de ese caso que llevaron a audiencia pública ante la corte el otro día? —dijo Yuet—. Una disputa de tierras sobre el huerto de melocotoneros.

—Sí, lo recuerdo —dijo Liudan—. Dos hombres que lo reclamaban como suyo. Uno de ellos, si recuerdo bien, dijo que el otro había recogido ilegalmente los melocotones de los árboles antes de que estuvieran totalmente maduros y los había vendido en el mercado para su propio beneficio, aunque la arboleda pertenecía al que tenía en ese momento la palabra. Y el segundo hombre juró que la tierra era suya y que los melocotoneros se plantaron en una propiedad robada por el padre del otro hombre. Lo recuerdo. ¿Y qué?

—Yo estaba allí —dijo Yuet—. Le hablé a Tai del tema y ella se lo contó a Nhia. Y Nhia dio con la perfecta solución al problema.

—¿Qué propuso hacer? —preguntó Liudan, y Tai la informó de lo que Nhia había comentado sobre el desconcertante caso. Los ojos de Liudan resplandecían con interés—. En efecto. ¿Por qué no viniste y me contaste esto inmediatamente? Tan joven y tan sensata. ¿Cómo es que no he tenido noticia antes de esta joya en mi ciudad?

—Ha estado actuando con libertad tanto en la ciudad como en el Templo —dijo Yuet—. Pero siempre encuentra la manera de pasar desapercibida. Está lisiada y no le gusta ser el centro de atención.

—¿Lisiada? ¿Cómo?

—Tiene el pie atrofiado, agarrotado desde que nació —respondió Tai—. Anda con un bastón y no puede estar de pie mucho tiempo.

Liudan se dio golpecitos en los dientes con una uña, reflexionando.

—Había alguien... Me fijé en alguien en una audiencia, no hace mucho —hizo otra señal y la criada se aproximó. Liudan gesticuló en su secreto lenguaje de signos y, después de una pausa, la chica le respondió con las manos, bajó la cabeza y desapareció de la cámara.

—Ella lo descubrirá —dijo Liudan—. ¿Por qué sonríes?

—No hacía falta que enviaras a la pobrecilla lejos del fuego —respondió Tai—. Si quieres saber con quién vino a la corte, te diré que debió de ser con Khailin, la hija del cronista Cheleh.

—¿Y cómo se conocen *ellas* entre sí? —preguntó Liudan, enderezándose un poco en el sitio.

—Ambas están interesadas en el Camino —dijo Tai—. Nhia me cuenta que hablan mucho del tema. Además, también son...

Liudan sacudió la cabeza riéndose.

—¿Más hermanas que desconozco? Me inclino a dejarla opinar. En audiencia pública. Mañana. Asegúrate de que venga.

* * *

—¡No le tenías que contar a Liudan lo que dije! —gritó Nhia cuando Tai se presentó con el mandato imperial.

—¿Por qué no? ¡Era una buena solución!

—Sí, pero ella tiene al Consejo y a los Sabios para todo eso y si ahora les sale conmigo, estarán todos mirándome.

—Sí —dijo Tai, contemplándola con el cariño y la orgullosa mirada de una verdadera hermana—. Lo harán. Y verán un espíritu hermoso. Nhia, olvídate de lo que fuiste. Eres una persona nueva, eres sensata, eres mi querida amiga y hermana a quien enviaría allí como a la reina de Cahan. Confía en mí. Ahora ven, debemos ver a Khailin.

—¿Khailin? ¿Es necesario? —preguntó Nhia, de un modo tan extraño que Tai se volvió en seco para mirarla.

—¿Qué pasa? ¿Os habéis peleado?

—No. Bueno, no exactamente —dijo Nhia—. Es sólo que tengo algunas cosas que pensar en lo que respecta a Khailin.

—Bueno —dijo Tai—. Iba a pedirle que nos prestara otro vestido. Vosotras dos sois de la misma talla y sería más fácil si sólo tuviera que remeter y prender con alfileres algunas costuras en vez de hacerlo todo de primeras, pero supongo que es hora de que tengas tu propia ropa de gala. Ven aquí.

—¿Qué vas a hacer? Tai, ¡no puedes confeccionarme todo un traje de corte en una noche!

—Ya verás como puedo —Tai abrió de golpe un armario de su cuarto y rebuscó en el fondo donde una pila de vestidos que estaban cuidadosamente doblados con papel de seda entre los pliegues de las telas—. Tengo un montón de éstos. Muchos de ellos, mi madre nunca ha tenido la oportunidad de arreglarlos para mí y yo con certeza no los voy a necesitar. Así que puedes tener uno. Pruébate éste. Creo que te irá bien.

—¿De quién era? —preguntó Nhia entrecortadamente con la fina seda del vestido fluyendo entre sus manos mientras se lo ponía. Recorrió con los dedos el rígido bordado de la túnica exterior.

—De Antian —dijo Tai bruscamente, mirando al suelo y poniéndose de rodillas para inspeccionar los bajos.

—¿De Antian? —preguntó Nhia—. ¿Pero no lo reconocerá Liudan? No será un insulto si yo llevo...

—A menudo las ropas de la corte se llevan sólo una vez y después se desechan —dijo Tai en voz baja—. Haría falta una memoria prodigiosa para recordar los detalles de todos estos trajes. Nadie lo sabrá.

—Pero Tai —los ojos de Nhia brillaban con dulzura cuando descansaban sobre Tai—. No puedo aceptarlo. Era de Antian, es algo que tú necesitas...

—A través de mí, era también tu *jin-shei* —dijo Tai—. Y no puedo pensar en mejor uso para él. Estate quieta, ¿lo harás? Y pásame esos alfileres de la mesa. Te queda bien, sólo tengo que subir un poco el dobladillo. Y puedo añadir un lazo blanco o dos en las mangas. Es mañana al mediodía. Estarás preparada.

—¡No puedo estar de pie seis horas! —gimió Nhia.

Pero allí estaba con Tai y Yuet a la mañana siguiente, como Liudan quería. Yuet llevaba una ampolla de jugo suave de adormidera en el bolsillo, por si acaso el pie de Nhia empezaba a dar problemas y necesitara cuidados inmediatos.

Con el traje que una vez fue de Antian, el pelo recogido con las peinetas de marfil de Yuet y un par de diminutas agujas con piedras preciosas que Antian le había regalado a Tai, Nhia parecía sorprendentemente madura y preparada. Tai, a su lado, con el pelo arreglado con mucha sencillez y su propio traje cortado con la simplicidad de la ropa que un niño llevaría para una gran ocasión, de repente parecía muy pequeña.

Liudan apareció en la Cámara de la Audiencia tarde, después de haber hecho esperar a todos al menos media hora. Incluso con el luto más severo, se las arreglaba para mantenerse espectacular, con el pelo brillante y adornado con sartas de diminutas cuentas de cristal que, como deferencia al duelo, no eran joyas, pero temblaban y se estremecían a la luz como si lo fueran. Su cara, desnuda de maquillaje, llevaba como único ornamento sus relucientes ojos oscuros y eran más que suficientes.

Las tres junto a la tribuna imperial se inclinaron en una reverencia cuando Liudan apareció.

—Emperatriz —dijo Tai, con formalidad, en la Cámara de la Audiencia ante la gente—, le presento a Nhia de Linh-an, maestra y a la vez estudiante en el Gran Templo.

Liudan extendió la mano. Nhia la tomó y Liudan la apretó ligeramente mientras ayudaba a Nhia a incorporarse de su reverencia con cierto asomo de elegancia.

—Tu reputación te precede —dijo—. Me complace que hayas venido a mi corte. Sé de tu... dolencia y no deseo hacer de esta ocasión un sufrimiento para ti. Por consiguiente, te doy permiso para sentarte —dio una palmada y un siervo se apresuró a traer una pequeña silla labrada que colocó por debajo del trono, a un lado de éste. Liudan subió a la tribuna, se acomodó en su propio asiento e hizo un gesto hacia la silla—. Por favor —dijo cortésmente—. Siéntate.

Ruborizada, consciente de que todos los ojos de la sala estaban posados en ella como la única persona con permiso de asiento en presencia de la Emperatriz, Nhia sintió oleadas de hostilidad, curiosidad e incluso miedo procedentes de la muchedumbre congregada. No osó levantar los ojos.

—Gracias, alteza —dijo en voz muy baja. Tai la ayudó a sentarse. Liudan sonreía.

—¡Se abre la sesión de la corte! —anunció un heraldo—. Mi Emperatriz, el primer demandante es el Segundo Príncipe Wei-Hung.

La procesión de gente que venía a presentar sus credenciales, exponer un caso o pedir un favor parecía seguir durante horas. Tai estaba empezando ya a pensar que Liudan lo habría olvidado todo sobre el caso del huerto de melocotoneros o que la presencia de Nhia había sido un mero capricho por su parte. Pero tenía que haberla conocido mejor, se dijo a sí misma cuando el heraldo anunció el último caso que se presentaba a la audiencia.

—¡Llamamos a comparecer a los dos litigantes que presentaron su caso a su alteza imperial en los últimos días sobre la propiedad de un huerto de melocotoneros!

Los dos hombres dieron un paso adelante y cayeron sobre sus rodillas a los pies de la tribuna. Liudan les echó una mirada tan implacable que los hizo avergonzarse hasta los tuétanos.

—He estado meditando sobre su problema —empezó— y he consultado a quien probablemente sea la sabia más joven de mi Imperio —se dio la vuelta sonriendo a Nhia durante un segundo, y Nhia, durante ese segundo, encontró la fuerza suficiente para levantar la cabeza y encontrarse de lleno con los ojos de la Emperatriz. La mirada de Liudan se encendió un poco y su sonrisa asomó en las comisuras; siempre había apreciado la valentía. Inclinó gentilmente la cabeza hacia Nhia en reconocimiento por lo que el gesto le había costado y después volvió sus furibundos ojos hacia los combatientes—. Por consiguiente, doy mi sentencia. Por pendencieros y egoístas, que la justicia se haga de este modo: que sea talado el huerto hasta el último árbol, que la tierra sea arada con sal y que así permanezca entre los dos como advertencia eterna.

Uno de los hombres miró disimuladamente al otro y comentó:

—Si eso es lo que ordena, mi Emperatriz, que así sea.

—No... —dijo el otro débilmente.

—¿No? —preguntó Liudan con una voz suave como la seda y peligrosa a la vez—. ¿Rechazas la sentencia que viniste aquí a buscar?

—No, mi Emperatriz. Yo no. Si ésa es su voluntad, que así sea. Pero si me lo permite, quisiera suplicar por la vida de esos árboles. Mi padre los plantó y yo los he cuidado. No tienen culpa de esto como para tener que pagar el precio de mi orgullo sobre ellos. Si tuviera que elegir, preferiría entregárselos yo mismo a mi vecino y no pediría en recompensa nada más que poder verlos envejecer.

Liudan permanecía sentada sin hacer un solo movimiento y el otro hombre había vuelto la cabeza para mirar a su compañero completamente estupefacto. Entonces Liudan se puso en pie. Tras ella, Nhia también se levantó; fue su mirada la que quiso encontrar aquel que había renunciado a su demanda sobre el huerto y lo que en ella halló le hizo volver a mirarla con la boca abierta.

—El hombre que quiere salvar el huerto —dijo Liudan— tiene mayor derecho a él que el que lo destruiría para reivindicar una victoria hueca. Te has ganado tú mismo los árboles de tu padre. Y tú, oh, destructor, ¿habrá que hacer una cerca que te separe de los árboles, lo suficientemente alta como para que no puedas saltarla para dañarlos? ¿O darás tu palabra aquí y ahora —Liudan se giró, agarró la mano de Nhia y tiró de ella hacia delante con firmeza— a la mujer cuya sabiduría dictó la sentencia de hoy?

—Do... doy mi palabra —tartamudeó el hombre—. Ni yo ni los míos dañaremos los árboles mientras el huerto esté en pie.

—Que así sea —dijo Liudan. Sosteniendo todavía la mano de Nhia, empezó a bajar los escalones del estrado—. Damas —dijo Liudan por encima del hombro a Yuet y Tai, que se habían quedado paralizadas de la sorpresa—, acompañadme a mis aposentos.

No dijo nada más hasta que las cuatro estuvieron cómodamente instaladas tras las puertas cerradas de sus habitaciones privadas. Entonces soltó un grito de puro placer.

—Ahí queda una sesión que no olvidarán así como así —dijo Liudan encantada—. Bueno, ya he decidido qué hacer con mi otro problema. ¿Querían que eligiera Emperador? Muy bien. Lo haré. Pero como mínimo tendrán que procurarme una serie de pretendientes distintos a los que buscaron a medida de mi predecesora. Es razonable que las estrellas y las compatibilidades necesiten calcularse de nuevo, ¿verdad? —se rió otra vez, con una risa de liberación, de espíritu feliz—. Y cuando lo hagan me retiraré a meditar sobre ello. Y quiero que vengáis conmigo.

—¿Quiénes, Princesa? —preguntó Yuet sorprendida.

—Todas vosotras. Os llevaré a vosotras y a uno o dos miembros de mi séquito, pero a nadie más. Trataré de encontrar sabiduría y consejo en los lugares más elevados que pueda. Voy a consultar a las hermanas de mi corazón y al amado espíritu de mis antepasados. Estad preparadas; podemos partir de un momento a otro.

—¿Y adónde iremos? —preguntó Tai con la respiración entrecortada de repente, oprimida por un presentimiento.

Liudan la miró con una malicia casi juguetona, como un gatito divirtiéndose con un saltamontes que desconoce su destino final.

—Al sitio de todos los retiros imperiales, por supuesto —respondió—. A las montañas.

TRES

Los astrólogos imperiales se extendieron en sus deliberaciones más de lo que Liudan habría querido y llegó casi mediados de Tannuan, en pleno invierno, sin que las hubieran concluido. Ése también fue un invierno terrible, sacudido por tormentas y nevadas tempranas que llegaron tan al sur que afectaron a la propia Linh-an. Yuet, consciente de los dolorosos vínculos de Tai con las montañas donde el Palacio de Verano se irguió una vez, y no completamente segura de que ella misma pudiera soportar la vuelta a aquel lugar tan pronto, sugirió a Liudan que un retiro de invierno sería mejor planearlo en lugares de climas más cálidos —una larga travesía río abajo hasta Sei-lin o incluso hasta Chirinaa y el mar—. Pero Liudan no parecía muy entusiasmada con la idea. Retrasó simplemente el retiro en las montañas hasta que un tiempo más clemente les permitiera viajar.

La joven Emperatriz esperaba a que pasara el invierno con mal disimulada impaciencia en el Palacio de Linh-an. El último día de Sinan anunció a sus acompañantes *jin-shei* que la pequeña caravana saldría para las montañas al día siguiente.

Yuet señaló con la vista la ventana, azotada por la fría y persistente lluvia. Dijo:

—Es invierno todavía, Emperatriz.

—Mañana es primavera —repuso Liudan con obstinación—. Está decidido.

—Yo puedo hacer este viaje —dijo Yuet—. Pero ni Nhia ni Tai tienen dinero. No tienen pieles ni capas de abrigo. Nos helaremos en las montañas, Liudan.

La Emperatriz se rió.

—Capas... se las puedo dar.

Y sacó dos para que Yuet se las llevara al salir del Palacio y se las diera a las destinatarias.

Yuet encontró a Tai sentada a solas en la habitación exterior de sus dependencias, inclinada sobre su diario. Tan concentrada estaba que obviamente no había oído la llamada de Yuet en la puerta y se sobresaltó con violencia al escuchar el sonido de su nombre. La sacudida de su mano hizo que emborronara con el pincel la cuidadosa carta que estaba escribiendo. Esto le hizo fruncir el ceño.

—He hecho un desastre... —protestó, buscando con la mano la arena secante.

—Eso ahora no importa —dijo Yuet—. Tienes que hacer el equipaje.

—¿Qué?

—Ha fijado la fecha, por fin.

Tai palideció.

—¿Por qué quiere que suba allí arriba con ella, Yuet? Me gustaría no volver a ver nunca ese lugar.

—Lo sé. A mí también. O, por lo menos, no tan pronto.

—El tiempo...

—Lo sé —repitió Yuet. Sacudió una de las capas que traía en el brazo y se la tendió a Tai—. Intenté sacar el tema. Su respuesta es que al menos irás vestida para ello. Te envía esta capa y otra para Nhia. Tengo que ir a casa a hacer las maletas; nos vamos mañana. ¿Se la darás a Nhia? Venid a mi casa las dos esta noche con vuestro equipaje. Saldremos de allí por la mañana.

—¿Por qué es tan cabezota? —preguntó Tai, aceptando la capa a regañadientes.

—Es Dragón —dijo Yuet filosóficamente—. Los nacidos en Dragón son los más testarudos, obstinados e intransigentes de todos. Y este Dragón es Emperatriz. Ha esperado a la sombra de otros mucho tiempo, sufriendo sus antojos. Y ahora que puede, hace lo que quiere. Te veo esta noche.

Yuet partió, dejando la otra capa doblada en el respaldo de una silla. Tai miró fijamente las dos capas durante un momento y después volvió a su cuaderno rojo. Era el mismo que estrechó entre sus manos mientras el Palacio de Verano se derrumbaba a su alrededor, el mismo en el que una vez describió la quietud de la noche de verano justo antes de que el mundo se hiciera pedazos.

Ahora iba a tener que regresar. Tai levantó su pincel de nuevo y bosquejó una cuidadosa línea de caracteres *jin-ashu* en una página limpia.

Oh, Antian, hermana de mi corazón. Parece que voy de peregrinación, manteniendo la promesa que te hice, en cierta forma, y te la llevo para tenderla a los pies de tu fantasma. Dicen que los huesos de la tierra recuerdan los pies que anduvieron sobre ellos, si esos pies pertenecen a un gran espíritu. Yo sé que las montañas del norte recuerdan tu silenciosa pisada en su piedra de mármol y todavía la cantan al llegar el alba, el tiempo que te encantaba pasar sola en la ladera. Sé que allí escucharé tus pasos. Te echo de menos. Te echo tanto de menos todavía...

Se detuvo, con el pincel suspendido sobre la página, consciente del escozor de sus lágrimas, y después hundió otra vez la punta del pincel en la tinta. A menudo durante aquellos días sus pensamientos le salían convertidos en poesía.

Voy a ver de nuevo
al espíritu que amé en verano
como un fantasma invernal
y a poner mis tristezas
a sus pies.

Tai contempló los versos durante un momento, suspiró, tachó las últimas palabras y cerró cuidadosamente el libro para no manchar las páginas.

Dejando la más pequeña de las dos capas que Yuet había traído en un descuidado montón en la silla sobre la que había estado sentada, tomó la otra y fue a buscar a Nhia.

Nhia no estaba en casa y Tai, que no podía permitirse dejar que el mandato imperial languideciera en un mensaje que podría llegar demasiado tarde, dejó la capa regalada en las habitaciones de Nhia para que esperase allí su vuelta, y dirigió sus pasos hacia el Gran Templo. Hacía un día malísimo; llegó empapada, con el pelo mojado y pegado a la cara en largos rizos húmedos, con los huesos de los omóplatos marcándosele con precisión bajo la capa, de la que escurría agua, y que se adhería a cada línea de su cuerpo. Corrió a refugiarse al abrigo de la entrada del Templo y allí se detuvo para sacudirse como un cachorro mojado. Un tremendo estornudo la pilló enteramente por sorpresa y a éste enseguida le siguió otro; le empezaron a llorar los ojos y sorbió por la nariz.

—Maravilloso —murmuró entre dientes—. Lo que ahora necesito es un resfriado.

—¿Tai? —dijo una voz familiar.

Alzó la vista y vio a Kito, el hijo del tallador de cuentas, con una compasiva sonrisa en los labios. Tai sorbió otra vez, frotándose la nariz por las cosquillas con el dorso de la mano.

—Siempre apareces en mis peores momentos... —le dijo, sonriendo a pesar de todo.

—¿Té? —sugirió él—. Puede servir para prevenir la pulmonía.

Ella asintió, distrayéndose de su búsqueda de Nhia, y él la acompañó hasta la caseta donde, ahora, un hombre mayor de larga barba estaba sentado tallando una estatuilla *so ji*.

—Padre —dijo Kito respetuosamente—. Te traigo a Tai, mi amiga, que necesita reconfortarse. La he invitado a aceptar un tazón de té verde. ¿Me excusas durante unos minutos?

El viejo tallador levantó la mirada, con los ojos como relucientes carbones. Al sonreír, toda su cara desapareció en un mar de arrugas y sus ojos cabrillearon desde las profundidades como dos criaturas marinas gemelas.

—Claro que sí —dijo con voz amable—. Es un placer conocerte por fin, joven Tai. Me han hablado de ti.

—Señor —saludó Tai, inclinándose ante la mano del anciano en señal de respeto. Sintió que le subía otro estornudo por la garganta haciéndole cosquillas y contuvo el aliento para intentar reprimirlo. De soslayo, pudo ver que Kito se había sonrojado ligeramente, pero él tampoco dijo nada, se limitó a hacerle una reverencia a su padre en agradecimiento antes de que la acompañara fuera de la caseta.

El estornudo la pilló unos pasos después, con una fuerza tan explosiva, tan violenta, que un par de personas que había cerca buscaron, asustados, qué acababa de estallar.

—Vas a atrapar una pulmonía doble —dijo Kito—. ¿Qué era tan importante para que tuvieras que venir corriendo aquí hoy? Mira a tu alrededor, el lugar está prácticamente desierto; la gente sabe muy bien...

Pero sus palabras fueron desacertadas porque le trajeron de pronto a la mente de Tai su misión. Se paró en seco, estornudó de nuevo y levantó la vista hacia él llena de consternación.

—¡Nhia! ¡Tengo que encontrar a Nhia! La Emperatriz quiere que partamos mañana y yo tengo que encontrarla para... para... —empezaron a llorarle los ojos mientras luchaba contra otro estornudo.

Kito tenía los ojos muy abiertos con incomprensión, pero su modo de expresarse fue tajante.

—No te harás ningún bien a ti misma, ni a Nhia, ni a lo que ordena la Emperatriz si caes enferma. Té caliente. Aquí. Y mandaré un chico a buscar a Nhia en tu lugar.

—Gracias —espetó Tai antes de estallar de nuevo en un estornudo.

El tazón de té caliente que Kito puso entre sus manos fue bienvenido por su calor, ya que Tai había empezado a tiritar con violencia. Kito le había quitado la capa y le había puesto la suya propia, seca. Era tres tallas más grande que la de Tai y la envolvía por completo, pero afortunadamente era muy abrigada. Después de pescar a un chico que pasaba, ponerle una moneda de cobre en la mano y darle instrucciones, Kito volvió al lado de Tai.

Ella le miró, sonriendo.

—¿La «Joven Maestra»? —repitió burlonamente, tras escuchar la orden que le había dado al chico.

—Así es como la llaman por aquí —dijo Kito—. Era la «Pequeña Maestra», pero antes de que la Emperatriz pusiera la mano sobre ella. Ahora son más respetuosos.

—¿Sabes todo eso?

—¿Y quién no? —repuso Kito—. Ese juicio llegó a la plaza del mercado casi a la vez que se pronunciaba en la corte. Era una enseñanza en sí mismo. Cuando termines con eso, volvamos a la caseta de mi padre; es allí donde le dije al chico que fuera a buscarte Nhia.

So-Xan, el tallador de cuentas, no estaba en su sitio cuando volvieron, pero no había recogido sus herramientas, sólo las había echado a un lado en la mesa indicando que el maestro artesano volvería en poco tiempo. No había ni rastro de la talla en la que había estado trabajando.

—¿De quién era la estatuilla *so ji* que estaba tallando? —preguntó Tai curiosa.

—De la hija del Cuarto Príncipe —dijo Kito—. Sus parientes piensan ofrecérsela a una familia de mercaderes de aquí, de Linh-an, un poco más adelante, esta primavera. Me han dicho que el casamiento estaba ya concertado, que esto era solamente por seguir la tradición, para que los dioses les sonrían.

—Era preciosa —comentó Tai—. ¿Has hecho alguna *so ji* tú mismo?

—Dos veces —respondió Kito con orgullo—. De hecho, estoy tallando una ahora, para una joven de la calle XoSau. ¿Te gustaría verla?

—Por favor —dijo Tai.

Se perdió en el interior de la caseta y abrió al fondo un cofre de madera con incrustaciones, sacando algo cuidadosamente envuelto en varias capas de seda basta.

—No es jade blanco, no es el caro —dijo desenvolviéndolo—, pero me encanta el color más intenso que tiene esta piedra, casi azul en algunos sitios. ¿Lo ves?

Kito levantó la talla para que Tai la examinara, ella instintivamente fue a tocarla y por un momento ambos pares de manos la envolvieron mientras ellos se inclinaban sobre la exquisita piedra. De pronto, se dieron cuenta de lo que estaban haciendo, casi en el mismo instante en que Nhia lo pronunciaba fuera de la caseta.

—¿Estáis prometiéndoos en matrimonio?

Tai apartó la mano y Kito volvió a tapar la talla con una esquina de la tela. Las mejillas de Tai estaban de color rosa cuando salió del puesto del tallador.

—Tenemos que volver y hacer el equipaje —le dijo a Nhia en voz muy baja, prefiriendo ignorar totalmente su comentario, dándole a Kito la oportunidad de recomponerse y devolver la escultura a su sitio—. Yuet vino hace sólo unas horas. Nos vamos con la Emperatriz mañana, para el retiro.

—¿*Ahora*? —protestó Nhia—. Pero si acabo de empezar las sesiones con... —Tai estornudó. Nhia la fulminó con la mirada—. Y tú te has empapado corriendo en mi busca hasta aquí, ¿verdad? Y vas a ir a tiritar a las montañas mañana, en la época en la que la mayoría de las personas sensatas están todavía yendo al sur para escapar de las nieves. Si ni siquiera tienes...

—Si vas a decirme que no tengo nada de abrigo que ponerme, estás equivocada —dijo Tai—. Liudan nos ha hecho llegar abrigadas capas de invierno para las dos. Tus sesiones tendrán que esperar hasta que guste la Emperatriz.

La mirada de Nhia se suavizó.

—No hace mucho tiempo desde que ella se fue —dijo Nhia y no estaba hablando de Liudan—. Tú no has visto ese lugar desde que lo dejaste para traer su cuerpo hasta Linh-an, ¿no? Liudan tiene algo de cruel.

Tai bajó los ojos.

—A lo mejor *necesito* ir —susurró—. Para acallar su fantasma. Para ponerme en paz.

Kito se había recompuesto lo suficiente para salir de las sombras de la caseta con dignidad adolescente. Tai se giró hacia él, todavía un poco ruborizada, y se quitó la capa, devolviéndosela con una inclinación.

—Gracias —dijo.

—Ha sido un placer —repuso él—. No sé lo que ha ordenado la Emperatriz, pero espero que salga bien, por ella y por ti. Y espero volver a verte cuando regreses a la ciudad.

—Bueno —dijo Nhia mientras ambas vacilaban a la entrada del Gran Templo, contemplando la lluvia torrencial que seguía cayendo en las calles y armándose de valor para arrojar sus cuerpos bajo ella sacudidos por los escalofríos—, ¿lo *estás*?

—¿Que si estoy qué? —preguntó Tai con tranquila y deliberada incomprensión.

—Prometida en matrimonio —dijo Nhia con picardía—. Te he visto, ¿sabes? Con testigos, ya es algo pactado, hecho, todo lo que hace falta es un contrato formal. ¿Cuándo es la boda?

—Ni siquiera he tenido todavía mi Xat-Wau —replicó Tai, enrojeciendo con furia otra vez—. Me estaba enseñando su trabajo, no había nada... —hizo una pausa, conteniendo el aliento, y estornudó de nuevo con una fuerza que la proyectó de espaldas contra la puerta.

—Ya está —dijo Nhia, dejando las bromas por el momento y bajando instintivamente la voz—. Cueste lo que cueste, necesitamos un palanquín para volver a casa. Espera aquí; lo arreglaré. Si *tenemos* que seguir a Liudan en esta artimaña suya, por lo menos vamos a dejar la ciudad lo suficientemente sanas como para afrontar el invierno en la montaña.

—¿Artimaña? —preguntó Tai, volviéndose para seguir a Nhia con los ojos mientras la muchacha mayor volvía al Templo.

Nhia se paró, mirando asombrada a Tai.

—Liudan tenía razón, a veces eres una inocente. Claro que es una artimaña. Está ganando tiempo.

—¿Tiempo para qué?

—Tiempo para elegir a un hombre que ella desee y no al que la corte le imponga —respondió Nhia—. Mucho me temo que es poco probable que nuestra Emperatriz se deje gobernar por nadie que no sea ella misma.

—Antian no habría sido tan obstinada —susurró Tai.

—Antian era más sutil —dijo Nhia—. Por lo que sé, por lo que tú me has contado de ella, la Pequeña Emperatriz habría hecho lo que necesitara hacer pero al amparo de la dignidad y el decoro y la tradición. Con Liudan, quién sabe.

—La echo de menos —dijo Tai.

—Creo que todos la echaremos de menos dentro de poco. Echaremos de menos lo que era, lo que podría haber sido. Liudan es salvaje y lo salvaje es impredecible y peligroso, no está sujeto a una palabra de orden o de limitación. Liudan tiene los ojos de un león. Espera aquí, volveré con el palanquín —se detuvo, echando alrededor una cautelosa ojeada. Aunque la entrada y el pasillo estaban desiertos, salvo por ellas dos en ese momento, Nhia fue de pronto incómodamente consciente de haber estado hablando de la Emperatriz de Syai con términos demasiado familiares y francos en un sitio público. Era, como mínimo, una violación del protocolo—. Mejor seguimos hablando de esto más tarde —dijo—. Debemos volver a casa y prepararnos. «Prepararnos para seguir a la leona a su guarida en la montaña», pensó para sí. Pero no era un pensamiento que habría pronunciado en voz alta en el umbral del Gran Templo. Ni siquiera a Tai.

CUATRO

Al final, no se quedaron en el Palacio de Verano, después de todo. No pudieron hacerlo. El lugar estaba destrozado, todavía envuelto como en una mortaja por la nieve en esa época del año. Lo llenaban los susurros del viento, y las desnudas ramas invernales crujían en los árboles y gemían de forma estremecedora en los jardines desiertos; pero aparte de esto, Tai lo encontró sorprendentemente libre de fantasmas cuando subió caminando hasta las ruinas, sola, el día después de su llegada a su cercano alojamiento. Ahí ya no quedaba nada de Antian, ni siquiera un recuerdo. Antian pertenecía al verano, a las brillantes flores que se balanceaban a la cálida luz del sol, a las mariposas, a las estrellas que pendían en los cielos en el largo y perezoso anochecer de los días de calor. A Tai le costó bastante la subida por las curvas del camino hasta llegar a lo que quedaba de los patios del palacio. Ningún carro había ido por ese camino desde hacía tiempo, y la nieve se había agarrado fuerte y profundamente en el sendero; pero había huellas en el polvo fresco de la superficie de la nieve acumulada, como si alguien más hubiera estado allí recientemente. Como si alguien más fuera allí a menudo.

Tai no esperaba ver al autor de las huellas —las huellas eran de pies enfundados en botas, aunque pequeñas, las de una niña o una mujer joven, quizá— y se dio un susto considerable al vislumbrar una forma veloz y extrañamente furtiva escabullirse mientras entraba en los jardines. No pudo ver mucho y cuando llamó nadie contestó, pero lo que sí advirtió fue, al resbalar el pañuelo de la criatura sobre sus hombros mientras corría, que el otro visitante era una muchacha cuyo pelo tenía un inusual e increíble tono dorado rojizo que caía en salvajes rizos de oro bruñido en torno a un pálido y estrecho rostro.

No se parecía a nadie que Tai hubiera visto antes. Sería tal vez un espíritu de las montañas; leve, ágil, con movimiento grácil de atleta y una velocidad en los pies de cervatillo. Tai intentó encontrarla, escudriñando las sombras del palacio en ruinas en las que parecía haberse desvanecido, pero no había ni rastro de ella. Ni siquiera las huellas revelaban por dónde había desaparecido, como si realmente hubiera sido un duendecillo inmortal salido de Cahan para jugar con los ojos de un mortal.

Quienquiera que fuese, no era Antian, ni siquiera un eco de su espíritu.

Tai no pasó mucho tiempo en las ruinas. Estaban huecas para ella.

Cuando volvió a la posada de la montaña donde se habían alojado, Liudan, sentada junto al fuego en una humilde silla de ramas de sauce trenzadas cuya presencia convertía en trono, la detuvo cuando cruzó la puerta abierta del salón común.

—Bueno. ¿La encontraste?

Tai se mantuvo en silencio unos segundos.

—No tengo que buscarla aquí, Liudan. Siempre está conmigo.

—Pues lo primero que has hecho ha sido volver —repuso Liudan—. A *ella*. Al fantasma.

—Se ha ido. Tú estás aquí —dijo Tai.

Los ojos de Liudan brillaron con algo —un toque de celos, irritación, arrepentimiento, quizá incluso comprensión— aunque no habló.

Ella nunca lo habría admitido, ni siquiera a su propia *jin-shei-bao,* o, quizá, particularmente, no a ella, pero el primer instinto de Liudan también había sido volver a las ruinas del viejo palacio. Tai no había tenido más que un par de veranos mágicos allí, y en cambio Liudan había crecido con la belleza de los jardines del Palacio de Verano, con sus jaulas de grillos hechas de mimbre y la brillantez de sus flores... y con la compañía de la Princesa desaparecida que era a la vez un vínculo y una ruptura entre las dos *jin-shei-bao* que la sobrevivieron. Liudan podía recordar las épocas que pasaba jugando a las tabas en el jardín con Antian cuando era muy pequeña, o a Antian leyéndole un delgado libro de viejas leyendas redactado en elegante escritura *jin-ashu* por alguna antecesora imperial hacía tiempo desaparecida. Los jardines del Palacio de Verano guardaban el eco de la única risa que Liudan había compartido en su aislada y solitaria existencia en la casa imperial. Y podía también recordar, vívidamente, la punzada de rabia de los celos que acompañaron su primera visión de Antian y Tai caminando juntas entre las fuentes del patio interior.

—Si yo no te he abandonado, hermana mía —le dijo Antian más tarde, sentada junto a ella en su cama antes de que todos se retiraran esa noche.

Liudan no dijo ni una palabra en señal de rebeldía y se mantuvo con la cara apartada para que no la traicionara ningún brillo en los ojos, hasta que Antian finalmente suspiró, se inclinó sobre ella, la besó en la frente y le dijo en voz baja:

—Es tu propio silencio lo que te hace quedarte sola. Tú sabes, creo, que siempre estaré contigo.

Por un momento, allí, en el salón de la posada de montaña, la presencia de Antian había sido muy real, su cara casi se formó en el aire que brillaba entre Liudan y Tai. Pero Liudan no dijo nada en respuesta a las palabras de Tai y al final ésta, respetando ese silencio, se inclinó ante la Emperatriz y se retiró a la habitación que compartía con Nhia.

Nhia estaba allí, apoyada en el hombro de Yuet mientras ella estudiaba con atención un viejo volumen encuadernado en cuero escrito con una densa y cuidada letra *jin-ashu*. El libro parecía deteriorado, con los bordes comidos por el fuego y parte de la escritura borrada por la humedad que había corrido la tinta por las páginas.

—Mira esto —dijo Nhia—. Se lo enseñaron a Yuet esta mañana. Al parecer, alguien se lo llevó todo el camino abajo desde las ruinas del palacio durante el verano.

—Cuando los saqueadores estuvieron allí —dijo Tai, sorbiéndose la nariz e intentando contener uno de sus explosivos estornudos. Se los había traído consigo desde la ciudad, heredados de aquella loca carrera hasta el Templo para avisar a Nhia del retiro en las montañas—. Pero ¿qué es?

—No estoy segura —respondió Yuet—. Estoy todavía intentando descifrarlo, aunque parece salido de la mano de Szewan. Nadie más podría escribir *jin-ashu* de una manera tan pequeña y apretada. Sí, escribía así hasta que le fallaron las manos y yo empecé a ocuparme de los libros. Pero esto debe de tener diez, quizá hasta veinte años de antigüedad, es de cuando transcribía todavía sus propios casos. Hasta ahora parece bastante normal, pero me recuerda extraordinariamente a una copia del *Libro del Chantaje*.

—¿El qué? —preguntó Tai sorprendida.

Yuet se rió.

—Siempre lo he llamado así. Sus pacientes secretos. Los que eran exóticos o fuera de lo corriente, o sufrían enfermedades o condiciones demasiado vergonzosas, delicadas, o peligrosas para guardar su historial abiertamente.

—¿Existe un libro así? ¿Lo usaba de verdad para chantajear a la gente? —insistió Tai.

—Creo que no —dijo Yuet, aunque después de un pequeño silencio. Se daba cuenta de que el conocimiento de lo oculto, aplicado con criterio, podía ser útil... Pero no era algo que discutiría con sus dos compañeras que no eran curanderas. Había manejado el libro de Szewan incluso cuando la vieja curandera todavía estaba viva, y lo había hojeado tras su muerte junto al resto de sus papeles. Pero de hecho no había tenido tiempo aún de leer adecuadamente el *Libro del Chantaje*. Tenía la intención de hacerlo pronto.

No sabía nada de la existencia de un segundo volumen.

—¿Por qué guardaría una copia de tal libro? —comentó Tai con lentitud—. Y lejos de su control directo, además. Ni siquiera estuvo en el Palacio de Verano el último verano.

—¿Alguna vez viste las dependencias de la curandera en el palacio? —preguntó Yuet—. Eran mías el verano pasado. Y si no hubiera sabido exactamente dónde mirar, ni siquiera habría sido capaz de encontrar este libro. Estoy segura de que había cosas que Szewan quería recordar, y que era más seguro dejarlas escondidas en un lugar donde nadie supiera dónde encontrarlas antes que ir llevando sus notas de acá para allá en su bolsa por todo el continente.

—Pero nadie contaba con el terremoto —dijo Nhia—. El libro saldría despedido de su escondite cuando el palacio se desmoronó.

—¿Crees que alguien lo ha leído? —preguntó Tai con los ojos muy abiertos.

Yuet rechazó la posibilidad con un gesto de la mano.

—Las mujeres nómadas saben *jin-ashu*, pero no lo practican ni de lejos tanto como nosotras —dijo—. Probablemente lo encontraría alguien del pueblo al rebuscar entre las ruinas algún botín y lo guardó como recuerdo. Nadie leería la escritura de Szewan por placer.

Por lo menos, eso esperaba Yuet. Ya había tomado nota mentalmente de tener sólo una copia de cualquier libro que ella empezara a escribir, pero había llegado a la conclusión de que el lugar más seguro para cualquier secreto verdaderamente peligroso era la memoria de la curandera.

—Era bruja a la vez que curandera —dijo Nhia—. Mira, anotó las fases de la luna. ¿Es relevante para curar? No lo sabía.

—Puede serlo, cuando estás recogiendo ciertas hierbas o frutos —comentó Yuet, cerrando el libro y apoyando una mano sobre la cubierta a modo defensivo. Confiaba en sus hermanas pero algunas de las cosas referidas en ese volumen sería mejor que las vieran cuantos menos ojos mejor.

—Pero eso es alquimia —dijo Nhia.

—Toda vida lo es —replicó Yuet—. En el Templo la aplican de forma diferente a la que nosotros hacemos en el gremio de curanderos. Yo preparo medicinas y cataplasmas donde ellos preparan elixires y pociones. La diferencia es que las del curandero son para curar y las mágicas a veces se usan para matar.

Nhia saltó en defensa de su amado Camino, enfurecida.

—Eso no es verdad, Yuet, no es así como dices. Los curanderos tienen sus propios venenos.

—Sí —dijo Yuet, de repente angustiada por la imagen de sí misma llevando la dosis de adormidera a Szewan en su última mañana—. Lo siento. No pretendía insinuar nada.

Una sirvienta llamó a la puerta de la habitación.

—Si les complace, damas, la Emperatriz desea que la acompañéis en la cena.

—¿Cuánto tiempo vamos a estar aquí? —preguntó Tai a Yuet en voz baja mientras las tres obedecían a la llamada y empezaban a bajar las escaleras hacia donde Liudan las esperaba.

—Hasta cuando ella diga —dijo Yuet—. Confío en que no sea demasiado tiempo, pero no sé y no tengo ni idea de lo que espera que hagamos.

Por lo menos, parte de lo que Liudan esperaba de ellas era, en apariencia, simplemente hacerle compañía. Por lo menos una de las tres tenía que estar atendiendo a la Emperatriz durante el día.

El fantasma de Antian podía no estar presente en las ruinas invernales del Palacio de Verano, pero su gentil presencia se hacía sentir después de todo.

—Me han dicho que escribes poesía —le dijo Liudan a Tai al tercer día, cuando estaban sentadas junto al fuego en el salón.

Tai levantó la vista algo consternada.

—Yo... sí, lo hago.

—Me gustaría oírla —observó Liudan. Bajo la suavidad de sus palabras había una orden.

—No es lo bastante buena como para leerla en público —protestó Tai.

—Leérmela a mí no es leérsela al público —repuso Liudan. Así que Tai trajo su diario rojo y leyó algunos de sus versos, los que podía atreverse a exponer a examen. Liudan los escuchó, inesperadamente, con el oído de un entendido.

—Son buenos —dijo cuando la voz de Tai se apagó al final de una estrofa—. Me recuerdas a Qiu-Lin.

—¿La Emperatriz del Emperador de la Nube? —preguntó Tai, enrojeciendo.

—Fue también una de nuestras mejores poetisas —comentó Liudan—. Todos los emperadores necesitan consejeros, hombres sabios, generales, soldados, cortesanos, gente que les halague y obedezca y les diga lo que quieren oír. Pero a veces hay cosas que *necesitan* oír, y por eso cada Emperador necesita un poeta. Ven cosas ante las que los demás cierran los ojos y hablan de ello.

—Y viven en el temor —dijo Tai.

Liudan levantó una ceja.

—¿De qué tienes miedo?

—De la risa —dijo Tai suavemente.

—No me estoy riendo —comentó Liudan—. Algún día, a lo mejor eres *mi* poeta. Como Qiu-Lin era la del Emperador de la Nube y definió su reinado y su tiempo a través de sus palabras.

—Yo no escribo en *hacha-ashu* —dijo Tai—. No sabría cómo.

—Ella tampoco lo hacía —repuso Liudan bruscamente—. Cuidaré de que se transcriba.

De alguna manera, la conversación había dado el salto de lo general a lo concreto.

—Todavía no soy lo suficientemente buena —dijo Tai con la mirada baja, recorriendo el borde de su diario con un dedo tembloroso.

—Lo sé —dijo Liudan, y Tai levantó los ojos. Pero la Emperatriz no se estaba burlando—. Sin embargo, creo que algún día lo serás. Tienes una mirada, una manera especial de ver las cosas.

—Eso es lo que Antian solía decirme.

—Bueno —dijo Liudan después de un silencio afilado como el borde de un diamante—. Quizá ella también lo sabía.

Liberadas ya de su turno con Liudan, ese mismo día más tarde, Tai y Yuet dieron un paseo por el pueblo. Tai observaba con interés a la gente que iba de acá para allá por las calles. De piel clara y rubios, a la manera de las tribus de la montaña, eran exóticos y bellos para Tai. Había tenido pocas posibilidades reales de observarlos con anterioridad; sabía que solían cruzar las llanuras con frecuencia, pero su raza se podía ver ahora muy raramente en los alrededores de Linh-an.

—La última vez que recuerdo haberlos visto era muy pequeña. Casi un bebé, la verdad —dijo Tai, girándose con curiosidad al paso de otra chica rubia, con la cabeza descubierta a la pálida luz del invierno—. Esa gente es nómada, ¿no?

—Algunos sí —respondió Yuet—. Son nómadas por naturaleza; aldeas así son extrañas. Creo que ésta ha permanecido simplemente porque estando tan próxima al palacio, había trabajo.

—Recuerdo que solía haber una feria en Linh-an en verano. Venían acróbatas, y animales amaestrados, y malabaristas con teas en llamas. Una vez, mi madre me compró un brillante conjunto de lazos hechos por los nómadas. Pero la feria no ha vuelto a la ciudad desde hace tiempo. Han pasado ya años.

—Tienes razón —dijo Yuet—. Solía haber un espectáculo todos los años, dos, uno para la ciudad y otro para el Emperador. Eran realmente buenos. Pero entonces empezaron a venir cada vez menos, y hace..., ay, cinco años o más que no veo carromatos de nómadas en la ciudad. Lo cierto es que no ha habido espectáculos en Palacio desde hace tiempo. Simplemente desaparecieron.

Tai alzó la vista.

—Como el espíritu. Arriba, en las ruinas del Palacio de Verano.

—¿El espíritu? ¿A qué te refieres?

Tai no le había contado a Yuet su subida al palacio el día antes de que visitaran el pueblo. Lo hizo entonces y describió a la muchacha que había vislumbrado, su sombra en la nieve.

—Tenía el pelo más increíble —dijo Tai—. Oro rojizo, como la melena cobriza de un león. Como... como *esa* chica.

Una encubierta forma femenina acababa de cruzar la calle del pueblo delante de ellas, tapada por un chal pero enseñando el cabello suficientemente brillante como para arrastrar la mirada de Tai.

—Es ella, Yuet —dijo entonces, excitada, parándose para volverse y seguir con los ojos a la apresurada muchacha.

—¿Estás segura? —preguntó Yuet con escepticismo—. En las profundidades de ese chal podría estar la abuela de alguien.

—No con ese pelo —repuso Tai—. Y su forma de moverse. La reconocería en cualquier parte después de la primera vez que la vi. La bailarina en la nieve. Se movía como si sus pies no tocaran el suelo. Apenas dejaba huella alguna. ¡Sigámosla!

—¡Por amor de Cahan! ¿Por qué? —preguntó Yuet, perpleja, girándose para mirar a la joven.

—Pues... por una cosa: no he visto en toda mi vida pelo de ese color —respondió Tai, riéndose, y después sucumbió a un ataque de estornudos que le dejó los ojos llorosos y un zumbido en los oídos.

Yuet sacudió la cabeza.

—Eres extraña, pequeña *jin-shei-bao*. No podemos seguir, así, a una mujer libre hasta su casa como si fuera una sirvienta fugitiva. Además, me estoy quedando helada, y, también por tu bien, probablemente no debiera haberte dejado convencerme para dar este paseo. Deberías estar bien arropada en la cama, como corresponde, con una taza de té caliente. Volvamos a la posada. Ya he tenido suficiente ejercicio por hoy y Nhia necesitará que la rescatemos.

—Supongo —dijo Tai tras una pausa, con un ligero tono de rebeldía y nada convencida. Cuando Yuet emprendió la vuelta a la posada, la siguió, evitando en lo posible hacer ruido con la nariz para que Yuet no lo oyera.

Encontraron a Nhia con todo el aspecto de no necesitar que la rescataran. La Corte de Otoño era tradicionalmente una época en la que la gente —de la ciudad y de lugares muy distantes del campo— podía presentar sus peticiones a juicio ante el Emperador. Nhia y Liudan habían estado discutiendo algunos de los casos más desconcertantes que habían presentado ese año, y los juicios que se habían dictado con el asesoramiento del Consejo y de los Nueve Sabios. Liudan alzó la vista cuando

Yuet y Tai entraron en la habitación, deshaciéndose de sus pañuelos y capas, y sus ojos brillaron con intenso regocijo y admiración.

—Debería haber nombrado a Nhia supervisora de los Nueve Sabios tan pronto como tuve algo que decir al respecto —dijo Liudan—. Es capaz de comprender cosas que los otros simplemente conocen.

Nhia se sonrojó ante el elogio y cambió de tema.

—¿Dónde habéis estado vosotras dos?

—Caminando —respondió Yuet—. Pensando. ¿Por qué crees que los nómadas han abandonado la ciudad? Recuerdo que venían todos los años; incluso Tai se acuerda de ellos viniendo con la frecuencia suficiente como para que le dejaran huella. Pero no puedo recordar haber visto a ninguno en Linh-an en los últimos seis o siete años. Quizá más.

—A lo mejor no les gustaba la compañía —dijo Liudan.

Yuet levantó una ceja.

—¿En Linh-an?

—En el Palacio —respondió Liudan—. A los aburridos principitos siempre les han gustado las mujeres nómadas. Hay montones de viejos agravios que todavía salen a colación en las peleas femeninas. Nunca les presté mucha atención cuando era pequeña, pero cuando fui lo suficientemente mayor para empezar a entender las cosas que se decían a mi alrededor, recuerdo haber oído a una Princesa consorte gritándole a otra que por lo menos su marido había establecido concubinas como es debido en su casa y ya no necesitaba rebajarse con una fulana nómada.

—Pero la nómada se habría ido en pocas semanas —murmuró Nhia—. ¿Preferiría tu Princesa chillona tener una rival tranquila y permanentemente instalada en una casa en la ciudad?

—Algunas lo hacen —dijo Liudan con complacencia—. Algunas no saben nada del tema.

—¿Cómo, en el nombre de Cahan, puedes saber eso? —preguntó Nhia asombrada.

—Mi pequeña sirvienta sorda aprende bastante de lo que nunca debería saber, porque la gente asume que si no puede hablar, no puede pensar. Quizá no sea capaz de oír, pero a veces pienso que puede leer los labios incluso sin mirar a la cara, y tiene un don para descubrir secretos y descifrar garabatos en notas que se desechan sin pensar. Lo encuentro muy útil.

—El matrimonio es tan complicado... —comentó Tai.

—Pero tú tienes a tu enamorado ya comprometido —dijo Nhia, sonriendo.

Yuet, que había estado frunciendo el ceño durante este diálogo como si le recordara algo que estuviera enterrado tan profundamente en su memoria que le resultara exasperante la búsqueda, levantó la mirada.

—¿Ah, sí? —dijo, respondiéndose a sí misma con una repentina sonrisa.

—¿Quién? —preguntó Liudan.

Tai enrojeció y le puso a Nhia cara de pocos amigos.

—Nadie. Quiero decir, es sólo un amigo. Ha sido muy amable conmigo.

—Bien —dijo Liudan inmediatamente—. Haré que empiecen a preparar las amonestaciones tan pronto como volvamos a Linh-an.

Tai abrió los ojos con pánico y hasta Nhia se levantó, asustada por este anuncio. Liudan era Emperatriz y lo que dijera podía cumplirse fácilmente. Pero Yuet podía ver su habitual malicia juguetona relucir tras su rígida máscara de corte e intervino para desviar la broma.

—¿Le has dedicado algún pensamiento más a lo tuyo, Liudan? —preguntó Yuet.

La transparente diversión del rostro de Liudan se atenuó un poco.

—¿Lo mío? —preguntó suavemente.

—Aparentemente la causa de que estés aquí, el elegir Emperador —dijo Yuet—. Querrán algo de ti cuando vuelvas.

—Bueno, no vamos a volver, de momento —observó Liudan—. Y tengo una sorpresa para ti esta noche.

—¿Qué? —inquirió Tai, deseando ansiosamente que la entretuvieran.

—Ya lo verás a la hora de la cena. Es extraño que mencionarais a los nómadas hoy, la verdad.

—¿Has conseguido un malabarista? —preguntó Tai con chispas en los ojos.

—¿Los que juegan con fuego? No precisamente, no es un entretenimiento seguro para interiores y mucho menos en estas habitaciones pequeñas en casas de madera. Tendrás que esperar para verlo.

El tema del matrimonio pareció quedar zanjado.

* * *

La sorpresa resultó muy diferente de lo que Tai había imaginado.

Después de la cena, buena parte del salón común de la posada se despejó de bancos y mesas de caballete y se barrieron las tablas del suelo. El resplandor del fuego y docenas de velas bañaron la habitación en una rica luz dorada mientras un trío de nómadas entraba y se colocaba en una esquina del otro extremo. Uno de ellos llevaba una flauta, otro un instrumento de cuerda similar a la guitarra y el tercero un pequeño tambor con la piel de un animal tensada sobre un panzudo barril de madera. Tenían la cara cuidadamente inexpresiva, pero daban la clara impresión de que preferían estar luchando con osos en el bosque antes que sentados en el salón provisional de la Emperatriz. Liudan parecía ajena a ello. Uno de los hombres levantó la vista, atrajo su mirada, recibió de ella una majestuosa señal y dijo algo en voz baja a sus compañeros.

El flautista empezó a tocar en solitario, extrayendo una nostálgica y fina melodía que inmediatamente recordó a Tai la terraza perdida del Palacio de Verano. Pero la primera frase musical fue con rapidez solapada por el contrapunto de la guitarra en primer lugar y después por el ritmo del tambor, como latidos del corazón.

Otros tres hombres, vestidos con el traje con falda de las tribus de las montañas y botas de piel de ciervo que les llegaban por encima de los tobillos, entraron cuando la música empezó a acelerarse y a fluir en un compás contagioso y transportador. Se entregaron a un enérgico baile, lleno de un poder masculino rigurosamente controlado, manteniendo los hombros y las espaldas derechas y rígidas mientras sus pies se movían siguiendo complicados patrones de golpes sobre los desnudos tablones de madera del suelo.

Cuando hubieron terminado, Yuet dejó que sus ojos los siguieran con admiración hasta que salieron de la habitación.

—Si sus mujeres son también así, no me extraña que los príncipes las miren con deseo —susurró a Liudan—. ¿Estás segura de que ninguna *Princesa* intentó alguna vez tener uno?

Liudan sonrió.

Uno de los bailarines, caminando con una elegancia casi felina, volvió a la habitación portando una larga espada. Nhia detectó la tensión entre los guardias, en posición de firmes tras las cuatro muchachas, pero el bailarín no les prestó ninguna atención. Dejó su arma en el suelo, en equilibrio, con el filo hacia arriba. La música creció de nuevo y el bailarín siguió un esquema de precisión y peligro mientras hacía piruetas alrededor de la espada desnuda, sus botas de piel de ciervo tocaban el suelo con ligereza a una distancia de un cabello de la hoja.

Liudan seguía sonriendo.

—Son buenos —murmuró.

—Se dice que son tan buenos con la espada en las manos como en los pies —comentó Yuet.

—Ya lo sé —dijo Liudan—. Los he visto hacer ambos tipos de danza. Son tan buenos como cualquiera de la guardia imperial. Mejores, quizá.

—No como Xaforn —repuso Yuet con una pequeña sonrisa, recordando a su pequeña guerrillera *jin-shei-bao* en el recinto de la guardia.

Liudan giró su cabeza levemente.

—¿Quién es Xaforn?

—Una de tu guardia —respondió Yuet—. Una bastante célebre. A menudo da buenas palizas a otros reclutas y, a veces, cuando está en particular buena forma, se enfrenta a auténticos guardias en el patio de entrenamiento. Es una fierecilla que no se rinde. Cumplirá trece años el año que viene.

—¿Alguien a quien mejor no perder de vista? —preguntó Liudan con una ceja levantada.

—Puede resultar útil —dijo Yuet—. Tiene coraje y una inteligencia muy veloz.

—Me das sólidas referencias. ¿Cómo llegaste a conocerla tan bien para saber esto? ¿Fue una paciente tuya?

—Sí, una especie de paciente. Le rompió un par de costillas un chico mayor que ella, mucho más fuerte y, también, al ser más alto, con mayor capacidad de alcance. Yo se las arreglé. No estaba nada contenta de tener que quedarse en cama durante un mes después de aquel accidente, y lo primero que hizo cuando le permití volver a entrenar fue ponerse de nuevo en forma para convocar al mismo oponente que la había dejado fuera de combate en el mismo lugar y ¡hacerle pedir clemencia!

—Tendrás que contarme más sobre esta niña más tarde —dijo Liudan—. Aquí viene otro baile.

Esta vez eran cuatro mujeres, vestidas con las faldas por el tobillo teñidas de colores vivos y las blusas fruncidas de las campesinas de su tribu. Tenían todas entre quince y veinticinco años, llevaban los pies desnudos, sus extremidades eran esbeltas y gráciles, y el largo pelo rubio caía sobre sus hombros. La melena de la muchacha más joven le llegaba casi por debajo de la rodilla y se ensortijaba salvaje en torno a su rostro.

Nhia suspiró, tocándose inconscientemente la pierna atrofiada, con una pena silenciosa porque nunca llegaría a saber qué se siente al moverse con gracia, al bailar... «Si el lucero del alba tomara forma humana, se parecería a ella», pensó.

Tai tomó la mano de Nhia y se la apretó.

La música era diferente para las bailarinas, con tonos más suaves, pero sin perder el brío y la pasión que habían desatado las danzas de los hombres. Las mujeres daban vueltas formando complicados dibujos, sus faldas giraban elevándose y revelando fugaces visiones de tobillos bien torneados y musculosas pantorrillas. Dos de ellas llevaban delgadas cadenas de algún pálido metal en los tobillos, y sus finos eslabones, al recibir la luz, soltaban destellos de plata.

Tai empezó a dar palmas al ritmo de la danza de pura alegría, y Nhia se rió y se unió a ella; pronto Yuet empezó a hacer lo mismo y sólo Liudan se quedó sentada con las manos recogidas, con dignidad real, en su regazo. Las bailarinas, obviamente, no esperaban eso; habían entrado en la habitación con una expresión uniforme de tensa cautela y, quizá, con una fugaz concentración en la danza que estaban a punto de realizar. Cuando su público empezó a dar palmas, la muchacha más joven se traicionó con una sonrisa al cruzarse con la mirada de Tai.

En el momento de concluir la danza, todas excepto la mayor sonrieron, inclinándose ante la audiencia entusiasmada. Entonces Tai ahogó un grito sin querer cuando otra nómada se deslizó en la habitación, llevando un montón de brillantes pañuelos.

Era la joven del pelo rojizo y brillante que había estado arriba en el Palacio de Verano. El espíritu. La bailarina en la nieve.

Sus ojos se encontraron, muy brevemente. Eran oscuros bajo las cejas claras, tan oscuros como los propios ojos de Tai. Después dejó caer la mirada, le dio los pañuelos a la bailarina más mayor y se escabulló de nuevo fuera de la habitación. Había rebeldía en su cara y la bailarina que recibió los pañuelos la correspondió torciéndole el gesto; estaba claro que no aprobaba la presencia de la chica de pelo brillante en la habitación. Tai se giró, buscando la mirada de Yuet, abrió la boca para hablar...

Yuet, siguiendo un instinto que ella misma no comprendió pero al que obedeció sin reservas, negó rápida y discretamente con la cabeza. «No digas nada.»

Tai se echó para atrás, confusa.

Vio muy poco del baile de los pañuelos y del siguiente baile, cuando los hombres volvieron y se sumaron a las mujeres y todos juntos emprendieron una alegre danza en corro para concluir el espectáculo esa noche. Le dio distraída las buenas noches a Liudan y a las demás, después de que los músicos y bailarines hubieran tomado sus cosas y partido, y se retiró a la cama. Quería tener tiempo para intentar explicarse ciertas cosas, pero el sueño la pilló de improviso, un sueño intenso, de la clase que nunca había tenido antes.

Caminaba por un Palacio de Verano que estaba entero y destrozado a la vez; si miraba directamente a un montón de escombros lo veía tal como era, pero si miraba a otro lugar con aquel mismo montón de escombros en los bordes de su visión la pared que solía estar allí se erguía entera de nuevo. De la misma manera, cuando llegaba a la entrada que conducía a la terraza de Antian, las terrazas de más allá parecían estar como siempre, con la montaña alzándose sobre ellas, pero eran al mismo tiempo sólo ecos fantasmales de sí mismas, con la montaña hendida por debajo de ellas.

En la incorpórea superficie de esta amada terraza, Antian se sostenía sobre lo que eran alternativamente sólidas losas o aire. Sonreía a Tai; y cuando Tai fue corriendo a su encuentro, se transformó, derivó en la joven del pelo castaño de la aldea de los nómadas y después en Liudan, y otra vez en sí misma, con su dulce sonrisa.

—Cuida de mi hermana —dijo el espíritu, sonriendo. Tomó su mano—. Prométemelo. Cuida de ella.

—Lo prometo —dijo Tai en su sueño—. Sus propios dedos temblorosos buscaron los de Antian, y justo en el momento de tocarse Tai se despertó sobresaltada y se incorporó. Nhia roncaba suavemente en la otra cama, en la esquina opuesta de la pequeña habitación, pero aparte de eso, estaba sola. Su corazón latía como el tambor de los músicos nómadas, como si acabara de bailar de principio a fin la danza de la espada.

—¿Quién? —susurró, para sí misma y para el espíritu que la había visitado esa noche—. ¿Quién es ella?

CINCO

Iba ya para las tres semanas, en vez de la tradicional semana de retiro que practicaban sus antecesores imperiales, cuando Liudan decretó la vuelta a Linh-an. Ninguna de sus acompañantes entendió el significado de su decisión respecto a la elección de Emperador, lo que era en apariencia la causa del viaje a las montañas.

Liudan estaba totalmente encantada de poder discutir cualquier tema sobre la faz de la tierra con sus tres hermanas del *jin-shei*. Su humor era a veces incluso descaradamente juguetón. Compartía de sí misma hasta donde era capaz de compartir; discutía asuntos de Estado y las complejidades del Camino con Nhia, y con Yuet, la mayor y más experimentada de todas, los fascinantes temas de la gente y su modo de funcionar. Tenía extensas y serias discusiones sobre arte y poesía con Tai; sus comentarios sobre el potencial de la poesía de Tai no habían sido un antojo imperial dicho a la ligera y rápidamente olvidado. Pero lo que era el propósito de su retiro en las montañas —la elección del próximo Emperador de Syai— parecía haber sido convenientemente enterrado y Liudan no dio ninguna señal de querer resucitarlo.

Tampoco se había hablado de la joven nómada que se apareció en los sueños de Tai.

—No digas nada todavía —le dijo Yuet a Tai—. Hay algo aquí que creo debo saber, pero de momento lo único que tengo es un presentimiento. No es nada seguro y no lo será hasta que vuelva a la ciudad y busque en mis papeles, en los papeles de Szewan. Hasta entonces, no le digas nada a nadie. Deja que la nómada siga con su vida y no atraigas la atención sobre ella en absoluto. Lo investigaré y te haré saber si encuentro algún dato.

Pero Tai se sentía frustrada y, picada por la curiosidad, un día antes de que dejaran la aldea para retornar a Linh-an, volvió al Palacio de Verano; sola de nuevo y esta vez más cerca de su momento preferido del día, cuando el sol estaba bajo y dorado sobre las montañas.

No sabía lo que esperaba encontrar, pero, desde luego, no lo que se encontró al subir las laderas todavía cubiertas de nieve y atravesar los silenciosos jardines desiertos. En una soleada esquina de un patio en ruinas, como un retazo de un tapiz que volviera a la vida, vio a la joven de su sueño bailando, sola.

Tenía los ojos cerrados y los brazos, desnudos a pesar del frío todavía invernal, estaban levantados sobre su cabeza, las muñecas dobladas en elegantes arcos, como las alas de un pájaro blanco. Llevaba suelto su brillante pelo y ondeaba en desordenados rizos, capturando el último sol de la tarde con reflejos rojos y dorados mientras giraba al compás de la música que solamente oía en su mente. Era muy blanca, tenía la piel como de porcelana fina, sus venas se descubrían azules en las muñecas y sus labios henchidos estaban entreabiertos al bailar. Era difícil adivinar su edad porque sus movimientos eran los movimientos de una mujer, su cuerpo el cuerpo de una mujer, con curvas en el pecho y la cadera, pero su cara y la forma de su boca, y ese extraño abandono al placer, eran los de una niña.

La conciencia de que ya no estaba sola la sobresaltó en pleno movimiento y estremeció la forma de su baile rompiéndolo en fragmentos como un espejo que se cae. Reaccionó como un ser salvaje: no era ni niña ni mujer, sino un desprevenido animal de montaña, arrinconado contra la roca por un cazador. Abrió los ojos y tomó su chal, dejado con descuido sobre la rama desnuda de un árbol, se envolvió en el anonimato y huyó entre las alargadas sombras que había tras ella.

—¡Espera! —gritó Tai, extendiendo un brazo para detenerla—. ¡No voy a hacerte daño! ¡No corras! ¿Cómo te llamas?

—No hablo con gente de la corte —fue la inesperada respuesta de una suave voz de extraño acento. Era oscura y grave y más adulta de lo que Tai esperaba—. ¡Volved a casa! ¡Dejadnos solos!

Y entonces se fue de nuevo.

Tai no habló a Yuet de este encuentro. Prefirió esperar hasta que viniera con algunas respuestas. Pero la extraña hija de la montaña estaba todavía más en su mente cuando las mujeres de Linh-an, la «gente de la corte», regresaron a la ciudad después de las tres semanas de cortesía que tuvo Liudan.

El Consejo pidió los resultados de sus meditaciones un día después de la vuelta a Palacio.

—Haré el anuncio —dijo Liudan— en mi cumpleaños. Antes no.

En su próximo cumpleaños, ese verano, tendría solamente quince años. Todavía era joven —en teoría— como para que la pudieran refrenar, constreñir por la tradición, controlar. El Consejo, exhortado por los Sabios, le concedió esa nueva gracia. Pero se dio rienda suelta a las especulaciones y las casas de apuestas de la ciudad hicieron su negocio sobre a cuál de los pretendientes Liudan tomaría como Emperador al final de aquel verano. La Corte de Otoño sería muy diferente de la del año anterior.

Tai volvió a casa dispuesta a no permitir que Yuet dejara resbalar de su conciencia el asunto de la identidad de la nómada, aunque pronto la desviaron del tema otros acontecimientos.

Lo primero fue un hito importante en su vida. Empezaron sus ciclos dos días antes de cumplir doce años, y su ceremonia Xat-Wau fue programada para el cuarto día de la tercera semana de Taian, el mismo día del cumpleaños de la Pequeña Emperatriz. Tai no era Emperatriz y su ceremonia era bastante más simple que la que tuvo Liudan. De hecho, no estaba presente ningún sacerdote del Templo, y fue Nhia, su amiga y hermana *jin-shei*, quien pronunció sobre ella la bendición de su mayoría de edad. El resto de los presentes fueron Yuet, un sonriente par de vecinos que fueron invitados a la celebración, y Rimshi, ahora seriamente enferma y sentada durante toda la ceremonia en una silla almohadillada y con una manta sobre sus rodillas a pesar de la alta temperatura exterior. Esos días sus manos no paraban de temblar, y la ceremonia Xat-Wau pareció también sellar el ineludible hecho de que era Tai y no su madre quien se encargaba cada vez más del fino trabajo de bordado para la corte imperial.

Nhia había querido invitar a Kito, pero Tai, en el último minuto, lo evitó. Esta ocasión sería registrada en el Archivo, justo al lado del Templo, habría ofrendas que hacer a los espíritus adecuados y había sido Nhia quien había comprado la cuenta especial del Xat-Wau de Tai para su madera de la edad en el puesto de So-Xan, de modo que pudo haber sido el propio Kito quien la hubiera tallado; pero de pronto le entró una terrible timidez al pensar en que él estaría presente en los ritos que la elevarían de niña a mujer adulta. Había llegado al borde de las lágrimas antes de que Nhia se diera cuenta de que no era una reacción sobre la que bromear, sino algo mucho más profundo y, prudentemente, eludió el tema.

Frágil y delicada como estaba, Rimshi insistió en ser parte de la ceremonia. Fue ella quien colocó la aguja roja en el pelo de Tai, recogido en una corona. Pero resultó como si la espera para que su hija alcanzara este peldaño hacia la madurez fuese lo único que mantenía a Rimshi con vida. Poco después de la ceremonia, en la que todavía fue capaz de moverse por la casa y, llena de energía y orgullo, aceptó feliz las felicitaciones de sus invitados y los mensajes de aquellos que no vinieron —hasta Liudan envió un regalo especial para la ocasión, que impresionó inmensamente a los vecinos—, Rimshi se metió permanentemente en la cama y, a pesar de todas las atenciones de Yuet, no parecía posible que pudiera abandonarla de nuevo. Fue el problema de lo que se avecinaba, y no la misteriosa muchacha nómada que había dejado atrás en la aldea de la montaña, lo que ocupó la mente de Yuet.

Cuando Rimshi entrara en Cahan, Tai sería huérfana. Esta niña —bueno, ahora ya no era una niña, legalmente hablando, pero Yuet siempre había pensado en la dulce, callada Tai de huesos finos en estos términos— era su hermana del *jin-shei* y, por tanto, su responsabilidad. Rimshi había dejado a Tai con habilidades y clientela como para continuar la carrera de costurera y codiciada bordadora, y, aunque no ganara verdaderas riquezas, sin duda tendría más que suficiente para mantenerse. Pero ¿cómo iba a vivir ella sola cuando Rimshi se fuera? ¿Y bajo la protección de quién?

Le mencionó el tema a la misma Tai una tarde, hacia el final de Kannaian, mientras ésta se concentraba en los suntuosos pliegues de un nuevo traje para la Segunda Princesa Consorte en vistas a la Corte de Otoño. Rimshi, que tendría que haber realizado dicho encargo hacía sólo unos meses, dormía en la habitación contigua.

—No la entierres todavía. No estoy preparada para entregarla a Cahan —dijo Tai en voz baja, con los ojos en su labor y las manos ocupadas con brillante hilo de seda y una fina aguja de acero—. Aún está conmigo. Tiene mucho que enseñarme.

—Lo sé —dijo Yuet con dulzura—. Pero cuando Szewan murió yo me quedé sola y me pilló totalmente desprevenida. Y yo era unos cuantos años mayor que tú ahora. Me preocupo por ti.

Tai levantó la vista con una cariñosa sonrisa.

—Ya lo sé, *jin-shei-bao*. Pero las cosas se resuelven según el Camino las revela. Nhia siempre dice que Cahan sabe lo que hace.

—Nhia está yendo a la corte muy a menudo —dijo Yuet pensativa—. Entre la influencia de la Emperatriz y la del Templo, ¿has podido verla algún momento estos días?

—Menos de lo que quisiera —respondió Tai, tomando un par de tijeras de bordar para cortar un hilo—. Se deja caer de vez en cuando, pero a menudo la visita es muy breve y va de camino a otra parte.

—¿Todavía enseña en el Templo?

—Mm hmm... —afirmó Tai, con hilo de seda en la boca, mojando la punta para enhebrar una nueva aguja—. Y aprende. Estudia con uno de los sacerdotes más antiguos que hay en este momento en el Templo. Dice que es un personaje interesante. Al parecer, él afirma que la meditación en solitario es capaz de hacerle invisible. Nhia no le ha visto hacer este truco todavía, pero dice que a veces le encantaría saber cómo hacerlo.

Yuet sonrió. Liudan se había encariñado bastante con Nhia y la mantenía cerca de sí. A Yuet se le ocurrió por qué Nhia podía querer hacerse invisible.

—Lo que no está presente, se va de la mente. ¿Verdad?

Tai le devolvió la sonrisa, un eco de silencioso entendimiento.

—Sí, algo así. Hablando de lo que se va de la mente, ¿has descubierto algo ya? Sobre ella, la chica de las montañas...

—La verdad es... —Yuet había investigado sobre el tema en el *Libro del Chantaje*, pero se había distraído completamente con la abundante mina de información esotérica que contenían. Era consciente del valor de ese tipo de documento y ya había destinado un libro especial para tener su propio volumen. Szewan, sin embargo, había estado recolectando material durante décadas y era difícil no dejarse engatusar por asuntos que desviaran su atención de la búsqueda de la identidad de la nómada. Aunque Yuet no iba a admitir esto delante de Tai—. Estoy buscando. No he encontrado la prueba que necesito, todavía.

Tai se puso seria.

—¿No me dirás nada aún? ¿Ni siquiera lo que sospechas?

—Dame algunos días más —dijo Yuet.

Volvió a su casa esa tarde y sacó el *Libro del Chantaje* que Szewan había mantenido en la ciudad y el estropeado compañero que había aparecido en los escombros del Palacio de Verano, resuelta a echar otro rápido vistazo a través de sus páginas con la esperanza de que sus ojos pescaran lo que *sabía* que estaba allí pero no podía localizar; aunque no contaba con su habitual poder de distracción. Con un par de velas suministrándole luz y un refrescante tarro de té verde junto a ella, se animaría a leer hasta bien entrada la noche.

Szewan no era lineal. Sus notas iban sin rumbo fijo, se retorcían, se enredaban en enmarañadas espirales consigo mismas y con otras notas. Los dos libros parecían haber sido usados como copias de seguridad uno del otro, pero a menudo uno contenía información que le faltaba al otro. Debía de ser fácil encontrar el hilo que Yuet quería, buscando la palabra clave «nómada» entre los apretados comentarios y las notas a pie, pero Szewan parecía haber tenido un excesivo trato con nómadas cuando frecuentaban Linh-an en años anteriores. Este hecho interesaba en sí mismo y era algo que Yuet señaló para una futura investigación: cómo una curandera imperial de bastante reputación estaba tan íntimamente conectada a las tribus de nómadas.

Por lo que había podido observar, Yuet juzgó que la joven de la montaña debía de tener entre trece y diecisiete años, no más. Pero en el espacio de los cuatro años que comprendían ese cálculo, ningún hombre o mujer nómada parecía haberse cruzado en el camino de Szewan. De algunos de ellos hablaba con bastante intimidad en su diario, como si fueran amigos o incluso parientes. Respecto al tema concreto que buscaba, sin embargo, Yuet se encontró siguiéndole la pista al menos a dos mujeres, pacientes de Szewan, cuyas historias acababan en muerte. Ambas acudieron a Szewan embarazadas, pero una de ellas dio a luz un niño nacido muerto y el bebé de la otra, según las anotaciones de Szewan, murió con tres años de varicela. No podía haber ningún error en esto porque, por lo visto, los nómadas habían vuelto a Linh-an coincidiendo con la muerte del niño y la propia Szewan había cerrado los ojos de la criatura.

Yuet finalmente lo dejó por esa noche, apagó las velas y guardó los libros bajo llave de nuevo, fuera del alcance de otros ojos curiosos hasta que pudiera volver a ellos. Sus sueños, una vez acostada, fueron acuciantes, como si hubiera visto algo que fuera relevante para su búsqueda pero no le hubiera concedido la adecuada atención. Algo vislumbrado esa noche, en su investigación, y también hacía tiempo, lo suficientemente extraordinario como para haberle dado esa sensación de familiaridad, de ser consciente de algo, el reconocimiento de la niña en las montañas de alguna manera como algo importante y peligroso. Había un nombre, un nombre de mujer, Jocasta, Jovanna, o algo así. Se abría camino zigzagueando en su subconsciente mientras dormía, produciéndole primero la vívida secuencia de un salvaje e increíble vuelo de la imaginación y luego algo muy diferente, algo específico, un recuerdo no detallado pero sin embargo preciso. Había visto aquella anotación en el *Libro del Chantaje* con anterioridad. Cuando despertó, pudo recordar una gran impresión y un nombre de mujer, y sintió un impulso tan fuerte como para volver al libro antes de desayunar.

Esta vez, como si supiera exactamente lo que estaba buscando, fue directa a ello.

Jokhara. El nombre era Jokhara. Y Szewan había sido brutalmente explícita al describir lo que le había ocurrido a aquella mujer llamada Jokhara en una noche de invierno en Linh-an.

> *Jokhara era de huesos finos, rubia, no mayor de dieciséis o diecisiete años. Cuando me mandaron llamar a los aposentos del Emperador, estaba casi inconsciente, desnuda sobre la cama. Tenía los muslos manchados de sangre. El Emperador temía que muriera; pude tranquilizarlo en ese sentido, pero no fue gracias a sus cuidados. El Emperador parecía no estar seguro sobre si pertenecía o no a la casa imperial, pero si era una nueva concubina, nadie había oído hablar de ella cuando pregunté en las dependencias femeninas. Por consiguiente, hice los arreglos para llevarla a mi propia casa, donde la dejé quedarse hasta tener a una mujer de su tribu de nómadas presente cuando despertó. Recordaba muy poco de lo que le había ocurrido, pero le dije a su acompañante nómada que creía que había sido violada, y brutalmente; se había resistido y la habían sometido a base de golpes. La habían penetrado con lo que parecía un objeto extraño y grande además de con un miembro viril (porque había res-*

tos de semen masculino en sus piernas). Era demasiado pronto para decir si habría embarazo. La trasladaron al campamento de nómadas después de varios días a mi cuidado. Nota a pie: las heridas incluían cardenales, algunos graves, en los brazos, piernas, pechos y torso, además de en la sien y alrededor del cuello, donde parecía que la habían intentado estrangular. También en sus partes íntimas que examiné más tarde.

Provista de un nombre real, Yuet pudo buscar con mayor claridad por primera vez, intentando seguir el rastro del caso. Había muy poco en la anotación original para relacionar a la joven llamada Jokhara con la de las montañas, pero el marco temporal era correcto, y había habido un cese gradual de la presencia de nómadas en Linh-an no mucho después de este suceso. No era una evidencia concluyente, quizá, pero podía indicar algo en sí mismo.

El nombre de Jokhara reapareció dos veces más en el *LIbro del Chantaje*. Una en el libro de la ciudad: apenas un mes después de su violación inicial la llevó ante Szewan una compañera nómada, porque se había descubierto el embarazo. Le proporcionó una dosis de hierbas que terminarían con ello.

Una vez más, en el libro de las montañas, ocho meses después de aquello, se describe cómo trajeron a Jokhara de parto.

Szewan estuvo presente en el nacimiento de la criatura, una niña a la que llamaron Tammary, según los datos del libro. Una niña cuyo nacimiento fue la culminación de la impotente rabia de Jokhara, quien rehusó tomar las hierbas con que Szewan la había provisto, y quiso dar a luz a la criatura de su vergüenza de modo que pudiera enseñarle lo bastante de su herencia como para avergonzar de alguna manera al hombre que la había engendrado. Pero Jokhara nunca tuvo la oportunidad de enseñarle nada a su hija. Murió de fiebres puerperales antes de que su hija cumpliera una semana.

Tammary permaneció allá arriba en las montañas, criada por una pariente nómada.

Ésa era la última vez que se mencionaba en el libro a alguna de ellas. Pero Yuet sabía, sabía en lo profundo de su corazón, que Tammary era la bailarina en la nieve de Tai.

La situación de su madre era discutible —no había pruebas de que hubiera formado parte de la casa imperial—, pero Tammary era hija del Emperador, y todos sus hijos concebidos con concubinas eran considerados igual que si pertenecieran a la propia Emperatriz. La mayor de sus hijas era, por tradición, la heredera al trono imperial.

Y por el tiempo en que Liudan, la Emperatriz de Syai, nació, la niña que el Emperador había engendrado en la nómada tenía ya cuatro meses.

Ahora que Yuet sabía de la peligrosa paternidad de Tammary, fue también consciente de lo fácil que podía ser para Liudan atacar para proteger su propia posición. Liudan parecía estar al mando, pero Yuet, entre todas las personas, conocía cada una de las inseguridades que aún se aferraban a la joven Emperatriz, incluso después de que hubiera, según parece, logrado su objetivo. Liudan no había sido más que una figura decorativa durante mucho tiempo, totalmente impotente y rechazada por ser sólo la heredera de reserva de la heredera de reserva, y humillada por ello. Ahora que Liudan había alcanzado la posición donde era dueña de ambos, de su propio destino y del destino de un Imperio, Yuet sabía que era capaz de casi todo para asegurarla. No le gustaba pensar eso de Liudan, su propia hermana *jin-shei* y a quien había empezado a ver como amiga, pero le asustaba profundamente que Liudan pudiera destruir a la hija de las arrogantes pasiones de su padre sin pensarlo dos veces si temía que Tammary pudiera interponerse entre ella y su legado. Con Liudan, particularmente, la dura elección entre el *jin-shei* y el Imperio sería casi imposible.

SEIS

La última semana de Kannaian, como el aguijón final en la cola del verano, fue de un calor sofocante. El cielo a menudo estaba cubierto de nubes de tormenta que prometían el alivio de un aguacero, pero de alguna manera, el aguacero nunca caía. El transcurrir de los pesados días sólo servía para que fuera en aumento el peso del agobiante calor ciudad adentro.

Yuet no tuvo tiempo de reflexionar sobre lo que había descubierto en los libros del chantaje de Szewan. Apenas los había cerrado después de terminar su búsqueda sobre la nómada llamada Jokhara y su hija, llegó un mensajero que la convocaba urgentemente al recinto de la guardia. Había un problema.

Los patios interiores, donde vivían las familias, eran un lugar espantoso aquella mañana. Yuet pudo sentirlo mientras se aproximaba, instinto de curandera, incluso antes de que los trágicos e inconsolables gemidos de los niños enfermos empezaran a penetrar en su conciencia. Esos niños lloraban con una intensidad desamparada, desesperanzada, que daba a entender que no había consuelo posible; sus madres y padres no iban a correr a calmarlos, a aliviar su sufrimiento. El llanto recubría el patio como una mortaja. Parecía venir de todas partes.

—¿Qué ha pasado aquí? —le preguntó Yuet bruscamente a su guía.

—Ha sido lamentable, curandera Yuet —dijo el guía, un recluta de la guardia que tendría quizá un año más que Xaforn—. No ha habido fiebre, pero todos han pasado la noche vomitando o corriendo a las letrinas. Los niños están particularmente mal.

—¿Desde cuándo están así? ¿Por qué nadie me ha llamado antes?

—Ha habido gente enferma aquí y allá la semana pasada, pero nada como esto —dijo el joven—. Ayer de repente hubo por todas partes. Anoche fue insoportable.

—¿Qué se ha hecho hasta ahora?

El chico se encogió de hombros.

—La verdad es que no lo sé. Me enviaron en su busca. Pensaron, ayer, que podría haber sido fruta envenenada o algo así. Pero entonces más gente empezó a caer enferma, y algunos eran bebés, y no habían comido fruta, y...

—Gracias —dijo Yuet, cortando las incipientes suposiciones que no le iban a servir para nada—. ¿Se reduce al patio o es por todo el recinto?

—Hasta donde yo sé, nadie en el recinto exterior ha enfermado todavía.

—Mantengámoslo así, entonces. Mejor que no andes entrando y saliendo a voluntad, y haz correr la voz de que nadie lo haga tampoco hasta que yo lo autorice —Yuet había ido pasando los síntomas que le describía por los datos archivados en su cabeza y no estaba contenta con los resultados que aparecían—. No me gusta la rapidez de todo esto, y no quiero bajo ningún concepto que la guardia imperial en su totalidad se venga abajo con un flujo intestinal agudo bajo mi vigilancia.

Un agrio olor a vómito flotaba en la entrada de casi todas las casas ante las que pasaba Yuet. Pero no podía pararse a entrar en cada una de ellas e interrogar a algún pobrecillo que estuviera menos enfermo que el resto. Necesitaba una fuente central de información. Alguien que conociera el funcionamiento interno.

Xaforn había hablado de una chica... ¿Cómo se llamaba?

Qiaan. Hija de un capitán de la guardia.

Era un comienzo.

Yuet escudriñó el interior de la vivienda más cercana, dejando que sus ojos se adaptaran a la cerrada oscuridad. El lugar estaba vacío con la excepción de una mujer adormilada, despatarrada en un camastro bajo al otro extremo de la habitación. Yuet observó una palangana con una capa de hediondo vómito todavía pegado a ella, en el suelo junto a la mujer.

—¿La está cuidando alguien? —le preguntó Yuet, pisando el interior de la casa.

Los ojos de la mujer se abrieron con dificultad, parpadeando.

—Mi marido, pero también le alcanzó a él. Se fue a las letrinas.

Yuet tocó la parte interior de la muñeca de la mujer con sus ligeros dedos. No tenía fiebre, pero su pulso era apenas perceptible, un débil latido. Sus ojos tenían enormes ojeras oscuras.

—¿Cuánto tiempo lleva enferma?

—Me puse mala anoche —susurró la mujer.

Un sonido en la puerta hizo que Yuet levantara la vista; un hombre con la piel amarillenta y los ojos inyectados en sangre se apoyaba en el marco. Probablemente el marido.

—Volveré —dijo Yuet, incorporándose—. Mientras tanto, por el amor de Cahan, beban mucho líquido, ambos. Sus vidas pueden depender de eso. ¿Me pueden decir dónde puedo encontrar a una muchacha llamada Qiaan?

La mujer no respondió, había cerrado de nuevo los párpados, pero el hombre en la puerta todavía parecía tener bastante energía para responder.

—Debe de ser la hija del capitán Aric —dijo—. Estará en las dependencias de los oficiales, en la parte superior.

Las dependencias de los oficiales estaban un poco más tranquilas que el resto. Una niña, perfectamente sana, estaba jugando sola en los jardines y señaló a Yuet las habitaciones del capitán Aric con una sonrisa que le puso hoyuelos en las mejillas. La puerta estaba cerrada, pero se abrió bajo la presión de Yuet cuando nadie acudió a su saludo.

—¿Hola? —llamó, de pie en el umbral, con la mano en el pomo.

Un gruñido débil la respondió y, privilegio de curandera, pasó adentro, dejando la puerta entornada tras ella. En una de las habitaciones contiguas, una alcoba, había una mujer acostada sobre la funda de un fino colchón de paja. Su cama era de listones de madera y tenía las sábanas enredadas en las piernas. Parecía estar teniendo un intranquilo sueño. Yuet no estaba segura de si había sido ella la que había hecho el ruido o no. Pero mientras vacilaba, alguien a su espalda se dirigió a ella con voz juvenil.

—Hola. ¿Eres la curandera?

Yuet se giró y tuvo que contener un grito de sorpresa.

La chica que había delante de ella podría ser un poco más baja que Liudan, la Emperatriz de Syai, y su cuerpo tenía todavía la vigorosa forma del de una niña, sin las dulces curvas que Liudan empezaba a mostrar, pero en todos los demás aspectos, se parecía tanto a Liudan como para ser su gemela.

—Soy Qiaan —dijo la doble de la Emperatriz. La voz era diferente, tenía un tono un poco más alto que el de Liudan.

Yuet parpadeó, zarandeándose a sí misma mentalmente. «Sólo porque revolví en el *Libro del Chantaje* y apareció la hermanastra de Liudan, ahora la veo en todas partes», se reprendió a sí misma con dureza.

—Sí, soy yo la curandera. Y te estaba buscando.

—Sí, Min dijo que alguien había preguntado por mí —Qiaan se quedó mirando a Yuet con una burlona inclinación de cabeza—. ¿En qué puedo ser de ayuda?

—¿Has caído enferma tú también?

—No —respondió Qiaan—. Pero mi madre y mi tía sí y he estado cuidando de una docena de niños que están malos en el recinto. Sus madres están tan enfermas que no pueden atenderlos.

—Eres organizada... —dijo Yuet con una rápida sonrisa—. Eres justo lo que necesitaba ahora. Xaforn me dio tu nombre —añadió, cuando una mirada de confusión asomó a los ojos de Qiaan.

Qiaan hizo un gesto extraño con la boca.

—Eres Yuet, ¿verdad? La que le arregló las costillas e hizo que no formara parte de los entrenamientos durante un mes. Me ha hablado de ti a mí también —su tono no dejaba lugar a dudas de que Xaforn podía haberlo hecho en términos cáusticos.

La mujer en la cama gruñó en sueños. Yuet llegó hasta ella y le puso una mano en la sien.

—No tiene fiebre, pero parece agotada —dijo en voz baja.

—Es la primera vez que duerme en casi cuarenta y ocho horas —dijo Qiaan—. Es de las primeras que cayeron. Y ni siquiera antes estaba bien. La está desgastando mucho.

—Bueno, vamos a hablar fuera.

Dejaron la cama y cerraron la puerta de la habitación de la enferma tras ellas.

—¿Es tu madre? —preguntó Yuet, señalando el cuarto del que acababan de salir.

—Sí. Mi tía está en la segunda habitación. Está enferma también, pero no tan mal.

—Dime cuándo empezó todo esto.

Qiaan le hizo un sucinto y convincente resumen de los días anteriores, describiendo cómo la debilitadora enfermedad se había agarrado al patio interior del recinto.

—No sé —comentó—, pero debe de estar relacionado con los pozos. Uno de ellos empezó a oler mal justo antes de que las primeras personas empezaran a caer enfermas. Cuando pasó, la gente dejó de sacar de ese pozo el agua para beber, pero en ese momento...

—¡Qiaan! —una débil voz que todavía conseguía sonar autoritaria salió de una de las habitaciones traseras, con la puerta casi cerrada—. ¡Quiero agua! —exigió quejumbrosa—. ¿Dónde has estado? ¿Y con quién estás hablando?

—Mi tía Selvaa —dijo Qiaan con tono resignado.

—¿Ha estado bebiendo esa agua contaminada de la que hablas? —preguntó Yuet.

—Intenté no traer esa agua aquí desde que tuve mis sospechas —respondió Qiaan—. Pero puede haber en la cocina. Pueden haber cocinado o lavado con ella la comida.

—¡Qiaan!

—¡Ya voy, tía! —Qiaan fue a la habitación de la segunda enferma, haciéndole una mueca a Yuet.

La curandera la siguió unos cuantos pasos. Qiaan había vertido agua de una jarra de cerámica en una taza de poca profundidad y se la estaba ofreciendo a la mujer de rostro chupado que había acostada en el camastro. Conforme Yuet se acercaba a la puerta abierta podía ver los ojos de la paciente, que levantados hacia la chica con la taza de agua la agredían con antipatía.

—Nos abandonas aquí, podemos morir y tú te vas.

—La verdad es que ha habido ya algunos muertos, tía —dijo Qiaan un poco molesta—. Yo no estoy enferma y otros podrían arreglárselas con algo de ayuda. Hay niños que...

—Deberías preocuparte más de la mujer que te recogió —soltó Selvaa. Estaba débil por la deshidratación, su voz era suave, pero la proyectaba bien, y la enfermedad la había desprovisto de todo el tacto con el que había disfrazado hasta el momento su desagrado por Qiaan—. Mi hermana te ayudó. Sólo Cahan sabe qué habría sucedido si ella no hubiera perdonado...

Qiaan la miró con incomprensión, luego le tocó los dedos a su tía.

—Los otros no tienen fiebre, pero tú hablas como si...

Selvaa apartó la mano.

—Agua. Dame agua. Me lo debes. Nos debes eso. Nos encargamos de ti.

—Déjame —intercedió Yuet, poniéndose entre las dos—. ¿Te llamas Selvaa? Yo soy la curandera, Yuet. ¿Cuánto tiempo llevas enferma?

—Una semana —respondió débilmente.

—Se puso enferma ayer —dijo Qiaan en voz baja.

Selvaa le echó una mirada venenosa. Yuet hizo caso omiso a ambas, recostó a Selvaa boca arriba y le palpó el abdomen.

—¿Duele cuando hago...?

Selvaa hizo una mueca.

—Sí. No. No estoy segura. Necesito agua.

—Sí —accedió Yuet. Levantó la vista y buscó la mirada de Qiaan—. Y dormir. Te haré una tisana que te ayude a descansar un poco. Qiaan, enséñame dónde puedo hacer la infusión.

Volvieron a la habitación principal para recoger la cartera de Yuet y Qiaan la condujo hasta la zona vacía de la cocina. Yuet olisqueó el agua de un barril que había junto a la puerta y Qiaan dijo:

—Ésa viene del pozo limpio.

—Tendrás que enseñarme ese otro pozo —comentó Yuet—. Mientras tanto, pon un cazo de esto en el fuego por mí —rebuscó en su cartera y sacó un envoltorio de seda atado con un lazo. Desenvolviéndolo en una parte limpia de la mesa de la cocina, midió una cantidad de la amarga hierba molida que contenía y la vertió en el recipiente que Qiaan había colgado sobre el fuego. Esperaron hasta que el agua con el polvo hirviera, soltando un sustancioso aroma verde por la cocina y, entonces, Yuet retiró del fuego el brebaje para que se enfriara un poco.

—Cuando se enfríe lo suficiente como para que se pueda beber pero esté todavía caliente, dale una taza llena, y a tu madre también, cuando se despierte. Te dejaré el resto de este paquete; prepáralo todo, no más de un pellizco o dos por taza, y deja que los niños lo tomen, les ayudará a dormir y a prevenir la deshidratación. Tengo que volver a mi laboratorio y conseguir más. Regresaré con ello. Mientras, si puedes encontrarme al menos una persona que esté fuerte para manejar herramientas, sellaremos ese pozo contaminado antes de que extienda más el contagio.

—¿Entonces es el agua?

—Probablemente. He visto esto antes, lo desencadena la comida o el agua en mal estado y se propaga rápido —dijo Yuet—. ¿Hay gente que no esté enferma? Podemos necesitar algunas personas para atender a los que están peor. Y debemos asegurarnos de que hay agua limpia suficiente para lavar. Lávate las manos después de limpiar a alguien afectado y antes de acercarte a la comida o a la bebida. El recinto exterior saca el agua de un pozo diferente, ¿verdad?

—Sí, de varios.

—Tendré que comprobar ésos también. Y haré correr la voz a otros curanderos, no sea que la infección salte en algún lugar y se extienda por la ciudad. Hace calor y la gente beberá agua contaminada si no es consciente de que trae la enfermedad. Y... Qiaan...

Qiaan se sobresaltó, como si el sonido de su nombre hubiera cortado el hilo de sus pensamientos.

—¿Sí?

—A través de Xaforn, que es *jin-shei* de las dos, tú y yo somos también *jin-shei-bao* de un segundo círculo —dijo Yuet, sonriendo—. Has hecho bien aquí.

Qiaan se sonrojó.

—No estoy enferma. He hecho lo que he podido —titubeó—. Mi madre... tendría que haber llamado a alguien... Está tan débil... No sé qué más hacer.

—Asegúrate de que toma un poco de esto cuando se despierte, también —dijo Yuet, tocando con el dorso de la mano la taza que contenía la tisana para medir la temperatura—. Volveré enseguida con más —se quedó parada al contemplar la pequeña arruga que se había grabado en la frente de Qiaan—. No dejes que tu tía te enfurezca —dijo dulcemente—. Está enferma. La gente dice cosas extrañas cuando está fuera de sí.

—Dijiste que no tenía fiebre —replicó Qiaan—. No creo que delirase.

—No, pero está sufriendo, dolorida y llena de autocompasión. Y eres tú quien está ahí para desahogarse. Lo que dijo no tiene ningún valor —Yuet apretó el hombro de la chica para tranquilizarla—. No te preocupes. Si podemos aislar la causa de la contaminación, podremos evitar que se extienda; y si logramos evitar que los que están realmente enfermos se deshidraten, tendremos la oportunidad de parar esto. Afortunadamente, la enfermedad está aislada y retenida aquí, no en la ciudad. Y pronto va a refrescar, por lo que el calor no ayudará a extenderla. Venga, llévales la infusión. Volveré tan pronto como pueda.

Qiaan bajó los ojos, tomó la poción y regresó con su quejumbrosa tía.

Yuet, una vez fuera del recinto, fue a su laboratorio haciendo de camino una breve visita al comandante de la guardia que estaba de servicio en el recinto principal para pedir una cuarentena total a corto plazo para los pacientes de las residencias familiares, y una inmediata atención a la entrega de agua limpia para beber hasta que se resolviera el problema del pozo contaminado. Se lavó las manos con jabón de lejía para asegurarse de que quedaban libres de cualquier agente que causara infección en el patio interior y asaltó sus reservas de hierbas secas, molió una mezcla de raíces y hojas en grandes cantidades de polvo fino y lo vertió en frascos de barro que luego tapó. Al terminar, fue guardando las dosis del preparado en su cartera para volver al recinto.

En ello estaba cuando oyó cómo llamaban tímidamente a la gruesa puerta de roble del laboratorio. Dejó el mortero, limpiándose las manos en su bata de trabajo mientras iba a abrir.

—Le ruego me disculpe, señora —dijo la criada—. No quería molestarla en su trabajo, pero hay un mensajero de Palacio y pensé que...

—Pídele que espere —dijo Yuet—. Estaré lista cuando haya terminado esta tanda. Serán sólo unos instantes.

—Sí, señora —la criada asintió con la cabeza y se dio la vuelta para volver a la escalera de caracol hecha en piedra que subía hasta la casa principal.

El mensajero que esperaba en la antesala llevaba la librea del Tercer Príncipe Zhu, el hermanastro mayor de Liudan. Yuet, con la mente perdida en demasiadas cosas, trató de buscar la razón por la que aquel nombre le resultaba tan significativo en ese momento, pero no pudo encontrar nada a lo que agarrarse y le ofreció simplemente al mensajero una indiferente sonrisa profesional.

—¿Hay algún problema en la casa del Príncipe? —preguntó educadamente.

El mensajero hizo una reverencia.

—El Príncipe Aya-Zhu solicita que atienda a su mujer cuando le parezca conveniente —dijo—. Está algo indispuesta desde la vuelta de sus viajes.

Las cejas de Yuet se levantaron ligeramente.

—¿El Príncipe *Aya*-Zhu? ¿Cuándo fue la boda de su alteza?

—En la tercera semana de Siantain, en primavera —respondió.

—Ah... Yo estaba fuera de Linh-an entonces —Yuet se detuvo porque algo de pronto vino a su mente. La razón de que le fuera familiar ese nombre era porque... porque el Príncipe se había prometido con...

Frunció el ceño.

Nhia le había dicho algo antes de partir al retiro con Liudan. Era acerca del compromiso de Khailin, la hija del cronista Cheleh con el Tercer Príncipe Zhu.

Según una antigua tradición, la novia y el novio hermanan sus nombres en la boda, el nombre de la pareja va antes en la nueva versión compuesta. Si el Príncipe Zhu se hubiera casado con la mujer con la que se había prometido, se habría convertido en Khailin-Zhu y su esposa hubiera sido Zhu-Khailin. A veces, los nombres largos se acortaban para facilitar la pronunciación, pero Aya no sonaba como algo que pudiera haber sido extraído fácilmente de un nombre como Khailin. En todo caso, Yuet habría esperado un Khai-Zhu o incluso un Lin-Zhu, pero ¿Aya?

—Pensaba —dijo ella cuidadosamente— que el Príncipe estaba prometido a otra dama, Khailin, hija del cronista de la corte, Cheleh...

—La Princesa Consorte Zhu-Aya era de la casa del mercader An-Nhuy antes de su matrimonio —dijo el mensajero y Yuet vio que fruncía la boca con desaprobación. Pero no dijo nada más y Yuet, arrugando la frente ligeramente, volvió al trato profesional.

—¿La indisposición de la Princesa es grave? —preguntó—. Iré inmediatamente, si es así; pero si no, le rogaría que me dejara desviarme primero para entregar unas medicinas que necesitan urgentemente.

—La Princesa no está en peligro inmediato —dijo el mensajero a regañadientes después de un momento.

Yuet asintió.

—Estaré en las dependencias del Príncipe Zhu en una hora, entonces.

Era una curandera. Tenía responsabilidades. Los misterios que se acumulaban a su alrededor tendrían que esperar su turno.

* * *

Después de entregar la primera tanda de medicinas en el recinto interior y de dar instrucciones a Qiaan y al grupo de «enfermeras» sanas que ésta había logrado reunir en la zona afectada —ahora en cuarentena para los visitantes ocasionales—, Yuet se lavó las manos con lejía una vez más para asegurarse de que no llevaba la infección fuera del área, y fue a visitar a la Princesa Zhu-Aya. La Princesa resultó no estar sufriendo nada más serio que las primeras náuseas del embarazo. Era una criatura pequeña y poco agraciada, de piel cetrina y huesos tan finos que Yuet, al echar un vistazo a las estrechas y huesudas caderas de la mujer embarazada, sintió una repentina desconfianza sobre cómo iba a dar a luz a un niño sano sin sucumbir en el acto. Pero no tenía tiempo de preocuparse por eso ahora. Tenía un problema bastante más urgente entre manos.

—Necesito un aprendiz —murmuró para sí cuando dejó el Palacio. Era apenas mediodía y ya estaba exhausta.

Se detuvo en su casa el tiempo suficiente para recoger otra tanda de sus hierbas y dejar dicho que estaría fuera el resto del día, sugiriendo curanderas alternativas para esos pacientes que vinieran con emergencias. Entonces volvió al afligido patio interior, del que Qiaan se estaba haciendo cargo enérgicamente con la camisa remangada.

No abandonaría el recinto en una semana, salvo para volver a por más medicinas.

Yuet nunca había evitado los aspectos más desagradables del oficio de curandera. Ya antes había limpiado sangre, pus y excrementos. Pero aquí había muy pocas manos para ayudarla y muchos necesitados de ayuda. Con el apoyo de Qiaan, trasladó a los más afectados —pacientes entre los que estaba la propia madre de Qiaan, que había caído en la semiinconsciencia a pesar de todo lo que hicieron por ella— a un único lugar, una gran sala comunal donde el pueblo se reunía normalmente en bailes o para ver a la compañía teatral que venía de gira a Linh-an de vez en cuando. Yuet había organizado la colocación de una serie de camastros bajos para los enfermos, de modo que los pacientes quedaban alineados en filas, y los niños más pequeños separados en su propia sección donde había alguien encargado constantemente de supervisarlos. El suministro de agua y de comida estaba cuidadosamente vigilado por la propia Yuet y más adelante por un grupo de suplentes, incluida Qiaan, según Yuet les iba enseñando a ver y a juzgar lo que interesaba según las necesidades. Otras voluntarias mantenían en los hogares de la cocina un constante borbotear de caldo e infusiones de hierbas.

La enfermedad parecía haber sido contenida; no se extendió fuera del recinto y otros curanderos de la ciudad vinieron a ofrecer su ayuda después de que la voz de alarma llegara a ellos. Cuando los primeros llegaron, Yuet se permitió por fin ir a casa tomándose un turno libre, se lavó restregándose bien y después se echó en la cama para recuperar una semana de sueño perdido. Se quedó en casa todo el día, dejando que su cocinera revoloteara a su alrededor, sintiéndose agradecida por el lujo de recibir cuidados en vez de tener que estar recostando en la cama a frágiles mujeres para que tomaran un poco de alimento o hacer beber a niños protestones, gravemente deshidratados, asquerosas tisanas que les ayudarían a reponerse.

Tenía bastantes mensajes de sus pacientes habituales sobre dolencias crónicas y algunos de la Princesa embarazada que no estaba teniendo un buen primer trimestre, pero Yuet se contentó con enviar notas informativas a todos ellos sobre cómo proceder de modo provisional, y en cuanto estuvo lo suficientemente descansada como para pensar adecuadamente de nuevo, volvió a la batalla que se libraba por las vidas de los niños.

Enterraron un buen número de esos niños, los más pequeños, los más débiles, los que no tuvieron fuerza para soportar las convulsiones continuas del vómito y la fuerte diarrea que acompañaba a la enfermedad. A altas horas de la noche, a la luz de las velas, había mujeres y muchachas —curanderas o voluntarias que no habían caído enfermas o se habían recuperado lo bastante para echar una mano— pasando por los camastros de los pacientes que dormían inquietos, comprobando su respiración, sosteniendo a los niños mientras se arqueaban dolorosamente sobre las palanganas. Era una vigilia constante, y se hacía todavía peor sabiendo que fuera del perímetro de ese cerrado círculo estaban las madres y padres de algunos de los niños del recinto, guardias que habían sido separados de la zona familiar y a los que ahora se les prohibía la entrada hasta que se venciera a la enfermedad, que esperaban impotentes mientras las curanderas y sus ayudantes intentaban sacar de peligro a tantos como pudieran.

No hubo nuevos casos de enfermedad una vez terminada aquella primera semana, después de que Yuet sellara el pozo contaminado y de que toda el agua que se bebía se recogiera de otras fuentes limpias hasta que se pudiera cavar uno nuevo para el recinto. Al final de la segunda semana, aquellos que se recuperaron estuvieron ya fuera de peligro; completamente destrozados, débiles como gatitos recién nacidos, habiendo perdido peso considerablemente, pero vivos y camino de la recuperación.

Sólo entonces dio Yuet la orden de limpiar a fondo el recinto, de restregar los suelos con una lejía de fortísimo olor y otras soluciones derivadas, y de encalar de nuevo las paredes. Iban quemando las camas de los enfermos conforme quedaban vacías.

El recinto remodelado —salvo por el grupo de convalecientes en vías de recuperación con el pelo enredado y sucio y las mejillas hundidas—, estaba tan arreglado que parecía casi nuevo. Cuando la cuarentena se levantó, algo más de dos semanas y media después de que Yuet la impusiera, habían vencido ya a la enfermedad. Hubo duelo en los círculos de la guardia por sus pérdidas, especialmente entre los más jóvenes y los más viejos, pero también gran alegría cuando se permitió que las familias separadas volvieran a reunirse.

Una de las bajas fue Rochanaa, la madre de Qiaan, que partió muy sigilosamente una noche. Qiaan estaba con ella y fue entre los brazos de su hija que ella pasó a Cahan, pero nunca lo supo; en los últimos momentos se había sumido en la inconsciencia y, simplemente, no volvió a despertarse más. Qiaan se quedó sentada allí durante un rato, con la cabeza de su madre muerta en su regazo y silenciosas lágrimas en las mejillas. Pero después colocó las extremidades de Rochanaa en una posición correcta, la besó en la frente por última vez y parece ser que deseó ahogar su dolor en el duro trabajo de cuidar de otros pacientes que la necesitaban.

Selvaa se había recuperado, pero no ofreció su ayuda como voluntaria. De hecho, había intentado dos veces abandonar el recinto a pesar de las explícitas instrucciones en contra. La propia Qiaan la detuvo la segunda vez. Yuet fue testigo de la confrontación, pero desde cierta distancia, y no pudo saber lo que Selvaa le decía pero vio cómo Qiaan de pronto la rehuyó como si la hubiera abofeteado. Después agarró firmemente el brazo de su tía, mientras ésta forcejeaba y protestaba, y la llevó de vuelta a sus habitaciones. Tenía el ceño fruncido cuando regresó a la sala del hospital provisional.

—La he amenazado con encerrarla dentro —le dijo a Yuet entre dientes.

—¿Qué te ha dicho? —preguntó Yuet.

—¿Qué?

—Ahora mismo, cuando la llevabas de vuelta. Lo he visto. Te ha dicho algo otra vez, algo hiriente.

—Dijo que no tenía que sentirme culpable porque mi madre hubiera muerto en mis brazos —comentó Qiaan tras un doloroso momento—, porque no era mi madre. Porque... fui... fui adoptada.

Yuet le lanzó una mirada asombrada.

—Algunas personas —le dijo— sienten placer al herir.

—Puede tener razón —dijo Qiaan con una voz extraña—. Nunca he pensado en ello de verdad, no en el sentido de intentar imaginarme la causa o algo parecido, pero a mi madre siempre le resultó curiosamente difícil que yo le gustara.

Yuet puso una mano reconfortante en el brazo de la chica.

—Si algo es verdad, es que ella era tu madre, te crió, y nada de lo que Selvaa diga basta para privarte de llorar su muerte.

Qiaan levantó sus ojos oscuros —los ojos de Liudan para Yuet— en una mirada agradecida.

—Tú has sido un milagro para nosotros —le dijo a Yuet.

—Soy curandera —respondió ésta con una sonrisa algo triste—. Intento arrebatar al enfermo de las mandíbulas de Cahan cada día de mi vida.

Qiaan de pronto la abrazó, fuertemente, con lágrimas contenidas en los ojos.

—Cahan no puede tener todo lo que desea —susurró con rabia—. Gracias. Por todo lo que has hecho aquí.

—Si en algún momento necesitas un trabajo, te tomaré como aprendiza —le dijo Yuet. Estaba bromeando, intentando darle la vuelta al momento sentimental, pero se encontró, para su propia sorpresa, que iba bastante en serio. Qiaan tenía la paciencia, la comprensión y, lo más importante de todo, una gran dosis de esa amable forma de intimidar que es tan importante en todo buen curandero.

Sin embargo, Qiaan sonrió y sacudió la cabeza.

—No estoy segura de lo que quiero hacer con mi vida todavía —dijo—, pero no podría hacer lo que tú haces.

—Lo has hecho aquí —señaló Yuet.

—Sí, pero ésta era mi gente —repuso Qiaan—. Gente que conocía y de la que me preocupaba.

—Cuando eres curandero, toda la gente es tu gente.

Pero no siguió presionándola.

Volvió a casa sintiendo como si ella misma se hubiera desgastado por el ataque de la enfermedad en la que había empleado quince días al cuidado de los demás, y se encargó sólo de las emergencias más apremiantes antes de tomar unos cuantos días libres para recuperarse.

Tai vino a verla con un montón de galletas de nuez que había cocinado ella misma, y un ramo de crisantemos de floración tardía que colocó en uno de los jarrones. Para Yuet, cuya vida durante el último par de semanas se había reducido a lo estrictamente necesario, las galletas fueron un detalle de puro lujo. Las masticó, contemplando a Tai entretenida con las flores, y declaró que estaban deliciosas.

—¿Y qué ha pasado en el resto del mundo mientras yo estaba fuera de él? —preguntó, una vez saciado el primer arrebato de hambre.

—Bueno, el Príncipe Aya-Zhu y su inesperada mujer fueron la sensación de la Corte de Otoño —respondió Tai—. Nhia está particularmente molesta. Había participado bastante en la corte últimamente y no advirtió nada. Ella y Khailin tuvieron algún tipo de pelea tonta la última vez que estuvieron juntas y Khailin desapareció de la vista. Nhia no tiene ni idea de dónde está ni de lo que hace. Su madre sólo le dijo que Khailin ya no vive allí e insinuó que estaba, de hecho, casada. Pero obviamente no con su Príncipe, y la familia por lo visto no dice con quién.

—Llegaré hasta el fondo de eso —dijo Yuet—. La Princesa es mi paciente. Está embarazada y afligida. Descubriré qué ha pasado. Los pacientes deprimidos cuentan muchas cosas como señal de gratitud a un curandero que alivia sus molestias.

Tai se rió.

—Eres terrible.

—Bueno, ¿y tú? ¿Cómo está tu madre? No he tenido la oportunidad de pasar a verla.

—Duerme mucho, pero se mantiene —respondió Tai—. Los vecinos vienen a verla cuando yo no estoy, así no está sola.

Yuet, a punto de decir algo, parpadeó de pronto como si se le acabara de ocurrir una idea.

—Corte de Otoño —dijo—. Ya ha empezado. El cumpleaños de Liudan fue hace una semana. Dijo que haría el anuncio entonces, la elección de

Emperador. Se me había olvidado totalmente, de tan inmersa como he estado en la situación del recinto de la guardia... ¿Qué ha pasado, Tai?

—Lo retrasó, al final de la Corte de Otoño —respondió Tai con una expresión inescrutable.

—¿Lo *retrasó*? ¿De nuevo? ¿Y la dejaron?

—Apenas tuvieron elección. Uno de los pretendientes de su lista se acaba de casar con otra persona, igual que el Príncipe Zhu. ¡Debe de haber algo en el agua! —Tai se interrumpió ante el estremecimiento de Yuet—. Lo siento. Liudan declaró que quería pensarlo un poco más. Protestaron, pero se mantuvo firme y el gran canciller Zibo se echó hacia atrás, pero dijo que tendrían una decisión al final de la Corte de Otoño o si no...

—¿O si no qué?

—No especificó, pero según Liudan la expresión de su cara indicaba que sería algo largo y doloroso —dijo Tai.

—Así que tiene... ¿cuánto tiempo?

—Una semana más.

Yuet sacudió la cabeza.

—Cabezota, cabezota y cabezota. Acabará dando un paso en falso del que no podrá retroceder. ¿Qué hizo cuando la enfermedad?

—Envió comida y preguntó por ti —dijo Tai.

Yuet se sintió extrañamente decepcionada.

—Pensé que... —empezó.

—No esperarías que le prestara mucha atención al tema, ¿verdad? —dijo Tai—. Con esta Corte de Otoño que pende sobre su cabeza como la hoja de una espada, los escándalos conmocionando la casa real y Cheleh paseando por ahí como si se hubiera tragado un pepinillo en vinagre...

—¿Nadie le preguntó *a él*? —dijo Yuet.

Nadie le ha hablado desde hace un mes sin recibir más que silencios o respuestas agresivas —dijo Tai—. Alguien a quien le dio una de las últimas dice que es porque ni él mismo sabe dónde está su hija mayor.

—Necesito unas vacaciones —dijo Yuet de repente.

—Sí —dijo Tai, echándole una mirada algo asustada—. Creo que te las mereces.

—Tu amiga —comentó Yuet—, la chica de la montaña.

—¿Sí? —preguntó Tai, avivada de pronto su atención.

—Creo que es hermanastra de Liudan. Que el Emperador engendró esa niña en una joven nómada poco antes de que los nómadas dejaran de venir a Linh-an.

Tai asintió lentamente. «No hablo con gente de la corte.» Eso encajaba.

—Pero ¿dijiste que podría haber peligro?

—Si Liudan lo descubre. Puede ser una rival para ella. Tiene la sangre del Emperador.

—Pero va a través de la línea femenina —dijo Tai confusa—. ¿Cómo podría esa chica reclamarle algo a Liudan?

—Tammary. Su nombre es Tammary. Y es mayor que Liudan; no mucho mayor, pero lo suficiente. Y no tiene que reclamar nada. Lo único que haría falta es que alguien lo reclamara en su nombre. No sé si está casada o prometida ya; tienen diferentes costumbres arriba en las montañas, pero ella y su compañero, su descendencia, podrían ser utilizados para quitarle el poder a Liudan, y aunque me asuste pensarlo, creo que Liudan puede ser bastante capaz de llegar a la conclusión de que serán utilizados así. ¿Qué te pasa ahora?

Tai se había puesto blanca.

—El sueño.

—¿Qué sueño?

—Soñé con Antian en las montañas. Ella cambiaba en el sueño y se *convertía* en Liudan, y luego en... en... ¿cómo dijiste que se llamaba? ¿Tammary? En Tammary. Y me dijo en el sueño: «Cuida de mi hermana». Y yo le respondí que lo haría, de nuevo, igual que aquella primera vez que me lo pidió. Pero ¿qué hermana? Yuet, ¿qué se supone que debo hacer?

Yuet tenía los ojos clavados en ella.

—Quizá —dijo— tengamos que volver y hacer otra visita a la aldea. Tú y yo solas esta vez. Hay cosas que me parece que necesitamos saber.

SIETE

Nhia fue una estudiante rebelde y poco satisfactoria en el Templo durante las semanas que Yuet desapareció dentro del recinto de la guardia para detener la intoxicación, y Khailin seguía misteriosamente ausente. Tai continuaba tan dulce como siempre, dispuesta en cualquier momento a ofrecer sus oídos a los discursos de autorreproche de Nhia sobre cómo debería haber llevado mejor el asunto de Khailin, o a darle a Nhia una taza de té calmante y un suave cojín para su dolorido pie cuando volvía de algún evento en la corte y necesitaba desahogar su frustración. Pero ni siquiera eso era suficiente. Nhia habría querido ir al recinto y ofrecer a Yuet su propia ayuda como enfermera, dirigiendo la preparación de brebajes o contando cuentos a los niños enfermos... Cualquier cosa que hubiera aliviado la carga de Yuet y donde ella hubiera podido ahogar las propias energías.

Pero, en vez de eso, tuvo un nuevo maestro en el Templo.

El nuevo sacerdote que le asignaron para supervisar sus estudios era una roca en la corriente de las impotentes furias de Nhia. Él permitió que todo fluyera a su alrededor, pero no se dejó mover ni un centímetro y, mediante su gran calma e inmovilidad, obligó a Nhia a centrarse en sus propias meditaciones interiores.

—No estás concentrada —reprochaba su maestro, amable pero inflexible. Concéntrate. La luz de tu espíritu debería ser fina y afilada, no difusa y distraída, revoloteando como una mariposa. Tienes que enfocar tus divagaciones.

—Estoy enfocándolas, Xsixu-*lama*.

El sacerdote llamado Xsixu sacudió la cabeza.

—Hay dos tipos de divagación, niña. El primero es fácil y puede hacerlo cualquier espíritu lo suficientemente avanzado para ser enviado afuera. No hace falta más que ver, pasar sobre la belleza, contemplar lagos y montañas y ciudades, admirar la arquitectura de los grandes Templos, seguir la ondulada corriente de los ríos hasta el océano o, simplemente, visitar parientes lejanos o amigos. Pero cuando haces esto tu mente está perdida y poseída por las cosas que ve y toca. Está vacía. Puedes viajar a través de todo el mundo, ver todas sus maravillas, agotar tu cuerpo y tu espíritu, y no habrás conseguido nada, nada de nada. Debilitas tu propia energía vital sin haber logrado nada.

—Pero yo no estoy...

—Calla, niña. Tú estás. Estás en el Palacio, con la corte. Estás en el recinto de la guardia, con tu amiga. Estás en todas partes menos aquí.

—Vos dijisteis que había dos tipos de divagación.

—El segundo —continuó el sacerdote— es el peregrinaje que debes hacer en lo profundo, en lo más íntimo de ti, en los misterios más hondos y oscuros de tu propia alma. Es la búsqueda de la Verdad Perfecta, la búsqueda de la palabra que te iluminará el sendero hacia el Camino como una antorcha. Es como la divagación de la nube y es la llave para entrar en Shan, el Reino del Puro Espíritu, el más alto de los Tres Cielos de Cahan. Te abre los ojos y saca de ti la perfecta iluminación, una luz hacia los demás. Te conviertes en un Inmortal y guías a los demás a seguir tus pasos.

—Ah, Xsixu-*lama* —suspiró Nhia—. Yo nunca seré...

—Tú podrías, niña —replicó inesperadamente—. Deja las cosas mundanas a tu espalda y ven conmigo ahora. Vamos a donde nos lleven nuestros espíritus y bebamos hoy de las Fuentes de Cahan. Tu respiración. Controla tu respiración. Cierra los ojos, vacía tu mente, olvida el mundo, *olvida*.

Durante un momento, justo antes de que le obedeciera y cerrara los ojos, se permitió flotar a la deriva en la luz blanca del estado meditativo que había aprendido a invocar a voluntad. Nhia pensó que veía fugazmente los rasgos de Xsixu transformarse sutilmente, derivar en algo más, algo molestamente familiar. Sus ojos se hacían más profundos, más persuasivos, emitían destellos oscuros con un poder casi hipnotizador y eran tan familiares, tan *familiares*... Si tan sólo pudiera pararse a pensar lo suficiente para localizarlos..., pero enseguida estaba ya en la luz del espíritu, y la de él era compañera, etérea, incorpórea, sin inquietantes ojos que la distrajeran.

Xsixu insistió en que Nhia pasara por lo menos dos horas meditando cada día. No exigió que fueran bajo su directa supervisión, pero le hacía intencionadas preguntas si meditaba lejos de su presencia para asegurarse de que trabajaba hacia los objetivos que le señalaba. Era muy duro y exigente, mucho más difícil que el amable anciano sacerdote que le habían asignado como maestro antes de que Xsixu se hubiera hecho cargo, y bajo su estricta tutela diaria Nhia se encontró alcanzando y sobrepasando hitos que nunca se creyó capaz de lograr.

La solía mandar a casa con enseñanzas que ella pasaba a un cuaderno especial en *jin-ashu*, con una caligrafía fina e insegura, a pensar y cavilar sobre ellas durante algunas horas después. La mantenían despierta de noche, dando vueltas en la cama, preocupada en buscar a las palabras sentidos ocultos. Se distraía bastante a menudo, recordando la desesperante a la vez que esquiva familiaridad de aquellos ojos persuasivos, y luego se recordaba a sí misma con dureza las palabras del maestro sobre la divagación de la nube y el firme rechazo de pensamientos tan específicos.

—Cultiva el yo interior —le decía Xsixu—. Enfoca lo que eres. No dejes a tu mente y tu espíritu como salvajes; perderás tu naturaleza y tu destino en las miles de distracciones que el mundo te ofrece. Concéntrate. Prueba las aguas de las Fuentes de Cahan.

O también:

—Tienes dos mentes. Una es como las aguas profundas y oscuras, misteriosa, sutil, pura, tranquila, y no contiene nada salvaje ni ningún pensamiento que te enajene. No se deja distraer por brillos externos o sentimientos interiores como la ira o la frustración. Refleja, y cuando pones algo bajo su superficie lo absorbe y lo comprende. La otra es como el viento. Está en contacto con las formas exteriores y las figuras, las cosas la arrastran a adquirir cualquier forma que deseen, siempre empujada a buscar principios, y finales, y razones, y nunca llega a ninguna conclusión porque está demasiado agitada por las cosas que la rodean, inquieta y sin rumbo. Tú debes vivir en tu mente agua, no en tu mente viento. Mira, mira donde vive tu espíritu y perdura.

Y en una tercera ocasión:

—El verdadero camino a la meditación es tener la mente tan firme como las montañas, tan inamovible como las montañas, tan concentrada como puedas, en todo momento durante el día, hagas lo que hagas, camines, comas o te acuestes. No dejes que nada penetre por tus sentidos —tus ojos, tu nariz, tus oídos, tu boca—, nada que pueda distraerte de tu meta. Tu mente debe estar concentrada. No debes pensar en que tu mente se está concentrando, porque si lo haces, eso se convierte en un pensamiento externo y tu mente no estará ya concentrada en la idea fundamental. Hacer trampas es fácil, pero no conduce a nada. Libera tu espíritu y podrás viajar entre las estrellas.

—Nhia —dijo Tai cuando ésta intentaba expresarle algunas de las ideas con un par de tazas de té verde—, empiezas a sonar como si hubieras pasado directamente de la infancia a las filas de los Inmortales. Tu maestro me asusta.

—A mí también me asusta —admitió Nhia—. Nunca antes me había pedido nadie que fuese tan enteramente yo, sin ceder a nada que venga de fuera de mí. No sé si puedo abandonar el mundo hasta el punto que él quiere que lo haga.

—Parece que quiere que abandones todo lo que no sea él y su mundo —comentó Tai—. Tus amigos, tu trabajo, tu vida cotidiana... Nada debe estar ahí sino el sentido de Cahan. Nhia, me asusta. Te está pidiendo que *mueras*.

—Claro que no, Tai —dijo Nhia riéndose—. No es de morirse de lo que trata todo esto.

—Pero él quiere que olvides todo lo demás..., todo sobre Liudan, sobre Yuet, sobre mí... No ser Nhia, sino el espíritu de Nhia, vivo y no vivo, más allá de nuestro alcance.

—No lo comprendes —repuso Nhia con displicencia.

Rechazaba la inquietud de Tai, intentando reducirla quitándole importancia. Menospreciar preocupaciones serias, echándolas en el olvido, declarándolas irrelevantes, no era el tipo de error en que Nhia hubiera caído antes. Solía tratar los problemas de los demás como si fueran reales, como si fueran importantes, incluso cuando eran nimiedades y tenían fácil solución. Esa atención era parte de lo que había hecho de ella una maestra, alguien sabio. Tai no dijo nada, pero sintió que le tocaba el corazón un revuelo de intranquilidad.

Mientras Yuet batallaba con los demonios de la muerte y la enfermedad, y Liudan hacía malabarismos en la corte para conseguir otra semana de indulgencia, Nhia se hundía en el Templo, permitiendo que las palabras de Xsixu tuvieran eco en su mente, ante él y también lejos de él, enseñándose a sí misma la calma interior que le exigía. Ella era débil y frágil. Lo sabía porque no podía lograr la paz perfecta, podía entrever las montañas de los Inmortales de los que había tantas veces hablado en sus cuentos doctrinales, pero siempre con vaguedad, sus formas eran borrosas y deformadas, como si estuviera buscándolas bajo el agua.

Su primer gran avance en la pura claridad de espíritu irrumpió a través de un manto de nubes como un espíritu alado. Ella, Nhia, la del pie agarrotado, la torpe, la que nunca se movería con gracia, nunca saltaría, nunca bailaría, voló a través de los cielos como un águila, cayó y descendió en picado a través del aire tan limpio que su grito de alegría se fundió en un sollozo casi de dolor. Estaba verdaderamente tan aterrada por la intensidad de la experiencia que cayó de su trance meditativo, respirando con dificultad, y se encontró sostenida delicadamente por Xsixu mientras luchaba por tomar aire. Una de sus manos estaba sobre el hombro de Nhia, manteniéndola sentada en posición erguida, y la otra estaba dulce pero firmemente apoyada en su espalda, entre sus omóplatos. Igual que una vez, otra mano...

Nhia perdió el aliento de nuevo, pero en esta ocasión no tuvo nada que ver con su revelación o su logro espiritual.

Los había reconocido.

Había reconocido los ojos que la habían estado burlando desde el borde de su conciencia durante días. Pertenecían al mismo hombre que la había sostenido antes, en otras ocasiones en que su frágil cuerpo la había traicionado, de la manera exacta en que lo estaba haciendo en ese momento. Reconoció los ojos; reconoció las manos firmes y aristocráticas, de largos dedos.

Parpadeó para aclarar sus ojos mojados y giró la cabeza para observar al hombre al que había conocido como Xsixu, el hombre que no se parecía en nada al Noveno Sabio Lihui de la corte imperial.

Hasta ese momento.

La cara de Xsixu parecía cambiar en su mente, fluir, y los ojos que habían obsesionado sus días brillaban de repente en las facciones que ella recordaba. Su pelo negro seguía recogido en la coleta de la profesión, su piel seguía siendo suave y sin rastro de arrugas, pero durante un instante Nhia tuvo la impresión de estar mirando un torbellino de años incontables, de una edad imposible de calcular, una antigüedad de espíritu que casi la aterrorizó.

—¿*Tú*? —susurró—. ¿Desde cuándo has sido tú?

—Todo el tiempo, querida niña —dijo Lihui—. Desde casi el principio. Persuadí al Templo para que pudieras instruirte. Cuando viniste aquí a estudiar tuviste un maestro del Templo sólo para el comienzo, lo suficiente para ayudarte a empezar y hacerte interesante. Desde entonces, todos los profesores que has tenido he sido yo.

—¿Por qué los disfraces? —preguntó Nhia con la voz entrecortada.

—¿Estás ya bien? —inquirió Lihui solícitamente, y cuando ella asintió, volvió a sentarse, soltándola—. ¿Por qué los disfraces? Mi querida niña, si hubiera sido tu maestro (como yo mismo) desde el principio, habrías creído que nada de lo que consiguieras habría venido de ti. Tenías que aprender a confiar en ti misma, no en el profesor que pensabas que tendría todas las respuestas.

—Pero yo no soy nada...

—Dulce niña. Cualquier cosa que quieras ser, puedes serla. ¿No has entendido nada? Dime, qué has visto, justo ahora, cuando te caíste de tu cielo?

—¿Lo sabes? —exclamó Nhia con un grito ahogado.

—Lo que sentías, yo lo sentía. Soy tu maestro. Conozco tu carácter.

Nhia se encontró llorando en ese momento, llorando de verdad, y no parecía que pudiera parar.

—Alas. Tenía alas.

—Lo sé —dijo Lihui suavemente—. Lo supe desde el primer momento en que me crucé en tu camino. Entonces sólo eras una promesa; una copa vacía. Todo lo que hice fue asegurarme de que te llenaras.

—¿De qué?

—De tu destino —respondió Lihui—. Eres una dama de la Emperatriz ahora y el tesoro del Templo. No necesitas más a Xsixu.

Nhia levantó la mirada con el rostro surcado de lágrimas.

—Pero sólo acabo de empezar a comprender. Todavía no sé siquiera lo que soy.

—Oh, yo sé lo que eres —dijo Lihui—. Pero al decir que no necesitas más a Xsixu, no me refería a que debieras dejar tus estudios. No, la verdad. Ahora estás en un punto crítico y necesitas la guía de un mentor y maestro más que nunca. A lo que me refería es que Xsixu te ha enseñado todo lo que Xsixu tenía que enseñar. A partir de ahora, aprenderás de mí.

Nhia sólo podía contemplarlo, sin habla.

—No necesitas aprender de los libros —siguió—. Ahora sabes que lo que te hace falta para el entendimiento verdadero no se encuentra en las palabras encerradas en una página. Debes buscar el significado y los principios que hay detrás del significado. Y una vez que hayas comprendido el principio, deshazte de él y aloja el verdadero significado en tu corazón. Una vez que lo hayas agarrado, la mente dejará las distracciones exteriores y conocerás los Tres Cielos de Cahan. Yo, Lihui, Noveno Sabio del Círculo, te lo prometo.

—¿Qué tengo que hacer?

—Mañana ven a mi casa. El Templo ya ha hecho lo que podía por ti. Mañana te convertirás en mi discípula.

—No sé dónde vives, Lihui-*lama* —dijo Nhia después de un segundo de silencio.

—¿No lo sabes? —preguntó Lihui con un extraño tono de desafío—. Creo que descubrirás que sí. No quiero ponerte a prueba, has hecho un gran adelanto hoy. Te sugiero que te tomes el resto del día para meditar sobre tu experiencia; pero no intentes trascender de nuevo, sola no, todavía no. Ya llegará, a su tiempo. Mañana.

Se puso en pie con la gracia de un bailarín, le hizo una reverencia y la dejó.

Una hora después, quizá más, Nhia abandonó el centro de enseñanza del Templo, caminando como en un sueño. Lihui. Lihui había sido su profesor todo el tiempo. Una parte de ella quería ir a contárselo a alguien, a Tai con su dulce comprensión, y otra parte quería evitar revelárselo a nadie, no ahora, todavía no. Encendió una vela en el pequeño altar de su cuarto y rezó a los Señores de los Cuatro Cuartos, los guardianes del destino humano, pidiendo orientación. No recibió ninguna. Todo lo que recibió fue una sensación de peligro y también una euforia tan vasta que pudo oír el batir de sus alas, como las del águila que había sido por poco tiempo.

No fue a ver a Tai. No durmió. Se sentó junto a la ventana a observar el cielo sobre Linh-an, contemplando las estrellas aparecer en el cielo y luego desvanecerse en la mañana.

Cuando el sol salió del todo, Nhia se puso cuidadosamente un vestido interior de seda y una túnica exterior de corte con brocados y después salió a la calle. Se detuvo un momento, liberada del mundo de las apariencias, como Lihui le había dicho que debía estar, a la espera de llenarse de conocimiento sobre adónde debía ir para encontrarle. Asombrada, se dio cuenta de que él tenía razón; un camino cobraba forma en su mente, como un mapa, y Nhia puso los pies en él y caminó, casi a ciegas, por las ajetreadas calles de Linh-an. La gente veía la expresión de rapto en su rostro y le dejaban el paso libre, como si fuera de la realeza; había algo a su alrededor que resplandecía, la luz interior de Cahan.

Entonces, alguien la empujó, y la ilusión entera se hizo pedazos a sus pies como un cristal roto. Nhia miró a su alrededor, desconcertada, perdida; estaba en una parte de Linh-an que no conocía bien. Una mujer sin piernas, impulsándose en un modesto carrito, se paró a su lado.

—¿Limosnas, *sai-an*? ¿Limosnas para la lisiada?

Nhia se detuvo, levantó su pie tullido en una cómoda posición y le dirigió una sonrisa.

—¡Ay, buena mujer! Le estáis pidiendo limosna a otra lisiada, pero tengo algunas monedas de cobre aquí para darle. Dígame, ¿qué calle es ésta?

La pordiosera se quedó mirándola.

—Vais vestida demasiado de corte para esta calle —observó con franqueza—. ¿Qué os trae aquí y caminando? Ésta es la calle de los Caminantes Nocturnos, y más allá, allí, está el centro del gremio de los mendigos..., con su pie..., pero no estaría buscándolos, va vestida demasiado elegante. ¿Qué está haciendo aquí, *sai-an*?

—No lo sé —respondió Nhia asustada de repente—. ¿Puedo conseguir un palanquín?

—Espere ahí —dijo la mendiga. Se puso dos dedos en la boca y soltó un agudo silbido. Dos golfillos, quizá sólo unos años menores que Nhia, salieron atropelladamente de los callejones laterales como si hubieran estado esperando la señal—. Aseguraos de que ningún ladrón se le acerca. Iré a ver al hermano número uno.

Nhia se apoyó contra una pared y los golfillos tomaron posición delante de ella, formando un círculo de defensa. Con los sentidos prodigiosamente agudizados, Nhia vio hombres y mujeres aparentemente ordinarios girarse hacia ella, recibir una señal invisible de los dos guardianes y cambiar de dirección después de examinarla minuciosamente a través de sus ojos velados por las pestañas bajas. Uno de los jóvenes guardianes se volvió para sonreírla, mostrando una boca escasamente poblada de dientes.

—No se preocupe, señora, la vieja Mara hará lo correcto para vos.

—Pero ¿de dónde ha salido? —el otro golfillo le clavó la mirada y después se giró hacia su compañero—. No ha podido venir andando todo el camino desde la Ciudad Media. Ya la viste cojear. Yo no la he visto venir hasta que tropezó con el carrito de Mara. Como si hubiera salido de ese muro de ahí.

Advirtieron a otro oportunista y después alguien se les acercó, un hombre con las ropas raídas, aunque no harapientas, que se acercó al trío junto a la pared. Los dos golfillos levantaron sus andrajosos gorros.

—Hermano —dijo uno de los chicos con deferencia.

—La sacaré de aquí —dijo el hombre amablemente. Los golfillos agacharon la cabeza, sonrieron con su desdentada boca y desaparecieron en los callejones otra vez. El nuevo compañero de Nhia le ofreció una pequeña reverencia—. Soy el hermano número dos del gremio de los mendigos —dijo con simpatía—. Si me sigue, la llevaré hasta el hermano número uno.

—No quisiera ser... —empezó a decir Nhia con seriedad.

Su compañero se inclinó de nuevo, interrumpiéndola educadamente pero con firmeza.

—Por aquí.

La condujo a través de una callejuela más estrecha que daba a la calle principal, y luego entraron por una puerta adornada con una pesada cortina de cuero. La habitación era oscura, iluminada sólo por las velas y el baile de las llamas en la chimenea cubierta de hollín. Había un grupo de gente dentro, pero Nhia inmediatamente se fijó en una gran figura sentada en una silla parecida a un trono junto al fuego. Su pelo era largo y gris y le caía sobre los hombros, recogido atrás con una redecilla de encaje; su cara, llena de cicatrices que le atravesaban su erosionada y curtida piel, poseía una extraña nobleza. Sin embargo, sus ojos se notaban blancos por las cataratas. Estaba, a efectos prácticos, totalmente ciego.

—Acérquese —dijo el ciego— y no se asuste. Lo hago para «verla» a mi manera.

Ella se aproximó como le había pedido y él alzó una mano, palpando su frente con los dedos, sus párpados cerrados, su boca, su barbilla y, más arriba, su pelo recogido con agujas y peinetas.

—Eres una extraña pesca para la calle de los Caminantes Nocturnos —dijo el Rey de los mendigos.

—Sé quién es —dijo de pronto una de las personas que había en la habitación dando un paso adelante.

—Hermano, es la que llaman la Joven Maestra del Templo.

El hermano número uno ladeó la cabeza.

—¿Qué dice nuestra gente?

—Los informes son buenos —dijo el que había reconocido a Nhia.

—¿Qué está buscando aquí, *sai-an*? —preguntó el Rey de los mendigos, dirigiéndose a Nhia.

—Ni siquiera sé dónde es «aquí» —respondió ella—. He pasado toda mi vida en esta ciudad y sólo conozco bien unas pocas calles. Cómo he venido hasta aquí, yo... no sabría decirlo. Puede sonar extraño para los que no están en el Camino, pero salí de mi casa esta mañana en busca de mi maestro, tratando de encontrar un lugar, una calle, que desconozco. Me dijo que la conocería a su debido tiempo. Dejé que el conocimiento me llenara y lo seguí. Cuando volví a saber de mí misma, estaba aquí. En su calle.

—¿Atravesó la ciudad con esas galas y no recuerda haberlo hecho? ¿A quién está buscando?

Nhia titubeó. Los miembros del gremio de los mendigos no eran salvajes ignorantes. Se mantenían informados, a veces mejor que nadie en Palacio. Sabrían de Lihui.

—Al Noveno Sabio Lihui —dijo tras una pausa.

Percibió un veloz intercambio de miradas entre algunas personas de la habitación, pero no pudo interpretarlo.

—¿Lihui es su maestro? —preguntó el Rey de los mendigos, con un tono algo más duro—. ¿Cómo es que un hombre así orienta a la Joven Maestra del Templo? Es como si un dragón enseñara a un cisne. Ambos vuelan, pero uno vomita fuego y destruye y el otro alimenta y protege.

—¿Qué? —los ojos de Nhia se abrieron de la impresión. Aunque esperaba que los mendigos estuvieran al corriente de la identidad de Lihui, desde luego, no imaginaba que tuvieran un juicio sobre él.

—No lo encontrarás por aquí —dijo el Rey de los mendigos con frialdad—. Le conocemos y también sabemos reconocer sus disfraces. ¿La ha enviado ahora para que nos confiemos y bajemos la guardia?

—No comprendo —dijo Nhia—. No sé de qué está hablando.

—Cuando necesita cuerpos para su trabajo, vuelve a las calles. Toma a esta gente, la gente de la calle. Mi gente. A él le importa poco que haya un alma de ser humano en los contrahechos cuerpos que destroza.

—¡Lihui es un Sabio de la corte imperial! —exclamó Nhia—. ¡No hace esa abominación!

—Su maestro es un oscuro alquimista —dijo uno de los demás, adelantándose a la luz de las velas, y Nhia vio que no tenía ojos, sino dos blancas cicatrices—. Él me hizo esto, antes de que escapara de su casa. Otros no han sido tan afortunados. ¿Qué le está enseñando, Joven Maestra?

—Me enseña el Camino —respondió Nhia—. Ha sido mi guía hacia las Fuentes de Cahan, a la sabiduría, al conocimiento —tragó saliva, al recordar su último encuentro con Lihui—. Me ha dado alas, incluso. En la meditación lo soy todo, puedo volar por el cielo sin cansarme.

—Eso es mucho para alguien como vos —dijo el Rey de los mendigos después de un silencio, y su voz estaba llena de comprensión. Dicen que está coja.

—Nací así —susurró Nhia.

—Vuestra madre debería haberos enviado a nosotros —dijo él—. La habríamos preparado.

—Pero si me *estoy* preparando...

—He oído hablar de los consejos que dais a la Emperatriz para la gente corriente que va a su tribunal —continuó el Rey de los mendigos—. Os llevaremos a casa. Pero por la seguridad de vuestro espíritu inmortal, os aconsejo que os mantengáis alejada del alquimista. Verterá veneno en vuestras fuentes antes de que pueda beber en ellas. Xi, Lam, conseguid un palanquín y aseguraos de que vuelve a la Ciudad Media sin percance.

—Sí, hermano. Venid, *sai-an*.

Nhia, aturdida, aceptó la despedida y se dejó guiar por los dos que habían destinado para escoltarla. Eran corteses, respetuosos y bastante duros también; de alguna manera, antes de darse cuenta, se encontró instalada en un palanquín alquilado camino del Templo. Parecía llevar mucho tiempo ir hasta allí. Nhia recordó lo rápido que había llegado a las calles de los mendigos desde el umbral de su propia casa esa mañana, y sintió miedo.

La dejaron en el Templo y pasó las siguientes horas sentada a solas en los jardines del Tercer Círculo, buscando la paz de espíritu que éstos siempre le habían traído; pero fue en esos círculos donde Lihui por primera vez se había cruzado en su camino y esa idea volvió a perseguirla. Recordaba sus manos, levantándola aquella primera vez, justo ahí en el Templo; sujetándola en el Palacio, sosteniéndola mientras nadaba de vuelta a la conciencia terrenal en las habitaciones del centro de enseñanza. Manos delicadas. Las sabias palabras que las habían acompañado, las palabras que había confiado a su diario de estudio, tal y como él las había dicho, para pensar en ellas y buscar la sabiduría y el entendimiento.

Un oscuro alquimista.

¿Cómo era posible?

Ahí en el Templo, lejos de la presencia del ciego Rey de los mendigos, algo de la fuerza de lo que había dicho se había deshecho. Sus palabras sonaban extrañas, huecas; ahí en el Templo era la palabra de Lihui la que predominaba.

En algún lugar del fondo de su mente, tan claramente como si estuviera a su lado, oía la voz de Lihui formando las palabras: «Te he estado esperando, Nhia. ¿Dónde estabas?».

Tuvo un sueño inquietante esa noche y lo ocupaban ambos, Lihui y el Rey de los mendigos. Uno decía: «Ven a mí». El otro levantaba la mano para detenerla, con sus ojos ciegos clavándole la mirada, «No vayas a él».

Se despertó, con los ojos desorbitados. La voz de Lihui fue la última que resonó en su mente. De nuevo, se vistió con esmero, como había hecho el día anterior, y salió de su casa. Y esta vez nadie la tocó, nadie la empujó, nadie se cruzó en su camino. De alguna manera, sin saber cómo, se encontró delante de un par de puertas de madera en un muro muy alto, todo de color rojo oscuro. Las puertas se abrieron a su tacto y un silencioso criado que esperaba dentro le hizo una reverencia. La condujo dentro de una pagoda y bajaron por un tramo de escaleras a una habitación sin ventanas iluminada con braseros, y las intensas y revoltosas llamas de dos chimeneas en esquinas opuestas de la habitación. Paneles pintados con escritura *hachaashu* ocultaban de su vista partes de la habitación mientras la recorría con la mirada. Vestido con una túnica suelta de seda carmesí, Lihui se giró desde una mesa que estaba en la pared del otro extremo con media copa de vino en la mano. Por primera vez desde que Nhia lo conocía, lo vio con el pelo, que normalmente llevaba recogido en una apretada trenza, suelto sobre los hombros y cayendo hasta pasada la mitad de su espalda, abundante y negro, enmarcando su cara de una forma que ella desconocía hasta ahora y haciendo resaltar los relucientes carbones de sus ojos.

—Estás aquí —dijo con tono desenfadado, casi coloquial—. Bien. Hay mucho que hacer; empecemos. ¿Un poco de vino?

—Yo no... —empezó a decir Nhia, pero él ya había vertido algo en una segunda copa, rellenando la suya de camino, y estaba cruzando la habitación hacia ella con la copa en la mano.

—Por aquí —la invitó a pasar, haciéndose a un lado y llevándola de la mano al interior de la habitación, cerrando la puerta a su espalda—. Siéntate junto al fuego y empezaremos. Has llegado tarde, alumna mía. Te esperaba aquí ayer, como te dije.

—Yo... —Nhia solía rechazar el vino o cualquier bebida fuerte, pero estaba tomando pequeños sorbitos de la copa que tenía en las manos por el educado instinto de beber de lo que ofrece un anfitrión, o quizá por la pura y poderosa energía de la presencia de Lihui; había tomado en sus manos la copa y, por tanto, debía obedecer y beberla. Pero a pesar de ser pocos y pequeños tragos, parecían haber empezado a hacer que todo le diera vueltas. Quizá era que no estaba habituada a beber, pero tuvo un momento lúcido para darse cuenta de que Lihui había dejado su propia copa en la mesa que estaba ante ellos y la estaba observando muy de cerca.

«No vayas a él», la voz del Rey de los mendigos sonaba en su cabeza, urgente, como una advertencia. Una advertencia que debía haber escuchado.

Las lenguas de fuego del hogar de pronto se volvieron más cálidas y brillantes, y el aire de la habitación se solidificó como especiada miel en la garganta de Nhia. Sus dedos se abrieron, débiles, laxos; nunca llegó a oír cómo se hacía añicos la copa en la piedra de la chimenea cuando cayó de su mano. Su visión se hundía entre las llamas rojas que la iban lamiendo y, después, cayó en la oscuridad. Extendió la mano ciegamente, buscando a tientas dónde apoyarse. La última cosa coherente que pudo recordar fue el brazo de Lihui deslizándose en torno a su cintura mientras entraba en la espiral de la inconsciencia.

OCHO

«Qué extraño sueño he tenido.»

Nhia, con los ojos cerrados todavía, era vagamente consciente de estar tumbada en una superficie suave, una cama, pero cuando intentó girarse, desperezarse y acurrucarse de nuevo para seguir durmiendo se encontró incapaz de moverse. Tenía los brazos estirados sobre la cabeza, aunque cuando intentó bajarlos hasta la almohada se dio cuenta de que tenía las muñecas atadas entre sí con algo sedoso pero fuerte que anclaba sus brazos a un punto fijo y sólido detrás de ella.

No era un sueño.

Los ojos de Nhia se abrieron cuando la inundó el recuerdo. Estaba en la habitación de Lihui, pero era un lugar muy diferente de aquel en el que había entrado... ¿hacía cuánto? ¿Minutos, horas, días...? Habían quitado la mayoría de los biombos. Dos mesas, una con forma de L abarrotada de objetos y otra de laboratorio, ocupaban toda la esquina junto a una de las chimeneas. La mitad de esta última soportaba una mezcla ecléctica de instrumentos de laboratorio, aparatos para destilación, alambiques, una colección de recipientes de cristal que contenían líquidos de extraños colores, un mortero y un pequeño crisol con una llama sobre la que, como observaba Nhia, algo burbujeaba silenciosamente en una redoma de cristal de largo cuello. La otra mitad estaba llena con rimeros de libros y manuscritos, un tintero, un carcaj lleno de plumas y pinceles, un rollo de pergamino preparado para escribir en él y sujeto por varios pesos que parecían calaveras humanas. Al lado de la mesa, sobre un pequeño taburete de tres patas, había otra calavera con una cinta de hierro que hacía de bisagra en la mandíbula. Estaba colocada al revés, sobre su coronilla en una base de ébano tallado. Su mandíbula estaba «destapada».

El Sabio Lihui, vestido con una oscura túnica drapeada prendida en el hombro con un broche, se volvió desde su mesa de trabajo mientras Nhia lo observaba, sosteniendo un cuenco de peltre entre las manos. La miró de reojo, se dio cuenta de que estaba despierta, le dedicó media sonrisa y una fina inclinación, y después llegó hasta la calavera y cuidadosamente vertió dentro el contenido del cuenco, cerrando la mandíbula sobre ella al terminar. Después tomó la calavera con las dos manos, la movió un poco para mezclar lo que había en su interior y atravesó la habitación hasta la cama en la que Nhia estaba atada.

—¿Estás despierta, querida? —dijo—. Bien. Entonces por fin podemos empezar.

Nhia abrió la boca para hablar pero de ella no salió ningún sonido, ni siquiera un susurro. Lihui vio cómo el desconcierto bañaba sus facciones y sonrió, dejando la calavera sobre una cómoda delicadamente lacada que servía de mesita de noche.

—No intentes hablar, Nhia —dijo con dulzura—. No puedes. He tomado tu voz, por ahora. No la necesitarás durante un tiempo. Todo lo que tienes que hacer es escucharme, y hacer lo que necesito que hagas. Tus sentidos no están mal, de hecho son más fuertes de lo que han sido nunca, y los agudizaremos todavía más —extendió el brazo, levantó la cabeza de Nhia y la apoyó sobre el mismo, tomando el recipiente de calavera con la otra mano—. Bebe, Nhia. Esto te llevará al límite del vuelo. Es una pócima de inmortalidad, aguas de las Fuentes de Cahan.

Sus palabras eran penetrantes; siempre había pensado que hablaba con metáforas cuando mencionaba las Fuentes, pero ahora tenía la clara sensación de que se refería a algo que era tan real y sólido como su dulce y a la vez inflexible tacto.

—Bebe —dijo con firmeza, alzando el borde de la calavera hasta sus labios.

Nhia sintió que el líquido le lamía la boca, intentó apartar la cara en un acto de débil rebeldía, pero Lihui dejó que su cabeza cayera hacia atrás, sólo un poquito, tensándole los músculos del cuello. Nhia soltó un gemido ahogado; sus labios se abrieron, el líquido de la calavera le inundó la boca y tragó convulsivamente. Lihui la dejó sobre la almohada con mucha delicadeza.

—Bien. Tardará sólo unos minutos. Relájate.

Con la cabeza hundida en la almohada, vio cómo los colores se arremolinaban ante sus ojos y luego se impuso sobre ellos, a través de ellos, cada perfil de la habitación de repente afilado como el diamante, tan afilado como para cortar. Oyó los ruidos que hacían pequeñas criaturas en los lejanos y oscuros rincones de la habitación, vio la urdimbre y la trama del tejido del dosel de seda extendido sobre la cama en la que estaba, sintió la suavidad de la seda acariciar su cuerpo... Fue consciente, de pronto, de que no llevaba sus propias ropas sino una túnica blanca, gemela de la que envolvía a Lihui, sujeta en el hombro con un broche de metal. El sabor en su boca era metálico, una mezcla terrible de terror, puro pánico, y el caldo químico que había en la poción de la calavera. El aire sonaba en sus oídos, cada terminación nerviosa de su cuerpo se estremecía con una sensación.

Lihui la miraba, parecía satisfecho con lo que veía, asentía con la cabeza. Nhia oyó que empezaba a murmurar algo en una voz que casi no reconocía, en un lenguaje que no sabía, dándole la espalda ahora con los brazos levantados como haciendo una invocación, con las puntas de su pelo largo levantándose y sacudiéndose como respondiendo a una brisa que Nhia no podía percibir. Su voz se alzaba en un poderoso crescendo; Nhia se oyó a sí misma gritar, aunque sabía que no había emitido ningún sonido en aquella habitación iluminada por el fuego. Lihui tocó el broche que sujetaba su túnica; ésta cayó a sus pies, desabrochada, y él se desembarazó de ella dejándola en el suelo en un arrugado montón de seda, mientras se daba la vuelta y volvía a grandes pasos hacia la cama. Estaba desnudo, la luz y las sombras del fuego pintaban su ágil y musculoso cuerpo, el pelo acariciaba sus hombros desnudos, sus ojos tenían un brillo de triunfo.

—Ha sido bueno —dijo entablando una conversación de nuevo con su voz normal— que estuvieras físicamente marcada. Una belleza carnal acompañada de esa belleza de espíritu y hubieras sido valorada por cualquier hombre. Pero con esto... —su mano bajó suavemente por la pierna atrofiada de Nhia, acariciando con los dedos toda su extensión hasta que llegaron al pie retorcido—... tuvo que ser un Sabio y hechicero quien viera la belleza interior. Y has permanecido pura para mí.

Nhia gimió, silenciosamente, cerrando los ojos.

—Sentirás —dijo Lihui, inclinándose sobre ella para susurrarle en el oído—. Y darás. Lo darás... *todo*.

Sintió que tocaba el broche de su propia ropa y que la tela resbalaba, libre; Lihui se la apartó con un solo movimiento, dejándola tumbada, desnuda y expuesta, en las sedosas sábanas. Entonces sus manos fueron a descansar en sus hombros, todavía delicadas, todavía estremecedoramente amables.

—Y eres una belleza, después de todo —musitó. Sus pulgares bajaron desde su clavícula hasta sus pechos. Su tacto era de fuego; Nhia se retorció, apartando la cabeza—. Ah... y lo que nos espera... —dijo Lihui—. No lo gastes todo ahora. Lo quiero todo. No has conocido hombre antes que a mí, creo. Bien. Bien. La esencia era fuerte. La primera vez, entonces, para el cuerpo; la siguiente, para el espíritu. Siéntelo, Nhia. *Siéntelo* todo.

Sus manos se deslizaron más abajo, acariciando su pecho, su cintura y descansando al fin en sus caderas. Ella sintió una sacudida en la cama y, después, que separaban sus piernas por las rodillas y las manos de él bajaban aún más, las puntas de sus dedos con un tacto muy suave bajando por sus piernas hasta llegar a las rodillas, y luego hacia arriba de nuevo por el interior de sus muslos, delicada, tan delicadamente...

—Puede que duela un poco —dijo, casi excusándose, cuando sus manos se juntaron y la empezaron a frotar, arriba y abajo, entre las piernas.

El cuerpo de Nhia se arqueó, se retorció, pero no había forma de escapar de su tacto, de su suave voz, de su presencia. No abría los ojos, los mantenía fuertemente cerrados, mientras se escurrían lágrimas calientes entre sus párpados apretados. Ella no miraría, no lo haría, al menos, no le concedería eso. Pero él tenía razón en que lo estaba tomando todo y su cuerpo traidor con sus sentidos prodigiosamente excitados se estremecía de angustia a la vez que de intensas descargas de placer que le resultaban odiosas, pero contra las que no podía resguardar su mente mientras la abría con sus largos dedos, y después, clavándole los huesos de las caderas, entraba en ella con un enérgico empuje dando un rugido de placer. Nhia tenía los puños apretados, los brazos en tensión desde los hombros, la respiración retenida en sollozos de dolor mientras un daño desgarrador como una navaja se hundía en ella, bajo el cuerpo de Lihui... Y después todo acabó. Él siguió tumbado sobre ella, apoyado en los codos, y apartó con una mano el cabello de Nhia de su rostro; su voz era un milagro de dulzura cuando le susurró al oído:

—Y ahora —increíblemente, el sentido de sus palabras fue tan torturador que hizo que Nhia abriera los ojos todavía con más angustia, sólo para encontrarse con el silencioso triunfo de los suyos— empezamos.

Lihui salió de ella y se incorporó, murmurando más invocaciones.

«¿Qué más quieres?», le gritó Nhia con la mente, sólo con la mente, todavía.

Para su sorpresa, Lihui le contestó de la misma forma. «Tu cuerpo es sólo una entrada a tu alma, querida. Para lo que queda, tendremos que volver al lugar donde volaste en libertad. Pero no olvides nunca que tengo el poder de hacerte caer. Morirás a una palabra mía, Nhia. No lo olvides.»

Entonces le sintió dentro. No dentro de su cuerpo, sino una violación todavía mayor: dentro del corazón, la mente y el espíritu. Él apoyaba su delicada mano sobre todo ello y su tacto era el del hierro.

«Vuela», ordenó.

Y, ay, ella lo hizo. Regresó a aquel cielo que la había aterrorizado y exaltado tanto la primera vez, y en esta ocasión fue incluso mejor y más azul y más maravilloso de lo que recordaba, y más allá del azul estaban las estrellas, las podía ver titilando, contarlas en su infinidad, desplegando sus alas de águila para apresar el viento mientras ascendía hacia ellas.

«Sí», oyó en su mente, un grito exultante que no era suyo. «¡Sí!»

Abrió entonces los ojos por fin y miró. Vio erguirse ante ella a una criatura de fuego, sus ojos resplandecientes en ascuas de ardientes carbones rojos, su pelo en llamas en torno a su cara. Vio un espíritu que ya era viejo cuando el mundo era joven, con los siglos pesados a su espalda, y que necesitaba alimento para sobrevivir, para perdurar. Vio lo que la ligaba a este monstruo: una hebra de luz que fluía hasta el interior de su boca abierta. Se la estaba bebiendo, a toda ella, tomando la esencia de su espíritu puro y colmando el abrasador recipiente que era él y que brillaba todavía con más fuerza mientras la consumía, exprimiéndola.

Tal como vino la visión, se hizo borrosa y se desvaneció. El propio águila de Nhia se convirtió en un eco fantasmal y lentamente también desapareció del cielo estrellado, o las estrellas desaparecieron de su alrededor, alejándose, palideciendo y volviéndose incorpóreas. Con el ancla terrenal de su propio cuerpo, Nhia vio entonces que Lihui estaba suspendido sobre ella con la cabeza echada hacia atrás, los ojos cerrados y las manos en los hombros de ella y, luego, hasta eso se desvaneció lentamente, desde los bordes hacia dentro, mientras la poción de la calavera parecía perder efecto y los cortantes filos de las cosas se desdibujaban volviendo de nuevo a ser distantes y borrosos perfiles y finalmente se fundieron en un gris uniforme que se fue oscureciendo hacia el negro. Y después Nhia no supo nada más.

* * *

Cuando Nhia nadó de vuelta a la consciencia, se encontró sola en la habitación del alquimista. El fuego de uno de los hogares se había extinguido completamente y el del otro era sólo un resplandor de ascuas; apenas la débil luz de un par de vacilantes velas atravesaba la penumbra. Había sido desatada, sin embargo, y estaba acurrucada en sí misma, como un niño, ligeramente cubierta con una sábana. Una guedeja de su cabello suelto cruzaba el hombro desnudo que descubría la sábana y Nhia, enfocándolo con sus adormilados ojos, vio que había blanco en él. Un mechón blanco serpenteaba entre los negros cabellos. Le dolía todo el cuerpo, como si hubiera sido golpeada hasta hacerle perder el conocimiento. Se le escapó un gemido y se preguntó, vagamente, por qué ese sonido le resultó importante, antes de desenterrar de su memoria el hechizo de silencio que había sufrido la noche anterior.

Y aquello trajo todo lo demás.

El gemido se convirtió en un suave lloriqueo y se ovilló todavía más en sí misma, abrazándose los hombros y enterrando la cara en el hueco del brazo.

—No hay tiempo para llorar —dijo otra voz justo a su lado. Una voz familiar.

Nhia levantó los ojos, con una desmedida perplejidad, para encontrarse con los de la mujer que estaba en pie junto a la cama. Vestida de fina seda bordada, con los anillos de matrimonio en ambos pulgares, el pelo recogido en un complicado peinado de mujer casada, los ojos mucho más viejos que aquellos que Nhia recordaba, pero todavía, sin duda, Khailin, desaparecida sin dejar huella desde hacía tanto tiempo.

—Está en la corte —dijo Khailin—. Falta poco tiempo para que vuelva. Te he limpiado, pero no tengo ni idea de lo que ha hecho con tus ropas. Tendrás que ponerte mi vestido. Rápido —sus ojos se suavizaron un poco mientras leía el dolor y el desconcierto en la cara de Nhia, brillante por las lágrimas—. Colabora, Nhia. No lo sabía. La primera noticia que tuve sobre sus intenciones fue cuando, antes de ayer, te envió el camino a seguir. Intenté detenerle, pero creo que no tuve demasiado éxito y entonces ayer, cuando te llamó de nuevo y tú viniste, no hubo ya nada que pudiera hacer una vez que te tenía aquí. No puedo levantarme contra él, no todavía. No cuando está en el esplendor de su poder. Y ha extendido cada ápice de él para conseguir traerte aquí.

—¿Qué...? ¿Dónde...?

No hay tiempo —dijo Khailin. Le tendió un vestido—. Creo que éste debería quedarte bastante bien. Deprisa. Si quieres vivir, tienes que haberte ido para cuando él regrese.

Nhia tomó el vestido con un gesto instintivo, incorporándose, con los ojos muy abiertos hacia Khailin. Tenían la misma edad, con sólo cinco meses de diferencia, pero Khailin parecía haber madurado diez años en el corto período transcurrido desde que desapareció. Tenía incluso finas arrugas alrededor de los ojos o por lo menos la ilusión de ellas. Parecía cansada, pero era todavía Khailin, desafiante, invicta. Mantuvo la mirada de Nhia sin apartar los ojos durante un largo momento, y después extendió la mano a su espalda para alcanzar una taza de porcelana con un líquido que humeaba ligeramente.

—Cuando estés vestida, bébete esto. No te preocupes —dijo con una risa crispada cuando Nhia rechazó la taza—. No es ninguno de sus venenos. Es sólo té verde. Ojalá pudiera darte algo de comer también, pero no hay tiempo, no hay tiempo, y no quiero que nadie en las cocinas piense que estás ya despierta. Corre. Debo sacarte de esta casa. Para ti creo que no ha puesto ninguna restricción.

—¿Restricción? —repitió Nhia. Se sentía muy estúpida y confusa aquella mañana.

—No hay cerraduras ni llaves en este lugar —dijo Khailin amargamente— pero él no las necesita. Yo no puedo poner un pie fuera de esta casa, se ha asegurado de ello, y tampoco ningún mensaje mío consigue traspasar sus hechizos. Hasta que confíe en mí. Hasta que sepa que no diré nada que pueda ponerlo en peligro. Lo que significa que probablemente viviré el resto de mis días aquí si no logro encontrar la forma de invertir el decreto. Pero tú no. No dejaré que te tenga. Por el amor de Cahan, Nhia, date prisa.

Nhia sacó las piernas fuera de la cama, estremeciéndose con cada pequeño movimiento que le traía oleadas de dolor y náusea. Una arcada le sacudió la espalda, como si estuviera intentando devolver algún viejo veneno del que ya no quedaba nada; estaba vacía, consumida, no quedaba de ella ni siquiera los posos del espíritu. Se vistió en un aturdido silencio y después fue renqueando hasta la mesa donde había ido Khailin. Nhia llegó justo cuando Khailin terminaba de cerrar una diminuta ampolla de cristal. El cristal era grueso y verde y traslucía el contenido de la ampolla muy débilmente. El cierre tenía un gancho en el que podría ensartarse un cordón o cadena fina. Khailin apretó el amuleto contra las manos de Nhia.

—Su esencia —dijo Khailin—. Algunas hebras de tela empapada con su sudor, un hueso de cereza que escupió, cubierto de su saliva, una gota de su semen, un trocito de pergamino manchado con un poco de su sangre. Si hubiera añadido lágrimas también, los cinco fluidos, habría sido mucho más poderoso, pero nunca he visto a ese hombre llorar. Pero así también funcionará. Llévalo contigo siempre, servirá como antídoto contra sus hechizos. Y te permitirá reconocerle de nuevo, si aparece con un aspecto diferente.

—Khailin, no lo entiendo —gimió Nhia al final—. ¿Dónde está este sitio? ¿Cómo llegué hasta aquí? *¿Qué me ha hecho*? —y entonces, contemplando cómo su amiga y hermana del *jin-shei* había cambiado, añadió—: ¿Y qué te ha hecho *a ti*? ¿Qué estás haciendo aquí?

—Dónde está este lugar, yo tampoco lo sé —respondió Khailin—. Estoy bastante segura de que no está en el Linh-an donde tú y yo vivimos. Sobre cómo llegaste aquí, sólo sé que él te trajo, y todo lo que puedo hacer para cambiarlo es conseguir que tu mente vuelva a donde estaba antes de que te capturase. Lo que te ha hecho, sin embargo, puede hacerlo difícil —observó a Nhia, y había piedad en su mirada, y pena, e incluso culpabilidad—. Siento mucho que en alguna ocasión haya pensado en vosotros dos juntos... —susurró—. No sé si podrás recobrar lo que tomó de ti, lo que necesitaba para hacerle fuerte y joven de nuevo. Pero no le dejaré destrozarte como hizo con los demás. Vete y vive y búscate a ti misma de nuevo. Respecto a lo que me hizo a mí, no fue nada que yo no le invitara a hacer —se rió otra vez, sin alegría, amargamente, levantando las manos y tendiéndolas para que Nhia las viera: sus anillos brillaban a la luz de las velas—. Me casé con él.

NUEVE

El último día de la Corte de Otoño el sol amaneció como un crisantemo amarillo en un limpio y perfecto cielo azul. El aire temprano de la mañana tenía el ligero sabor del frío que se avecinaba, pero el día se calentó con rapidez. Yuet se despertó con sensación de peligro y expectación. Era la mañana de la clausura de la corte. Liudan se había quedado sin tiempo, sin ninguna alternativa. Habría una boda ese invierno, y un nuevo Emperador coronado en primavera con la llegada del Año Nuevo. Un nuevo reinado. Una nueva dinastía.

Liudan no había previsto aparecer hasta media mañana, pero Yuet madrugó y se puso su traje de corte más ostentoso porque había decidido hacer una visita privada a la Emperatriz antes de que ésta hiciera su gran entrada. Le dio su nombre a los guardias de la puerta y fue admitida por la muchachita sorda, la criada personal de Liudan. La niña sonrió y le hizo señas, indicando algo. Yuet había estado con ella lo suficiente como para entender sus movimientos en lo esencial: Liudan estaba todavía arreglándose.

Había dos doncellas atendiendo a la Emperatriz en su alcoba, una cepillando su largo pelo y recogiéndolo en un elaborado tocado, y la otra mezclando polvos finos de maquillaje en un cuenquito de peltre.

—Se supone que no debes llevar maquillaje —comentó Yuet, abriendo la conversación.

—Se supone que no debo hacer muchas cosas —repuso Liudan con el mismo tono de voz. Giró la cabeza, provocando la consternada queja de su peluquera al destrozar uno de los moños antes de que quedara debidamente prendido en su sitio—. ¡Oh! ¡Se preocupan tanto! —protestó con impaciencia.

—Lo hacen siguiendo tus deseos. De otra manera nadie estaría preparando maquillaje prohibido en tu presencia —señaló Yuet.

—¿Has venido para provocarme?

—No —respondió Yuet—. He estado al margen del mundo últimamente.

—Lo sé. Me han hablado de tu trabajo. Lo has hecho muy bien —era una alabanza excepcional por parte de Liudan.

—No podía dejar desprotegida a la Emperatriz —murmuró Yuet—, con todos los guardias terriblemente enfermos del vientre, demasiado enfermos como para cuidar de tu seguridad. Te entregan sus vidas y yo tenía que asegurarme de que te fueran todavía útiles cuando todo terminase.

Liudan le echó una rápida ojeada.

—Parece como si estuvieras reprochándome algo.

—Ese lugar no me corresponde —dijo Yuet—. Todo lo que he hecho... —su voz se fue debilitando al entrever una miniatura pintada, un perfil de mujer, realizado con el mayor cuidado en una pieza de marfil color crema con colores muy realistas. Era un perfil familiar: el de Liudan, aunque no del todo. Y Yuet lo había visto a menudo, en las semanas anteriores, mientras Qiaan se inclinaba sobre los quejumbrosos pacientes del recinto de la guardia.

Liudan siguió su mirada.

—¿No has visto nunca el retrato de mi madre?

—¿Es tu madre? Te pareces bastante a ella —observó, acercándose para mirarlo más de cerca.

Liudan tomó la miniatura, la estudió durante un momento y después la puso en la mano de Yuet.

—Sí —dijo—, eso me han dicho. Aunque para mí es difícil de decir. No me acuerdo nada de ella.

—La verdad —reflexionó Yuet— es que es difícil ver tu propio perfil en un ángulo desde el que puedas juzgar el parecido, pero desde donde yo estoy sentada... —levantó el retrato a la altura de la cara de Liudan y ésta amablemente se puso de perfil—. Oh, sí —dijo Yuet con suavidad. Había un tercer rostro allá en las sombras. Si la mujer de la pintura no hubiera dado a luz a Qiaan, habría sido su gemela exacta. El parecido, tan extraordinario para Yuet a primera vista, era asombroso después de tener la evidencia con la que compararlo—. Era muy hermosa, ¿verdad?

—Eso me dicen —respondió la Emperatriz, con un poco de coquetería, algo triste.

Yuet dejó la miniatura cerca de la mano de Liudan.

—¿Qué pretendes hacer, entonces? —preguntó Yuet, y se dio cuenta de que estaba esperando la respuesta sin un asomo de temor—. No puedes aplazarlo de nuevo.

—No lo pretendo —dijo Liudan—, por eso... es todo esto —levantó los brazos para mostrar sus galas, su complejo peinado, su maquillaje—. Quiero deslumbrarlos. Quiero entrar ahí y hacerles olvidar todo lo que no sea mi presencia.

Por primera vez Yuet se dio cuenta de que había algo en el atuendo de Liudan que no era habitual. Iba vestida de rojo y dorado, los colores tradicionales de las bodas, cierto, pero Yuet tuvo la vívida impresión de que ése no era el sentido de los colores en ese momento. Tampoco había blanco. Ningún lazo de duelo en su pelo, ningún borde en el vestido, ni siquiera bordado. Su túnica refulgía de seda y joyas.

—Pero si no has terminado el período de luto —comentó Yuet, subiendo los ojos bruscamente hacia la cara de Liudan.

—Oh, sí que lo he terminado —respondió ésta con la voz tan sedosa como su vestido. Si desean que me case no pueden esperar que lo haga echándome ceniza en el pelo y llorando a mis muertos. Si quieren que lo haga, he terminado el duelo. Si quieren que soporte todo el período de luto, mejor que retiren a los pretendientes.

—Por el amor de Cahan, Liudan, ¿vas a pedirles otro ultimátum? —preguntó, añadiendo con poca delicadeza—: Zibo se atragantará como si se hubiera comido un sapo vivo. Es algo que pagaría por ver.

—No tendrás que hacerlo. Sabes que hay un sitio para ti en la corte —comentó Liudan, traicionándose con una fugaz sonrisa—. ¿Va a venir Tai? ¿Y Nhia?

—A Tai la encontraré en la Cámara de la Audiencia. No estoy segura de dónde puede estar Nhia. No la he visto desde hace tiempo, pero la verdad es que he estado...

—Muy ocupada, lo sé —dijo Liudan—. Bueno. Si dejaras a estas dos infelices algo de espacio para trabajar, podría estar allí en menos de una hora.

La estaba echando. Yuet se levantó, hizo una reverencia, pero cuando estaba ya en la puerta se volvió, sin poder evitarlo. Dijo:

—No me lo vas a decir, ¿verdad?

El perfil de Liudan, el perfil clásico de su madre pintado en un trozo de marfil, el perfil de una muchacha en el recinto de la guardia que había pasado noches sin dormir cuidando de los niños de los demás durante las pasadas semanas, se volvió hacia Yuet; Liudan no respondió, ni con palabras ni con el menor de los gestos. Sólo, quizá, su boca se torció en una leve sonrisa.

Yuet suspiró y dejó la habitación.

La Cámara de la Audiencia estaba, previsiblemente, atestada de gente. Yuet y Tai llegaron a sus asientos, entre empujones de otros cortesanos impacientes y nerviosos. A un lado, los seis pretendientes —resplandeciendo con tantas joyas que era difícil de encontrar un trozo de piel desnuda en ellos— esperaban de pie a que se anunciara la decisión de Liudan. Uno de ellos sería Emperador en primavera. Sus expresiones eran tensas, sus cuerpos estaban tiesos por el estrés y las expectativas bajo el peso de su atuendo de corte. Uno o dos echaron miradas furtivas hacia los demás, sopesando el impacto de su propia apariencia sobre la de sus rivales. Zibo, el gran canciller, se había puesto su cuello más alto y su papada se desbordaba sobre él en una cascada de abundante carne; parecía bastante satisfecho de sí mismo. Ésta sería una victoria para él, la joven Emperatriz estaba finalmente acorralada en la situación que él quería. Los seis pretendientes, examinados por astrólogos de la corte, eran en mayor o menor medida sus propios protegidos y le debían su nuevo estatus. No habría regencia, pero sin duda habría favores.

Un suave murmullo anunció la llegada de Liudan y fue rompiéndose en sonoras exclamaciones según ella avanzaba majestuosamente por la Cámara de la Audiencia, sin mirar a derecha ni a izquierda, resplandeciente de rojo y dorado, y tan enjoyada y brillante como cualquiera de los hombres que esperaban su decisión. No les prestó ninguna atención mientras subía a la tarima donde estaban los tronos imperiales y se hundía en su asiento con un crujido de la seda y el brocado.

Zibo la miró asombrado y quizá algo temeroso. No esperaba esto. Esperaba sumisión, por fin, pero Liudan podía parecer todo menos sumisa. Se la veía orgullosa y segura de sí misma y había un destello de clara satisfacción en sus ojos. Como si hubiera ganado ella, y no el canciller Zibo.

Los cortesanos continuaron susurrando entre sí, como un campo de hierba agitado por el viento, hasta que Liudan levantó la cabeza, después de un momento, y contempló a su público. La gente quedó paralizada a mitad de una frase, a mitad de una palabra.

—He ido al retiro —dijo Liudan en voz baja en medio del silencio— y pedí el consejo de los dioses y de mis hermanas del *jin-shei* acerca de la cuestión de mi matrimonio. He meditado en ello, y rezado para ello, y me he dejado orientar por los Sabios. Lo he discutido con mi Consejo y con los astrólogos.

Mientras se presentaba como suplicante, penitente, alguien que pide consejo, algo de color volvió a las mejillas de Zibo. Pero entonces la voz de Liudan cambió. Sutilmente. Y todo fue diferente.

—E incluso con toda esta concurrencia de consejeros y protectores, algo no ha ido bien en la selección de pretendientes. Uno, por lo menos, estaba tan indispuesto para ocupar ese lugar que se fue y tomó una esposa bastante diferente, se casó con otra mujer en secreto, furtivamente y a la desesperada.

La corte tembló durante un momento, porque había una nube que presagiaba amenaza en aquellas palabras, como si Liudan pretendiera hacer pagar el castigo de esta acción. Pero su voz se suavizó de nuevo.

—Y le deseo bien en la elección que ha hecho. Y ahora es tiempo de que *yo* haga mi elección.

Yuet, gran observadora de la gente, iba barriendo con los ojos las caras de la multitud. Liudan los tenía absortos; estaban pendientes de cada palabra suya.

—Primero me pidieron que eligiera entre los pretendientes a Emperador que habían sido seleccionados no para mí, sino para mi hermana, Antian, la Pequeña Emperatriz, que nos fue arrebatada trágicamente y demasiado pronto cuando el terremoto destruyó el Palacio de Verano —Liudan continuó—: Y no accedí, porque yo no soy Antian. Después seleccionaron un nuevo grupo de hombres que los astrólogos juraron que combinaban mejor con mis propias estrellas. Uno se ha ido con otra. Los otros seis esperan aquí hoy —bajó la voz todavía más—. Pero si uno fue seleccionado equivocadamente, ¿cómo puedo confiar en absoluto en la selección?

Zibo no pudo contener un grito ahogado. Había cuchicheos entre el grupo de pretendientes y una oleada de susurros en la corte. Pero Liudan no les prestó atención.

—Durante tres noches —siguió—, y me han dicho que esto es importante, he tenido el mismo sueño. En el sueño, estoy de pie en el pico más alto de una montaña. Sola. Esperando. Y mientras espero siento que la montaña se mueve bajo mis pies —hubo de nuevo exclamaciones al volver a invocar el terremoto que la condujo al trono. Pero Liudan siguió hablando como si no hubiera sido interrumpida—. Y la montaña se movió, la vi desenredarse y supe que estaba en el lomo de un dragón, entre sus alas rojas y doradas.

Se levantó, abrió las alas de su propia túnica, descubriendo un vestido bordado con sinuosos dragones en seda escarlata e hilo de oro. Yuet buscó la mirada de Tai y ésta asintió con la cabeza, brevemente —«Sí, ése es mi trabajo, pero no lo sabía.»— y después ambas se volvieron hacia Liudan.

—Esto es lo que me dice el sueño. No tomaré Emperador que se siente junto a mí en el trono de Syai. Que así se escriba: el nuevo reinado es sólo mío. Soy la Emperatriz del Dragón.

CUARTA PARTE

Qai

Parece que sólo fuera ayer
cuando aprendíamos a caminar, y ahora mira,
Qai está sobre nosotros tan temprano...
Los niños de nuestra carne y nuestro hueso
guardan el equilibrio agarrados a nuestras faldas...

QIU-LIN, año 12 del Emperador de la Nube

UNO

Khailin había sacado a Nhia del laboratorio de Lihui, escaleras arriba, subrepticiamente, envuelta en una de sus propias capas con la capucha echada sobre la cara todo lo que daba de sí. A la entrada de la casa, Khailin se detuvo.

—Mejor que ni siquiera toque las puertas —dijo con amargura en la voz—. Lo pago con dolor. Me salen ampollas en las manos al simple contacto y después, más tarde, cuando él vuelve y la puerta le cuenta que he intentado poner mi mano en ella...

—¿La puerta le cuenta?

—Esta casa es... es *él*, de alguna extraña forma. Se entera de todo lo que pasa en ella y de cuándo. Sabe lo que está ocurriendo ahora. Debes irte, Nhia. Antes de que te encuentre en las puertas de entrada. Una vez eche la restricción sobre ti, nunca dejarás estos vestíbulos.

—Khailin, ¿qué te pasará a ti? Si descubre que me has ayudado...

—Podré manejarlo —respondió después de una breve pausa—. Ve. Al salir, tuerce a la derecha y sigue caminando. Pase lo que pase. Veas lo que veas. No te des la vuelta. No pares. No hasta que veas el primer lugar que reconozcas como real, algún sitio donde hayas estado, familiar, una calle por la que hayas caminado o una puerta que tú misma hayas abierto y atravesado y que sepas adónde conduce. No pares hasta que no estés absolutamente segura, hasta que lo sepas. Vete. Vete ahora.

—Desapareciste. Intenté encontrarte —susurró Nhia—. Lo intenté.

—Lo sé —dijo Khailin—. Algún día volveré a casa. No puedo quedarme aquí para siempre. Encontraré una manera de volver. Ahora, por el amor de Cahan, Nhia, *¡vete!*

Nhia tomó aliento para decir algo más, se llevó la mano al cuello para tocar el fino cordel de seda que sostenía el extraño amuleto que Khailin le había dado, y después se giró sin decir palabra y salió rápidamente de la casa.

Las puertas rojas del patio de Lihui estaban cerradas, pero se abrieron ante su tacto como habían hecho antes y Nhia se encontró en un lugar desconcertante donde todo parecía nebuloso y sombrío. «Tuerce a la derecha», había dicho Khailin, pero Nhia casi instantáneamente perdió todo el sentido de la orientación, adormecida y confusa por las figuras entrevistas que surgían de la niebla. Las puertas estaban a su espalda, aunque ya apenas se podían distinguir, como si se hubiera separado de ellas sin ser consciente. «A la derecha», Khailin había dicho «a la derecha», tenía que haber una razón. Nhia volvió la cabeza, posando la vista sobre las puertas, dejando la pared roja a mano derecha, y empezó a cojear lentamente por una franja, curiosamente sólida, de adoquines blancos que se habían materializado a sus pies tan pronto como había tomado intencionadamente una dirección.

El camino no estaba nivelado. Le habría resultado difícil caminar por él en su mejor momento sin la ayuda de un bastón. Y éste no era su mejor momento. Le dolía espantosamente la cabeza a pesar del té medicinal de Khailin y sentía su cuerpo destrozado y débil, sus piernas y brazos más frágiles de lo habitual.

El recuerdo que, pese a sus esfuerzos para desterrarlo de su mente, seguía volviendo a ella, fue su primer encuentro con Lihui en los jardines del Templo; la primera vez que se cruzaron sus caminos, lo suyos, los de Khailin, y los de Lihui. Esa visión la burlaba con todo su potencial e iban superponiéndose a ella los fogonazos de las sesiones en el Templo con sus mentores —todos ellos, o así lo había afirmado él, habían sido el propio Lihui, todos habían sido su enemigo—, y se encontró a sí misma pronunciando las palabras que había escrito tan diligentemente en su cuaderno de estudio.

Sé fiel a tu naturaleza.
Concentra tu mente.
No dejes que te distraiga lo exterior.

El recuerdo era doloroso por todo lo que siguió a continuación. Pero en otro nivel, las enseñanzas del Camino venían ahora a rescatarla. La niebla a su alrededor —la pared de la casa de Lihui había desaparecido hacía tiempo— le mostraba visiones muy a menudo. Un grupo de personas riendo. Un funeral. Una taza llena hasta el borde de líquido dorado. Un reloj de sol en un jardín abandonado. Un niño retorciéndose envuelto en llamas, atado a una estaca. Tres mujeres desnudas, bailando sobre un suelo de cristal verde. Un gato a rayas acechando a un gorrión. Un sol amarillo en el cielo otoñal de Linh-an. Una anciana hilando con una niña pequeña sentada a sus pies que la mira con ojos llenos de adoración. Una solitaria flor silvestre sacudida por la brisa en el margen de un camino desierto que se pierde, sinuoso, en la distancia.

El Cielo de los Inmortales. Ese profundo, profundo cielo que había conocido una vez y que nunca olvidaría. En algún lugar, todavía, el grito lejano de un águila. La respiración de Nhia se convirtió en un sollozo. «Familiar», pensó volviendo de su sueño, concentrando su mente, sujetándose a su verdadera naturaleza. «No un sueño de vuelo. Yo soy Nhia, hija de Li, la lavandera, de la ciudad de Linh-an. Estoy lisiada. Soy humana. Yo no tengo esas alas. Nunca he visto esas estrellas con mis propios ojos. Concéntrate. Familiar. Ella ha dicho familiar.»

La niebla se deshizo ante un jardín y la pisada de Nhia flaqueó. ¿Era el jardín del Templo? Ahí, la fuente con sus doradas y gordas carpas, los finos dedos del sauce haciendo surcos en el agua. «¿Se refería a esto?»

Un débil rugido sonó en algún lugar muy cerca de ella y un tigre de ojos verdes entró sin hacer ruido en el tranquilo jardín, mirando fijamente a Nhia. El amuleto en su garganta de repente se puso frío, como un pequeño trozo de hielo, una advertencia. Pero ella no se había detenido completamente, sólo había aflojado el paso; se aferró al amuleto y, tropezando, pasó de largo el tranquilo y tentador jardín, gemelo del que una vez le ofreció tanta paz. Los ojos del tigre pasaron sobre ella, después se oscurecieron, de repente, y el tigre se transformó en un hombre cuyo negro cabello caía sobre sus hombros, sobre la túnica carmesí que llevaba. Tenía el ceño fruncido. A Nhia se le cortó la respiración y tropezó en un adoquín suelto del nebuloso camino, pero mantuvo el equilibrio, tambaleándose hacia delante, y siguió andando. El espectro del hombre moreno fue hacia ella, acosándola, la rozó al pasar a su lado, pasó *a través* de ella y desapareció. Igual que el jardín. Nhia se estremeció; una vez, tuvo un pájaro cautivo entre sus manos y pudo sentir su miedo en el aterrorizado, desenfrenado latir del diminuto corazón contra sus dedos. Ahora su corazón latía de la misma manera. Un pájaro en manos crueles.

«Familiar. Algún sitio donde haya estado antes.»

Algún sitio, se dio cuenta con dolorosa lucidez, no era el Templo al que había entregado tanto de su vida. Era cualquier lugar menos ése.

Otra voz llego nadando a su conciencia, una que había escuchado recientemente, una que había luchado en su mente contra la voz de Lihui la noche antes de salir en busca de la casa de éste.

«No vayas a él.»

El Rey de los mendigos.

En el momento en que los recuerdos de Nhia revolotearon desvalidos en torno a esta visión como polillas atraídas de repente hacia la llama de una vela, la niebla se deshizo una vez más y pudo ver la calle de una ciudad. Era noche cerrada y la calle parecía distinta a aquella en la que se había encontrado una vez cuando el sol estaba en lo alto. Las casas que recordaba, frías y con los postigos cerrados, ahora derramaban luz por las ventanas y las puertas abiertas sobre la calle oscura. Pero estaba segura de que era ésta, la calle de los Caminantes Nocturnos. Familiar. Un lugar en el que había caminado antes.

Nhia se detuvo.

La calle fluía a su alrededor como en un lento sueño, en un silencioso limbo, y entonces, cuando quedó ya totalmente rodeada por las acogedoras casas y los sólidos muros de Linh-an, todo volvió rápidamente a su sitio y la asaltó el sonido de la calle.

Estaba ahí, ahí sólidamente, una mano que busca a ciegas y encuentra la bendita, firme y familiar consistencia de un arenoso muro de ladrillo. Nhia soltó un sollozo de puro alivio.

Podía oír la risa que se derramaba de las ventanas abiertas, la música y, ante sus ojos, un hombre y una mujer saliendo a trompicones del portal más cercano abrazados, y llegando a besarse en las sombras de la calle. Nhia podía ver la mano del hombre sobre la cadera de la mujer, perfilándose oscura contra la brillante seda de colores claros de su vestido ceñido, y el ademán posesivo con que sus dedos se movían sobre el hueso de su cadera.

La calle de los Caminantes Nocturnos.

El significado del nombre le vino de pronto a la mente y se sorprendió soltando una risa tensa. «Debí haber entendido a la primera lo que...»

La risa se convirtió en un jadeo y después en un grito ahogado cuando un brazo le rodeó los hombros desde atrás.

—¿Y a qué estamos esperando aquí los dos solos, cariño?

Nhia lo rehuyó con una violencia que la asombró incluso a sí misma, tambaleándose hacia atrás para apartarse del hombre que la había abordado, con el pánico desbordándose dentro de su garganta; ese hombre había pensado que ella... Quería *tocarla*, abrazarla...

Soltó de repente un grito ciego y perdido que detuvo en seco al que quería ser su compañero de juergas.

—¡Por Cahan...!

Dándose la vuelta, Nhia corrió hacia las sombras, buscando soledad, huyendo de sus recuerdos, de sí misma, de las carcajadas del fantasma de Lihui, la abrasadora huella de aquellas manos y esa mente que todavía arrastraba en su cuerpo y su alma. Se le habían llenado los ojos de lágrimas, su mirada se hizo borrosa, y no vio la figura tumbada en las sombras del callejón hasta que tropezó con ella y se desplomó a su lado. Su pelo —no había tenido tiempo ni fuerzas para hacerse más que una trenza poco apretada cuando se levantó de la cama de Lihui— cayó junto a ella como una oscura soga, y entonces empezó a llorar de verdad, con grandes e incontrolables sollozos que le sacudían todo el cuerpo al abrigo de la capa que la ocultaba.

—Mira por dónde... —la imprecisa figura con la que había tropezado empezó a protestar indignada, pero paró a media frase cuando Nhia se derrumbó en aquella tormenta de llanto—. Oye... ¿Qué ha pasado? ¿Alguien ha intentado forzarte? Es un crimen aquí en la calle, ya sabes. Puedes informar al gremio y ellos se encargarán de él.

Una mano áspera y reconfortante a la vez, sucia de la calle y con negros cercos bajo las desiguales uñas, llegó hasta Nhia y la tocó delicadamente en el hombro. Ella se apartó de nuevo, volviendo con rapidez la cabeza.

—No...

—Te ha hecho daño de verdad, quienquiera que sea... —dijo la voz desde la oscuridad con tono enojado—. Yo cuidaré de ti, no te preocupes. Espera aquí.

Nhia oyó el sonido de alguien que se revolvía, después un ruido de algo que se iba arrastrando a lo largo de la calle; su visión empañada por las lágrimas y la falta de iluminación sólo le permitió distinguir una silueta amorfa que podía haber sido de hombre o de mujer, saliendo a la calle desde el callejón con un par de muletas de madera. Nhia gateó hacia atrás hasta que sintió la consoladora solidez de un firme muro de ladrillo a su espalda, y se ovilló en sí misma con fuerza, ajena a la calle, a la luz y a la risa en las luminosas casas, a su extraño salvador del callejón.

«Concéntrate.

Concéntrate en tu verdadera naturaleza.»

Pero ¿cuál era su naturaleza ahora? ¿Cómo podía concentrarse en algo que le había sido arrancado tan amargamente? El mismo instante del entendimiento, cuando su espíritu levantó el vuelo, no había sido para Lihui más que el momento en que ya estaba preparada para que él la tomara. Nada tenía significado. Nada importaba. «No sé quién soy.»

* * *

El siguiente pensamiento coherente que vino a ella fue que ya no estaba en el callejón, sino acostada en una cama, tapada con una amplia manta de lana raída aunque tejida con delicadeza.

«Una cama...» Se incorporó, de pronto aterrorizada, pero esta vez no estaba constreñida en ningún aspecto y estaba sola. La habitación era pequeña, sin lujos, pero cómoda. Tenía una alfombrilla en el suelo junto a la cama e incluso un rollo colgado en la pared sobre ella con un delicado paisaje a tinta inundado de luces y sombras inescrutables. Había postigos de madera en la ventana de la pared opuesta, cerrados, que sólo dejaban entrar una luz grisácea, de tono lluvioso. Era de día; pero no por la mañana, sino más tarde, mediodía o incluso después.

—¿Dónde estoy? —murmuró Nhia. Aparentemente era una pregunta inútil, ya que no había nadie a quien hacérsela y ella no tenía respuestas que ofrecerse, pero una sonrisa glacial le rozó las comisuras de los labios al darse cuenta de que la razón por la que había hablado en voz alta era en parte para alejar los fantasmas de su último despertar; cuando se despertó en silencio y descubrió que su voz era sólo la primera de las cosas que le iban a arrebatar. Si podía oírse hablar a sí misma, no había vuelto a la extraña casa de Lihui. Estaba a salvo. Quizá estaba a salvo.

Como invocada por el suave susurro, la puerta de la habitación se abrió con un ruido seco. Nhia se preparó para... para algo, no sabía bien qué, aunque la chica que entró era posiblemente la última persona que habría esperado ver.

—¿Tai? —murmuró Nhia—. ¿Qué estás haciendo aquí? ¿Dónde estoy?

—Estás en la casa de Yuet —respondió Tai—. Gracias a Cahan que estás bien. Yuet dijo que dormirías después de darte el bebedizo, pero ni por asomo esperaba que durmieras durante casi dos días. Era como si hubieras decidido no despertarte nunca más. Yuet está en la corte, pero yo me he quedado para velarte, por si acaso. ¿Te traigo un poco de té? ¿Tienes hambre?

Nhia bajó la mirada hacia la mano que había dejado sobre la colcha y se dio cuenta de que estaba temblando sin control.

—¿Dos días? —dijo débilmente—. Tai, ¿cómo he llegado hasta aquí? No recuerdo nada después de que tropecé en el callejón.

—Shhh —dijo Tai—. Te traeré té. Yuet dejó una infusión para ti, por si despertabas. Un remedio calmante. Lo traeré y le diré a la cocinera que te prepare algo ligero de comer, pastel de arroz, quizá, nada pesado. Después volveré y hablaremos.

Salió rápidamente, justo cuando Nhia levantaba su temblorosa mano, incapaz de detenerla. «¡No me dejes sola!» Pero por lo menos ahora sabía que estaba en lugar seguro, con amigos. Se echó hacia atrás, intentó tranquilizar los latidos de su corazón, concentrándose en la ventana y en el grisáceo exterior. Estaba lloviendo; podía ver las sombras del goteo en los postigos. «Hubo un tiempo, hace tan sólo unos días, en que podía distinguir el sonido de cada una de las gotas de lluvia al golpear el postigo de madera o el muro y cada gota sonaba con la claridad de una campana de cristal.»

Nhia refrenó con severidad ese pensamiento. No pensaría en ello. Al menos, todavía no.

Tai asomó la cabeza por la puerta otra vez y después la empujó suavemente con la cadera, con ambas manos ocupadas en mantener el equilibrio de lo que llevaba: una taza de porcelana llena de té aromático, un chal de lana doblado sobre su brazo y un plato de peltre con un par de galletas de nuez.

—Toma, envuélvete con esto, se está poniendo húmedo y deprimente afuera y no queremos que pilles un resfriado —dijo mientras se desembarazaba de su carga y le pasaba a Nhia el chal—. La cocinera dice que te traerá una comida ligera más tarde, sólo arroz y verduras al vapor. Mientras tanto, te traigo esto. Están hechas con mi receta especial, las he hecho yo misma. Te engañarán un poco el estómago. Y bébete el té ahora que todavía está caliente.

—¿Te ha tomado Yuet como aprendiza? —comentó Nhia con una risa afectada, mientras se sentaba en la cama y lo aceptaba todo diligentemente.

—No, pero ha estado quejándose de que quiere una. Está de repente muy solicitada.

—¿Cómo he llegado hasta aquí? —preguntó Nhia, algo más calmada, aceptando una galleta en su mano pero sin ninguna intención de comérsela.

—¡Come! —dijo Tai imperiosamente—. O no te diré nada hasta que Yuet vuelva. Y pueden pasar horas.

Nhia hizo una mueca y le dio un mordisco a la galleta. Podría haber jurado que no tenía hambre, que nunca más tendría hambre de nuevo, que mientras viviese no querría tomar otro bocado; pero aquel primer mordisco desprendió una dulzura inesperada dentro de su boca y se comió el resto de la galleta con fruición.

—Bueno —dijo, sonriendo a su pesar ante la triunfante sonrisita de Tai—, cuéntame.

—Yuet dice que vinieron a buscarla muy tarde aquella noche, cuando ya se había ido a dormir.

—¿Quién vino a buscarla? —interrumpió Nhia sin comprender.

—Por lo visto, apareciste en una calle bastante al sur de la ciudad, llamada la calle de los Caminantes Nocturnos, conocida por sus casas de placer. El hombre que te encontró pensaba que habías sido atacada en la calle y eso va en contra de las reglas del gremio; pero entonces halló al hombre del que tú huías, que estaba muy asustado, y...

—Tai —dijo Nhia—. No tengo ni idea de lo que estás hablando.

—Bueno, entonces dime tú lo que sabes —comentó Tai, tras una indómita miradita—. Así puedo rellenar los huecos. ¿Dónde estabas? Te perdiste todo un espectáculo, por cierto. La clausura de Liudan de la Corte de Otoño fue tremenda. ¿Has oído algo del tema?

—No, nada —respondió Nhia—. He estado... fuera. No sé dónde he estado, pero creo que no era en la ciudad. O eso parecía creer Khailin.

Tai se puso derecha.

—¿Khailin? ¿Has encontrado a Khailin? ¿Dónde está?

Nhia se llevó a la sien la mano que tenía libre.

—Me duele la cabeza.

—No me sorprende. Yuet me dijo todo lo que te dolía. Dijo que habías sido... —Tai pareció atormentada, de repente, y quedó en silencio.

—¿Que había sido qué?

—Se supone que no debo hablarte de eso hasta que ella vuelva. Me dijo que te mantuviera caliente si despertabas y que me asegurara de que tomabas ese té y te alimentabas (bébetelo, Nhia, o si no me echará la culpa). Y después, Yuet dijo que lo mejor sería que siguieras durmiendo. Dijo que no conocía ninguna forma verdadera de curar... —cerró bruscamente la boca—. Toma otra galleta.

—... de curar lo que pensó que había ocurrido —observó Nhia con una sonrisa triste—. Tiene razón, en cierta forma. Cuéntame lo de Liudan.

—Bordé su vestido para la corte —dijo Tai—. Era increíble: todos esos dragones dorados y rojos trabajados con seda y joyería. Se suponía que iba a casarse en primavera, después de todo, y no le di más vueltas. Sabía que tenía que elegir a su Emperador en la clausura y pensé que ella simplemente quería estar espléndida, quizá con el vestido que se pondría para su boda —siguió Tai—. No había en él nada del blanco de luto, era de seda y con ello estaba rompiendo la tradición; pero si iba a casarse, pensé que quería simplemente hacerlo bien. Sin embargo no sólo rompió las tradiciones menores, NhiNhi, lo destrozó todo y dejó a la corte recogiendo los pedazos. Me han dicho que a Zibo casi le dio un ataque al corazón. Es algo sin precedentes, ya sabes; la Emperatriz gobernando sola.

—¿Gobernando *sola*? —repitió Nhia—. ¿Qué hizo exactamente Liudan, Tai?

Tai le echó una extraña mirada.

—¿De verdad que no lo has oído? Qué extraño... La ciudad era un hervidero sobre el tema. Se nombró a sí misma Emperatriz del Dragón y declaró que éste será el nuevo reinado. Ella no se casará, no tomará Emperador, y reinará por derecho propio.

—¡Por el amor de Cahan! —exclamó Nhia atónita—. ¿Y le han dejado?

—Creo que ya no es pertinente preguntarse si ellos le dejan o no hacer algo. Es poderosa por derecho propio. ¿Recuerdas lo que dijiste en el

Templo, justo antes de partir hacia las montañas, esta primavera? ¿Que Liudan era salvaje, reacia a dejarse controlar por nadie excepto por sí misma? Pues tenías razón. Cuando anuncias algo que hace que todos se desmayen, tú eres la única que queda de pie.

—¿Y qué ocurrió con los pretendientes? ¿No están furiosos?

—Liudan les dio una generosa compensación —dijo Tai, sonriendo a su pesar— y les envió de vuelta a casa aconsejándoles hacer exactamente lo que había hecho ya su amigo.

—¿Quién?

—El que se casó con su propia enamorada, en secreto, antes de que Liudan pudiera echarle el lazo —pero las palabras cerraron el círculo de los pensamientos de Tai y le hicieron volver a un tema anterior—: ¿Dijiste que encontraste a Khailin? ¡Qué buena noticia! ¿Está bien? ¿Dónde está?

—No lo sé. *Ella* no lo sabe —respondió Nhia y sus ojos se oscurecieron con el recuerdo—. Está prisionera, al final del camino de niebla y sombras. Dijo... dijo que él no le había hecho nada que ella no le pidiera que hiciese al casarse con él.

—¿Casarse con quién, Nhia?

—Con el Noveno Sabio Lihui —respondió en voz muy baja.

DOS

La Joven Maestra del Templo nos ha dicho su nombre. La necesita.

Antes de que amaneciera, habían estado golpeando con insistencia la puerta de Yuet y cuando la sirvienta adormilada se despertó para abrir, aquel mensaje, garabateado en descuidados caracteres *jin-ashu*, fue todo lo que encontró en el umbral. Pero había un carro parado en la calle frente a la casa y la sirvienta corrió escaleras arriba en busca de su ama. La primera impresión que tuvo Yuet al mirar a Nhia en la parte trasera del carro, con el pecho apenas agitado por una respiración poco profunda y dificultosa, le hizo sentir una punzada de verdadero miedo. Yuet envió a su sirvienta disparada hacia la cocina con un cucurucho de hierbas amargas, un paquete de adormidera y órdenes de hacer una infusión lo más rápido posible. Después, le quitó a Nhia primero su capa mojada y sucia y luego un vestido que no parecía exactamente de su talla. Examinó su cuerpo tembloroso, que había destapado para ver las heridas o las magulladuras, y no pudo encontrar daños evidentes salvo las llagas alrededor de las muñecas, aunque sólo eso fue suficiente para despertar todo tipo de alarmas. Y cuando Yuet extendió la mano hacia el extraño amuleto que colgaba del cordel de seda en el cuello de Nhia, algo que no recordaba haberle visto llevar antes, Nhia se despertó y chilló e intentó arañarla hasta que ésta retiró la mano. Nhia estuvo delirando; no reconocía a Yuet y murmuraba continuamente algo sobre lugares familiares. La cocinera trajo el bebedizo para dormir, pero Nhia reaccionó de nuevo con violencia cuando llevaron delicadamente la taza de líquido caliente hasta sus labios. Entonces Yuet se sentó a su lado en la cama y la sostuvo, le estuvo hablando con un tono suave y tranquilizador, como a una niña desobediente, como había hecho con tantos niños en el recinto de la guardia hacía sólo unos días. Al final, Nhia tomó algunos sorbitos de la infusión, y se hundió en un agitado sueño, acurrucada sobre sí misma a la defensiva en un apretado ovillo bajo la colcha con que Yuet la había tapado.

Al regresar de la corte, la tarde del día en que Nhia se había despertado en su casa, Yuet se lo contó todo.

—Sé qué debe de haber pasado, Nhia —dijo Yuet con los ojos oscuros desbordantes de impotente frustración—. Pero Tai dijo que hablaste de Lihui. ¿Cómo encaja él en todo esto?

—¿O Khailin? —preguntó Tai.

Yuet había aprovechado para interrogar a Nhia un momento en que Tai había salido a hacer un recado y se habían quedado a solas, porque quería que Tai se mantuviera al margen, o tal vez porque tenía cosas que decir que no quería que Tai escuchara. Pero Nhia había vacilado, Tai volvió antes de que tuviera la oportunidad de responder y estaba ya sentada en el borde de la cama, tomando las manos frías de Nhia entre las suyas y frotándolas para devolverles el calor. Era tan reconfortante tenerla allí, una amiga que conocía desde la infancia..., que Nhia no dijo nada. Y ahora Tai estaba sentada en un taburete junto a su cama, aguantando la bandeja de comida mientras Nhia iba tomando las verduras mezcladas con finas lonchas de cerdo que la cocinera le había preparado de cena.

—Ha sido todo una mentira —susurró Nhia con los ojos de pronto inundados de lágrimas, mientras apartaba su cuenco.

Tai le agarró la mano.

—¿El qué, *jin-shei-bao*? ¿Qué te han hecho?

Nhia se enjugó las lágrimas con el dorso de la mano. Una parte de ella quería negarse lo que había pasado para poder simplemente rehacer esa vida que le era familiar, que había sido educada para amar; para pretender que nada había cambiado y que era la misma persona de antes de la Corte de Otoño. Y otra parte de ella sabía que no podría volver al Templo, no por el momento, y, quizá, nunca. No después de lo que había ocurrido, con todos los recuerdos que el lugar guardaba ahora para ella.

—He descubierto —empezó— que todos mis profesores del Templo han sido un solo hombre. Lihui. Tomó formas diferentes para que no lo reconociera.

—¿Tomó formas diferentes? —repitió Tai sin comprender—. ¿Qué quieres decir, Nhia?

—Su cara, su voz, su modo de andar, su figura, su pelo. Lo cambió todo, transformándose en personas distintas, y me enseñó, oh, sí, me enseñó mucho. Y después, o sea, ahora, ¿hace tres días?, ¿cuatro?, aprendí el mayor secreto que he sabido jamás. Liberó mi espíritu, Yuet. Me permitió despojarme de este cuerpo roto y volar en un cielo estrellado. Y fue entonces, por fin, cuando lo reconocí.

Les contó la historia, entrecortadamente, con una narración llena de interrupciones y pausas; había sobrellevado ese dolor, pero no tenía ni idea de que relatarlo iba a ser tan hiriente. Tai, totalmente blanca, se estremecía a la vez que Nhia y hubiera sido difícil decir cuál de ellas apretaba más fuerte la mano de la otra al final de la historia.

Hubo un silencio tenso cuando Nhia llegó hasta lo último que recordaba, su aparición en la calle nocturna.

—No puedo volver al Templo —murmuró—. Ni para enseñar, ni para aprender. No volvería a confiar otra vez en ningún profesor. ¿Cómo podría saber que no es él?

—Dijiste que Khailin te ofreció protección —dijo Tai.

—Me estaba preguntando qué era eso —comentó Yuet, señalando el amuleto—. Puedo jurar que casi me matas cuando intenté quitártelo.

—Y te funcionó cuando estabas en el camino —intervino de nuevo Tai, refiriéndose a la mención de Nhia al jardín que había visto, al tigre que se había transformado en Lihui y en la forma en que el amuleto la había alertado—. Estarías a salvo. Una vez que la gente sepa que has sido... —se interrumpió ante la rápida mirada de Nhia, que enseguida apartó los ojos. Tai miró disimuladamente a Yuet, que estaba sacudiendo la cabeza.

—¿Qué? —preguntó Tai—. ¿Vas a denunciarle, verdad?

—¿Mi palabra contra la suya? ¿Sin pruebas? —comentó Nhia—. Y sería mi nombre el que la gente recordaría. Ahora sé qué dirían. ¿Por qué un hombre como el Noveno Sabio de la corte imperial va a ir detrás de una lisiada cualquiera de los círculos exteriores del Templo?

—¡Tú no eres eso! —repuso Tai acaloradamente—. Todos saben que eres especial. La gente acude a escucharte hablar.

—Y eso puede ser utilizado en mi contra —replicó Nhia—. Y entonces...

—Está Khailin —dijo Yuet.

Nhia levantó la vista hacia ella.

—No sé qué le habrá hecho al descubrir que me escapé y que ella ha tenido algo que ver.

—¿Lo que él hace es parte del Camino? —preguntó Yuet.

—No —respondió Nhia después de pensar un momento—. O, si lo es, es tan retorcido y perverso que resulta difícil de creer. El Camino fue su forma de conseguirme, porque creía en ello, porque lo estudié y lo usé para hacer que trascendiera mi espíritu hasta el nivel donde quería estar. ¡Ay! Él sabía exactamente qué enseñarme para que yo volviera en busca de más.

Yuet cubrió sus manos con las suyas.

—No tienes que avergonzarte por ello, Nhia. Tú no has hecho nada malo.

—Pero él es un monstruo —dijo Tai obstinadamente—. Tenemos que sacar a Khailin de allí. Tenemos que evitar que te haga daño otra vez.

—¿Evitar que quién haga qué? —dijo una nueva voz desde el umbral y todas excepto Nhia se pusieron en pie de un salto.

—¡Liudan! —dijo Yuet, cuando la visitante se bajó la capucha de la amplísima capa que la ocultaba—. En el nombre de Cahan, ¿qué estás haciendo aquí?

—Vengo a ver a Nhia —dijo Liudan—. ¿Qué te ha pasado, mi sabia *jin-shei-bao*, y qué puedo hacer para ayudarte?

—Debes destituir a Lihui —dijo Tai con brusquedad, antes de que ninguna de las demás tuviera la oportunidad de callarla.

Liudan levantó ligeramente una ceja.

—*¿Debo?* —preguntó con una voz sedosa que encubría el peligro—. Incluso si quisiera hacerlo, la verdad es que no podría. A los miembros del Consejo sí. Si alguien del Consejo infringe las leyes de Syai, o las mías, entonces sí puedo hacer algo al respecto. En cambio, los Sabios son un asunto muy distinto. Me aconsejan, sí, pero no son designados por mí o elegidos por nadie que no sean ellos mismos. Son los Sabios los que tendrían que censurar a Lihui si hubiera hecho algo contra sus reglas, y él es el de más alto rango en ese círculo.

—Ocho Sabios, cada uno con su signo, y el Noveno Sabio para gobernarlos a todos —susurró Nhia.

—Lihui —siguió Liudan— es el más joven de ellos, pero es el Noveno Sabio. Y, lo admito, siempre me ha sorprendido, porque es mucho más habitual que sea el mayor del círculo el que se elija para el rango superior, no el más joven y recién llegado. Pero ellos hacen su propia elección y yo no tengo conocimiento de sus criterios, ni puedo interferir en tales cuestiones. Hay ciertas cosas que no son asunto del poder secular del Imperio. Pero ¿por qué, dulce Tai, debería destituir a Lihui?

—Porque... —empezó ésta a responder, pero se calló ante la mirada de Yuet.

—Porque practica la brujería —respondió ésta.

—No he oído que lo acusaran nunca de ello —dijo Liudan lentamente—. Es joven para haber llegado a su posición, es cierto. Tengo que confesar, Yuet, que si alguien que no seas tú o Nhia viniera a mí con esa historia de la brujería, la rechazaría por ridícula. Si fuera cierta, ya habría sido filtrada a estas alturas, tenlo por cierto. Desde la muerte de su maestro, el Sabio Maxao, cuyo lugar ocupó Lihui, su comportamiento ha sido ejemplar. Claro que, no lleva mucho tiempo, pero aun así, un hechicero oscuro en Palacio habría tenido que ser extremadamente cuidadoso para no dar un paso en falso.

—Ésa debe de ser la razón de que su pagoda esté más allá del camino fantasma —dijo Nhia débilmente.

—¿Qué es ese camino fantasma?

—Un lugar de niebla y sombras que te lleva a todas partes y a ninguna. Liudan, no sé cómo llegué a su casa. No tengo ni idea de cómo volví. Lihui no hizo construir su casa en la ciudad.

—¿Tú sabes dónde vive? —preguntó Tai a Liudan con tono desafiante.

—Por supuesto, tiene una casa en la ciudad, cerca de la de los demás Sabios. Están situadas dentro de un precioso jardín y tienen un exquisito Templo propio. Yo misma he ido allí a llevar ofrendas.

—¿Y has estado en la casa de Lihui?

—No —respondió Liudan con algo de aspereza—. No he estado en su casa ni en la de ninguno de mis Sabios. No necesito ir allí. Si tengo que verlos, vienen a mí.

—Así que no sabes si es allí donde vive —insistió Tai.

—¿No crees que si fuera el único de los nueve que no vive allí me habría enterado? —comentó bruscamente.

—*Yo* he estado en su casa —dijo Nhia—. Me llamó y, de alguna forma, llegué hasta allí. Y si él hubiera podido, habría evitado que regresara. Khailin dijo...

—¿Khailin? —preguntó Liudan con rudeza—. ¿En la casa de Lihui? ¿Qué tiene ella que ver con esto?

Nhia miró a Yuet pidiendo ayuda y ésta ya había abierto la boca para responder, cuando Liudan levantó una mano imperiosamente.

—¿Qué tiene ella que ver con todo esto?

—Dice que la casa de Lihui la abrasa cuando intenta salir, que la casa sabe lo que hace y de alguna manera mantiene informado a Lihui cuando él no está presente. No es el tipo de casa que existe en Linh-an, que yo sepa —Nhia se llevó la mano a la garganta—. Y también está esto.

—¿Qué es eso?

—Una defensa, un encantamiento hecho con sus esencias, su sangre, su sudor, su saliva... —tragó con dificultad—, su semen. Cosas que lo constituyen. Me permitió reconocerle en el camino fantasma. Me mantuvo a salvo. En su arrogancia, no me echó la misma restricción que a Khailin, quizá no esperaba que viviera lo bastante para abandonar su casa.

—¿Entonces intentó matarte? —preguntó Liudan.

—Y casi lo consiguió —susurró Nhia.

—He oído quejas sobre su arrogancia, aunque tiene buenas razones para envanecerse —dijo Liudan—. Siempre se envidian las estrellas de cualquier cielo y él es el resplandor más brillante del círculo de los Sabios. Pero ¿brujería?

—Fue gracias a la brujería que atrapó a Nhia.

Tai todavía parecía rebelde y guerrera a su manera, pequeña y furiosa, pero intentaba contenerse. Nhia, con otro océano entero de lágrimas inútiles esperando la oportunidad de derramarse, también guardó silencio.

—Bueno —dijo Liudan después de una pausa—. No podría hacer nada para destituir a Lihui ni aunque quisiera entrometerme en los asuntos de los Sabios. Pero da la casualidad de que ha habido otros acontecimientos. Nhia... —cruzó la habitación y se sentó informalmente en el borde de la cama, la mismísima y deslumbrante Emperatriz del Dragón, y sonrió—. ¿Qué te parecería entrar en el Consejo imperial?

La mandíbula inferior de Nhia se le descolgó, dejándole la boca abierta, y Yuet, toda una curandera en ese momento, se levantó como una gallina madre para proteger a su cría.

—¡Está convaleciente, Liudan!

Liudan le lanzó una mirada de reproche.

—No me refiero a que lo haga ahora —dijo—. Me aseguraré de que tienes todos los cuidados y que te tomas todo el tiempo que necesites para recuperarte. Pero cuando decidas qué hacer a continuación, tengo necesidad de un canciller.

Yuet soltó un grito ahogado, al unísono con la propia Nhia.

—¡Nunca aceptarán eso! —observó Yuet—. ¡Ni aunque venga de ti, Liudan! Y además, ¿qué has hecho con el pobre Zibo?

—¿Yo? Nada —dijo Liudan con absoluta dulzura—. Lo ha hecho todo él solo. Dice que es su corazón, y su úlcera, y muchas otras cosas. Pero desea dimitir y yo he aceptado su renuncia. Y no soy tonta, Yuet —añadió con un tono más severo—. Ya sé que no va a ser fácil. Pero me he nombrado a mí misma Emperatriz y pondrán esa tiara en mi cabeza este verano para hacerlo oficial. Y me rodearé de gente en la que confío. ¿Nhia?

—Pero... —Yuet empezó de nuevo y esta vez fue interrumpida por la propia Nhia.

—Pero Lihui se llevó lo mejor de mí —susurró—. Todo lo que prometía grandeza o sabiduría.

—Sabes que no es verdad —dijo Liudan con una ternura poco común en su voz.

Inesperadamente, Tai vino ahora en ayuda de Liudan.

—Tiene razón, Nhia. Ya te consideraba sabia la gente del Templo mucho antes de que los sacerdotes decidieran enseñarte la parte esotérica del Camino. Nadie puede quitarte tu centro, lo que te hace ser quien eres.

—Como ya te he dicho, tú comprendes cosas que los demás simplemente conocen —dijo Liudan—. Quiero a mi lado esa capacidad. Si no te sientes como para tomar el cargo tú sola, designaré encantada a algún principito simbólico para que sea tu cocanciller; pero todos nosotros sabremos de quién es el consejo que realmente valoro.

A pesar de sí misma, con lágrimas en los ojos, Nhia se rió.

—Me gustaría echarme a tus pies ahora mismo, como se supone que debo hacer.

Yuet gruñó:

—Las órdenes de la curandera son que te quedarás en la cama por lo menos un día más. Eras transparente cuando te trajimos aquí, Nhia. Me diste un buen susto.

—¿Y bien? —dijo Liudan inflexible.

—Pero...

—¿Qué, Tai? —preguntó la Emperatriz con paciencia, girándose para mirarla a la cara.

—Estará en el Consejo. En el Palacio. Todo el tiempo.

—Sí.

—También estará *él*.

Nhia se estremeció, pero Liudan le dedicó una sonrisa; una sonrisa fina, feroz, que hizo que Yuet, sintiendo un escalofrío, se jurase a sí misma nunca hacerle nada malo como para que le dedicara esa sonrisa.

—Respecto a eso —dijo— sí puedo ser de ayuda. Confía en mí —se levantó con un crujir de sedas de color rojo oscuro que debía de recordarle a Nhia vívidamente la seda roja de la túnica de Lihui, pero que de alguna manera hizo el efecto contrario: borró el poder del otro de su mente y en vez de con él asoció el color con Liudan—. Bien, entonces —siguió Liudan—. Yuet, te toca actuar; y a ti, Nhia, por supuesto. Cuando esté lista para venir y ocupar su puesto, avisadme. Me aseguraré de que está a salvo. Ahora, volviendo a Khailin, ¿qué le ha ocurrido?

—Parece que es la mujer de Lihui —murmuró Yuet—, aunque nadie en Linh-an ha oído nada sobre su matrimonio. Y Nhia dice que está prisionera en dondequiera que esté ese sitio que él llama su casa.

—¿La Khailin que desapareció misteriosamente justo antes de casarse con el principito que es ahora Aya-Zhu? —preguntó Liudan.

Yuet asintió.

—Complicado... —murmuró Liudan, dándose golpecitos en el labio inferior con el dedo índice mientras consideraba la cuestión—. El matrimonio está todavía más allá de mi poder de intervención —dijo por fin con verdadero pesar—: No debería inmiscuirme en la vida privada de ningún hombre; salvo, quizá, si lo pillo maltratando a su mujer ante mis mismísimos ojos, y la mayoría de los hombres que hacen algo así se cuidan de no hacerlo en público. Aunque puedo hacer averiguaciones, y las haré. Y quizá el mero hecho de que Lihui sepa que estoy haciendo esas averiguaciones (y me aseguraré de que se entera) pueda lograr que se lo piense dos veces antes de hacer nada irrevocable.

—No encontrarás nada —dijo Nhia débilmente—. La tiene fuera de nuestro alcance. La única forma que posee de salir es aprendiendo a contrarrestar sus hechizos.

El interés de Liudan se avivó por un momento.

—¿Ella también es una estudiante de las artes oscuras?

—No, a no ser que el *yang-cha* sea un arte oscura, y lo practican innumerables expertos en el Camino —respondió Nhia—. Yo nunca he practicado de verdad ese aspecto, ni ha sido uno de mis intereses; siempre he tratado de alcanzar mis metas mediante la meditación y la oración, la alquimia interna, el *zhao-cha*. Todo lo que quería era descubrir los reinos etéreos, los campos de Cahan, el mundo espiritual. Ahí es donde pensaba que mis maestros me estaban guiando; pero Lihui... Lihui fue más allá. Lo que hace transciende al concepto de alquimia externa, tal y como se conoce en el Templo. He visto los despojos de sus experimentos en la casa del Rey de los mendigos.

—¿El Rey de los mendigos? —inquirió Liudan bruscamente.

—El cabecilla del gremio de los mendigos —respondió Nhia.

—¿Conociste al cabecilla del gremio de los mendigos? —preguntó Liudan—. Interesante. Me han dicho que muy pocos conocen su identidad.

—No sé su nombre —dijo Nhia—. Le llamaban hermano número uno. Me previno contra Lihui. Debí haberle hecho caso.

Esta vez la mirada de Liudan era de verdadero asombro.

—¿Qué tiene que ver el jefe del gremio de los mendigos con un Sabio imperial?

—No tengo ni idea, Liudan. Pero él habló de alquimia en un sentido que me hizo pensar que la conocía desde dentro. No sólo por las palabras que dijo, sino la forma en que las dijo. Y de alguna manera, no sé cómo, conoce a Lihui. O por lo menos sabe cosas de él. Conocía sus brujerías.

Liudan se quedó en silencio durante un momento, meditando sobre ello, y después sonrió una vez más y puso una mano blanca y delicada sobre el hombro de Nhia.

—Descansa ahora, *jin-shei-bao*, mi canciller. Esperaré tu llegada con gran placer. ¡Ah, los vientos de renovación que podemos hacer que soplen por ese Palacio enrarecido, tú y yo!

Le mostró a Tai su luminosa sonrisa, le dedicó a Yuet una amistosa inclinación que era a la vez un gesto de despedida y la orden de cuidar bien de Nhia, y salió majestuosamente de la habitación.

—Eso sí que ha sido un honor para ti —murmuró Yuet—. Liudan nunca hace visitas a nadie, Nhia.

La estancia de Nhia en casa de Yuet se prolongó de días a semanas. Incapaz de afrontar la vuelta a sus estudios y harta de esperar en el salón mientras las lluvias otoñales azotaban Linh-an, a Nhia le dio por echarle una mano a la curandera en su trabajo, poniéndose en el laboratorio a preparar las medicinas más sencillas bajo la supervisión de Yuet. Incluso la acompañaba en sus visitas al recinto interior de la guardia, donde la curandera seguía ojo avizor después de la intoxicación de ese verano, ofreciendo su ayuda para cualquier cosa que hubiera que hacer allí.

Nhia y Qiaan entablaron una extraña relación basada en un mutuo respeto por la voluntad de la otra a ensuciarse las manos si era necesario, y compartieron su don, también mutuamente admirado, para hacer que un gran número de niños pequeños se comportaran durante largos períodos de tiempo. Nhia incluso se encontró recordando algunas parábolas del Templo y contándoselas a una audiencia absolutamente embelesada, tanto como la que había dejado atrás en los círculos del Templo, junto a su título. No había vuelto a poner un pie en el Templo desde su regreso de la mansión fantasmal de Lihui.

Se permitía dejarse llevar sin rumbo durante un rato al volver a casa. El problema era que también se estaba dejando llevar hacia una forma de vivir, estaba decidiendo no decidir; la oferta de Liudan estaba todavía ante ella, un puesto junto a la Emperatriz como cocanciller de Syai. Pero Nhia rehuía dar el paso definitivo de aceptarlo. Ya estaba muy avanzado Chuntan, a finales del otoño, cuando todo el círculo *jin-shei* de Nhia pareció levantarse, individualmente y después colectivamente, con el desafío de devolverla al mundo real.

—Sabes que hay un lugar para ti en mi casa hasta que tú lo necesites —le dijo Yuet, contemplando cómo molía una mezcla de hierbas secas transformándola en polvo fino que almacenarían para el invierno—, pero no puedes esconderte en mi laboratorio para siempre. No estás hecha para mezclar cataplasmas y pociones, sino para cosas más grandes.

Justo al día siguiente, Qiaan, con los brazos cruzados en el umbral de una puerta, esperaba a Nhia mientras la miraba conducir en rebaño a un grupito de niños pequeños que la habían tenido ocupada durante casi una hora. Qiaan, con un elegante vestido de seda azul turquesa con brillantes peces bordados en azul más oscuro y en plata, contemplaba su sencilla túnica marrón sobre un vestido de seda de color crema pálido y sacudía la cabeza.

—No puedes enterrarte aquí para siempre, tú lo sabes. Y vistiéndote con tan poca gracia apenas consigues disfrazarte. Eres joven y guapa, y deberías estar ahí fuera, en el mundo. Influyendo en él. Estás hecha para eso y lo sabes.

A Tai, que entretanto había sacado el tema con Yuet, ésta le dio el visto bueno para intentar encontrar su propia solución ante el completo repliegue de Nhia.

Lo que hizo, finalmente, fue llevarla al Templo.

Nhia, tan asustadiza como un ciervo en temporada de caza, fue preparada para echar a correr con el más mínimo pretexto; accedió sólo por lealtad a Tai, que se había inventado una excusa para ir y para necesitar un acompañante. Y después, cuando llegaron, le dijo a Nhia que su asunto no duraría mucho, y prácticamente la acosó para que entrara en la cabina de una lectora de *ganshu* a que le hiciera una lectura que debían haberle hecho mucho antes, mientras la esperaba.

Todo esto estaba preparado de antemano con la lectora y no hubo colas que hacer, ni excusas para que Nhia deambulara y se escondiera en la caseta de algún amigable artesano como la de So-Xan y su hijo. Estuvo en la caseta de la lectora, con la cortina echada y los guijarros sacudidos en la taza, antes de tener tiempo de protestar.

—Te diría que pensaras en tus propios problemas mientras hacemos esto —dijo la lectora—, pero tienes la mirada angustiada de alguien que no ha estado pensando en otra cosa desde hace demasiado tiempo. Puedo ver por qué tus amigos me pidieron que te viera.

—No creo que necesite... —empezó a decir Nhia, pero la lectora levantó su mano izquierda en señal de silencio y tiró los seis guijarros de la taza, todos a la vez, que cayeron en tríadas sobre la mesa revestida de seda. Las tríadas salieron con dibujos idénticos: negro, blanco, negro; dos veces.

—Tan y Tan —murmuró la lectora—. La traición está en tu pasado reciente. Te ha hecho temerosa —escribió la lectora en un rollo de papel de seda y reunió los guijarros, repitiendo el proceso bastantes veces más, apelando las lecturas en lo que a Nhia le parecía fruto del azar (el pasado reciente seguido por el pasado lejano, el presente, el futuro lejano, el futuro próximo...), sacando dos tríadas a la vez, murmurando para sí y escribiéndolo en el rollo. Finalmente, levantó los ojos hacia Nhia—. Esto es lo que dice el *ganshu* —comenzó—. Te lo diré inmediatamente: tu futuro lejano está borroso; he echado los guijarros dos veces y me dan lecturas ambiguas. Así que no te ofreceré orientación sobre lo que pase dentro de diez años o quince. El de algunas personas es tan claro como una montaña de cristal, pero el tuyo no. Hay muchos senderos y por lo menos uno de ellos es oscuro. Pero puedo decirte esto: has viajado desde un mundo donde eras débil y estabas indefensa, has superado muchos obstáculos para alcanzar un lugar donde te sentías a salvo y útil. Había traición en tu pasado reciente, algo que te ha herido en lo profundo. Pero había también salvación: has descubierto cosas que no conocías y éste es un premio del que todavía no eres completamente consciente de poseer. Tu presente está lleno de temor y sí, hay un gran riesgo, pero también una gran promesa. Tienes por lo menos un amigo poderoso y un enemigo muy poderoso, pero no confías en tus amigos y todavía estás luchando contra tu enemigo porque no puedes dejarlo salir de tu mente. Respecto al futuro próximo, las piedras dicen «sabiduría» y «liderazgo». También «justicia». Tienes que tomar algunas decisiones, pero si eliges ahora irás por un camino brillante, por lo menos de momento. Más allá de eso, no puedo hablar.

Nhia soltó una tensa carcajada.

—Suena como si te hubieran dado la historia de mi vida para que la recubras de frases bonitas y me la devuelvas.

—La única que ha hablado conmigo no me ha contado nada salvo que necesitas orientación —dijo la lectora—. No eres la primera que me acusa de saber mediante malas artes porque hago lecturas que llegan a lo más hondo. Pero créeme, lo que te digo viene de las piedras y de ninguna otra fuente. Enrolló el papel de seda y lo ató con una cinta roja —esto puedes guardarlo.

Cuando Nhia salió de la cabina, Tai la estaba esperando a pocos pasos.

—Lo planeaste todo —dijo Nhia acusadoramente.

—Traerte aquí para enseñarte que podías venir y que no te haría daño, sí —dijo Tai—. Lo del *ganshu* ha sido sobre todo idea de Qiaan y Yuet estuvo de acuerdo en que podría ayudar, así que lo organicé. Sí, lo he planeado. ¿Qué ha dicho?

—Ha dicho exactamente lo que tenía que decir.

—Sí, pero ¿era verdad? —insistió Tai.

—Debería hacerte entrar ahí y pedirle que te diga cuándo vas a casarte con Kito —dijo Nhia con una malicia desacostumbrada en ella.

Tai enrojeció y bajó los ojos. Nhia se arrepintió inmediatamente.

—Lo siento, pequeña *jin-shei-bao*. Estoy cansada, tengo miedo y no me encuentro muy bien. Quizá esto era exactamente lo que necesitaba.

Nhia estuvo reflexionando sobre las palabras de la lectora, leyendo los comentarios que le había dado, durante otro par de días. Y después, finalmente, sin decírselo a nadie más, le envió un mensaje a Liudan en *jin-ashu* con su alargada e insegura letra. Decía simplemente: *Estoy preparada*.

Liudan le envió una cuadrilla de guardias imperiales de librea al día siguiente para acompañar al palanquín que había previsto que llevase a Nhia al Palacio. La propia Liudan estaba esperando a Nhia en la antesala del vestíbulo de Palacio.

—Podrías haberte vestido para la ocasión —dijo Liudan con un tono discretamente burlón. Nhia llevaba un vestido medianamente elegante, sin joyas, y con el cabello arreglado de la forma más sencilla que permitían los protocolos de Palacio.

—No tengo grandes galas —dijo Nhia.

—Tendremos que remediarlo, pero de momento está bien. La simplicidad es exactamente lo que queremos.

Recorrieron los pasillos, con sus ventanales de costoso cristal, tomadas del brazo y cuando llegaron ante la puerta de la Cámara del Consejo, Liudan apretó el brazo de Nhia y retiró el suyo.

—Te anunciarán cuando yo esté sentada —dijo en voz baja—. Y no pongas esa cara trágica, esto va a ser fascinante. Nuestro amigo Zibo está hoy aquí.

—¿Para qué?

—Me sigue, esperando a que me equivoque y así poder señalarme y decirle a todos que él ya lo había predicho —explicó—. Ese idiota gordinflón. El poco cerebro que tenía lo debió de digerir hasta formar todas esas papadas. He investido a tu cocanciller y compañero hace tiempo, para marcar posiciones, y está también ahí dentro; posiblemente lo mejor que podría decirse de él es que no es y nunca ha sido una criatura de Zibo, y que está totalmente agradecido por el aumento de sus riquezas

—Liudan sonrió—. Tú estás hecha para esto —dijo, repitiendo inconscientemente las palabras de Yuet y Qiaan—. Ya es hora de que vinieras y ocuparas tu sitio. Recuérdalo.

Le hizo un gesto de asentimiento a su heraldo para que la precediera y cruzó solemnemente la habitación, dejando a Nhia esperándola con un segundo heraldo al otro lado de la puerta de la Cámara del Consejo.

Nhia no esperaba que la anunciaran con un título, pero se encontró entrando en la sala al grito de «¡Cocanciller Nhia de Linh-an!». Liudan, persuadida por Yuet de lo acertado de adoptar su plan de refuerzo por si Nhia vacilaba, había señalado un principesco primo lejano en el puesto del otro cocanciller. El compañero de cargo de Nhia, como Liudan le había comentado, estaba sentado en la Cámara del Consejo cuando ésta entró, con su propia cadena de canciller sobre los hombros. Le dio la bienvenida con una majestuosa inclinación de cabeza y una expresión cuidadosamente estudiada.

—Hoy confirmo el nombramiento de mi segundo cocanciller —anunció Liudan—. ¡Heraldo, traiga la cadena y el sello!

El heraldo obedeció y Liudan, tras echar un vistazo a su alrededor, sonrió maliciosamente cuando sus ojos llegaron al pequeño grupo de gente sentado a un lado como espectadores y observadores, ya que algunas veces permitía entrar al público en las reuniones del Consejo.

—Canciller emérito Zibo, sabéis que siempre he sido una gran admiradora de vuestros poderes y habilidades. ¿Me haríais el honor de investir a vuestra sucesora con la cadena de su cargo?

Zibo, con los ojos saliéndose de las órbitas, caminó balanceándose hasta donde Nhia esperaba al heraldo y su parafernalia.

—Con sumo placer, mi Emperatriz —dijo. Colocó la cadena sobre la cabeza de Nhia, sin mucha delicadeza, y le dijo entre dientes al oído mientras lo hacía—. ¡Tú eres su error! ¡Ha sido demasiado ambiciosa!

—Ya puede volver a su sitio, *sei* Zibo —observó Liudan enfáticamente. Nhia, tomad asiento, empezaremos tan pronto como lleguen los Sabios imperiales. Van muy retrasados esta mañana.

Como si hubiera esperado ese momento, el heraldo de la puerta golpeó en el suelo de madera con su báculo y anunció a los Nueve Sabios de Syai. Todos tenían el pelo gris, con diferentes tonos, y estaban entrados en años. Todos, con la única excepción del Noveno Sabio Lihui. Caminaba con energía y su orgulloso porte revelaba que estaba en la flor de la vida, incluso en la juventud.

«Eso se lo he dado yo», pensó Nhia, llevándose los dedos al cuello donde el amuleto de Khailin la abrasaba con fuego helado. Deslizó la otra mano, involuntariamente, por el mechón blanco que brillaba en su cabello recogido.

Cuando vio a Nhia sentada en la mesa con la cadena del canciller, los ojos de Lihui se volvieron de un negro brillante, pero fue él quien rompió al fin la mirada que había prendido sus ojos con los de Nhia cuando Liudan se dirigió directamente:

—Tiene buen aspecto, Noveno Sabio Khailin-Lihui. El matrimonio le sienta bien.

TRES

La intoxicación del verano y los acontecimientos que sucedieron ese otoño habían desviado a Yuet eficazmente de su búsqueda, pero no había olvidado a la niña nómada, la chica a la que Tai había llamado una vez la bailarina en la nieve, hacía ya, increíblemente, casi un año.

Los libros del chantaje habían revelado otra pieza más de información al respecto: la identidad de la hermana de Jokhara, una mujer llamada Jessenia, que había recogido a la hija de ésta tras su muerte.

—¿Y si nunca le contó a Tammary lo que había pasado? ¿Y si Tammary cree que es la hija natural de su tía? —preguntó Tai, cuando resurgió esa primavera el tema del viaje de Yuet a las montañas, para descubrir la verdad que había detrás del informe de Szewan.

Yuet se encogió de hombros.

—Pues la historia moriría ahí.

—Yuet, si tú no te entrometes ahora...

—¿Y qué pasa con tu sueño, entonces? —dijo Yuet—. Sé que detrás de todo esto hay más que el hecho de sacar a la luz la tumba de una mujer muerta hace tiempo y el escándalo que está enterrado con ella. Esto se extiende hacia el futuro tanto como hacia el pasado. Quiero asegurarme de que está protegida.

—¿Liudan o tu Tammary? —preguntó Tai con una sonrisita.

Yuet le lanzó una mirada asustada:

—A veces haces preguntas inquietantes, *jin-shei-bao*.

—Cuando estuvimos todas en la aldea el año pasado con Liudan, tuve la clara sensación de que nuestra presencia hacía que en aquel lugar todos contuvieran el aliento hasta que nos fuimos de allí. ¿Qué era lo que temían?

—¿Que ellos podrían ser responsables de cobijar a Tammary, de asegurarse de que sobrevivía? ¿Que pueden ser acusados de conspirar contra el Imperio? No sería difícil para Liudan ver tal conspiración. Nunca ha confiado en nadie; salvo, quizá, en Nhia.

—¿Conspiración para hacer qué? —preguntó Tai, perpleja—. Los nómadas siempre me han parecido ir dando tumbos en las alas del viento. No sabía que tantos de ellos podían establecerse permanentemente en una aldea, como aquella de arriba en la montaña.

—Pareces casi decepcionada de haber encontrado una comunidad de nómadas viviendo en casas de verdad, en tierra firme —dijo Yuet, sonriendo, permitiéndose desviarse del polémico asunto.

—Bueno, cuando era pequeña, mi madre me contaba historias sobre ellos, que iban siempre por los caminos, en brillantes carromatos tirados por esos grandes caballos de calcetines blancos —Yuet tuvo que reírse a carcajadas al oír eso y Tai sacudió una mano impaciente—. ¡Ya sabes a lo que me refiero! Los de pies tan peludos. Pensaba que los nómadas eran... libres. Podían ir a donde querían, hacer lo que les diera la gana. Me parecía maravilloso.

—No creo que haya un solo niño en Syai que no sienta lo mismo —dijo Yuet—. ¿Quién no querría crecer y vivir rodeado de música, canciones, feria, acróbatas y animales amaestrados y cocinando en una fogata todas las noches?

—Humm... A veces, cuando llovía mucho fuera... —murmuró Tai.

Yuet se rió de nuevo.

—Eres una romántica incurable pero con una vena decididamente práctica.

—Entonces, ¿qué vamos a hacer allí arriba? Ir de acá para allá y empezar a hacer preguntas sobre cosas que deberían quedar en el olvido? —preguntó Tai.

—¿Así que vienes conmigo? —apreció Yuet, sonriendo.

Tai frunció el ceño.

—Si yo no hubiera empezado todo esto...

—La verdad es que no sé si lo empezaste tú, pero lo cierto es que te aseguraste de que lo terminara.

—Yuet, no puedo irme de...

—No te preocupes, me ocuparé de que alguien cuide a Rimshi mientras no estás aquí —dijo Yuet, adivinando la preocupación de Tai antes de que ésta tuviera tiempo de expresarla del todo—. No estaremos fuera mucho tiempo.

* * *

La posada en la que tomaron una habitación era la misma en la que se habían quedado con Liudan en su «retiro». La llevaba una viuda de cara redondeada y pelo negro cuyo color y fisonomía, unido a una voz aflautada y a su acento de la llanura, dejaba claro de inmediato que su conexión con la comunidad nómada se reducía al hecho de que su cálido salón era el sitio de encuentro preferido para esos lugareños que quedaban en el pueblo todavía cuando las nieves del invierno los aislaban del resto del mundo.

—Dice que vienen en diferentes noches, los nómadas y los demás, el resto de la aldea —le contó Tai a Yuet mientras cenaban en su segunda noche allí, después de intentar camelar a su reservada y cortés hospedera en una conversación que no trataba directamente de la hospitalidad de la posada—. Al parecer, sólo los hombres entran en el salón cuando es el turno de los lugareños. Sus mujeres no salen a beber por aquí cerca y no les gusta venir las noches en que vienen los nómadas porque traen con ellos a sus mujeres, las mujeres casadas. Y las nómadas coquetean desvergonzadamente con los lugareños, a quienes les resulta bastante indecoroso.

Yuet torció la comisura de los labios.

—Ya veo.

—También he descubierto —siguió Tai— que hay una feria en la aldea más próxima, a dos días de camino, y que la mayoría de la tribu de nómadas estará allí vendiendo sus cosas y, por lo menos según ella, de juerga. Todavía no sé si es que lo desaprueba o si siente envidia, no estoy segura de si el libertinaje llega también a las mujeres solteras, pero las nómadas definitivamente parecen vivir con diferentes normas.

—¿Mencionó algún nombre? —preguntó Yuet divertida por el entusiasmo con que Tai había adoptado el papel de espía.

—Como entre las cosas que iban a vender había tejidos, dijo que una de las mejores tejedoras de la zona es una nómada llamada Jessy —explicó Tai con aire de suficiencia.

Yuet se rió con fuerza.

—Bien hecho. Iremos a esa feria y veremos si podemos descubrir si esta tejedora fue quien se hizo cargo de nuestra niña sin madre.

La feria era increíblemente grande, considerando la época tan temprana del año en que se hacía, y la gran distancia que tenían que salvar la mayoría de los partícipes para llegar y estar allí los dos días que duraba. Para Tai era un viaje de vuelta a su infancia, revivió los ecos que habían dejado en su mente aquellas exhibiciones mucho más grandes y sofisticadas que los nómadas traían regularmente a Linh-an. Ésta no era una feria de gran ciudad y, aunque Tai hubiera puesto el corazón en ello, no parecía haber nadie alrededor que hiciera nada de nada con fuego, un vívido recuerdo de su niñez. Sin embargo, había rollos de tela de lana delicadamente tejida para vender, teñida de vibrantes y variados colores, y a Tai casi se le saltan las lágrimas cuando se cruzó con un puesto que vendía largos lazos de vivos colores que asoció con mucha fuerza a un regalo que su madre le había hecho cuando era pequeña. Yuet le compró uno de color rojo fuerte, casi del tamaño de Tai, y ella se lo ató en el cabello inmediatamente, dejando que las puntas cayeran por su espalda y revolotearan en la brisa.

—Te tomarán por alguien de buena familia... —dijo Yuet, bromeando—. Estás tan bien como para asistir a la Corte de Otoño.

Tai hizo un aspaviento de indignación, haciendo bailar las puntas del lazo.

—No lo estoy —replicó—. Mira, ¿eso son quesos?

—Queso de cabra, creo —respondió Yuet, medio riéndose medio desesperada—. Tai, ¡tranquilízate! Volveremos a por queso de cabra más tarde, si quieres. Los puestos de las tejedoras están justo allí. Vamos.

Tai se calmó, sin perder totalmente la amplia sonrisa que llevaba como un amuleto, y siguió a Yuet hasta el conjunto de mesas con las muestras apiladas de los tejedores. Varias mujeres, no todas nómadas, iban y venían afanosamente por la parte de atrás de los mostradores con aire de propietarias. Una nómada grande y huesuda, con el pelo rubio arreglado en dos trenzas recogidas sobre la coronilla, estaba sentada en el borde de un taburete de tres patas, cosiendo una prenda sencilla y resistente. Tai la observaba cuando la voz de otro cliente, alguien claramente habituado a las mercancías, hizo que ésta levantara la cabeza del trabajo. Su lenguaje era fluido, tenía soltura, pero resultaba totalmente desconocido para Tai; salvo por una única palabra, un nombre, que capturó su oído. *Jessy*.

Tai le dio un codazo a Yuet en las costillas, disimuladamente, y fue recompensada con un rápido gesto de enfado y de negativa con cabeza. «Quédate aquí y estate quieta.»

La mujer a la que llamaron Jessy dejó a un lado su labor y fue a encontrarse con el hombre que la reclamaba, otro del clan de los nómadas, con un bigote amarillo que colgaba sobre el labio superior y caía en dos largas colas cuidadosamente retorcidas hasta su pecho. Entablaron una conversación con naturalidad, como si fueran dos viejos amigos que no se veían desde hacía tiempo, y Tai le susurró a Yuet:

—Bueno, la hemos encontrado. ¿Y ahora qué? ¿Estás segura de que por lo menos hable una lengua que podamos comprender?

Yuet estaba a punto de responder, cuando apretó de repente la muñeca de Tai.

—Mira.

Tammary se acercaba atravesando la hierba que había a mitad del círculo de casetas de feria y de tiendas, con el pelo encendido cayendo por la espalda, y una cesta de mimbre en la mano. Su trayecto la llevó a un medio metro de distancia de Yuet y de Tai. A juzgar por su expresión, no estaba allí voluntariamente e iba tan sumida en su rebeldía que ni se fijó en las miradas de interés de las dos «clientas» junto a la mesa.

Plantó la cesta junto al taburete donde Jessy había estado sentada, gritando una única palabra en la lengua de los nómadas, y después se dio media vuelta con un crujido de su brillante falda, sacudió su pelo rizado y se fue indignada de nuevo.

—*Rucha* —repitió Tai suavemente—. ¿Comida? Me encantaría que hablaran en una lengua que yo pudiera entender.

—Entendemos, si deseáis regatear —dijo una voz a su lado, con acento, pero de pronto milagrosamente comprensible. Era evidente que la voz de Tai había llegado más lejos de lo que pensaba—. ¿Hay algo que les guste?

Yuet se dio la vuelta y tropezó con los ojos de su presa, la mujer llamada Jessy.

—La verdad... —empezó cuidadosamente—... es que es a ti a quien buscábamos.

La mujer levantó ligeramente una ceja.

—Pensaba que no eran de por aquí —dijo—. ¿Ha sido Sevanna quien se ha decidido a enviarlas?

—¿Sevanna? —preguntó Yuet sin comprender.

Pero fue Tai quien hizo la conexión.

—Szewan —dijo—. Yuet, se refiere a Szewan.

—¿Sí? —le preguntó ésta a Jessy.

—Sí, ése es el nombre que tomó, pero suena muy áspero a mis oídos. Me negué a llamarla nunca más por un nombre que no fuera aquel bajo el que nació.

Yuet miraba a Jessy con los ojos muy abiertos.

—¿Qué quieres decir? ¿Cómo conoces a Szewan?

—La abuela de Sevanna y mi propia bisabuela eran hermanas —explicó Jessy—. Apenas tenía quince años cuando nos dejó, empezó a trabajar con una curandera en la ciudad, se hizo aprendiza y tomó otro nombre. No quería que se supiera que había nacido de nómadas. Bueno, de medio nómadas. Su padre fue alguien de las llanuras, durante uno de nuestros viajes de verano. Uno de los *chayan.*

—¿Los *chayan*?

—Eso eres tú —Jessy sonrió, mostrando unos dientes manchados—. Los que permanecen. Los que siembran y cosechan. Los asentados.

—Tú estás asentada ahora —dijo Tai con la boca pequeña.

—Ah, pero yo conozco la sensación del viento caprichoso en mi pelo —repuso Jessy—. Siempre seré una nómada. Sevanna quería una vida distinta.

—No me sorprende que sus libros estuvieran llenos de pacientes nómadas —murmuró Yuet—. Hablaba de ellos como si fueran amigos suyos o parientes.

—Y lo eran. Era a ella a quien íbamos todos a ver cuando estábamos en la ciudad o cuando necesitábamos ayuda con alguien seriamente enfermo —dijo Jessy—. Bueno, ¿lo ha hecho?

—Ella no me envió. Szewan ha cruzado el río hacia Cahan hace ya más de un año —dijo Yuet—. Era mi maestra y ahora yo soy la curandera que hay en su lugar. No, ella no me envió, la verdad es que no. Algo que encontré en sus libros secretos me trajo aquí.

Jessy suspiró.

—Esperaba que hubiera quemado esos libros. No traerán más que problemas.

—¿Podemos hablar en alguna parte? —preguntó Yuet, bajando la voz.

Jessy giró la cabeza para llamar la atención de otras mujeres tras las mesas, y después fue a grandes pasos hacia el sitio donde había estado sentada y recogió su cesta.

—No os importa si como mientras hablamos, ¿verdad? —preguntó, a la vez que desenvolvía un pedazo de queso y un muslo de pollo asado—. Podemos entrar en la tienda verde, si quieres, pero también podríamos sentarnos allí en los bancos al sol. No os preocupéis, nadie escuchará si no actuáis como si estuviéramos hablando de cosas secretas —se rió con fuerza, casi rebuznando.

Yuet accedió a ir a los bancos y Jessy dobló su alta figura sobre un banco sin respaldo junto a una mesa toscamente labrada.

—¿Qué te contó Sevanna? —le preguntó, hundiendo los dientes en el muslo de pollo y masticando ruidosamente.

—Sólo lo que estaba en los libros; que la llamaron para recoger los despojos de la chica cuando todo hubo terminado y él se dejó llevar por el pánico —dijo Yuet, bastante indirectamente, intentando evitar en absoluto nombres o títulos. Y, más tarde, que tu hermana había tenido la niña y después murió.

—Tuvo aquella niña a despecho de todos nosotros, de Sevanna, de mí, de la tribu —explicó Jessy—. Sabía más. Siempre supo más que los demás, mi hermana. Le prometieron algo (o al menos eso dijo) y después se lo arrebataron. Dijo que quería vengarse, pero ni siquiera estaba demasiado segura de cómo hacerlo. Sólo sabía que un día descargaría su venganza y que Amri sería su arma.

—¿Amri? —preguntó Tai asombrada.

—Así es como mi hija de cinco años la llamaba cuando empezó a hablar y no podía decir el nombre de Tammary. Se le quedó.

—¿Venganza por la violación? —preguntó Yuet.

Jessy le echó una mirada severa.

—No —respondió—. Por el engaño y después el abandono. Sevanna nunca lo mencionó, ¿verdad? Sólo se volvió una violación cuando el *Imperator* —Jessy le dio al título una cadencia diferente, en la lengua de los nómadas, donde tenía bastante menos adoración y respeto que en la lengua común— cometió el error de decirle a Jokhara que ya tenía al completo su número de mujeres y concubinas y que no la incorporaría a las dependencias femeninas de forma permanente. Fue entonces cuando ella empezó a gritar y a pelear. Y él empezó a hacerle daño de verdad. Primero no. Ella lo quiso, al principio. Deberías haber visto cómo bailó para él aquella noche, antes de que enviara a buscarla. Puso todo su corazón en hacerle desear su cuerpo.

—Pero Szewan escribió que era virgen —comentó Yuet.

—Lo era —dijo Jessy—. Pensó que sería el precio para abrirse camino dentro de Palacio. Era joven y arrogante, creyó que quería ser de la realeza —Jessy dio un bufido y se limpió la boca con el dorso de la mano—. La muy tontita. Pensó que era invencible.

—Pero en el libro de Szewan...

—No la llames así, aquí no —la interrumpió Jessy—. Y sí, sé lo que escribió en su libro, me lo contó. Pero ella siempre amó a Jokhara y la hundió que terminara de esta manera. Juró que algún día le haría pagar al *Imperator* por lo que le hizo. Creo que Sevanna tenía sus propios planes para Amri.

Tai no pudo evitar una exclamación. Jessy bajó la mirada hasta ella y sonrió, pero sus ojos grises eran brillantes y duros, como trozos de hielo.

—Bueno —dijo Jessy, alzando la vista hasta Yuet otra vez—. Siento mucho tener que oír que ha muerto, pero supongo que todos moriremos.

—No sabía que era de vuestra tribu —dijo Yuet—. Preparé un funeral de acuerdo con nuestras costumbres.

Jessy sacudió la mano.

—Vivió de esa manera, murió de esa manera. Para nosotros está bien. La recordaremos a nuestro modo. Pero ¿cuál es vuestro propósito aquí? ¿Queréis llevaros a Amri o destruirla?

—Antian me dijo... —empezó a decir Tai acaloradamente.

—¿*Destruirla*? —preguntó Yuet en ese mismo instante.

Se quedaron calladas, mirándose la una a la otra. Jessy siguió las miradas.

—¿Antian te dijo qué? ¿Quién es Antian?

—La Pequeña Emperatriz —dijo Yuet—. Primera Princesa Antian, quien habría sido hoy Emperatriz si el terremoto no se la hubiera llevado.

—Ah, la que murió —observó Jessy, asintiendo en señal de reconocimiento—. ¿Y qué te dijo, jovencita? ¿Quién era la Pequeña Emperatriz para ti?

—Éramos *jin-shei* —respondió Tai—. Me dijo que cuidara de su hermana. Soñé con ello; soñé su cara, después.

—¿La cara de quién? ¿De Amri? —Jessy estaba frunciendo el ceño. Los nómadas se tomaban los sueños con mucha seriedad y tenían intérpretes que se ganaban la vida bastante bien descifrando los extraños sueños que tenía la gente de la tribu—. ¿Qué tiene eso que ver? —preguntó, ante el asentimiento de Tai.

—¿Cuánto sabe ella? —preguntó Yuet en voz baja, interrumpiéndola.

—¿Amri? Sabe que sus padres han muerto, que yo soy su madre adoptiva y su tía. Sabe que su madre era mi hermana. Sabe que no es totalmente nómada, que tiene sangre *chayan*. ¿Cómo no iba a tenerla, con ese pelo y esos ojos? Pero si me estás preguntando si sabe que su padre era tu Emperador, no, no lo sabe.

Tai fue consciente de pronto de un silencio donde hasta entonces había un murmullo de conversación e, instintivamente, volvió la cabeza mirando a su alrededor.

En otra mesa, en ángulo hacia donde ella y las otras dos estaban sentadas, pero lo suficientemente cerca para oír, Tai vio a un joven con cara de desconcierto contemplando la escapada de una chica que iba casi corriendo en dirección al grueso de la feria y a su bulliciosa multitud.

Una chica con el pelo del color del zorro y la gracia de una bailarina.

—Creo que ahora sí —dijo Tai en voz baja.

CUATRO

Tammary huyó, primero hacia la anónima multitud de la feria y, después, a través y más allá de ellos, por el bosque que había detrás de la aldea. Hacía más frío ahí bajo las ramas de los pinos, y aún había restos de nieve en los lugares que protegían los árboles más grandes. El chal de Tammary estaba todavía en el banco donde lo había dejado cuando se las ingenió para llevar a Raian a la mesa libre más cercana, y así poder escuchar a escondidas la conversación entre su tía y sus dos interesantes acompañantes. Pero fue más que el simple frío del bosque en sombra tras el cálido sol de primavera en el terreno de la feria lo que hizo que Tammary se estremeciera y se abrazara los hombros con las manos.

Toda su vida había sabido que no era aceptada por los demás, que la marcaba la sospecha del escándalo. Pero nada más. Era diferente, sí; sus ojos oscuros y su pelo brillante la alejaban del resto de los niños nómadas con los que había crecido. No era ningún secreto el hecho de que no fuera hija natural de su tía, y eso fue suficiente para los niños, enterados sólo por cuchicheos y rumores, para burlarse de ella y de sus diferencias y regodearse como es habitual en los niños al encontrar una víctima a quien poder atormentar. Cuanto más había intentado Tammary sumergirse en la cultura del pueblo de su madre, más pronunciadas eran las referencias a su ascendencia *chayan*.

—Tu familia siempre ha huido —uno de los mayores la aguijoneó—. Tus primos se van a las ciudades de los *chayan*, y tu madre se fue e hizo que un hombre *chayan* te metiera dentro de ella.

—Te crees demasiado para estar con nosotros. Siempre vas buscando algo mejor.

—No eres de verdad una de nosotros —repetían los más jóvenes, incapaces de comprender las indirectas, pero totalmente dispuestos a unirse a cualquier cosa que pudiera formar grupo—. ¡Deberías tener una madera de la edad con las cuentas del *Imperator*! *¡Pol-chayan! ¡Pol-chayan!*

Chayan a medias. Mestiza. Paria.

Como buscaba estar en soledad siempre que podía, creció salvaje en las montañas. Había escalado por sí misma laderas escarpadas, amaestrado a un joven halcón para que acudiera a su llamada cuando tenía alrededor de once años, montaba a pelo caballos medio salvajes, con las faldas arremangadas en las caderas como una marimacho y su pelo brillante ondeando a la espalda como un estandarte. Había observado a sus iguales para aprender los pasos de las danzas de los nómadas, y había ido a las ruinas del Palacio de Verano para practicarlas hasta que supo que podía hacerlo mejor que cualquiera de las chicas del pueblo. Pero sabía que, si las tribus volvieran a salir de nuevo a los caminos en verano, ella no sería una de las bailarinas que actuarían ante las multitudes entusiasmadas, no sería uno de los que adiestraban algún animal salvaje y lucían su maestría para admiración de los ciudadanos de la llanura. Si la llevaban con ellos, Tammary sería la que se quedaría encerrada en la tienda de las adivinas, si tenía suerte, leyendo las cartas para mujeres de la ciudad que querían un punto de vista diferente que el que le daban las piedras *ganshu* de los *chayan*. Estaría recluida en sitios escondidos, envuelta en pañuelos y velos, apartada de la gente. Era algo de lo que avergonzarse o a lo que proteger; los niños se burlaban de ella con lo primero y los adultos a veces le daban la clara impresión de lo segundo.

Después de cumplir catorce años, cuando era como un potrillo de largas piernas, pero ya había empezado a redondearse con las curvas de las mujeres, pensó que había por fin conseguido algún tipo de comprensión cuando algunos jóvenes empezaron a hacerle caso. Pensó que veía un camino hacia la aceptación. No tenía patrones reales para medir lo que las otras chicas de su edad permitían a nivel de intimidad física, pero cuando rechazó el primer beso con lengua en los pajares de la aldea, o que le tentaran los pechos un verano en una pradera, o la rodilla insistente entre sus piernas en el bosque al anochecer bajo la luz de la luna, la atacaron con un arma demoledora contra la que no podía defenderse:

—Eres medio *chayan*, después de todo. No conoces nada mejor. Más me vale volver junto a una chica de mi propia gente que sepa cómo tratar a un hombre.

Así que Tammary lo aceptó todo y sólo fue consciente de la gravedad de su error casi un año después, cuando se dio cuenta de que ningún joven se quedaba con ella mucho tiempo después de haber abierto las piernas para él, y que las otras muchachas se reían de ella y la señalaban por la calle. Fue por esta época que su tía descubrió lo que había estado pasando y se le echó encima diciendo con furia:

—Serás igual que tu madre —había amargura en su voz—. Pero ella por lo menos se lo buscó en un palacio.

Así que el rápido florecer de la confianza y la aceptación se terminó, y Tammary se replegó en sí misma completamente. Cuando buscaba compañía, se acercaba a los mayores de la tribu, que solían ser amables con ella, o a los más jóvenes, niños a los que caía bien y que confiaban en ella y la aceptaban sin dudarlo, sin hacerle preguntas incómodas ni pedir favores que Tammary no deseara hacer, ni atormentarla con su propia ignorancia sobre las misteriosas circunstancias de su nacimiento, ya que su tía nunca le había aclarado aquel enigmático comentario. Todo lo que quedaba entre ella y su tía era un sentimiento de obligación. «Se lo debo a tu madre», había dicho Jessy, y se aseguró de que algunos nómadas del pueblo sintieran el filo de su lengua. Pero Tammary llegó a la conclusión de que el de Jessenia era un control perjudicial para ella, que no la defendía verdaderamente, y le molestó su actuación. De alguna manera, se sintió todavía más aislada, no sólo ingenua sino también débil, alguien incapaz de luchar sus propias batallas. No tenía más información que la que su tía había soltado en su ataque de rabia, la perturbadora indirecta de que la madre de Tammary se había destruido de algún modo con la ayuda de la corte de Linh-an, y de que su hija iba por el mismo camino.

Cuando Raian hizo sus primeros acercamientos amistosos hacia ella, Tammary, que rondaba los dieciséis años en ese momento, reaccionó con una fría hostilidad. Él la había visto amaestrar a su halcón en las montañas y quedó realmente impresionado por su habilidad con el pájaro y con otros animales salvajes que conseguía atraer hacia ella. Cuando por primera vez él se acercó a la chica y ésta intentó golpearle, se podría decir que incluso ella misma era algo salvaje.

—No querrás que te vean conmigo —comentó con un gruñido—. Nunca superarías la deshonra en el pueblo.

—No estamos en el pueblo —replicó él, manteniéndose firme y dejando que el viento de la montaña le alborotara el pelo rubio— y, además, no me preocupa lo que piensen esos idiotas.

—¿Qué ocurrió —dijo Tammary con maldad— cuando los gallitos me pasaron de mano en mano? ¿No tuviste tu turno?

Él se puso completamente rojo.

—Nunca tomé parte de eso. Me pareció algo vil.

—Pues no me lo dijiste.

—Porque soy cobarde —dijo en voz baja—. Pero intenté pararlos, si sirve de algo. Uno de ellos me dio un puñetazo cuando le pregunté si quería que trataran así a su propia hermana.

Tammary le clavó la mirada.

—¿Alguien te pegó? ¿Por defenderme?

Él se encogió de hombros.

—Una vez.

—Vete —dijo Tammary, después de contemplarle con verdadero asombro durante un par de segundos—. Pero puedes volver y hablar conmigo si quieres —añadió—. Siempre que te quedes a dos pasos de distancia.

Él se rió.

—¿Me puedes enseñar a domar un halcón a esa distancia?

—Si no puedo, no lo aprenderás de mí —dijo con rudeza.

Fue el principio de una cautelosa amistad. Tammary se dio cuenta de que él también era una especie de marginado, aunque no tanto como ella, porque estaba bastante más interesado en el conocimiento y el aprendizaje que en las fiestas y la caza; prefería entablillar la pata herida de un animal que matarlo para conseguir un trofeo, y no ocultaba sus preferencias. Lo llamaban Yeporuk, Manos Bonitas, y la única razón por la que no había salido peor parado como chivo expiatorio de la comunidad montaraz fue que era uno de los pocos que tenían esa memoria gráfica y precisa que lo convertiría algún día en el cronista de la tribu. Estaba estudiando con el último cronista, un anciano cuya vida pendía tan sólo de un hilo, o eso parecía, hasta que pudiera poner en su lugar a un sucesor.

—Cada cinco años —le había dicho su viejo mentor— todos los cronistas se reúnen en un lugar secreto, y cuando yo me haya ido serás tú quien irá. Hay un gran libro allí, el *Libro de los Clanes*, donde está todo escrito. Nosotros vamos y contamos lo que hay en nuestros recuerdos, y todo se conserva allí, a salvo de nuestro olvido, de la muerte y de las historias que se lleva el viento. Pero durante esos cinco años, tú eres el *Libro de los Clanes*. Recuerda, para todos.

Fue gracias a la memoria de este anciano, bastante tiempo después de hablar por primera vez con Tammary en la montaña, que Raian supo la verdad sobre su familia; sobre la muchacha llamada Sevanna que partió para convertirse en curandera en una ciudad llamada Linh-an, y, al final, sobre Jokhara y su encuentro con el Emperador del Marfil.

Cuando Tammary lo buscó en la feria y se lo llevó, con el pretexto de comer, a una mesa cerca de donde su tía estaba sentada con las dos mujeres *chayan*, Raian, como un tonto, tal vez, no sospechó nada al principio. Pero rápidamente se dio cuenta de que Tammary estaba escuchando la conversación de la otra mesa, y antes de tener la oportunidad de hacer nada salvo dejar que su propia atención se concentrara allí por un momento, Jessenia había soltado la bomba, y Tammary ahogó un grito como si la hubieran apuñalado en el corazón.

—¿Estás bien? —le preguntó Raian, volviendo la atención rápidamente a su acompañante.

—¿Lo has oído? ¿Has oído lo que ha dicho?

Raian, confuso, asintió.

—Lo he oído.

—Mi madre... ¡Mi madre me tuvo del *Imperator*!

—Sí —dijo Raian sin pensar—. Lo sé.

Tammary se volvió contra él enfurecida.

—¿Lo sabes? ¿Desde cuándo lo has sabido?

—Amri, sabes que estudio las historias de la tribu —respondió Raian—. Tu historia es parte de todo.

—¿Y todos lo saben menos yo?

Con sus largas piernas se levantó del banco y huyó de él, de todos ellos, y él se quedó helado en el sitio. La más joven de las mujeres *chayan*, que había visto la huida de Tammary, le dijo algo a las otras dos que Raian no pudo oír, y las tres se levantaron apresuradamente y abandonaron la mesa sin mirar atrás.

—No tenía ni idea —murmuró Raian para sí mismo, mirando hacia el lugar por donde se había ido Tammary—, ni idea de por qué la escondían.

* * *

Tammary corrió a refugiarse en su amada montaña, que había estado ahí en todo momento para protegerla; pero ése ya no era su propio pueblo, ni ésos los lugares familiares de siempre. Esta vez no pudo encontrar allí la paz. Corrió a través del bosque de pinos hasta que el terreno empezó a elevarse, y siguió abriéndose camino como pudo por la subida cada vez más pronunciada hasta que el áspero sonido de su respiración le hizo daño en los oídos.

«No puedo volver a casa... No puedo. ¿Cómo podría vivir en su casa de nuevo? ¿Cómo volver a mirarla a la cara? Me mintió... Me mintió... Todos me mintieron. ¡Oh, tía Jessy! ¿Por qué no me lo dijiste? ¿Por qué sencillamente no me lo dijiste? Si ellos lo hubieran sabido, si todos ellos lo hubieran sabido, no habrían osado ponerme la mano encima.»

Se detuvo, resollando, y se apoyó en el tronco de un pino para recuperar el aliento, sin pararse a pensar en las contradicciones de su caótico pensamiento; todos lo sabían, pero si lo hubieran sabido la habrían tratado de una forma muy diferente, así que nadie sabía nada. Estaba enfurecida con su familia, herida amargamente por lo que veía como una traición por parte de Raian, sentía una rabia impotente contra su madre, y contra el mismo Emperador, contra todo el que hubiera conspirado para hacer de su vida esa enrevesada espiral y abandonarla después a que se las apañara desde la ignorancia y la inocencia del tonto.

El día había oscurecido a su alrededor y alzó la vista, aturdida, dándose cuenta demasiado tarde de que el tiempo había cambiado y de que se avecinaba una tormenta de primavera sobre la montaña. También tomó conciencia de estar fuera del bosque en una zona abierta con sólo algunos árboles marcados, dispersos, y que el refugio más cercano, aparte del bosque que había dejado atrás, era un afloramiento de granito que había justo delante de ella. Mientras pensaba lo que hacer, las primeras gotas de lluvia atravesaron con fuerza la fina capa de agujas de pino del árbol donde estaba apoyada, salpicándole los brazos desnudos y la cara. Era una lluvia fría, vestigio del invierno, y caía rápidamente; en pocos momentos, Tammary estaba empapada y tiritando. El estruendo seco del trueno la ayudó a decidirse en contra de los árboles y el bosque, y echó a correr hacia las rocas, deseando al menos encontrar algo a cubierto y, aunque fuera pequeño, que estuviera seco y protegido del viento; un sitio donde pudiera esperar a que aquello acabase y pensar en lo que hacer a continuación.

Encontró un saliente seco, pero lo pagó caro porque el viento que recorría la ladera se arremolinaba justo ahí, lamiendo el promontorio donde Tammary estaba agachada, pegándole el pelo mojado, la blusa empapada y las faldas contra el cuerpo.

«No puedo volver. No puedo volver a ser quien era. No puedo ignorarlo de nuevo.

¿Por qué han venido? ¿Por qué han venido a buscarme? Recuerdo a la más joven. Estaba en el Palacio en aquel tiempo. ¿Quién es? ¿Qué quieren?

No puedo volver a casa. Así no.

Son de la ciudad.

Pueden llevarme a la ciudad.»

Un rayo cayó del cielo en zigzag y alcanzó un solitario árbol a menos de cien pasos de donde estaba agachada Tammary. Ésta se cubrió los oídos con las manos, atormentados por un pitido, y gritó, apartando la cara del árbol cuyo tronco se había partido limpiamente por la sacudida. Era como si la propia naturaleza estuviera dando rienda suelta a su furia y a su sentimiento de traición, aunque, de alguna forma, la visión del árbol en llamas sirvió para aplacar sus propias furias. Alzó la cara bajo la lluvia, mirando hacia arriba, a la extraña y a la vez tan familiar ladera de la montaña, el lugar donde había crecido y que tan bien conocía. Las montañas del hogar, a pesar del dolor que la gente de aquí le había causado. La gente era insignificante comparada con el tamaño del que se habían construido los huesos del mundo. Tammary no se preocupó por la gente. Los utilizaría, como había sido utilizada, y después se iría. A alguna otra montaña. A algún lugar donde no tuviera que ser nada, ni nómada, ni *chayan*. Sólo ella misma.

Se quedó allí durante la siguiente hora hasta que pasó la tormenta, y después se incorporó y salió de su refugio, estirando los brazos hacia el cielo. En algún lugar, en lo alto, gritaba un halcón volando en círculos y se rió a través de las lágrimas.

—Te quedas solo ahora, *Lastreb* —dijo en voz baja, nombrando a su compañero medio salvaje a quien había enseñado a acudir al silbido y al sonido de su nombre—. Eres libre. Tengo que partir.

Tammary volvió a la aldea andando sobre sus pasos, calada hasta los huesos, sintiéndose exaltada y febril, y tropezó con las tiendas de la feria, mojadas todavía, de camino hacia la caseta de su tía, al final de todas.

Fue Tai quien la vio primero, pero Yuet, la curandera, quien corrió a echarle una manta por los hombros y a ayudarla a dar los últimos pasos hasta el abrigo de la lona extendida e impermeable. Tammary tuvo que parar conscientemente el castañeteo de dientes al levantar la vista, estrechando la manta que la rodeaba, para mirar fijamente a Yuet.

—Voy con vosotras —dijo—. A la ciudad —Yuet y Tai intercambiaron miradas sobre su cabeza—. Si no me lleváis, iré de todas formas, sola si hace falta. No me quedaré aquí. No puedo.

No miró a su tía, que estaba allí, sin poder hacer nada, mordiéndose el labio.

—Intentaba protegerte —le dijo.

—¿De qué? —preguntó Tammary, desesperada—. No me dijiste nada. Y porque yo no sabía nada, me creí las mentiras de todos los demás.

—Eres la hija del Emperador —dijo Yuet—. La ciudad es un peligro.

—Pero iré —insistió Tammary con obstinación.

Tai, inesperadamente, se puso de rodillas ante el pequeño taburete de madera donde ella estaba sentada envuelta en su manta. Dijo:

—¿Sabes lo que significa *jin-shei*?

Tammary se quedó mirándola.

—Sé lo que significan las palabras. Nunca ha significado nada más para mí. Nunca fue parte de mi mundo; es una cosa *chayan*.

—Puedes comprender las palabras, pero no lo que significan. *Jin-shei* quiere decir «hermana del corazón». Significa que dos mujeres que no están unidas por los lazos de la sangre deciden ayudarse y protegerse mutuamente en el mundo —dijo Tai, ofreciéndole el secreto más profundo de su vida—. Si crees que debes venir a la ciudad, sé mía. Sé mi *jin-shei* y te llevaré conmigo y encontraré la forma de protegerte de lo que te espera allí.

—¿Por qué ibas a hacer una cosa así? —preguntó Tammary con voz fría—. Nada es gratuito. ¿Qué me costaría?

—Lo hago porque le prometí a mi propia *jin-shei-bao*, alguien a quien amé verdaderamente, que cuidaría de su hermana —respondió—. Y tú y ella sois hermanas. Compartís el mismo padre en la tierra.

—¿Tú eras hermana de la hija del Emperador? —preguntó Tammary confusa—. ¿Cómo es posible?

—Es posible, en ese otro mundo del que no sabes nada —respondió ella—. Dime las palabras y está hecho.

—¿Qué palabras? *¿Jin-shei?*

—Tai, ¿sabes lo que estás haciendo? —preguntó Yuet prudentemente.

—Está hecho —dijo Tai, levantándose—. Y lo veré cumplido. Como Antian me pidió en su sueño. La llevaremos a Linh-an con nosotras. Has estado quejándote sin parar de que necesitas una ayudante, Yuet. Creo que acabas de encontrar una.

CINCO

Volviendo a Linh-an, pernoctaron en una pequeña posada a un lado del camino. Cuando Tammary se quedó dormida en la habitación que habían tomado para pasar la noche, Yuet se llevó a Tai bajo la parra del porche y se sentaron allí en un par de sillas gastadas de mimbre a observar el baile de las luciérnagas en la oscuridad.

—No estoy segura de que sea una buena idea, Tai —comentó Yuet—. Cuanto más cerca estamos de la ciudad, peor me siento al respecto, la verdad. No puedo evitar preguntarme si estamos preparando el desastre.

—Nhia lo llamaría llevar una serpiente a Cahan —dijo Tai con una tranquilidad exasperante.

—¿Lo ves? Ni tú estás segura —protestó Yuet, saltando sobre las palabras sin preocuparse de la forma.

Pero se equivocaba al tratar de ver reflejado su propio recelo en Tai. Los ojos de la más joven de las dos estaban tranquilos, su cara también, su entera presencia rebosaba esa clase de tranquilidad que muchos sólo lograban después de horas de concentrada meditación.

—Y si la hubiéramos dejado donde la encontramos, dándole la espalda, y ella hubiera tomado su destino con sus propias manos, ¿crees que habría sido mejor? —preguntó Tai—. Estaba escrito, Yuet. Lo sé. Antian lo sabía cuando vino a mí en aquel sueño.

—¿Qué le vamos a decir a Liudan?

—¿Por qué tendríamos que decirle nada? Puedes enseñar a Amri para que te ayude, para que haga cosas que te sean útiles. Eso nos dará cierta oportunidad para llegar a conocerla un poco mejor mientras está en tu casa; así también nos haremos una idea de hacia dónde va. Comprenderemos quién es y qué quiere. Si no se queda contigo, estará sola, pero por lo menos sabremos dónde está. Y si las cosas salen mal, será mucho mejor que tratar con algo desconocido que te odia, ¿verdad?

—Todavía me siento como si estuviera cometiendo una traición —dijo Yuet.

—La cometiste cuando descubriste la verdad y no le dijiste nada a Liudan. No había vuelta a la inocencia después de aquello.

Yuet suspiró.

—No estás sola —siguió Tai tras una pausa.

—¿Querrá siquiera aprender las cosas que tengo que enseñarle? —murmuró Yuet hablando otra vez de Tammary, eludiendo el tema de Liudan y de lo que ésta desconocía.

—«El curandero es compasivo, trata a todos los pacientes de la misma manera, sean ricos o pobres, de alto o bajo rango, adultos o niños, cordiales o repulsivos, inteligentes o tontos; el curandero sale cuando lo mandan llamar, trabaja día y noche, sin hacer caso al hambre, la sed, la fatiga, el frío o el calor. El curandero se ocupa del paciente poniendo en ello todo el corazón» —citó Tai—. El juramento del curandero es para los curanderos, Yuet. Es para ti. Ella puede no querer ser curandera; todo lo que necesita saber por ahora es cómo preparar una cataplasma de hojas de aloe o hacer un té *QianHu*. Ésa es su tarea, su tapadera. Y lo demás... no sé si alguien con su pasado, con su carga... puede encontrar dentro de sí la compasión de curandera que hay en ti, Yuet. Quizá nos sorprenda a todos.

La conversación quedó ahí, y Yuet decidió esforzarse al máximo. Pero durante las primeras semanas desde su llegada a Linh-an, Tammary parecía enojadiza, haciendo un esfuerzo especial para demostrarles a todos que el recelo inicial de Yuet estaba plenamente justificado. Tammary era una criatura de cielo abierto. No sabía qué podía esperar de la vida en una ciudad del tamaño de Linh-an, y lo que encontró sólo servía para hacerla sentirse atrapada e impotente. Ese sentimiento salía a la superficie con mal humor y rebeldía.

—No —suspiraba Yuet por décima vez—, esa corteza es del roble de hojas de sauce y esa otra de roble rojo. Una es anticonceptiva y la otra se usa en una medicina contra la infección. Que Cahan te ayude si las confundes y alguna mujer tiene el bebé que prometiste que no tendría.

—Son exactamente iguales —replicaba Tammary con rebeldía.

—Pero ¡tienen etiquetas distintas! Yuet golpeaba con un dedo impaciente las etiquetas que había pegadas en los altos tarros donde almacenaba la corteza. Todos los recipientes tenían esas etiquetas con el contenido identificado en firmes trazos de escritura *jin-ashu*.

—No puedo leer eso —decía Tammary a la fuerza, zanjando la discusión, y Yuet sacudía frustrada la cabeza.

—¿Es que no te han enseñado nada allá arriba en las montañas? —murmuraba, y Tammary lo oía, y el nivel de resentimiento se apuntaba otro tanto.

Tammary escondía sus emociones con uñas y dientes y sólo las permitía aflorar con su exquisito talento para ser torpe llevando a cabo hasta las cosas más sencillas. Guardaba las distancias, pero era inevitable que su coraza acabara rompiéndose. Lo que Yuet pedía de Tammary era muy poco, por mucho que ambas llevaran el peso de sus obligaciones mutuas, pero era una vía por la que Tammary podía canalizar sus sentimientos. Cuando tomó de la estantería el recipiente equivocado otra vez —no del todo accidentalmente, ya que sabía que confundiéndose enfadaba a Yuet— y Yuet abrió la boca para protestar, Tammary dejó de golpe el tarro en la mesa de trabajo con una fuerza estremecedora.

—¡No lo sé! ¡No puedo distinguirlos! ¡No puedes remediarlo!

Se dio la vuelta y salió corriendo escaleras arriba hacia el interior de la casa, y se metió en el cuartito que Yuet le había reservado para su propio uso, dando un portazo con fuerza.

Tai apareció aquella tarde y Yuet la puso al corriente de la situación.

—Ha estado encerrada ahí arriba casi todo el día —dijo con un gesto de impotencia—. Siento como si tuviera un bebé en casa y no puedo con ello. Tengo el presentimiento de que sé por qué nunca sentí la más mínima gana de tener niños.

—Déjame hablar con ella —dijo Tai.

Cuando llamó a la puerta, al principio no hubo ninguna respuesta, y después Tai fue recompensada con un amortiguado: «¡Vete de aquí!».

Desoyó las palabras, interpretando la respuesta en sí misma como una invitación a entrar, y un destello de pura rabia en los ojos oscuros de Tammary le dio la bienvenida.

—¡He dicho que te vayas! —dijo. Había estado llorando, y estaba furiosa y resentida de que la sorprendieran en ello. Tai casi pudo oírla encerrándose en sí misma, cerrando las contraventanas de golpe, cerrando con llave las puertas, «no hay nadie en casa».

—Sé cuál es el problema —dijo Tai—. Ven conmigo.

—¿Por qué? —preguntó Tammary. Era tres años mayor que Tai, pero sonaba como una niña quisquillosa de tres años respondiéndole a una serena madre. Consciente de la ironía, Tammary se encerró en sí misma todavía más. No iba a dejarse acariciar y consolar por esa... esa *niña*. De ninguna manera.

Pero Tai era implacable como una piedra.

—Entonces tendré que quedarme aquí hasta que me hables de nuevo.

—¿Por qué me has traído a este lugar? —susurró Tammary. Y después, rebelándose por su honestidad innata ante la falsa acusación implícita en ese comentario, rehízo la pregunta—: ¿Por qué quise venir aquí?

—No te puedo responder, pero sé cuál es el problema justo ahora —dijo Tai—. Nunca has vivido en una ciudad. No entiendes el lugar, probablemente te asuste un poco, y no hay nada que se parezca al hogar que has conocido toda tu vida.

—No me asusta —dijo Tammary, moviendo la cabeza—. He visto cosas peores.

—¿Has paseado por Linh-an desde que llegaste, aparte de seguirle los talones a Yuet a cada rato cuando tiene que ir a ver a este paciente o a aquél?

—No —respondió Tammary de mala gana. No quería entablar conversación—, todavía no y a lo mejor nunca lo haré —pero Tai no se iba a dar por vencida, estaba claro.

—Entonces ven conmigo —dijo Tai—. Es culpa mía. Me he descuidado y no te he enseñado mi hogar. Mi madre está muy enferma, y no pienso más que en cuidarla, pero sacaré tiempo y te enseñaré la ciudad. Y también algo más. Ven conmigo.

Con mala cara, Tammary cedió ante la presión de su mirada y puso un pie en el suelo.

—Vas a quedarte ahí sentada hasta que lo haga, ¿verdad? —dijo de mala gana—. Entonces será mejor que nos lo quitemos ya de encima.

Yuet desapareció prudentemente cuando las dos salieron de la casa para entrar en la calle abarrotada de gente. Tai llevó a su nueva *jin-shei-bao* a la plaza del mercado, donde los vendedores de especias, quesos, bayas, aves vivas que todavía graznaban y sangrantes medias reses se codeaban con los que vendían jade y ópalo, peonzas, bonsáis, escobas, cestos y botellitas para tabaco en polvo vaciadas en una sola roca de cristal. Talladores de madera y marfil estaban sentados junto a los tejedores de tapices y los artistas del papel cuyo negocio consistía en hacer reproducciones funerales de objetos que los difuntos llevarían con ellos a Cahan. Otras casetas exponían libros encuadernados en cuero como aquel en el que Tai escribía su diario, o rollos con enseñanzas o poemas de Sabios y escritores conocidos. Tai seleccionó algunos materiales en la parte del mercado donde aquellos de su propio negocio compraban hilo de seda para bordar de todos los colores imaginables, cuentas de cristal, agujas de coser, retales y tijeras y ristras de perlas de agua dulce. Observando la buena compra que había hecho de una madeja de seda azul cielo y un puñado de cuentas de cristal amarillo, Tammary empezó a sentirse fascinada, a pesar de sí misma.

—No sabía que había tanta gente en el mundo —dijo, mirando a la muchedumbre que la rodeaba—. ¿De qué son esos puestos?

—Son lectores de *ganshu* —respondió Tai—. ¿Te han hecho alguna lectura desde que llegaste?

—No —dijo Tammary echándose hacia atrás—. No quiero saber nada de lo que me puedan decir.

—De todas formas ésos no son los buenos —dijo Tai—. Aunque, para gente... el Templo que vamos a ver ahora. Allí hay muchísima más.

Se abrieron paso entre la multitud del mercado hasta salir de nuevo a la calle. Era un brillante día de verano y el sol de Linh-an era fuego líquido sobre su piel. Tai se paró en un puesto de sorbetes y compró uno de frutas para cada una. Tammary le dio un lametazo al suyo como experimentando, precavida, y después, bastante sorprendida, se lo tomó con gran velocidad.

—Te va a doler el estómago si te lo tomas así —se rió Tai—. Debes saborearlo, no aspirarlo. Ahí está el Templo. ¿Yuet no te ha llevado nunca allí?

Tammary negó con la cabeza, contemplando los enormes muros encalados del Gran Templo, los tejados dispuestos en terrazas que se levantaban tras ellos, y la alta torre que se erguía por encima.

—Demasiados muros —susurró—. Demasiados muros...

Tai la miró de soslayo y descubrió en sus ojos una inesperada comprensión. Después apartó la mirada como si no hubiera visto nada.

—Esta vez —dijo— haremos sólo una visita relámpago. He querido encender una varita de incienso por mi madre desde que volvimos. No puede hacerle mal que la velen los espíritus.

Se unieron a una continua corriente de gente que circulaba para entrar en las grandes puertas del Templo. Tai efectuó la compra de su incienso en la conveniente caseta de un vendedor del Primer Círculo y entró al Segundo Círculo, encaminándose al santuario de Hsih-to, el Mensajero de los Dioses.

—¿Qué hace él? —preguntó Tammary a regañadientes, como si la obligaran, mientras miraba a Tai colocar la varita de incienso en el pequeño altar.

—Hsih-to es un Espíritu del Último Cielo —explicó Tai, entretenida en su labor—. Los hay de dos tipos: los que nacieron mortales y lograron la inmortalidad a través de su elevada posición o de su gran sabiduría, como el Emperador o los Sabios. La gente viene a rezarles y a hacerles preguntas para que puedan interceder por el suplicante los más altos poderes de Cahan. A otros, como Hsih-to, los hicieron en el Cielo; a Hsih-to la gente lo ha dibujado como un hombre con alas en los tobillos, o un águila con cabeza humana que lleva las noticias a los dioses en sus altas montañas.

—Entonces, ¿qué estás pidiendo?

—Que cuiden a mi madre —dijo Tai, con los ojos brillantes de repente—. Que la protejan del dolor y que le concedan la paz.

—¿Está muy enferma?

—Se está muriendo.

—Lo siento —dijo Tammary, después de un momento—. Yo nunca... conocí a mi madre.

—Lo sé —dijo Tai con dulzura. Estaba arrodillada ante el altar; entonces se levantó de nuevo y levantó la mirada hacia Tammary con una sonrisa—. ¿Quieres ver hoy los Círculos interiores? Podemos volver, si quieres, y explorarlos otro día. Ahora hay algo más que quiero enseñarte.

—¿Qué? —preguntó Tammary con un deje de desconfianza en su voz.

—Necesitaremos un carrito a pedales —dijo Tai, decidida—. Por lo menos hasta la entrada. Está demasiado lejos como para ir andando con este calor. ¿Sabes silbar?

Tammary, sorprendida, asintió.

Tai la llevó afuera del Templo y le mandó silbar a un carrito de pasajeros, cosa que la pelirroja hizo con tal entusiasmo que nada menos que tres carritos se pararon en seco a la llamada y se quedaron mirando expectantes su camino. Tai, riéndose, subió a uno de ellos y le dijo al conductor que las llevara a la Puerta del Este de Linh-an, en la maciza muralla de la ciudad. Tammary, con los ojos alzados hacia el gran arco sobre su cabeza cuando pasó por debajo de la puerta, parecía encogerse ante su imponente grandeza.

Tai, de reojo, se dio cuenta de la mirada de angustia de su acompañante y le dijo:

—Paciencia, a partir de aquí iremos caminando.

—Pero éste es el fin del mundo —repuso Tammary. Estos muros son...

—No son ni el final ni el principio —dijo Tai, señalando el camino a través de la puerta hacia la calle ancha que había más allá—. Nhia te explicaría esto mucho mejor, pero bueno. Todo es parte del Camino. El Camino lo es todo, y está en todo, y no hay límites salvo los que nosotros trazamos. E incluso esos límites no siempre nos separan de algo o a ese algo de nosotros. Mira, ahí está el muro, y allí la puerta que lo rompe. Hay un lugar aquí para que el resto del mundo entre en la ciudad, y un lugar para que la ciudad escape de sí misma.

—¿Adónde vamos? —preguntó Tammary, agachándose para ponerse bien la correa de la sandalia, que se le había resbalado del tobillo.

—A las colinas —dijo Tai—. Es lo que echas de menos, ¿verdad? ¿El cielo abierto? Mira, mira hacia arriba.

No eran las montañas en las que había crecido, pero las onduladas colinas del flanco este de Linh-an al menos daban la impresión de que intentaban alcanzar el cielo azul del verano salpicado de altas nubes blancas. Las laderas más cercanas a las murallas estaban cultivadas, divididas por vallas que rodeaban cuidados huertos de árboles frutales y un pequeño viñedo o dos. Tai rápidamente dejó atrás la ancha calle principal, abarrotada de carritos, palanquines y gente a pie, y emprendió la marcha hacia las montañas. Por el sendero que eligió no había otros caminantes. Iba bordeando los huertos, serpenteaba junto a un estanque de patos donde varios de sus habitantes celebraron el paso de las dos chicas con un ruidoso batir de alas asustadas, y siguieron su camino ascendiendo una ladera donde una variopinta manada de ganado pastaba rumiando amigablemente. Después de una breve y fácil escalada, alcanzaron la cumbre de la colina y Tai se giró hacia la ciudad.

—Mira.

Desde la altura, pequeña como era, Tammary fue capaz de ver la forma de la ciudad más allá de los muros que la rodeaban. Incluso reconoció algunos edificios con la ilusión de lo que casi se posee.

—Ésa es la torre del Templo, ¿verdad?

—Sí —respondió Tai sonriendo.

Tammary levantó la mirada sobre la ciudad hasta el cielo y suspiró.

—Lo echo de menos. Echo de menos el sonido del aire en los picos más altos, y el grito de *Lastreb* allá en las nubes.

—¿Quién es?

—¿*Lastreb*? Es mi halcón —dijo Tammary—. Lo eduqué desde que era casi un polluelo, y venía cuando yo lo llamaba con un silbido.

—Ah, así es como aprendiste a llamar de esa manera a los carritos... —murmuró Tai.

Casi contra su voluntad, Tammary se rió.

—Y otras cosas —dijo—. Me inventé un cantar para él, pero nadie quiso oírlo salvo Raian —ese nombre le trajo una punzada de dolor en el recuerdo y se interrumpió con brusquedad.

—Si me lo recitaras —dijo Tai después de unos momentos— me sentiría muy honrada de escucharlo. Yo también escribo, poesía, y un diario todas las noches.

—¿Escribir? Nosotros no escribimos. Esto no lo escribí nunca. Nuestros cantares y lamentos y cuentos son orales, contados alrededor del fuego. Somos los nómadas.

—¿Y cómo transmitís las cosas a las siguientes generaciones? Es muy fácil que la palabra hablada se recuerde mal o se olvide.

—No para los cronistas de las tribus. Ellos son nuestra memoria. Lo recuerdan todo. Raian es uno de ellos, y, al recitárselo, mi cantar ya ha pasado a formar parte del saber de la tribu. Pero probablemente a nadie más le interese mi *Lastreb*.

—Recítamelo. Me gustaría conocerlo.

Entonces Tammary le ofreció la canción del halcón, las sílabas líquidas de otra lengua se elevaron en el cielo como si fueran tan afortunadas y ligeras para poder volver a casa y saludar a *Lastreb*, el halcón que una vez había sido amigo de una nómada. Tai la escuchó, paralizada.

—¿Podrías traducirla? —preguntó, cuando Tammary hubo terminado—. Tu lenguaje es precioso, pero me gustaría oírte hablar de *Lastreb* en palabras que pueda comprender. No tengo la habilidad de memorizarlo entero, como tu gente, pero me gustaría escribirlo para no olvidarlo. Así tampoco lo olvidará nadie.

Tammary se quedó mirándola.

—¿Cómo podrías escribir algo así?

—Te lo enseñaré —dijo Tai, y buscó en la bolsa que llevaba en la cintura el diario rojo que siempre la acompañaba. Pasó las páginas cuidadosamente.

—Igual que éste —dijo, eligiendo uno de sus poemas, y leyéndoselo a Tammary—. Es uno de los primeros que escribí —se excusó al terminar, casi disculpándose—. No es tan bueno como algunos de los que hice más tarde, pero me gusta.

—¿Cuántos tienes en esa cosa? —preguntó Tammary.

—Docenas. Se despegan como las pieles de una cebolla, sólo que los poemas están en la capa interior, no en las de fuera. Salen del fondo de mí.

Tammary extendió las manos hacia el diario y Tai se lo dejó. Lo tocó reverentemente, sobrecogida.

—Hay un gran *Libro de los Clanes* —dijo después de un rato, levantando la mirada— donde están escritas todas nuestras historias. O eso dicen. Raian así lo cree, de todas formas. Pero tú tienes tu propio libro aquí en las manos y puedes sostener en ellas tus propias historias. ¿Podrías enseñarme esta escritura?

—Claro que sí —dijo Tai con una sonrisa luminosa—. Eres mi *jin-shei* y tienes derecho al *jin-ashu*. Si me dijeras tu cantar del halcón, en nuestra lengua, lo escribiría para ti y podrías empezar a aprender la escritura a partir de una fuente que por lo menos te resultaría totalmente familiar. Pero...

—¿Qué?

—¿Te das cuenta de que una vez que aprendas esta escritura no puedes volver a decirle a Yuet que no sabes diferenciar la corteza de sauce de las hojas de menta?

Tammary se sonrojó y después se echó a reír.

—Ya sé dónde está cada hierba del laboratorio de Yuet —dijo—. Tengo mi memoria de tribu; recuerdo las cosas que veo y oigo. Puedo hacer todas las recetas que me ha enseñado. Con los ojos vendados y en la oscuridad —agachó la cabeza, triunfantemente y avergonzada a la vez—. Pero me aseguré de que Yuet no lo supiera.

SEIS

Una semana antes de cumplir quince años, Xaforn ocupó su puesto en las filas como una guardia imperial hecha y derecha, la más joven que hubo jamás.

El incidente con Qiaan y el gato pudo haber retrasado un poco su rápido avance entre los reclutas, pero ya era agua pasada. La gata Tinta estaba ahora hecha toda una reina adulta, y había tenido con el tiempo varias camadas de preciosos gatitos. Y respecto a Qiaan, ella y Xaforn se las habían arreglado para desarrollar una apreciada amistad desde su peliaguda iniciación en el *jin-shei*. Xaforn había aprendido a estimar la sutileza de la muchacha mayor; y la desenvuelta sinceridad de Xaforn, su franqueza a menudo carente de tacto, producía en Qiaan toda una gama de reacciones que iban desde la exasperación a la auténtica envidia hacia la habilidad de Xaforn para reducir las situaciones a sus componentes más básicos, y después actuar en consecuencia. Si había preguntas, Xaforn se encargaba de hacerlas, y no perdía una eternidad cavilando sobre las respuestas antes de tomar cartas en el asunto.

No sólo era la cadete más joven con diferencia en graduarse en su año, Xaforn también había sido elegida para realizar la exhibición de artes marciales en la ceremonia de graduación. Era una ocasión anual, formal y fastuosa a la que los emperadores de Syai tradicionalmente asistían; porque era su propia guardia, la flor y nata del ejército de Syai, los hombres y mujeres cuya labor fundamental era el cuidado y la protección de la familia imperial.

Nhia y Yuet acompañaron a Liudan en esta particular ocasión, sentándose con ella en el balcón engalanado para ser su plataforma de observación. Tenía estandartes ondeando a cada lado: seda gualda pintada con dragones escarlatas que lucían ojos de topacio amarillo y un tenue resplandor de escamas de verdadero oro en sus sinuosas formas. Era el primer día de otoño, prometedor por varias razones además de la ceremonia de graduación de la guardia imperial. Era el cumpleaños de Liudan y el día de la inauguración de su tercera Corte de Otoño.

La Emperatriz del Dragón, que se había asegurado de que su guardia estaría presente antes de proclamarse con aquel título un año antes, resplandecía en sus ostentosas vestiduras. La tiara imperial de Syai, cargada de oro y gemas, descansaba en su cabeza con toda la apariencia de haber sido concebida nada más que para ella. Incluso a Yuet, que había conocido a la Pequeña Emperatriz Antian durante sus años en la corte a las faldas de Szewan, y a quien en aquel tiempo no se le habría ocurrido que alguien más pudiera estar en el lugar de Antian, ahora le parecía difícil de imaginar aquella corona encima de otro rostro.

—¿Xaforn? —preguntó Liudan, volviendo hacia Yuet su regia cabeza con una burlona inclinación—. ¿Por qué te recuerdo mencionándome ese nombre?

—La conocí en calidad de curandera de la guardia imperial antes de que nosotras fuéramos *jin-shei* —respondió Yuet—. Te hablaba, creo, de su reputación dentro de la guardia, ya entonces, cuando todavía era una recluta joven y novata. Algunos de los más mayores de la guardia imperial ya se han dado cuenta: es feroz e implacable, y tiene un sentido del honor a ultranza muy suyo pero al que a veces espera, inconvenientemente, que aspiren los demás. No cumplirá quince años hasta la semana que viene; es joven para haberse ganado esa reputación, sobre todo con este equipo, entre los mejores de los mejores.

—¿Qué se supone que va a hacer hoy aquí, entonces? Recuerdo que asistí a algunos de estos eventos cuando era niña con mi familia, pero no a demasiados. Era siempre Antian la que venía, u Oylian —tenía todavía amargura, una espina que se había abierto camino hasta lo más profundo del espíritu de Liudan y se había quedado allí, como una herida permanente—. A la que asistí aquí el año pasado fue... poco interesante. Me parece que no recuerdo casi nada de aquello. ¿Hubo también una exhibición ese día?

—Yo no estuve aquí el año pasado —dijo Yuet—, pero mejor que no les digas que ni siquiera recuerdas al que fue su mejor cadete. Parte de la razón de esta demostración es presentar lo mejor de la nueva guardia para la atención personal de la que viste la tiara. Me pregunto qué ha sido del cadete elegido el año pasado. Probablemente tendrás algún jovencito o jovencita frustrado, Liudan, por tener que esperar todo un año para que tú te fijes en ellos.

—No cometeré el mismo error otra vez —dijo Liudan con un tono algo ácido.

—No —murmuró Yuet fiándose de su palabra—. No creo que lo olvides esta vez.

—¿Es tan extraordinaria? —preguntó Liudan.

—Lo verás por ti misma. Aquí sale.

En los terrenos de entrenamiento, ahora preparados como palestra para la demostración, algunos grupos de reclutas habían ya realizado su número con excelente coreografía para deleite de la Emperatriz, al ritmo de una música militar que tocaba un grupo de intérpretes en otro balcón frente al de Liudan, pero ellos habían despejado ya la zona y los músicos habían quedado en silencio. Xaforn, al parecer, realizaría su propio número sin música.

Para éste, el más marcial de los honores, no había ayudado a Xaforn en sus preparativos ningún compañero de la guardia, sino Qiaan, a quien había pedido que fuera su acompañante. El capitán Aric, el padre de Qiaan, se había molestado un poco de que ella accediera a la petición de Xaforn.

—Nunca mostraste ningún interés por la guardia cuando yo intenté involucrarte —le dijo a su hija después de que ella le contara que Xaforn la requería.

—Pero tú tenías segundas intenciones.

—¿Qué intenciones? —había preguntado Aric.

—Querías que entrara a formar parte de la guardia —dijo Qiaan—. No me querías ahí como familia, o por decisión propia, me querías ahí para hacer juramento y entrenar. Si te hubiera dicho que sí hubiera tenido que acceder a todo lo demás. Y nunca quise decir que sí a la guardia.

—Tu madre... —empezó a decir, pero después se calló, y no siguió con la conversación.

Así que Qiaan fue quien ayudó a Xaforn a ponerse la armadura, negra con el sol amarillo de Syai en su peto, y a atarle las correas de las protecciones para las piernas, también en mate negro.

Xaforn se estremeció cuando Qiaan golpeó por accidente el hombro que tenía cubierto por la armadura. Su nuevo tatuaje, un dragón rojo, por la Emperatriz del Dragón, tenía sólo unos días y le molestaba aún, a pesar de llevarlo protegido con una gasa bajo la coraza.

—Pelele —dijo Qiaan—. Se supone que tienes que poder pelear aunque te estés desangrando hasta morir, o algo parecido. Al menos, eso dice siempre mi padre. Deben de ser leyendas sobre guardias que derrotaban ejércitos aunque estuvieran heridos de muerte y con un brazo cortado.

—Para ser una niña mimada de la guardia, nos tienes bastante manía —comentó Xaforn, enrollando su trenza para meterla bajo el casco negro con alas que Qiaan sostenía preparada para atarlo en los hombros de la coraza.

—No creo en la pátina de la gloria —dijo Qiaan—. Ésa es probablemente la razón de que insistan en decirme que soy adoptada. No acepto el aura que tiene la guardia. La Emperatriz nació para su condición, quizá; no creo que un guardia lo haya hecho.

—Yo lo hice —dijo Xaforn con la voz amortiguada por el casco.

—Oh, tú... —replicó Qiaan—. Tú has tenido siempre delirios de grandeza.

—¿Y tú siempre has sido humilde? —contraatacó Xaforn—. Además, yo soy buena en lo que hago. Gracias, Qiaan. ¡Nos vemos después del espectáculo!

Se fue airada de la habitación dejando a Qiaan por una vez sin decir la última palabra.

Saliendo a la arena, sola, Xaforn sintió cómo caía sobre ella el peso del expectante silencio. Caminó hasta la mitad de la plaza, hizo una reverencia ante el palco imperial, y después se quedó durante unos instantes con los ojos cerrados, respirando profundamente, concentrándose en una luz interior que siempre la acompañaba, algo que le mostraba el centro de equilibrio desde el cual podría saltar al exterior. Su sentido del tiempo cambió de esa extraña manera a la que ya se había acostumbrado, permitiéndole ver los movimientos más veloces de su oponente en una especie de lenta ensoñación que dejaba que sus sentidos reaccionaran de la misma forma. En el mundo real cada gesto se traducía en movimientos casi demasiado rápidos para que la vista los captara.

«Es un baile», oyó resonar la voz de su instructor en su cabeza. «Aprende a controlarlo. Aprende a convertirte en él.»

Xaforn empezó con cosas sencillas, ejercicios de niño, movimientos verdaderamente lentos, cada paso exagerado y gesticulado de la manera en que instruían a los cadetes más pequeños cuando estaban todavía aprendiendo a entrenar. Era demasiado simple, claro. La gente cuchicheó, contemplándola, cuando los movimientos empezaron a derivar en algo cada vez más rápido, cada vez más grácil, más mortífero, tejiendo una especie de baile en el aire con un par de manos delicadas que podrían llegar a matar, hasta que Xaforn se convirtió en una imagen borrosa y negra en el patio de entrenamiento, sin dar un único paso fuera del diminuto círculo que había fijado para ella en el suelo. Cuando se paró, de pronto, de cara al balcón imperial, hundiéndose en la quietud absoluta de nuevo, Liudan asintió con la cabeza, fascinada.

—Impresionante —dijo, levantando las manos para aplaudir.

—Espera —dijo Yuet, apresurada—. No rompas su concentración. No ha terminado todavía.

Liudan levantó una ceja, pero dejó caer las manos en su regazo.

Unos ayudantes le llevaron una serie de cosas a la palestra: una pared de juncos trenzados sujetos por un marco de bambú, una mesa plegable de caballete y una gran canasta de fruta y verdura que colocaron encima, ordenada por tamaños, desde los albaricoques hasta la sandía.

Xaforn esperó hasta que se retiraron, y entonces desenfundó su espada en el silencio con un único movimiento que la hizo silbar en el aire, y la hizo brillar en lo alto durante un momento como señal de reconocimiento a los estandartes imperiales. Después, se giró hacia la pared de juncos. La hoja de su espada se movió tan rápido que la gente no pudo ver nada salvo un pálido borrón; y cuando dio un paso hacia atrás, segundos después, se descubrió que había recortado los juncos con el perfil de un casco de la guardia. Esta vez hubo algunos aplausos espontáneos entre los espectadores. Xaforn los pasó por alto y se volvió hacia la canasta de frutas. Levantó la sandía, colocó en equilibrio sobre ella una calabaza, sobre ésta una manzana, y encima un albaricoque, y retrocedió unos pasos. La espada emitió un zumbido, y el albaricoque se partió en dos exactas mitades verticales, pero la manzana permaneció intacta. Después, la manzana quedó dividida en cuatro cubos con dos cortes, horizontal y vertical, sin que la calabaza sufriera ni un arañazo, luego cortó la calabaza en dados sin que la hoja tocara la sandía. La espada hizo una pausa y después perdió sus contornos alrededor la sandía. Cuando Xaforn terminó, la sandía parecía intacta, sin tocar, hasta que le dio un golpecito con la hoja y se desmoronó, cortada en cien limpias rodajas. Era un ejercicio de precisión, y a la multitud le encantó y rompió en aplausos. Esta vez Xaforn levantó la vista y asintió. Los ayudantes volvieron a recoger los restos.

Liudan aplaudía con el resto.

—*Realmente* impresionante —dijo—. No es de extrañar que no me acuerde de la exhibición del año pasado. No recuerdo este tipo de espectáculo.

—No, no creo que hubiera uno así. Lo que acabas de ver no es precisamente del nivel de los cadetes —dijo Yuet, sonriendo—. Nuestra Xaforn ha ido siempre por delante en sus estudios. En su último año, creo que tuvieron que enseñarle a ella por separado, porque había aventajado al resto del grupo.

—¿A qué está esperando? —la interrumpió Liudan.

—Quizá hay algo más... Mira, un bastón. Puede que haga una demostración de combate con alguno.

—Con tres algunos —agregó Nhia, observando a tres guardias cubiertos con casco y armadura entrar en la arena llevando sus propios bastones—. Está loca.

Liudan se adelantó, apoyando la barbilla en la mano, embelesada.

Los tres oponentes de Xaforn, todos una cabeza más altos que ella y el doble de anchos, llevaban sólidos bastones de madera sin pulir ni teñir; el de Xaforn estaba teñido de negro. Los cuatro se hicieron reverencias entre sí, Xaforn a los tres y ellos a ella, y retrocedieron unos pasos, colocándose en posición de ataque.

—Mejor que vaya allí abajo —dijo Yuet.

—¿Crees que la van a herir? —preguntó Liudan.

—Creo que puede matar a alguno de ellos —dijo Yuet con tranquilidad—. Hablo en serio, Liudan. Voy a bajar. Es más que probable que veamos sangre de verdad aquí hoy. Es Xaforn la que está ahí.

—Cuando termine todo, vuelve —dijo Liudan—. Y tráela contigo.

Fue la Emperatriz la que habló. Yuet se inclinó ligeramente.

—Así lo haré.

Abajo en la arena, los tres luchadores iban haciendo círculos con precaución alrededor de Xaforn mientras ella permanecía inmóvil en el centro de la palestra. Cuando uno de ellos la atacó, Xaforn giró sobre la parte anterior del pie, con su bastón preparado, y le contraatacó. Al mismo tiempo, en el giro le dio una patada al segundo hombre, en la muñeca, y completó su gesto agachándose y esquivando el bastón del primero, de tal modo que éste continuó su curva y golpeó duramente en el suelo donde ella estuvo antes. La gente le oyó resoplar cuando la fuerza del impacto le sacudió todo el cuerpo.

Mientras tanto, Xaforn seguía su danza guerrera con los otros dos oponentes, y había maniobrado apartándose a tiempo para que uno de ellos golpeara de refilón por error a su compañero en el hombro. Habría sido un golpe fuerte, si el luchador no se hubiera dado cuenta en el último momento de lo que había pasado y lo desvió hacia un lado. Durante los segundos que tardó en recuperar el equilibrio, el primer luchador ya había vuelto a Xaforn, haciendo girar su bastón en el aire en una rueda mortal. El tercero estaba todavía atacándola desde el otro lado. Xaforn dio vueltas y bailó como un espíritu del viento, sólida en un lugar durante un instante, evanescente como un fantasma en el siguiente, con su bastón girando y atacando desde ángulos imposibles de contraatacar, y asestando golpes devastadores.

Uno de los hombres recibió un fuerte golpe a un lado de la cabeza por uno de sus propios compañeros, y se vino abajo fuera de combate. Los otros dos sencillamente pasaron por encima de él, conduciendo la lucha hacia otro lado. Yuet saltó apresurada a la arena, movilizando a los ayudantes para que llevaran al caído hacia un sitio seguro a un lado de la palestra y le quitaran el casco. Mientras tanto, la danza mortal continuó, hasta que Xaforn hizo girar su bastón en un torbellino de dobles fintas y le dio a otro de ellos entre las costillas, con dureza. Éste gruñó, se dobló sobre sí mismo, y cayó a cuatro patas, intentando recuperar el aliento.

Como si hubiera sido una señal, Xaforn y el último hombre que quedaba se detuvieron durante unos segundos, mirándose a la cara, y después tiraron sus bastones. La espada del último guardia silbó al salir de su funda; la de Xaforn hizo lo mismo. La multitud soltó un grito ahogado. Los dos combatientes se acosaron mutuamente sobre la arena mientras el segundo luchador, el que había quedado sin aliento, era conducido precipitadamente fuera de la zona de peligro. Y después se juntaron, y sus espadas dibujaron arcos de fuego azul cuando sus filos mortales se deslizaron entre sí, el sonido de metal contra metal al chocar, y chocar de nuevo en el aire luminoso cortado en jirones de luz entre los combatientes por la trama de las espadas.

A un áspero grito de «¡Hai!» que provenía de un lateral se detuvo el combate y los dos luchadores, ambos respirando con dificultad, se pararon y alzaron las espadas mutuamente en señal de saludo antes de enfundarlas. Se hicieron entre sí una reverencia y, después, hicieron otra al palco imperial, entonces la multitud estalló en aplausos y vítores mientras los dos cruzaban el arco que llevaba a los pasillos fuera del área de prácticas.

Qiaan esperaba a Xaforn justo a la entrada con una sonrisa en los labios.

—No ha estado nada mal —dijo—. Parece que todo ese entrenamiento que te han dado no se ha malgastado *totalmente*.

—¿Están bien Douber y Chu? —preguntó Xaforn, tirando de las correas del casco con una mano cansada.

—No gracias a ti —dijo Yuet, acercándose a ambas para ofrecer ayuda—. Uno de ellos tiene dos costillas rotas y probablemente ahora se esté amoratando bajo su armadura. El otro tiene una conmoción, suave, pero una conmoción, después de todo. ¿Tenías que golpear tan fuerte? Era sólo un combate de exhibición.

—¿Y? —repuso Xaforn—. Cuando practicabas haciendo cataplasmas, ¿te parabas justo antes de aplicarlas?

—De acuerdo. Ahora ven, la Emperatriz quiere verte.

—¿Ahora? —preguntó Xaforn. Se había quitado el casco y tenía la cara enrojecida y el pelo pegado por el sudor a su pequeña cabeza—. No creo que esté en condiciones de presentarme a la realeza...

—Xaforn —dijo Yuet—, la realeza decide si estás en condiciones de presentarte, y te ha mandado llamar.

Qiaan sacó de su bolso un peine de hueso tallado.

—Por lo menos arréglate el pelo —dijo, peinándole los mechones enmarañados y sudorosos que habían escapado de la tirante trenza.

—Creo que a Liudan le hará bien recordar que a veces la brillantez tiene el precio de las cosas mundanas, como el sudor —dijo Yuet pensativa.

Qiaan le echó una ojeada.

—Se hace extraño oírte hablar de ella por su nombre —dijo.

—Soy su curandera y su *jin-shei* —dijo Yuet—. A veces me pregunto cómo pudo ocurrir, pero así son las cosas. Eso me otorga su nombre propio. Y, recuerda, tú eres un segundo círculo *jin-shei* para ella también, a través de Xaforn y de mí —se detuvo un momento. Qiaan y Liudan nunca se habían encontrado cara a cara, aunque Yuet había hablado a una de la otra, mencionándolo todo excepto su sorprendente parecido. Era todavía tan sólo una imagen en la mente de Yuet, los rostros de dos muchachas que compartían los ojos de una hermosa concubina pintada en una miniatura. Cada vez que permitía que su mirada descansara en Qiaan, Yuet sentía un impulso irracional de poner a las dos chicas una junto a la otra y probarse a sí misma si, de hecho, se parecían tanto o todo había sido producto de una alterada imaginación.

Podría ser difícil para cualquiera darse cuenta de eso ahí aquel día, con Liudan ataviada con sus mejores galas y el aura del Imperio alrededor, como una capa. Qiaan llevaba un vestido de seda finamente bordado para la ocasión, pero quedaría sencillo junto a las ostentosas joyas de la realeza. No había nadie en el balcón real que pudiera notar el parecido entre la Emperatriz y la hija de uno de los capitanes de su guardia. Sólo Nhia, que ya las conocía a las dos, y un par de miembros del séquito que estarían distraídas —como la propia Liudan—, en Xaforn, la chica del momento. Quizá ahora era la oportunidad, la única oportunidad que podría tener Yuet.

—Estás haciendo esperar a la Emperatriz —dijo Qiaan, rompiendo el silencio. ¿Quieres que te espere en la parte de atrás para ayudarte a salir de ese caparazón, Xaforn?

—No, sube con nosotras —dijo Yuet imprudentemente, jugando con la fortuna—. Le he hablado de ti, también. Del trabajo que hiciste en el recinto cuando la intoxicación estaba todavía en su punto álgido. Se mostró agradecida.

—Sí, pero nunca pidió verme, ni tampoco bajó aquí ninguna vez —señaló Qiaan.

—Ahora nosotros la estamos haciendo esperar —dijo Yuet—. No hay tiempo para dignidades heridas, Qiaan. Venga, las dos. Por aquí.

Yuet hizo las presentaciones cuando las tres muchachas llegaron al balcón real y Liudan inclinó su majestuosa cabeza hacia Xaforn.

—Ha sido una exhibición verdaderamente impresionante —dijo a la joven guardia que estaba arrodillada ante su Emperatriz—. He oído mucho hablar de ti, Xaforn, y ahora he visto que lo que me habían dicho no eran exageraciones. Crco que tengo un puesto para ti en la corte, bajo mis órdenes directas y las de mi canciller, aquí presente.

Nhia se puso derecha en el asiento al oír esto y Liudan volvió hacia ella la cabeza con un leve asentimiento.

—Cuando viniste al Consejo —siguió la Emperatriz— te prometí que te daría protección. He puesto un destacamento de la guardia a tu lado durante la mayor parte de tu ejercicio como canciller, hasta ahora, y sé que no ha sido fácil para ti, ni el tener que necesitarlo, ni sufrir su constante presencia. Pero ahora, creo que tenemos una solución —se volvió hacia Xaforn—. Haré que te preparen nuevas dependencias cerca de Nhia dentro de Palacio y te mudarás allí tan pronto como estén listas. Eres, como ha dispuesto la providencia, guardia y compañera, porque os une un lazo del *jin-shei*, ¿verdad? —tras recibir un asentimiento, continuó—: Yo me reservaré el derecho a recuperarte para mis propósitos, cuando necesite tus sorprendentes habilidades.

—Gracias, Emperatriz del Dragón —dijo Xaforn con los ojos muy abiertos.

—Puedes llamarme Liudan en este círculo —añadió haciendo un gesto con la mano—. Todas lo hacen.

Le había dedicado a Qiaan algunas palabras de cortesía, pero estaba claro que no se había reconocido instantáneamente en la cara de la otra chica. Mientras Liudan salía del palco seguida por su séquito, Qiaan se quedó atrás y agarró a Yuet de la manga.

—Se parece... se parece mucho a mí —le susurró.

—Lo sé —observó ésta tranquilamente—. Tú también lo sabías; ya has visto antes a la Emperatriz. Sé que has estado en la audiencia pública por lo menos una vez.

—Estaba muy lejos de ella —la interrumpió Qiaan—. Nunca había estado tan cerca de la Emperatriz. Es como lo que veo todos los días en mi propio espejo. Lo sé, porque siempre he pensado que tenía los ojos demasiado juntos, y veo en su cara al mirarla hasta la más mínima cosa de la que siempre me he quejado.

—Hoy lleva mucho maquillaje —dijo Yuet, haciendo de abogada del diablo—. Quizá eso acentúa lo que ves.

—Tú sabes algo —dijo Qiaan, cerrando un poco los ojos.

—Sí —la voz de Yuet era tranquila y luminosa, aunque por dentro le había dado un vuelvo el corazón—. Tiene algo que siempre me ha recordado a ti, y viceversa. No es tanto los ojos como una forma de mirar de soslayo. Pero también a veces Tai podría haberse confundido con una hermana de la Pequeña Emperatriz, cuando las veías juntas; cuando se hacían largas trenzas y se lavaban la cara. Eso no quiere decir nada.

La duda todavía chispeaba en los ojos de Qiaan, pero no siguió con el tema. Para Yuet, sin embargo, había cristalizado. Claramente había un lazo de unión entre aquellas dos, la Emperatriz y la hija de la guardia. Aunque aparentemente las palabras no tenían nada que ver con este acertijo, Yuet oía en su mente el eco de una nómada de las montañas de Syai: «Sevanna tenía sus propios planes para Amri». ¡Estaba todo enredado, ay, todo enredado!... Pero los instintos de Yuet habían dado caza a la identidad de Tammary, y ahora Yuet estaba igualmente convencida de que el proyecto que involucraba a Tammary no era tan evidente como parecía. Aquellos otros planes que Sevanna —Szewan— tenía para Tammary tenían relación de alguna manera con todo esto, y también la tenía Szewan, una vez más.

* * *

La propia Tammary, la resentida y solitaria niña de la montaña, se había convertido en una ayudante inesperadamente capaz. Había absorbido el *jin-ashu* con una facilidad pasmosa, y Yuet llegó a depender, en el espacio de unos pocos meses, de su especial habilidad para mezclar medicinas con destreza y rapidez. Durante ese tiempo, Tammary parecía haberse metido en su papel, aunque Yuet había aprendido pronto a no enviarla nunca más al mercado sola por nada que considerara remotamente urgente, porque Tammary se perdería en la plaza durante horas, a veces, paseando entre los abarrotados pasillos de los puestos. Había desarrollado una extraña fascinación por la gente. Cuando le preguntaban, explicaba que tenían «expresiones distintas» de la gente rubia a la que estaba acostumbrada, e intentaba aprender a «leerlas».

—Los observa como contemplaría a las carpas doradas nadando en un estanque, o a los animales salvajes de una reserva —le dijo Yuet a Tai un día en que Tammary llevaba ya una hora de retraso en el mercado—. Llega a la plaza y observa a la gente regatear durante horas. No lo entiendo.

—Oh, hace algo más —respondió Tai—. Fui con ella una o dos veces, después de la primera ocasión. Está aprendiendo; no estoy segura de lo que intenta enseñarse a sí misma, todavía no, pero lo descubriré a tiempo. La he observado y no sólo contempla a la gente como extraños especímenes de una reserva exótica. Intenta entender algo.

—¿Qué? —preguntó Yuet perpleja.

—Compasión, tal vez —murmuró Tai—. Quizá, en el fondo, quiera ser curandera.

Yuet dio un bufido.

—¿Ésa? A veces pienso que estaría mucho mejor en las filas de la guardia. Dale un arma y canalizará tanta furia en ella que la hará convertirse en una espada de fuego.

Xaforn, que había conocido a Tammary, estaba de acuerdo con aquella valoración.

—No lo va enseñando —había dicho Xaforn—, pero puedo sentirlo en ella; tiene rabia dentro. Algo que demostrar. Sería toda una luchadora si pudiera desprenderse de esos aires que se da durante el tiempo suficiente para que alguien la instruya.

—Ya la está instruyendo alguien —comentó Tai, porque iba dirigido hacia ella ese mordaz comentario—. Yo le enseño *jin-ashu*.

—No la sacudes para que aprenda —replicó Xaforn—. Intenta ponerle en la mano un bastón y llama por su nombre a la furia que lleva dentro. Correrías a refugiarte en menos que canta un gallo.

—Qiaan dijo que tú no eras mucho mejor cuando te estuvo enseñando la escritura *jin-ashu* —repuso Tai, riéndose—. A veces tenía que sujetarte y obligarte a hacer las cosas.

Xaforn frunció el ceño.

—Habla demasiado. Yo no nací para aprender una bonita caligrafía.

—Quizá ésa sea *tu* furia —dijo Tai—. ¿Debería correr a refugiarme?

—Eres imposible —soltó Xaforn.

—Ya me lo han dicho muchas veces, sí —respondió Tai, riéndose—. Tú en cambio eres inverosímil.

Xaforn se echó para atrás, con la frente arrugada, intentando adivinar si ese comentario era un cumplido o no.

—¿Por qué? —preguntó al final.

—Poca gente sería capaz de asustar a un Sabio hechicero —respondió Tai con una sonrisa sincera.

Xaforn se había convertido en la sombra fiel de Nhia, siguiendo las órdenes de Liudan. Habían entablado una cordial amistad, pero Xaforn nunca olvidó ni por un momento que su papel era el de interponerse entre Nhia y el peligro e incluso en sus momentos más relajados en las dependencias de Nhia siempre estaba vigilante, siempre alerta para cualquier cosa que se saliera de lo habitual. La habían informado de que el Noveno Sabio Lihui había hecho daño a Nhia en el pasado, sin entrar en detalles, y estaba especialmente en guardia contra él. A veces incluso había rehecho por completo la agenda de actividades de Nhia para que no hubiera ninguna oportunidad de que Lihui se encontrara con ella, y a menos que fuera ante una multitud o en lugares públicos donde todos pudieran observarlos, el acto era cuidadosamente evitado. Nhia lo rehuía, pero no apartando los ojos cuando sentía su ardiente mirada sobre ella, sino asegurándose de que no estaba en una posición donde tuviera que permanecer mucho tiempo.

Sólo una vez, en los últimos días de invierno de aquel año, cuando ella y Xaforn estaban esperando un palanquín a la entrada de Palacio, Nhia se encontró arrinconada, con aquella delicada voz hablándole apenas a unos pasos de distancia.

—El mechón blanco te favorece, querida —había dicho Lihui con tono melifluo, como lo haría un maestro a su discípula, con un ligero asomo de intimidad.

Xaforn se interpuso entre Nhia y el Sabio.

—Si le complace, *sei*, pase —dijo tranquilamente. Él le sacaba una cabeza de altura, y las muñecas de Xaforn parecían tan frágiles como las de un pájaro comparadas con las de él, pero Lihui había estado en su puesto en la inauguración de otoño y sabía quién era Xaforn.

No obstante, él era Lihui y ella no era nada.

—Me complace hablar con tu señora —espetó, perdiendo algo de la dulzura de su voz—. En lo que a ti respecta, *no estoy aquí.*

Nhia y Xaforn, que se esperaban algo así, se fijaron en que Lihui hacía un diminuto gesto con la mano: unió en un círculo el pulgar y el índice, y su mano derecha subió arriba y abajo mínimamente.

Xaforn intercambió una mirada elocuente con Nhia.

—Llevo el mismo talismán que ella —le dijo—. No puedes ser invisible para mí. Dondequiera que estés, quienquiera que pretendas ser, te reconoceré.

—Podría matarte ahora mismo, pequeño tábano —repuso, bajando la voz hasta convertirla casi en un susurro—. No tengo que ser invisible para hacerlo. Y no podrás evitarlo.

Xaforn buscó la luz blanca en su interior, concentrándose.

—No lo creo —respondió.

Lihui sintió el instante en que se convertía en un instrumento mortal, la sintió caer en ese estado fuera del tiempo en el que era un espíritu de matar, preparada para proteger lo que habían dejado a su cuidado. Dio un paso atrás.

En ese momento, un traqueteo en el patio anunció la llegada del palanquín. Xaforn le hizo una señal a Nhia para que se montara, un leve movimiento de cabeza, sin romper el contacto visual con el Sabio. Xaforn no se movió del sitio.

—Quienquiera que te haya enseñado a hacer eso —gruñó Lihui por fin— te enseñó bastante más que habilidades de lucha, *guardia*. Estás usando magia oscura. Nunca olvides que debes tu reputación a lo mismo que pretendes aborrecer en mí.

Él se dio la vuelta, haciendo girar su capa oscura a su alrededor, y entró ofendido en Palacio.

Xaforn no le contó a Nhia ese último comentario, pero relataron aquel encuentro al resto del círculo, a Tai, a Yuet, a Tammary y a Liudan. Tai estaba exultante con la caída de Lihui, Tammary —que sabía muy poquito del caso— mostró su admiración diligentemente, y a Yuet la felicitaron todas por haber tenido la idea de dividir el talismán de Nhia en dos mitades y permitir que Xaforn llevara la segunda mitad, como protectora de Nhia y primera línea de defensa.

Liudan se había dado golpecitos en el labio con el dedo, su gesto acostumbrado de reflexión.

—Te dije que debías destituirle —le reprochó Tai, incapaz de evitar el impulso del «te lo dije».

—Y yo te dije que no podía hacerlo —repuso Liudan—. Sin embargo, ha hablado abiertamente y ante un testigo de intentar hacer daño a alguien de mi gente. Por eso, por lo menos, puedo convocar al círculo de Sabios para que lo censuren. Y puedo dejar bien claro que mi desagrado sería grande si no lo hacen. De ahora en adelante tendré un guardia vigilando a Lihui cada minuto del día.

—Pensaba que ya habías ordenado esa vigilancia —dijo Yuet.

—Ah, sí. Pero hasta ahora ha sido una observación discreta y cautelosa. Esta vez quiero asegurarme de que sabe que está siendo vigilado. La próxima vez que cometa un error como éste (y lo hará, porque la gente furiosa y frustrada inevitablemente lo hace) habrá alguien ahí para detenerle.

SIETE

Nhia estaba apagando ya la vela para retirarse a la cama cuando oyó que llamaban a su puerta, tan suavemente que casi le hizo pensar que se lo había imaginado.

Su ama de llaves fue a abrir cuando Nhia le gritó que invitara a pasar al visitante.

—Le pido disculpas, señora —dijo el ama de llaves, asomando a su puerta por la rendija más fina posible—. Sé que es tarde, pero su amiga Tai está aquí.

—¿Tai? ¿A estas horas? —dijo Nhia asustada—. ¡Haz que entre!

El ama de llaves se escabulló y un momento después entró Tai con los ojos bajos. Cerró la puerta tras de sí con ambas manos y se apoyó de espaldas contra su lisa superficie.

—¿Tienes un momento, Nhia?

—Claro. ¿Qué pasa? ¿Rimshi ha...?

—No, sigue sin cambios —respondió. Rimshi iba a la deriva entre el sueño profundo y un extraño estado consciente en el que divagaba y hablaba a menudo con gente que no estaba presente, incluyendo el padre de Tai, muerto hacía mucho tiempo. Yuet la mantenía sedada con adormidera todo lo posible, evitándole las molestias, pero todos sabían que era cuestión de tiempo. Podían ser días, tal vez sólo horas—. Aunque he venido a hablarte de eso. Más o menos.

—Cuéntame —dijo Nhia, haciéndola entrar en la habitación e instalándola en una cómoda silla mientras encendía otra vela y la colocaba junto a la anterior, arrojando más luz sobre la pálida cara de Tai.

Era pleno verano, una noche perfecta con una luna llena que pintaba la tierra de plata. El aire era cálido, todavía mantenía el calor del día, las contraventanas de las habitaciones de Nhia estaban totalmente abiertas y la brisa más ligera agitaba las cortinas de seda del cuarto. La esencia de jazmín nocturno entraba en la habitación a costa del sonido de un distante concierto de cigarras. Un par de polillas bailaban en torno a las llamas gemelas de las velas en la mesa de Nhia. Pero Tai estaba ajena a todo ello, tenía las manos cerradas en su regazo y seguía con la mirada baja.

—Cuéntame —repitió Nhia, yendo a sentarse a su lado y tomando una de sus manos—. Sabes que no estás sola, *jin-shei-bao*. ¿Qué puedo hacer para aliviarte estos días?

—Nhia, tú siempre te has metido conmigo sobre esto, pero mi madre se está muriendo, y yo quiero... —tragó saliva—. Quiero hacerlo bien. Sabes que no tengo familia de sangre a quien acudir, pero tú eres mi hermana, y quiero pedirte que tomes mi *so ji*...

Nhia sonrió.

—¿Quieres que te represente ante Kito?

—Me ha hablado de matrimonio —dijo Tai rápidamente—. Pero yo no lo discutí. No podía. Mi madre me necesitaba. Pero incluso Yuet dice que estará descansando en Cahan muy pronto, por fin. Y no quiero estar sola, Nhia.

—Tai, Kito ha estado esperando años para esto —dijo Nhia, sonriendo aunque tenía los ojos llenos de lágrimas—. Por supuesto que lo haré. ¿Tienes *so ji* o debo ordenar uno para mañana?

Tai rebuscó bajo su túnica exterior y sacó un paquetito envuelto en seda que llevaba en su bolso.

—Lo tengo. Lo he guardado desde hace casi un año.

Nhia retiró una esquina del envoltorio.

—Es muy oscuro —dijo con bastante poco tacto. Las piedras de jade más puras eran las más pálidas y se consideraba que traían mejor fortuna para las esculturas *so ji*. Eran caras, claro, pero también las más solicitadas. Tai simplemente sonrió y dijo:

—Lo sé. Quería uno así de oscuro. Él dijo una vez que le gustaba.

—Eres una romántica, después de todo —comentó Nhia y le dio un fuerte abrazo—. Parece que fue ayer cuando corríamos descalzas de pequeñas por el barrio pobre y ahora estoy a punto de preparar tu boda. Qué extraño es, Tai. Y qué maravilloso. ¿Te quedas aquí esta noche? Es tarde y tendrías que cruzar la ciudad para volver. Así podemos hablar.

Tai negó con la cabeza.

—La dejé dormida, Nhia, pero tengo que estar allí cuando despierte. Está acostumbrada a eso.

Yuet le había contado a Nhia anteriormente que Rimshi a menudo ni siquiera la reconocía cuando estaba despierta, pero esto no era algo que Nhia fuera a recordarle a Tai. En períodos como éste, cuando la persona que cuidaba a un enfermo se sentía impotente para hacer algo que pudiera servir de ayuda a quien todos sabían que iba a morir, era reconfortante aferrarse a algunas ilusiones.

—De acuerdo —dijo Nhia—. Le diré a Xaforn que te escolte hasta tu casa. Y me pasaré por allí mañana, tan pronto como hable con Kito y su padre.

Inesperadamente, Tai levantó la cabeza y besó a Nhia en la mejilla.

—Gracias.

Nhia, sintiéndose curiosamente protectora y maternal por esos casi cinco años que había entre ellas, sonrió, alisándole el pelo a Tai con la delicada palma de su mano.

—Lo prepararé todo —dijo—. No te preocupes.

Nhia mandó a buscar a Xaforn, que apareció menos de diez minutos después de la llamada, tan bien vestida e impecable en su uniforme de guardia como si hubiera estado esperando esta llamada, y no preparada, como todos los demás, para irse a dormir.

—Cerciórate de que nuestra novia casadera llega a casa sana y salva —dijo Nhia. Los ojos de Xaforn se encendieron.

—¿Te vas a casar? ¿Cuándo?

—No lo sé —empezó a reírse Tai—. Pero me aseguraré de que estés invitada.

* * *

La mañana de Nhia estuvo llena de citas y asuntos de la corte y se fijó una reunión urgente del Consejo un poco después del mediodía, ya que se esperaba la llegada a Linh-an de una delegación de la ciudad portuaria de Chirinaa para tratar una crisis comercial de poca gravedad. Pero Nhia habría movido citas y lo que hubiera hecho falta para cumplir la misión de Tai, incluso si no hubiera tenido que hacerlo en nombre del *jin-*

shei. Era cerca del mediodía cuando, retrasando la comida de ambas, ella y Xaforn, que estaba refunfuñando sin ganas, fueron al Gran Templo.

Las multitudes eran mayores de lo habitual y Nhia rápidamente se dio cuenta de que no todas esas gentes eran de la ciudad. Había hombres y mujeres vestidos con el atuendo de campesino de las colinas del norte de Seilin, granjeros de sombrero redondo de las llanuras centrales e incluso un par de sureños ataviados con brillantez que debían de ser una avanzadilla de la delegación de Chirinaa. Nhia rodeó el Templo a paso ligero y se dio cuenta de que toda esa variedad de gente estaba comprando incienso y ofrendas, y correteando hacia los círculos interiores; dejaban cuencos de comida y vino de arroz a los pies de los espíritus del Clima del Segundo Círculo, se inclinaban en oración ante los Señores de los Cuatro Cuartos y murmuraban sus ruegos de salvación y buena fortuna para ellos y sus familias.

Las lluvias habían sido escasas aquel año y también el año anterior. La sequía empezaba a hacerse sentir en algunos lugares. Éste sería el segundo año de una mala cosecha, lo suficientemente mala como para que la población de algunas de las áreas afectadas se hubiera gastado un buen dinero para venir a Linh-an y suplicar a los dioses y Espíritus del Gran Templo. Según la gente corriente del campo, desde ese Templo no había más que un paso hasta Cahan; era el Templo que recibía todas las oraciones enviadas en humo de incienso desde sus propios Templos, pequeños y dispersos por la tierra, y las procesaban antes de decidir cuál de ellas sería considerada lo suficientemente buena para pasarla a los dioses. Las cosas estaban tan mal como para que los pobres vinieran hasta ahí en persona a suplicar a los dioses directamente, porque sus anteriores plegarias, estaba claro, no habían sido recibidas.

—Es malo, ¿verdad? —le susurró Xaforn a Nhia detrás de sus talones mientras observaba a un par de mujeres dejando tallos de cebada marchita en el altar del Espíritu de la Lluvia. Una de ellas estaba llorando, no en voz alta, no manifiestamente, pero tenía las mejillas surcadas de silenciosas y brillantes lágrimas.

—Y será peor, según dicen —asintió Nhia en voz baja. Ya había visto demasiado y ahora se encaminaba a la entrada trasera del Primer Círculo—. He oído hablar de incendios en el este.

Un hombre joven de repente se inclinó ante Nhia, justo cuando ésta volvía hacia el hervidero comercial del Círculo del Gran Templo, y ella le devolvió por reflejo la cortesía antes de reconocer su identidad, no pudiendo evitar después una pequeña sonrisa.

—Kito —dijo, reconociéndole—. Justamente estaba...

—Con permiso, Nhia, tengo un favor que pedirte —dijo Kito con seriedad, sin darse cuenta siquiera de que acababa de interrumpirla. Ella estiró su sonrisa.

—¿Y cómo puedo ser de ayuda?

—Sé que la madre de Tai se está consumiendo rápidamente —dijo Kito, sus palabras sonaban lentas y cuidadosas—. Eso la preocupa, y yo la comprendo, y lo respeto, pero no es necesario que lleve esa carga ella sola. Por lo que yo sé, no tiene más familia, y todo recae sobre sus hombros; pero cada vez que le he preguntado si podía ayudarla me ha rechazado... y siendo su madre su último pariente con vida... —tragó saliva—. Nhia, quería enviarle un *so ji* y pedirle formalmente que se casara conmigo, pero ni siquiera sé quién debe recibirlo. ¿Tomarías tú mi obsequio? Sé que eres su hermana del *jin-shei* y lo más parecido a un miembro de la familia que tendrá después de... No quiero que esté sola, Nhia.

Nhia sonreía ahora abiertamente.

—Da la casualidad de que yo estoy aquí para hablaros a tu padre y a ti de un asunto semejante.

Kito parpadeó.

—Si tuvieras a bien conducirme hasta tu padre... —continuó Nhia con exagerada cortesía.

Kito se puso derecho de golpe y le ofreció su brazo. Xaforn, intentando contener la risa, fue tras ellos.

Esperaron hasta que So-Xan terminó de atender a un cliente y entonces Kito hizo pasar a Nhia a la caseta.

—Para ser correctos debería haberos esperado en vuestra casa, con una dama de compañía, y exponer el asunto que os traigo ahora con los floreados discursos de las viejas cortesías —dijo Nhia con una sonrisa luminosa—, pero creo que estoy aquí como un simple mensajero. So-Xan, vengo en nombre de Tai, la hija de Rimshi, quien me ha encargado que le traiga esto a su hijo.

Extrajo el *so ji* de Tai de sus envolturas de seda y se lo ofreció a los dos hombres extendido en las palmas de las manos.

Kito se quedó boquiabierto y después empezó a reírse. Los ojos de So-Xan se convirtieron en lagos de brillante y silenciosa risa, y se giró hacia su hijo.

—Parece que se te ha adelantado, hijo mío —comentó, con la risa bullendo en la voz—. ¿Y bien?

Kito, todavía riéndose, tomó la pequeña escultura con ambas manos, ofreciendo a Nhia una profunda reverencia. *So ji* —dijo—. Como mi amada desee. Acepto el obsequio con alegría, aunque yo ya le había hecho el suyo. Llévaselo de mi parte, si quieres, como mi regalo de boda.

—Es una familia de buena reputación —dijo So-Xan, y él y Nhia también intercambiaron reverencias—. Le habría enviado a mi cuñada para intercambiar los pasteles de boda, según las costumbres, pero creo que la madre de la joven no está bien. ¿Es grave la situación?

—Muy grave, So-Xan.

—Nhia —dijo Kito, interrumpiéndola otra vez—, dile, por favor, que no tiene que esperar sola a que esto pase. Quiero ayudarla.

—Entonces creo que tenemos un caso especial entre manos —dijo So-Xan, desoyendo a las palabras de su hijo—. Consideraremos la propia boda como una feliz ocasión para el intercambio de los objetos debidos. ¿Y cuándo haremos los esponsales? Si me pidierais mi opinión, creo que podría decir sin miedo que en este matrimonio el compromiso ya se ha cumplido; estos dos tontitos han estado dando vueltas el uno alrededor del otro durante mucho tiempo. Ya era hora de que entraran en razón.

—Encontraré una fecha que tenga buenos auspicios para la boda —dijo Nhia—. Me gustaría arreglarlo todo tan pronto como pueda, si no, el período de luto puede teneros separados más de lo que deseáis.

Kito respiró profundamente, pero So-Xan lo interrumpió levantando la mano.

—Trae el *so ji* que hiciste para la novia, hijo mío.

Un luminoso Kito puso en las manos de Nhia otra estatuilla de jade. Era sólo un poquito más claro que el de Tai, pero su color empezaba a convertirse en ese verde pálido que era la marca del puro jade. Kito había tallado las suaves formas de un Búfalo y un Cerdo, sus respectivos signos, enlazados entre sí. Nhia, envolviendo la escultura cuidadosamente, le sonrió.

—Es muy bonita —dijo—. Ah, hay otra cosa. Sé que es tradicional en las bodas estar en la casa del novio, pero Tai tiene el particular deseo de que su madre esté en su boda, y puede ser difícil trasladarla. ¿Podrías considerar...?

—Nhia-*lama*, lo dejamos en vuestras manos —dijo So-Xan—. Ésta es una boda que me llena de gozo porque veo feliz a mi hijo; pero por el momento, difícilmente puede enmarcarse en los ritos de la tradición. Nos complace asegurar que la novia de Kito podrá casarse en presencia de su honorable madre.

Nhia hizo una profunda reverencia y se despidió. Después de hacer una corta visita a los sacerdotes del Cuarto Círculo, dejando una gruesa varita de incienso como ofrenda para la futura felicidad de Tai, Nhia volvió derecha al Palacio donde tuvo que estar sentada durante una interminable hora y media mientras la delegación de Chirinaa se quejaba del impago de los aranceles portuarios, y su mente volvía a los desgraciados que habían recorrido tanto camino hasta el Gran Templo para pedir socorro. Todo estaba conectado; se habían malogrado las cosechas, la gente tenía menos dinero, había problemas comerciales en los almacenes y muelles de una ciudad portuaria donde los honorarios y tarifas no se pagaban. Incluso las personas como So-Xan empezaban a pasar estreches. Eran artesanos y sus productos los salvaguardaban siglos de costumbre y tradición, pero hasta la gente más pobre de Linh-an encontraría otros medios más baratos para contar el paso de los días.

Por fin acabó la interminable reunión y Nhia pudo retirarse con Liudan, apañándoselas para buscar el momento de contarle la inminente boda de Tai.

—Hazme saber cuándo es —dijo Liudan.

—¿Vendrás?

—Por supuesto. Si me invitan —respondió maliciosamente. Después desvió la mirada hacia algo que ya estaba reclamando su atención, y Nhia hizo una reverencia y se retiró para empezar a planificarlo todo.

Tai había recibido su *so ji* con una reacción muy parecida a la que había tenido Kito.

—La verdad —dijo Nhia, mirando a Tai reírse con los ojos húmedos, mientras apretaba contra el pecho la estatuilla—, no sé por qué no te comprometiste hace años. Cualquiera que tenga ojos en la cara podría decir que esto iba a ocurrir. Ah, pero olvídalo, si ya lo hiciste.

Tai, todavía riéndose, le dio una palmada en el brazo.

—So-Xan me ha dejado hacer los preparativos —dijo Nhia—. Ya he hablado con la gente del Templo. Podemos hacerlo tan pronto como quieras, Tai, la fecha está totalmente en tus manos.

—Reconozco que es irracional y sé que ella no puede *estar* allí realmente, no de verdad, pero me gustaría que mi madre asistiera a mi boda —dijo Tai—. Sé que debería haberlo hecho antes si quería que ella pudiera participar en ello; y quizá ha sido un error retrasarlo tanto tiempo, pero me doy cuenta de que no quiero perder nada de los años que vendrán en lamentar algo peor de lo que ya traigan.

—Entonces así será —dijo Nhia cariñosamente—. Haré los preparativos. Si lo planeo para la semana que viene, ¿te parecería demasiado pronto?

Tai se sonrojó de repente.

—No —respondió con coqueta timidez.

Nhia se rió.

—Sé feliz, pequeña *jin-shei-bao*. Prepárate para tu boda y déjame el resto a mí.

Los preparativos se hicieron a toda velocidad.

Cuando se le comunicó oficialmente a Liudan y recibió la invitación a la boda, ésta envió un rollo de seda escarlata para el vestido de novia y un conjunto de anillos para la ceremonia. También mandó un libro de poesía nupcial en *jin-ashu*, maravillosamente encuadernado, con bastantes poemas del ídolo de Tai, la poetisa Qiu-Lin, que fue también la Emperatriz de la Nube, para que se lo dieran a la novia con una nota escrita por su propia mano en la guarda: *No he olvidado tu visión.*

Xaforn, que resultó tener una delicada habilidad tallando con su daga, le hizo un talismán con forma de conejo de la suerte, de madera suave y pálida; y Qiaan hizo un dibujo a tinta de los Tres Cielos de Cahan, invocando la bendición de la nueva pareja. Xaforn, que miraba sobre su hombro cómo le daba las últimas pinceladas, recordó de repente otra pintura, un dibujo infantil que Qiaan había hecho años atrás.

—Es mejor que el dibujo de la gata —le dijo con una sonrisa.

Estaba claro que Qiaan también lo recordaba, porque se volvió fingiendo enfadarse y sacudió la punta de su pincel lleno de tinta en dirección a Xaforn. Xaforn la esquivó, riéndose.

—Siempre tan engreída —soltó entre risas.

—Siempre tan maliciosa —respondió Qiaan, con un eco de sus primeras peleas, sin volver a levantar la mirada, como inmersa en su trabajo.

Uno de los primeros pacientes que tuvo Szewan había pagado a la curandera con cierta cantidad de perlas gris oscuro. Las perlas habían quedado desde entonces en una caja a buen recaudo en el fondo del laboratorio hasta que Yuet las encontró accidentalmente casi dos décadas después. Ahora había convertido dos de las perlas más pequeñas en un par de delicados pendientes para Tai.

Incluso Antian, la Pequeña Emperatriz, pareció volver desde Cahan a bendecir la boda. Nunca se llegó a anular el pedido hecho a un taller de encuadernación de Linh-an, y los diarios de cuero rojo le habían seguido llegando fielmente a Tai, uno al año, al final de Kannaian. Por accidente, en ese año en particular el diario rojo llegó casi dos semanas antes, como si Antian hubiera adelantado una entrega especial para esa ocasión. Tai derramó emocionadas lágrimas con su recuerdo cuando le dieron el nuevo cuaderno, y la primera cosa que escribió en él, saltándose las últimas páginas en blanco del libro del año anterior, fue un delicado poema, lleno de la forma y el color de los amaneceres que a Antian le encantaba recibir en una pequeña terraza en el Palacio de Verano. Tai lo copió, después de terminarlo, en un nuevo rollo de papel y le envió la copia a Liudan, en parte por el interés que Liudan seguía demostrando por la poesía de Tai, y en parte respondiendo al libro de poesía que Liudan le había regalado por su boda. No recibió respuesta, por lo menos no inmediatamente, pero tampoco tuvo tiempo de pensar en ello porque los últimos días antes de la boda pasaron volando.

Sólo Tammary, viendo todos esos preparativos, se quedó atrás.

—¿Qué demonios puedo ofrecerle? —le preguntó a Yuet—. Seré la única sin regalo.

—No hace falta —dijo Yuet—. Al menos, no tiene que ser algo material. Regalarle una simple flor de loto blanca es una bendición al matrimonio, por ejemplo.

Tammary pensó en ello y se tranquilizó.

El día de la boda, en la última semana de Kannaian, el aire estaba lleno de transparente luz y hacía un calor intenso. Nhia y Qiaan, ayudando a Tai a prepararse, se quejaban abiertamente en su nombre mientras le ponían capa tras capa el tradicional traje de boda. La delgada y preciosa enagua de seda, tan frágil que prácticamente se traslucía, era una prenda fresca sobre la piel de Tai, pero encima llevaba un vestido de la pesada seda escarlata que Liudan le había regalado y éste estaba cubierto a su vez por una túnica exterior, rígida por los bordados, y una chaqueta de mangas anchas que colgaban bastante por debajo de sus muñecas. Llevaba el pelo recogido en una corona en lo alto de la cabeza y el pesado tocado, con su doble capa de velos de seda roja y dorada que le escondían la cara completamente, iba sujeto con agujas del tamaño del antebrazo de Tai, terminadas en gruesas perlas.

—Nadie debería casarse en verano —decía Qiaan—. ¡Válgame Cahan, se morirá de agotamiento con este calor antes de que le pongan los anillos en los pulgares!

—Ay —se quejó suavemente Tai cuando una aguja se desvió arañándole la cabeza.

—Lo siento —dijo Nhia culpable—. Una más... aquí. Esto debería sujetarlo. Sacude la cabeza. No, no tan fuerte, lo haré yo. ¿Adónde vas?

—Quiero ver si la gente...

—Vuelve aquí, gansa, ¡no debes dejar que te vean hasta que estés lista para salir!

—Pero...

—Él todavía no ha llegado —dijo Qiaan, riéndose—. Pero creo que hay un señor mayor que podría ser su tío. Yuet y Tammary están aquí también, y la gente del Templo. Estamos solamente esperando al novio.

—¿Y mi madre? —preguntó Tai con nerviosismo.

—Yuet está con ella. Está despierta —dijo Nhia—. Creo que ésos deben de ser ellos. Ah, pero ¡qué guapo está hoy tu novio!

—¿Entonces ya estamos preparados?

—La Emperatriz —le recordó Nhia a Qiaan con suavidad.

—Ah, claro.

—Mientras esperamos —dijo Nhia— tengo un asunto pendiente. Quédate aquí, Qiaan, y por amor de Cahan, ¡no dejes que la vean antes de tiempo!

Qiaan asintió, sonriendo, y Nhia se escabulló del cuarto y entró aprisa en el salón, sonriendo y asintiendo con la cabeza a los invitados, de camino al patio exterior y a las puertas donde estaban colgados los estandartes que anunciaban la boda.

Había una delegación del gremio de los mendigos esperando allí, como era tradición, para recibir las limosnas de la boda. Nhia tomó un saquito de seda lleno de monedas de plata y, poniéndolo entre sus manos, hizo una ligera reverencia hacia el grupo.

—Como celebración de la boda —dijo formalmente— la novia y el novio os dan estas limosnas.

—Gracias —dijo uno de los hombres, devolviendo la reverencia y aceptando la ofrenda. Hizo una señal y otro hombre se adelantó con un cartel de papel en el que, con una escritura desigual *hacha-ashu*, se exponía que en la casa había una celebración y que el gremio, para premiar su generosidad, le deseaba todas las bendiciones. Murmuraron sus agradecimientos a Nhia y se inclinaron ante ella, retirándose; ella sonrió y también se inclinó. Lo haría todo bien, la boda de Tai sería maravillosa en todos los sentidos, honraría cada una de las tradiciones para asegurar la perfecta felicidad de su pequeña *jin-shei-bao*. El hombre con el cartel había terminado ya de ponerlo en la puerta principal de la casa y, al girarse, Nhia se dio cuenta de que lo conocía. Era el hombre ciego que estaba aquel día en la casa del Rey de los mendigos.

—Os conozco por la voz. Sois la Joven Maestra —dijo suavemente el ciego—. Está bien, porque el hermano número uno tiene un mensaje que le gustaría transmitiros.

Nhia miró a su alrededor buscando el peligro instintivamente.

—¿Mensaje? ¿Qué mensaje?

—Me ordenó que os dijera que la tormenta casi está sobre nosotros —dijo el ciego—. Que vos sabréis cuándo debéis venir en busca de respuestas. Os estará esperando.

Hizo una reverencia y se fue.

—Esperad... —dijo Nhia inútilmente—. Esperad...

Pero ya se habían ido todos. Sólo el cartel en la puerta demostraba que habían estado allí. Nhia echó una mirada de un lado a otro de la calle, pero no había nada que ver y, al poco rato, intentando no reflejar lo alterada que la había dejado el mensaje, volvió a la habitación de la novia.

—¿Estamos todavía esperando?

—Sí, pero... debe de estar al llegar —dijo Qiaan—. Xaforn acaba de entrar.

Xaforn había cruzado el salón e intercambiado un par de palabras en voz baja con los sacerdotes que estaban a la espera, y después fue hasta la puerta de la habitación y llamó con los nudillos. Nhia entreabrió la puerta.

—Tai, Liudan lo siente mucho, pero no puede venir —dijo Xaforn—. Te envía sus mejores deseos y dice que tú y Kito vayáis a esperarla mañana a Palacio para que pueda daros su enhorabuena en persona. Ella...

Pero el sacerdote había empezado a hablar.

—La Emperatriz Liudan, que iba a estar entre los invitados, presenta sus excusas. Los demás invitados están aquí. Empezaremos —se aclaró la garganta—. Haced salir a la novia.

Tai, calzada con las inseguras plataformas ceremoniales de madera, salió de la habitación después de esa orden, apoyada a ambos lados en Nhia y en Qiaan. Caminaba lentamente, cuidadosamente, balanceándose a cada paso, con la cabeza inclinada con recato. Llegaron primero hasta So-Xan, a quien Tai hizo una profunda reverencia como su futura nuera, y después al tío de Kito y a su anciana tía para hacerles también los honores. Al mismo tiempo, Kito era conducido siguiendo un recorrido propio hacia la cama de Rimshi, donde se inclinó humildemente ante la mujer enferma. Rimshi se las arregló para levantar una mano en señal de bendición; Nhia le dio un ligero codazo a Tai para asegurarse de que lo viera. Tai apretó los dedos de Nhia con gratitud.

Y enseguida había llegado ante al sacerdote del Templo. Kito ya estaba allí, con una túnica de seda carmesí ajustada sobre sus anchos hombros, y con las botas rojas del novio.

—En el nombre de Cahan y del Señor del Cielo, estamos aquí para dar fe de dos personas que van a unir sus vidas. Dejemos que Kito y Tai viajen juntos ahora y busquen los caminos de la iluminación. Que los Tres Seres Puros los bendigan en su alianza con la bendición de Cahan; que la luz del Camino brille sobre sus espíritus, y el Señor del Cielo los sostenga en la palma de su mano —hizo una pausa y Nhia presentó la caja donde estaban los anillos que Liudan les había regalado. El sacerdote la abrió y tomó un juego.

—Kito.

—Siempre estaré contigo —dijo Kito, deslizando los anillos en los pequeños pulgares de Tai.

Tai mantuvo su mano durante un momento y después juntó las suyas para que el sacerdote depositara en ellas el otro juego de anillos.

—Tai.

—Siempre... estaré contigo —susurró Tai con la voz ligeramente quebrada, colocando los anillos en los pulgares de Kito.

—Donde una vez hubo un hombre que se llamaba Kito y una mujer llamada Tai, ahora se alza un nuevo ser, hombre y mujer a la vez: ella, que es ahora Kito-Tai; él, que es ahora Tai-Kito. En la luz de Cahan, en el nombre del Señor del Cielo, estáis casados.

Kito extendió la mano y descorrió los pesados velos. Había diminutos y enjoyados enganches en el tocado previendo ese momento, pero la mano de Kito temblaba tanto que no parecía poder fijar el velo a sus enganches y Nhia tuvo que acercarse y ayudarle a fijar la díscola seda. Ella y Qiaan estaban una a cada lado de Tai, preparadas para ayudarla a moverse cuando quisiera; Xaforn se colocó también junto a Qiaan, y ambas se sonrieron mutuamente y después sonrieron a Tai; Yuet fue rápidamente a darle a la novia, que se tambaleaba con inseguridad sobre sus zapatos altos, un cuidadoso abrazo, consciente de la necesidad de mantenerla erguida; incluso Tammary se dejó llevar y se quedó a un lado, con timidez, asintiendo con la cabeza a Tai con una sonrisa.

Estaban los ausentes: Antian, la primera, que había partido; Khailin, perdida todavía; y Liudan, la deslumbrante, tragada por las altas esferas.

Pero estaban todas allí, a su manera, aunque sólo fuera en los pensamientos de Tai o en el fondo de su corazón donde todavía guardaba su amor por Antian. El círculo *jin-shei* que era suyo. El mundo era un lugar más seguro, menos aterrador, de repente, con su nuevo marido junto a ella y sus hermanas del *jin-shei* a su alrededor.

Tai hizo un amago de darse la vuelta para decírselo a todas, cuando sus zapatos se enredaron, enganchados, y la hubieran hecho caerse desplomada de forma poco decorosa a los pies de Kito si media docena de manos no se hubiesen lanzado a la vez a sujetarla: Nhia y Qiaan por los codos, Xaforn por la espalda, Yuet adelantándose para enderezarla si se desequilibraba todavía más, e incluso la mano de Tammary fue a sostenerla. El brazo de Kito le rodeó la cintura.

—Hemos preparado un pequeño banquete que valga tanto para una Emperatriz como para una novia en el día de su boda —dijo Yuet—. Vamos a partir el pan nupcial, Kito-Tai.

OCHO

—¡Ya estoy en casa! —gritó Kito quitándose los zapatos de la calle en el umbral y entrando sin hacer ruido—. ¿Dónde estás? ¡Traigo noticias!

—Shhh —la voz tranquila de Tai llegó desde la antesala del porche, donde la luz del final del verano caía generosamente por las tardes—. Acabo de conseguir que Xanshi se duerma. No la despiertes.

Kito asomó la cabeza por el arco de la entrada hasta la antesala. Tai estaba sentada en una silla de mimbre, con un tambor de bordar en su regazo, un pie acurrucado bajo ella y el otro meciendo dulcemente la cuna en la que dormía un bebé. Sonriendo ante el cuadro, Kito avanzó silenciosamente y se inclinó para besar a su esposa, que extendió una graciosa mano hasta su nuca para atraerle la cabeza.

—Es difícil de creer —dijo Kito, sonriendo— que haya pasado ya casi un año.

—Ha sido así siempre —susurró Tai—. Es como si nunca hubiera sido de otra manera. No despiertes al bebé. ¿Qué noticias traes? ¿Y qué tienes ahí?

Kito le dio un rollo de papel de arroz.

—Ya ha salido otro. Te estás haciendo famosa.

—¿Cuál? —preguntó Tai con entusiasmo, desenrollando el papel. Entrecortó un poco el ritmo con que mecía la cuna y el bebé se despertó.

—Yo la meceré —dijo Kito—. Míralo todo lo que quieras.

—¿Cuál es? —insistió Tai, desplegando el poema escrito en *hachaashu*.

—Da la casualidad de que es el que trata de Xanshi —dijo Kito, meciendo la cuna de su hija con ternura.

—Liudan seguro que elige los más raros —dijo Tai, analizando la perfecta escritura caligráfica que no podía comprender—. Yo habría pensado que ese en particular sería demasiado personal para el interés general.

—Pues a ella obviamente no se lo pareció y creo que descubrirás que hay gente que está de acuerdo con ella. Es el tipo de cosa que los hombres comprarían a sus mujeres tras el nacimiento de sus hijos. Creo que venderá bien. Pero ¿por qué le dejas todavía elegir los poemas que publicas? ¿No deberías tener algo que decir?

—Fue ella quien empezó —dijo Tai—. Ese poema que escribí cuando el diario de Antian llegó para la boda, el que copié y le envié a Liudan, fue el primero que publicó. Después de eso, simplemente se los paso, ella los hace transcribir en *hacha-ashu* y los publica. Sin eso, nadie podría leerlos salvo las mujeres.

—Yo los puedo transcribir para ti —dijo Kito, sonando algo rebelde.

—No está permitido que te enseñe *jin-ashu* —dijo Tai en tono reprobatorio—. Es la lengua de las mujeres. Ya hemos hablado de esto, Kito.

—No me parece justo que las mujeres puedan tener ambas lenguas y los hombres sólo una —murmuró Kito.

—La mayoría de las mujeres sólo tienen una, mi querido cabezota. Yo no puedo leer o escribir *hacha-ashu*, si no, no estaríamos teniendo esta conversación —dijo Tai—. ¡Oh, mira lo que has hecho!

El bebé gorjeaba en la cuna exquisitamente tallada, con amor, por las propias manos de Kito durante el embarazo. Ambos padres estaban ahora reclinados sobre el bebé. Se estaba frotando los ojos, pero no parecía de mal humor o lloroso, e incluso sonrió a su padre, enseñándole las encías desdentadas.

—Eso es —dijo Tai—. Tu turno para jugar con ella. Tengo que ir a guardar y anotar esto.

Kito tomó a su hija en brazos y ella chilló de contento.

—Mamá volverá muy pronto —dijo, sosteniendo al bebé por las axilas mientras lo ponía en equilibrio sobre sus regordetes pies encima de sus rodillas y lo hacía saltar arriba y abajo—. Mamá va a ir a escribir ahora.

Tai se llevó consigo la imagen de los dos hasta la habitación, con una sonrisa de puro agradecimiento en su cara. Xanshi había nacido más de tres semanas antes de tiempo, en el mismo mes en que murieron la madre de Tai y el padre de Kito. Rimshi simplemente se quedó dormida y no volvió a despertar; pero el final de So-Xan llegó de pronto e inesperadamente, y de una forma bastante irónica: se llevó la mano al corazón en la mitad de la talla de una estatuilla conmemorativa del primer aniversario de la muerte de una Princesa Consorte, y todo lo que Kito pudo hacer fue agarrarle en su caída desde la mesa de trabajo. El prematuro nacimiento de Xanshi se precipitó quizá por la pena de Tai, y Yuet tuvo que luchar mucho para asegurarse de que madre e hija sobrevivían sin consecuencias posteriores. Pasó mucho tiempo antes de que Kito pudiera superar la fragilidad de su hija y su diminuto tamaño. Hasta hacía muy pocas semanas, hacerla saltar sobre sus rodillas habría sido impensable. A Kito le habría dado demasiado miedo romper al bebé.

En una esquina de su dormitorio habían colocado un escritorio para Tai con todos los utensilios de su oficio dispuestos cuidadosamente —una hoja de papel secante, una selección de plumas y pinceles, un pequeño tintero de cuero y varios de cuarzo alineados en el borde superior de la mesa—. Una caja de madera taraceada cuyo delgado cajón tenía un tirador en forma de cabeza de dragón alojaba su diario actual. Los demás, los de años anteriores, estaban puestos en una balda sobre el escritorio junto a unos cuantos rollos de papel atados con lazos de colores que descansaban en ordenados casilleros; era su poesía, la que Liudan había hecho publicar. El nombre de Kito-Tai con el que firmaba sus poemas empezaba a ser conocido e incluso empezaba a llegar también algún dinero.

Tai, sentándose en el taburete junto a su mesa con el nuevo rollo todavía en la mano, observó un ejemplar maravillosamente caligrafiado del primer poema que publicó y que Kito había colgado en la pared de su cuarto. Era escritura *hacha-ashu* y ella no podía leerlo, pero sabía de memoria sus delicadas líneas. El poema significaba demasiadas cosas para ella: el recuerdo de Antian, la temblorosa anticipación del día de su boda que estaba a punto de llegar, el agradecimiento por la presencia en su vida de la gente que la había amado. Se lo envió a Liudan en los atareados, y a veces caóticos, días antes de casarse, y lo olvidó sumida en los temores y expectativas del día en que se casaría con Kito. No lo había tenido en la cabeza en el momento de su boda, pero de alguna forma el poema siempre le recordaba aquel día y, aun hoy, con su primer aniversario sólo una semana atrás, no era una excepción.

Tai y Kito fueron conducidos desde el salón en el que hicieron sus votos a la sala del banquete para partir el pan nupcial, como era tradicional, y se echaron el uno al otro su primer té verde en las tazas especiales de la boda. Después fueron escoltados a la habitación de atrás, donde estaba preparada una alta cama nupcial, salpicada de pétalos de rosa, y los sentaron en el borde, uno junto al otro, durante interminables horas mientras amigos y parientes aparecían y desaparecían haciendo pícaros comentarios y llevando ofrendas de cuencos de vino, pastel de nueces, pollo frito, arroz, esculturas de mazapán de bestias legendarias y dragones cuyas cabezas se suponía que los recién casados debían morder para deleite sin límite de algunos de los niños más pequeños, y varias delicias más.

Fue entonces cuando Tammary fue a entregar su regalo de boda: se había tomado a pecho las palabras de Yuet y no le ofreció a Kito y a Tai nada sólido o sustancial.

—Me preguntaba si podría hacer esto —dijo—, pero Liudan no ha venido y en su presencia no sé si lo hubiera hecho —Kito le lanzó una mirada furtiva y perpleja a Tai, intentando entender las conexiones *jin-shei* de su mujer, pero ella lo miró y negó casi imperceptiblemente con la cabeza como queriendo decir: «Más tarde»—. Ella no está aquí —siguió Tammary— y quiero bailar para vosotros. De la manera en que mi gente baila en las bodas, en memoria de todas las alegrías de todas las bodas que ha habido antes, y como promesa de las que están por venir.

Su voz había adoptado las cadencias nómadas de alguien que cuenta una historia que consignará en la memoria del clan, y Tai se dio cuenta de que el regalo de Tammary no era ni más ni menos que ella misma. Tomó la mano de Kito.

—Gracias —dijo. Sólo eso. Pero los ojos de Tammary se encendieron por la abundante comprensión que había en la voz de Tai y agachó la cabeza, abrumada de pronto por una oleada de cariño.

—No hay música —dijo Tammary excusándose—. No pude hacer mucho al respecto. Debería haber tambores y guitarras.

—He oído la música de tu pueblo —dijo Kito.

—Yo también —dijo Tai, apretando sus dedos con agradecimiento—. Oiremos tu música en nuestros corazones.

Tammary se había puesto las faldas amplias de colores y la blusa blanca fruncida de su pueblo. Entonces, se quitó de un puntapié las zapatillas que llevaba y caminó hacia el centro de la habitación con los pies desnudos, gráciles, y un tobillo fino y aristocrático soltó en su movimiento un destello de cadenas de oro. Colocó sus pies en posición y levantó las manos sobre la cabeza, dejando que ésta cayera hacia atrás, con los ojos cerrados, escuchando la música, como hacía antes tan a menudo bailando sola en las ruinas del Palacio de Verano. La música corría por su sangre, como un fuego lento, y Tammary empezó a balancearse, con los pies tamborileando contra el suelo, su pelo encendido ondeando en el aire y las muñecas dobladas en ángulos de delicada gracia. Su danza hacía sentir la entrega y sentir la libertad, pero también la adhesión de dos mitades uniéndose para formar un todo. Reflejó en su baile un mundo radiante de felicidad, haciéndolo conmovedor por un feroz y no disimulado anhelo hacia él, que iba impregnando cada movimiento, y que Tai, que la conocía, sabía que ella nunca había conocido de verdad. Pero se estaba inspirando en todo lo que tenía y todo lo que había oído y visto para darle a Tai la semilla de la perfecta felicidad.

Yuet, avisada por uno de los niños, fue a observar discretamente desde el umbral y se quedó paralizada por la danza pero por razones muy diferentes. Cuando le contó a Tai, después, mucho después, que había contemplado todo el baile, Tai le habló del sentido de sacrificio que había recibido de Tammary, una especie de entrega de su felicidad futura en el propio altar de Tai. Pero Yuet negó con la cabeza.

—Todo lo que pude pensar —dijo— mirándola bailar de esa manera, era que debió de ser la danza que su madre hizo una vez para un Emperador. En ese momento, Tammary era un espíritu celestial. No habría habido un hombre que hubiera podido resistírsele.

—Kito lo hizo —dijo Tai, riéndose.

—Oh, calla —repuso Yuet—, no seas tan presuntuosa. Tú, después de todo, tenías una ventaja: te acababas de casar con él.

De hecho, Kito había demostrado que aunque apreciaba profundamente la danza de Tammary, era su nueva esposa la que estaba en su mente. Cuando los invitados hubieron terminado de despedirse y la puerta se cerró detrás del último de ellos, fue Kito quien le quitó las agujas del pelo y deshizo su masa recogida en lo alto en el complicado peinado que Nhia y Qiaan habían preparado durante una laboriosa hora. Y fue Kito quien desprendió una tras otra las vestiduras ceremoniales en las que estaba envuelto el cuerpo de Tai.

—Eres tan bonita... —le dijo cuando se quedó ante él sólo con esa última enagua de seda, fina como un suspiro, con el largo pelo cayendo sobre los hombros igual que una capa de seda— ... como siempre supe que serías.

—Tú también —dijo ella, pasándole las manos por la suave piel desnuda del pecho, con un gesto a la vez tímido y ferozmente posesivo, y él entonces se rió en voz alta, de pura alegría, la levantó hasta la cama nupcial y la acostó entre todos los pétalos de rosa, le quitó la última y frágil capa de seda que había entre ellos y susurró contra su piel que ella era su amor, su alegría, la estrella de su cielo, mientras besaba el valle entre sus pechos pequeños y el pulso que batía alocadamente en la cuenca de su garganta. Capturó los primeros débiles gemidos con sus besos y ella arqueó las caderas hacia él. No había nadie más que ellos dos en su pequeño mundo aquella noche; dijera Yuet lo que dijera, viera lo que viera, el regalo de Tammary no había sido nada más que tal vez una profunda comprensión de las emociones que los amarraban. Fue aquella noche cuando Tai asumió la identidad del poeta en que se convertiría; todos los que la conocían, incluso Kito, siguieron llamándola Tai en sus relaciones diarias, pero ella se había transformado en Kito-Tai, una persona que era dos, en los brazos de Kito la primera noche de su vida matrimonial.

Cuando, al siguiente día, después del mediodía, la pareja de recién casados se presentó ante Liudan como ésta les había ordenado, Liudan les ofreció sus felicitaciones, sus excusas por no haber podido ir a los esponsales y también un último regalo.

Un rollo de papel de arroz en el que había un poema.

—Lo recibí ayer y lo habría llevado a la boda si hubiera podido ir —dijo Liudan—, pero no quería que te lo diera otra persona.

—¿Qué es? —preguntó Tai sin comprender—. No puedo leerlo, es *hacha-ashu*.

—Escritura a la que —interrumpió Liudan— una vez te prometí que se transcribiría tu poesía. Ésta sale al mercado hoy.

Tai ahogó un gemido y sus mejillas se volvieron de color rojo intenso. Kito ofreció a la Emperatriz una profunda reverencia.

—¿Podría...? —murmuró.

Liudan le cedió el rollo.

—Léelo para nosotras —le ordenó. Era la única persona de la habitación que de hecho podía leer lo que estaba escrito en el papel. Kito aceptó el rollo con otra inclinación y obedeció. No era un lector con experiencia y a su voz le faltaba la entonación propia de la lectura en voz alta, pero Liudan sonrió, asintiendo, cuando hubo terminado.

—Servirá como comienzo. Muy bien —dijo.

—¿Cómo está firmado, Liudan? —murmuró Tai.

—Con tu nombre, por supuesto —respondió frunciendo el ceño—. ¿Qué quieres decir?

—«Tai» —dijo Kito, echándole una ojeada al rollo—. Está firmado «Tai» y con la fecha: «Tercer Año de la Emperatriz del Dragón».

Tai siguió mirando al suelo.

—Si no es demasiado tarde, ¿podría hacer un cambio?

—Éste es el primer ejemplar y está siendo copiado mientras hablamos —dijo Liudan—. Pero haré el cambio, si lo deseas. ¿Qué quieres hacer?

—Firmarlo como «Kito-Tai» —susurró Tai—. Fue ese nombre el que lo inspiró.

Liudan sonrió.

—Está hecho.

«Está hecho.»

* * *

—¿Qué estás haciendo aquí? —preguntó Kito desde el umbral de la habitación, haciendo saltar a Xanshi entre sus brazos—. Pensaba que sólo lo ibas a anotar en tu diario y te estaba esperando ahí fuera. Dije que traía noticias.

Tai se giró hacia él, sorprendida.

—Pensaba que te referías a esto —se excusó, levantando el rollo que todavía tenía en la mano.

—Eso apenas son noticias —dijo, metiéndose con ella dulcemente—. Eres una famosa poetisa, otro poema publicado ya no es algo que te ponga nerviosa —esquivó el amago de golpe que ella hizo con el rollo de papel.

—Muy bien —dijo, dejando el poema sobre su mesa y extendiendo los brazos hacia su hija.

—Se comenta por todo el Templo —dijo Kito, pasándosela y dejándose caer en el borde de la cama—. Tai, Lihui ha desaparecido. No ha sido visto durante algún tiempo, pero todos suponían que se había retirado en algún profundo estado de meditación o algo parecido... Los Sabios hacen ese tipo de cosas. Pero anoche, al parecer, los otros ocho Sabios fueron a ver a Liudan y le dijeron que se había ido, que faltaba desde hacía casi tres semanas y que ellos desconocían su paradero.

Tai apretó a la niña que sostenía con tanta fuerza que Xanshi empezó a protestar lloriqueando.

—Nhia —susurró—. Debo ir a ver a Nhia ahora mismo.

NUEVE

Todas fueron corriendo a la casa de Nhia, todas las del círculo *jin-shei*, incluso Liudan, que fue quien le llevó las noticias en persona casi tan pronto como se enteró del tema. Xaforn estaba ya allí, rondando la habitación de Nhia como una sombra, vigilante y alerta; Yuet y su propia sombra, Tammary, llegaron poco después, a las que enseguida siguió Qiaan, que aderezó los ya disparatados rumores con las historias que circulaban por las calles; y finalmente la propia Tai.

—No salgas de casa hoy —le dijo Liudan a Nhia—. Él sabía que vigilábamos cada movimiento suyo. Primero quiero asegurarme de que esto no es ningún truco para desviar la atención.

—¿Así que por fin te das cuenta de que Lihui no trae más que problemas? —dijo Tai.

—Dulce niña —espetó Liudan enojada—, supe que era problemático hace ya mucho tiempo.

—Dijiste que si alguien que no fueran Nhia o Yuet te dijera que practicaba la brujería, no lo creerías —insistió Tai.

—Eso es justo lo que dije. Pero pensar que Lihui trae problemas y creer que hace magia negra son cosas bastante distintas.

—¿Crees que está muerto? —preguntó Nhia, con el recuerdo de su encuentro con Lihui destacándose en su blanca cara como una cicatriz.

—No hay forma de saberlo —respondió Yuet.

—Pero si lo está, y si Khailin está todavía encerrada en su fortaleza, entonces estará muerta también —susurró Nhia—. Por mucho que lo odie, mientras esté vivo y a nuestro alrededor hay todavía una oportunidad de que ella...

—Quizá, si él se ha ido, ella lo tendrá más fácil —dijo Yuet pensativa—. Sin él en su camino.

—Pero la casa era él —dijo Nhia—. Eso es lo que Khailin me dijo la última vez que la vi. Y si él está muerto, entonces la casa...

—No hay necesidad de que os torturéis con eso ahora —dijo Liudan con sentido práctico—. En todo este tiempo que he tenido a Lihui vigilado, con todos los comentarios que le he lanzado respecto a Khailin, no ha habido ningún resultado. Nada. No hay forma de seguirle la pista ahora que Lihui, nuestro único nexo con ella, ha desaparecido.

—¿Es verdad que los Sabios no saben nada del tema? —preguntó Yuet con un deje de escepticismo en la voz.

—Parecían asustados cuando vinieron a verme —dijo Liudan lentamente—, y no recuerdo haber visto nunca a los Sabios imperiales asustados. Siempre han tenido todas las respuestas.

«Respuestas.»

Nhia estuvo reflexionando durante algún tiempo sobre el misterioso mensaje que le envió el hermano número uno del gremio de los mendigos en la boda de Tai, hacía ya un año, pero no había vuelto a pensar en ello últimamente. Ahora, de pronto, con una palabra, Liudan lo había traído a su memoria. «La tormenta casi está sobre nosotros. Vos sabréis cuándo debéis venir en busca de respuestas. Os estará esperando.»

—Quédate aquí —dijo Liudan de nuevo, como si el incipiente instinto de ir a buscar al Rey de los mendigos hubiera saltado de su mente a la de la Emperatriz—. Dejaré doble destacamento de la guardia delante de tu puerta por si acaso.

—Ellos no llevan el talismán —dijo Tai—. Podrías dejar todo un ejército ahí fuera y no verían a Lihui pasar a su lado.

—Verían a cualquiera que él pudiera enviar —dijo Liudan—. ¿Podría alguna de vosotras quedarse un rato con Nhia? Necesito llevarme a Xaforn.

—Puedo dejar aquí mi talismán, para quien esté con ella —dijo ésta, levantando su collar, igual que el de Nhia—. Será más útil aquí. No es a mí a quien persigue Lihui, y yo no necesito la protección, pero quienquiera que lo lleve lo reconocerá si se presenta. De esa forma no os puede pillar por sorpresa.

—¿Y qué os hace pensar que irá detrás de Nhia otra vez? —preguntó Tammary de repente—. ¿Aquí, en mitad de la ciudad? ¿Entre tantísima gente?

—Tú no lo sabes todo —dijo Yuet rápidamente, volviéndose para hacerla callar.

Pero Liudan se quedó mirándola.

—¿Entonces por qué ha desaparecido?

—Es un Sabio, ¿no? —dijo Tammary, sosteniendo la mirada de Liudan—. En el lugar del que procedo también tenemos nuestros chamanes. Nunca hemos querido comprender cómo piensan o qué harán a continuación.

—Nuestros «chamanes» cultivan la pureza de la mente y el espíritu a través de la disciplina del Camino —dijo Nhia—. Normalmente es posible seguir un sendero lógico. Si sabes cuáles son sus objetivos.

—Bueno, sí, pero vosotras no tenéis ni idea de cuáles son los objetivos de Lihui —repuso Tammary—. Pueden no tener nada que ver con vosotras.

—Amri —dijo Yuet, usando el nombre infantil de Tammary—, calla. Éste no es el momento.

Liudan se dio la vuelta de golpe.

—Volveré más tarde —dijo—. Xaforn, ven conmigo, por favor. Nhia... —Liudan le echó una áspera ojeada a Tammary, que estaba de pie con los brazos cruzados, y los ojos oscuros brillando bajo ese pelo del color del zorro que nunca había consentido peinar al estilo de la corte—. Nhia, quédate protegida.

Yuet fulminó a Tammary con la mirada, pero no dijo nada. Ella y la nómada estuvieron allí durante casi una hora, y después Yuet se excusó y se fue a continuar con sus responsabilidades de curandera, llevándose a Tammary con ella.

Qiaan se fue poco después, prometiendo estar oído avizor a los rumores callejeros. Demostró que estaba asombrosamente bien conectada. Había canalizado sus habilidades organizativas en unos cuantos grupos que trabajaban en los niveles más básicos de apoyo a los menos favorecidos de la ciudad. Había organizado cocinas de caridad para los pobres, establecido escuelas por oficios donde los niños aprendían destrezas con las que pudieran comerciar —como trabajar la madera o la aguja—, tenía mano para desarmar los inevitables timos y estafas que se llevaban las monedas de cobre ganadas duramente por honestos pero a menudo crédulos ciudadanos. Había tenido tratos incluso con el gremio de los mendigos en algún momento, cosa que Nhia sabía, pero que recordó sólo después de que Qiaan la hubiera dejado. Sacudió la cabeza con frustración por haber perdido la oportunidad de preguntarle qué entendía ella de las misteriosas palabras del mendigo en la fiesta.

Tai se quedó hasta la vuelta de Xaforn, unas cuatro horas más tarde, hermética sobre sus últimas actividades, y le devolvió el talismán que le había dejado antes de irse de las dependencias de Nhia.

—Sin novedad —dijo—. Vuelve a casa, Tai—. Tu familia debe de estar pensando que hiciste como Lihui y los abandonaste.

Tai se fue a regañadientes.

Después de asegurarse de que el entorno inmediato de Nhia era seguro, Xaforn dijo:

—Sé que probablemente estemos todos reaccionando exageradamente, y que debes de estar preparada para golpear a la próxima persona que insista en no irse de tu lado, pero me quedaré fuera, por si pasa algo. Liudan dijo que enviaría un mensaje si había algún cambio.

Nhia le lanzó una mirada agradecida.

—Y Qiaan dice que no tienes tacto.

Xaforn se encogió de hombros e hizo una curiosa mueca con la boca.

—Si escuchas a Qiaan, soy una bárbara.

—Lo eres —dijo Nhia con cariño—. Tienes razón, me gustaría pasar un rato sola. Además, tengo trabajo pendiente que podría poner al día.

—Ya tendrás tiempo para eso —dijo Xaforn con una brusquedad que parecía poner de relieve la falta de tacto con la que acababa de acusar a Qiaan de exagerar—. No creo que Liudan te deje volver a tu rutina antes de asegurarse de que no te van a tender una emboscada.

Xaforn inclinó la cabeza y salió, Nhia se quedó sola en su cuarto. Las pesadas contraventanas estaban bien cerradas, como si fueran una armadura contra algún ataque que entrara por allí, pero la habitación ahora olía a cerrado y el calor resultaba sofocante, por lo que Nhia las desplegó y las dejó abiertas a la tarde de verano. Salió al balcón y contempló los patios empedrados y los empinados tejados de la ciudad.

El sol estaba bajo y doraba la ciudad con un resplandor casi mítico. La piedra que había absorbido la luz durante todo el día ahora la irradiaba, una calidez sutil en las palmas de las manos que Nhia apoyaba sobre la blanca balaustrada del balcón. Contra el sol, una lejana silueta negra, la torre del Gran Templo, se alzaba como un dedo señalando el cielo. El Templo donde lo conoció por primera vez. Lihui. Su maestro. Su enemigo.

¿Qué oscura brujería estaría tramando ahora? ¿Dónde estaba?

—Está muerto —dijo una suave voz femenina muy cerca de ella.

Era una respuesta tan apropiada a la pregunta que rondaba la mente de Nhia —«me pregunto si está vivo o muerto»— que durante un momento ni siquiera pensó en ello, pareciéndole normal, una respuesta a una pregunta no expresada.

Pero enseguida el significado de aquellas palabras, aquella voz, atravesó la somnolencia del tranquilo, sofocante día de verano, y la frágil paz de Nhia se hizo añicos como el cristal.

Se dio media vuelta rápidamente, aferrándose a la balaustrada con ambas manos. Tenía la cara blanca como la tiza.

—¿Khailin?

La figura que estaba de pie en el umbral del balcón tenía muy poco en común, en apariencia, con la Khailin que Nhia conocía. Su cabello, que una vez fue negro como el azabache, estaba ahora lleno de reflejos de plata, y había arrugas grabadas en su cara que no tenían sentido en una joven a la que todavía faltaba medio año para cumplir los veintiuno. Pero su porte era el mismo, el orgullo, la inclinación casi desafiante de su cabeza y el brillo de sus ojos oscuros.

Llevaba una túnica exterior del color del humo, cuyas amplias mangas le tapaban las muñecas y las manos y dejaban visibles sólo los dedos. Su pelo gris plateado estaba encerrado en una sencilla red de seda, prendida por el encaje con una única piedra amarilla en la frente de Khailin. Nhia se quedó mirándola durante un largo momento y después una de sus manos voló hasta su garganta, al amuleto que allí estaba.

Al verlo, la aparición de Khailin sonrió.

—No, no soy él. Te di un talismán auténtico. Si Lihui hubiera tomado esta forma, o cualquier forma, lo habrías sabido instantáneamente —extendió una mano—. Soy real. No soy una ilusión —y después, tras una pausa, mientras Nhia avanzaba titubeando y alcanzaba la mano que le ofrecía, dijo—: Soy libre. Y tú también, mi *jin-shei-bao*. Libres de él. Puedes dejar de asustarte de las sombras, porque no te hará daño nunca más. Otra vez no.

Cuando sus dedos tocaron los de Khailin, las rodillas de Nhia cedieron y se desplomó a sus pies con la cara de pronto surcada por las lágrimas. Khailin la ayudó a levantarse y la sostuvo mientras la acompañaba, cojeando, de vuelta a la habitación.

—¿Cómo has llegado hasta aquí? ¿Cómo conseguiste evitar a Xaforn? Empezaba a temer que estuvieras muerta. Cuando Liudan una vez le preguntó descaradamente a Lihui que dónde estabas, él dijo que te habías ido, Khailin, y yo pensé que quería decir..., pero ellos me dijeron que, si hubieras muerto, él habría dicho directamente que estabas muerta. Quizá «ido» sólo significaba a salvo y fuera de su alcance y esperando una oportunidad para... Por el amor de Cahan, Khailin, estoy delirando.

—Siéntate —le dijo—. ¿Tienes algo de vino? Lo siento, no quise hacer mi entrada tan dramáticamente, pero quería asegurarme de que te veía yo primero, te necesito para que atestigües mi identidad. No hay nadie allá fuera, salvo tú, capaz de jurar quién soy.

—Sí, hay vino en ese armario —dijo Nhia—. Lo siento, debería habértelo ofrecido.

—Es para ti —dijo Khailin, cruzando la habitación hasta el armario señalado y vertiendo un vaso de vino de arroz—, antes de que te me desmayes. Necesito que te recuperes. Te responderé a cualquier pregunta más tarde.

Khailin estaba a mitad de camino hacia el sofá donde había dejado a Nhia, llevando el vaso lleno de vino, cuando la puerta se abrió y Xaforn asomó la cabeza en la habitación.

—Creo que he oído voces. ¿Está todo...?

Khailin se quedó paralizada. Xaforn abrió la puerta de golpe con una mano, desenvainando su espada con la otra, preparada para atacar. Nhia se levantó rápidamente.

—¡NO!

La punta de la espada de Xaforn estaba ya en la garganta de Khailin. Xaforn no dijo nada en voz alta, pero le estaba clavando la mirada y sus ojos decían: «Si te mueves morirás. Hasta que me convenzas de lo contrario».

—Es Khailin —susurró Nhia, dejándose caer de nuevo en el sofá—. Es Khailin. Ha vuelto.

—¿Cómo has entrado aquí? —preguntó Xaforn bruscamente.

Khailin levantó las cejas, y sus ojos, tan sólo sus ojos, se movieron para buscar la mirada de Nhia. Nhia lo comprendió. Le dijo:

—¿Por el camino fantasma?

—¿Con la misma brujería que usa Lihui? —inquirió Xaforn.

—Es como el fuego, no es ni un enemigo ni un amigo, es sólo una herramienta —respondió Khailin.

—Tira el vaso —dijo Xaforn.

—Lo pondrá todo hecho un desastre y el vino era para Nhia —respondió.

—Ella no tomará nada que venga de ti hasta que me asegure de que no es peligroso. Y el resto no es asunto tuyo. Tira el vaso y échate hacia atrás.

—Xaforn, ya está bien.

—Siento ser descortés —dijo Xaforn, mientras Khailin obedecía sus instrucciones y se apartaba del charco que el vino había formado en el suelo, separando las manos del cuerpo para mostrar que no llevaba ningún arma—. Pero mi labor aquí es proteger a mi señora, y todo lo que sé es que entraste en esta habitación sin mi autorización. Siéntate.

Khailin la obedeció con una enigmática sonrisa en la cara.

—Xaforn, ya es suficiente. Me salvó la vida una vez. No creo que volviera para matarme ahora.

—Y si ésa hubiera sido mi intención —dijo Khailin, llevando tranquilamente la mirada hasta la firme espada de Xaforn— lo habría hecho ya. Estoy de tu parte, Xaforn. Lihui es el que ha muerto por mi mano.

—¿Has matado al hechicero? —preguntó Xaforn con escepticismo.

—Todos morimos —dijo Khailin. Hasta los Inmortales, cuando llega su tiempo.

—Khailin, ¿por qué te...? ¿Cómo...? ¿Dónde...? —la voz de Nhia se iba parando irremediablemente mientras se enredaba con sus propias preguntas. La existencia de Khailin durante los últimos tres años era un completo misterio y Nhia no tenía dónde anclar sus interrogantes; no había lugar que no fuera ya otro misterio que requiriese dar otro paso atrás para ser explicado.

Xaforn rompió la cadena.

—Empieza por el principio —dijo. Había bajado su espada, que ahora apuntaba al suelo, pero todavía estaba de pie cerca de Khailin, vigilándola.

—¿El principio? —murmuró Khailin—. ¿De verdad queréis oír las andanzas de una idiota? Ay, pero aprendí que es cierto que hay que tener cuidado con lo que le pides a los dioses, porque lo recibirás en abundancia.

—Tú nunca fuiste una idiota, Khailin —dijo Nhia.

Khailin se rió, crispada, amargamente.

—Oh, sí que lo fui. Una ingenua, arrogante, insignificante y perfecta idiota. Y de alguna forma, tú me empujaste a serlo.

La espada de Xaforn vibró ligeramente.

Nhia se echó un poco hacia atrás.

—¿Lo hice? —susurró—. ¿Qué tuve que ver con ello?

—¿Recuerdas aquel día en la corte cuando nos peleamos?

—Sí, he pensado en él a menudo. Durante mucho tiempo creí que no querías volver a hablar conmigo y me culpé de haber reaccionado exageradamente ante las cosas, y lo sentí, pero te habías ido y tenías razón sobre el *jin-shei*, es algo que no se deshace, cualquiera que sea su origen y su motivación. Tú eras mi *jin-shei-bao* entonces; sigues siéndolo hoy y siempre lo serás.

Los ojos de Khailin brillaron por un momento con lo que parecían lágrimas.

—Sí —dijo suavemente—. Estaba casi perdida. Había visto lo fácil que parecía salirte todo, en qué te ibas a convertir, seguro que con Lihui a tu lado... Yo tenía pronto que casarme con un principito llorica, y si conseguía algún poder sólo sería como Princesa Consorte, Zhu-Khailin, encerrada en las dependencias femeninas, soportando la compañía de otras mujeres y concubinas, pariendo hijos que no heredarían nada más que un título que hunde sus raíces en una burocracia imperial obsoleta. Entonces vi a uno de los Sabios que llevaba a una mujer del brazo y todos se inclinaban ante ella; y ella parecía una perfecta y patética muñequita ceñida a la tradición. Y me resultó tan injusto, Nhia, tan *injusto*, que yo poseyera inteligencia para todo eso, pasión, y que tuviera que estar suplicándole a mi padre que me enseñara las cuatro cosas de *hacha-ashu* que me enseñó, y tener que aprender el resto concienzudamente, descifrándolo por mí misma, para poder leer a los astrónomos y alquimistas que quería comprender... Aquella dama, la mujer del Sabio, sería una esposa perfecta para el principito. Y yo... —se rió otra vez, sin alegría—. Yo sería una perfecta esposa de Sabio, ya ves. Y él me enseñaría lo que deseaba saber. No me atraparían con las cuerdas de seda de la inútil tradición. Y ahí estaba él, Nhia, joven y soltero. Así que estuve rondando por el Templo los días siguientes, esperándole, porque yo sabía que iba por allí. Y cuando le vi, fui hacia él y humildemente le pedí un momento de su tiempo.

* * *

—Por supuesto —dijo Lihui, cuando aquella joven de cabello negro como el carbón se arrodilló a sus pies preguntándole si podía hablarle—. Tú eres, creo, la joven dama que vi en la corte hace unos días. ¿Tu nombre era Khailin? Bien, Khailin —dijo, después de que ella asintiera al escuchar su nombre—, ¿cómo puedo serte de ayuda?

—Casándoos conmigo —dijo Khailin, con la mirada baja, todavía, pero la voz totalmente segura.

Después de un momento, Lihui se echó a reír.

—Bueno, eso no es algo que escuche todos los días de una bella mujer —observó con tono familiar—. Camina junto a mí, si quieres, y mientras paseamos me puedes contar por qué crees que deberíamos casarnos.

La había ayudado a levantarse y ahora le estaba metiendo el brazo bajo el suyo, colocando los dedos de Khailin en su antebrazo y cubriéndolos con su mano libre.

Al principio estuvo callada y después habló con incoherencia, pero él la agasajó escuchando todo lo que decía como si fueran auténticas joyas en vez de parloteos con todos los tópicos imaginables. En el silencio que quedó entre ellos cuando por fin se le acabó la cuerda, Khailin se dio cuenta de que Lihui estaba sonriendo un poco, que nada de lo que le había dicho había sido ni convincente ni razonable. Su pregunta todavía pendía ante ella, tentadora: «¿Por qué crees que deberíamos casarnos?».

—Porque —dijo al final, buscando con su mirada la de él— quiero saber todo lo que nunca sabría siendo la esposa de un Príncipe menor del Palacio imperial. Y creo que tú puedes enseñármelo.

—¿Quieres aprender el Camino? —preguntó Lihui, alzando una ceja. Sus dedos habían empezado a acariciar los suyos con mucha dulzura y Khailin de repente se sintió mareada y sin aliento, como si hubiera caminado por tierras poco firmes.

—Sí —susurró—. Quiero.

—Muy bien —dijo Lihui—. ¿Quieres que la ceremonia sea de inmediato?

Khailin parpadeó.

—¿Has dicho que...?

—Estamos aquí, en el Templo —señaló Lihui razonablemente—. Como tú misma has dicho, estrictamente hablando estás prometida con otro, lo que causaría muchas complicaciones si pretendes seguir los ritos tradicionales, y a mucha gente le acabaría costando la reputación, incluyendo, probablemente, a ti misma. Estando ya casada, en cambio, cuentas con tu marido para abrirte paso en todo lo embarazoso que pueda surgir. Expresaste el deseo de casarte. Doy mi consentimiento. Tú estás aquí, yo estoy aquí, ambos estamos dispuestos, éste es el lugar y ahora es el momento —levantó una ceja hacia ella, pidiendo una respuesta, poniéndola en el compromiso de mantenerse en su petición o retractarse para siempre jamás.

—De acuerdo —se escuchó a sí misma responderle.

Él asintió y la condujo a los Círculos Interiores del Templo. Encontró un sacerdote libre para oficiar la ceremonia, que, demasiado intimidado por el personaje y la ocasión, no hizo preguntas. Enviaron a un acólito al Primer Círculo para que comprase un juego de anillos para los pulgares de Khailin. «Yo no puedo llevar más anillos que el de Sabio, querida», le explicó afectuosamente cuando Khailin preguntó con la mirada por qué un solo juego. Se consiguieron los anillos, el sacerdote dijo las palabras y Khailin, todavía aturdida, se encontró casada y saliendo del Templo con sus nuevos anillos como círculos de fuego en los pulgares. Se acordó de su familia, de sus amigos, pero no se le permitió contactar con nadie. «Deja que me ocupe yo del asunto, querida», había dicho Lihui, y la metió casi a empujones en un palanquín que la llevó con un rápido trote a una dirección desconocida. A un lugar al que Lihui llamaba «hogar».

A la casa que había al final del camino fantasma y al infierno que la esperaba allí.

Khailin, por extraño que parezca, se había dormido en el palanquín, y estaba atontada, sólo despierta a medias, cuando un silencioso criado la tomó de la mano para ayudarla a salir del palanquín y a entrar en su nueva casa. Descubriría rápidamente que ningún criado en ese lugar iba a hablar con ella. Todos callaban, con una cara vacía de expresión, como si no estuvieran vivos, como si les hubieran bebido las almas y dejado deambular por la tierra como cuerpos abandonados, fantasmas corpóreos. Khailin descubriría más tarde cuánto se acercó a la verdad con sus impresiones iniciales.

Aquel día la dejaron sola durante mucho tiempo. Exploró la casa, yendo de habitación a habitación, comprobando pronto que había muchas puertas cerradas con llave, demasiadas puertas, demasiados misterios. Las puertas del exterior estaban también cerradas con llave cuando Khailin intentó abrirlas. Y empezó a asustarse.

Después comenzó a oscurecer, llegó la tarde y descubrió que todavía no había tocado fondo; porque fue entonces cuando Lihui, con su oscuro pelo suelto sobre los hombros, vino a su habitación y a su cama. La sonrisa no desapareció de su boca, pero sus ojos eran calientes y sus manos no fueron delicadas. Khailin era Khailin después de todo —no gritó, ni lloró, ni siquiera peleó con él—, se había casado y ésta era la cama de matrimonio que había conseguido. Pero su iniciación en ese mundo del que había leído una vez eróticas y románticas narraciones en las cartas secretas en *jin-ashu* de su madre fue dura y rápida y brutal. Lihui tomó a su mujer, sin ningún cuidado, en la plenitud de su poder, y no le dio ni suavidad ni gozo al que agarrarse.

—Tu primera lección —dijo—. Tu trabajo requiere plomo y mercurio. Puedes sacarlos de la tierra o en cambio extraerlos con lentitud y dedicación de plantas como el roble, la ortiga, el licio o los juncos. No intentes abandonar esta casa.

Y después se fue, llevándose la luz con él, y dejando a Khailin sola y petrificada en la oscuridad.

* * *

—Así era —dijo Khailin a Nhia y a Xaforn en aquel crepúsculo de verano, en la habitación de Nhia—. Él venía a mí, se hundía entre mis piernas, se levantaba y, antes de dejarme, me ofrecía una valiosa frase sobre sabiduría y tradición alquímica. Era el trato que yo había pedido; exacta y precisamente el trato que pedí. Él me enseñaba. Con sus condiciones. Y aparte de eso, me poseía.

—¿Y cómo abandonaste la casa? —preguntó Xaforn, práctica como siempre, aunque el relato no la había dejado indiferente.

Por toda respuesta, Khailin levantó los brazos y permitió que sus amplias mangas cayeran hacia atrás descubriéndolos. Nhia ahogó un grito; a lo largo de ambos antebrazos había dos marcas con la piel arrugada en forma de dragón.

—¿Qué hiciste? —preguntó Nhia casi sin respiración.

—Me asustaba el dolor —susurró Khailin—. Y hasta que no lo conquisté, la casa me tuvo retenida. Tardé mucho tiempo en afrontarlo después de que escaparas, Nhia. Y lo que hice fue apoderarme del negro corazón de aquella casa. Me quemaba cuando la tocaba pensando en marcharme; pero un día, apoyé los brazos contra los dragones de la puerta principal y los mantuve ahí mientras la casa me quemaba, me *quemaba...* —se paró, tomando aliento llena de ira—. Aunque después de eso, me escondió de él. Lihui nunca volvió a saber dónde estaba. Y a esas alturas había encontrado las llaves de sus puertas cerradas, había desentrañado los hechizos, había leído sus libros y conocía sus secretos. Sabía lo que había hecho, a sí mismo, y a la gente que tomaba prestada. Es anciano, Nhia, y se alimenta de almas jóvenes, tiene que hacerlo —espetó—, él no tiene alma propia. De esa forma era inmortal; y sabía cómo hacer el elixir que le permitiría vivir para siempre.

—¡Pero si dijiste que estaba muerto! —exclamó Xaforn.

Khailin se rió.

—Oh, sí. Contemplé cómo ardía la casa a su alrededor —levantó la mirada y sus ojos estaban llenos de verdaderas lágrimas que caían por sus mejillas—. Lo maté. Y para matarle, me transformé en él. *Yo* soy el alquimista ahora.

QUINTA PARTE

Ryu

Eran tan jóvenes, mis niños. Eran tan jóvenes.
Todavía conTemplo sus primeros dientes de leche envueltos en seda,
en la caja de mis tesoros. Pero ahora
a sus hijos les salen los dientes mientras viene Ryu
con su gloria otoñal.

QIU-LIN, año 20 del Emperador de la Nube

UNO

Mis niños duermen. Mi marido está en su taller. Fuera hace una noche tranquila de verano, y mañana hará cuatro años desde que me casé. El mundo debería ser un lugar lleno de satisfacción y regocijo.

Tai levantó el pincel de la página de su diario y mordisqueó la parte de arriba. Los faroles del patio daban un mortecino resplandor dorado a través de su plegado papel de cera, con los signos de buena salud y prosperidad, y las polillas revoloteaban inútilmente a su alrededor, golpeándose las alas contra la pantalla que las separaba de la verdadera luz. Tai las contempló durante un momento, y después hundió su pincel en el tintero y escribió de nuevo.

Fuera hay polillas, dispuestas a morir por una luz que ansían pero que se les niega, protegida de ellas, una luz que nunca alcanzarán y que las mataría si alguna vez la consiguieran. A veces, rodeada de todo lo que me ha sido concedido, conTemplo las polillas y me veo como una de ellas, veo polillas en todos nosotros. Todos tenemos una luz sin la que no creemos poder vivir. Pienso en mis hermanas del jin-shei, *y todas tienen una, cada una de ellas: Qiaan quiere justicia, Nhia quiere paz, Khailin saber por qué brillan las estrellas, preparada para desmontarlas si hace falta, Xaforn le pide honor a la gente que no tiene ninguno, Yuet quiere un mundo tan agradable y ordenado como su laboratorio, Amri sólo quiere ser amada, y Liudan... Liudan lo quiere todo, y lo quiere ya.*

¿Y qué quiere la polilla llamada Kito-Tai esta noche? ¿Cuál es mi imposible luz? Parece que lo tengo todo, todo lo que quieren los

demás. Soy querida como pocas mujeres lo han sido; tengo la paz de mi familia. Al contrario de Khailin, no necesito desmenuzar una flor para aprender lo que la hace florecer, y soy feliz con eso; al contrario de Yuet, y mis niños se alegran por ello, no necesito tener cada cuenta y cada pincel y cada zapatilla colocada en su lugar, y soy feliz así. Poseo ambos, honor y justicia; viven en mí y en el hombre con quien me casé. Y no tengo el impulso de Liudan de demostrar nada a nadie. Pero me asusta sentarme aquí por la noche y contar mis bendiciones como si me las pudieran arrebatar en cualquier momento. Las murallas de la ciudad en la que nací, la ciudad que conozco y amo, se alzan a mi alrededor, y a veces me producen seguridad, y, otras veces, cuando las miro con los ojos de Amri, veo lo que ella ve: una jaula para guardarme dentro. Y sin embargo estoy haciendo conjeturas sobre sus deseos y sus sueños cuando, Yuet me lo dijo en una ocasión, lo que todas quieren de verdad es precisamente lo que yo ya tengo: el marido, el hogar, la familia. Pero todavía le dan la espalda a eso, todas ellas, y baten las alas contra sus propios sueños imposibles. Las quiero, las quiero a todas, pero temo por su suerte cuando lleguen los tiempos difíciles, cuando yo tenga todo en lo que apoyarme, y en cambio a ellas sólo las impulse un único deseo que puede no ser suficiente para sostenerlas. Amri...

Un lloriqueo en el cuarto de los niños, junto a su habitación, hizo a Tai levantar la cabeza, a la escucha. Cuando se repitió, un poco más insistentemente, dejó el pincel y fue a investigar qué le pasaba a su bebé, su hijo Baio, al que le faltaban tres semanas para cumplir un año. Estaba despierto, dándole pataditas a las mantas, con la cara contraída en lo que parecía el principio de un gemido; Tai lo tomó en brazos, con cobertor y todo, y lo sacó rápido de la habitación antes de que pudiera despertar a Xanshi, su hija de tres años, dormida en su propia cuna bajo la ventana.

—¿Qué tienes, Baio-*ban*? —susurró, meciéndole en su regazo—. ¿Hace demasiado calor para dormir?

El niño se retorció, medio dormido, más contento ahora entre los brazos de su madre, y Tai suspiró para sus adentros mientras contemplaba cómo el pulgar de Baio viajaba hasta su boca, un vestigio de su primera infancia. Tarareó una nana suave sobre el acurrucado cuerpecito de su hijo, con su cabeza de pelo oscuro recostada sobre su hombro y las pestañas de seda negra contra sus mejillas. Pronto se durmió. Tai se sentó apenas sin moverse con él en el regazo durante bastante tiempo, alisándole el pelo hacia atrás con la mano casi inconscientemente, y se maravilló de su perfección, de su fragilidad, del milagro de su existencia. Pero el futuro deparaba una oscura e inexplicable amenaza para ella esa noche y un profundo desasosiego se agitó en su interior: el pensamiento de que su hijo pertenecía a ese futuro y que algún día quedaría fuera de su alcance poder tomarle entre sus brazos y protegerle contra cualquier horror, todavía indescriptible y vago en su mente.

DOS

«Los Sabios siempre han tenido todas las respuestas.»

Liudan probablemente se habría sorprendido de la fuerza con que trajo la presencia del gremio de los mendigos y su enigmático líder a la mente de Nhia con aquella sencilla frase, pronunciada cuando vino a contarle la inexplicable desaparición de Lihui en la corte. Nhia decidió en el acto que volvería a pedir opinión a los mendigos. Pero los acontecimientos la superaron, y Khailin volvió inesperadamente desde la oscuridad portando la noticia de la muerte de Lihui. Nhia, al principio verdaderamente distraída de sus intenciones iniciales, al final tuvo que afrontar el hecho de que estaba rehuyendo llevarlas a cabo. Volver a la guarida del hombre en quien había empezado a pensar como el Rey de los mendigos con mayúscula significaba volver al principio de un viaje que ahora parecía haber acabado. Khailin juró que Lihui estaba muerto, que se había ido; el oscuro episodio estaba ahora enterrado en el pasado de Nhia y le sorprendía con qué desesperación quería que permaneciera así.

El Rey de los mendigos había dado a entender que tenía «respuestas», algo que podría esclarecer el futuro, pero el futuro no estaba aquí todavía, y la paz espiritual del presente de Nhia parecía depender de enterrar el pasado.

—Estoy vendiendo lo que está por venir a cambio de poder olvidar lo que fue —murmuró Nhia para sí misma—. No es prudente.

Era más fuerte que todo eso. Lo sabía. Sus hermanas del *jin-shei* estaban con ella y todo lo que tenía que hacer, si se sentía flaquear, era extender una mano y el apoyo estaría allí. Pero había sido una ardua lucha aprender a no pasarse la vida apoyándose en nadie, dependiendo de nadie. El hecho de poder volver a rehacer su vida, de haberlo logrado con éxito, era sólo una frágil victoria. Simplemente, Nhia no quería volver atrás.

Pero entonces el descontento y la agitación que habían estado asediando a Linh-an terminó en la acción. Se desataron misteriosamente inesperados incendios, que al parecer apuntaban a los lugares de juego de los poderosos, a las comisarías de la policía de la ciudad y a una o dos casas sobre cuyos muros se pintó la palabra «acaparador». Nadie se había vuelto contra las casas de los dioses todavía, pero había pintarrajos en *hacha-ashu* en los muros encalados del Gran Templo, maldiciones contra los dioses que habían vuelto la espalda al pueblo, los insensibles y arrogantes dioses que estaban reteniendo la lluvia, que enviaban el viento y el granizo sobre los cultivos maduros justo antes de la cosecha, haciendo pedazos contra el suelo melocotones perfectos y arrasando los campos llenos de dorado grano.

—¿Quién habrá hecho algo así? —se preguntaban unos a otros en la ciudad.

—No preguntéis por qué los dioses se han alejado de nosotros; ¿no deberíais todos cuestionaros si no os habéis alejado vosotros de ellos? —preguntaban los sacerdotes del Templo a aquellos que venían a los círculos con sus ofrendas.

—¿A quién debemos castigar y cómo podemos evitarlo? —preguntaba la guardia en Palacio.

Los Sabios imperiales se retiraron para cavilar sobre la situación.

Preguntas. Preguntas que se arremolinaban en torno a Nhia.

* * *

La guardia imperial estaba nerviosa y preocupada. Lo supo por Xaforn.

Qiaan le había dicho que la gente estaba encendiendo el incienso requerido —evitando cuidadosamente mencionar cualquier otro tipo de incendio—, pero que había mucha murmuración tras las puertas cerradas; la frustración y el descontento degeneraban en algo más grave, más difícil de contener.

Liudan rumiaba sobre la cuestión y permanecía en silencio.

El mendigo en la boda le había dicho a Nhia: «Vos sabréis cuándo debéis venir en busca de respuestas». Era el momento.

En una boda, extrañamente modesta, entre la hija de un mercader y un administrador de Palacio, Nhia siguió a una de las tías de la novia mientras llevaba el monedero de costumbre a los mendigos que esperaban en la puerta, y se quedó rezagada cuando la mujer volvió adentro y los mendigos se reunieron para irse después de dejar el tradicional letrero en la puerta de la casa.

Apoyó la mano en la manga de uno de los mendigos, un ciego, pero no aquel que había estado presente aquella vez en la habitación del Rey de los mendigos.

—Tengo un mensaje —murmuró— para el hermano número uno. ¿Se lo llevarás en mi nombre?

Los demás se pararon, volviendo repentinamente hacia ella las cabezas.

—¿Y quién envía tal mensaje? —dijo una de las mujeres, con cautela.

—Dile que la Joven Maestra querría verlo. Dile que necesito las respuestas que prometió.

—Pasaré el mensaje —dijo el ciego después de un momento.

Pero el mensaje que volvió a Nhia en respuesta al suyo no era el que hubiera querido oír. Lo trajo una niñita sucia cuyo pelo era como un nido de ratas, de greñas grasientas, telarañas, enmarañada mugre y sólo Cahan sabe qué más, que la miró con unos relucientes ojos oscuros muy elocuentes mientras dejaba con fuerza en la mano de Nhia un trozo de papel muy doblado y extremadamente sucio, justo ante las puertas del Templo. En él, con una apretada escritura *jin-ashu* que claramente no habían practicado durante mucho tiempo, había un lacónico mensaje:

Ahora no es el momento. Está enfermo. Ya la avisará.

La niña ya había desaparecido cuando Nhia levantó los ojos del papel.

No hubo noticias durante mucho tiempo y el humor de la ciudad continuó oscureciéndose mientras los rumores volaban desde el afligido campo. Nhia estaba casi descorazonada cuando una anciana con bastón, que ni siquiera se paró a mirarla a los ojos, le deslizó otra nota en la mano.

Esta noche. Estará esperándola. Calle de los Caminantes Nocturnos.

Nhia pensó por un segundo que la acompañara alguien como Xaforn, pero la invitación no parecía incluir a nadie más que a ella, y el propósito sería más que inútil si por la presencia de un acompañante no llegaba a conseguir encontrarse con el Rey de los mendigos. Así que se envolvió en una amplísima capa, se bajó la capucha para ocultar su cara y esperó en la esquina de la calle de los Caminantes Nocturnos mientras el crepúsculo se hundía en la oscuridad y las casas empezaban a despertar en la calle vacía.

Una mano en su codo la asustó. Se giró y vio a una pareja de pilluelos rondando a su lado.

—Sígueme —dijo uno de ellos que enseguida se dio la vuelta y salió disparado en una dirección. Ella fue tras él, sintiendo a su otro acompañante ponerse en fila tras ella.

El adelantado iba serpenteando por un desconcertante laberinto de callejones, corredores y pasillos que llevaba a la casa del Rey de los mendigos; Nhia se sintió bastante perdida. Pero la habitación donde la condujeron finalmente, mientras su escolta desaparecía, era una que podía reconocer: la misma donde fue su primer encuentro.

El hombre sentado en la silla con forma de trono parecía más frágil que la figura que Nhia recordaba, pero no había perdido nada de su majestuoso porte por mucho que estuviera envuelto en una sábana con la cara pálida y demacrada.

Sintió que lo observaba y dijo:

—Sí, he estado enfermo. Las secuelas siempre me dejan terriblemente débil. He tenido estos ataques desde... Desde hace años. Es mejor, cuando me dan, que me retire a un lugar tranquilo a esperar a que pasen. Me dicen que deseas verme. ¿Qué te trae aquí por fin?

—La ciudad está esperando algo —dijo Nhia—. Una vez me dijiste que yo sabría cuándo acudir a ti. Bueno, necesito esas respuestas que dijiste que tenías. Liudan dice que los Sabios no tienen ninguna.

—¿Los Sabios? —repitió, y había un extraño matiz en su voz.

—¿Cuánto sabes de lo que está pasando? —preguntó Nhia—. Sé que tus conexiones deben de ser buenas, pero ignoro si llegan a contarte las cosas de las que aún no se habla en las calles. Mi antiguo maestro, Lihui, al que llamaste hechicero, desapareció sin dejar rastro hace tiempo. La mujer con la que se había casado, mi *jin-shei-bao* Khailin, volvió del lugar donde había estado encerrada durante años, y ahora nos dice que Lihui está muerto. Por alguna razón los Sabios están más asustados de esto que de ninguna otra cosa. No han nombrado un sucesor para el puesto vacío, lo que ya es bastante inusual como para llamar la atención.

—¿Muerto? —murmuró el Rey de los mendigos—. Es extraño que no percibiera esa muerte.

—¿Percibirla? ¿Cómo podrías hacer eso?

—Cuando se trata del hechicero, tengo medios —dijo el Rey de los mendigos—. Esta Khailin, su mujer..., su alumna, ¿dijiste?... Desearía hablar con ella, también. Cuando vuelvas a verme, tráemela.

—Tengo el terrible presentimiento de que algo oscuro se avecina —dijo Nhia—, y no sé cómo alejarlo. ¿Qué pasa en la ciudad? ¿Qué pasa en el campo? ¿Percibes algo de eso?

—Empezará en traición —dijo el Rey de los mendigos—. Siempre lo hace. Si recuerdas esto y estás a la espera, la desgracia se podrá prevenir, o, por lo menos, aligerar de una pesada carga que no podrá evitarse en su totalidad.

—No comprendo.

—Lo comprenderás —dijo—. Lo harás.

Hablaron entonces de la ciudad y del Imperio de Liudan, de alguna forma tan frágil de repente. Cuando Nhia se fue, otra cuadrilla la escoltó hasta una zona más o menos familiar desde la que pudo encontrar su camino a casa, y le murmuraron:

—Ha dicho en el plazo de tres días. En el mismo lugar que antes. Y trae a la otra contigo.

Cuando Nhia le comunicó esa orden a Khailin, finamente encubierta como una invitación, recibió una mirada de total desconcierto.

—¿Quieres que vaya *adónde*? —preguntó—. ¿Por qué?

—Él sabe más de lo que dirá y si alguien puede entenderle, ésa eres tú, probablemente —dijo Nhia—. Creo que es un valioso aliado. ¡Ayúdame, Khailin! No puedo hacer esto sola.

—¿Sabe Liudan que te estás codeando con el Rey de los mendigos? —preguntó Khailin—. Tengo la corazonada de que no le gustaría demasiado. Está fuera de su órbita, fuera de su control.

—No, y no vayas a decírselo. No hasta que pueda traerle algo más sólido que visiones o enigmáticos comentarios. Por eso te necesito.

—Iré —refunfuñó Khailin—. Pero sólo tú podrías arrastrarme a un sitio como ése, Nhia. Puedes estar orgullosa.

Cuando Khailin entró en la habitación, el Rey de los mendigos acercó hacia ella la cabeza como un perro de caza. Nhia no hubiera podido descifrarlo, pero parecía haber un poco de todo en su reacción: expectativa, sorpresa, reconocimiento, un toque de miedo.

—Así que tú eres la que se casó con él —murmuró.

Khailin miró a Nhia de reojo con las cejas levantadas.

El Rey de los mendigos hizo un gesto imperativo con su mano.

—Ven —dijo—, siéntate conmigo. Y háblame de la muerte que proclamas haberle dado.

Era una voz poderosa y Khailin sintió que tiraba de sus recuerdos, desenrollándolos como una serie de pinturas sobre un papel de seda. Todo parecía haber ocurrido hacía una eternidad y al mismo tiempo estaba fresco y claro como si hubiera sucedido ayer.

* * *

Khailin y la casa de Lihui habían llegado a un entendimiento. Después de que ella hubo aceptado voluntariamente aquella marca en su cuerpo, había ganado un poder de mando sobre la casa que los hechizos de Lihui habían levantado y se había hecho a sí misma simplemente desaparecer. La casa convertía su presencia en transparente, protegiéndola con eficacia de la vista de Lihui. Todo lo que hizo falta fue pronunciar una rima que conocía desde hacía años. Mucho tiempo atrás, en el juego infantil del escondite, Khailin recitaba las mismas palabras que todos sus compañeros: «Delante de mí el día, detrás de mí la noche, así puedo esconderme a plena vista». No se dio cuenta, hasta que sus caminos se cruzaron con los de Lihui, de lo antiguo que era ese verso y de cuánto poder acarreaba todavía el viejo hechizo en el que se había basado cuando lo respaldaba la fuerza de la auténtica magia oscura. La casa comprendió la rima infantil de formas que Khailin no creía posibles y actuó para hacerlas realidad.

Khailin frecuentó las habitaciones de Lihui. Él tenía conciencia a menudo de ella como una presencia a su alrededor, pero a menos que ella lo quisiera, anulando el hechizo, él no podría verla. A veces lo hacía, dejándole entreverla para asegurarse de que él sabía que todavía estaba allí, pero enseguida se ocultaba de nuevo y él no podía encontrarla. Saber que ella estaba presente y sentirse impotente para responder a sus acciones le había producido a Lihui arrebatos de furia, y Khailin se reía al observarlo gritar inútilmente a las paredes de su laboratorio y sus bibliotecas.

Y había muchas bibliotecas en aquella casa, habitaciones enteras dedicadas a diferentes temas. Las habitaciones que una vez estuvieron cerradas para ella. Pero con la casa como aliada, no tardó mucho en encontrar esos tesoros. Estudió minuciosamente los libros y rollos que Lihui había escondido, aprendiendo todas las cosas que siempre hubiera deseado saber, sumiéndose en el conocimiento, ahogándose en él. Hizo cuidadosas copias de algunos rollos y Lihui nunca lo supo. Preparó sus propios elixires en sus aparatos, con cuidado de no dejar ningún residuo extraño para que él no sospechara, y llegó hasta la euforia con lo que fue capaz de conseguir. No había nadie con quien compartir sus éxitos, claro, pero podía vivir con la soledad; al menos, hasta que aprendiera todo lo que podía de aquel lugar.

Le habría sido posible salir de allí, siguiendo el camino fantasma, en cualquier momento después de que la casa dejó de ser su cárcel. Pero huir hubiera significado admitir la derrota y Khailin era también amargamente consciente del hecho de no tener adónde huir. La casa la protegía mientras estaba dentro. Si se iba, y Lihui averiguaba su paradero, la convertiría en una estatua de piedra para toda la eternidad de Cahan, o le haría beber una poción que le volviera de cristal los brazos y las piernas. Había visto a Lihui hacer esas cosas, y peores, a gente que se cruzaba con él o a esos tan desafortunados que conducía hasta allí para probar en ellos su último experimento. Khailin había visto cómo Lihui traía a los tullidos y a los pobres huérfanos de las calles, a los viejos y abandonados, a la casa para sus necesidades; la escoria de Linh-an, aquellos a los que no echarían de menos, a los que nadie apreciaba y que a nadie preocupaban.

Excepto su señor, el Rey de los mendigos, quien los llamaba *mi gente*.

—Sabía que tenía que destruir el lugar y a él, antes de poder irme por fin —le dijo Khailin al Rey de los mendigos—. De otro modo, no habría libertad para mí. Hasta la ley diría que yo le pertenecía; era su mujer.

—No podrían demostrar ese matrimonio —dijo Nhia—. Cuando estuvimos buscando los documentos en el Templo, no los hallamos. Podrías haberte ido, simplemente.

Khailin bajó la cabeza y se miró las manos. Tenía los dedos doblados instintivamente sobre los pulgares de los que hacía tiempo había quitado los anillos de su esclavitud.

—Si me hubiera ido —dijo—. Habrían aparecido los documentos. Él se habría asegurado de que existían.

—Tiene razón —dijo el Rey de los mendigos—. Pero sigue.

—Me puse tras él cuando estaba vertiendo ácido en una redoma, y yo vertí en ella, cuando él terminó, una poderosa sustancia contraria... Y cuando borboteó y silbó (cosa que él no esperaba que hiciera) y Lihui se acercó para mirarlo de cerca, me ocupé de que el ácido se desbordara. Y mientras él atendía sus manos quemadas, le tiré el resto a la cara. Y a los ojos.

—No puedes usar el camino fantasma sin vista —dijo el Rey de los mendigos suavemente—, claro.

Khailin le lanzó una mirada de asombro.

—¿Cómo...?

—Sé lo suficiente —respondió—. Lo cegaste. ¿Qué pasó entonces?

—Le dije a la casa que se derrumbara —susurró Khailin— y se hundió en el sótano donde tenía su estudio. Y le dije que ardiera. Y me quedé observando el fuego hasta que sólo hubo cenizas y todo lo que quedaba de él, bajo ellas. Está muerto.

—No viste el cuerpo —dijo el Rey de los mendigos.

—No, no vi el cuerpo. Pero vi que la casa se caía sobre él y la vi arder, supe que él estaba allí dentro demasiado herido para tomar el camino fantasma.

—Nunca estés tan segura de nada —murmuró el Rey de los mendigos—. Dame tu brazo.

—¿Por qué? —dijo Khailin, echándose hacia atrás bruscamente.

—Como me falta vista en los ojos, confío en lo que mis dedos me cuentan —dijo él—. Por favor. Permítemelo.

Khailin, reticente, extendió un brazo y el Rey de los mendigos pasó los dedos por la cicatriz con forma de dragón de su antebrazo.

—Interesante —dijo—. Si aquella casa te aceptó, significa que él te enseñó demasiado bien, mejor de lo que sabía. ¿Qué planeas hacer con el conocimiento del brujo, joven hechicera?

—Aprender —dijo Khailin simplemente—. Seguir aprendiendo. Hay todavía demasiadas cosas que no entiendo.

—Ten cuidado. Es una serpiente que sujetas por la cola. Guárdate de sus dientes. Guárdate del veneno.

—Hablas como si hubieras probado tú mismo ese veneno.

El Rey de los mendigos se rió secamente y respondió:

—De una forma u otra, todos lo hemos hecho. A algunos nos han dado un bebedizo más profundo que a otros; algunos de nosotros lo rechazamos, algunos aprenden de él y otros se convierten en él. Te lo diré otra vez: ten cuidado. Te doy un año, como mucho, antes de que tengas que tomar difíciles decisiones. Hay nubes oscuras fuera y humo dentro; estamos en las alas de la tormenta.

—Pero ésa es la razón de que viniera a preguntarte —dijo Nhia—. Una vez dijiste que sabría cuándo venir a por respuestas. ¡Y todo lo que me das son más preguntas que no puedo responder!

—Ya tienes mi consejo —dijo el Rey de los mendigos—. Y cuando más me necesites, cuando el primer soplo de aire caliente toque tu cara, estaré allí. Te lo prometo.

TRES

Aunque esperaba que al venir a la ciudad y conocer el otro lado de su derecho de nacimiento, sanaría el vacío de su corazón, Tammary se encontró a sí misma perdiendo esas ilusiones con el pasar de los años.

Continuó siendo la ayudante de Yuet y una aprendiza extraoficial, y era buena en ello. Las tradiciones orales de su pueblo permitieron a su mente veloz asimilar, catalogar y recordar todo lo que le decían hasta que fue una enciclopedia andante sobre el uso tradicional de las hierbas y las artes de la curación. Quizá, ser una estudiante reconocida y concentrada en estas artes le hubiera podido dar una dirección a su vida, pero no era ésa su meta, y Yuet, tal vez consciente de esto, nunca le sugirió que su relación se formalizara de ninguna manera.

Tammary sabía que Yuet se sentía culpable por no tomar un aprendiz real para traspasar sus habilidades y conocimiento a otra generación como Szewan había hecho con ella. Yuet se lo había dicho a Tammary una vez, después de haber trabajado juntas en un parto difícil y haber conseguido salvar a la madre y al hijo contra todas las probabilidades. Esa noche, ya en la casa de Yuet, tras tomar una copa de vino de arroz, Yuet estaba tan eufórica y relajada que sucumbió a un excepcional momento de completa sinceridad, dejando de lado ese extraño y constante recelo con el que todavía trataba a la muchacha salvaje de las montañas.

—No siento que necesite un aprendiz —le dijo Yuet a Tammary—. Me refiero a lo bien que lo estás haciendo. Sé lo que sabes, sé que puedo confiar en ti. De alguna manera, creo que si tomase a un principiante de cero a estas alturas me volvería loca.

—Todavía eres joven —respondió Tammary—. Todavía tienes mucho tiempo para educar a un sucesor. Yo no soy tu heredera, Yuet, pero estoy contenta de ser una ayudante.

—Eres un problema —dijo Yuet con una lenta sonrisa que los esfuerzos del día y el fuerte vino de arroz habían pintado en sus labios. Algún día los dioses vendrán a mí y me dirán qué tengo que hacer contigo.

De cierta forma, ese momento de franqueza sin reservas hizo catalizar algo en Tammary que Yuet habría hecho mejor en no despertar.

También había sido un «problema» en la aldea de los nómadas.

El mundo parecía estar lleno de nichos perfectos hechos exactamente para aquellos destinados a rellenarlos. El nicho de Tammary parecía no existir. ¡Oh, cómo debían haberse reído los dioses —los de los *chayan* y los de los nómadas, todos participando en aquel juego real— cuando la hicieron! Debatiéndose entre dos culturas, Tammary era como una estaca que había que introducir en dos huecos, pero tenía aristas donde un agujero tenía curvas y curvas donde el otro tenía aristas, se sentía incómoda y frustrada en ambos.

Tammary se había adaptado a la ciudad de la mejor manera que supo.

Tenía conexiones en la corte a través de su círculo del *jin-shei* y no evitaba el Palacio, aunque Liudan nunca supo la verdadera identidad de Tammary. Pero la rigidez de la etiqueta de la corte la irritaba, acostumbrada como estaba toda su vida a la libertad nómada de vestir y de hablar. La gente corriente de Linh-an, las personas a las que una vez Yuet acusó a Tammary de estudiar como si fueran animales salvajes de una reserva, eran una historia diferente, y Tammary, después de un año de estar fuera de los márgenes de todo en Linh-an, empezó a tantear los límites de tomar parte en la intensa vida de sus calles.

Había comenzado a pasar más y más tiempo en las casas de té de la ciudad, explorándolas en toda su variedad, no importaba de qué tipo fueran. Las descubrió primero a un paso de las audiencias de la corte, siguiendo a la aristocracia a las lujosas casas de té del centro. Allí los bancos tenían cojines de satén con borlas doradas y algunos de los hombres más mayores, oficiales retirados o príncipes menores en sus túnicas de corte con brocados de seda y cuellos altos, estaban tranquilamente sentados dándole chupadas a una burbujeante pipa de viscoso brebaje de adormidera, que, entre chupada y chupada, les arrastraba a un dulce estupor cuajado de vívidos sueños. En esas casas de té reconocieron a Tammary; era la sombra de

Yuet y alguien con su color de pelo destacaba como una salamandra de fuego entre un grupo de lagartijas marrones. La gente le hablaba con cortesía y elegancia; tenía conversaciones profundamente filosóficas con los ancianos medio colocados, con ambiciosos miembros jóvenes de la aristocracia y funcionarios de alto rango. Pero era un entorno casi tan ceremonioso como el Palacio y Tammary rápidamente extendió las redes más allá.

Las casas de té comunitarias, en las esquinas de las calles más importantes y concurridas de los barrios no aristocráticos de Linh-an, eran totalmente distintas. Cuando Tammary empezó a dejarse caer por éstas, inevitablemente se convirtió en una fuente de cotilleo y la causa de muchas risas bajo los abanicos y las manos de las mujeres de la vecindad. Aunque pronto descubrieron que conocía muchas historias de las que ellas difícilmente podrían enterarse a través de otra persona. Cuando algunas matriarcas empezaron activamente a cultivar su amistad, Tammary se encontró incorporada en los círculos populares de las casas de té. Pero entonces descubrió el tercer tipo dentro de estos locales, uno que los habituales de los otros dos consideraban a sólo un paso por encima de las casas de placer de calles como la de los Caminantes Nocturnos de Nhia; se las conocía como «casas de agua», porque ofrecer té no era realmente la razón de su existencia. Y pasó de ser una fuente de chismes sobre la aristocracia a convertirse en una fuente de cotilleo por sí misma.

De cierta forma, las casas de agua desataron por fin en Tammary algo que había mantenido bajo estricto control desde que llegó por primera vez a Linh-an. Había libertades allí, las inhibiciones y el aburrimiento se quedaban en la puerta, y Tammary aprendió a bailar al ritmo de la ciudad. Tenía una naturaleza sensual y el cuerpo ágil de una joven en la flor de la vida. Cuando los primeros hombres se incorporaron, conscientes de ello, Tammary vio el interés en sus ojos, y desde ese punto hasta que tuvo su primer amante no había un paso muy grande. No le duró mucho; Tammary, al no encontrar lo que buscaba, rápidamente se alejó de él y buscó otro par de ojos interesados. Y después otros.

En los brazos de esos hombres no era, aunque durara poco tiempo, un «problema». Compartía su soledad; ayudaba, quizá, a alguien más, aunque durara poco tiempo.

* * *

—Se está ganando una reputación —Qiaan, con su creciente red de información callejera, advirtió a Nhia—. Se habla de una fiesta cuando cumpla veinticuatro años en primavera y, por lo que dicen, no va a ser una fiesta inocente. ¿No puede Yuet hacer algo?

—Hablaré con ella —dijo Nhia—. Con ambas.

Pero no encontró la oportunidad de hablar con Tammary. Y no fue hasta que la vio con sus propios ojos, alejándose con un hombre de mirada ardiente en la calle de los Caminantes Nocturnos, que Nhia se dio cuenta de lo lejos que habían llegado las cosas.

Durante un momento, Nhia se preguntó si se lo había imaginado. Acababa de salir de otro encuentro con el Rey de los mendigos, y la calle de los Caminantes Nocturnos, con su brillante y encendido disfraz de la noche, le traía fuertes recuerdos. No podía olvidar la vez que se encontró allí, directamente desde el camino fantasma, recién salida del oscuro palacio de Lihui. Lo tenía marcado a fuego en su memoria. Pero no, aquello fue en otra estación del año, y ella era una persona distinta entonces, y en ningún caso podía confundir esa melena suelta del color del zorro ondeando a la espalda de una chica que salía de una de las casas de la calle. La pelirroja miró en la dirección de Nhia, y el impacto del reconocimiento en esos ojos oscuros familiares fue demasiado claro para ser imaginación suya, incluso en la extensión de la calle donde empezaba a oscurecer. Tammary había bajado los ojos y apartado la mirada, tirando del brazo de su acompañante hasta que él se giró y caminó con ella alejándose de Nhia hacia otra dirección.

Nhia le había hablado a Yuet de las advertencias iniciales de Qiaan, pero Yuet había sido escéptica sobre todo ello en los primeros momentos, aunque había evitado la pregunta directa de cuántas mujeres podía haber en Linh-an con ese color de pelo tan particular, al que acompañaban los rumores. Cuando Nhia fue a contarle a Yuet lo que había visto ahora con sus propios ojos, Yuet simplemente se la quedó mirando.

—No puede ser —dijo con obstinación—. Sé que va a las casas de té y pasa horas allí, incluso las que tienen mala reputación, pero no *ese* tipo de establecimiento. No esa calle. Tammary es una observadora de la gente, lo ha sido siempre desde que llegó. ¿Dónde mejor que en las casas de té? Pero no, no puede salir de esa manera a todas horas, puedo asegurártelo, tendría ojeras por falta de sueño, habría notado un bajón en su comportamiento. Trabaja duro, ¿sabes? No se pasa los días durmiendo. A estas alturas estaría hecha polvo.

—Yuet —dijo Nhia—. Qiaan dice que le han puesto un mote en algunas de las casas de té donde juras que nunca ha puesto un pie: la llaman la Bailarina.

—Oh, por el amor de Cahan —Yuet se tapó la cara con las manos—. No me lo creo. ¡No puedo creerlo! Se jugaría demasiado.

—Yo puedo demostrártelo —dijo Nhia—. Qiaan me dijo hasta las casas de té que prefiere.

—De acuerdo —dijo Yuet bruscamente—. No tengo que ir gateando tras ella para verlo. No soy su cuidadora, pero me gustaría encontrar algo que pudiera hacer.

—Habla con ella. O todavía mejor: consigue que Tai hable con ella. Por alguna razón, escucha a Tai más que a ninguna de nosotras.

Pero ya era demasiado tarde para guardar el secreto que Tammary había traído con ella a la ciudad. Y no fue ninguna de las tres que sabían la verdad la que tuvo la oportunidad de hablar con ella en primer lugar.

Qiaan tenía una docena o más de «proyectos» personales, gente en la que había puesto su interés por encima de las necesidades de varias organizaciones que ahora encabezaba. Una de ellas era una familia desesperadamente pobre que había sido bendecida con dos pares de mellizos casi seguidamente en los últimos tres años, y que ahora tenía seis hijos de menos de cinco años en la casa. Uno del último par de mellizos había nacido con una incapacidad: un labio partido que hacía al niño incapaz de mamar e incluso casi de alimentarse, y Qiaan había asumido la responsabilidad de ayudarlo de la forma que fuera, sabiendo que era probable que el niño no sobreviviese al invierno. Sus visitas a esa casa siempre la dejaban inexplicablemente furiosa con el mundo en general. ¿Cómo se podía permitir que pasaran cosas así? ¿Por qué un niño inocente debía sufrir de esa manera? Los ayudantes que había reunido a su alrededor sabían que era mejor no hablar con ella después de una de esas visitas, hasta que hubiera tenido la oportunidad de controlar su rabia o, como mínimo, de encontrar algún otro desafortunado tema con el que desahogarse.

Fue pura coincidencia que, de camino a su casa desde este lugar en concreto, Qiaan pasara por una de las casas de agua de peor reputación, y viera a Tammary apoyada en la jamba de la puerta, envuelta en una cálida capa de lana teñida de un lujoso verde oscuro que resaltaba el color de su pelo, riéndose con un joven que tenía un brazo metido bajo la capa y que estaba obviamente haciendo cosas ahí dentro que a ella le gustaban.

A pesar de sus virtudes, Qiaan tenía una gran vena mojigata. Los avisos que había filtrado a Nhia y a Yuet sobre Tammary tenían su origen por un lado en un sentimiento de responsabilidad del *jin-shei* para proteger a una hermana del círculo, y, por otro, en una creciente aversión personal por el modo de vida de Tammary. Y ahora ahí estaba, exhibiéndose en su cara, y ella llena de aquella rabia que hacía que sus ayudantes se dispersaran a su alrededor como pollos ante un zorro. Frunció el ceño y cruzó la calle hacia la pareja que estaba todavía ajena a su presencia. Hacía frío y, mientras ambos se reían, su respiración salía en forma de nubes blancas. Por alguna razón, esto sólo sirvió para enfurecer aún más a Qiaan. Tammary no sólo estaba desacatando el código personal de conducta de Qiaan, estaba saliendo a hacerlo en público, donde podía alardear de ello, donde podía asegurarse de que los demás la verían, podían oír la risa transparente de la seducción, podían captar el perfume del sexo.

—¡Es un escándalo! —dijo al acercarse a los dos amantes.

El joven giró la cabeza de golpe, abriendo la boca con sorpresa y sacando el brazo de la capa de Tammary. Tammary, con los ojos nublados por el vino, sólo se recompuso un poco la capa y sonrió con languidez.

—Es un poco tarde para que estés en la calle, ¿no? —preguntó—. Normalmente a estas horas estás ya en la cama planeando buenas acciones.

—Te estoy llevando a ti a la cama —soltó Qiaan.

Tammary se rió.

—Prefiero a los hombres.

Pero el hombre en cuestión había visto la mirada asesina de Qiaan y la escena de seducción en el crudo aire invernal se había estropeado para él. Le murmuró algo a Tammary acerca de «mañana», y se escapó. Las dos mujeres se quedaron mirándose cara a cara sobre los peldaños bajos del umbral de la casa de té, de donde salía un murmullo de voces, risa y una música tenue.

—Eres una fanática, Qiaan —dijo Tammary—. Vete a casa a dormir.

—Tú vienes conmigo —respondió Qiaan—. Le hablé a Yuet de esto, pero ya veo que no te ha dicho nada. ¿No sabes que toda la ciudad habla de ti? ¿No te importa? Todos están esperando su turno, esos hombres. No te quieren, sólo quieren tener una oportunidad contigo, y tú se la pones en bandeja. Eres una *jin-shei* de la mismísima Emperatriz, por el amor de Cahan. Ésa no es la manera en la que alguien como tú debería comportarse.

—¿Y tú crees que la Emperatriz duerme sola? —observó Tammary, estirando un poco la sonrisa—. Hay una planta que puedes hacer crecer alegremente en una bonita maceta en un rincón de tu cuarto, Qiaan, y hasta le salen delicadas flores rojas, y es muy agradable de observar en la habitación, y no parece nada fuera de lo común, pero mastica una hoja de esa planta una vez a la semana, y no tendrás que preocuparte por el embarazo nunca más. Liudan tiene cuatro de ésas en su cuarto. Yo se las di. Y estoy segura de que antes de eso presionó a Yuet para que le proporcionara otra cosa, o, si no a Yuet, a cualquier curandera deseosa de ganarse el favor de la Emperatriz ofreciéndole el placer sin el dolor. No somos célibes por naturaleza, estamos hechos para ser parte de algo que no es la soledad.

—Por lo menos ella no alardea. Si tiene sus aventuras, las resuelve con discreción —repuso Qiaan con acritud después de una pausa, aventajándola—. Es hija del Emperador y sabe comportarse como tal.

—¿Tú crees que ser hija del Emperador te hace inmune a la necesidad de ser amada? —preguntó Tammary, tras un segundo de silencio. Créeme que no. Yo debería saberlo.

Sostuvo la mirada de Qiaan durante un momento y después se dio media vuelta, algo vacilante, y desapareció entre las sombras de la calle.

Qiaan estaba demasiado furiosa en ese momento como para caer en la cuenta del sentido de ese comentario. Mientras todavía estaba donde Tammary la había dejado, luchando por recobrar el control de su respiración y aflojar los puños, no se percató del joven que había estado tonteando con Tammary en los escalones, que no se había ido muy lejos, que sin duda había estado oyendo la conversación y que, tan pronto como Qiaan le dio la espalda a la entrada de la casa de té, compartió su propia interpretación del último comentario de Tammary con una ávida multitud.

* * *

Cuando Yuet finalmente se encaró con Tammary y su doble vida, pocos días después de aquel incidente, era ya demasiado tarde. Había cuatro versiones diferentes de la historia en los bazares, por cierto, pero estaba en la calle, había salido a la luz. La madre de Tammary cambiaba en cada narración, pero el padre era el mismo: el Emperador del Marfil. El padre de Liudan.

Y, a través de él, Tammary estaba de pronto a un solo paso de reclamar el Imperio.

—¿Tienes alguna idea de adónde conduce esto? —le preguntó Yuet con vehemencia—. Puedes habernos puesto en peligro a todas. A todas y a ti misma. Liudan podría...

—Liudan no te hará nada a ti —dijo Tammary—. Todo el desastre es muy anterior a ti; difícilmente sería tu culpa.

—Es en parte mi responsabilidad el hecho de que estés aquí en la ciudad —replicó Yuet.

—No, es mía —dijo Tai—. Fui yo quien te dijo que vinieras con nosotras.

—Tai, habría venido de todas maneras. Tarde o temprano —la voz de Tammary se había suavizado.

—Pero no estarías bajo nuestra protección.

—No estoy bajo vuestra protección.

—Claro que lo estás —espetó Yuet—. Eres *jin-shei* de ambas. Tenemos responsabilidad. Tenemos un deber las unas para las otras. Yo esperaba que, sabiendo quién eras...

—Yuet, nunca he sabido quién era —dijo Tammary—. He estado buscándome toda la vida. Cuando bailo siento que lo alcanzo, un poco; hay un recuerdo ahí. Como si mi madre me hablara a través del baile. Y a los hombres les gusta, y a mí me gusta que a los hombres les guste y, durante un rato, al menos, me parece entrever quién puedo ser contemplando los ojos de un amante. Pero no dura mucho tiempo. Nunca dura. El círculo se cierra otra vez y el hombre es el hombre equivocado, y vuelvo a bailar haciéndome preguntas, y otro hombre aparece con otras respuestas, hermosas y brillantes, en la mano.

—Esperaba que pudieras aprender a ser feliz —dijo Tai.

—¿Como tú? —preguntó Tammary con dulzura—. ¿Quién se casaría conmigo, Tai? Incluso si él no supiera quién soy realmente, ¿me abandonaría al descubrir el secreto?

—El secreto ya se ha descubierto —comentó Yuet con voz grave.

—¡No lo ha sido! —dijo Tammary con impaciencia—. Es un rumor de plaza de mercado y habladurías. ¿Me estás diciendo que nunca antes ha habido cotilleos sobre bastardos reales en una ciudad como Linh-an? ¡No me lo creo ni por un instante!

—Si los había —respondió Tai— nunca se referían a un individuo específico e identificable. Me temo que tú sobresales bastante, Amri. No se podría dudar de la identidad de este bastardo tan particular.

—Tengo un mal presentimiento sobre todo esto —dijo Yuet.

—¿Por qué? ¿Cree Liudan que voy detrás de su Imperio? —se rió Tammary—. La he observado estos últimos años. Se lo ha puesto difícil ella misma. No me pondría en su lugar por nada del mundo. Está atrapada, muy atrapada, quizá sea la más atrapada de todas nosotras.

Tai tuvo una rápida visión de la desenvoltura de Antian y la aceptación de su posición y sus responsabilidades. Antian habría sido una fuerza tranquila, condescendiente con la tradición; se habría casado con el mejor candidato que pudiera encontrar para obsequiar a su pueblo con un buen Emperador y después haría lo que toda gran Emperatriz: gobernar el Imperio junto a él mediante consejos, con compenetración, con compasión, tratando las grandes cuestiones y dejando a su compañero hacer frente a las realidades del día a día del gobierno, como exigían las tradiciones de Syai. Liudan había decidido llevarlo todo ella, manteniéndose siempre en pie bajo tanto peso, aunque a Tai le era imposible no percibir que a veces la sonrisa en la cara de la joven Emperatriz no era más que una mueca de dolor, mientras la carga se hacía más pesada por momentos y ella se tambaleaba bajo su peso. Pero Antian había nacido de la Emperatriz y había sido engendrada por el Emperador elegido; era doblemente real. Liudan era Liudan, su posición se la había dado la suerte —era la hija de una concubina—, la casualidad, un inesperado giro del destino.

Era una buena gobernante, aunque autócrata. No podía evitarlo. Gobernaba con puño de acero porque de otro modo no podría gobernar en absoluto.

El hecho de que alguien que reclamara su posición pudiera quitársela de las manos, como podría hacer ahora Tammary, era casi incomprensible para ella. Liudan había querido ser alguien, ser importante, toda su vida. Había sufrido por ello cuando era una niña y planeado y luchado por ello cuando creció lo suficiente como para luchar. Ahora que tenía el poder en su mano haría casi cualquier cosa para conservarlo. Quizá se habían equivocado, quizá todos se habían equivocado, al no acudir primero a Liudan cuando supieron aquello.

Tai se mordió el labio. Había sido ella quien aconsejó no hacerlo. ¿Fue ése su error?

—Deberíamos ir a ver a Liudan —dijo inesperadamente—. Es tarde, quizá demasiado tarde, pero es mejor que lo oiga de nosotras antes que de alguien más —miró a Yuet de reojo—. Sé que tú querías que las cosas fueran distintas, Yuet, pero...

—Puede que nunca se entere —dijo Tammary, descartándolo.

—Subestimas sus habilidades —dijo Tai—. Lo sabrá pronto, si no lo sabe ya. Haríamos mejor en ir y confesarlo todo. Yo hablaré, Yuet. Fue por Antian, al fin y al cabo, que volví a las montañas. Me dijo que cuidara de sus hermanas e intentaré hacerlo, hasta donde pueda, lo mejor que me sea posible.

—¿Cómo empezó todo esto, de todas maneras? —dijo Yuet desesperada—. Incluso aunque te comportaras como el peor tipo de mujerzuela, habría podido mantenerse en secreto, de hecho, se ha mantenido en silencio mucho tiempo. ¿Cómo salió a la luz?

—Me temo —dijo Tammary después de dudar, con la mirada en el suelo— que fue probablemente culpa mía.

—Lo sé —soltó Yuet—. Si te hubieras contentado con mantener gacha la cabeza y llevar una vida tranquila, nada de esto habría sucedido.

—Posiblemente —dijo Tammary—, pero no de la forma que piensas. Ya ves, creo que se lo conté yo misma a Qiaan —levantó la mirada brevemente, encontró los asombrados ojos de Yuet y la bajó de nuevo—. Salió de no sé dónde y vino corriendo hacia mí como una mamá gallina, cloqueando para que volviera a casa, para que me comportara, para que recordara quién soy, así que le dije... Había bebido un par de copas de vino de arroz aquella noche y me irritó..., y le dije...

—¿Qué le dijiste, en nombre de Cahan?

—Sacó a relucir a Liudan y a las virtudes de Liudan —dijo Tammary de mala gana—, así que le dije un par de verdades sobre la vida de Liudan. Y después ella dijo que la hija de un Emperador por lo menos lo lleva con discreción, o algo así, y me perdí. Le respondí que lo sabía todo sobre cómo se sentía la hija de un Emperador.

—¡No creo que Qiaan difundiera la historia basándose en algo así de sutil! —exclamó Tai.

—Estábamos justo en la entrada de la casa de té —dijo Tammary—. Es totalmente posible que Qiaan no dijera nada de nada. Cualquiera pudo haberme oído.

—Sigue siendo sutil —dijo Yuet—. Podemos...

—Es demasiado tarde para eso, Yuet —la interrumpió Tai—. Tan débil como era la suposición inicial, alguien la hizo, y la historia está en la calle. Y es la verdadera. Szewan no puede haber sido la única de todo Linh-an que supo de Jokhara y lo que pasó en las dependencias del Emperador aquella noche. Habrá más gente que ate cabos y recuerde.

Yuet se sentó pesadamente en la silla más cercana.

—Qiaan no —dijo—. Por favor, que no haya sido Qiaan. No estaba preparada para esto.

—¿De qué estás hablando? —preguntó Tai.

—A ti te parieron, Tammary. Las circunstancias fueron trágicas, pero eras querida, por, al menos, uno de tus padres, por cualquiera que fuera la razón.

—¿Por cuál de ellos? —dijo Tammary amargamente—. Mi madre fue forzada...

—Ah, pero antes fue al Emperador por propia voluntad. Estás olvidando tu historia. Cuando se descubrió que estabas de camino, tu madre tenía muy claro que lo mejor era que no nacieras nunca, pero para entonces ya te quería. Quiso que vivieras. Qiaan...

—Yuet, me estás asustando —dijo Tai.

—Qiaan fue planeada y por tu causa, Tammary. La entera razón de la existencia de Qiaan fue ser un instrumento.

—¿El instrumento de quién? ¿Y para qué?

—Qiaan era la venganza de Szewan, Tammary. Por *ti.* Si tu historia sale a la luz, todo lo hará. Y esto os puede destruir a ambas —levantó la vista, encontrando la perpleja mirada de Tammary—. Tú y Liudan compartís un padre, Amri. Cualesquiera que fueran los motivos de tu madre, al final fue tomada contra su voluntad y tú concebida en ella también contra su voluntad. Y pertenecía a la tribu de Szewan. Antes de que hubieras siquiera nacido, Szewan arrojó a la madre de Liudan, Cai, a los lobos; lo tengo en su diario. Le habían quitado a Liudan nada más nacer, como siempre hacen. Cai era preciosa y solitaria, y el Emperador la abandonó después de haberle entregado a su hija. Entonces, Szewan alentó un amor sin esperanza en un capitán de la guardia imperial por una dama real que estaba muy lejos de su alcance, y se aseguró de que Cai se sentía amada, y... oh, por el amor de Cahan, Tammary, tú siempre estás hablando de que todos necesitamos ser amados y ella lo necesitaba entonces. Así que ya tenían la motivación y Szewan se aseguró de que también tenían la oportunidad. ¿Nunca has mirado a Qiaan y visto a Liudan en su rostro?

Los ojos de Tai se llenaron de lágrimas.

—Qiaan siempre dijo que su madre nunca la quiso, la *mujer* de su padre nunca la quiso. No sabe nada, ¿verdad, Yuet?

—Su tía intentó decírselo —respondió ésta—. Le estuvo lanzando a la cara que la habían recogido, que Rochanaa había sido buena con ella acogiéndola, habiendo perdonado a su padre en primer lugar, así que tiene la sospecha de que puede no ser la hija natural de su madre, sí. Pero su tía no le contó el resto, a lo mejor ni siquiera sabía más que el hecho irrefutable de que Qiaan era el fruto de un adulterio que le habían traído a la legítima esposa para que lo criara.

—¿Qué le pasó a Cai? —preguntó Tammary cuidadosamente.

—Murió o fue asesinada —respondió Yuet—. No estoy segura.

—¿Crees que Szewan...? —dijo Tai con la voz entrecortada.

Alguien llamó suavemente a la puerta, que estaba algo entreabierta, y a continuación la criada de Yuet la abrió ayudándose con la cadera. Llevaba una bandeja en las manos.

—Traigo un poco de té, señora.

—Gracias —dijo Yuet distraída—. Déjelo allí —y a continuación, como si se le acabara de ocurrir, le dijo a la mujer mientras se daba la vuelta para marcharse—: Y cierre esa puerta.

—Sí, señora —murmuró la sirvienta con los ojos bajos y se fue. La puerta se cerró con un ruido tras ella.

Yuet se quedó con la mirada clavada en el té durante un largo instante antes de despertar de nuevo.

—No, no lo creo. No creo eso. Szewan no mataría.

—Jokhara era su prima, recuerda. El Emperador había violado a una de los suyos y ya sabes cómo son las tribus con respecto a su gente, Tammary.

—Tu Szewan no era una nómada desde hacía muchos años —dijo Tammary—. ¿Quién sabe por qué...?

—Yo lo sé —interrumpió Yuet—. Lo he leído todo. Escribió sobre ello en su diario, toda la historia, todo excepto la muerte de Cai, que dejó imprecisa, quizá a propósito. Pero el resto está todo allí. Y ha salido ahora a la luz y Liudan tiene dos medio hermanas allá fuera que alguien podría utilizar para reivindicar el trono. Y lo que es peor...

—¿Podría ser peor? —dijo Tai con una risa hueca.

—A todos les dijeron que Cai había dado a luz un niño muerto —dijo Yuet—. Pero el niño nació vivo, el niño era una niña y Szewan se aseguró de que el Emperador de Syai supiera toda la verdad. Que había una niña fuera en algún lugar, nacida de una concubina real que ya había dado a luz a una de las princesas en línea para heredar, a quien Szewan podría poner en el trono.

—Pero no era la hija del Emperador —dijo Tai—. Era.

—Qiaan nació en las dependencias femeninas del Palacio imperial. Atendida por una curandera que podría jurar si hacía falta un origen más conveniente para sus propios fines. Una niña que de pronto desapareció misteriosamente reservada para una futura necesidad. Una niña que podría poner fin a una dinastía de emperadores —Yuet se mordió el labio—. Qiaan fue planeada por venganza, Tammary. Puede no saberlo todavía, pero lo hará. Lo hará. Tú puedes renunciar al trono, pero si alguien le dice a Qiaan la verdad, puede tomar una decisión diferente. Me pregunto cuánto de su madre hay en las dos, si había algo en Cai que las hizo tan condenadamente parecidas. Qiaan, a su manera, es tan arrogante e impulsiva como Liudan. Puede que lo único que haga falta para hacerlo salir de ella es la llamada del Imperio.

La criada de Yuet, que había servido a Szewan antes que a ella, no había escuchado este último intercambio, pero sí lo bastante de lo anterior, y tenía suficiente conocimiento de la historia previa y sospechas de su propia cosecha como para asociarlo todo en su mente. Era una mujer digna de confianza y fiel, siempre había guardado los secretos de la casa de la curandera, pero era humana, después de todo. Para reconocerle el mérito, lo único que les dijo a los cotillas en la plaza del mercado donde iba a comprar verdura fue que Tammary no era la única con un toque imperial. Pero había insinuado bastante que la otra persona era también alguien próximo a su señora.

Había pasado menos de una semana desde que las primeras indirectas sobre el origen de Tammary llegaran a la calle, cuando otros rumores alzaron también el vuelo. Pero éstos eran bastante más específicos y bastante más verificables. La propia tía de Qiaan se puso más que contenta cuando se le aproximó alguien que confundió con una conocida chismosa en el recinto, a quien le confirmó todo lo que le preguntaba la mujer, encontrando por fin la excusa y la ocasión para derramar la bilis que había acumulado durante años. Después se quedó muy tranquila, sin darse ni cuenta del brillo de triunfo en los ojos oscuros de la otra mujer mientras se alejaba.

CUATRO

Durante los años que pasaron desde su vuelta a Linh-an, Khailin había luchado, no menos que Nhia, para reconstruir una vida que tenía las huellas de Lihui. Por lo menos, Nhia tenía la ventaja de que su encuentro con el Noveno Sabio no se había hecho público. Todos, en cambio, sabían que Khailin era la mujer de Lihui gracias a las directas alusiones de Liudan al ahora desaparecido Sabio refiriéndose a él por su nombre de casado en cada ocasión que le era posible; y ahora la propia Khailin era el foco de todas las murmuraciones, todos los cotilleos, toda la incertidumbre. Lihui siempre había tenido un aire de misterio. No había hecho más que intensificarlo su enigmático casamiento y esa esposa que había estado ausente durante años, y que ahora volvía a los ojos del público cuando el propio Sabio había desaparecido.

Todo esto proporcionaba un jugoso material para las habladurías de la corte y lo agravaba el hecho de que Khailin no se quedaba simple y tranquilamente en la sombra. Había pagado por el conocimiento que ansiaba y que encontró en las bibliotecas de Lihui; había pagado con casi tres años de su vida y su felicidad, y no iba a dejar que se desperdiciara el premio ganado con tanto esfuerzo. Al cabo de un año de su regreso a Linh-an, se había hecho un nombre como erudita y alquimista de talento. En dos años, había aumentado su notoriedad escribiendo un tratado sobre su trabajo —precavidamente, en *jin-ashu*, ocultando todavía su verdadera competencia en la escritura masculina *hacha-ashu*—. Pero tardó poco en traducirse, se distribuyó de manera anónima, e hicieron uso de él una serie de destacados eruditos antes de descubrir quién era su autor. Era de particular interés por la elegancia con la que se formulaban algunas de las cuestiones básicas del oficio de alquimista; después describía el proceso de búsqueda de las respuestas, omitiendo un único paso fundamental, de tal forma que sólo lo conocieran los expertos si intentaban repetir el trabajo, descubriendo inevitablemente que había un último puente que tenían que cruzar por sí mismos. El tratado daba a entender que el autor ya lo había hecho, pero no revelaba más datos.

Era puro *yang-cha*, pero envuelto en el poderoso lenguaje y misterio del *zhao-cha*, y había sido Nhia a quien probablemente había que culpar de eso, Nhia, que se había alejado del Templo y de sus enseñanzas, pero que nunca había sido capaz de sacar el Templo de sí misma.

* * *

—El mundo no se materializó simplemente, se formó y sufrió diferentes etapas en su formación —aseveró Khailin en uno de sus discursos. Eran a menudo discusiones animadas en las que Khailin pedía pruebas a las ideas más filosóficas de Nhia, y ésta insistía en que Khailin le explicara cómo pretendía saber de dónde había salido cada partícula del rico suelo negro de las grandes llanuras de Syai—. Y el principio de todas las cosas fue solamente el final del proceso de la creación, eso es todo.

—Un tiempo antes del principio, cuando todo era todavía parte de la nube del Camino, cuando todo era energía y no materia —dijo Nhia—. Parece más mi esfera que la tuya, Khailin. ¿Estás diciendo que he tenido razón todo el tiempo?

—Sólo que insistes en hacerlo confuso y tan misterioso que nadie entenderá nunca de lo que estás hablando —repuso Khailin—. Es bastante simple. El principio es cuando el tiempo y la vida empezaron, cuando aquello que seguiría produciéndonos a *nosotros* aconteció. Antes de eso hubo un tiempo antes del principio y tiempo antes del tiempo antes del principio; y en ese momento hubo sólo existencia. Y antes que ella, inexistencia. Y con anterioridad a esto, un tiempo antes de la inexistencia.

—Y si añades un tiempo antes del tiempo antes de la inexistencia, tendrás los siete *kalas* —dijo Nhia, que había estado contando con los dedos mientras hablaba Khailin.

—¿Las Siete Edades? ¿Cómo has llegado a esa conclusión?

—Bueno, tendrías que pensar hacia atrás, creo —dijo Nhia con los ojos radiantes. Le encantaba este tipo de análisis metafísico—. Si consideras el tiempo antes del tiempo antes de la inexistencia como Atu —el Después de la Muerte, el Antes del Nacimiento, la existencia del espíritu, entonces puedes echar a andar hacia atrás a través de tus etapas. ¿Me las dices otra vez?

—El principio.

—No, a la inversa —dijo Nhia, reflexionando.

—El tiempo antes del tiempo antes de la inexistencia, Atu. El de antes era el tiempo antes de la inexistencia.

—Ése sería Liu, el nacimiento —dijo Nhia.

—Inexistencia.

—Lan. El crecimiento de los dientes de leche.

—Existencia.

—Xat. La mayoría de edad.

—Un tiempo antes del principio.

—No, tenías otro antes que ése: el tiempo *antes* del tiempo antes del principio. Sería Qai, preparándose para tener una familia, recogiendo las semillas que se convertirán en niños. La siguiente etapa, el tiempo antes del principio, sería Ryu, donde los niños de esos niños te llevarían (llevarían tu *mundo*) un paso más allá al siguiente *kala*, hacia una iluminación. ¿Qué viene después?

—El principio —dijo Khailin pensativa.

—Pau.

—¿Cómo llegas a eso? ¡Pau es la edad de la vejez y de la muerte! ¡Y éste es un mundo que acaba de nacer!

—Ah, sí, pero ha ido creciendo desde su nacimiento en un tiempo antes del tiempo de la inexistencia —dijo Nhia—. Aquí entra Atu otra vez y renace en la nueva serie de edades. Las nuestras. Ése era el mundo; después de eso, está la gente del mundo. Hay siempre muerte en un nacimiento. Eso es de lo que trata la inmortalidad; algo siempre *continúa.* Es parte de lo que constituye la inmortalidad.

—Deberías ser uno de los Sabios en vez del canciller de Liudan —dijo Khailin.

Nhia sacudió la cabeza.

—No, tú deberías. Y si los ocho Sabios que hay ahora no eligen pronto un nuevo número nueve, se lo mencionaré a Liudan.

—No quiero ser el Noveno Sabio —dijo Khailin, retrocediendo—. Eso me convertiría realmente en lo que era Lihui.

* * *

La fama de Khailin en su oficio ya estaba asentada. Su laboratorio, creado con la ayuda de Liudan, era de su plena satisfacción, tenía su trabajo, y tenía la libertad de seguir en busca del conocimiento en cualquier tema que le interesara. Su vida se asentaba en sólidos cimientos o, al menos, eso creía. No le había prestado atención a las palabras que el Rey de los mendigos le dirigió en su primer encuentro. «Nunca estés tan segura de nada.»

Cuando llegó la sacudida que conmocionó su mundo, fue de forma inesperada, emergiendo de la oscuridad.

A pesar de la insistencia de Khailin en que no quería celebrar su cumpleaños nunca más, Nhia la convenció para que al menos fuera a cenar con ella para celebrar lo que llamó el último acontecimiento de no cumpleaños. Había sido implacable y Khailin, protestando pero divertida, se presentó diligentemente en las habitaciones de Nhia en Palacio la víspera de cumplir veinticuatro años. Sólo quedaban todavía allí dos entre los habituales escribas, secretarios y archiveros que normalmente estaban en la ajetreada oficina del canciller: un ambicioso joven, al parecer deseoso de llamar la atención, y el más mayor de los secretarios, que había estado en el despacho de Zibo antes de que Nhia lo heredara, y que en ese momento estaba trabajando laboriosamente en su mesa con un par de anteojos con montura de alambre enganchados en el puente de su nariz.

—Idos ya a casa —dijo Nhia, entrando en su oficina desde las habitaciones interiores, justo cuando Khailin entró desde el exterior—. La jornada de trabajo ha terminado. No hay nada que no pueda esperar hasta mañana.

—Sí, Nhia-*lama* —el escriba mayor dejó su pincel y, quitándose los anteojos, se frotó el enrojecido puente de la nariz con su mano libre—. Tengo que admitir que los ojos me han estado dando problemas hoy.

—Idos a casa —repitió Nhia. El viejo empezó a recoger su mesa; el joven escriba, frunciendo el ceño, se inclinó furiosamente sobre el escrito en el que estaba trabajando—. Ambos. Es una orden.

—Sólo será un minuto, Nhia-*lama*, tengo que...

—¿Quieres que te eche una mano con eso? —se ofreció cortésmente el escriba mayor.

La reacción instintiva del joven fue encorvarse sobre su página como protegiéndola. Se contuvo, se enderezó otra vez, pero la página superior del material que estaba copiando se cayó al suelo. Se arrojó hacia delante para recogerla, pero no fue lo suficientemente rápido; el anciano escriba, a cuyos pies había caído, se incorporó con el papel en su poder, echándole al principio una ojeada, y después una mirada más profunda.

—¿Qué es lo que estás haciendo, Huo?

Khailin, sólo unos pasos detrás del anciano, echó una instintiva mirada sobre su hombro y después también clavó en ello los ojos.

—Dadme eso —dijo Khailin.

El viejo escriba dudó. El joven Huo recogió rápidamente las páginas que todavía estaban ante él, tirando los objetos de su mesa. Le arrebató al anciano la página misteriosa, rasgándola, al pasar corriendo a su lado antes de salir del despacho.

El papel estaba desgarrado irregularmente de arriba abajo dejando sólo un par de dedos de ancho de la página en la mano del anciano. Él miró a Nhia pidiendo consejo, pero Khailin había estirado la mano reclamando los restos del documento, tan imperiosamente como Liudan en su mejor momento, y tras el asentimiento de Nhia, le pasó el fragmento de papel.

—¿Qué es? —preguntó Nhia, a la vista de la palidez de Khailin—. Parece como si hubieras visto un fantasma.

—Lo he hecho —susurró Khailin con el papel desgarrado temblando entre sus dedos—. Esto es de puño y letra de Lihui.

La voz del Rey de los mendigos sonó como una campana en la mente de Nhia.

«No he percibido esa muerte.»

«La tormenta está sobre vosotros.»

—¿Qué dice? —preguntó Nhia con tranquilidad, haciendo caso omiso a la mirada del viejo escriba, asombrada de que preguntara a Khailin, una mujer, sobre la página en *hacha-ashu* que sostenía. Pero Khailin ya había estado analizándola y sacudió la cabeza.

—No sabría decir... —dijo— ... salvo que menciona los pasos del oeste y algo sobre los jinetes de Magalipt. Dice «preparada para desencadenarse». Dice «primavera» —levantó la mirada—. Dice «guerra», Nhia, aunque la palabra no estaba escrita en lo que queda de la página. Está vivo y va a volver.

Nhia miró al viejo escriba.

—No le digáis nada de esto a nadie todavía. ¿Me habéis entendido?

—Sí, Nhia-*lama* —murmuró el escriba, abriendo los ojos con temor.

—Khailin, vamos.

—¿Adónde vamos?

—A ver a Liudan.

* * *

La Emperatriz se había retirado a sus habitaciones para pasar la noche, pero ellas eran sus hermanas del *jin-shei* y habrían entrado incluso si una no hubiera sido su canciller y a la otra no la hubiera tomado como alquimista de la corte. Khailin y Nhia fueron admitidas sin hacer preguntas. Nhia le hizo a Liudan un resumen de los acontecimientos que acababan de suceder en la oficina y Liudan la oyó sin interrupciones, dándose golpecitos en el labio inferior con el dedo como acostumbraba a hacer mientras pensaba.

—¿Estás segura de reconocer su letra? ¿Absolutamente segura? —le preguntó Liudan a Khailin.

—Liudan, dijiste una vez que no tenías ninguna prueba real contra él, y ha resultado que todo lo que te contamos sobre él era verdad —dijo Nhia.

—Ahora hablas como Tai, joven y combativa —observó Liudan—. ¿Dices que el papel habla de que ocurrirá en primavera?

—Eso creo. No puedo estar segura. Sólo tengo un fragmento —respondió Khailin.

—Algún día me puedes decir por qué me ocultaste que podías leer *hacha-ashu* —dijo Liudan mirándola de forma significativa—. Es una habilidad muy valiosa.

—E inútil si se extiende que la tengo —repuso Khailin.

—También es cierto. Primavera. Magalipt. ¿Y si tuviera al ejército en los pasos para que fueran a su encuentro?

—Vendrían desde algún otro lugar si movilizaras una gran fuerza ahora —dijo Nhia—. Sabrían que tú sabes que vienen y no marcharían a ciegas hacia un ejército que les espera.

—Mientras que si piensan que no tengo esa información, y si tu joven espía volviera directamente a su maestro y le informara de que ha destruido la evidencia, podrían pensarlo, podrían mantenerse firmes en sus planes. ¿A eso te refieres? —dijo Liudan—. Pero lo sé ahora y no puedo quedarme aquí sentada en Linh-an sin hacer nada al respecto.

—Envía una pequeña fuerza de «inspección» a la plaza de Sei-lin —sugirió Khailin.

—No, justo ahora sería una señal —reflexionó Liudan.

—¿Un grupo al oeste, a Sei-lin, y otro al este, a Ail-anh? —preguntó Khailin—. Ambas son ciudades fronterizas, y no estarías señalando a ninguna de las dos.

—Es invierno —dijo Nhia.

—¿Y?

—Deberías saberlo, es pura alquimia —se explicó—. Hay una estación para todo. Si mueves tropas fuera de la estación acostumbrada, dondequiera que vayan, estás enviando una señal.

—¡No tienes que mandar el ejército entero! —protestó Khailin.

—Si vuestro informe es verdadero, sí, tengo que hacerlo —dijo Liudan—. Aunque Nhia tiene razón, es prematuro. Necesito saber más. Pero para que sepáis... —sonrió, con brillo en los ojos—, para que sepáis, tengo un ejército que puedo enviar, y nadie lo sabrá nunca.

—¿A qué te refieres? —preguntó Nhia.

—Xaforn —dijo Liudan.

—«Las alas de la tormenta», lo llamó —susurró Nhia, abriendo de pronto los ojos—. «Nubes negras afuera y humo dentro.» Me pregunto a qué tormenta se refería realmente.

La ceja de Liudan se arqueó con burlona altanería y Nhia se sonrojó.

—Volví a visitar al Rey de los mendigos —se justificó.

—¿El Rey de los mendigos? ¿Te refieres al cabecilla del gremio de los mendigos? ¿Qué tiene él que ver con esto?

—Mucho, parece. Me dijo una vez que yo sabría cuándo acudir a él para encontrar respuestas. Y ahora que recuerdo de nuevo lo que me dijo cuando fui a verle, me parece que sabía que esto iba a ocurrir.

—¿La incursión en la frontera?

—Nada tan específico. Me refiero a todo en general. Las cosas que han estado pasando en la ciudad, en el campo... Llevamos unos cuantos años en que la propia tierra parece volverse contra los que la trabajan. Y alguien que quisiera aprovecharse de ello podría fácilmente convertir el malestar y el temor en algo dirigido y peligroso.

—¿Te refieres a Lihui?

—Lo único que necesita ahora es a alguien que se ponga en la cabeza de su movimiento. Liudan..., puedes necesitar a Xaforn aquí, antes de que esto termine. Una de estas cosas es el peligro real, la otra es una cortina de humo para distraerte. Pero no sé cuál es cuál y si la ofensiva real apunta hacia ti, será aquí, en la ciudad. Si Lihui está orquestando esto...

—¿El *Rey* de los mendigos te dijo todo eso? —comentó Liudan algo agria con un toque de énfasis en la palabra «rey»—. Parece estar mejor informado que yo. ¿Y cuánto le has contado tú a *él*? —se giró, sin esperar una respuesta, y se asomó a la ventana dándoles la espalda—. He oído informes de las cosas que han estado pasando en la ciudad —dijo—. Podría haberme ayudado a comprenderlas si hubierais compartido vuestras preocupaciones conmigo en vez de con ese trasgo de los bajos fondos con delirios de grandeza.

—Él tiene sabiduría —dijo Khailin— y hay un conocimiento allí, sí. En los bajos fondos profundizan más de lo que cabría esperar, a mi parecer. Él es un aliado, Liudan, no un rival. No desestimes sus consejos a la ligera.

Liudan bajó la mano de canto, cortando el aire con un gesto.

—Él no puede decirme si hay ejércitos avanzando hacia mis fronteras —dijo contundentemente—. Enviaré a Xaforn tan pronto como pueda, a ella y a alguien más, quizá. Todo lo que tiene que hacer ahora es vigilar y yo confío en su criterio —había un leve filo en ese comentario, como si Liudan estuviera poniendo en cuestión el criterio de las otras dos—. No tendrá que quedarse allí mucho tiempo y si vuestro amigo tiene razón, volverá con tiempo de sobra para ayudarme a resolver cualquier problema que haya en la ciudad.

—Liudan no cree que sea Lihui —le dijo Khailin a Nhia cuando abandonaron las habitaciones de la Emperatriz—. Pero yo lo sé, *lo sé*... Quizá tenía razón tu Rey de los mendigos cuando dijo que nunca había sentido esa muerte. Quizá yo creí que estaba muerto porque quería creerlo desesperadamente.

—Pero ¿dónde ha estado todo este tiempo, entonces? —preguntó Nhia. Su mano, involuntariamente, había ido a agarrar el amuleto que todavía llevaba alrededor del cuello. Había intentado quitárselo después de la vuelta de Khailin con las noticias de la muerte de Lihui, pero se había sentido totalmente expuesta y vulnerable sin él. Aunque odiaba el hecho de depender del amuleto como si fuera el talismán definitivo contra el mal, Nhia se lo volvió a poner. Sin él, se encontraba observando cada rostro extraño y preguntándose si Lihui se escondería detrás. Y ahora él había vuelto. Khailin estaba absolutamente segura de ello y Nhia creía en sus instintos.

—El ácido era real —dijo Khailin—. Pudo no haber muerto en ese incendio, pero no escapó de él entero. Necesitas ojos para usar el camino fantasma, y puede haber sido sólo eso, una simple espera entre la niebla hasta que pudiera esclavizar un par de ojos que le sirvieran como propios. Mutilé su vista, no sus poderes; parece que estaba más allá de mí hacer eso. No tengo ni idea de lo que todavía soy capaz de hacer, si él encontrara la forma de volver.

* * *

Las ataduras del *jin-shei* eran fuertes, pero el ritmo de la vida no dependía sólo de ellas. El círculo *jin-shei* de Tai, conducido por divergentes prioridades, había saltado a diferentes órbitas durante aquellos pocos días que resultaron cruciales.

Era el momento en que la identidad de Tammary había hecho explosión en las calles de Linh-an, y después, seguida de ésta y bastante más insidiosamente, la de Qiaan. Era el momento en que Yuet y Tai se debatían sobre cómo decirle a Liudan el secreto de Tammary que le habían ocultado tanto tiempo. Aquellas tres no tenían ni idea de la guerra que se avecinaba, ni del retorno de Lihui.

Ambas, Khailin y Nhia, tenían buenas razones para ser precavidas con la reaparición de Lihui y no pensaban más que en lo que significaría para ellas. No sabían todavía que la verdadera identidad de Tammary había salido a la luz.

La propia Liudan estaba preocupada con un buen número de cosas: la agitación y el miedo en el campo después de año tras año de malas cosechas, la inquietud en la ciudad, la posible invasión de su reino en primavera, la inesperada relación de Nhia con el Rey de los mendigos y el punto vulnerable de la ciudad.

Xaforn, que podía haber sido la primera en dar la voz de alarma, había sido despachada a la ciudad fronteriza de Sei-lin con instrucciones detalladas.

En el momento en que el resto de ellas buscaron a su alrededor a Qiaan, ésta había desaparecido.

Y cuando el inquietante malestar que dormía por todo Syai finalmente despertó con revueltas en Linh-an, y fue proclamado que Liudan había roto las leyes de la naturaleza y la tradición y que los propios dioses habían hablado contra ella, aquellos que habían alzado esa bandera tenían un líder a quien poner en el lugar de Liudan.

Qiaan.

CINCO

Liudan habría reaccionado con más ecuanimidad, si hubiera afrontado la situación de Tammary por un lado y la de Qiaan por otro. Sin embargo, las noticias sobre la identidad de Tammary llegaron pisándole los talones a la traición de Qiaan e hicieron que a la Emperatriz casi le diera un ataque de paranoia histérica.

Cuando Yuet y Tai llevaron a Tammary ante ella para explicárselo todo, la primera reacción de Liudan fue declarar que ordenaría encarcelar a Tammary inmediatamente.

—¿Por qué? —preguntó ésta.

—No tendré otra Qiaan, ¡no si puedo impedir que le eches el ojo a mi Imperio!

—De todo lo que podrías hacer para evitar que lo hiciera —dijo Tammary, incapaz de controlar su lado cáustico—, encerrarme es lo único que me haría desearlo.

Fue Tai quien finalmente se interpuso entre ellas, de pie entre la Emperatriz y la nómada, de pronto mucho más alta que la frágil y fina Tai de costumbre, con rabia en sus ojos oscuros.

—Ahora sé a lo que se refería Antian —soltó—. ¡Sus hermanas necesitan que las cuiden y es un hecho! Con todos los problemas que hierven allá fuera y vosotras dos pensando en sacar más de donde no existe. Liudan, ¡por el amor de Cahan! Ya te ha dicho que no quiere nada con el Imperio. Y Tammary, ¡no estás ayudando!

—Yo nunca haría... —empezó Tammary y, después, mirando de reojo a Tai, suspiró y se arrodilló ante Liudan—. Nunca haré —dijo corrigiéndose— voluntariamente ninguna acción dirigida a hacer daño a Syai, o a ti, Liudan. Lo juro ante ti. Lo juraré sobre cualquier santo voto que consideres más vinculante. Lo juraré en nombre del *jin-shei*.

—Eres quien eres —dijo Liudan—. No puedes evitarlo.

—Puedo evitar que este cuerpo y esta mente sean utilizados contra ti —dijo Tammary, levantándose de nuevo con los ojos ardiendo por la furia que intentaba controlar—. No puedo evitar mi origen, como tú no puedes evitar el tuyo. ¿Eres responsable de quien te engendró?

Liudan, tomada un poco por sorpresa en la línea de ataque, se traicionó negando ligeramente con la cabeza y levantó incluso los labios en un esbozo de sonrisa.

—¿Entonces cómo me puedes pedir eso? —preguntó Tammary.

—¿Y por qué viniste a la ciudad?

—No para irrumpir en Palacio —dijo Tammary—. Vine para descubrir quién soy realmente, quién es esa otra mitad de mí, para descubrir por qué encontré tan difícil encajar en mi mundo anterior con los nómadas.

—Me han dicho que has hecho una investigación exhaustiva para descubrirlo —comentó Liudan sarcásticamente.

—¡Liudan! —dijo Yuet—. Tú naciste para la seda y el poder. No te burles de las necesidades de los demás. Nunca has tenido que buscar tus propias respuestas, sólo pedirlas. Hay muchos ahí fuera que no son tan afortunados.

—Como mi madre, te refieres —dijo Liudan—. Como mi madre, que pagó el precio de una traición en la que no tomó parte. Por fin puedo hacer a otros responsables de eso. Mi madre fue el precio de la venganza de Szewan, entonces. Tú estás aquí como heredera de Szewan, Yuet. ¿De qué debería responsabilizarte a ti?

—Para —dijo Tai con lágrimas en los ojos—. Yo fui quien accedió cuando Tammary decidió venir a la ciudad. Yo fui quien supo que no quería nada con la corona, sólo buscar una parte perdida de su espíritu. Yo fui quien habló de mantenerlo en secreto, porque de esa forma habría el menor número posible de gente a quien podría herir la verdad. Ninguna de nosotras supo de Qiaan. No entonces.

—Tú sí, Yuet —dijo Liudan—. ¿Verdad?

—Tenía mis sospechas. Pero ninguna prueba, no hasta hace poco.

—Y cuando la conseguiste, esa prueba, todavía decidiste mantenerte en silencio —siguió Liudan—. Podría contarlo como una traición, también.

—Entonces llámanos traidoras y acabemos de una vez —dijo Tai, acometida por una punzada de rabia y dejando que se sacara lo mejor de ella—. Todo lo que cada una de nosotras ha hecho ha sido por razones profundamente personales que no tenían nada que ver contigo, o para protegerte, Liudan. Sabes que todas somos súbditas de la corona que llevas, pero deberías recordar también que aquí estás hablando a tu propio círculo del *jin-shei*. Que juró estar de tu parte.

—Nunca ha estado nadie totalmente de mi parte —dijo Liudan desafiante.

—Bueno, ¡yo lo estoy! —espetó Tai—. Le juré a Antian que haría cualquier cosa para interponerme ante lo que te hiciera daño. Somos *jin-shei*; tú eres la herencia que Antian me dejó y yo estoy de tu parte. Pero no me quedaré mirando sin hacer ni decir nada mientras haces algo irrevocable o insensato, sólo para satisfacer la urgencia momentánea de poner bálsamo en tus heridas.

Liudan se dio la vuelta con una expresión de pura rabia en su cara, pero después, inesperadamente, se rió.

—Eres el espíritu guardián más insólito de los Tres Cielos —dijo—, aunque supongo que lo tengo merecido.

—Entonces, ¿qué vas a hacer? —preguntó Tammary. Yuet le echó una mirada de advertencia, pero Liudan ya se había controlado. Ahora estaba fría, resplandeciente, toda una Emperatriz de hielo.

—¿Contigo? —preguntó, y había todavía una huella de acritud en su voz—. Nada. Por ahora. No te perderé de vista, recuérdalo. Vete a casa. Quédate al margen de los problemas. ¿Contigo, Yuet? Pensaré en ello. La ley de Syai dice que no puedes responsabilizar al aprendiz por los crímenes del maestro y, para ser exactos, tú ni siquiera eras lo suficientemente mayor para haber sido su aprendiza cuando tramó la venganza contra mi familia. Así que vete a casa también, Yuet. Por ahora. ¿Tai?

Tai levantó la vista al oír su nombre, con la mirada tranquila, sin ningún miedo. Liudan le clavó los ojos durante un largo instante y después se volvió a reír con un poco de amargura.

—Recuerdo que hubo un tiempo en que me moría de celos por ti —dijo—. A veces desearía poder recordar la razón. Hay momentos en que me irritas o me enfadas o incluso me llamas estúpida a la cara, pero sólo cuando sabes que tienes razón. Y eso me molesta todavía más. Ahora estoy sumamente irritada contigo. Pero creo que he leído demasiado de tu poesía y empiezo a ver... Simplemente padeces de una forma de ver las cosas que poca gente puede reconocer. Me frustrará, me enfurecerá, pero no puedo negar que a veces envidio esa capacidad. Empiezo a darme cuenta de por qué Antian te eligió para ser el alma del círculo *jin-shei* que dejaría como legado en esta tierra.

—¿Y qué pasa con Qiaan? —susurró Tai.

Los ojos de Liudan se endurecieron.

—Que... —empezó a decir, pero la interrumpió la muchachita sorda, que seguía siendo su sirvienta favorita y que acababa de entrar correteando en la habitación totalmente consternada, diciéndole en señas a Liudan algo desesperado. La Emperatriz levantó las cejas.

—¿Nhia? ¿Y quién? —el lenguaje de signos era obviamente inadecuado, porque Liudan de repente detuvo a la criada con un gesto—. Hazlos entrar.

—Deberíamos irnos —dijo Yuet—. Si hay algo...

—No —dijo una nueva voz, una voz de hombre, desde la puerta—. Quedaos, porque esto os concierne a todas.

Todas las cabezas se giraron en su dirección.

El hombre que había hablado era alto, de complexión poderosa, hombros anchos, y sus antebrazos, descubiertos por las amplias mangas de una túnica raída que una vez fue espléndida, eran de puro músculo. Pero se movía con la ayuda de un resistente bastón y tenía una mano apoyada en el hombro de Nhia, que a su lado quedaba empequeñecida por su presencia. Su cara, tras el entramado de cicatrices, tenía la palidez del que no ha visto el sol por algún tiempo y los ojos que se mostraban en esa ruina eran blancos por las cataratas y el velo de la ceguera. Parecía muy dejado, desaliñado, un mendigo abandonado a su suerte; y aun así su pelo gris, recogido con una red de encaje, ostentaba en su centro una gema amarilla, y su porte era el de un rey.

El Rey de los mendigos.

Liudan se irguió en toda su majestad imperial.

—Tú —dijo. No cabía duda de la identidad de su visitante. Después movió la mirada, irradiando altivez hacia Nhia—. ¿Por qué lo has traído aquí?

—Dijo que era el momento —respondió.

Liudan levantó una ceja, inclinando la cabeza a una posición que era una real pregunta.

—Claramente me reconocéis —le dijo a Liudan el Rey de los mendigos—, pero no me *reconocéis*. ¿Cómo podríais, en los despojos de este cuerpo? He estado muchos años esperando para salir de la oscuridad, aguardando este momento. Me conocéis ahora como el hermano número uno del gremio de los mendigos de Linh-an, pero ése era el lugar que tomé cuando el que se convirtió en vuestro Noveno Sabio me arrebató mi legítima identidad y quemó un cuerpo que juró que era yo con todos los ritos necesarios para enviar hasta Cahan... un alma que todavía era bastante de este mundo —levantó su mano del hombro de Nhia, se incorporó en toda su altura y dirigió sobre Liudan la asombrosa mirada de aquellos ojos ciegos—. Emperatriz de Syai, soy Maxao, quien fue en la corte de vuestro padre Noveno Sabio y a quien el usurpador que conocéis como Lihui declaró muerto para poder ocupar ese puesto. He vuelto.

—¿Para reclamarlo? —preguntó Liudan suavemente—. Tienen que nombrar todavía al sucesor de Lihui, como probablemente sabes. Pareces saber muchas otras cosas.

—No estoy aquí para luchar contra vos —dijo Maxao, no queriendo morder el anzuelo—. Y no, no estoy aquí para resucitar hasta el punto de reclamar el puesto que me fue robado por mi antiguo estudiante y acólito. Él sabe que no he muerto, ¡oh, sí, lo sabe!, aunque no dónde buscarme o si soy todavía una amenaza para él. Pero ahora es vulnerable, está en la misma situación en la que él me dejó hace tantos años.

—¿Alguien ha ocupado su posición? —inquirió Liudan—. ¿Han designado los Sabios un sucesor?

—Les habría gustado, más de lo que creéis —dijo Maxao—. Él les infunde miedo y no se atreven a dar un paso mientras sepan que vive todavía. Y lo saben. Pero él, como yo en mi momento, ha sido aventajado y después cegado por un discípulo. Ahora hay algunas cosas que no puede hacer sin la ayuda de otro, alguien con un par de ojos útiles.

—Sabía que debía haber esperado —dijo otra voz desde la puerta— hasta poder cortarle la cabeza yo misma.

Maxao inclinó la suya, sin alterar la dirección de su mirada ciega.

—Khailin —dijo—. Gracias por venir.

Fue Tai quien miró alrededor e hizo la conexión.

—Ya estamos todos —dijo—. Todos excepto Xaforn, que está lejos de la ciudad, y Qiaan, que es... que es...

—Que es Lihui en este momento —dijo Maxao—. Que es sus ojos. Que es su billete hacia la posición que siempre ha querido. Cuando descubrió quién era Qiaan, en lo que podría convertirse, no ha escatimado medios para explotar sus fuerzas y sus debilidades. Ha hecho que le sea posible hacer todo lo que quería con su vida y a cambio ella es su camino hacia el poder, y hacia el Imperio. Qiaan..., vuestra Qiaan es una mujer muy irritante —dijo Maxao cavilando—. Hay algo en ella que insiste en ayudar a la gente que a veces no necesita ayuda en absoluto. Ha intentado repetidamente mejorarle la vida a no pocos miembros de mi gremio, gente que, incluso con los tributos que pagan al gremio, se ganan la vida en las calles en tal medida que dejaría pasmadas a algunas de vosotras en esta habitación. Pero porque un hombre esté tullido o una mujer sea vieja y desdentada o un niño esté sucio y descalzo, deben ser recogidos en albergues y alimentados por la fuerza y vestidos y convertidos en lo que Qiaan veía como miembros útiles de la sociedad. La humillaba sin límites que bastantes de esos que había salvado de esta manera escaparan a la primera oportunidad para volver a sus propias vidas. Sin embargo, debe retornar a Linh-an inmediatamente, aunque eso signifique que continúe sus exasperantes actividades.

—¿Retornar a Linh-an? —por primera vez, la voz de Liudan reveló un sincero interés—. ¿Retornar de dónde?

—¿No habéis intentado encontrarla todavía? —preguntó Maxao—. ¿Y no habéis descubierto que ha desaparecido completamente? No está ya en Linh-an, Emperatriz. No lo está desde hace algún tiempo. Y ahora tenemos el problema de que alguien debe ir y apartarla del lado de Lihui, porque con ella como su dispuesta guía él ha recuperado su poder y es peligroso de nuevo.

—¿Cómo podemos encontrarla? —preguntó Khailin—. ¿Si él no era capaz de usar por sí mismo el camino fantasma, cómo pudo llegar hasta Linh-an y llevarse a Qiaan?

—Porque encontró un par de ojos temporales en alguna parte del camino mientras deambulaba, porque debió de quedarse en algún lugar donde una pobre alma amable se paró a descubrir cuál era su problema y si podía ayudar a esa ruina de hombre herido de alguna manera. Ese compasivo ser habrá desaparecido ya hace tiempo, por supuesto, útil sólo para ser los ojos de Lihui por el camino fantasma, y después, asesinado, desechado, abandonado mientras él acechaba a Qiaan y finalmente encontraba la ocasión de aproximarse a ella y de decirle el secreto que ninguna de vosotras le diría. Que podía ser de la realeza. Que podía hacer por orden y decreto lo que había estado haciendo con sus propias manos durante años. Le mintió, por supuesto, él siempre miente, y le dijo que era bastante más imperial de lo que es. Pero sus mentiras son siempre más peligrosas cuando se construyen sobre un ápice de verdad, y de hecho este ápice era poderoso y él tiene el poder de envolver sus mentiras con belleza. Para ella, él no está marcado de cicatrices, ni ciego, ni es nadie que la necesite para sobrevivir; para ella, no tengo la más mínima duda, él es un poderoso Príncipe. Y cuanto más esté junto a él, más convincente se volverá la ilusión.

—¿Qué debemos hacer? —preguntó Tai.

—Alguien debe ir hasta donde está Qiaan y traerla de vuelta —dijo Khailin.

—Pero debe volver voluntariamente —añadió Maxao—. Traerla por la fuerza hará que permanezca la ilusión y ella volverá a él tan pronto como se quede sola lo suficiente para que él recupere el control de su mente. No, ella tiene que comprender por qué debe volver y estar de acuerdo. Sin usar la fuerza, sin armas, sin coerción. Debe escuchar a alguien en quien confíe, y creer lo que oye, y volver por su propia voluntad. *Debe renunciar a él* —su voz se había vuelto poderosa, las palabras que decía eran casi un encantamiento mágico—. Y por eso, es una de vosotras quien debe ir a ella. Una de su propio círculo *jin-shei.*

Nhia palideció, retrocediendo.

—Yo no puedo volver. No a ese...

Maxao volvió hacia ella la cabeza, inclinándose pesadamente sobre su bastón.

—No te lo pediría a ti, querida. Tu miedo te convierte en su blanco. Te hace inmune a la voz de Lihui, por cierto, porque ya conoces la verdad sobre él; pero te convertiría en su prisionera antes siquiera de empezar y entonces habríamos perdido dos de vosotras. No, tú no.

—La otra persona que sabe cómo ir por ese camino, Sabio Maxao, soy yo —dijo Khailin—. ¿Ésa es la razón de haberme convocado aquí?

—No. Tú tampoco. Tú no le temes, le odias. Tu odio te cegaría demasiado y no puedes todavía enfrentarte a él sola; y es en soledad como debe entrar la que vaya a su plaza fuerte.

—Yo iré —dijo Tai con la boca pequeña— si alguien me dice cómo.

—¡No! —la palabra arrancó de tres gargantas a la vez, la de Nhia, la de Tammary y, sorprendentemente, la de Liudan.

—No —coincidió Maxao con una voz tan tranquila como si estuviera rechazando un vaso de agua—. Tú no. No la que lo mantiene todo unido.

—Yo no... —dijo Tai, sorprendida, pero Tammary tomó su mano y Tai vio que había lágrimas en los ojos de la muchacha nómada.

—No, tú no —dijo Tammary—. A ti y a tu vida tranquila y feliz vamos todas a buscar consuelo. Tú has sido quien me ha enseñado que la felicidad era posible. No arriesgaría eso por nada. Iré yo en tu lugar, aunque nunca he conocido bien a Qiaan.

—Por eso tampoco eres la elegida —dijo Maxao—. No se irá con la persona equivocada o la llamada equivocada.

—Ella vendría a mí —dijo Yuet con suavidad—. Creo que lo haría. Creo que llegué a quererla y a respetarla e incluso a entenderla durante la época de la intoxicación. Se merece la oportunidad. Yo iré.

—Tú no puedes usar el camino fantasma, curandera —repuso Maxao inflexiblemente—. Simplemente eres incompatible con él. Tienes la compasión, pero no la imaginación —Yuet se estremeció, como si la hubieran pegado físicamente. Ignorando su reacción, Maxao continuó sin perder un momento—. No verías nada que reconocieras y te atraerían demasiadas cosas que te apartarían del camino, te perderías.

—No comprendo —dijo Yuet.

—Precisamente —asintió Maxao—. Y antes de que vos, también, os ofrezcáis voluntaria, Emperatriz, pensaría que es obvio que no podéis ir, por razones que no requieren que entremos en detalles, y no deberíais ir, porque Qiaan se ha levantado contra vos y difícilmente volvería a Linh-an porque se lo dijerais, sabiendo que probablemente la trajerais de vuelta para juzgarla por traición

—Pero ya no queda nadie más —murmuró Tai.

—Queda una persona. Alguien en quien ella confía y que ya ha sido entrenada para seguirla hasta dondequiera que Lihui la esconda —Maxao se dio la vuelta hacia donde Liudan estaba todavía de pie, sin moverse desde que él entró en la habitación—. Traed a Xaforn de la frontera. Ahora.

—¿Qué quieres decir con entrenada? —preguntó Liudan.

—Llamadlo clarividencia —dijo Maxao—. Llamadlo suerte. Llamadlo la voluntad del Señor del Cielo, si queréis. Pero cuando Xaforn entró en la guardia brillaba como un diamante entre los cristales de los demás de su nivel. Demostró una y otra vez que estaba más dotada, más concentrada, más dedicada, que era *mejor*. No tenía nada salvo la guardia y la guardia lo era todo para ella. Era perfecta.

—¿Perfecta para qué?

—Hay un guardia en las tropas, un veterano, cuyo nombre no creo que debiera revelar aquí —dijo Maxao con sonrisa de lobo—. Era discípulo del Camino en su tiempo, antes de elegir el sendero del guerrero, no del Sabio. Entrenaba a los jóvenes, ya que siempre había sido un maestro por naturaleza. Cuando encontró por casualidad a Xaforn, tan hambrienta, con tantas ansias de aprender..., con tanto talento en aspectos en los que muy pocos tienen talento..., le enseñó cosas que el resto de su clase nunca aprendió. A concentrarse en una luz blanca dentro de sí misma cuando hace acopio de energías para entrar a matar, a hacerse más rápida, más mortífera, a convertirse en una extensión de su arma, a *convertirse* en un arma. Lihui se encontró con ella una vez, con ese poder, y sintió su fuerza; sabe que es peligrosa. Ella, por su parte, se encontró con Lihui al menos una vez y sabe que él evitó el combate en esa ocasión. Además, cumple otro requisito para este trabajo, uno que ninguna de las demás posee.

—¿Y qué es? —preguntó Liudan con expresión adusta. Había perdido el control de la situación desde el momento en que el Rey de los mendigos entró en la habitación, y no estaba muy feliz al respecto.

—Ella creció en la guardia y también Qiaan. La conocía desde que las dos eran niñas pequeñas. Ella y Qiaan tenían un vínculo desde mucho antes de que ninguna de las demás conociera a otra de este círculo. Si Qiaan llega a confiar en alguien, será en Xaforn. Y Xaforn sabe cómo llegar hasta ella. Y, lo que es más importante, sabe cómo volver.

—Y cómo morir defendiendo a ambas si la situación se vuelve mortal —dijo Tai.

—Es una guerrera, sí —dijo Maxao severamente—. Ésa es su vocación. Eso es lo que es.

—¿Y esa guerra en la frontera?

—Llegará, probablemente —dijo Maxao—. Será precisamente el tipo de cosa que querría Lihui: algo para distraeros, para mantener vuestra atención en otra parte, lejos de la ciudad, mientras trae a Qiaan aquí y golpea en el mismo corazón. Él indudablemente ha preparado ya algo con los jinetes de Magalipt. Habrán tomado el paso o, incluso, Sei-lin. Depende de lo que hayan negociado con él a cambio de ser sus señuelos. La guerra llegará, aunque no esta primavera.

—Pero la carta que el escriba estaba copiando en la oficina... —empezó Nhia.

—¿Te has parado a preguntarte por qué se hizo tal copia en tu oficina, canciller de Syai? Justo debajo de tu nariz, donde cualquiera podría haberse tropezado con ella.

—¿Porque el mejor lugar para esconder algo es a plena vista? —observó Khailin con una sonrisa burlona y salvaje.

—Eso es cierto, también —asintió Maxao—. Pero en este caso, probablemente porque quería que lo descubrierais, porque necesitaba que fuerais e inquietarais a Liudan con ello, porque sabía que lo haríais, porque necesitaba que se centrara la atención allá lejos. Fue como mandaros una copia de esa carta.

—No podía saber que Khailin estaría allí y que ella puede...

—¿Qué puede leer *hacha-ashu*? —preguntó Maxao y dijo dirigiéndose a Khailin—. Yo sé que puedes, querida. Tendrías que ser capaz de hacerlo para haber aprendido lo que aprendiste en la casa de Lihui. Él no te enseñó lo que tú sabías por propia voluntad o directamente, tendrías que leerlo todo en su biblioteca. Que una vez fue mía, pérdida que lamento —suspiró—. ¿No podrías haber encontrado otra manera de salir que no fuera quemar esa casa?

—Pero si podías usar los ojos de alguien e ir a su casa —dijo Khailin, apretando la mandíbula—, ¿por qué no fuiste allí y lo destruiste?

—Porque él me arrebató algo más que mi vista —dijo Maxao amargamente—. No puedo ponerme frente a él. Antes de que Lihui decidiera dar un paso contra mí, había hecho un elixir con mi esencia y se había hecho invulnerable a él y por tanto a mí. No puedo herirle, ni a través de encantamiento ni de acción directa. No habría tenido sentido ir por el camino fantasma hasta la casa de Lihui. No podría haber hecho nada allí, salvo morir.

—Pero yo estaba allí —dijo Khailin—. Podía haberte ayudado.

Maxao se volvió hacia ella y le clavó una mirada ciega que la perforó hasta el corazón.

—Ah —dijo él—, pero en ese tiempo yo no sabía que había otro mago viviendo bajo su techo —apartó la cabeza de la dirección de Khailin, dejándola totalmente paralizada con las manos sobre la cuenca de su garganta y los ojos muy abiertos fijos en él, y se volvió a Liudan con una sonrisa que una vez pudo haber sido graciosa pero que ahora era horrenda en su estropeada cara—. Ya veis, Emperatriz, no lo sé todo, a pesar de vuestros temores. Ahora, volved a llamar a Xaforn y enviadla en busca de Qiaan. Lihui la perseguirá, porque ahora ella es su vía hacia todas las ambiciones que siempre ha tenido. Y cuando él vuelva a Linh-an... —su cara se retorció en una mueca de odio— ... cuando vuelva a Linh-an, será el momento de ajustar viejas cuentas. Estaré aquí para encontrarle.

—Creo que dijiste que no podrías herirle —dijo Tai.

—No. Yo solo no —Maxao se giró hasta donde Khailin seguía inmóvil y le ofreció su mano libre, esperando con una paciencia a la vez complaciente y altivamente real hasta que Khailin, de forma casi involuntaria, dio un paso adelante y apoyó en ella ligeramente sus temblorosos dedos. La gran mano de Maxao se cerró sobre su delgada mano, envolviéndola, y tiró de ella hacia delante muy delicadamente pero de forma inexorable—. Pero no voy a estar solo.

SEIS

«No tienes que luchar contra él. No necesitas ir armada hasta los dientes. Vas a entrar ligera y vas a verla, y a hablar con ella, y entonces las dos os iréis. Tranquilamente. No empieces una guerra. Todavía no. No te hace falta llevar el arsenal de la guardia contigo.»

Xaforn estaba en parte molesta y en parte divertida con la orden que le habían dado. Era consciente de que la gente de Qiaan sabía exactamente quién era y, por consiguiente, sabía que ella era un arma; entrar con las manos vacías apenas quería decir que se abstendrían de hacerle daño. Pero ésa era la condición y Xaforn aceptó. No llevaba otra arma que el par de dagas arrojadizas que siempre tenía en las botas.

Era la última oportunidad que ella —o nadie— tendría para hablar con Qiaan, para razonar con ella, para dar un giro a los acontecimientos. Había habido ya varias escaramuzas —en el propio Linh-an y en otras ciudades también—. Algunas habían sido sangrientas. Y cosas que se habían hecho en nombre de Qiaan que Xaforn, que la conocía, no podía creer que ella hubiera autorizado. No Qiaan, no la chica que una vez pacientemente le enseñó su *jin-ashu*, que se había esforzado sin refunfuñar ni quejarse en los trabajos más bajos cuando tuvo que salvar vidas en una grave intoxicación, que se había dedicado a mejorar las vidas y las posibilidades de los pobres de la ciudad, que había alimentado al hambriento y enseñado al ignorante. Esta mujer, tan dedicada a salvar vidas, no podía haber dado órdenes para ofrecer esas vidas por una causa que parecía ser ni más ni menos que ella misma tomando el papel que había condenado a menudo tan incisivamente cuando Liudan lo interpretaba. Había sido la luz del pueblo; ahora era la nueva realeza.

Khailin había dicho que era todo culpa de Lihui, que él podía retorcer la mente y el alma de alguien y sus aspiraciones de tal modo que creyera completamente que eran las suyas propias, con el único fin de favorecer sus metas y ambiciones.

—Si me cruzo en su camino, lo mataré —dijo Xaforn oscuramente, pero Khailin se rió.

—Si se cruzara en tu camino, no tengo la menor duda de que lo intentarías, pero Xaforn, él te convertiría en cenizas.

—Maxao dijo que yo estaba entrenada —dijo Xaforn, cabezota e inflexible.

—Lo suficiente para hacer frente a un ejército de mortales, sí —dijo Khailin—. Para enfrentarte sola con Lihui, no. Ni siquiera tú. No hasta que te entrenaras durante cien años y hubieras olvidado tiempo atrás qué significa ser humano. Ni siquiera Maxao puede enfrentarse a él solo. Lleva contigo el viejo amuleto, Xaforn; todavía tiene poder. Por lo menos te protegerá contra la sorpresa.

—Pero ¡no sé cómo cruzar ese camino vuestro de las sombras! —repuso Xaforn—. ¿Y si el amuleto...?

—Viajó a salvo con Nhia. Y es el camino *fantasma*. Y tú sabes cómo hacerlo. Está en ti, en tu entrenamiento, en esa luz que llevas contigo. Dibújala en tu mente, dibuja el rostro de Qiaan y después empieza a caminar, manteniendo ese rostro en tus pensamientos, no te detengas por nada hasta que estés segura de estar en el lugar donde se halla tu objetivo. Recuerda: «El viaje que dura mil años empieza con un solo paso».

—Eso es un tópico del Templo.

—A veces hasta el Templo tropieza con la verdad.

—¿Cómo volveré a casa, Khailin?

—Puedes pensar en mí —respondió, riendo—. Y si lo haces, estaré allí para encontrarte al final del camino. Pero la verdad, todo lo que tienes que hacer es caminar hasta que veas Linh-an ante ti. Y es posible manipular el camino fantasma, Xaforn, así que si puedes ver el cielo de Linh-an, mantén la mirada en ese cielo. La ciudad bajo él cambiará. Espera hasta que se transforme en algo que conozcas.

—No estoy segura de querer hacer eso —dijo Xaforn, molesta de repente—. Sólo Cahan sabe dónde terminaré.

—A lo mejor en Cahan —dijo Khailin con irreverencia—. Vete. Y que todos los dioses te acompañen en esta misión. Yo... Yo encenderé una varita de incienso por ti ante el diosecillo feo del Templo. Él respondió a mis plegarias al menos una vez.

—¿Qué diosecillo feo?

—Cuando era pequeña le dije a mi madre una vez que a sus pies había tantas ofrendas que nadie había visto poner ahí que pensaba que el diosecillo feo sencillamente se rendía culto a sí mismo —explicó Khailin. El recuerdo hizo asomar una curiosa sonrisita en su boca. No había pensado en él durante años. A decir verdad, ignoraba si seguiría allí todavía, adorado de una forma tan extravagante.

—¿Xinxan el de los Encuentros? —preguntó Xaforn.

Khailin la miró con sorpresa.

—¿Conoces a ese dios?

—La gente va a su capilla para que los ayude a encontrar cosas perdidas —dijo ella, y después añadió con su propia sonrisa tan particular—. La verdad es que preferiría que no encendieras incienso justo ahí. Puede interpretar que, como todavía no estoy exactamente perdida, deseas que me pierda en vez de que me encuentre. Con los dioses, nunca se sabe.

Khailin negaba con la cabeza.

—Vete —dijo—. Y buena suerte.

Así que Xaforn partió, desarmada salvo por sus pequeñas dagas, y sin armadura, vestida sólo con el traje de prácticas de la guardia.

Qiaan. El rostro de Qiaan.

El rostro que se formaba en su mente, aunque pareciera extraño, no era el de la mujer en que Qiaan se había convertido. Era el de la niña que había sido una vez. El rostro de una niña que apenas reía; la expresión permanentemente seria y a veces triste que habitualmente tenía y a la que que una vez le puso el mote de Qiaan la Cara Larga. Ahora que conocía el verdadero origen y legado de Qiaan, el recuerdo le trajo un agudo dolor.

—No la supe entender —susurró—. No entonces.

Se abrió paso dejando atrás la cara infantil, transformando las facciones a través de los años transcurridos, hasta que tuvo un sólido retrato de Qiaan con sus rasgos actuales frente a ella. Y entonces, dio el primer paso.

Los edificios de la calle en la que estaba se desdibujaron a su espalda y se convirtieron en humo; un camino se abrió a sus pies, sinuoso, pálido y casi encendido en la niebla. Xaforn tomó aire profundamente y, manteniendo su mente fija en el rostro de Qiaan como un talismán y con una mano en el cuello apretando el amuleto, avanzó por el camino fantasma.

Visiones.

Khailin había dicho que vería cosas.

Junto a ella las nieblas se abrían y se cerraban inesperadamente, dándole a Xaforn indicios de otros lugares, otros tiempos. Un perro grande, atado al final de una cadena, gruñendo e intentando morderla, con espuma saliéndole de la boca. Una niña bailando en la pradera de una alta montaña. Algo alado y dorado, un dragón, cruzando al vuelo un cielo color ámbar. La mano de una mujer con un anillo en el que había una piedra de color rojo sangre. Una madre inclinada sobre un bebé..., o eso parecía... Al aminorar el paso momentáneamente, la «madre» levantó la cabeza y sus ojos amarillos tenían las pupilas rasgadas como las de una serpiente y su boca estaba llena de dientecillos afilados y de la sangre del niño que había estado devorando. Xaforn bajó la vista, apretando el paso. A su lado, un nenúfar blanco en un estanque oscuro. Una ciudad, bajo la nieve, con suaves copos cayendo como un velo. Risas infantiles. El repentino aroma del pan recién hecho. El chirriar de una puerta vieja. La visión de unos peldaños que descendían hacia la oscuridad. Una sensación de calor y, entrevisto, el rojizo resplandor de una fogata coloreando la niebla de un traslúcido rojo rubí. Un cerezo en flor.

«El rostro de Qiaan. ¡El rostro de Qiaan!»

El propio signo de Xaforn, el León, tumbado bajo un árbol de espino, sacudiendo la cola. Una gran alfombra extendida, la sensación de su inesperada suavidad en los dedos de Xaforn. Música, desconocida música de instrumentos que no pudo identificar. Los destellos de la luz del sol sobre un ejército en movimiento de brillantes lanzas. Una batalla, con gritos lejanos resonando en su cabeza, el cobrizo olor de la sangre, un cuerpo extendido con una mano casi dentro del camino fantasma, los ojos muertos clavados en Xaforn. La brillante pelota de un niño. Una luna llena en un cielo vacío vista a través de una ventana y las siluetas de dos amantes besándose. Una anciana hilando. Un niño cavando un agujero, un perro muerto junto a él. Una marmita negra colgada sobre el hogar, el imprevisto sabor del vino caliente con especias en la boca de Xaforn. Corteza de árbol. Un desierto de piedras. La calle de una ciudad desierta.

«El rostro de Qiaan. El rostro de Qiaan...»

Apareció una masa de color y después las cosas se detuvieron, solidificadas.

Xaforn se encontró en una gran habitación, con un fuego crepitando en la chimenea de ladrillo cuyos bordes, negros de hollín, eran el mudo testimonio de que no la habían limpiado desde hacía años. Había corriente que entraba por alguna parte, a través de una puerta o unos postigos mal cerrados, y eso hacía que las estridentes colgaduras de seda, teñidas de forma casera, se movieran y temblaran con cada soplo de aire. Antiguos tapices desvaídos cubrían el resto de las paredes, dando a la habitación la ilusión de haber tenido una vez una opulencia colorida y poderosa, ahora desvanecida. Era lo que los soldados de Qiaan podrían haber pensado que debía ser la cámara de una reina.

En el centro de la habitación estaba Qiaan, con el pelo levantado en un complicado tocado, recogido con agujas de marfil, vestida con una túnica de lana de un tono púrpura poco común. Otra aproximación a la realeza. Era la Reina Vagabunda, pobre pero orgullosa, esperando heredar lo que le correspondía, y mientras tanto arreglándoselas con una gloria provisional. Todo era tan teatral, tan diferente de lo práctica y realista de la Qiaan que había conocido en el recinto, que durante un momento Xaforn no pudo hacer otra cosa que observar.

Qiaan también se quedó mirándola.

—¡En nombre de Cahan! ¿Cómo has entrado aquí? —preguntó.

—He venido a hablar contigo —dijo Xaforn cuidadosamente.

—Bueno —dijo Qiaan con cautela, después de un segundo de silencio, mientras retrocedía un paso—, estás aquí. ¿De qué querías hablar?

—De ti —dijo Xaforn—. ¿Qué te han hecho?

—¿A qué te refieres?

—A esto —dijo Xaforn, señalando la habitación, sus desteñidos tapices, las estridentes colgaduras de seda—. Esto no eres tú. Nunca ha sido tú. Te están utilizando, Qiaan, y les estás dejando utilizarte.

Qiaan levantó la cabeza.

—Estoy donde creo que puedo hacer mayor bien —dijo—. Había gente hambrienta...

—Siempre hay gente hambrienta —dijo Xaforn—. Los pobres están siempre con nosotros; siempre habrá alguien que esté en los márgenes del mundo y cayendo por las grietas. Tú hacías lo que podías. La gente te conocía como un espíritu compasivo y, de alguna forma, brusco y dogmático, por cierto, pero la generosidad y la compasión estaban dondequiera que tú estuvieras. ¿Y ahora esto? Hay una guerra allá fuera y tú estás en la cabeza de un ejército, Qiaan.

—No lo entiendes —dijo sin alterarse—. Todo lo que hice fue en voz baja, marginalmente, sola y...

—¡Eso no es verdad! —repuso Xaforn acaloradamente—. ¡Siempre has tenido siervos y ayudantes! Yo misma hice tu voluntad una vez y siempre has podido acudir a personas como Yuet.

—Sola —repitió Qiaan con énfasis, como si no hubiera sido interrumpida—. Muchos de esos ayudantes lo hacían no porque compartieran mis creencias sino porque se veían obligados a hacerlo. Ahora estoy rodeada de gente que cree en mí y en lo que intento hacer. Es en parte la razón de que me eligieran.

—Y en parte porque levantando tu nombre como bandera podrían conseguir el apoyo de la gente aquellos que pensaron que el derrocamiento total del Imperio y la quema del trono iba a ser una acción demasiado radical —dijo Xaforn—. Así que en vez de eso decidieron coronar Emperatriz a una marioneta. Alguien a quien podrían controlar a su antojo. Te están utilizando, Qiaan. Peor que eso, ni siquiera te están utilizando, están utilizando una falsa imagen de ti, un ídolo, un nombre detrás del que pueden conseguir el apoyo para una causa que no es ni más ni menos que lograr llegar ellos al poder.

—Ahora estás hablando desde la postura de Liudan —dijo Qiaan—. ¿Crees en los Santos Emperadores ungidos por los dioses?

—No, pero tú sí, de otra forma no habrías abrazado esa identidad con tantas ansias —espetó Xaforn—. Tú eras *guardia*, maldita sea. Sabes que no deberías hacer esto. Es deshonroso. Es traición. No es lo que tú eres.

—¡Yo no soy guardia! ¡Nunca lo fui! Sabía que no pertenecía a aquel recinto, pero nunca supe por qué; ¡no hasta que me dijeron la verdad! Siempre detesté a mi tía por intentar envenenar mi existencia, pero fue Aric quien me había estado mintiendo. A veces Rochanaa me miraba y yo sabía que me odiaba, y no sabía por qué, y ni siquiera era mi culpa. ¡Estuve pagando por los pecados de mi padre! Yo era un caso de caridad para ella, ¡nada más!

—No —dijo Xaforn tras un momento de silencio—. Era yo el caso de caridad. Tú siempre tuviste una familia. Tú siempre fuiste amada, tú siempre fuiste parte de algo. Te enseñó las tradiciones una mujer a la que lloraste como tu madre; lo hiciste, Qiaan, lo sé porque te vi hacerlo y si tú decidiste no seguir los sueños que tu padre tenía para ti, eso no significa que no existieran. Te he traído un mensaje suyo, por cierto.

—Mi padre está muerto —dijo Qiaan.

Los labios de Xaforn se convirtieron en una apretada línea.

—Te pueden llenar la cabeza con toda la basura que quieran en ese sentido, Qiaan, pero aunque no dudo de que tu madre fuera también la madre de Liudan, tú nunca fuiste engendrada por el Emperador.

Qiaan retrocedió.

—¡Nací en Palacio!

—Sí, pero no de sangre real.

—Mi madre fue concubina del propio Emperador —dijo Qiaan obstinadamente—. Por derecho y por tradición, los niños que ella le dio pertenecen a la Emperatriz y al Imperio.

—Sólo si esos niños eran de la semilla del Emperador. Tu madre puede haber sido una de las mujeres imperiales, pero tu padre fue un capitán de la guardia, un hombre de honor pero de humilde linaje. Quería que supieras que lo sentía, que le había jurado a Szewan no decirte la verdad. Las razones que ella le dio eran bastante convincentes en aquella época. Él hizo lo que pudo para protegerte y acogerte; estaba orgulloso de ti, del trabajo que hacías, de la mujer en la que te estabas convirtiendo, del ser a quien había criado. Tú eras la hija de una mujer que había amado, pero además estaba orgulloso de ti, de quien tú eras.

—Aric nunca supo quién era yo —soltó Qiaan—. Sólo veía lo que quería ver y lo que quería moldear. Él debió decirme la verdad, al menos, ¡todos debieron decirme la verdad!

—No puedo discutirte eso —dijo Xaforn—. Si alguien hubiera sabido quiénes eran mis padres, habría querido saberlo. Es mi derecho y era tu derecho. Pero, Qiaan, tú tenías una familia. Tú siempre has tenido una familia.

—Tuve una mentira —susurró Qiaan.

—¿Y yo, qué? —le preguntó Xaforn, en voz baja.

—Bueno, ¿tú qué?

—Qiaan, cuando me tomaste como *jin-shei* era una niña que no conocía nada más que el sueño de aprender a matar.

—Ya no eres una niña —dijo Qiaan— y ése sigue siendo tu sueño.

Xaforn hizo un gesto de dolor.

—Esperaba que tuvieras mejor concepto de mí. Y es en parte gracias a ti que soy mejor que eso, que aprendí todas las cosas que había desdeñado aprender antes, porque interferían con mi ambición o las juzgaba innecesarias para ella. Tú misma te llamaste un caso de caridad; a mí me dejaron en una cesta en el umbral del recinto, ¡por el amor de Cahan!, y lo único que he tenido ha sido un feroz deseo de ser miembro de la guardia para justificar mi entera existencia. Por eso me eligieron para entrenamiento especial, porque sabían que sacaría lo mejor de mí, que tenía algo que demostrar. Pero tú, *tú* dulcificaste aquello convirtiéndolo en algo más, algo más grande, algo que ellos nunca esperaron. Querían una máquina de matar; consiguieron un ser humano. Alguien que podía ser bastante bueno en el arte de matar, por descontado, pero un ser humano. Tú y aquel primer *jin-shei* me disteis un alma. Te debo eso.

—Se lo debes a la gata —dijo Qiaan con una peculiar sonrisa a un lado de la boca que no pudo contener.

—Te juzgas demasiado a la ligera —repuso Xaforn, suavizando también el gesto de los labios.

—Aduladora —dijo Qiaan, ahora con una verdadera sonrisa.

—Tonta —respondió Xaforn con dulzura.

La sonrisa permaneció en la cara de Qiaan como si la hubieran pintado, pero se apagó de sus ojos.

—Lo dices como si de verdad lo pensaras —dijo.

—Pensábamos de verdad cada uno de esos insultos cuando empezamos a intercambiárnoslos, Qiaan.

—¿Lo hacíamos? —susurró Qiaan mientras se le nublaban los ojos—. No me acuerdo.

—Vuelve conmigo —dijo Xaforn con urgencia—. No les dejes...

Qiaan recuperó la firmeza, con un duro brillo en los ojos otra vez.

—¿Para qué? —preguntó con brusquedad—. ¿No crees que sé que Liudan ya me ha condenado? ¿Es ésa la razón de que vinieras? ¿Para entregarme a ella?

Xaforn se estremeció, pero sostuvo la mirada de la otra.

—Si creyeras eso, nunca habrías confiado en mí como para tener esta conversación —dijo—. La única causa por la que Liudan querría tu muerte es porque aquellos que tú supuestamente lideras quieren la suya propia. Parece que ya han hecho una tentativa contra su vida al menos una vez. ¿O es que no sabías que intentaron matarla? Y si no lo sabías —dijo Xaforn, observando un parpadeo en los ojos de Qiaan y aprovechándose de ello—, ¿qué más no te están contando? Si dejas de actuar como su figura decorativa, tendrán que empezar desde cero y podremos ocuparnos de ellos, podremos pararlos.

—Tú eres su criatura —dijo Qiaan—. En cuerpo y alma. ¿Cómo he podido esperar que comprendieras?

—¡Porque soy tu amiga! —dijo Xaforn con lágrimas en los ojos—. ¡Porque soy tu hermana! Porque tú me armaste para mi primera exhibición real como guardia, porque siempre me has comprendido. Qiaan, ¡mírame! Yo no he cambiado, soy todavía la Xaforn que he sido siempre, ¡a quien enseñaste a creer en el amor tanto como en el honor! Ven a casa. Ven con tus hermanas. Ven con tu padre. Ésta no es manera de honrar el recuerdo de tu madre.

Ésa fue la frase equivocada. Qiaan se puso derecha y levantó la barbilla.

—Mi padre está muerto y sus cenizas esparcidas por todo Syai; su imagen está en la Galería del Emperador en el Gran Templo; mi madre es, exactamente como has dicho, un recuerdo, destruido por la maestra de una de esas hermanas con quien ahora quieres que vuelva. No hay nadie para quien yo tenga que volver —sus ojos relucieron, enfebrecidos, como si estuviera en los delirios de la pasión, pero su voz era monótona, sin inflexión, como repitiendo un catecismo que le hubieran enseñado cuidadosamente y que ahora se convirtiera en lo que podía haber sido una especie de examen final—. Sólo tengo a la gente, la gente que me ha escogido.

—Es Lihui quien habla, no tú —dijo Xaforn.

Como si lo hubiera conjurado con sus palabras, ahí apareció de pronto el marido de Khailin, el enemigo de Nhia, casi como si hubiera salido de las llamas del hogar o de uno de los tapices de las paredes. Gracias al amuleto que llevaba bajo su oscuro traje, Xaforn pudo verlo de forma verdadera y soltó un grito ahogado porque se había vuelto horrible.

No quedaba nada del hombre guapo que había hecho que Khailin volviera la cabeza con una sonrisa, cuyas aristocráticas manos de largos dedos habían ido una vez a sujetar a Nhia cuando su pie atrofiado la había hecho tropezar a sus pies. Sus ojos eran repugnantes, una sombra uniforme de blanco azulado bajo los párpados quemados; sus pestañas y cejas habían desaparecido; su cara era una masa de tejido arrugado en cicatrices; las manos eran nudosas y abultadas por similares cicatrices. Sólo la voz permanecía, la suave, amable, razonable y traidora voz.

—De hecho —dijo él—, es una alumna muy despierta.

Estiró una mano y Qiaan puso la suya en ella.

—Va a casarse conmigo —dijo Lihui con calma—. Ya ha dado su consentimiento. Después de todo, una Emperatriz necesita un Emperador a su lado.

—Tú ya estás casado —dijo Xaforn sin permitirse mostrar su temor—. Si alguna vez subes al trono de Syai, la Reina sería Khailin.

—Detalles —repuso Lihui—. Me ocuparé de ellos a su tiempo.

Qiaan estaba sonriéndole, de una extraña, soñadora manera, como si de pronto hubiera olvidado completamente que Xaforn estaba ahí.

—Y ahora —dijo Lihui, levantando su mano libre en una clara llamada—, quizá sea el momento de apartar por lo menos un obstáculo de mi camino. Los hombres que están llegando creen que viniste para matar a la novia, la mujer que será Reina. Se encargarán de ti.

—No he venido a hacerle daño, he venido a salvarla con honor —dijo Xaforn.

—El honor —repitió Lihui— es para el débil, cuando saben que no les queda otro camino. La realidad es que cuando tienes a un enemigo al alcance de la mano, ése es el momento de destruirle. Cómo lo alcanzas para cortarle el pescuezo no es importante una vez que se ha asestado el golpe final.

Xaforn no perdió más tiempo en conversaciones infructuosas. Los postigos de la ventana de la habitación estaban firmemente cerrados, pero llegó a ellos en dos saltos y ya estaba levantando el pestillo cuando oyó la puerta abrirse a su espalda y el retumbar de pisadas en el suelo. Abrió de golpe los postigos y se subió al alféizar, donde empezó a balancearse, girándose para echar un último vistazo a la habitación, ahora llena de hombres armados. Lihui apartaba delicadamente a Qiaan de su camino y ella le seguía dócilmente, como hipnotizada.

—Es un largo camino hasta el suelo, guardia —dijo Lihui lánguidamente mientras Xaforn saltaba desde la ventana del segundo piso hacia el patio de abajo. Oyó algo enorme y pesado, una maza, tal vez, chocar contra la ventana donde había estado hacía un momento.

Aterrizó en la pendiente de un tejado de pagoda que sobresalía en su camino, luchó para recobrar el equilibrio y, después, corrió ligera y cuidadosamente por el borde resbaladizo por la lluvia hacia una concatenación más alta de los tejados a su derecha. Los bordeó por las partes más bajas mientras miraba de reojo un paso que había en un tejado cubierto donde un grupo de hombres parecían arremolinarse como anticipando algo, y saltó por encima de un estrecho callejón para llegar a otro conjunto de tejados, dejándose caer al final en un tranquilo patio con hornacinas en las paredes. Se metió en una de éstas, pegándose bien contra el muro, y esperó, intentando tranquilizar con su entrenamiento de guardia el corazón acelerado, concentrando su mente. Era consciente de la conmoción de los tejados sobre ella, vio sombras cruzar el patio, oyó pasos corriendo en el callejón detrás del muro contra el que estaba agazapada, pero permaneció sin que la detectaran y, en ese momento, el patio se hundió en el silencio de nuevo. Después de un tiempo prudente, Xaforn salió, mirando a su alrededor. Todo estaba tranquilo. Corrió cruzando el patio con los elevados y ligeros pasos que le habían enseñado, tomó impulso para subirse a un muro, de nuevo en un tejado. Por un breve instante fue consciente de un anciano sirviente con un farol que acababa de entrar en el patio del que había escapado, con una expresión de completo asombro en su cara. Después salió de la casa, cruzó el siguiente callejón y, bajando hasta uno que había más allá, aterrizó sobre sus pies. Miró a su alrededor con cautela antes de pararse a orientarse y después se perdió entre las sombras. Conjuró la cara de Khailin en su mente y pisó la pálida franja del camino fantasma, casi corriendo. No miraba ni a derecha ni a izquierda, no recogió las visiones del tesoro de sueños y recuerdos y pesadillas del camino fantasma.

Si la luz de las estrellas invernales se vislumbró en las lágrimas de sus mejillas, no había nadie que pudiera verlo.

SIETE

Cuando Xaforn volvió sin Qiaan, Liudan se retiró aún más en su brillante cárcel de Palacio y no pareció confiar en nadie más. Ni a sus hermanas del *jin-shei* las admitía con la frecuencia de antes y sus visitas se hacían más cortas. La Emperatriz vigilaba las fronteras, vigilaba su ciudad, daba órdenes por la mañana que a veces se contradecían con las que daba por la tarde y esperaba a que Lihui fuera el primero en dar un paso.

Como si él supiera que su mejor arma era hacerla enloquecer con la espera, Lihui mantuvo la inquietud en las ciudades con un lento hervor, con las suficientes escaramuzas y propaganda para mantener el espíritu vivo y permanecer bajo el umbral de las fuertes represalias imperiales. No se habló más de Qiaan. Maxao, a veces consultando a Khailin, a quien había llamado «mago» en público, estaba preparando otros planes para hacer salir a Lihui; pero siempre que Qiaan estuviera con él, era Lihui el que dominaba.

Tammary no se hizo ilusiones pensando qué cuestiones más apremiantes habrían sacado el problema de su enojosa existencia de la mente de Liudan. La vida de Tammary se había visto convertida casi de la noche a la mañana de un paseo de carnaval lleno de vino, música y risa en las casas de té de la ciudad, a una confinada y elegante jaula donde intentaba mantener la cabeza gacha y no llamar la atención de Liudan. Aquellos días uno no podía estar seguro de con quién se podía hablar, y Tammary no quería verse condenada por una descuidada conversación o una carcajada equivocada en una broma que podía ser malinterpretada.

Pero nunca había sido una criatura enjaulada y no llevaba bien la cautividad. Empezó a rondar los mercados de nuevo, como había hecho en sus primeros días en la ciudad, buscando escape. Llegó a los oídos de Tai que Tammary había sido vista vagando arriba y abajo por el interior de las gruesas murallas de Linh-an, arrastrando una mano por ellas, como si buscara una grieta o un agujero para pasar a través. Salir a los huertos y a las colinas exteriores de Linh-an, al lugar donde Tai la había llevado una vez, hacía ya mucho tiempo, ahora no era nada fácil y habría sido casi imposible para Tammary, cuyo color de pelo la marcaba, cuya identidad era conocida por los guardias en las puertas, y quienes verían su deseo de subir a una colina sin la restricción de las altas murallas alrededor como algo sospechoso y por tanto una excusa para provocar la paranoia de Liudan otra vez.

Tammary hablaba a Tai de sus problemas, incluyendo su aislamiento creciente. Iba a la casa de Tai, al borde de la crisis nerviosa, con ojos de loca. Tai ponía en el fuego un cazo de té verde y la dejaba jugando con los niños. En poco tiempo, Tammary estaba ya riéndose mientras la pequeña Xanshi le pedía que le diera una melena exactamente como la de Tammary, de inmediato. Se iba de allí todavía dolida, pero más calmada, más racional, más capaz de lidiar con la situación. Pero Tai no tenía soluciones prácticas para ella, aunque señaló delicadamente que tantear las murallas de Linh-an buscando medios de escapar podía ser malinterpretado en la situación actual. Tammary sabía que Yuet también estaba preocupada por las circunstancias, pero que tampoco podía hacer nada salvo intentar tenerla ocupada ayudándola con el trabajo de curandera cuando podía.

Mientras sus hermanas del *jin-shei* intentaban proteger a Tammary tanto como les era posible, ella todavía se sentía una prisionera en la ciudad, en su propia piel, y ahora no tenía vías de escape. Desarrolló una gran sensibilidad para las cosas, como si las palabras no dichas pudieran erizarle los pelos de los brazos, o hacerle sacudir la cabeza alrededor y mirar a alguien que podía haberla mirado, antes de que la mirada hubiera sido captada por ella. La atmósfera en casa de Yuet vibraba con esta electricidad. Tenía que llegar a un punto crítico, pero cuando finalmente ocurrió no fueron ni Yuet ni Tai quienes tuvieron nada que ver.

Varios de los antiguos amantes de Tammary habían intentado verla, o enviarle mensajes en forma de flores significativas o lazos pintados con caracteres en *hacha-ashu* que Khailin tradujo para Tammary como invocaciones a la buena salud y preguntas sutiles como cuándo iba salir a actuar de nuevo. Tammary rehuyó todo eso, negándose a ver a ninguno de aquellos visitantes, amargada en su habitación, a veces rondando una ventana desde la que podía ver en los peldaños principales de la casa cómo uno u otro de los caballeros salían, intentando entrever quién había sido, evaluando su propia importancia a través de la identidad de aquellos que pensaba que valía más la pena perseguir. Gradualmente, sin embargo, las visitas y las flores y los mensajes se fueron agotando. Pero fue uno de sus antiguos enamorados quien vino por fin a su rescate: Zhan, hijo de una de las hermanas del Emperador del Marfil. Era primo de Liudan y también suyo.

Estaba Tammary merodeando sin descanso en la plaza del mercado una mañana nublada, con su brillante y atrevido cabello rigurosamente envuelto en un pañuelo y además oculto por la capucha de su capa, cuando sintió una mano posarse ligeramente sobre su brazo.

—Tammary —dijo el propietario de la mano en voz baja, casi suplicante—. Háblame. Antes solías hacerlo.

Tammary se echó hacia atrás, retorciendo el brazo para liberarlo de la mano del hombre. Bajo la sombra de su capucha, sus ojos soltaron llamas.

—¿Cómo sabías que era yo?

—Claro que lo sabía. Sé la forma que tienes de andar, de moverte. Sé lo que se dice por los bazares y en Palacio, pero...

—Es verdad. Es todo verdad —dijo ella—. Déjame estar.

—No —repuso tranquilamente—. Si de hecho es verdad, entonces más que nunca necesitas a tus amigos. Y de alguna manera tengo que hacerte comprender que yo soy uno.

—Si me tengo que creer las cosas que se dicen... —dijo Tammary sombríamente— hay sólo dos tipos de gente en este mundo. Uno de ellos está de acuerdo con la Emperatriz en que soy un peligro mortal y, querrían verme muerta, y el otro querría usarme para llegar al trono y, después, quererme muerta igual, convenientemente fuera de su camino.

—Yo no soy de ninguno de ésos —dijo Zhan.

—Y después están los inocentes a los que mancha el pincel de la conspiración por el puro hecho de que los vean hablar conmigo —dijo Tammary—. Vete, Zhan, y déjame sola. Espero que no te arresten e interroguen cuando vuelvas a casa después de este encuentro.

—Oh, mi dulce pájaro del paraíso —susurró Zhan—. ¿Qué te han hecho?

El instinto de Tammary fue de echar a correr, de esconderse entre la multitud para encontrar un pequeño agujero oscuro y acurrucarse en él hasta estar segura de que este hombre, su inesperada comprensión y su compasión estaban lejos de ella, donde no pudieran tocarla, donde no pudieran ponerle a él en peligro. En cambio, simplemente enterró la cara entre las manos y rompió a llorar.

Cuando sus brazos la rodearon, fue una dulce liberación apretar entre sus puños la túnica exterior de Zhan, retorciendo la tela, derramando en ese gesto todo el dolor y la frustración no resuelta; descansó la cabeza contra su hombro y la cara contra la cuenca de su garganta, sintiendo el latir del pulso de él contra sus párpados mientras sus lágrimas le empapaban el cuello del traje.

—Tú decides —dijo él con voz suave, inclinando la cabeza para susurrarle las palabras directamente al oído—. Tu casa, mi casa, cualquier sitio. Pero necesito sacarte de esta calle y tú necesitas hablar conmigo. Necesitas contarle algo a alguien y lo vas a hacer ahora.

—Pero es... —gimió Tammary.

—Peligroso, sí, lo sé. Vivir es peligroso. No te puedes esconder para siempre, Tammary. No tomes decisiones por mí. Yo las tomo y elijo el peligro, si es lo que conlleva. Ahora dime, ¿adónde vamos?

Tammary empezó a caminar, sin levantar la vista, y Zhan caminaba a su lado con la mano alrededor de su cintura, manteniéndola junto a él y compartiendo su fuerza y su determinación. Cuando Tammary se detuvo y por fin levantó la cabeza, parpadeando, Zhan miró a su alrededor con cierta confusión.

—¿Aquí? —preguntó—. ¿Qué es este lugar? Pensé que estabas en la casa de Yuet en la ciudad.

Pero era a la casa de Tai adonde la habían llevado sus pies. Su otro santuario. El lugar donde a veces encontraba un pequeño fragmento de paz en la vorágine de acontecimientos. Podía haber sido esto, la conexión subconsciente entre aquella paz y la repentina y cálida corriente de seguridad y apoyo que sentía en ese momento, lo que la habían llevado a este lugar. Pero después, levantando la mano y casi llamando a la puerta, la dejó caer de nuevo.

—No puedo traerte aquí —dijo—. Liudan pensaría que estoy intentando...

Pero Zhan levantó la mano y llamó firmemente a la puerta por su propia cuenta.

—Tú te sentías lo suficientemente a salvo para venir aquí. Habría peores sitios donde ir.

Una sirvienta abrió la puerta, los hizo entrar y los condujo a un patio interior donde sonaba el agua de una pequeña fuente de piedra, indicándoles que esperaran allí. Después de un momento oyeron un susurro de zapatillas y después un gritito ahogado.

—¿Amri?

—No creo que hayamos sido presentados formalmente —dijo Zhan, haciendo una reverencia—. Soy Zhan, un amigo que no ve a Tammary desde hace mucho tiempo. No sé qué puedo hacer, si puedo hacer algo, para ayudarla en algunas cuestiones, pero haré cualquier cosa que esté en mi mano. Necesitaba apartarse de la mirada pública y hemos venido aquí. Espero que no sea una intrusión.

—Sé bienvenido —dijo Tai calurosamente—. Tengo galletas de nuez en el horno, Amri. ¿Te quedarás hasta que estén hechas? Siempre han sido tus favoritas. ¿Puedo ofrecerte un poco de té verde, Zhan? Creo que a Amri le vendría bien una taza.

—Sí —dijo sonriendo—, gracias.

—Entonces, si me excusáis... —murmuró Tai, inclinándose—. Por favor, poneos cómodos.

Empezó a lloviznar pocos momentos después de que Tai se hubiera retirado. Zhan condujo a Tammary hasta la sala de estar a través de un arco abierto del patio. Había rollos de poesía colgando de las paredes y Zhan los miró de reojo al pasar.

—Es Kito-Tai, la poetisa, ¿verdad? —preguntó—. Yo mismo he comprado algunos de sus poemas. Creo que me habías hablado de ella antes, pero no recuerdo cuál era tu conexión.

—Ella me llamó su *jin-shei* cuando vine a la ciudad —respondió Tammary—. Parece tener el raro don de ser feliz y eso es algo que he estado buscando durante toda mi vida. Es una forma de estar contenta. Estar con ella es como sentarse junto a un estanque profundo de agua brillante y observar cómo florecen los nenúfares, abriéndose pétalo a pétalo. Da descanso. Tiene esta vida perfecta, este equilibrio, la llama constante en la oscuridad. No sé si podría vivir si me lo concedieran, pero la envidio por ello a veces.

—Ella también otorga el don de la expresión poética —dijo Zhan un poco sorprendido—. Hasta ahora no creo haberte oído hablar poéticamente.

—No era poéticamente —repuso Tammary.

—No, quizá no. Poesía clásica no, no de la forma que tú o yo la definiríamos, no en el sentido que podría ser transcrito y colgado en una pared, como la suya. Pero tu sentimiento por ella es tan profundo como para envolverla en metáforas y palabras ensoñadoras. ¿Lo ves? *Hay* otro tipo de gente en el mundo. No todos te quieren sólo muerta o como una figura decorativa —le quitó la capa de los hombros y la dobló en el respaldo de una silla baja, y ahora alargaba una mano vacilante hacia el pañuelo que encerraba su pelo—. ¿Te sientes aquí lo suficientemente a salvo como para quitarte el disfraz? He soñado con ese pelo, Tammary.

Las manos de Tammary volaron a los lados de su cabeza donde el pañuelo se plegaba contra sus sienes; al principio para protegerlo, para evitar que se lo quitara, pero después levantó la vista, encontró la mirada de Zhan y algo que vio en sus ojos hizo que cambiara el gesto y sus dedos deslizaron el pañuelo hacia abajo hasta que descubrió el brillante cabello que había debajo. Zhan lo rozó con los dedos, muy levemente, y después bajó la mano haciendo un tímido gesto con ella antes de que volviera a su lado.

—Te he echado de menos —dijo sencillamente—. Nunca comprendí por qué decidiste dejarme, cuando estaba a medio camino de enamorarme de ti.

Tammary apartó la mirada con brusquedad.

—No...

—Tú decides —dijo él de nuevo, repitiendo sus primeras palabras—. Seré lo que pueda ser para ti. Pero oí decir el otro día en el Templo que los recuerdos son la materia sobre la que se construye el futuro. Mantenlo en tu mente, si en algún momento quieres empezar a construir un futuro que podría ayudarte a escapar de esta trampa.

Evitaba hablar demasiado para ser cuidadoso con Tammary, pero ella, volviéndose a mirarlo fijamente, se dio cuenta de pronto de que sus razones para hablar con tiento tenían menos que ver con el miedo de que ella aceptara cualquier promesa extravagante que le hiciese, que con la preocupación de que se alejara de nuevo. Él sabía que estaba atrapada y no quería poner otro cepo en su camino. Había sido Tammary quien rompió su temprana unión con su partida. Era ella la que todavía buscaba, todavía sin descanso.

Un eco de su propia voz volvió a Tammary, una conversación que había tenido con Tai. «¿Quién se casaría conmigo?» Las palabras se burlaban de ella, porque había abandonado a este hombre, el único que podía haber deseado casarse, el que ahora se sentaba junto a ella en el futón de Tai, vigilando cuidadosamente para no revelar demasiado su alma en los ojos, no fuera que Tammary se asustase y echara a volar de nuevo, pero quien podría no tener ningún problema en responder a esa pregunta.

Tammary de repente se acercó a él, pasándole los gráciles brazos alrededor del cuello, revolviendo entre los dedos en el cabello de su nuca, amoldando su cuerpo al suyo.

«¿Por qué lo abandoné?», se preguntaba mientras miraba en un par de ojos cuidadosamente precavidos que sin embargo no podían evitar una pequeña llama de sorprendida alegría bailando en sus orillas. Algún día, quizá, lo recordara. Tal vez tuvo una buena razón, en aquel momento. Pero los tiempos habían cambiado y, por ahora, le bastaba con que la apreciara.

—Abrázame —le susurró con los ojos de pronto muy brillantes.

Sus brazos la rodearon por la cintura y sobre el hombro, apoyando en su nuca la palma de la mano.

—Oh, Tammary —susurró, rozando con sus labios los de ella—. Lo único que tenías que hacer era llamarme.

Pretendía que fuera un beso dulce, sólo un sello ante un nuevo compromiso, un futuro que empezaría a construirse sobre viejos recuerdos. Pero ambos habían olvidado el calor que había ardido en el corazón de su aventura, y cuando sus labios se tocaron fue imposible mantener sólo una ligera unión. Si sus mentes lo habían olvidado, sus cuerpos lo recordaban todo demasiado bien y los hicieron volver a una pasión compartida que una vez los consumió a los dos. La palma de la mano de Zhan bajó por la espalda de Tammary hasta su cadera, envolviendo el hueso de la misma, y ella respondió al tacto llevando su pierna sobre las rodillas de él mientras su mano continuaba deslizándose lentamente hacia abajo, con los dedos acariciando su muslo a través del brocado de la túnica. Pudo sentir que bajo el roce de su rodilla, algo despertaba en él, donde el muslo se unía con la pelvis. La mano de Zhan viajó hacia arriba de nuevo, un rápido movimiento que le recorrió la cadera, subió por la cintura y vino a descansar en sus costillas, rozando con el dedo pulgar la parte baja de su pecho. De repente, las túnicas, los trajes de exterior y los formales brocados se habían vuelto un obstáculo y ella ansió sentir el calor de la piel contra la piel, derramar su pelo sobre los hombros de él y sentir la dureza de los huesos de su cadera contra la suya propia.

Ahora recordaba... *recordaba...*

Zhan se había cruzado en el camino de Tammary por primera vez cuando todavía frecuentaba las casas de té de la aristocracia, justo por el tiempo en que empezaba ya a aburrirse con ellas y sus rígidas normas, tradiciones y actitudes. Él era joven, más joven que casi nadie allí, y habían compartido un poco sus frustraciones sobre la situación; frustraciones menores que las suyas, claro, ya que era un aristócrata y muchas de esas tradiciones y actitudes las había aprendido desde la cuna. Pero su espíritu era lo bastante salvaje como para que se encendiera con la presencia de Tammary. Al principio, la buscó en las casas de té y hablaron, permitiéndose entrar en discusiones de asuntos serios, pero también hacer bromas ligeras y los juegos de palabras del flirteo.

Sin embargo, Tammary ya había empezado a explorar otros lugares, había empezado a frecuentar las casas de té más plebeyas de la ciudad. Se alejó de la alta sociedad y sus lugares de encuentro, y de Zhan.

Y después, una noche, en una casa de agua de la ciudad, Tammary vio cómo un hombre joven se agachaba ante el umbral bajo de la puerta y se encontró de nuevo con los ojos de Zhan. Y esta vez fue muy diferente. Algo se desató entre ellos en aquella larga mirada compartida y Tammary simplemente se puso en pie, abandonando a la compañía que tenía, y llegó hasta Zhan, quien no había dado más que tres pasos en la casa de té. Él extendió la mano, ella la tomó, y durante un tiempo no hubo más visitas a las guaridas de placer de la ciudad para ninguno de ellos.

Estuvieron las noches de verano en la casa de Zhan, y también pasaron bastantes tardes sofocantes haciendo el amor en un alto balcón sobre la ciudad adormecida, él le decía que podía ver las estrellas reflejadas en sus ojos oscuros cuando ella estaba acostada a su lado y le decía...

—Oh, Cahan —tomó aliento—. Tammary, no es... No quería... No quiero que pienses que sólo quería...

—Lo sé —susurró ella—. Lo sé —tomó su mano de debajo de su pecho y le besó la palma, doblándole los dedos sobre el beso—. Lo sé —el aliento de Tammary rozó su cuello cuando apoyó la cara en su hombro y los labios en su garganta.

Un educado carraspeo los hizo a ambos levantar la cabeza. Tai, que había entrado llevando una bandeja con una panzuda tetera de vidrio verde y un par de pequeñas tazas, estaba mirándolos a los dos con una expresión curiosa en la cara. Su mirada tenía una mezcla de dureza protectora y un extraño y discordante destello de satisfacción. La satisfacción triunfó cuando la boca de Tammary se convirtió lentamente en una sonrisa de contento.

—¿Estás bien, Amri? —preguntó Tai, cuidadosamente.

—Eso creo —respondió.

Tai miró a Zhan, pero él no dijo nada. Sin embargo, educado en la corte como estaba, se las arregló para ofrecerle el equivalente a una graciosa reverencia a pesar de estar sentado en un sofá bajo con Tammary medio acurrucada en su regazo.

Tai dejó la bandeja en la mesita junto a ellos.

—Parece que tenéis cosas que discutir —dijo—. Me aseguraré de que los niños no os molestan. Llamadme si necesitáis algo.

Salió, cerrando las pantallas interiores de la sala de estar para darles intimidad, y Tammary de pronto se rió.

—¿Qué pasa? —dijo Zhan mientras se levantaba.

—Tai nos trata a todos como a sus niños a veces —dijo Tammary—. Yuet todavía me llama «Amri» de vez en cuando, pero ya no lo hace tan a menudo. Tai rara vez me llama de otra manera. Es mi nombre infantil, el nombre de bebé que una sobrina pequeña me dio cuando no podía pronunciar Tammary; pero Tai siempre me llama así, y la dejo porque sé que lo hace con amor. Enviaría a Xaforn contra ti si quisieras abandonarme y supiera que yo no quiero que lo hagas.

—No tengo ni idea de cómo hacer esto según la tradición o lo correcto. ¿Cómo lo hacen en las tribus nómadas? Pero tengo tan poca intención de abandonarte que voy a pedirte ahora algo que debía haberte pedido hace mucho tiempo —dijo Zhan—. Cásate conmigo. Siendo mi esposa, estarás protegida; no te podrá utilizar nadie de la forma que teme Liudan si estás ya legalmente casada. Te devolverá tu libertad..., Amri —probó a decir el nombre, haciéndolo resonar en su boca, con una sonrisa pícara y juvenil.

Tammary le dio una palmada en el hombro.

—Se lo permito a Tai, pero no quiero que mis amantes me llamen por el nombre que llevaba cuando tenía diez años.

Zhan intentó no estremecerse con el plural, pero Tammary se dio cuenta de todas formas y su palmada juguetona se convirtió en una caricia, arrastrando los dedos hasta su mandíbula.

—No, eso se acabó —murmuró—. De una forma o de otra. Pero Zhan, no puedo casarme contigo.

—¿Por qué? —preguntó agarrándola por los hombros con ambas manos y sosteniéndola de tal modo que tenía que mirarle a la cara—. ¿Porque te he dicho que estarás protegida? Créeme, aunque quiero protegerte, ésa no es la razón por la que que me gustaría que fueras mi esposa. He querido que formaras parte de mi vida desde que cruzamos por primera vez el filo de nuestras palabras en las casas de té, mucho antes de que nada pasara entre nosotros. Mis razones pueden ser casi enteramente egoístas, de hecho. Te quiero. Quiero que estés siempre cerca de mí y así poder protegerte.

—Zhan, tú eres parte de la corte real —murmuró Tammary.

—¿Qué tiene eso que ver con nada? —dijo, auténticamente sorprendido.

—Liudan interpretaría este matrimonio como una declaración de guerra. Interpretaría como tal cualquier matrimonio mío, porque haría posible continuar mi línea de descendencia a través del Emperador del Marfil, y aunque yo no haya nacido de una esposa real o una concubina reconocida, alguien allá fuera podría agarrarse a la excusa de que yo estaba en la línea de sucesión y, por tanto, cualquier hombre con quien me case es un Emperador en potencia. Y tú..., tú ya estás vinculado a la familia del Emperador. Liudan lo interpretaría de una sola forma, pensaría que estoy aspirando... demasiado alto.

—Sólo soy un sobrino del Emperador del Marfil. Nunca estuve en la línea de sucesión, y si lo estuviera sería tan lejanamente que sería rechazado como totalmente irrelevante por los poderes que deciden esas cosas —dijo Zhan—. Además, cualquiera en la corte que conozca algo de mí sabe que soy demasiado cobarde como para asumir el mando de Emperador. O quizá demasiado cuerdo. En cualquier caso, no lo quiero. Nunca lo he querido. No hagas de esto un obstáculo. No lo es. Maldita sea, Tammary. No puedo perderte otra vez.

—Y además —siguió Tammary—, siempre está... lo que yo... lo que yo soy..., todas las cosas que he hecho. No querrás estar atado a alguien cuya reputación perseguiría tu casa. Un hijo...

—Sé que has tenido otros hombres. Muchos —dijo Zhan—. Ese pensamiento me ha vuelto loco a veces, cuando te imaginaba en los brazos de otro. Pero de ahora en adelante, cualquier niño que des a luz bajo mi protección será mi hijo. ¡Y pobre de aquel que diga otra cosa!

—No puedo —dijo Tammary—. Te lastimaría, tu prestigio...

—Tammary, si tengo que dejar Syai para tenerte como esposa, lo haré —dijo Zhan en voz baja.

—Yo... iré a ti y viviré contigo y seré tuya —dijo Tammary—. Pero no hablemos de matrimonio hasta que veamos cómo va todo. Puede que no me acepten nunca, ya sabes.

—Veremos —dijo, mientras la tomaba en sus brazos de nuevo—. Y hasta donde yo sé, tiene el mismo efecto aquí o en cualquier lugar si alguien dice las palabras ceremoniales sobre nosotros; tu gente no lleva los anillos de pulgar, así que para ti, ése no sería un símbolo —levantó una de sus manos hasta sus labios y la besó—. Pero a partir de este momento, eres mía.

* * *

A Liudan, previsiblemente, no le gustaron mucho las novedades, viendo en ellas otro nuevo peligro. Pero el resto del círculo *jin-shei* se reunió en las habitaciones de Zhan sólo unos días más tarde para celebrar lo que todos consideraban, en la práctica, una boda. Cuando Zhan besó las manos de Tammary y susurró «Siempre estaré contigo», Tai anunció que ya no había más ambigüedad en el asunto y que Tammary estaba por fin segura.

—Y no me digas ahora que no sabes cómo ser feliz —dijo—. No puedo bailar para ti, como hiciste una vez para mí, porque no tengo ese talento. Pero te he traído esto —le ofreció un rollo de papel de seda de color marfil, atado con un lazo rojo—. Rojo, para la alegría.

—¿Qué es? —preguntó Tammary, aceptándolo.

—Es tu poema de boda. Te lo escribí después de que dejaras mi casa aquella tarde, con el té frío en la tetera y las galletas sin probar, pero con una inmensa alegría en tus ojos. Mantente a salvo y sé feliz.

—Si alguna vez dudas de si has cumplido tu promesa a Antian —dijo Tammary con lágrimas en los ojos— puedes decirle a su fantasma que la has desempeñado muy bien. No podría imaginar un guardián más afectuoso.

Tammary celebró sus veinticuatro años tranquilamente con Zhan. Había encontrado un refugio, estaba calmada y feliz como ninguna de su círculo *jin-shei* recordaba haberla visto desde que llegó a la ciudad.

—Quizá sea un presagio —dijo Yuet— y todas podemos esperar encontrar un poco paz.

—No será pronto —dijo Tai. Los pensamientos que había estado escribiendo en su diario aquellos días eran oscuros.

Los meses transcurrían. La primavera llegó sin la invasión de Magalipt, aunque Liudan movilizó una parte sustancial de su ejército a los pasos, después de todo, para vigilar la entrada a Syai. Las escaramuzas en la ciudad se volvieron más atrevidas y sangrientas al llegar el verano, pero Lihui seguía siendo esquivo, Qiaan seguía perdida, y Liudan seguía al rojo vivo. Maxao y Khailin no parecían proponer ningún plan que hiciera salir a la luz a Lihui. Nhia, cosa rara en ella, parecía haber decidido seguir el ejemplo de Tammary y emprendió una serie de relaciones, repetidamente desastrosas, con los hombres inadecuados. Su comportamiento era tan irracional como los descontrolados cambios de humor de Liudan, y los hombres que elegía parecían escogidos al azar, provocada, quizá, por el mismo malestar que sacaba a Liudan de sus casillas.

Tai revoloteaba desde las habitaciones de Nhia y sus lágrimas hasta el laboratorio de Khailin y su andar frustrado de un lado para otro, y también a las dependencias de Xaforn en el recinto de la guardia donde la joven parecía haber sucumbido a un breve pero poderoso arranque de culpabilidad por su fracaso al intentar arrancar a Qiaan de las garras de Lihui; consoladora, toda oídos, tranquilizadora. Por una vez, Tai se encontró refugiándose en las tranquilas habitaciones de Tammary para conseguir algo de paz. Estaba allí cuando Yuet se pasó a ver a Tammary, que se encontaba decididamente pálida después de varios días de fuertes náuseas, y anunció que había una muy buena razón para que se sintiera tan mal: estaba embarazada y el niño llegaría el verano siguiente.

Menos de tres semanas después de aquel anuncio, con el tono verduzco todavía peleando en la cara de Tammary con la alegría de la sorpresa, la nómada desapareció.

Había ido al mercado con Tai aquella mañana y se habían despedido al final de los puestos, tomando caminos distintos. Horas después, Tai se asombró al encontrar a Zhan presentándose en su salón, intentando no parecer preocupado.

—¿Qué te trae aquí? —preguntó Tai desconcertada, apartando el bastidor con un bordado casi terminado de un pájaro del paraíso de vivos colores. En esos tiempos difíciles había vuelto a refugiarse en lo que siempre había sido su paz: sus sedas y algodones y el bordado que su madre le había dejado como herencia.

—¿Decidió Tammary pasar contigo el día? —preguntó, recorriendo rápidamente la habitación con los ojos como si Tammary se escondiera detrás de una pantalla.

Tai se puso en pie.

—¿A qué te refieres? Fuimos al mercado esta mañana, después volví a casa y ella volvió a la suya. Zhan, ¿qué pasa?

Él se tambaleó, buscando apoyo en la pared más cercana.

—No volvió a casa —dijo—. Primero pensé que estaba contigo, pero pasaron las horas y seguí sin tener noticias y ella siempre suele avisar. Pensé que al menos me diría si cambiaba de planes.

En otra situación, Tai habría ido directa a Liudan y le habría pedido ayuda para poner la ciudad patas arriba buscando a Tammary. Pero las circunstancias eran las que eran, Liudan no sería fácilmente accesible en este tema particular, y el ejército y la guardia imperial que todavía quedaban en la ciudad —y no embarcados esperando la invasión de Magalipt, que empezaba a obsesionar a Liudan casi exclusivamente— estaban ocupados por las incursiones de Lihui. Tai velozmente examinó la situación y descartó posibilidades en su mente, hasta que finalmente las redujo a dos.

—Ve y trae a Yuet. Buscadme en la casa de Khailin —le dijo a Zhan—. Tenemos que hacerlo nosotros mismos. Ve, corre. Le diré a mi marido que extienda la noticia en el Templo.

Zhan salió casi a la carrera y Tai, después de desviarse brevemente hasta la caseta de Kito en el Primer Círculo del Templo, se presentó en el laboratorio de Khailin. Con una bata negra de algodón teñida de forma barata con cáscaras de nuez, Khailin estaba inclinada sobre una hilera de lo que parecían macetitas con plantas de judías en flor, investigando delicadamente sus flores con los dedos. Levantó la vista cuando Tai entró y se puso derecha rápidamente, sondeándole con los ojos la cara.

—¿Qué pasa? ¿Qué ha ocurrido?

—Se han llevado a Tammary —exclamó Tai.

—¿Qué? ¿Quién? Siéntate. Pediré algo de té. Parece como si te hubieran quitado a tus propios hijos. Respira, Tai. Respira un momento.

—Envié a Zhan en busca de Yuet y están de camino hacia aquí —dijo ella—. No puedo recurrir a Liudan con esto, no nos ayudaría.

—¿Quieres decir que puede estar agradecida de que alguien le haya quitado de las manos el problema de Tammary?

—Zhan ya lo hizo —dijo Tai—. Pero ahora que faltan ambas, Qiaan y Tammary, aspirantes potenciales a su propia tiara imperial, estará menos razonable que nunca. Ahora todos van a por ella. Y en cierta forma, esto es peor; por lo menos sabe quién tiene a Qiaan y contra quién protegerse. No tenemos ni idea todavía de qué le ha pasado a Tammary. O por dónde empezar a buscar —titubeó—. Pensé que podrías preguntar... Maxao y su gente podrían haber oído...

—Haré lo que pueda —dijo Khailin—. ¿Tienes a Xaforn?

—Todavía no, pensé que Yuet era una posibilidad mejor. Es curandera. Estos días la gente confía en la guardia menos de lo que solían —los ojos de Tai se llenaron de lágrimas—. ¡Oh, Cahan, Khailin! Todo lo que Tammary quiso siempre fue paz y alguien que la quisiera. Y ahora, con Zhan y el niño... ¿Qué van a hacer con ella?

—La mantendrán con vida. Muerta no les sirve —dijo Khailin—. La encontraremos, Tai. Lo haremos.

La puerta del laboratorio se abrió y entró Yuet, seguida por Zhan, cuya cara era del color de la ceniza. Tai se levantó.

—¿Qué ha pasado?

—Volví a casa primero, antes de ir a por Yuet, por si acaso..., por si acaso —dijo Zhan—. Y encontré que alguien había dejado esto.

Apretaba en la mano un pequeño sobre adornado con borlas de seda roja, como si no lo fuera nunca a soltar, como si temiera que se le deslizara entre sus débiles dedos. Khailin alargó la mano y se lo quitó.

—¿Era un mensaje? —preguntó.

—Sí —susurró Zhan—. *La tenemos y es la llave del poder. No intentes encontrarla.*

Khailin empezó a abrir el pequeño paquete de seda, sosteniéndolo verticalmente con cuidado sobre una mano.

—¿Y qué es esto?

—La prueba —dijo Zhan sin sangre en los labios mientras una trenza poco apretada de cabello del color del zorro caía sobre las manos de Khailin.

OCHO

Tammary se despertó sobresaltada y sintiendo un dolor de cabeza latiéndole débilmente en las sienes. Estaba mareada, pero era una náusea diferente que la que la había acosado los últimos días, la que al final había aprendido casi a desear, como la afirmación cotidiana de que era parte de una familia, de que ella misma estaba a punto de ser la fundadora de una familia. Podría, quizá, tener la oportunidad de ser Tai.

En cambio esta sensación era más desagradable. Tenía la boca como cubierta de aceite amargo, la náusea en la garganta, la nariz parecía quemada por alguna cosa; al mismo tiempo sentía un sabor a algo repugnante en el fondo de la garganta y a la vez la sospecha de haber perdido el sentido del gusto. Era un mareo no natural, inducido. Un vago recuerdo se despertaba en su mente, el recuerdo de un brazo fuerte como un látigo que la enredó por detrás mientras iba camino a casa desde el mercado, un trapo manchado de aceite tapándole la boca y la nariz, un trapo con un olor bastante parecido a lo que ahora le producía las náuseas.

Estaba tumbada boca arriba, en una posición que precisamente siempre le había parecido incómoda para dormir pero que ahora, con las náuseas, encontraba verdaderamente angustiante. Intentó incorporarse varias veces, entre arcadas secas. Descubrió que era incapaz de moverse: tenía las muñecas atadas por cuerdas en el cabecero de la cama de listones en la que estaba. Las ataduras no estaban apretadas, pero sí lo suficiente para evitar que se levantara. Luchó con ellas sin apenas energía durante un momento y después giró la cabeza hacia los lados, intentando deshacerse del asqueroso sabor que tenía en la garganta.

—¿Estás por fin despierta? ¡Bien! Empezaba a pensar que se les había ido la mano con la droga.

La voz era masculina, familiar, pero Tammary no pudo situarla, no hasta que volvió la cabeza y vio al hombre que acababa de hablar. Era bajo, enjuto y nervudo, muy oscuro, con un delgado bigote encuadrando su boca de labios finos; pero su tamaño físico era apenas relevante bajo el aura casi palpable de auténtica arrogancia que lo envolvía como una segunda piel.

Tammary lo conocía.

Una vez, parecía tan lejos en el tiempo ahora, habían sido amantes. Su nombre era Eleo, se habían conocido en una de las casas de té más licenciosas. Había sido exagerado en sus elogios; abrumada por el absoluto poder de su personalidad, no puso objeciones cuando él se arrastró a sus pies; pero una vez fue suficiente para que Tammary descubriera que se excitaba más por los gritos de dolor que por los de placer. Se alejó de él sin mirar atrás. Él la había buscado, más tarde, muchas veces —enviando mensajes, flores, proponiendo citas a las que Tammary nunca acudió—. Pero jamás aceptó un no por respuesta y, ahora, parecía que había decidido tomar las riendas del asunto.

Rompió un sollozo en su garganta. «¡Ahora no, por amor de Cahan, ahora no! Puedo haber cometido errores, pero ahora era feliz, era feliz...»

—¿Qué quieres? —preguntó con los labios secos.

—A ti, querida —dijo Eleo—. Debías haberme dicho que eras un camino hacia el trono, ¿sabes? Podríamos haber hecho grandes cosas juntos cuando nos conocimos por primera vez. Ahora puede que sea demasiado tarde. Tenemos que ocuparnos de dos de ellos: la Emperatriz y esa otra que han alzado como a su sucesora. Pero ya ves, Tam, no pueden defender a Qiaan como Emperatriz, no lo bastante, no sin torcer los ritos de sucesión más allá de cualquier posible interpretación. Si hubiera sido el fruto legítimo de una concubina real, nacida en consenso entre ella y su Emperador, habría sido educada en el Palacio como una Princesa real. No lo fue. Por lo tanto, todo lo que es, todo lo que puede llegar a ser, es la hija bastarda de una mujer de Palacio que no pudo evitar levantarse las faldas por algún vagabundo que pasara por allí. Es verdad que todos los hijos de las concubinas son criados como si fueran de la propia Emperatriz, pero eso no presupone que su padre fuera el Emperador, y el suyo no lo era. Sin embargo el tuyo sí, querida.

—Mi madre era una nómada que tomó por la fuerza —dijo Tammary—. Nunca fue una de las mujeres reales.

—Alguien podría argumentar que, por la simple virtud de haber estado en la cama del Emperador, lo era —dijo Eleo—. Eso te convierte en una heredera imperial bastante más de lo que Qiaan podría llegar a ser. Y hay una cosa más. Tú eres mayor que la Emperatriz Liudan. Por muy poco, es cierto, pero lo eres. Eso te hace la legítima heredera al trono de Syai. Y, por supuesto, el hombre que se case contigo será Emperador.

—Ya estoy casada —dijo Tammary con la voz entrecortada.

—No veo los anillos.

—Nosotros... Yo no soy... Soy una nómada, no lo hicimos...

—Si lo hicisteis mediante ritos paganos, no estáis casados bajo las leyes de Syai —repuso Eleo—. Eso cambiará. Pero, primero, necesito que todos se enteren de que eres mía y que estás por encima de su alcance.

Se inclinó sobre ella, de pronto, con un cuchillo en la mano. Tammary soltó un gemido, intentó escabullirse, pero sólo consiguió que él se riera.

—No te haría daño —dijo—. Eso dañaría mi causa. Sin embargo, sé una forma perfecta para hacer que todos sepan cuál es la situación. Hice que te peinaran mientras dormías —continuó, levantando una de las tres largas trenzas en las que habían recogido el pelo de Tammary mientras estaba inconsciente.

—¿Ves? Una —y el brillante cuchillo relampagueó, cortando la trenza que sostenía justo a la altura del cordel con que la habían atado— es para tu pareja, el pobre y débil de Zhan, para hacerle saber que te tengo y que no tiene sentido que te busque. Otra —la hoja relampagueó de nuevo, cortando la segunda trenza— es para la Emperatriz Liudan, para recordarle que se sienta en tu trono y que, ahora que estás aquí conmigo, piensas reclamarlo. Y la última —dijo asestando con la hoja un último golpe a la tercera trenza— para Zibo, que fue canciller y pronto lo será de nuevo, para decirle que el juego ha empezado. Ah, pero ¿por qué estas llorando, mi cielo?

Tammary apretó sus ojos cerrados, y algunas lágrimas calientes se le escaparon por los bordes y se derramaron en sus pómulos; no podía soportar la visión de su cabello en esa mano, y saber el dolor y la preocupación que causaría.

—Le juré a Liudan que no permitiría que me utilizaran contra ella —susurró—. Ella sabrá...

—Tu Liudan está dispuesta a creer en casi cualquier cosa estos días —dijo Eleo—. Eso dice Zibo. Y no te preocupes por la indignidad de perder tu glorioso cabello. Tendremos que hacer algo con eso, de todas formas. Por ahora puedes ponerte alguna peluca con un peinado y color más tradicional. Más tarde, cuando crezca de nuevo, quizá podamos teñirlo. Pero nos estamos adelantando. Por ahora... —se enrolló las trenzas en una mano y, tras enfundar su cuchillo, arrastró lánguidamente las yemas de los dedos por los contornos del cuerpo de Tammary—... por ahora tenemos cosas bastante importantes de las que preocuparnos. Como asegurarnos de que estés adecuadamente casada, en todos los sentidos.

—¡No! ¡Oh, por amor de Cahan, no! No puedes —la mente de Tammary la bombardeó con una serie de recuerdos, sutiles detalles de aquella noche llena de dolor de su primer y único encuentro, y retrocedió ante una posibilidad en la que ni siquiera había pensado hasta aquel momento. Debía mantenerlo en secreto, quizá, esperando que él nunca lo descubriera, pero durante un instante de incandescencia fue lo único en lo que pudo pensar y llenó sus pensamientos, su boca.

—No puedes. *Estoy embarazada.*

Eleo frunció el ceño con elegancia.

—¿Lo estás? Eso es nuevo, algo que no había oído aún. No llevas mucho tiempo junto a Zhan, así que no puede estar muy avanzado. Bueno. Eso complica algunos asuntos. Haré que alguien te mire más tarde. Quizá todavía no sea demasiado tarde para deshacerse de ello antes de que nazca y se convierta en un problema. No puedo permitir que los hijos de Zhan hereden mi dinastía. Descansa, querida. Necesitarás el descanso. Volveré pronto —le hizo una afectada reverencia y partió, acariciando las trenzas cortadas que llevaba con los dedos de su mano libre.

Tammary intentó desesperadamente soltarse las manos, pero sólo consiguió despellejarse las muñecas contra la cuerda con la que la habían atado.

—Liudan no lo creerá. Zhan vendrá a buscarme —susurró para sí, intentando contener la angustia—. Oh, Cahan, va a quitarme a mi bebé, le va a hacer daño a mi hijo...

Se quedó sola por lo que parecieron horas, en cuyo tiempo, entre las sacudidas secas de la náusea y la creciente desesperación por su cautiverio, lloró hasta casi perder el conocimiento. Estaba también cada vez más sedienta, tenía la boca seca y los labios se le agrietaban por donde pasaba la lengua. Cuando oyó que se abría la puerta, volvió la cabeza bruscamente, temiendo que fuera Eleo para atormentarla de nuevo, pero era una anciana, envuelta en un chal oscuro, que traía una palangana y una toalla.

—Vamos, venga, mi dulce pájaro —dijo la vieja con la voz quebrada por la edad—. Sé que es duro. Todo habrá acabado pronto. No te preocupes...

—Agua... —murmuró Tammary.

—Enseguida, mi cielo. Vengo para cuidar de ti.

Hundió la toalla en la palangana, puesta en algún lugar que Tammary no llegaba a ver, y después llevó su nudosa garra hasta la cara de ella, enjugando sus mejillas y sus párpados cerrados con la tela húmeda, un tacto inesperadamente delicado. Tammary se sintió refrescada, pero tanta ternura hizo que le volvieran a asomar lágrimas a los ojos.

—Tengo que salir de aquí —logró decir, abriendo los ojos bajo la tela—. Ayúdame. Tienes que ayudarme. Él me retiene contra mi voluntad.

—Todo irá bien —dijo la vieja con el mismo tono tranquilizador en su voz. Terminó sus cuidados y salió fuera del campo de visión de Tammary. La oyó derramar algo, pero ya estaba ahí de nuevo, haciendo que se incorporara en la cama con mucho cuidado y poniéndole una almohada a su espalda. Le ofreció una taza.

—Algo para beber —dijo—. Mira, algo para beber. Debes de estar sedienta.

Pero el líquido que había en la taza no era agua. Era algo que sabía a hierbas amargas y Tammary tomó un trago y se atragantó, soltó un grito ahogado, y apartó la cabeza.

—¡No! ¿Qué es eso? —los años que había estado trabajando en el laboratorio de Yuet reaparecieron de golpe y recorrió con la mente las listas de hierbas. ¿Por qué le estarían dando pociones? ¿Por qué querrían...?

La identidad de la hierba estalló en su mente y al mismo tiempo su cadena de razonamientos la llevó al mismo lugar. La hierba se llamaba *sochuan* y se utilizaba para los problemas femeninos. En grandes dosis provocaba...

Tammary se retorció, chilló, pero la vieja era sorprendentemente fuerte. Repetía constantemente la dulce frase de «Está bien, todo acabará pronto». Había quitado rápido y con pericia la almohada de la espalda de Tammary, le había cerrado la nariz con una mano y acercado la taza a la boca con la otra. Bastante del contenido de la taza se derramó sobre los labios cerrados de Tammary, corriendo por su barbilla y empapando las puntas cortadas de su pelo, que ahora le llegaba a la altura de la mandíbula. Sin embargo, el instinto de respirar fue demasiado fuerte y finalmente abrió la boca para tomar en vez de aire la amarga infusión de hierbas que entró a raudales hasta el fondo de su garganta y que tuvo que tragar convulsivamente.

—Buena chica —dijo la anciana con suficiencia, apoyando la cabeza de Tammary sobre la cama—. Bien, ahora puedes tomar un poco de agua. Volveré más tarde, cuando me necesites. Estaré aquí.

Tammary sollozó, girando la cabeza.

Cuando vino el dolor, unas cuantas horas después, la anciana no acudió. Sola, atada a una cama con listones de madera y un delgado y duro colchón, Tammary gritaba y se retorcía de dolor como si tuviera una garra en su interior que la estuviera restregando por dentro para limpiarla. Sintió el torrente de sangre tibia salir a borbotones por sus piernas, empapando su vestido, bajando a través del fino camastro relleno de paja bajo ella y empezando a gotear y a encharcarse al alcance de su vista. Aterrorizada, dolorida y desesperada, desgarrada de tristeza, Tammary fue consciente de otra emoción que cristalizaba en aquel potente cóctel. La furia. Una fría y amarga furia. «No me puede tener atada el resto de mi vida. Y cuando me deje libre, lo mataré.»

* * *

El círculo *jin-shei* de Tammary se lanzó en su busca. A diferencia de Qiaan, que estaba inaccesible para ellas en algún lugar del camino fantasma, Tammary tenía que estar en algún lugar dentro de la ciudad. Pero Maxao, un tanto inesperadamente, tomó partido diciendo que la desaparición de Tammary podía ser sólo el empujón que Lihui necesitaba para salir de su guarida. Aunque finalmente prometió que ayudaría en la búsqueda, parecía hacerlo a sabiendas de que era un error. Los mendigos, sin embargo, no descubrieron nada; Tai, sombría, murmuró a Nhia que dudaba bastante de que lo ignoraran sinceramente, sino más bien que estuvieran respetando la orden de su jefe de no decir nada hasta el momento en que él lo permitiera.

—Podría estar muerta a esas alturas —dijo Tai, clavando su aguja en la seda estirada en el bastidor con un movimiento algo violento—.

¿Dónde pueden tenerla? Los mendigos juran que no está en los bajos fondos, porque habrían oído algo (a no ser que estén mintiendo). Xaforn dice que no está en ninguno de los sitios a los que un guardia podría acceder. Y Yuet ha estado recorriendo cada lugar que conoce, cada agujero en el que alguna vez se arrastrara como curandera, haciendo preguntas a todo con el que se topa. ¿Cómo puede ser tan difícil encontrarla? Cualquiera que la haya visto, con ese pelo, la recordaría.

—No la matarán —dijo Nhia—. ¿Recuerdas la nota? Ella es la llave al poder. No destruirían eso.

Los ojos de Tai se llenaron de lágrimas.

—Me siento muy impotente.

—Lo sé —dijo Nhia—. Yo me siento como si todo se estuviera disgregando y yo no pudiera juntarlo nunca más. ¡Oh, Cahan! Debí haberme quedado como una insignificante maestra de niños en el Templo. O haberme hecho cargo de la lavandería de mi madre. Cualquier cosa. Cualquier cosa menos esto.

—Incluso después de recibir esa penosa trenza amputada, una declaración de incapacidad, si alguna vez he visto alguna, Liudan cree que Amri ha colaborado en esto voluntariamente —dijo Tai—. Zhan casi se muere al comprender lo que significaba; que Amri está totalmente en su poder. Y todavía Liudan... Simplemente no lo entiendo.

—Lo sé —dijo Nhia suavemente—. Liudan ya la ha condenado. Y Tammary lo sabrá, dondequiera que esté; comprende a Liudan demasiado bien. Y Zhan lo sabe también. Pase lo que pase, para ellos no hay vuelta atrás.

El verano se arrastró hacia el otoño y la Corte de Otoño de aquel año se abrió cubierta de una gloria sin igual. Liudan brilló con sus joyas como si cada una de las que consiguió ponerse encima fueran otro sello en su identidad como Emperatriz de Syai. Llevaba varias capas de túnicas, incrustadas de oro y seda y gemas, cuyo peso habrían hundido a una persona más débil. Pero Liudan las vestía con una dignidad feroz, con la columna derecha, los hombros hacia atrás y la cabeza bien alta bajo la tiara imperial.

La corte estuvo agitada ese año, con multitud de cuchicheos tras los abanicos y bajo las cuidadas manos de los cortesanos. Era como si una expectación pesara sobre el evento, como si hubiera demasiadas cosas pendientes, como si todo pudiera caer y hacerse pedazos, de una forma o de otra.

Fue uno de los ayudantes de Nhia quien dio el primer paso hacia el final de la crisis. El hombre acudió a ella, vacilante, eligiendo las palabras cuidadosamente.

—Podría no ser nada, nada de nada, pero todas las cosas tienen su significado en el Camino —dijo piadosamente, retorciéndose las manos en las habitaciones privadas de Nhia, adonde había pedido que lo condujeran para entregar sus noticias, lejos de los oídos de los demás.

—¿Qué sabes? —dijo Nhia.

—Fue en la Cámara de la Audiencia —dijo—. Estaba justo detrás del canciller Emérito Zibo y de su acompañante, alguien que yo no conocía, un hombre joven de complexión pequeña, muy bien vestido con brocados de oro y gemas...

—No necesito una descripción, a no ser que le vieras la cara —dijo Nhia—. ¿Qué oíste?

—El canciller Emérito le susurró a su acompañante (por eso empecé a escuchar, Nhia-*lama*, porque era un extraño comentario) que no faltaría mucho antes de que se le cayeran todas esas joyas a la Emperatriz. Y el hombre joven dijo, también en un susurro: «Eso si consigo domar a nuestro pequeño zorro salvaje. Es peligrosa. No puedo soltarla cuando estoy en la habitación». El canciller Emérito miró entonces a su alrededor, como asegurándose de que no les había oído nadie, y yo me preocupé de mirar en otra dirección; no creo que supieran que lo oí y puede no ser nada, quiero decir, es el canciller Emérito, y después de todo...

—Después de todo, ha sido desplazado por Liudan —dijo Nhia—. Gracias. Esto podría significarlo todo.

Nhia desconocía la identidad del hombre que había estado con Zibo en la corte, pero con él era suficiente, por ahora. Nhia envió a Xaforn y a un destacamento de guardias para traer al ex canciller a una celda del recinto de la guardia y mandó un mensaje a Khailin para ir allí tan pronto como pudiera. La propia Nhia acudió a recibir a un ofendido Zibo cuando lo hicieron entrar, farfullando indignado y exigiendo saber quién era responsable de ese ultraje.

—Yo lo soy —dijo Nhia en respuesta a sus quejas mientras dos corpulentos guardias le conducían a paso rápido dentro de la celda, seguido por Xaforn—. Lo sé todo, Zibo.

—Todo —se sonrió con suficiencia—. *Todo*, no puedes usar eso conmigo, joven dama. He usado esa afirmación autoincriminatoria con cientos de bellacos en mis tiempos. Si sabían algo de verdad, normalmente estaban ya encadenados y en los calabozos o bajo el hacha del verdugo, no interrogados por algún interventor en una jaula de baja estofa.

—Todo lo que esperamos —dijo Nhia tranquilamente, cruzando los brazos— es que nos digas que Tammary está a salvo. Entonces serás conducido ante la Emperatriz en esas cadenas que tanto deseas. Junto a tu cómplice. A no ser que Tammary se haya encargado primero de él... Cosa que le dejaríamos hacer.

La expresión de Zibo flaqueó durante un momento, pero después se controló de nuevo.

—¿A salvo? ¿Tammary? No sé de lo que hablas.

—Oh, sí, lo sabes —dijo muy suavemente Khailin, que acababa de llegar justo detrás de Xaforn.

Zibo dio un salto, intentando echarse hacia atrás.

—Aparta a esa bruja de mí —dijo—. No tienes derecho a...

—Tenemos todo el derecho —repuso Nhia—. Estás implicado en una actividad cuyo propósito es nada menos que el destronamiento de la Emperatriz. Eso es alta traición. Has utilizado a una mujer inocente, una *jin-shei* de la propia Emperatriz y de todas nosotras, como tu títere. Y por lo que sé de este plan, no la has utilizado amablemente. Oh, morirás por esto, Zibo. Las cadenas y el hacha del verdugo. ¿Qué te iba a ti en ello? ¿Recuperar la cadena de canciller? ¿Cuál, si hubieras triunfado, habría sido *mi* destino, Zibo?

—Esto es ridículo. No tengo ni la menor idea de lo que hablas. No tienes derecho a...

Khailin alargó la mano para tocarle y él intentó zafarse, pero los dos guardias que todavía lo sostenían por los brazos se aseguraron de que no pudiera evitar el roce de sus dedos.

—Oh, está involucrado hasta el cuello —dijo Khailin—. Puedo sentir el miedo en él.

Zibo se irguió todo lo que su mole le permitía. Su papada se bamboleaba con una afrentada dignidad.

—¿Cómo osas hablarme así? ¡Soy un oficial imperial de alto rango y exijo recibir el trato que requiere mi posición!

Un guardia de la puerta entró en la habitación del interrogatorio agachando la cabeza, susurró algo al oído de Xaforn, fijó la mirada en Zibo durante un momento, y después salió de nuevo.

—Tienen a Tammary —dijo Xaforn—. Pero el otro tipo, su amigo, no estaba allí. El carcelero de Tammary.

—Carcelero —resopló Zibo—. Obviamente no tenéis ni idea de lo que habláis. Insisto en que me dejéis partir de una vez.

Farfulló un «deteneos» cuando Xaforn desenvainó la espada con un suave y rápido movimiento y su punta tembló de repente en ese lugar de la papada de Zibo donde podría esperarse que estuviera el punto vulnerable en la garganta de cualquier otro hombre.

—Puedes pensar que estás bien protegido, en la teoría y en la práctica —dijo Xaforn con calma—, pero mi acero se ha hundido en materias más duras que tu grasa, y realmente no estás en situación de negociar con una mujer a quien habrías eliminado sin piedad si alguna vez te hubieras vuelto a acercar medianamente a una cadena de canciller. Así que te lo preguntaré una vez más...

—¡Es su marido! —escupió Zibo—. ¡No podéis hacer nada para deshacer eso! ¡Él se casó con ella bajo las leyes de Syai y ella lleva los anillos en los pulgares! Eso es más de lo que vuestro querido Zhan alguna vez hizo por ella.

—Zhan se casó con ella en su corazón y ella con él —dijo Nhia—. Yo estaba allí. Bajo las leyes de Syai, ya que decides invocarlas, la farsa a la que arrastrasteis a Tammary fue realizada por una mujer que no quería hacerlo, llevada por la fuerza. No es válida. Perdiste, Zibo. Todavía puedes salvarte tú, quizá, si nos dices dónde encontrar a ese... *marido*.

—Está en la casa de té ahora. Es donde siempre está. Eleo. Vuelve a las casas de té después de cada corte y después regresará a mis dependencias.

Xaforn salió antes de que hubiera terminado de hablar y él se calló, mirando a unos y a otros.

—No sabíais nada de esto, ¿verdad? No lo sabíais, no hasta que yo lo solté —se tambaleó hacia atrás, y los dos guardias que tenía a ambos lados permitieron que su enorme mole se dejara caer en el desnudo banco del cuarto.

—Que no salga de aquí —dijo Nhia—. Voy a buscar a Yuet. Tengo el presentimiento de que podemos necesitarla después de que Tammary haya estado bajo los tiernos cuidados de este equipo todas estas semanas.

—Y Tai. Busca a Tai —Khailin se quedó mirando al ex canciller, con mirada implacable—. Yo conseguiré sacarle el resto.

* * *

Pero parecía que habían conseguido la información demasiado tarde. Cuando todas se reunieron en los jardines de la lujosa residencia de Zibo, no lejos del Palacio, fue para ver humo negro salir de las ventanas del segundo piso. Xaforn envió a sus guardias a todas las entradas y, con Yuet y Nhia pisándole los talones, entró por la principal. Tai se quedó atrás, sola, y por tanto fue ella la que vio a la desaliñada figura encorvada al abrigo de unos floridos arbustos ornamentales, no lejos del edificio principal. Echando una mirada hacia donde habían ido las demás, Tai se dio la vuelta pausadamente y se aproximó a lo que en un principio pensó que era un hombre joven, manchado de hollín y de alguna manera, quizá, herido, con las manos cubiertas de sangre. Pero entonces el «joven» levantó la cabeza y un brillante rizo se escapó bajo un gran gorro que llevaba. El corazón de Tai se paró por un segundo.

—¿Amri? —susurró, acelerando el paso—. ¿Amri? ¿Eres tú? ¿Eres tú de verdad? ¿Estás bien?

—Vete, no te quedes aquí —dijo Tammary en voz baja—. No les cuentes nunca que me has visto. Haz que piensen que me he muerto en ese incendio. Déjales que crean...

—¿Qué te han hecho? —exclamó Tai—. No puedo dejarte aquí. No puedo...

—Vendrán otros —dijo Tammary—. Estoy mejor muerta.

—Pero Zhan...

—Quizá. En su momento. Pero no, ¿cómo podría volver? —sus ojos se inundaron de lágrimas—. Me dieron *sochuan*, Tai. Pregúntale a Yuet lo que significa. Probablemente no podré volver a tener hijos. Y él no necesita que la Emperatriz esté vigilándolo todo el tiempo, esperando a que haga algún movimiento. Y me casaron con Eleo.

—Lo sé —dijo Tai, alargando la mano hacia ella. Pero Tammary retrocedió.

—Lo maté —susurró—. Juré que lo haría y lo hice.

—Me contaron lo que te había pasado —dijo Tai—. Nadie te culpará por ello.

—Ayúdame —murmuró Tammary, aferrándose a las faldas de Tai con los ojos llenos de lágrimas reluciendo su cara negra de hollín—. En nombre del *jin-shei*, ayúdame. Ayúdame a salir de Linh-an.

Durante un momento, Tai se fue muy lejos, a cuando era una niña que lloraba sobre el cuerpo agonizante de su primera y amada *jin-shei-bao*. Antian le había pedido algo también; se lo había pedido en nombre del lazo que las unía. Y Tai se había pasado la vida al servicio de aquella promesa.

Ahora, aquí, en esa oscura hora, Tammary le estaba pidiendo algo, por el mismo brillante y sagrado nombre.

Jin-shei, la promesa que no puede romperse, que no se puede rechazar.

—Pero tú estás... —dijo Tai, tras un segundo de silencio.

—Tengo que salir de aquí —insistió Tammary con la voz rompiéndose en un sollozo.

—¿Para ir adónde? —preguntó Tai, buscando desesperadamente a las demás a su alrededor—. Ven, dejemos que Yuet te...

Tammary sacudió la cabeza.

—No quiero. No quiero que me miren y me palpen y me penetren y me compadezcan. Necesito irme. Necesito encontrar... Puedo ir a casa, a las montañas, a los cielos altos, donde a nadie le importe.

—Ya huiste de allí una vez —dijo Tai.

—Y quizá no haya vuelta posible, pero necesito salir de aquí.

—Entonces Nhia puede...

—No. Que nadie sepa nada. Nadie excepto tú. Ayúdame.

—¿Puedo al menos decírselo a Zhan?

Tammary dudó.

—Tal vez. En su momento. Te avisaré.

—Están saliendo —dijo Tai.

—Tai...

—De acuerdo. ¡De acuerdo! Quédate aquí.

* * *

Cruzó corriendo la gran extensión de césped hasta la casa, al ver salir a Yuet sacudiendo la cabeza.

—¿Habéis encontrado algo?

—Creo que hemos encontrado a ese Eleo —dijo Yuet—, con un cuchillo clavado en el riñón. Y otro par de personas, viejos, sirvientes.

—¿A Tammary no?

—No.

—Buscaré en los jardines —dijo Xaforn—. Puede estar escondiéndose en algún lugar del parque. ¿Qué te pasa, Tai? Parece como si te doliera la tripa.

—Me duele —susurró.

Yuet la miró fijamente.

—¿Estás embarazada otra vez? Y si lo estás, ¿qué estás haciendo aquí fuera?

—No lo sé —dijo Tai, aprovechando la excusa—. No creo.

—Podemos buscarla —dijo Xaforn—. Tú vuelve a casa. Descansa un poco. Estás muy preocupada con todo esto.

—Como todos los demás.

—Sí, pero tú te lo has tomado personalmente —dijo Xaforn—. Yuet, ¡llévala a su casa!

—¡No! —repuso Tai. Ambas se giraron hacia ella sorprendidas por la vehemencia de su reacción. Tai hizo una mueca—. Quiero decir, que si encontráis a Tammary, necesitará a Yuet más que yo.

—Vete a casa —dijo Yuet—. Te juro que si tengo que cuidar de ti ahora me volveré loca. Me pasaré a verte tan pronto como pueda y te contaré lo que ha pasado.

Tai echó una mirada disimuladamente a los arbustos, pero no pudo ver la figura de Tammary.

—Pero no quiero que... —dijo.

Yuet le puso mala cara.

—Vete y déjame intentar hacer algún bien aquí.

Tai se fue, lentamente, a su pesar, consciente de que la seguían los ojos de Yuet y los de Xaforn hasta que alcanzó la puerta exterior del patio. Después se giraron, y mientras Tai pisaba el umbral, oyó la voz frágil de Tammary, como el susurro de las hojas secas del otoño en el suelo en los últimos días de Chuntan, decirle desde las sombras:

—¿Están todavía mirándote?

—No. Pero ¿cómo voy a llevarte a casa sin que te vea nadie?

—¿Por qué volver a tu casa?

—Tammary, no puedes ir a ningún sitio tal y como estás ahora.

—Prometiste no decírselo a nadie —murmuró Tammary.

—No lo prometí, pero no se lo diré a nadie, aunque piense que es un error —replicó, quitándose su capa mientras hablaban—. Me pediste que te ayudara a salir de este lugar y haré todo lo que pueda. Pero tenemos que hablar todavía sobre quién tiene que saberlo. Ten. Envuélvete con esto. Y sígueme.

* * *

Tai tenía toda la intención de acomodar a Tammary en su casa, hacer que se limpiara y que se cambiara de ropas y después, como mínimo, tener otra charla con ella sobre lo equivocado de lo que pensaba hacer. También pretendía hacerle saber por lo menos a Zhan que Tammary estaba viva, aunque sólo fuera eso. Había visto su cara cuando murió en él la esperanza. Sería no tener corazón dejarle que siguiera creyendo que Tammary se había ido para siempre.

Pero los planes bien trazados podían fracasar y fue simplemente desafortunado que, cuando Xaforn y Nhia llevaron a Zibo ante la Emperatriz con una completa descripción de la conspiración, Zhan apareciera en Palacio justo a tiempo para que Liudan le informara de que Tammary estaba muerta.

A la propia Liudan la distraían unas noticias bastante diferentes: contra todas las normas de una guerra civilizada, los jinetes de Magalipt habían emprendido por fin la tan esperada invasión por los pasos de la frontera occidental de Syai. Para ella, la muerte de Tammary, aunque Nhia le había dicho específicamente que no habían encontrado el cuerpo, era la conclusión a la que había llegado porque le ofrecía el cierre conveniente a la situación. Su anuncio a Zhan fue por consiguiente menos delicado de lo que ella misma hubiera esperado.

—Bueno —había dicho—, por lo menos ese problema ya está resuelto. Ahora puedo hacer borrón y cuenta nueva y hacer algo útil en la frontera.

No fue una crueldad deliberada. Pero para Zhan fue demoledora. Encontró casi insoportable la idea de volver solo a las tranquilas habitaciones que había compartido con Tammary durante un tiempo tan corto e idílico; la vería en todas partes, su persistente fantasma de pelo brillante le recordaría que los había perdido a ambos, a Tammary y al niño que llevaba. Pero quizá le quedaba otra alternativa. Le pidió a Liudan la oportunidad de liderar sus tropas en la batalla contra Magalipt.

Liudan tenía de Zhan el concepto de alguien lánguido y podría haber pensado en su delicadeza como debilidad, pero también sabía que era inteligente, que no le faltaba valentía y, creía, la suficiente lealtad a pesar de su desafortunado gusto por las mujeres. Así que le dio un mando en la frontera.

Por el tiempo en que Tai tuvo la oportunidad de enviar a buscarle para decirle que Tammary estaba a salvo y en su casa, Zhan se había ido a la guerra.

Y antes de que el sol llegara a lo alto del día siguiente, Tammary, con su pelo cortado recogido en un juvenil gorro de lana y su pecho atado para darle una silueta más masculina, salió sin que la vieran por la Puerta del Norte y empezó el largo viaje hacia las montañas de las que había escapado hacía tanto tiempo en busca de un mundo mejor.

NUEVE

Todo se volvió de pronto más profundo, más serio, más inquietante aquel otoño en Linh-an. Cada momento tenía una extraña intensidad, un sentido del presagio que dejaba sin aliento.

La poesía de Tai reflejaba esa atmósfera. Pero mucho de lo que escribió se lo guardó para sí en su diario, protegiéndolo instintivamente de Liudan. Sabía que perturbaría a la Emperatriz.

Las hojas siempre han caído de las ramas de otoño.
Pero antes nunca
me habían llenado de tanto temor indescriptible.
¿Por qué estoy tan asustada
de que las hojas no vuelvan
con la primavera?

—¿Por qué estás tan asustada? —murmuró Kito en su oído de madrugada, cuando Tai no podía dormir.

—Quisiera saberlo —le susurró Tai con un nudo en la garganta—. Hace mucho tiempo, cuando era sólo una niña, cuando Antian me llamó *jin-shei* por primera vez, mi madre me dijo que yo estaba en el *liu-kala* de mis días del *jin-shei*, que todo tiene su estación. Tengo el terrible presentimiento de que de alguna manera estoy en el crepúsculo de esa estación, que mis hermanas están en peligro, que lo que le ha pasado a Qiaan, a Tammary... es de alguna manera el principio de un fin. Que estamos en *ryu-kala*, la edad antes de morir.

—Somos jóvenes todavía —dijo Kito, rodeándola con los brazos—. No le abras la puerta a esos pensamientos oscuros. Sé que vivimos en tiempos agitados, pero las cosas mejorarán. Siempre lo hacen. Así es el mundo, cuando las cosas están realmente mal, sólo pueden mejorar.

Pero sus palabras, por mucho que Tai se aferrara a ellas, no lograron quitarle la aprensión.

Si la Corte de Otoño había lucido aquel año más desesperadamente que nunca antes, la fiesta de Todas las Almas, cuando llegó el último día de Chuntan, fue memorable por una razón muy diferente.

El Gran Templo estaba cerrado al público ese día, el único día del año que las tres gigantescas puertas estaban cerradas y atrancadas. El que llevara la tiara imperial tenía la responsabilidad de representar a su pueblo en este día. Tradicionalmente, el Emperador y la Emperatriz caminaban al Gran Templo desde Palacio la mañana del día de Todas las Almas, cruzando las calles de la ciudad, y entraban en el Templo atravesando una puertecita especial a un lado del edificio que normalmente se mantenía sellada con un tabique el resto del año. En Todas las Almas, cada año, la pared construida ante esta puerta era derribada por los sacerdotes del Templo para permitir la entrada del Emperador y la Emperatriz; y cada año la puerta se tapiaba de nuevo después de que hubieran pasado por ella para contener la renovación y el renacimiento que ambos traían al Templo. La pareja imperial caminaba con los pies descalzos alrededor del Templo, por todos los círculos, y pasaba el día sumida en la oración, las ofrendas y la meditación en el santuario más recóndito en la Torre del Señor del Cielo, dentro del Templo. Lo que eran las ceremonias que se realizaban ahí, nadie fuera del Templo y los emperadores lo sabía de verdad. Naturalmente, había muchas suposiciones, se consideraba desde luego de buen augurio concebir un niño en este día, por ejemplo, y las casas de té menos reverentes a menudo se referían a los escarceos íntimos como «hacer lo que el Emperador en Todas las Almas».

Pero Liudan no tenía Emperador, no llevaba pareja consigo, y los rituales a los que la conducían en el Templo los sacerdotes guardaban su propio misterio, auque había aquellos que murmuraban que obviamente no funcionaba, porque las malas cosechas una tras otra estaban llevando el hambre a algunas comunidades. La procesión de Liudan al Templo en el año de las premoniciones de Tai fue presenciada sólo por grupos dispersos en las calles, había muy pocos vítores y parecía haber más guardias de los que normalmente se requerían.

Los ritos llevaron la mayor parte del día y, al llegar el crepúsculo, Liudan por fin salió del Templo, atravesando una de las tres puertas, desatrancada otra vez y abierta a la gente. Hizo todo lo que le exigieron, se había inclinado ante cada dios, había encendido incienso en cada santuario y quemado esencias dulces en cuencos de lapislázuli y jade en el altar más recóndito del Gran Templo de Syai, y sus plegarias fueron fervientes y verdaderas —«Ayuda a mi tierra, porque está atribulada»—. Volvió caminando al Palacio a la hora de las sombras, rodeada de antorchas y faroles, como una visión del Imperio, la ungida que acababa de comulgar con el mismo Cahan y de comprar un año de paz y prosperidad para el reino. Sus joyas relucían en la creciente oscuridad de la calle.

Un blanco perfecto.

Uno de los guardias oyó el silbido de la flecha negra que llegó volando desde la oscuridad, y dio un grito de advertencia mientras se arrojaba frente a la Emperatriz. La flecha se clavó en el hombro de su armadura y se desvió al resbalar por el pulcro caparazón de metal. La flecha perdió velocidad, la suficiente para dejar de ser mortífera. Pero todavía siguió en movimiento. Dio contra una joya tallada que había en el hombro de Liudan, rebotó en ella y se incrustó en un acolchado pliegue de su túnica exterior recargada de bordados.

El rostro de Liudan no se inmutó y continuó caminando al mismo paso majestuoso como había estado haciendo hasta ese momento. Pero sus guardias se unieron en un apretado círculo alrededor de ella, dos sosteniendo un par de escudos sobre su cabeza desde atrás. Le hicieron sombra, apagando sus brillos. Había salido ilesa, pero sólo por pura casualidad, y hubo bastante preocupación, más que aceptable, durante el resto de aquella tensa marcha de vuelta a la relativa seguridad de los muros del Palacio, un paseo que pareció robar un año de las vidas de todos los que estaban en esa calle encargados de proteger a la Emperatriz. Fue sólo después de que la dejaran a salvo en sus propias habitaciones cuando Liudan empezó a llorar, de miedo y de furia, y no dejó que nadie entrara a verla, ni siquiera Yuet, quien vino corriendo al Palacio tan pronto como oyó lo que había pasado.

—Se hará más daño a sí misma si no me deja por lo menos darle algún tipo de infusión calmante —le dijo Yuet a Xaforn—. Pero dijiste que no había resultado herida. Que sólo estaba asustada.

Xaforn sacudió la cabeza.

—A veces el miedo es peor. Estos días tiene miedo de todo, de su propia sombra. La he visto asustarse de mi presencia, a veces. Creo que está desesperadamente sola, luchando en una guerra con tres frentes, y no sé cómo sigue cuerda con todo esto.

—¿Tres frentes? —Yuet frunció el ceño.

—Quizá incluso cuatro: Lihui, el asunto de Magalipt y la traición de gente como Zibo cuando estalló todo lo de Tammary. Nunca había confiado en Zibo, la verdad, pero le horrorizó haber podido dejarle conspirar tan a fondo sin que ella hubiera tenido noticias. Era un veneno en su propia corte.

—Pero dijiste cuatro —dijo Yuet—. Ésos son tres.

Xaforn le lanzó una mirada extraña.

—El cuarto es ella misma —dijo—. Realmente, Yuet, tú eres la curandera. Puedes ver que se está destrozando. Ella es todo lo que tiene: no tiene pareja, no tiene heredero, nada y nadie que le quite la presión que tiene encima. No se esperaba esto cuando quiso ser Emperatriz.

—¿Cómo te hiciste tan sabia? —preguntó Yuet.

—Gracias a ti y a Tai —dijo Xaforn con una triste sonrisa—. Y a los tiempos en que vivimos.

* * *

Cuando Liudan admitió por fin en su presencia a alguien de su círculo *jin-shei*, no fue a Yuet ni a Xaforn, sino a Nhia, que había tenido que tirar para conseguirlo de las dos cuerdas a las que tenía acceso, la del *jin-shei* y la de las responsabilidades y necesidades de su oficina de canciller.

—Pareces destrozada, Liudan —le dijo cuando la hicieron pasar a sus aposentos, casi dos días después del atentado. ¿Has dormido en las últimas cuarenta y ocho horas? ¿Has comido algo? Pareces medio muerta.

Liudan levantó la cabeza bruscamente a esa palabra.

—Podría estar totalmente muerta —dijo.

—Ahora estás regodeándote —dijo Nhia con suavidad—. Háblanos. A todas nosotras. A *cualquiera* de nosotras. Sabes que Tai estaría cada hora que pasa despierta contigo si se lo pidieras. Liudan, si sigues así estarás haciendo su trabajo por ellos. Te matarás a ti misma más rápido y probablemente con más sufrimiento del que podrían esperar causarte.

—No me sermonees.

—No lo estoy haciendo. Ninguno de nosotros es inmortal.

—Dijiste que Lihui lo era —repuso Liudan inesperadamente.

—Quizá —respondió Nhia con cuidado, pero su voz se había vuelto tensa con la mención de Lihui—. Pero creo que nos ha sido concedido a todos nosotros elegir cómo vivir y cómo morir. Y yo no querría la responsabilidad de llevar la vida de Lihui. El precio que tendrá que pagar al final será muy grande. Hasta los Inmortales..., bueno, pero Khailin es probablemente bastante más entendida que yo en ese tema. Ya leíste su estudio sobre las edades del mundo.

—Quise hacerlo —dijo Liudan—. Tengo un ejemplar en algún lugar de mis habitaciones. Apenas leo siquiera los poemas que Tai me envía estos días. Tengo demasiado en la cabeza, no dispongo de tiempo para pensar en otras cosas, y en lo que está por llegar si... Nhia, ¿qué pasaría con Syai si yo hubiera recibido esa flecha? No he dejado nada establecido, pensaba que tendría años para hacerlo.

—Y tienes años —dijo Nhia—. Liudan, toma algo de comida. Descansa un poco.

Liudan le echó una curiosa mirada de soslayo.

—Entonces, ¿qué dice Khailin al respecto?

—¿De la comida? La toma alguna que otra vez —dijo Nhia—. En general, creo que aprueba el concepto.

Liudan hizo un pequeño gesto con la mano.

—No te burles de mí —espetó—. Me refiero a la inmortalidad, por supuesto. ¿Está trabajando en ello?

—Trabaja en muchas cosas —dijo Nhia, empezando a captar el peligroso sentido e intentando reconducir la conversación por otros caminos—. Ella y Maxao están siempre yendo y viniendo por el laboratorio. La mitad del tiempo no sé lo que están preparando allí. Sin embargo, tengo otras cosas aquí que necesitan tu atención, Emperatriz, de tu oficina de canciller. Pide que traigan algo de desayuno y podemos tomarnos nuestro tiempo en discutirlas con un té.

* * *

Liudan salió de su aislamiento después de la visita de Nhia, pero su humor era oscuro e irritable. Estaba rumiando algo de lo que no hablaría con ninguna de sus hermanas del *jin-shei*. No hubo más atentados contra su vida y durante algunas semanas las cosas parecieron seguir con normalidad hasta que un día, la víspera del veinticinco cumpleaños de Khailin, reunió a un séquito de guardias y se abrió camino hacia la casa de ésta en la ciudad.

La visita fue inesperada y Khailin, informada por una aturdida criada de que la Emperatriz la estaba esperando en el salón, se quitó la bata de trabajo y fue a recibirla a toda prisa.

—Feliz cumpleaños —dijo Liudan a modo de saludo.

Khailin parpadeó.

—Lo creas o no, la verdad es que se me había olvidado —respondió—. Gracias.

—Tengo un regalo para ti —dijo Liudan, y le hizo un gesto a uno de sus criados que esperaba en la puerta de la habitación. Él hizo una reverencia, dio una señal a alguien de fuera y metieron en el salón un pequeño cofre de madera de cedro.

—¿Qué es? —preguntó Khailin, mirando el cofre labrado con curiosidad.

—Ábrelo —dijo Liudan.

Las bisagras chirriaron al levantar la tapa.

—Lleva sin abrirse bastante tiempo —comentó Khailin.

—Probablemente no —dijo Liudan—. No hacía ningún bien donde estaba. Pensé que tú podrías usarlo.

La caja estaba llena de rollos ordenados que, cuando Khailin probó a desplegar, resultaron estar escritos en apretados caracteres *hacha-ashu*. Khailin lo escudriñó, entrecerrando los ojos.

—O necesito gafas —dijo— o esto fue escrito con ayuda de una lupa. ¿Qué es, Liudan?

—Documentos de los astrónomos imperiales. Creo que algunos están fechados doscientos años atrás.

Khailin levantó la mirada.

—Esto es un tesoro real, Liudan. ¿Por qué me lo das?

—Tú lo usarías. Nhia dijo que estabas trabajando en muchas cosas.

—Sí —dijo Khailin con lentitud—. Lo estoy.

Sus ojos se encontraron y ambas mantuvieron la mirada. Se dijeron muchas cosas sin hablar. Después Liudan se rió.

—Tienes razón, es también una especie de soborno. Hay algo que quiero que hagas por mí.

—Y no es algo que me gustará hacer, ¿verdad, Liudan?

—No lo sé.

Khailin enrolló el antiguo manuscrito y lo devolvió a su caja.

—Entonces, ¿qué deseas?

—Casi me muero este último otoño.

—Lo sé.

—Podría haber dejado el Imperio a la deriva sin estar preparado para ello.

Khailin esperó en silencio.

—Necesito *tiempo* —dijo Liudan, con tono apremiante, incluso de desesperación—. No puedo hacer lo que tengo que hacer si estoy esperando a cada momento la flecha en mi corazón. No puedo planear nada si no tengo el tiempo para ver cómo será la cosecha.

—Te he hecho todos los amuletos protectores que he podido —dijo Khailin en voz baja—. Algunos protegen las entradas de tu Palacio, tal como hablamos. Pero ¿qué más puedo hacer que...?

—Nhia dijo que estabas trabajando en ello —la interrumpió Liudan—. Y la quiero. Quiero que me la des. Quiero...

—¿*Qué* quieres, Liudan?

—La inmortalidad —respondió con un brillo en los ojos que reflejaba una desnuda necesidad—. En nombre del *jin-shei*, quiero que me des la inmortalidad.

SEXTA PARTE

Pau

Es invierno por fin. Todo duerme.
El alma, también, descansa en Pau.

QIU-LIN, año 28 del Emperador de la Nube

UNO

La criada apenas había tenido la oportunidad de abrir la puerta cuando Khailin ya había pasado al interior de la casa y al salón de Yuet. Su expresión revelaba frustración, furia, exasperación y miedo en partes iguales.

Tai, que estaba acurrucada en un asiento junto a la ventana y dándole sorbitos a una infusión que le había hecho Yuet, se estiró como un látigo nada más verla.

—Parece como si quisieras matar a alguien —dijo.

—Al contrario —repuso Khailin—. Me han dado un ultimátum para mantener a alguien con vida.

—¿Mantener a alguien *con vida*?

—¿No es ése mi trabajo? —comentó Yuet irónicamente.

—Sí —respondió Khailin con brusquedad—, y no de la manera que piensas, Yuet. Quiero decir indefinidamente. Liudan ha tomado conciencia del concepto de inmortalidad.

—Es mejor que te sientes, tomes un poco de té y nos cuentes todo desde el principio —dijo Yuet, vertiéndolo ya en una taza de porcelana.

* * *

Khailin podía recordar claramente aquella conversación en el salón que había puesto las cosas en marcha casi dos semanas antes.

—Inmortalidad —dijo Liudan— en nombre del *jin-shei*.

—Liudan, te han dado un susto —dijo Khailin después de un momento de silencio—. Pero la inmortalidad no te protegerá de flechas perdidas. De todas formas, hay varios tipos de inmortalidad. Y, además, es imposible.

—Nada es imposible —replicó—, y cualquier cosa que te pida en nombre del *jin-shei* es un deber sagrado.

—Así que no me estás ordenando que lo haga —dijo Khailin con una mueca en la boca—. Sólo me estás pidiendo lo imposible en nombre de un vínculo imposible de rechazar. ¿Qué pasa si no puedo?

—Nhia parece pensar que puedes.

—¿*Nhia*? —preguntó Khailin sorprendida—. ¿Qué tiene que ver Nhia con esto?

—Dijo que habías estado trabajando en algo parecido.

—Sólo porque quiero saber cómo destruirlo —espetó Khailin—. Con Lihui todavía en libertad...

—¿A qué te referías con varios tipos de inmortalidad? ¿Cuál es el que Lihui posee?

—No, Liudan. Ése no —Khailin frunció el ceño—. No querrás ser Lihui. Créeme. Él, lo que es, es antinatural y diabólico. Sólo se sostiene porque bebe las almas de los demás, dicho de forma sencilla. Es viejo, inmensamente viejo, de una vejez antinatural. Y muy poderosa. Cuando se siente cansado, simplemente sacia su sed física en un cuerpo núbil y joven, sin hacer distinciones entre hombres y mujeres cuando elige sus víctimas, y se bebe su vitalidad hasta que sólo queda de ellos una cáscara. Como hizo con Nhia.

—Pero ella está viva y bien —dijo Liudan con obstinación.

—Sólo porque yo estaba allí —susurró Khailin—. Él dejó el trabajo a medio hacer aquella noche. Habría vuelto a terminarlo. Y tú sabes, *tú lo sabes,* cuánto tardó en volver a nosotros.

—¿Y cómo es que no te utilizó a ti de esa manera?

Khailin se estremeció.

—No lo sé —dijo—. En parte era un juego para él hacerme descubrir con toda crudeza lo completamente joven e idiota que yo era. Se divirtió viéndome sufrir bastante más de lo que habría disfrutado inhalando mi espíritu para prolongar su vida antinatural. Eso, imagino, y el hecho de que podía acceder a otras fuentes. Había montones de melocotones, jóvenes y vigorosos, en el árbol de la inmortalidad que podía arrancar cuando lo necesitara. Por lo tanto, no sentía ninguna urgencia hacia mí en ese aspecto —Khailin tembló—. Ni siquiera en nombre del *jin-shei* pensaría en esa vía de inmortalidad.

—Dijiste que había otras formas —insistió Liudan—. Cuéntame.

—Una es la inmortalidad espiritual —dijo Khailin a regañadientes—, del tipo que otorga el Templo: los Inmortales Santos, los Sabios y los Emperadores cuyas estatuas llenan las hornacinas y que no están en Cahan, Inmortales que escuchan las plegarias del pueblo. Pero eso se logra a través de grandes acciones y sólo llega después de que tu envoltura física se haya ido. Eso no es lo que quieres de mí.

—¿Hay otra opción? —Liudan no iba a abandonar su idea de buen grado, ni fácilmente.

Arrinconada, Khailin la miró frunciendo el ceño.

—Sí, pero creo que tampoco es lo que tienes en mente cuando...

—Yo juzgaré eso.

—Hay antiguos documentos —dijo Khailin con prudencia— que hablan de un método... No sé, no lo he estudiado con profundidad. No estoy segura. No puedo explicar las cosas que yo misma no comprendo.

—Pero puedes aprender —replicó Liudan—. ¿Qué necesitas para empezar a estudiarlo?

—Liudan, hay formas mucho más fáciles de conseguir un heredero —dijo Khailin con bastante aspereza.

—Ninguna por la que mi heredero sea yo —dijo ella con los ojos brillantes—. Si, como dices, seguir la vía que tomó Lihui es una total abominación, entonces intentaré este otro camino. Y tú me ayudarás a hacerlo, Khailin. En nombre del *jin-shei*, lo harás.

* * *

—¿Y tú accediste? —preguntó Yuet, cuando Khailin terminó de contar el incidente.

—Ya he empezado a trabajar en ello, maldita sea —gruñó—. Si hubiera sido una orden directa, podría haberla rechazado..., quizá. Pero me lo pidió en nombre de la hermandad.

Hizo una pausa y se restregó las yemas de los dedos contra los párpados en un gesto de cansancio.

—Pero hay algo más —dijo Tai, interpretando su movimiento, viendo el conflicto, ¿la culpabilidad?, que rondaba a Khailin—. Liudan ha despertado algo más.

—La curiosidad —dijo Khailin como dándose por vencida—. Ésa ha sido siempre mi debilidad. Lo estoy haciendo por una hermana del *jinshei*, pero ha echado raíces en esa condenada curiosidad y ahora..., ahora quiero saber, descubrirlo para ella y para mí misma. Sólo sé que es un conocimiento prohibido y encerrado en lo arcano y no ha hecho más que inquietarme para cavar más profundo. Para encontrar las respuestas. ¡Maldita sea! No puedo intentar aclarar esto ahora. Pero tampoco puedo hacerlo sola; necesito cosas. Necesito... Yuet, necesito tu ayuda.

Una parte de Tai, observando con fría objetividad, se estremeció ante esas palabras con una extraña clarividencia. Su madre solía describir ese particular sentimiento como «un viento en tus cenizas», como si el aliento de alguien perturbara los restos de una pira funeraria.

Su propio poema volvió a perseguirla; la imagen de las ramas desnudas del otoño, inundadas por la clara luz del sol de primavera pero muertas, muertas, muertas. «Se avecina», pensó Tai con frialdad. «Se avecina la tormenta...»

—¿Qué tengo yo que hacer en todo esto? —preguntó Yuet, sorprendida.

—Tú eres curandera. Tienes acceso.

—¿Acceso a qué?

—A los cuerpos. A los fluidos corporales. Al tejido vivo o incluso al recién muerto. Necesito comprender la vida antes de poder entender cómo perpetuarla. Intenté usarme a mí misma, pero no puedo sacarme sangre todos los días. Necesito... ¡Oh, Cahan! ¿Por qué Liudan me ha metido en esto? Necesito algo con lo que trabajar.

—¿Y de dónde esperas que te consiga cadáveres? —preguntó Yuet horrorizada—. ¡No puedo dejarlos en la puerta trasera de tu casa como si fuera la ropa sucia!

—Así es exactamente como tendrías que entregármelos —dijo Khailin—. Tan disimulados como puedas. No puedo dejar que se sepa.

—¿Has llegado alguna vez tan lejos? —preguntó Tai con una calma nada natural en la voz, como si se estuviera controlando.

—Algunas veces —dijo Khailin, y descubrió su brazo, enseñando una nueva venda de hilas—. Éstas son las cicatrices de la batalla. He usado mi propia sangre. Algunos escritos dan a entender que la esencia de una persona puede utilizarse para animar... algo, una estatua, algo parecido a un original, y hacerle cobrar vida. Hay elixires, brebajes que han pasado de generación en generación.

—¡Khailin! —Yuet saltó espantada—. ¡Ésa es una abominación peor que la de Lihui de alimentarse de almas! Estarías usurpando el poder de los mismos dioses, dando vida y quitándola.

—En nombre del *jin-shei*, Yuet— dijo Khailin con amargura en los ojos.

—¿Qué?

—Lo que ella me pidió, yo te lo pido. En nombre del *jin-shei*. No puedo hacer esto sola.

—Quizá es que no debiera hacerse —dijo Tai.

Khailin se volvió hacia ella.

—Bien. Entonces ve y díselo a Liudan.

—Y tú seguirías, de todas maneras. ¿Verdad que lo harías? Ahora que has llegado tan lejos...

Khailin hizo una mueca.

—Necesito saber.

—Khailin, no tienes que saber por qué brilla una estrella para disfrutar de su luz. No tienes que levantar a los muertos para comprender el aliento de la vida.

—Eso es poesía, Tai. Yo hago ciencia. Lo necesito; siempre lo he necesitado.

—Eso fue lo que te entregó a Lihui —dijo Tai en voz baja con terquedad.

—Es verdad —dijo Khailin, reacia a admitir la derrota pero forzada a conceder la verdad de ese comentario.

—No dejes que tu orgullo te conduzca...

—El orgullo no tiene nada que ver con esto —dijo Khailin—. Nhia te dirá que todos tenemos nuestro sendero en el Camino, Tai. Éste es el mío. Liudan me empujó a él, pero ahora ya he dado los primeros pasos y necesito saber, por mí misma. Necesito aprender los secretos olvidados. Es lo que siempre he querido hacer con mi vida. Y ahora estoy obligada a ello por razones más poderosas que la curiosidad; me han encargado hacerlo, en nombre de la hermandad. Es como... es como si supiera que me estaba destinado —se volvió hacia Yuet—. ¿Me ayudarás?

—Khailin, no puedo...

—*¿Me ayudarás?* —la voz de Khailin vibró intensamente.

Yuet de hecho estaba temblando.

—No puedo, Khailin. Va contra el espíritu del juramento de los curanderos. He jurado que no haría daño.

—No lo harás —dijo Khailin—. Si se hace daño, esa responsabilidad recae sobre mí. Todo lo que tienes que hacer es...

—Ofrecerte gente para ese daño —susurró Yuet.

—¡Estamos hablando de muertos!

—¡Dijiste tejidos vivos!

—Bueno, muertos *recientes*. Con las energías todavía aferradas a ellos. Puedo ir contigo si eso facilita recoger una muestra.

—¡No! —dijo Yuet, retrocediendo—. No es...

—Le estás arrebatando Cahan al alma de alguien —dijo Tai con suavidad.

—¿De qué estás hablando?

—Sus espíritus cruzan hasta los Campos del Paraíso en el humo de su pira —dijo Tai—. Y sus cenizas son esparcidas para devolver su esencia a la tierra. Y tú querrías tomar el cuerpo y negarle ese pasaje. Pincharlo, cortarlo, sacarlo del reposo adonde la muerte ha llevado el alma y arrastrarlo al mundo de nuevo. Es horrible, Khailin.

—No puedo traer a alguien que está muerto de vuelta a la vida —se rió Khailin, pero su risa era crispada y aguda—. Sólo me llevo una pequeña parte de su ser físico. Cuando haya tomado lo que necesito, el resto puede disponerse según los ritos. No deseo robarle a nadie su oportunidad del paraíso.

—Pregúntale a Nhia —le pidió Tai—. Ella te dirá. Ella comprende.

—Nadie más sabe esto —contestó Khailin de nuevo con intensidad en la voz—. Incluso tú, Tai, habría sido mejor que no lo supieras. Tenía que ser un pacto entre Yuet y yo, como lo fue entre Liudan y yo —levantó la mirada y sus ojos eran ardientes—. Te lo repito, ¡debe hacerse! ¡Debe hacerse ahora!

—Vas a crear otro Lihui —dijo Yuet negando con la cabeza—. ¿Por qué no puedes dejar en paz el tema? ¿Has hablado de esto con Maxao? ¿Qué piensa él?

—Te lo he dicho, nadie más lo sabe. Nadie salvo vosotras, yo misma, y Liudan. Y así debe ser.

—¿Por qué? ¿No te da qué pensar que este trabajo deba llevarse a cabo en secreto?

—La gente no lo entendería —respondió Khailin.

—Yo no estoy segura de hacerlo —dijo Yuet lentamente.

—Pero ¿me ayudarás?

Khailin se lo había pedido en nombre del *jin-shei*. No lo repitió dos veces, pero se erguía entre ellas, como algo brillante y luminoso, el más sagrado de los votos, la hermandad que reclamaba que se intentara lo imposible y lo impensable si se pedía en su nombre.

El día del Palacio de Verano, ese día lleno de muerte que había hecho a Yuet ofrecer el juramento de *jin-shei* a Tai, parecía que había ocurrido en otra vida. Había hecho aquella promesa después de perder vidas, de salvar vidas. Ahora le pedían en nombre de la misma promesa que rompiera la propia ley de la vida.

No podía hacer lo que Khailin le pedía. No podía. Iba contra todos los principios por los que había vivido siempre. Y aun así... aun así... se lo habían pedido en el nombre de lo que no se podía rechazar.

La encarnizada batalla entre el corazón de Yuet y su mente, la batalla entre sus obligaciones como curandera y su deber hacia la promesa del *jin-shei*, estaba escrita en la expresión de su cara mientras miraba a Khailin. Y entonces, finalmente, después de lo que parecieron horas pero que terminó quizá sólo en unos cuantos minutos, algo sombrío se asomó a sus ojos.

—Haré... haré lo que pueda para cumplir lo que pides —dijo, por fin, apretando fuertemente con las manos su propia falda.

Khailin debía de saber cuánto le había costado a Yuet. Ella misma había pagado un precio parecido. Quizá ésa fue la razón de que simplemente asintiera ante el consentimiento que había sacado a su *jin-shei-bao*, y no dijera nada más.

Tai se quedó con ella después de que Khailin se fuera, preocupada por la demacrada cara de Yuet y el brillo de sus ojos.

—Esto te destruirá, si lo haces —dijo suavemente.

—Me destruirá si no lo hago, por la forma en que me lo han pedido —dijo Yuet—. Al menos, he de intentarlo.

—Tengo miedo, Yuet.

—¿Tú? ¿De qué?

—De que sea el principio... de algo. De que no todas salgamos de esto. Siento el viento caliente en mi cara.

—Has pasado demasiado tiempo con Nhia o escuchando con demasiada seriedad a esos tontos del Templo —dijo Yuet con una discordante risita—. No me hables del fin del mundo, Tai.

Tai no dijo nada más.

Pero sus instintos no se equivocaban, porque en menos de diez días, Maxao abrió de golpe la puerta del laboratorio de Khailin y entró a grandes zancadas, atronador, agitando su bastón como un arma en vez de como apoyo.

—¿Qué es lo que he oído sobre tu trabajo? —preguntó—. ¿Es cierto?

—Me pidió que investigara este asunto —dijo Khailin con voz tranquila— la misma Emperatriz.

—¿Se te ha ocurrido alguna vez —dijo Maxao con voz baja y peligrosa— que el hecho de poder hacer una cosa así no te autoriza para hacerla?

—Ahora hablas como Tai. Una de mis *jin-shei-bao* que ha asumido el papel de un profeta bastante pesimista últimamente. No ve nada más que el desastre...

—Es más sabia de lo que tú te crees, entonces —dijo Maxao—. Así que, ¿intentó detenerte?

—En cierta medida, sí —respondió—. Pero no voy a montar un escándalo por eso.

—Pues yo sí —dijo Maxao con decisión—. Sacaré lo que estás haciendo a la luz del día. Si tu hermana no puede hacerte parar y yo tampoco, la gente lo hará.

—¡No comprenderán nada del tema! —protestó Khailin calurosamente.

Maxao le echó una extraña mirada.

—Hay mucho de Lihui en ti —dijo—, en los días en que era el más joven de mis estudiantes, o que yo pensaba que lo era, cuando lo veía simplemente joven y exaltado, y todavía no me había enseñado lo más negro de su maldad. ¿Estás segura de querer seguir ese camino? Mira dónde le ha conducido; el orgullo desmedido, la arrogancia y el egoísmo traen su propia recompensa.

—Pero estoy haciendo esto por Liudan —repuso Khailin.

—Lihui también actúa por lo que él considera buenas razones. Yo me mantuve al margen, lo observé y, porque no dije nada, no hice nada, Lihui se hizo lo suficientemente fuerte para robarme la vista, mi posición en la vida, todo. Y ahora está preparado para alcanzar el trono del Imperio. Si lograra su empeño, todos tendríamos que pagar el precio. Pero yo fui tonto una vez, no lo seré de nuevo. No harás esto. No mientras yo sea capaz de detenerte.

—¡Espera! ¿No sabes que todo lo que hagas para debilitar a Liudan va a parar directamente a las manos de Lihui? —gritó Khailin, levantando una mano para detenerlo, pero ya estaba hablándole a la espalda mientras éste salía de la habitación.

Al principio sólo fueron rumores deformados por los bazares. Khailin tenía reputación en la ciudad como erudita, una estudiante de los senderos más empíricos del Camino, una alquimista, una buscadora de conocimiento. Sus objetivos eran conocidos, no siempre aprobados en su totalidad, pero a ella sí solían tratarla con el respeto debido a su condición. Durante los días siguientes a la abrupta salida de Maxao de sus habitaciones, la atmósfera en la ciudad pareció cambiar, oscurecerse. La cocinera de Khailin volvió llorando una mañana y contó que le habían tirado fruta podrida porque trabajaba para «la bruja». Se congregaron muchedumbres a las puertas del Palacio imperial y había un oscuro murmullo que se elevaba sobre sus cabezas; los ojos alzados hacia los muros del Palacio ardían de furia y resentimiento.

«Inmortal... Quiere ser inmortal... Quiere reinar para siempre.»

Pero fueron sólo pensamientos, sólo palabras, sólo un fuerte sentimiento.

Cuando estalló en la acción, los tomó a todos por sorpresa.

A Yuet le costó mucho esfuerzo lo que Khailin le había encargado, pero había intentado hacerlo manteniendo en equilibrio los dictados de su conciencia y el cumplimiento de sus obligaciones del *jin-shei*. Si un paciente estaba más allá de su ayuda y sabía que la muerte era cuestión de quizá algunas horas, le preguntaba al pariente más cercano en la casa si podía ayudar con las preparaciones del funeral. Cumplía todos los ritos necesarios, pero a menudo tenían lugar algún tiempo después de la muerte, cuando Khailin ya había intervenido en los restos mortales. Las familias no se enteraban de que el cuerpo en la pira funeraria podía no estar entero cuando se encomendaba a las llamas.

Las cosas fermentaron entre cuchicheos y murmullos durante algún tiempo. Las semanas se convirtieron en meses e incluso los meses empezaron a sumarse, como las cuentas de una madera de los años. Pero la calma no podía durar.

Cambió la marea un día en que Yuet, por una vez totalmente inocente y sin segundas intenciones o nada parecido, fue vista ayudando a un anciano a subirse a un carro tirado por una mula para llevarle a su propia casa a darle tratamiento. Esto era algo que hacía a menudo en casos que requerían su cuidado y atención constantes. En esta particular ocasión, sin embargo, una mujer que pasaba por la calle se detuvo y señaló con un dedo huesudo a Yuet y al paciente que se estaba montando en el carro.

—¡Mirad! —soltó un alarido—. ¡Así es como la bruja nos consigue! ¡Así es como consigue los cuerpos calientes que trocea para buscar el jugo de la inmortalidad para la Emperatriz necrófaga! ¡Ésa es la ayudante de la bruja! ¡Se nos lleva y le entrega nuestros cuerpos que todavía respiran, aún calientes! Mirad adónde va, llevándose a otro. Puede que sea viejo, pero ¡todavía es uno de nosotros!

—¡Uno de nosotros! —gritó alguien más.

—¡Detenedla! ¡No dejéis que se lleve a ese viejo!

—¡Detened a la ayudante de la bruja! ¡Detenedla!

—No nos trocearán y estudiarán para que la Emperatriz pueda vivir para siempre con nuestra sangre y nuestros tendones.

—¡Paradla!

Yuet no tenía ni idea de dónde había salido tanta gente, pero una repentina multitud se había congregado a su alrededor y estaba furiosa. Sus voces eran agudas, estridentes, llenas de rabia.

Quizá lo más sensato habría sido subirse a la parte trasera del carro con su paciente y rogar al cochero que se moviera, rápido y sin montar alboroto. Pero Yuet conocía a la mujer que había hablado la primera y a los demás de la vecindad; a muchas de las caras que podía entrever, ahora contraídas por el odio, en la multitud, ella les había curado llagas y fiebres y atendido en nacimientos y achaques de la vejez. Eran su gente, sus pacientes, su responsabilidad. Sintió la necesidad de pararse, de explicar, de tranquilizar, de hacer bien.

—Esperad, dejadme que os explique...

No pudo decir más que esas palabras. Nunca supo de dónde salió la primera piedra, pero le dio de lleno en los riñones. Soltó un grito ante el punzante dolor, se tambaleó y cayó a cuatro patas en la calle, sacudiendo la cabeza e intentando recuperar el aliento.

No le dieron la oportunidad. Una segunda piedra siguió a la primera, dándole en la mandíbula; probó la sangre de su labio roto y de su diente partido. Una tercera vino, una cuarta y después un aluvión de ellas.

—¡La amiga de la bruja! ¡La sierva de la bruja!

Las voces se arremolinaban a su alrededor, tan duras como las piedras, hiriendo su mente y su corazón mientras las rocas laceraban su cuerpo. «No es justo», pensó, desesperadamente, levantando las manos para protegerse la cabeza y la cara. «No es justo. Me queda mucho que dar.»

Y entonces una piedra particularmente grande esquivó sus defensas y le golpeó en la sien. Yuet profirió un grito suave, el primer sonido que hizo en voz alta desde que la lluvia de piedras comenzó. Fue muy suave, casi inaudible; la muchedumbre no lo oyó. El mundo se fundió en una suave oscuridad a su alrededor y su mente quedó vacía, sin más pensamientos. No hubo últimas palabras. Ninguna sensación más. Nunca supo que las piedras siguieron llegando hasta mucho después de que su cuerpo se quedara quieto, mucho después de que se hubiera convertido en una pulpa sangrienta bajo el aluvión.

* * *

El cochero del carro había azotado a la mula tan pronto como empezaron los problemas y se llevó a su pasajero, el paciente a quien Yuet había subido al carro, lejos de la zona de peligro, tan rápido como pudo. Fue él quien alertó a la guardia imperial, pero cuando por fin llegó un destacamento, la muchedumbre ya se había disgregado hacía tiempo y Yuet estaba muerta.

Xaforn se encargó del adecuado traslado del cuerpo de Yuet y contactó con Tai para hacer los preparativos necesarios para su funeral. La propia Xaforn barrió las calles donde ocurrió la lapidación, preguntando a la gente, pero al parecer nadie había visto nada e insistían en su historia incluso cuando Xaforn los amenazaba con detenerlos por obstruir sus investigaciones.

—Nunca sabremos quién lo hizo —le dijo más tarde a Tai con el rostro pálido de agotamiento y de las lágrimas que había vertido por Yuet.

Ambas estaban todavía impresionadas y destrozadas por el dolor y la furia de su muerte, por la pérdida de la vida de alguien a quien habían amado, que había sido parte de ellas—. *Todos* lo hicieron.

—Seguro que el cochero vio...

—Seguro. Él tampoco recuerda —dijo Xaforn con ferocidad—. No, nadie sabe nada, nadie quiere saber nada. He hablado con una mujer que antes vivía en los recintos interiores, la viuda de un guardia. Ella estaba allí cuando Yuet entregó su corazón y su esfuerzo a las víctimas de la intoxicación. Ni siquiera ella recuerda haber visto nada que pueda sernos de ayuda. Y sabía quién era Yuet. Ella, más que nadie, lo sabía.

Ya empieza, entonces, escribió Tai en su diario la noche después de haber ayudado a preparar el cuerpo de Yuet para su pira funeraria, después de que las cenizas de Yuet se hubieran esparcido al viento. Después de haber llorado hasta quedarse seca. *Pau-kala está sobre nosotros y la primera de mis hermanas se ha ido. Oh, pero Kito dijo que éramos muy jóvenes.*

En su mente, una rama desnuda de hojas temblaba en la cautivadora e inútil calidez del sol de primavera.

DOS

Tai había asumido la responsabilidad de llevar la noticia de la muerte de uno de los miembros de su círculo *jin-shei* al resto de sus *jin-shei-bao*. Había ido primero a la casa de Khailin, pero aunque las criadas la habían dejado pasar al recibidor, ni el golpeteo en la puerta cerrada del laboratorio ni las llamadas a Khailin para que abriera la puerta parecían llamar la atención de su ocupante.

—¿Está ahí dentro? —preguntó Tai a una de las criadas.

—No la he visto salir, señora —dijo la joven sirvienta—. Dejamos comida en la puerta cada mañana y cuando volvemos ya no está.

—¡Khailin! —gritó Tai, golpeando la puerta de nuevo—. ¡Abre! ¡Oh, por amor de Cahan, abre!

Pero hubo silencio.

Al final, Tai garabateó un escueto mensaje en *jin-ashu* y se lo dejó, sellado, a la sirvienta con instrucciones de introducirlo en el laboratorio con la siguiente bandeja de comida.

Liudan recibió a Tai, pero su reacción ante la noticia fue distante, casi impasible.

—Lo siento. Además de ser de mi propio círculo *jin-shei*, Yuet era una buena curandera y una bondadosa consejera, cuando decidía dar consejos —había un deje de verdadero pesar en la voz de Liudan, pero sus ojos estaban secos y brillaban con una extraña luz mientras decía las palabras de rigor.

—Liudan, dile a Khailin que detenga esto. Tú puedes, está en tu mano. ¡Mira adonde nos ha llevado! ¡Una de nosotras ya está muerta! Y si tú...

—Dije que lo lamentaba —replicó Liudan con un tono más glacial—. Pero no es la primera vez que una hermana del *jin-shei* muere en una misión en nombre de la hermandad. Tampoco será la última, creo, mientras dure el *jin-shei* y sea lo que es. Hay cosas por las que vale...

—¿Por las que vale la pena morir, Liudan? ¿O matar?

—Cuando Antian te eligió, ¿qué no habrías hecho en nombre de esa elección? —preguntó Liudan—. Eres egoísta como el resto de nosotras. Sólo que tus objetivos son distintos.

—Pero Liudan...

El hielo se trasladó a los ojos de Liudan al inclinar su mirada hacia Tai, pero ésta no se dejó intimidar.

—¿Y si yo te pidiera...? —empezó a decir Tai, pero Liudan apartó la cabeza.

—No me lo pidas —dijo en voz baja—. No me pidas eso. No puedes deshacer un juramento *jin-shei* tan fácilmente, no puedes retirarlo. He hecho lo que he hecho.

—Entonces la sangre de Yuet mancha tus propias manos —dijo Tai, a quien el dolor la volvía temeraria.

—Eso puede ser —comentó después de una breve pausa—. No hay nada que pueda hacer ahora para repararlo. ¿Has organizado sus ritos funerarios?

—Sí.

—¿Cuándo serán?

—Mañana. ¿Vendrás?

—No puedo —respondió Liudan—. Pero enviaré una representación y la ofrenda apropiada.

Era una despedida, y Tai se fue herida, confusa, desilusionada. Liudan parecía manejar los lazos del *jin-shei* con el toque ligero del malabarista profesional, tomando de la hermandad lo que necesitaba y abandonando el resto. Había pedido la vida y con ello la muerte de una de sus hermanas; pero no iba a arriesgar su propia seguridad apareciendo en el funeral. Y ambas cosas estaban justificadas en su mente, era lo correcto si significaba conservar el poder del Imperio.

El funeral de Yuet fue un extraño acontecimiento. Al principio sólo había un puñado de asistentes llorando su muerte, pero después, al encender la pira, Tai vio más y más gente venir y quedarse silenciosamente alrededor de la plataforma en la que el cuerpo de Yuet estaba acostado, envuelto en un blanco sudario que ocultaba la ruina que habían hecho de él. Había mujeres que llevaron sus niños —bebés en brazos, niños pequeños con cara de sueño—, como si desearan que vieran la pira para recordar. Hombres renqueando con muletas que se quedaban con la cabeza inclinada. Un creciente sentimiento de remordimiento, de pagar una deuda de gratitud, se había establecido en la ocasión, como el humo de una aromática varita de incienso. Tai observó formarse a la silenciosa multitud y después la vio disiparse tan sigilosamente como la pira convirtiéndose en ascuas, sombras escabulléndose sin cruzar los ojos con los de los demás, sin pararse a intercambiar una sola palabra.

Tai había llorado por muchas razones; entre las cuales, no era la de menor importancia el que el círculo se hubiera destrozado, el círculo por cuyo nombre Yuet había muerto. Además de la propia Tai, Nhia estaba allí, con sus galas de canciller, y Xaforn, vistiendo la armadura completa de un capitán de la guardia imperial. Liudan estaba presente sólo por un representante. Qiaan todavía faltaba, estaría en algún lugar del campo enemigo. Tammary se había ido. Khailin estaba simplemente... ausente.

Cuando por fin salió de su aislamiento, Khailin estaba delgada y con los ojos desorbitados, como si hubiera batallado contra ejércitos y después se hubiera replegado durante unas semanas sin agua cruzando una tierra desértica.

Acudió a Tai, a la que le llevó algún tiempo sacarle algo coherente. Khailin balbuceaba palabras sobre el éxito en su búsqueda y casi inmediatamente se reprochaba por el fracaso, llorando, rabiosa, perdida a veces en largos silencios, durante los cuales no respondía a ninguna voz sino que simplemente miraba el espacio sin comprender, meciéndose adelante y atrás, moviendo los labios como si estuviera pronunciando conjuros. La muerte de Yuet había ocurrido pocos días antes. Era un dolor constante y fresco, y la herida de Tai se abrió más con el instinto repentino de enviar a buscar a la curandera y *jin-shei-bao*, cuya sabiduría práctica y sus pertinentes —aunque a veces demasiado recatados— consejos nunca tendría de nuevo. En vez de eso, llamó a Nhia, esperando que su conocimiento de algo del misterio donde Khailin se había inmiscuido pudiera ayudar a comprenderla.

Khailin apenas reconoció la presencia de Nhia cuando ésta llegó a la casa de Tai.

—Debo encontrarlo... Debo encontrarlo... Yuet sabrá...

—Yuet ha muerto, Khailin —dijo Nhia.

Khailin levantó la mirada.

—Yuet. Necesito hablar con... —parpadeó y algo de cordura pareció volver a sus ojos—. ¿Qué? —susurró—. ¿Qué has dicho?

Las lágrimas corrían libremente por las mejillas de Tai.

—Oh, Cahan, Liudan tendrá que pagar un duro precio por lo que ha hecho —murmuró, más para sí misma que para ofrecerlo a la conversación, pero el oído de Khailin parecía haberse agudizado y volvió bruscamente la cabeza para mirar a Tai.

—Yuet... —empezó Khailin, y Nhia tomó su mano.

—Khailin, Yuet fue asesinada por una muchedumbre enfurecida hace menos de una semana. Intentamos ponernos en contacto contigo. ¿Dónde estabas?

—¿Por qué, por el amor de Cahan? ¿Qué ha pasado?

—Estaba intentando llevar a uno de sus pacientes a su casa y la multitud pensó..., creyeron...

—*Yo la maté* —dijo de repente Khailin con la voz entrecortada, como si un cuchillo se le hubiera hundido en el corazón.

Nhia apretó su mano.

—Ah, no. No hagas eso.

—Yo lo hice —dijo Khailin inconsolablemente—. Yo fui quien la involucré en esto. No debí haber implicado a nadie más.

Tai estaba sentada en el otro lado, con una mano apoyada en uno de los hombros de Khailin, balanceando la dulce mano de Nhia con la otra.

—¿Qué ha pasado, Khailin? Llegaste aquí como una aparición y no pude sacarte nada con sentido; y todavía sigues así.

—Fracasé —dijo Khailin de forma casi inaudible.

Nhia suspiró profundamente.

—Quizá fuera lo mejor —dijo.

—Y triunfé más allá de mis sueños más descabellados —continuó Khailin, como si Nhia no hubiera hablado—. La hice vivir. *La hice vivir.*

—Khailin. Cuéntamelo. ¿Qué has hecho?

Khailin levantó una mano temblorosa; un corte reciente, apenas sin costra, recorría la longitud de su palma.

—Me usé a mí misma, al final. Todo fue innecesario, lo que obligué a hacer a Yuet. Sólo podía usarme a mí misma, al final.

Su voz se fue apagando, por un momento pareció retraerse en su interior, recordando en ese vívido momento que finalmente la había arrastrado hasta allí. No había confiado en nadie. Lo que había dicho era la absoluta verdad. Sólo podía confiar en sí misma, usarse a sí misma.

Había modelado la arcilla hasta lograr el aspecto de una mujer y la había endurecido, como una estatua. Todavía podía sentir en la piel de su cara la fina capa de arcilla que había alisado contra sus propias facciones; la levantó, una vez estuvo seca, con dolorosa lentitud y cuidado no fuera que se rompiera y arruinara, y le rellenó los agujeros de los ojos con una arcilla más fina, la arcilla blanca de la que se hace la porcelana. Con las manos temblando había puesto la máscara que era su propia cara en el caparazón del cuerpo que había hecho. Había formado crípticos signos con su propia sangre en las mejillas y la frente de la máscara sin vida. Y, después, con el corazón desbocado vertió el elixir que había hecho en el agujero abierto de su boca, y se inclinó sobre ella para besar sus labios agrietados, infundiéndole su propio aliento y su propia vida a la figura.

Y entonces contempló la arcilla estremecerse con lo inexplicable, lo imposible. La *vida*. Era la propia vida, alzada bajo su mando, bajo su palabra, bajo su elixir. En Khailin, el orgullo luchaba con el terror. Con un solo aliento se gritó a sí misma: «¡Lo hice!». Con el siguiente, gritó: «¿Qué he hecho?».

Y entonces, antes de poder moverse, antes de poder hablar, vio que su creación temblaba y después caía convertida en polvo tan fino que se podía levantar de un soplido.

Pero había vivido. Durante un breve momento de esplendor, había vivido.

—¿Fue tan fácil? —dejó escapar Tai—. ¿Hacer una muñeca para contener el aliento de la vida? ¿Sólo fue eso? ¿Cómo pudo Lihui no haberlo hecho mucho tiempo antes?

—Porque él no tenía ese elixir —respondió Nhia—. ¿Qué había en la poción, Khailin? ¿Qué tuviste que hacer para conseguirlo?

Khailin le lanzó una mirada a la vez desafiante y aterrorizada.

—No quieras saberlo, Nhia.

—Sí, yo... —empezó a decir ésta, pero Khailin sacudió la cabeza violentamente.

—No. No. No hablaré de ello, no aquí, no donde pueda ser... La hice vivir, pero se fue.

—¿A qué te refieres con que se fue? ¿Se fue adónde? —preguntó Nhia, apretando la mano convulsivamente.

Por respuesta, Khailin metió la mano en el bolsillo de su túnica y sacó un puñado de polvo.

—Se fue —dijo.

—Khailin... Khailin... ¿Qué has hecho? —exclamó Nhia, consternada.

Khailin se estremeció.

—Lo conseguí —murmuró con la cara blanca como la tiza. Y después se desmayó.

—Nhia, ¿qué...? —dijo Tai, pero Nhia, después de ayudar a recostar a Khailin en un sofá bajo, se enderezó con un férreo propósito en los ojos.

—Por Cahan, no puedo entenderlo —dijo—. Cuida de ella, Tai. Volveré.

—¿Adónde vas? —la llamó Tai con la voz temblando al borde del pánico.

Nhia se detuvo, dándose la vuelta para mirarla. Su expresión era adusta.

—Voy a buscar a Maxao —dijo—. Sea quien sea, o lo que diga que fue una vez, tiene conocimiento de estas cosas.

Cuando se quedó sola, Tai recorrió arriba y abajo la habitación donde estaba Khailin, poniendo telas escurridas en agua fría en la frente y en las muñecas donde latía el pulso de su *jin-shei-bao*. Pasó un rato hasta que Khailin volvió en sí misma, pero, cuando lo hizo, estaba lúcida.

—Tengo que volver a mi laboratorio.

—No —dijo Tai con firmeza—. Te quedas aquí. Nhia ha ido a buscar ayuda.

—¿Ayuda? ¿De quién? —se rió Khailin, una risa amarga y crispada—. ¿De Liudan? Ella no puede hacer nada.

—De Liudan no. De Maxao.

Khailin entrecerró los ojos.

—Maxao me querrá muerta por esto —dijo con cansancio.

—No —repuso la voz del Sabio desde la puerta, donde aparentemente se había materializado con Nhia a su lado—. Puedes haberme decepcionado por seguir con un proyecto que te dije que no tendría buen fin, pero es cierto que pareces haber logrado algo que se nos ha escapado a muchos de nosotros durante siglos. Es un misterio que ha entusiasmado a los estudiantes del Camino desde el día en que nació el mundo. ¿Crees que Liudan ha sido la primera en ansiar la inmortalidad? ¿O Lihui? Lihui tomó lo que pudo conseguir, pero lo que hizo con su vida fue defectuoso, imperfecto. Tú has tenido éxito haciendo algo muy diferente. Y puedes habernos dado el arma perfecta.

—¿Arma? ¿En qué guerra? ¿Contra quién?

—Lihui sabrá lo que has conseguido, si no lo sabe ya —dijo Maxao—. Es la oportunidad que hemos estado esperando. Vendrá por el secreto de su existencia, de eso estoy seguro. Con ello a su disposición, puede curar sus problemas físicos; todo lo que necesita es otro caparazón, otro cuerpo, y esta vez será perfectamente inmortal, sin necesidad de reabastecimiento.

—Pero ha desaparecido —dijo Khailin—. No es más que un montón de polvo inerte...

—Oh, él vendrá —sonrió forzadamente Maxao—. Y cuando lo haga, estaremos preparados.

—¿Nosotros?

—Tú y yo echaremos el anzuelo para Lihui, Khailin. Mejor que volvamos a tu laboratorio. Hay cosas allí que necesitaremos.

Tai se levantó con los ojos ardiendo de la rabia.

—No te preocupa cuántos de nosotros moriremos —soltó—. Nhia dijo que eras un buen hombre. Ya no me lo creo. Ningún buen hombre se enorgullecería de esto, de sus consecuencias, de lo que Yuet...

Se le fue quebrando la voz y Maxao volvió inexorablemente sus ojos ciegos hacia donde ella estaba.

—¿Y qué es ser un buen hombre? —le preguntó—. Trabajamos hacia un objetivo, todos nosotros. ¿Somos buenos cuando perseguimos ese objetivo o somos buenos cuando dejamos que las circunstancias nos desvíen de esa búsqueda? ¿Hasta qué punto llegarías si necesitaras despejar tu sendero hacia la luz de tu destino, o corregir un pasado erróneo que te ha arruinado la vida?

—No mataría —susurró Tai.

Maxao asintió.

—Eso está bien. Entonces tú eres mejor que yo. Es una clase diferente de bondad. Para mí, si una muerte despeja el camino hacia algo bueno, entonces la muerte tuvo una buena causa. Siento que hayas perdido a tu amiga, pero así es el Camino; hasta ahí la condujo su sendero. Algún día su memoria puede que sea algo brillante y sagrado —su boca se torció en una de sus feroces sonrisas de lobo—. Mientras tanto, mi joven amiga, tenemos la oportunidad de librar al mundo de algo maligno, de una oscuridad que se va extendiendo, si me lo permites, de una enfermedad que podría matar a más de los que puedas llegar a soñar. Quizá, en su muerte, tu curandera ha interpretado el último y glorioso acto de curación y será recordada por ello los años venideros.

—Tú sólo quieres vengarte de Lihui —dijo Tai.

Maxao levantó una ceja.

—¿Y qué si lo hago?

—No te gustó lo que Khailin intentaba hacer para Liudan, así que intentaste detenerla. Pero ella no era la única implicada en ese secreto empeño, y porque decidiste entonces que era algo malo y revelaste al mundo el secreto, Yuet lo pagó con su vida —los ojos de Tai se llenaron de lágrimas de nuevo—. Eres el hombre más arrogante, cruel y egoísta sobre el que alguna vez yo haya puesto los ojos.

—La vida es egoísta —dijo Maxao sin rodeos—. Gracias al egoísmo sobrevivimos. ¿Tú crees que el mundo se preocupa por nosotros? ¿Que debemos preocuparnos por él?

—El mundo tal vez no —susurró Tai—. Pero hay gente aquí a la que amamos. Tú destruyes cuanto se cruza en tu camino y no te importa si sientes algo por ello o lo sentiste una vez. Si se cruza en tu camino, está condenado.

—Sí —dijo Maxao—. Hago lo que tengo que hacer; hago lo que es necesario.

Ofreció su brazo a Khailin. Ésta dudó unos instantes y después, con los ojos llenos de lágrimas, avanzó para apoyar el suyo en él. Nhia se echó hacia atrás mientras los dos salían por la puerta y se adentraban en las calles donde Yuet había muerto en busca de aquello sin vida, pero sin muerte, que Khailin había hecho.

TRES

—Ha desaparecido, Maxao. ¿Cómo pretendes tenderle una trampa con algo que ya no existe?

—La criatura es algo secundario —respondió Maxao.

—Pero les dijiste a los demás...

—No les conté todo —dijo él con dulzura—. No seas ingenua. Lihui no vendrá por ese cachivache que has creado; él sabe tan bien como tú cómo hacer la imagen de un hombre. Lo que vendrá a buscar es el elixir que usaste para ello.

—Pero fracasé —dijo Khailin en voz baja—. Y es polvo y cenizas...

—Sí —señaló Maxao—, pero es un polvo que no tenía derecho a vivir y aun así vivió a tu palabra. El resto son matices. Lihui convirtió su empeño en una obsesión y ahora sabe que tú has descubierto el secreto. El mero acto de dar aliento de tu aliento y sangre de tu sangre no es suficiente.

—¿Cómo sabes lo que hice? —exclamó Khailin.

—He leído los mismos manuscritos antiguos, querida —dijo Maxao—. Y también Lihui. Tú, al parecer, encontraste el ingrediente secreto que se nos escapó a ambos, pero el resto ha sido de conocimiento ordinario durante siglos.

—No me queda elixir.

—Lo sé. Pero dentro de tu cabeza está encerrado el secreto para hacer más.

—Así que la criatura no es el anzuelo —dijo Khailin muy pálida—. Soy yo.

—Yo estaré allí.

Khailin no se tranquilizó. Su piel se puso tensa con el recuerdo de las manos de Lihui sobre ella, la ocasional posesión de su cuerpo y de su mente, la maligna autoridad que le otorgó su sumisión voluntaria.

Su risa le estalló en la cara como si fuera ácido.

Khailin levantó la mirada para ver los ojos ciegos de Maxao puestos en ella haciéndole un examen invidente.

—Tú lo venciste una vez —dijo—. Y estabas sola entonces. No tengas miedo.

—No estoy asustada —repuso Khailin—. «Solamente aterrorizada. No del propio Lihui, sino de su derecho a reclamarme. Fui suya una vez. Todavía lo soy.»

Una parte de Khailin ya sabía cómo acudiría a ella; del modo más fácil, con un simple acto de voluntad: el camino fantasma. Maxao había dicho que primero había que poner el cebo en la trampa y hacer que Lihui se enterara de lo que Khailin había conseguido; de eso se iba a encargar él. Cuando Maxao y Khailin volvieron al laboratorio, él se retiró durante casi una hora para preparar el cebo, para liberar el conocimiento secreto en los lugares donde Lihui lo encontraría y ambicionaría su posesión. Después volvió y le dijo a Khailin que lo único que podían hacer entonces era esperar.

—Pero la criatura...

—Lee tus manuscritos más cuidadosamente, niña —dijo Maxao—. No puedes compartir el mismo espacio con algo que tú has hecho. Es, en muchos aspectos, tú, tú misma. Desequilibra el mundo tener ambas entidades en el mismo lugar. Nunca puede existir más de una. El peligro de crear un doble perfecto de tu espíritu dotado con la inmortalidad es simplemente que puede destruirte a ti, a la original, para poder ocupar tu puesto. En eso, por lo menos, no tuviste éxito y por ello podemos estar agradecidos.

—Pero ¿cómo puedes...?

—Tú sabes eso, también. Conoces formas de extinguir la chispa de la vida independiente que otro posee y después alimentarla con tu propio elixir e infundirle el aliento de tu propia esencia, como hiciste con tu doble. Ambos seríais tú. Y no podéis existir a la vez. Va contra todas las leyes.

—¿No moriría este otro, como hizo mi criatura, si hiciera eso?

—Es posible —asintió Maxao—. Pero piensa en esto: antes de que hicieras lo que hiciste, todo el mundo juraba que era imposible. Dar un paso más allá significa ganar una comprensión mucho mayor de lo que has conseguido. Es un merecido premio.

Khailin se rió. Su risa tenía un tono de locura.

—¿Por qué me estás diciendo esto ahora?

—Porque es algo que tú sabes o que estabas a punto de descubrir —respondió—. Y porque ahora sé que es un conocimiento que nunca utilizarás otra vez.

—Tienes mucha fe en mí —murmuró Khailin.

—Siempre la he tenido.

—¡Qué conmovedor! —dijo una tercera voz, familiar, melosa como en su recuerdo y surcada de un delicado sarcasmo. Khailin se sobresaltó, pero Maxao ni siquiera giró la cabeza.

—Bienvenido, Lihui —dijo—. Me estaba preguntando cuánto tardarías.

—¿Me dejaste morir para juntarte con esa vieja reliquia? —dijo Lihui volviéndose hacia Khailin—. ¿Qué te ha estado contando, querida? ¿No has descubierto todavía que cualquier poder que alguna vez pudiera tener Maxao *soy yo quien lo posee ahora*?

—No todos —dijo Maxao tranquilamente—. Tengo un recuerdo de visión, Lihui. Tengo la oportunidad para usarlo y lo he atesorado hasta este momento. ¿Pensaste que me lo quitarías todo? Te equivocaste, Lihui-*mai.*

Enajenada, fascinada, Khailin dejó de prestarle atención a Lihui durante un momento fatal, cuando una mano con forma de garra la agarró brutalmente de la muñeca. Gritó mientras caía sobre su captor. La sonrisa de Lihui era tan feroz como la de su antiguo mentor, Maxao.

—Entonces destrúyenos a ambos —le provocó Lihui—. Venga, viejo. Hazlo. Elimínanos a lo grande: tu antiguo alumno, el más brillante que tuviste nunca, y tu discípula más reciente de un solo golpe —chasqueó la lengua y negó con la cabeza con burlona compasión—. Oh, pero se me olvidaba: mátala, y nunca sabrás el secreto del elixir dorado.

—Tú tampoco —dijo Maxao. Apretó los labios haciéndolos más finos—. Tú sabes, ambos sabéis, que si tuviera que destruiros a los dos aquí, lo haría.

—No, Maxao. No lo harías —la voz de Lihui era de nuevo un arma, un acero en una funda de terciopelo—. Recuerda, conozco tu debilidad. Te das demasiado a tus discípulos. Has invertido demasiado ya en ésta. No destruirás eso.

—¿Te refieres a que una vez no fui lo suficientemente rápido para destruirte? —se rió Maxao y no era un sonido agradable—. Aprendo de mis errores, mi joven discípulo. Y tú fuiste una dura lección para mí. No, no destruyo cosas de valor a la ligera. Pero Lihui, ella ahora tiene valor en este juego. Sin ella no puedes abandonar la habitación. Dejaste a quienquiera que usaras como tus ojos fuera en el camino fantasma para que muriese, de nuevo, como has hecho ya muchas veces.

—¡Nunca saldré contigo viva! —le soltó Khailin a Lihui.

Durante largos instantes, Maxao dudó, como si sopesara algo en su mente. Khailin tuvo tiempo de preguntarse amargamente si su propia vida y todo lo que había conseguido en ella eran de verdad tan completamente insignificantes para Maxao.

Lihui le apretó el brazo con más fuerza y la llevó hacia atrás, retrocediendo con él, apretándola contra él, poniendo sus labios en el oído de Khailin.

—Recuerda la casa que quemaste —le susurró con concentración.

El camino fantasma...

Khailin intentó frenar los recuerdos, pero la desbordaron involuntariamente, los tejados de pagoda, los dragones en la puerta que la quemaban si osaba tocarlos..., las frías cenizas grises en las que convirtió todo eso..., suficiente, era suficiente como para abrir el camino fantasma y llevársela de vuelta, de vuelta a aquel lugar, *de vuelta*...

Las paredes detrás de Lihui perdieron un poco de su consistencia y empezaron a hacerse borrosas.

—Tú la sujetas —dijo Maxao afablemente, como si no hubiera habido pausa—, pero para hacer uso de lo que ella sabe, tienes que llevártela de aquí mientras todavía esté viva y te sea útil; y acabas de oír a la dama manifestar que no permitirá que eso ocurra. Y yo, Lihui, tampoco. ¿No lo ves? No puedo perder. En lo único que puede variar es en el grado. Tú no dejarás esta habitación, la tengas o no como escudo. Y como no dejarás esta habitación, el conocimiento de Khailin te es inútil. Muera contigo o no, Lihui, morirás aquí. Nunca tendrás lo que buscas —negó con la cabeza con un gesto de cansada decepción—. Siempre fuiste muy precipitado, Lihui, mi joven aprendiz. Demasiado apresurado y rápido al llegar a tus conclusiones —levantó la mano en un gesto de invocación—. Mira la sombra que hay detrás de ti.

Khailin giró la cabeza al escuchar esto, intentando ver a lo que Maxao se refería. No pudo ver nada, nada excepto las paredes familiares de su laboratorio... Tomó aliento repentinamente, poniéndose tensa para intentar desprenderse de las implacables garras de Lihui y él volvió la cabeza durante un segundo, malinterpretando su gesto, perdiendo presión sobre ella lo suficiente para que Khailin aprovechara su oportunidad de escapar. Logró liberar su brazo y alejarse de él, tropezó con una mesa y mandó por los aires un alambique y un montón de tubos de cristal que salpicaron a Lihui y derramaron su borboteante líquido por el suelo.

Lihui soltó una maldición y arremetió contra ella para alcanzarla de nuevo. Resbaló con el talón en el líquido; hizo una mueca de desagrado, echando una rápida ojeada al suelo para recuperar el equilibrio.

Khailin, con la espalda apoyada en un rincón del laboratorio, sintió que su mano estaba cerca de un recipiente de cristal donde había un montón de bolitas aparentemente inocentes bajo una espesa capa de aceite dorado. Retuvo la respiración y agarró convulsivamente con la mano el recipiente; justo cuando Lihui levantó la vista de nuevo con las intenciones claras en su cara marcada, Khailin reventó el frasco en el suelo entre los pies de Lihui. El cristal se hizo pedazos, el aceite se extendió por la materia viscosa que había salido del alambique y los tubos de la mesa. Y las bolitas, de repente expuestas al aire sin la protección del aceite, estallaron en llamas.

Se extendió por el suelo y el líquido en llamas rápidamente lamió los bajos de la túnica de Lihui con sus mortíferas lenguas. Lihui blasfemó, sacudió su prenda con una mano libre y empezó un encantamiento, pero todo lo que parecía conseguir era avivar las llamas; se prendieron en su manga, recorriendo su ropa, especialmente donde había salpicaduras químicas. Lihui clavó las uñas en su túnica, intentando deshacerse de aquel ardiente abrazo, pero sus manos retorcidas y llenas de cicatrices eran torpes con los enganches. En un momento en que Lihui tenía distraída la atención, Maxao se sacó una pequeña daga de una funda que llevaba en la manga y se la tiró a Khailin. Cayó a sus pies; ella clavó los ojos en el objeto, desconcertada.

—Yo no puedo usarla —susurró Maxao.

En un fugaz momento de comprensión, Khailin se agachó a recogerla, no sin un gesto de dolor cuando los productos químicos derramados le quemaron los dedos por donde los había rozado.

Lihui levantó los ojos con el rostro contraído.

—¿Crees que puedes matarme?

—Ya lo hice una vez —dijo Khailin, y lo apuñaló con la daga de Maxao.

Lihui intentó parar la hoja con la mano que se deslizó por su palma abierta. La sangre brotó a través de los dedos cerrados sobre el cuchillo, derramándose sobre sus nudillos. Era una herida sin importancia, un arañazo, pero de pronto la cara de Lihui se crispó de dolor. Durante unos instantes se contempló la mano con asombro, con los ojos muy abiertos, como si la pequeña daga de algún modo, de alguna misteriosa y extraña manera, le hubiera llegado al corazón.

Y entonces el hombre que una vez había sido el Noveno Sabio de Syai cayó sobre sus rodillas y empezó a gritar. Gritó durante mucho tiempo.

—Muere —dijo Maxao suavemente—. La inmortalidad no es un juguete, Lihui-*mai*, y no se compra barata. Ahora, por fin, ahora es tiempo de pagarla.

El fuego alcanzó los líquidos derramados en el suelo alrededor de Lihui. Brillantes llamas envolvieron las mesas, la cristalería empezó a hacerse pedazos por el calor, vertiendo más sustancias químicas en la hoguera. Algunas partes del fuego se volvieron violetas o verdes.

Maxao y Khailin huyeron de su furia, tropezando hasta salir del laboratorio, y de la casa.

—¿Qué has hecho? —susurró Khailin mientras observaba cómo salían las altísimas llamas por las ventanas de lo que había sido su casa e iban consumiendo el tejado—. ¿Qué había en la daga? ¿Veneno? ¿Sólo hizo falta eso? ¿De verdad? Pensaba que era inmortal...

—La inmortalidad no significa invulnerabilidad a la muerte. Lihui no podía morir, pero podía ser asesinado. Tú lo sabías; pensaste que lo habías matado tú misma, aquella vez en la casa al final del camino fantasma que incendiaste con él. Pero creo que ahora te das cuenta de que esa casa era un lugar de su mente, un lugar no lo bastante físico como para hacerle daño corporal si se destruía sobre él. El ácido con el que le marcaste la cara era real, y esas heridas también lo eran bastante, pero estaba más allá de tu poder destruir la casa que él había construido.

—¿Así que está muerto ahora? —preguntó con voz sombría y en los ojos el brillo que reflejaba el incendio que había ante ella.

—Sí —dijo Maxao.

Khailin levantó la vista hacia él.

—¿Cómo puedes estar seguro?

—Porque lo sé. Sí, había veneno en esa daga, la que no podía usar yo para herirlo por el hechizo que puso sobre mí cuando nos encontramos por última vez. No podía, directamente, herirlo. Pero con mi conocimiento y tu mano lo conseguimos.

—Hice lo que hice en parte porque quería destruirle —dijo Khailin con amargura—, ¿y ahora me dices que todo lo que hacía falta era una gota de veneno fuerte?

—No cualquier veneno —dijo Maxao—. Hay para cada ser algo que resulta más mortífero de lo imaginable. Tú no sabías cuál era el veneno para Lihui, querida. Yo sí.

—Pero...

—Ya está hecho —dijo Maxao de modo terminante—. Dejémoslo estar.

Después, cuando el incendio se apagó y Maxao la dejó volver a los restos de su taller, Khailin se agachó ante el montón de cenizas blanquecinas que podían ser todo lo que quedaba de Lihui. Las removió con sus dedos, serena, hasta que encontró algo sólido, un objeto oculto bajo el montón de polvo y de ceniza. Y entonces se arrodilló en los restos, en silencio, contemplando lo que tenía en la mano.

* * *

Nhia y Tai estaban esperando alguna noticia en las dependencias de Nhia en el Palacio, tensas como cuerdas de arco. Xaforn rondó las calles, desviándose hasta la casa de Khailin, pero las puertas y ventanas estaban cerradas con los postigos echados y nadie respondió a su llamada. Volvió, entonces, con sus *jin-shei-bao*, y compartió su vigilia. El día se convirtió en noche y después en otro día.

—¿Qué están haciendo ahí fuera? —susurró Tai, estremeciéndose violentamente.

—Él la llamó maga —dijo Nhia con la cara blanca como un fantasma—. Pueden hacerlo. Ellos pueden matarle.

—¿Tú también? —dijo Tai, girándose hacia ella—. ¿Es que tú también sólo puedes pensar en Lihui?

—No —dijo Nhia—, pero no olvido lo que ocurrió entre el Noveno Sabio de la corte imperial y yo. Recuerda que aquello por lo que luchan también tiene una parte de mí. Él me quitó lo que me quitó y no podré recuperarlo nunca. No puedo más que rogar que Maxao esté bien.

Fue en la tarde del tercer día cuando Nhia despertó de un sueño ligero con un grito. Xaforn, con sus reflejos bélicos y veloces reacciones, apareció a su lado casi inmediatamente.

—¿Qué pasa? ¿Qué ha ocurrido?

—Hay... Puedo sentir... —los dientes de Nhia castañeteaban, como si tuviera frío o estuviera aterrorizada—. Mira, mira fuera.

Tai corrió a la ventana, abrió de par en par los postigos y soltó un grito.

—¡Hay fuego! Se puede ver el resplandor desde aquí.

Xaforn había ayudado a levantarse a Nhia y ambas fueron torpemente hacia la ventana.

—Es en el barrio del noreste —murmuró Xaforn, calculando la distancia y la dirección con el ojo habituado de un cazador—. Ahí es donde está el laboratorio de Khailin.

Tai se apretó los codos con las manos visiblemente temblorosas. «Otra. Otra de nosotras.»

—Es la segunda casa que Khailin incendia sobre Lihui —dijo Nhia con voz extraña.

Un repentino ruido dentro de la habitación hizo que Xaforn se diera la vuelta rápidamente con la mano en la espada. Pero la habitación estaba vacía, tan vacía como había estado hacía un momento, cuando todas corrieron a la ventana. Aunque había algo... algo diferente.

Xaforn analizó la habitación con la mirada entrecerrando los ojos.

—¿Qué es eso que hay en la mesa? —dijo bruscamente, mientras hacía silbar la espada sacándola de su vaina.

Tai parecía clavada en el suelo, estremecida. Nhia dio un paso adelante, pero Xaforn extendió un brazo para detenerla.

—Espera aquí —dijo—. Apartaos de esa ventana. Poneos de espaldas a los postigos.

Las dos hicieron como Xaforn les había mandado mientras ella se deslizaba con cautela en la habitación, vigilando cada sombra. Se inclinó sobre el pequeño fardo que había en la mesa, dándole golpecitos primero con el filo de la espada, y después tocándolo ligeramente con las yemas de los dedos para apartar el envoltorio. Durante un largo momento, miró fijamente lo que había encontrado y después se puso derecha, volviéndose hacia las demás.

—Venid —las llamó suavemente—. Mirad.

Nhia fue la primera en reconocer el objeto que había en la mesa y tomó aire ruidosamente. Fue eso, más que ninguna otra cosa, lo que le dijo a Tai qué era el anillo forjado de metal oscuro.

—Es suyo, ¿verdad? —susurró—. ¿De Lihui? ¿El anillo del Noveno Sabio?

—Hay un mensaje —dijo Xaforn, señalando un delgado papelito bajo el pañuelo de tela que había contenido el anillo. Nhia extendió la mano, evitando cuidadosamente tocar el anillo, y lo sacó de allí. Entrecerró un poco los ojos ante la escritura por la escasa luz de la habitación y después se la pasó sin decir palabra a Tai, volviéndose para dejarse caer en el borde de la silla más próxima.

La nota era breve, sólo una línea en fuerte y precisa escritura *jin-ashu*: *Todo ha acabado.*

—¿Qué? —preguntó Xaforn—. ¿Qué dice?

—Está muerto —murmuró Tai, arrugando el papel en su mano sin darse cuenta de lo que estaba haciendo—. Es de Khailin. Dice que todo ha acabado. Creo que lo han logrado. Creo que Lihui está muerto.

Entonces todo está bien —dijo Xaforn—. Si lo ha escrito Khailin, ella está bien. Tiene razón. Realmente ha terminado —frunció el ceño—. Quizá ahora pueda intentar descubrir dónde está Qiaan...

Pero los oídos de Tai se llenaron del sonido del agua que corre, un ruido constante, el clamor de su propia sangre en los oídos.

Khailin podía haber sobrevivido al encuentro con Lihui, pero la nota que dejó escrita para su *jin-shei-bao* no era de victoria o de triunfo.

Era una despedida.

CUATRO

Tammary tardó mucho más de lo que había pensado en llegar a la aldea de la montaña de su infancia.

Salió huyendo de Linh-an sin nada más que un deseo ciego de dejar el lugar donde había sufrido tanta angustia, el lugar donde había tenido todo lo que había querido alguna vez, y el lugar donde lo había perdido. Tai había querido juntar de nuevo a Tammary y a Zhan, pero perdió la oportunidad o la gastó en circunstancias que ninguno pudo controlar; y para Tammary, la noticia de que Zhan se había ido a la guerra fue el golpe final, una señal, un presagio que le decía que hacía bien en huir sola.

Cuando llegó a una pequeña aldea a dos días de camino desde la ciudad, su pasado inmediato volvió a obsesionarla y terminó pasando casi cuatro días en la cama con una fiebre altísima que la hizo retorcerse de dolor entre convulsiones y la dejaron débil e indefensa bajo el cuidado de una amable mujer. La fortuna quiso que ésta fuera una partera que la reconoció y le trató los abusos que había sufrido con su mejor habilidad. Pero incluso este respiro fue interrumpido por un joven que volvía al pueblo, herido, para recuperarse de las batallas en la frontera y traía la noticia de que la guerra estaba siendo cruda y sangrienta.

—¿Perderemos? —le preguntó un nervioso aldeano.

—Por supuesto que no —se jactó el soldado herido—. Tenemos al ejército imperial para parar a esos bandidos de Magalipt, que de todas maneras son más bravucones que guerreros. Y, además, tenemos a bastantes de los guardias imperiales con nosotros, también. Ya queda poco para que hagamos volver a los de Magalipt a las pestilentes casuchas de donde salieron. Pero, mientras tanto, el vuelo de sus flechas es mortal. Muchos de nosotros hemos sido alcanzados por ellas. Recuerdo haber visto a nuestro comandante recibiendo tres flechas a la vez. ¡Parecía un puerco espín! Simplemente chocaron contra él haciendo un ruido así: toc, toc, toc, y él sacudió su cuerpo —el soldado imitó las espasmódicas sacudidas del hombre herido mientras los proyectiles daban en el blanco y fue recompensado por una sonora aspiración de su público, profundamente impresionado.

—¿Murió? —preguntó otro aldeano.

—No tengo ni idea —respondió el soldado—. Fue poco después de ver esto cuando yo mismo fui herido, después salí del campo de batalla y ya no recuerdo nada. Pero los hubo que murieron, sí. He visto sus cuerpos tendidos y listos para ser inmolados como requieren los dioses.

No mencionó ninguna identidad, ningún nombre, pero la mente torturada de Tammary le puso rostro al cuerpo en que se habían clavado las flechas. Lo conocía. Lo amaba. Lo había contemplado dormir a su lado, en suaves almohadas, con una sonrisa de felicidad en los labios.

«Zhan está muerto. Zhan está tan muerto para mí como yo lo estoy para él.»

Echó a correr de nuevo con este pensamiento quemándole el alma y lágrimas calientes en los ojos. Siguió el río, al principio, pero después lo dejó para torcer hacia el norte y perdió la orientación y la meta, deambulando por los caminos de la llanura durante días sin objetivo ni destino, durmiendo a veces a la intemperie y con un frío cada vez mayor si no podía encontrar un refugio para pasar la noche. Su cara adelgazó por la obsesión y le salieron profundas ojeras; y fue de este modo, en el límite de sus fuerzas, cuando alcanzó por fin las estribaciones de las montañas que conocía y empezó a ascender las laderas hacia su casa.

Llegó a la aldea bien entrada la noche de un corto día invernal e, instintivamente, acudió tropezándose a la casa familiar de su tía, donde había crecido. Pero otro instinto, igual de fuerte, hizo que se parara en seco. Aquella casa era el lugar donde había empezado todo, los asuntos pendientes, los reproches, los hechos ocultos, las mentiras, los sueños trágicos y las ambiciones de su madre. No era el lugar para encontrar curación. Necesitaba... Necesitaba algo más.

El cielo sobre ella estaba negro, pero brillaban en él las frías estrellas invernales. Se quedó en un sendero cubierto por la nieve, con ropas tremendamente inadecuadas para el viento helado que la sacudía, y supo que estaba al borde del abismo; necesitaba cobijo. Necesitaba ayuda.

Y había sólo una persona en ese lugar a quien podría volver. El muchacho del que una vez había huido, acusándolo de traicionarla como todos los demás, ante cuya misericordia ahora necesitaba arrojarse.

Raian. ¿Dónde estaría? Habían pasado años. ¿Habría completado su preparación? ¿Estaría en la casa del cronista?

Encaminó sus pies hacia ese lugar, espontáneamente, y fue arrastrándose hasta esa casa de puntiagudo tejado en el límite de la aldea donde vivía el viejo que una vez había sido el maestro de Raian. Aunque apenas le quedaban fuerzas, consiguió llamar a la puerta, y después se desplomó temblando en el umbral.

«Si tengo que morir, bien puede ser aquí», pensó, con las palabras muy claras y lúcidas en su mente, pero los pensamientos que las acompañaban eran retorcidos y caóticos, como arrancados de un sueño. Las estrellas titilaban en el frío y negro cielo y no supo nada más.

* * *

Cuando despertó, estaba tumbada en un camastro de paja junto al fuego, cubierta con pieles para dormir. Se quedó quieta durante un momento, intentando orientarse, pero justo al alterar su respiración, alguien se movió en la habitación detrás de ella.

—¿Has vuelto? —preguntó serenamente una voz familiar.

Tammary volvió la cabeza.

—¿Raian?

—Sí, soy yo —se acercó a donde ella estaba, atravesando su camastro para agacharse a su lado; su larguirucha figura seguía igual a como ella lo recordaba. Pero su cara y sus ojos eran más adultos, incluso con una o dos arrugas finas que irradiaban de las esquinas de sus ojos—. Habría querido volver a verte en mejores condiciones que como un montón de huesos congelados y medio muertos en mi puerta, pero sin embargo esto es lo que hay. Bienvenida a casa, Tammary. ¿Crees que podrías tomarte un poco de caldo caliente? Lo tengo hirviendo en la olla.

—Te... lo agradezco —no se había dado cuenta de que estaba hambrienta hasta que sintió que se le retorcía el estómago ante esas palabras—. Sería maravilloso.

Raian se volvió para alcanzar un cuenco y una cuchara.

—Quiero ayudarte —dijo con prudencia de espaldas a ella—. No tienes que contarme nada, pero sería más fácil si me lo explicaras. ¿Qué te han hecho en la ciudad? Pensé que te ibas para buscar cosas mejores.

—Lo hice —dijo Tammary con una risa tensa—. Las busqué y las encontré y... y las perdí.

Tenía lágrimas retenidas en los ojos cuando él se volvió hacia ella y le dio su cuenco de caldo.

—Lentamente. Está caliente y no querrás atragantarte. ¿Cuándo fue la última vez que comiste?

Tammary inclinó la cabeza sobre el cuenco.

—Hace mucho tiempo, parece que hace toda una vida. Apenas puedo recordar quién era. O quién *soy* —las lágrimas le surcaron el rostro cuando levantó de nuevo la mirada, con el cuenco temblando peligrosamente entre las manos—. ¡Oh, en nombre de todos los dioses que han vivido alguna vez! ¡Nómada y *chayan* al mismo tiempo! ¿Cuándo he sido yo real? ¿Cuándo he sido digna de algo? ¿Cuándo he tenido la felicidad en las manos y he sabido mantenerla?

—En mi amor, en mi esperanza, en mi comprensión —dijo Raian dulcemente, estirando sus manos para tomar las suyas—. Siempre he creído en ti. Siempre. Eso no ha cambiado. Ahora soy cronista, en el lugar de mi maestro; él se nos fue el año pasado. Tengo alguna posición aquí ahora. Te cobijaré y protegeré hasta que el espíritu que se te ha roto aprenda a volar de nuevo.

Tammary le miró fijamente con los ojos muy abiertos.

—¿Tu *amor*?

—Claro —dijo—. No siempre pude protegerte, pero siempre te he querido. Desde el tiempo en que te vi correr libre en las montañas con tus animales salvajes, tus halcones y tus cachorros de zorro; desde el tiempo en que te vi bailar por primera vez, todavía una niña pero con todas las promesas de la mujer en la que te convertirías. Tú lo eras todo, envuelta en una sola piel. Tú eras todo lo que siempre quise.

—Pero... —los ojos de Tammary se llenaron de lágrimas otra vez. Apretó entre sus manos el cuenco de caldo con ferocidad. Luchó con sus palabras, visiblemente, y por fin las soltó—. Pero yo no te quiero, Raian. No de esa forma. He estado...

—Lo sé —dijo él—. No pido recompensa. Por encima de toda esperanza de cosas más elevadas, siempre he sido y siempre seré tu amigo. Ésta casa es tu casa, durante todo el tiempo que quieras, durante todo el tiempo que necesites. Después te ayudaré de la forma que pueda para allanarte el camino adondequiera que desees ir. Y seré más que feliz de ver que te quedas. Ahora tómate tu caldo —añadió con sentido práctico—, se está enfriando rápido.

* * *

Tammary escribió una breve nota en *jin-ashu* para hacer saber a Tai que había encontrado refugio y Raian se encargó de que la carta encontrase la forma de bajar las montañas y entrar en la ciudad. Pero aparte de este pequeño gesto, Tammary parecía reacia a incorporarse al mundo exterior. Las nieves vinieron y se fueron, y fue bastante después de que las primeras tímidas flores de primavera se extendieran por los prados de la alta montaña cuando finalmente salió de la casa de Raian. E incluso entonces fue sólo para cruzar rápidamente las calles de la aldea, envuelta en un anodino chal, y subir a donde solía pasar los días cuando era una niña. Silbó para reunirse con *Lastreb*, el halcón que había domado una vez, pero aunque le pareció ver la figura de un halcón haciendo círculos arriba en el cielo, Tammary no pudo hacer que el halcón viniera a ella. Evitó las ruinas del Palacio de Verano guiada por una aversión instintiva a cualquier recuerdo de sus años en la ciudad.

Su tía fue a visitarla a la casa de Raian y, a pesar de que nunca pronunció las palabras «Te lo dije», estaban tan grabadas en cada mirada y en cada palabra que Tammary esquivó deprisa su compañía. Jessenia, para reconocerle el mérito, no pretendía ser una arpía, pero las cicatrices que le dejó el acercamiento de Jokhara a la grandeza eran profundas, y estaba todavía desgarrada por la rabia, la compasión, y un sentimiento de total humillación, como si las transgresiones de Jokhara hubieran dejado una marca indeleble en toda su familia. Tammary era el último y más poderoso recuerdo de que la historia de su hermana no había llegado a su fin, seguía desarrollándose en silencio, alcanzando a sus hermanos y a sus descendientes que quedaron atrapados en sus espirales. Tammary había sido el tema de muchos cotilleos en el pueblo durante un tiempo después de su vuelta, especialmente a la luz de su antigua fama allí, pero llevó una vida tan recluida que rápidamente la desecharon por no ser interesante; un fuego apagado. Ella lo prefirió así.

Le contó a Raian la historia entera, sus tropiezos, enlazando el laboratorio de Yuet con su excursión a las colinas que rodeaban Linh-an junto a Tai, y después los mercados de la ciudad, las casas de té, la promiscuidad, los temores de Liudan, el rapto de Qiaan, Lihui, la agitación y las guerras, y finalmente volviendo a su secuestro, la explicación de su pelo cortado y su cuerpo consumido. Raian hizo lo que pudo: escuchó. Lo sintió por ella, y deseó haber estado allí para interponerse entre ella y el peligro, pero enseguida se dio cuenta de que, aunque Tammary se había convencido de que Zhan estaba muerto, el padre del hijo que no llegó a nacer vivía todavía en su corazón. Aunque Raian quería ocupar el lugar vacío que Zhan había dejado tras de sí en la vida de Tammary, sabía que era mejor no intentarlo antes de que ella estuviera preparada para considerar la posibilidad.

A veces llegaban a las montañas noticias de la frontera, pero los rumores eran pocos y a menudo contradictorios. Algunos hablaban de victoria, otros de derrota, y cada vez que uno profetizaba un rápido final a la guerra lo rebatía inmediatamente otro que proclamaba justo lo contrario. A veces llegaban también cartas para Tammary de la ciudad —Tai, a pesar de sus recelos, no le había contado a nadie más dónde estaba Tammary, pero intentaba mantenerse en contacto con ella—. Tammary apenas les echaba un vistazo a esas cartas. Las últimas eran a menudo de mal augurio y muchas veces trágicas —Tai escribía sobre la investigación de Khailin, la muerte de Yuet, la creciente inestabilidad de Liudan...—, pero hablaba de cosas que se habían ido de la vida de Tammary, como si nunca hubieran ocurrido. A veces, un pasaje de una de las cartas de Tai llamaba la atención de Tammary, y lo leía y lo releía una y otra vez, intentando quitarse la sensación de que lo que estaba leyendo era ficción, un tejido plateado de mentiras e historias que no tenían nada que ver con la realidad. Pero lo hacía muy pocas veces. La ciudad casi no se podía mencionar en su presencia sin el recuerdo de la sonrisa de Zhan sobre ella como un amanecer y simplemente le hacía demasiado daño pensar en ello. Muchas de las cartas de Tai se quedaron sin abrir. Sólo una vez Tammary respondió, y era un breve mensaje que no decía nada más salvo que seguía bien y, entre líneas, que sentía un férreo rechazo a afrontar el legado de sus años en Linh-an.

Hasta el día en que un mensajero preguntó por Tammary en el pueblo y Raian, que se lo encontró en la puerta de su casa, preguntó qué mensaje portaba.

—Yo soy el mensaje —dijo el extranjero, y dentro de la casa, fuera del campo visual de la puerta pero al alcance del oído, Tammary soltó un grito ahogado ante ese sonido.

—¿Quién eres? —preguntó Raian, aunque ya lo sabía, aunque su corazón le estuviera diciendo la verdad y sintiera el viento helado de la pérdida soplar a través del sitio vacío donde Tammary acostumbraba a estar.

—Mi nombre —dijo el joven en la puerta con una voz que temblaba de emoción— es Zhan.

—Pensaba que estabas muerto —dijo Tammary sin poder moverse en el centro de la habitación, con los ojos clavados en la aparición del umbral.

—Liudan dijo... Yo creí que tú estabas... Que te habían matado.

—Oh, Zhan. ¿Por qué has venido aquí? ¿Cómo supiste dónde encontrarme?

Raian apoyó una mano firme en la espalda del visitante y lo acompañó hacia el interior, cerrando la puerta con determinación contra algunas miradas demasiado curiosas a las que había atraído la escena. Cuando se volvió hacia Zhan y Tammary, les vio uno frente al otro, casi a un paso de distancia, sin tocarse, devorándose mutuamente con ojos hambrientos.

No dijo nada. Bajó la vista y se retiró a su sala de estudio, dejándolos solos en el vestíbulo.

Ninguno supo decir, después, quién empezó antes a hablar y cómo contaron sus historias. Zhan se enteró de la pérdida de su hijo, de la huida de Tammary, del desgarrador viaje a través de Syai y del asilo que había encontrado con Raian. Ella supo que él no había sido el puerco espín de las flechas clavadas de la historia que había oído en aquel pueblo al salir de Linh-an, pero que de hecho sí había sido herido y enviado de vuelta a la ciudad para recuperarse.

—Tai me envió aquí —dijo al final con voz ronca.

—Me juró que no se lo diría a nadie —susurró Tammary, llorando.

—Yo no soy nadie —repuso Zhan—. Dijo... dijo que nos necesitábamos el uno al otro. Tiene razón, Tammary. ¿Por qué? *¿Por qué* huiste de mí? ¿Qué pensaste que podía hacer? —extendió la mano y le acarició el pelo, rozando después sus hombros por detrás—. Cuando me llegó tu trenza..., cuando me enviaron eso, que tanto había amado, fue como si me hubieran enviado tu corazón en un cofre con joyas engarzadas. Algo murió en mí que no sabía que vivía. Y hasta el momento en que volvió a respirar, cuando Tai habló de ti, ha permanecido muerto. Parte de mí está muerto sin el aliento de vida que eres para mí.

Se abrazaron el uno al otro con la violencia de aquellos que pensaban que se estaban ahogando y encontraron el mástil necesario para sobrevivir a un océano embravecido. Zhan se quedó durante un rato con los labios apoyados ligeramente en la frente de Tammary, con los ojos cerrados, como si estuviera dando o recibiendo una bendición.

—Me quitaron a nuestro hijo —dijo Tammary, por fin.

—Lo sé.

—Quizá nunca pueda darte...

—Lo sé —repitió—. La idea de nuestro hijo era una alegría para mí, pero tenerte en mi vida es la mayor de todas.

Y, finalmente, porque ella no podía dejarlo sin decir:

—Raian...

—¿Tu amigo? —preguntó Zhan tranquilamente—. ¿Hay más?

—Me quiere —susurró Tammary.

—¿Y tú?

—No, no de esa manera. Ha sido un gran apoyo para mí. Es uno de los mejores amigos que he tenido, posiblemente mi único amigo aquí. Pero yo... Oh, parece que he nacido para dejar una estela de dolor —enterró la cara en el hombro de Zhan—. Él me acogió. Le debo la vida. No puedo abandonarle. Y tú... ¿Cómo es que estás aquí? ¿Es verdad que ha terminado la guerra? ¿Te ha dado libertad la Emperatriz?

—No exactamente —dijo Zhan haciendo una mueca—. Tengo una baja para recuperarme. Pero cuando dejé los campos de batalla, estábamos ya empujando a los soldados de Magalipt de vuelta a las montañas. No hay garantías, por supuesto, pero creo que estamos cerca de conseguirlo. Y no creo que vuelvan. No durante un tiempo. Además, el segundo que dejé al mando es un soldado capacitado. Lo que quede por hacer, lo puede hacer sin mí.

—¿Estás abandonando el ejército? —preguntó Tammary, soltándose del abrazo para mirarle.

—Fui a la guerra buscando la muerte, creyendo que tú estabas muerta —respondió Zhan—. Eso ahora ha cambiado.

—¿Qué quieres hacer?

—Mi familia tiene una pequeña granja en las colinas cerca de Ailanh junto al lago. Es un lugar muy agradable. Tenemos arrendatarios allí ahora, pero es mía, si yo la pido. Nuestra. Está lejos de Magalipt y de Linh-an, tanto como es posible para seguir siendo Syai. Podemos estar juntos allí. Nos dejarán tranquilos. Podemos vivir el espacio de tiempo que los dioses consideren adecuado sin que ningún enemigo sepa dónde estás, ni ninguna guerra intente alcanzarnos. Puedo crear un mundo para nosotros, Tammary. Ven conmigo.

Tammary lo sopesó todo en su mente. Una vez, hacía tiempo, toda una vida atrás, había querido eso. Exactamente eso. Un lugar donde poder vivir según quien era, y no lo que era. No sería nómada, ni *chayan*, ni un problema con un pie en cada cultura y perteneciendo a ambas. Sería Tammary, nada más que ella misma. Quizá podía usar el conocimiento que Yuet había compartido con ella para ayudar a la curandera local a tratar las enfermedades en las casas de la aldea, pero ellos nunca sabrían quién era, quién había sido, en quién podía convertirse todavía.

Y tendría a Zhan a su lado. Todo la inundó de nuevo, un sentimiento de satisfacción, de pura y serena dicha que había pensado perdida para siempre en los escombros que Linh-an le había dejado en herencia.

No podría elegir de otra manera. Ése era el camino que había estado buscando en un laberinto tanto tiempo.

—Lo haré —susurró—. Pero tengo... Tengo que decírselo a Raian.

—Se lo diremos juntos —dijo Zhan—. Creo que se preocupa por ti. Que te ama lo suficiente como para dejarte ir.

—Pero ¿cómo puedo agradecerle todo lo que ha sido para mí?

—¿Y quién ha dicho que deberías dejar de querer a un gran amigo? —repuso Zhan—. Él tiene una parte de ti que yo nunca tendré. Fue Raian en quien confiaste cuando volviste a casa. Es bastante. No eres sólo tú la que está en deuda, yo también. Tengo una deuda con él mayor de lo que nunca podría pagar.

Cuando buscaron a Raian, por fin, lo encontraron en su estudio, sentado junto a la ventana. Se giró cuando ellos llamaron a la puerta y entraron con una amarga sonrisa.

—Estaba recordando —dijo simplemente.

Tammary apretó la mano de Zhan. Después la soltó y se acercó a abrazar a Raian. Él le rodeó la cintura con el brazo, brevemente.

—Estaba recordando para poder escribir tu historia en el *Libro de los Clanes* cuando llegue el momento —dijo—. Eras nuestro pájaro salvaje que voló sobre los vientos de tormenta hacia su libertad. Es así como haré que te recuerden.

—Tú siempre serás... —empezó Zhan.

—Lo sé —dijo Raian, interrumpiéndolo con delicadeza y firmeza a la vez. Abandonó el banco donde se había apoyado y condujo a Tammary de vuelta cruzando la habitación. Tomando una de sus manos, la dobló en la de Zhan y los miró a ambos con los ojos lúcidos de un profeta o un ser sagrado en el límite de la iluminación—. Cuida de ella —dijo, y después, mirando a ambos a la cara, se corrigió—: Cuidad el uno del otro.

* * *

Tammary escribió a Tai después de que ella y Zhan se establecieran en la pequeña casa junto a la orilla del río que Zhan había heredado.

La respuesta de Tai llegó muy tarde, meses después de la carta de Tammary. Hablaba de la agitación de la ciudad, de la ruptura del círculo *jin-shei*, del futuro, del pasado. Había intercalado versos de su última poesía, algunos visionarios e incluso proféticos. *He soñado contigo*, escribió Tai. *Soñé que todo se había convertido en cenizas excepto donde tú estabas, y había flores a tus pies, y un pájaro haciendo círculos en el cielo, alto sobre tu cabeza. Y tú sostenías un niño envuelto en pañales. Era como si sostuvieras la esperanza del futuro en tus brazos.*

Tammary tuvo ocasión de responder esta carta no mucho después, en un vertiginoso torbellino de incrédula alegría y sobrecogida gratitud. *No sé del futuro*, escribió. *No sé de las cenizas, de las flores y del pájaro de tu sueño. Pero habrá un niño. Nacerá en primavera, cuando el invierno abandone la tierra. Y es la flor de toda esperanza que siempre he guardado en mi corazón.*

CINCO

—¿Ido? ¿A qué te refieres con «ido»? ¿Ido adónde? —inquirió Liudan cuando vinieron a contarle la batalla de Khailin y le presentaron junto a los restos mortales de Lihui el anillo de Noveno Sabio. Liudan parecía casi ajena al anillo en sí mismo; tenía los dedos apretados sobre él con tal ferocidad que Tai se concentró en la mano de Liudan, estremeciéndose ante la visión de las largas, arregladas y lacadas uñas clavándose en la carne suave de su palma—. No le he dado permiso para abandonar el proyecto. De ninguna manera autorizo su desaparición de esta manera. ¿Dónde está?

—Esa nota que nos dejó es todo lo que tenemos —respondió Tai—. Liudan, ella consiguió lo que le pediste, cumplió lo que ordenaste, lo que pedías era simplemente imposible de entregar.

—Sabemos muy poco de lo que verdaderamente sucedió —dijo Nhia—. ¿Has hablado con Maxao?

—Maxao envió una carta —dijo Liudan muy irritada— para decirme que ya no tenía que temer al Noveno Sabio Lihui ni a su ambición. Ni, a ese respecto, tampoco a la del propio Maxao (aunque negó que alguna vez hubiera tenido alguna). Pero yo la identifico, reconozco la ambición cuando la veo y la suya estuvo siempre allí, almacenada, esperando. La única razón de que no iniciara una tentativa hacia el trono fue porque nunca tuvo la suerte de conseguir el peón correcto —Liudan se rió con la voz de repente áspera como el graznido de un cuervo—. Parece, ¿verdad?, que hay miles de oportunidades ahí fuera para los que ambicionan el Imperio. Si no es Lihui y la hija de mi madre, entonces es Zibo y la hija de mi padre.

Se detuvo, moviendo convulsivamente con los dedos el anillo que sostenía, y puso los ojos en blanco durante un momento mientras parecía considerar la inseguridad de su posición y su condición de mortal.

—Puedo ir y buscar a Qiaan de nuevo —dijo Xaforn en voz baja—. Quizá todavía pueda rescatarla. Sin Lihui, no...

—Ella es quien es con o sin Lihui —espetó Liudan—. No veo que esos que han alzado su nombre como bandera estén renunciando a lo que pedían. Está demasiado consolidado; han llegado demasiado lejos como para volver atrás. Simplemente reemplazarán a Lihui en la cabeza, será otro el Emperador.

—Creo que subestimas a Lihui —murmuró Nhia—. Él cautivaba a la gente. Sabía cómo, tenía ese poder. Sería difícil para cualquiera que ahora intentara ocupar su lugar. Ni siquiera Maxao...

—¡Maxao! —exclamó Liudan—. He sido una idiota. Ahora lamento no haber actuado hace mucho tiempo... Por lo menos, debí haberle encerrado cuando lo tuve aquí por última vez, *explicándome* cosas. Justo lo que necesito ahora es que se declare Emperador. O que anuncie que de alguna manera Khailin tiene algo que reivindicar. Pensad en ello, probablemente sabe exactamente dónde está Khailin.

—Liudan —dijo Xaforn pacientemente—. Déjame ir en busca de Qiaan.

—Pero ¡es a Khailin a quien quiero que encuentres! —replicó ésta—. ¡A Khailin y a su conocimiento! Si tuvo éxito una vez, puede tenerlo de nuevo.

—Su casa se quemó, su laboratorio desapareció —comentó Tai.

—Puede construir otro.

—Deja que se vaya, Liudan —dijo Nhia esta vez, con voz dulce, muy suave, como si estuviera hablando a una niña de dos años que no quiere hacer lo que le dicen—. Déjala ir. Hizo lo que le pediste; y cuando vio que podría destruirte, hizo desaparecer ese conocimiento. Obedeció la ley del *jin-shei* de la mejor manera que conocía; obedeció la orden recibida en nombre de la hermandad y después actuó para proteger a una hermana del daño. No puedes pedirle nada más.

—Todavía puedo darle órdenes, desde el trono del Imperio —dijo Liudan.

—A eso, a diferencia de las peticiones del *jin-shei*, sí se puede negar —habló Tai—, y tú lo sabías, porque de otra manera nunca habrías ido por el camino del *jin-shei*.

—Pero negarse a una orden directa e imperial es traición. Y el castigo por traición es...

—La muerte, lo sé —dijo Tai con acritud—, y entonces Khailin estaría muerta y tú seguirías sin conseguir tu premio.

—Si ella pudo hacerlo, otro podrá —los ojos de Liudan emitían destellos—. Lo descubriré.

—¿Quieres que todas tengamos el final de Yuet? —preguntó Tai perdiendo los estribos—. La única oportunidad que te quedaba era Khailin, que hizo esto por ti con todo el secretismo del que fue capaz, hasta que Maxao tomó cartas en el asunto con sus propias ideas. Ahora está en la boca de todos. No encontrarás interesados, ni siquiera por mandato imperial. Y si lo hicieras, el pueblo los devoraría antes de tener la oportunidad de hacer nada en absoluto. A ellos y a lo mejor a ti también. ¿Lo perderías todo por esta obsesión, Liudan?

Liudan clavó en ella la mirada con ojos de negra obsidiana, fríos y sin expresión.

«Cuida de mi hermana», fueron las últimas palabras de Antian. A veces, Tai pensó malhumorada, realmente le apetecía levantar las manos hacia el cielo desesperada y preguntarle a su primera, tan querida y lejana en el tiempo, *jin-shei-bao* cómo iba a poder proteger a Liudan de su peor enemigo, ella misma.

Dejaron a Liudan rumiando sobre el anillo que apretaba en la palma de la mano, la única cosa tangible que había sobrevivido al desastre del intento de Khailin de forjar la inmortalidad que la Emperatriz ansiaba, y cuando estuvieron lejos de su presencia y del alcance de su oído, Xaforn se volvió hacia las otras dos.

—Si no me da su permiso —dijo en voz baja—, tendré que hacerlo sin él. No creo que tenga ninguna idea de lo completamente vulnerable que es Qiaan ahora mismo, sin Lihui y con la rebelión sin una mano que lleve el timón.

—Podrían dejar a Qiaan elegir su sucesor —sugirió Nhia—. En cualquier caso, todavía la necesitan a ella para encabezar sus planes.

—Nhia, no has visto a Qiaan en mucho tiempo —comentó Xaforn—. Cuando la vi por última vez, era la criatura de Lihui. No sé cómo lo hizo, pero la controlaba, totalmente. Él le dijo que era de sangre real, le contó que podía gobernar su nación y ayudar a su pueblo y, al principio, esto debió de ser lo que la sujetó. Todos sabemos qué clase de persona es, siempre en medio de un proyecto o de otro para mejorar las vidas de los demás. Pero cuando yo fui a buscarla, había dejado atrás aquello, muy atrás. Todo lo que importaba es que sería Emperatriz y que él sería su Emperador.

—No lo entiendo —dijo Tai desesperadamente—. ¿Por qué ha hecho esto? Lihui tenía todo lo que podía haber querido, poder, posición... ¿Qué le hizo aspirar al Imperio?

—Tienes razón, lo tenía todo —respondió Nhia—. Pero después lo perdió. Khailin se cuidó bien de ello. La única forma por la que podía ser poderoso de nuevo era gobernar en el reino físico. Y la única manera por la que podía esperar tener éxito era aspirando a la tiara imperial. De esa forma, habría hecho lo que deseaba, tener el control. Todo lo que siempre quiso: poner él las normas, ser obedecido. Cuando descubrió a Qiaan y a su herencia, debió de pensar que sus plegarias habían sido contestadas. Ella era el puente a todo el poder que pudo siempre desear. Si tenía que hacer de ella una parte de sí mismo para conseguirlo, casarse con ella, lo habría hecho. Habría hecho todo lo que tuviera que hacer.

—No era tan diferente —dijo Tai, recordando su conversación con Maxao en el salón de su casa no hacía mucho tiempo— del Sabio Maxao.

—Sí —dijo Nhia con brusquedad—. Sí lo era.

—Pero ahora ha desaparecido y Qiaan...

—Estará perdida en este momento y completamente sola ahí fuera, quizá con gente que piense que se ha vuelto más una responsabilidad que una ventaja —dijo Xaforn—. Tengo que encontrarla, antes de que la maten.

—¿Cómo vas a hacer eso?

—Igual que lo hice la última vez. El camino fantasma.

—Pero en aquel entonces tenías a Khailin para ayudarte... —empezó Nhia.

Xaforn sonrió, con una sonrisita tensa, tendiéndole la mano.

—Esta vez —dijo— tendrás que ser tú. Tendrás que velar por mí.

—No sé apenas lo suficiente... —repuso Nhia—. Sería más un peligro que una ayuda para ti.

—Necesito un ancla, aquí —dijo Xaforn—. Khailin se ha ido, tendrás que ser tú. Tú eres la única que queda de nosotras que sepa algo sobre el camino fantasma.

—Xaforn, si consigues traer a Qiaan, puede sólo ser para que Liudan descargue su venganza en ella en vez de en sus antiguos aliados. ¿Te das cuenta de que si Liudan pone sus manos sobre Qiaan está muerta?

Xaforn sacudió la cabeza, haciendo balancear su trenza.

—No hay honor en la venganza.

Tai hizo una mueca de disgusto.

—No creo que sea el honor lo más importante en la mente de Liudan ahora mismo. Está al borde de algo muy oscuro —repuso.

Xaforn la miró con compasión y cariño.

—Qiaan es mi responsabilidad —dijo—. Me temo, Tai, que Liudan sea la tuya. No podría decirte cuál es el camino más espinoso, pero si alguien puede ayudar a Liudan a volver a nosotras y alejarse de ese oscuro lugar del que hablas, ésa eres tú. Tammary siempre decía que tú llevabas una vida encantadora, nunca pares de recordarle a Liudan esa vida, nunca la apartes de la vista de Liudan. Tu propio estilo de serena satisfacción es un bálsamo para las heridas; suficiente, quizá, hasta para el turbulento espíritu de Liudan.

—Si fuera tan fácil... —dijo Tai con las lágrimas chispeando en sus ojos.

—¿Nhia? —Xaforn se volvió hacia el canciller de Syai, que se estaba frotando la cadera con la palma de la mano con una gesto de dolor en la cara.

—A veces —dijo Nhia— juro que los dioses de Cahan se juntan para jugar a cosas como a qué parte de mí pueden hacer que me duela más. He estado de pie demasiado tiempo, me duelen los huesos. Xaforn, ¿no pasa nada si te espero sentada?

—Ve, Xaforn —dijo Tai—. Que los dioses sean generosos con su buena voluntad. Ve, encuentra a Qiaan. Tráela a casa.

«Piensa en su rostro», había dicho Khailin. Xaforn intentó recordar un rostro anterior, más feliz, pero todo lo que venía a su mente era la distraída y lejana mirada de Qiaan mientras Lihui la acercaba hacia él; se rebeló, resentida de que pudiera ir en busca de Qiaan sólo a través del momento de su debilidad. Se concentró en su presa mientras pisaba la pálida franja del camino fantasma, con tal intensidad que apenas echó un vistazo a izquierda y a derecha a las visiones que había detrás de la niebla. Le pareció oler la sangre en una ocasión, divisó un patio tranquilo con los rayos del sol derramándose por sus losas donde había crecido demasiado el musgo, un banderín plateado con un símbolo desconocido, un gato blanco limpiándose junto al fuego, un océano bajo la luz de la luna besando con sus olas una playa vacía... Pero las imágenes eran veloces, tan rápidas que sólo daba tiempo a que su ojo las identificara, y seguía caminando con un propósito, resuelta a no dejarse vencer.

Cuando salió del camino fantasma, se encontró con cierta sorpresa en un sitio familiar. Reconoció los árboles a su alrededor. Estaba en Linh-an, todavía en la ciudad, no muy lejos de donde había salido; el camino fantasma le había ofrecido un atajo hasta Qiaan, pero esta vez había sido escondida a plena vista, a la distancia casi de un grito del mismísimo Palacio.

El crepúsculo se estaba volviendo ya noche cerrada cuando Xaforn apareció en la calle y el camino fantasma se difuminó hasta desaparecer tras ella. Se quedó ante la puerta abierta de los muros de una casa en un barrio residencial bastante próspero, bajo un tejado azul de pagoda. La calle a sus espaldas estaba vacía, pero había un grupo de personas en el patio, media docena más o menos, apiñadas alrededor de algo en una esquina. Una de ellas sujetaba una antorcha de luz temblorosa; gracias a ella Xaforn pudo ver que otro tenía firmemente agarrado un cuchillo de larga hoja. Un cuchillo oscurecido por la sangre.

—Acaba con ella, por el amor de Cahan —dijo alguien en voz baja. Después podemos llevar el cuerpo a la Emperatriz y al menos conseguir su amnistía. Nadie puede probar nada contra ninguno de nosotros, siempre que tengamos la boca cerrada.

El que llevaba el cuchillo dudó y Xaforn claramente oyó otra voz, una voz familiar, desdibujada pero incisiva.

—Podríais conseguir más si me la entregáis viva. Amnistía y oro. Pero ¡oh, me olvidé! Sé quiénes sois.

—Tú te callas —gruñó el de la antorcha—. Bueno, ¿Miun? ¿Lo haces tú o tengo que hacerlo yo?

Apenas tuvo tiempo de terminar su pregunta. El silbido de una hoja cayendo justo al lado de su oreja le hizo huir violentamente, tirando al suelo la antorcha. Ésta se alejó rodando, y se extinguió contra uno de los muros. El patio, encendido ahora sólo por la amortiguada luz que salía de una puerta medio abierta, se hundió en las sombras. Una, ligeramente más sólida que las otras, se movió entre los hombres en una borrosa masa de gracilidad mortal. Casi todos ellos acabaron en el suelo antes de tener la oportunidad de saber lo que pasaba. Dos salieron corriendo. Xaforn tumbó a uno de ellos de una patada alta antes de que pudiera alcanzar la tentadora puerta de la casa; cayó de lleno y se golpeó en la cabeza haciendo un ruido sordo con un saliente del muro. El otro consiguió escabullirse por la puerta exterior a la calle. Xaforn pudo haberlo perseguido, pero un sonido tras ella la hizo detenerse; un sonido que era a la vez gemido y una risa de complicidad.

—Hola, Xaforn —dijo Qiaan, acurrucada junto al muro de la casa con la mano en el costado. Podías haber dejado que acabaran conmigo, ¿sabes? ¿O has venido para atarme y entregarme tú misma a Liudan?

Xaforn, envainando su daga, se puso de rodillas ante su herida *jinshei-bao*.

—¿Es muy grave? —le preguntó sin hacer caso a su burla.

—Bastante —dijo Qiaan—. Quizá no sea mortal, pero bastante grave. Lo vi venir en el último momento y me giré hacia él; quería hacerlo por la espalda, directo al corazón, pero yo le asusté, dio un traspiés y me dio más abajo. El riñón, quizá —intentó moverse, tomó aire bruscamente y lo dejó salir con un silbido.

—No te muevas —dijo Xaforn—. Déjame ver.

—Uno de ellos ha escapado —dijo Qiaan mientras Xaforn le miraba el costado.

—Lo sé —dijo Xaforn—. Lo vi.

—Traerá al resto. Es mejor que te vayas. A no ser que tengas preparado un destacamento de guardias allá fuera.

—Chusma —dijo Xaforn, rechazando los refuerzos, y se volvió hacia los muertos o quizá sólo inconscientes que había esparcido por el patio, y arrancó un trozo de tela de una túnica de seda de buena calidad que llevaba uno de ellos. Lo dobló formando una gruesa almohadilla y lo apretó sobre la herida de Qiaan, poniendo su mano encima—. Sujétalo ahí. Apriétalo todo lo que puedas soportar. Conseguiré un cinturón o algo de uno de estos brutos para atarlo en su sitio. ¿Hay alguien más en la casa?

—Echaron a los sirvientes —respondió en un débil susurró—. No querían que hubiera testigos del asesinato. No demasiados. Hay más maneras de conseguir una recompensa... Aaah...

—Lo siento —dijo Xaforn sin parecer sentirlo lo más mínimo ocupada como estaba con los primeros e inmediatos auxilios que podía darle—. Preferiría que no te movieras en absoluto, pero también que estuviéramos en cualquier otro sitio ahora mismo.

—Tengo un mal presentimiento donde estamos, pero no estoy segura de poder andar a ninguna parte ahora —dijo Qiaan—. Y no creo que los palanquines lleguen antes de que la *chusma* vuelva con refuerzos. Has perdido el elemento sorpresa y, además, había pocos de ellos para poder sorprender. El resto sabrá que los estás esperando.

—Pueden pensar que soy ese contingente de guardias del que hablabas antes —sugirió Xaforn, sonriendo abiertamente, y sus dientes fueron como un relámpago de blancura en la oscuridad—. Vendrán menos de los que piensas. Además, yo no estaba pensando en caminar por las calles de Linh-an esta noche. No podría ayudarte y protegerte a la vez. Hay un atajo.

—¿Cómo me encontraste? —dijo Qiaan cerrando los ojos y recostándose en la pared—. ¿Qué atajo?

—Es... Da igual. No importa que lo entiendas ahora. ¿Está eso bien apretado? ¿Puedes levantarte? No durará mucho y tengo a Nhia esperando en el otro lado. Podemos conseguirte una curandera tan pronto como lleguemos.

—Oh, estoy segura de que Yuet tiene todas sus cataplasmas preparadas y esperándome —dijo Qiaan con una risa cariñosa que rápidamente se convirtió en otra silbante inspiración mientras intentaba levantarse con gran dificultad.

Durante un instante, Xaforn se quedó congelada en medio de un movimiento, pero después siguió colocando uno de los brazos de Qiaan alrededor de sus propios hombros para darle apoyo.

—Yuet está muerta —dijo sin rodeos.

—Qu... *¿Qué?* —exclamó Qiaan, impresionada—. ¿Cómo? ¿Qué ha pasado?

—Es una larga historia —dijo Xaforn tras un breve titubeo. Estaba sorprendida de lo rápido que había sentido el nudo en la garganta a la mención de Yuet, qué poco control tenía sobre el agudo dolor de esa pérdida—. Más tarde. Mejor que salgamos de aquí. Vamos a...

Un pequeño sonido le hizo volver la cabeza alrededor con el oído atento. Una pisada. Había sido una pisada.

Y hubo otra.

Había todavía una oportunidad, podía entrar..., el camino fantasma casi brillaba ante ella, con su forma casi sólida. «¡Nhia! ¡El rostro de Nhia! ¡Piensa en la cara de Nhia, maldita sea!»

—Demasiado tarde —dijo Qiaan suavemente.

—Ésos no son matones —dijo Xaforn—. Quienquiera que esté aquí, está entrenado. Son demasiado silenciosos.

—Vete —le urgió Qiaan—. Vete, déjame. No merezco tu muerte.

—Me subestimas —respondió Xaforn. Dejó a Qiaan de nuevo en el suelo con mucha delicadeza y sacó la espada que llevaba—. Quédate callada y no te pongas en mi camino.

—Insensata... —dijo Qiaan, y se rió con algo que tanto podía parecer una risa o un sollozo.

—Desinteresada hasta el final —repuso Xaforn, sus palabras con doble sentido, ambas frases de su antiguo y ritual duelo verbal y un auténtico halago.

—Sal de aquí —dijo Qiaan entre dientes, encorvándose sobre su herida—. No te tendré también en mi conciencia el resto de mi vida por larga que resulte ser.

—Me iré de aquí contigo o no me iré —dijo Xaforn.

—¿Por qué, maldita sea?

—Porque eres mi gato —respondió Xaforn simplemente.

No parecía alzar su espada contra nada ni nadie, pero un repentino gruñido indicó que había tocado un cuerpo caliente. Después de eso, las cosas sucedieron demasiado rápidas para que Qiaan pudiera seguirlas, incluso si no hubiera estado entorpecida y con los ojos empañados por el dolor. A veces podía entrever figuras enzarzadas en un combate, silueteadas por poco tiempo por el baño de débil luz que todavía salía de la casa; de tanto en tanto, gracias a la sombra del vaivén de su larga trenza, podía hasta identificar a Xaforn entre sus contrincantes. Podía oír llamadas de ataque, o gruñidos de dolor, el arrastrar de los pies o su duro pisar, el estridente y áspero sonido del roce de metal contra metal, o el resonante choque de las espadas desnudas. Pensó que había oído a Xaforn decir algo, y quizá otra voz respondió, pero no podía estar segura. Todo era una masa de sonido y movimiento, oscuridad contra luz, gritos de dolor y de victoria y sublimación de la frenética batalla en la noche.

Y luego llegó el silencio.

—¿Ha terminado? —susurró Qiaan, a nadie en particular, sólo para oír su propia voz.

—No —respondió Xaforn cerca de ella.

—¿Estás bien? ¡Cahan, debía de haber docenas de ellos!

—Unos pocos —dijo Xaforn brevemente—. Son guardias.

—¿Guardias? —exclamó Qiaan casi sin aliento—. Si son guardias, son de los nuestros..., de los vuestros. ¿No puedes simplemente gritarles, decirles quién eres? ¿Por qué están luchando contra ti?

—Porque tienen órdenes de matarte —respondió Xaforn con una voz muy dulce—. Y no lo consentiré.

La respiración de Qiaan era bastante superficial.

—¿Estás luchando contra tu amada guardia? ¿Por mí?

—Durante mucho tiempo —dijo Xaforn con una voz casi soñadora— te encontré bastante irritante. Después pasó lo del gato y tú me llamaste *jin-shei* y me empezaste a caer bien. Luego durante una temporada te tuve envidia. Incluso pude haberme enamorado de ti, en otra etapa, no lo sé. A veces me parecías insoportable, arrogante, egoísta, desdeñosa o engreída. Y otras veces me daba cuenta de que eras una de las personas más nobles, generosas y valientes que conocía. También había momentos en que me daba cuenta de que no te conocía en absoluto. Y cuando desapareciste y tu nombre empezó a usarse como bandera detrás de la que se congregaban todos los que estaban contra las cosas que yo había jurado proteger, no supe qué pensar; excepto una cosa: sabía, en el fondo, quién eras. Quién eres. No dejaré que te maten aquí salvajemente como un cerdo sacrificado. Yo no. Tú eres *mi* gato y en matarte no hay ningún honor.

Qiaan estaba llorando suavemente.

—No merezco ese sacrificio —susurró—. Vete, Xaforn, por el amor de Cahan, en nombre de...

—No me digas que me vaya en nombre del *jin-shei*, porque estaría obligada a hacer lo impensable y lo rechazaría.

—Se han ido —dijo Qiaan—. Vete, tienes una oportunidad. Vete. Déjame aquí. Debo de estar ya más que medio muerta, no malgastes tu vida defendiendo carne muerta. Ya no es como si me salvaras la vida. Incluso si consiguieras sacarnos de aquí, estoy muerta. Liudan...

Sintió que la punta de la trenza de Xaforn rozaba su mejilla y después los labios de Xaforn, dulcemente, sobre su frente.

—Cállate —dijo Xaforn—. Han vuelto. Creo que han traído refuerzos.

Se esfumó en la noche una vez más y Qiaan la oyó gritar al saltar hacia un enemigo entre las sombras, su grito de batalla. A Qiaan se le hizo un nudo en la garganta; era un grito lleno de conocimiento, de la profunda y plena conciencia de lo que Xaforn era exactamente, aquello para lo que había nacido. Había sido entrenada para asesina, pero ahora estaba preparada para morir en defensa de otra vida en nombre de aquel honor que le era tan querido, en nombre de la amistad, en nombre del lazo de hermandad con el que Qiaan la había una vez vinculado, bastante inconscientemente y sin imaginarse cuál sería su precio, para compartir una gatita negra rescatada del olvido.

El patio estaba lleno de vagas figuras que corrían de un lado a otro. Parecían converger en un único punto, apuntando a un único corazón palpitante.

—*¡No!* —chilló Qiaan, cuando las fuerzas volvieron a ella durante un momento, las suficientes para gritar a toda voz.

La última cosa que se grabó en sus ojos fue la silueta vislumbrada, casi a cámara lenta, de una larga trenza oscilando a través de la tenue luz de la puerta entreabierta, y después la cara de Xaforn, llena de esa luz, cuando media docena de hombres cayeron sobre ella a la vez. Debería haber terminado todo ahí, pero fue como si los mismos dioses quisieran asegurarse de que Qiaan lo veía, de que Qiaan lo sabía. Un sendero se abrió entre la partida de hombres, durante sólo un instante, y Qiaan la vio tumbada allí, su cuerpo ligero tendido junto a la puerta de la casa, inundado de luz, con su trenza larga y negra como una serpiente junto a ella. Y después los hombres se juntaron de nuevo, las sombras se lo tragaron todo y los ojos de Qiaan se cerraron.

«Han necesitado un ejército para vencerla», pensó Qiaan con amargo orgullo.

Y después la verdadera noche descendió por fin y no supo nada más.

SEIS

Cuando Qiaan volvió a despertar fue por un punzante dolor en el costado, detrás de los ojos y en el hueco vacío donde sabía que solía estar su corazón.

—Cabezota —susurró, arrojando fuera de sí la palabra como de costumbre antes de que le respondiera Xaforn con algo ocurrente y mordaz. Pero sólo recibió silencio; el silencio que encontraría de ahora en adelante.

Xaforn se había ido.

«Ido.»

La mera imposibilidad de eso le quitó el aliento. Hizo falta un ejército. Se enfrentó a un pequeño ejército, un ejército de guardias entrenados para eso, y los mantuvo a raya, hasta que la arrollaron por su número.

—¡Oh, Cahan...! —sollozó de repente—. Debí haber sido yo. Debí haber sido *yo*...

Parpadeó expulsando las lágrimas que empañaban su visión y miró a su alrededor, intentando orientarse. Estaba en una cama, razonablemente cómoda aunque algo rudimentaria, con una cálida colcha sobre ella. Se habían ocupado de la herida de su costado y la habían vendado cuidadosamente, como notó al palparse con los dedos antes de descubrir que quizá habían tratado la herida, pero ésta se hallaba lejos de estar curada. Con un gesto de dolor, dejó que sus ojos viajaran por la forma de su cuerpo bajo la colcha. Junto a la cama, había una silla bastante destrozada, a los pies de la cama una mesa bien fregada que tenía un cuenco, ahora cubierto con un trozo de tela limpia, y un desordenado montón de lo que parecían provisiones de curandero. Las paredes estaban desnudas y eran de piedra gris. Había una ventana en lo alto con tres barras de hierro en ella. Enfrente de la ventana, una sólida puerta de madera. Sin picaporte en el interior.

Era una cárcel, entonces.

«Oh, Xaforn. Me matarán rápido o me dejarán aquí hasta que me pudra. Y ha sido para esto por lo que tú apagaste la brillante llama de tu vida.»

Se oyó un ruido amortiguado detrás de la gruesa puerta justo cuando Qiaan la contemplaba de forma sombría, y después se abrió para dejar pasar a una arrugada anciana de pelo ralo y blanco y encías tan desdentadas que se le hundían las mejillas, dándole a su cara un curioso aspecto de calavera.

—Estás despierta —dijo la vieja con una voz sorprendentemente sonora a juzgar por el recipiente tan frágil y poco atractivo del que salía—. Eso está bien. Estaba empezando a preocuparme por ti —había cerrado la puerta tras ella, pero a continuación se dio la vuelta y la golpeó con ambos puños. Se abrió una rendija y a Qiaan le pareció entrever afuera la esbelta figura de un uniforme de la guardia. La vieja intercambió algunas observaciones con el guardia de servicio, en voz demasiado baja como para que Qiaan pudiera escucharlas, y después volvió a su paciente. La puerta se cerró de golpe tras ella.

—Les he pedido que traigan agua hirviendo. Así podrás probar una de mis tisanas. Has pasado mal trago, pero eres joven, deberías reponerte rápidamente.

—¿Dónde estoy? —susurró Qiaan sin esperanzas.

—En las celdas del recinto de la guardia —respondió la vieja, rebuscando entre el montón de cosas de la mesa—. Vendas, vendas limpias... Sé que dejé algunas aquí... Ah, aquí están. Ahora déjame ver. Es hora de cambiarte el vendaje.

—Por favor —empezó Qiaan, pero la vieja chasqueó la lengua en señal de desaprobación y giró a la paciente con pericia para llegar a la cuchillada—. ¿Cómo te llamas? —insistió Qiaan mientras la curandera le quitaba el antiguo vendaje, limpiando la herida con agua del cuenco que había estado en la mesa, y reemplazando las vendas con el nuevo emplasto que había preparado—. Tienes que ayudarme. Necesito ver a alguien. Necesito hablar a alguien de mi... Necesito hablar con Liudan, con la Emperatriz.

—Quédate quieta, niña —le pidió la vieja.

—Por favor —susurró Qiaan—, ¿cómo te llamas?

—Xinma —respondió por fin, terminando y poniendo la colcha de nuevo en su sitio—. Mi nombre es Xinma y no puedo ayudarte. Es la Emperatriz quien debe pedir verte si se digna a ello, no de la otra manera. Tú lo único que tienes que hacer ahora es concentrarte en curarte. Aparte de esa herida, ¿hay algo más que te duela?

—Tengo dolor de cabeza —dijo Qiaan. «Y el corazón roto.»

—Lo podemos arreglar. La infusión te ayudará a dormir. Necesitas dormir. El sueño lo cura todo.

Un golpe en la puerta anunció la llegada del agua caliente; pasaron a la habitación en una pequeña olla de barro a través de la rendija más estrecha posible.

Qiaan de hecho encontró fuerzas para reírse.

—Pero ¿qué creen que voy a hacer, correr hacia la puerta?

—Poco probable, al menos durante un tiempo, querida —dijo la anciana sin mirarla, vaciando un paquete de hierbas en la olla y removiéndolas con una paleta de madera hasta que el brebaje estuvo a su gusto. Vertió cuidadosamente un poco en una tacita y volvió junto a la cama—. Será mejor que te ayude con esto, por ahora —dijo, levantando algo los hombros de Qiaan con una mano y acercando la taza a los labios de la convaleciente con su mano libre—. Ea, sorbe. A lo mejor dentro de unos días puedo vendarte y te podrás incorporar de verdad. Será más fácil comer, de todas formas.

—¿Qué pretenden hacer conmigo? —preguntó Qiaan, sintiendo náuseas al primer sorbo del brebaje, inesperadamente amargo.

—Mi tarea sólo consiste en ocuparme de tus heridas —dijo Xinma—. Lo demás no me concierne.

Después de sostener pacientemente a Qiaan mientras se bebía aquel mejunje de hierbas hasta la última gota, la vieja curandera la recostó de nuevo en la cama.

—Ahora duerme —le ordenó.

Qiaan cayó en un intranquilo sueño provocado, obligada por la poción para dormir. Se suponía que iba a dormir sin soñar, que iba a dormir para curarse, pero se despertó más tarde con rastros de lágrimas todavía mojadas en las mejillas. Un guardia inexpresivo, que no respondió a nada de lo que Qiaan le preguntaba, entró con un caldo caliente a la hora de comer, y Xinma volvió para alimentarla y administrarle otra dosis de medicina de hierbas. Ésa era la rutina de Qiaan, con luz y sombra desplazándose la una a la otra detrás de los barrotes de su ventana cuando el día se convertía en noche, y después en día, y después en noche otra vez. Qiaan rápidamente perdió la cuenta de las transiciones que habían pasado desde que la encerraron en su calabozo. Si no fuera por las precisas acciones de Xinma, que nunca variaban —cuidar la herida, alimentarla, darle la droga para dormir—, podía haber estado allí siempre. Pero sabía, por la manera en que el pensamiento de Xaforn todavía estaba alojado en su corazón como un agudo y punzante dolor, que no había pasado mucho tiempo. Una semana, tal vez.

Y entonces la rutina se alteró.

—Tienes un visitante —anunció Xinma, haciendo entrar a una mujer alta y adusta, vestida con el uniforme de la guardia.

Qiaan la conocía, era JeuJeu, quien se había encargado una vez de entrenar a los prometedores cuadros de la guardia imperial en los días en que Xaforn era una niña.

—Dicen que te estás recuperando bien —comentó ésta, a modo de saludo, cuando Xinma las dejó solas en respuesta a un seco movimiento de cabeza.

—Entonces ya saben más que yo —dijo Qiaan—. Hay cosas dentro de mí que nunca se recuperarán. ¿Por qué estoy viva todavía, JeuJeu? Pensaba que a estas alturas la Emperatriz me habría sentenciado y no hay precisamente dudas respecto al veredicto. Ya estoy muerta; es sólo cuestión de tiempo.

—No lo sé —dijo JeuJeu—. No se ha pronunciado al respecto.

—¿Tengo alguna posibilidad de verla?

—¿Tú? No creo que viniera a hablar contigo. ¿Por qué iba a hacerlo? ¿Qué podrías tener que decirle?

—Entonces, ¿por qué estás aquí? —preguntó Qiaan amargamente.

—Porque eres una de nosotros —dijo JeuJeu—. Y siempre lo has sido. ¿Qué pasa? ¿Qué he dicho?

Qiaan había soltado una carcajada, también amarga, a la vez que sus ojos se llenaban de lágrimas.

—Eso es lo que ella dijo, ¿sabes? —murmuró, tapándose la cara con las manos—. Murió por mí, JeuJeu.

—Y mató por ti, si te refieres a Xaforn. Contaron dieciocho cadáveres en aquel patio después de aquello. Algunos identificados más tarde como partidarios del levantamiento (tu gente), pero el resto, todos guardias. Mató a trece guardias cualificados esa noche.

—Era lo mejor que habíais tenido —susurró Qiaan—. Nunca se lo dije. No en voz alta, no así. Siempre le decía «Oh, está bien», hasta cuando realizaba cosas que parecían imposibles. «No está mal», le decía. Decirle eso a Xaforn. Xaforn. Que podría mirar a la muerte a la cara y hacerle apartar los ojos la primera.

La cara de JeuJeu estaba extrañamente gris.

—Dijiste que eso era lo que había dicho, hace un momento —dijo—. ¿A qué te referías?

—Le dije que se fuera, que me dejara, que yo estaba muerta, que era una causa perdida de antemano y para la que no merecía la pena sacrificarse —explicó Qiaan—, y me dijo... que estaba allí porque... dijo: «Eres mi gato». JeuJeu, ¿tú te acuerdas...?

JeuJeu apartó la cabeza de una forma muy brusca para que Qiaan no viera las lágrimas en sus ojos.

—Sí —respondió.

—¿Podrías por lo menos —preguntó después de un silencio— pedirles que me maten limpiamente?

—Vendré a verte otra vez —dijo JeuJeu súbitamente con la voz más áspera de lo que pretendía; de otra manera, se habría echado a llorar en alto. Se volvió para llamar a la puerta y que la dejaran salir.

—JeuJeu, hazme un favor. Si no a la Emperatriz, ¿puedes conseguir que venga a verme alguna de mis otras *jin-shei-bao*? Yuet o... no, Xaforn dijo que Yuet también había muerto —tragó saliva convulsivamente—. ¿Qué ha estado pasando ahí fuera? ¿Qué más no sé?

—Mucho —dijo JeuJeu—. Y bastante de ello ha sido cometido en tu nombre, aunque la Emperatriz no está sin... —apretó los dientes, antes de decir demasiado—. Veré qué puedo hacer.

Al parecer, triunfó en su intento, porque Tai fue a ver a Qiaan en su celda al día siguiente. Se sentó cuidadosamente al borde de la cama de la convaleciente, al principio con precaución de no perturbar los arreglos del vendaje y el emplasto, pero pronto acabaron colgadas la una de la otra en un fuerte abrazo mientras ambas lloraban sobre sus hombros. Qiaan escuchó, horrorizada, a Tai contarle las desgracias del año anterior. Xaforn fue solamente el último, quizá el más elevado precio pagado por las agitaciones que habían sacudido a Syai.

—Llevé las cuentas talladas de su madera de la edad yo misma a los escribas —dijo Tai—. Había tan pocas, tan penosamente pocas, cuando las amontonaron en representación de su vida. Era tan joven.

—Puede haber sido la mejor de todas nosotras —dijo Qiaan.

—A todas nos han puesto a prueba —murmuró Tai.

—¿Qué pasó después?

—Sus ritos funerarios fueron hace dos días —dijo Tai—. La guardia entera acudió a la pira.

—¡Pero JeuJeu dijo que había matado a trece guardias aquella noche! —exclamó Qiaan—. Debieron de pensar que se había vuelto contra ellos, que se había pasado al lado malo..., al otro lado. No es sólo que muriera, Tai, es que se sacrificó en la manera de morir; pueden haberla llamado traidora, a ella, que nunca se alejó del honor.

—Ellos lo sabían —dijo Tai serenamente—. Todos y cada uno de ellos lo sabían.

—¿Qué planea Liudan hacer conmigo?

—No lo sé todavía —respondió Tai—. No ha dicho nada. No recibe a casi nadie estos días.

—¿Ni siquiera a ti?

—Muy rara vez. Es como si viera al mundo entero como su enemigo, que sólo quiere su sangre. Y no sé cómo curar eso, no sé cómo comunicarme con ella. A veces, cuando estoy a su lado siento como si le hablara a una bella muñeca de porcelana. No hay calidez humana ahí, sólo distancia, sólo vacío. Quiero desesperadamente... No sé..., a veces me recuerda a mis propios hijos, cuando eran muy pequeños, cuando eran demasiado pequeños para comprender nada y se limitaban a encerrarse en sí mismos en los momentos en que el mundo les agobiaba. Podría tomarles en brazos y abrazarles y hacerles sentir mejor, pero Liudan ya no me deja acercarme a ella. Apenas reconoce que existo.

—Siempre nos has protegido como una madre a todas nosotras —dijo Qiaan con el asomo de una sonrisa.

—Todo empezó cuando Antian me pidió que cuidara de su hermana y al principio pensé que sólo se refería a Liudan. Entonces apareció Tammary.

—Y después nos tuviste a todas nosotras y todas éramos hermanas, unidas a través del *jin-shei*, y tú te repartiste para nosotras, estando allí, siendo tú —dijo Qiaan.

Tai enrojeció.

—He hecho poco.

—Tú nos quisiste y protegiste, a veces simplemente dándonos tu ejemplo.

—Pero he fracasado —dijo Tai con los ojos llenos de lágrimas—. Desde hace ya mucho tiempo he tenido ese miedo; que todo se estaba terminando, de alguna manera, y que no había nada que pudiera hacer para detenerlo. Y entonces Tammary huyó, Yuet murió, Khailin despareció y, ahora, Xaforn.

—Y yo —dijo Qiaan con dulzura—. Me están reservando algún destino cruel, no sé qué todavía, pero eso sí que lo sé. Liudan no puede dejarme vivir. Habría sido mejor si hubiera muerto en aquel patio y Xaforn estuviera todavía aquí. Ella siempre brilló con mucha más fuerza que yo.

El guardia que había fuera de la puerta abrió una rendija.

—Tiempo —dijo.

—Vendré a verte todos los días —prometió Tai.

—Gracias —susurró Qiaan—. Cuando puedas —añadió, mientras Tai la abrazaba una vez más. La escoltaron afuera de la celda.

Pero fue Nhia quien fue a verla al día siguiente. Nhia, que estaba un poco más informada y era bastante más pragmática.

—La han oído murmurar que no va a ejecutar a una convaleciente —le dijo—. En otras palabras, no tengas prisa en curarte. Tu herida es lo que te mantiene con vida.

—¿Ha dicho cómo? —preguntó Qiaan bastante tranquila, pero Nhia vio que sus manos temblaban sobre la colcha y le tomó una, apretándola con ternura. Qiaan le devolvió la presión, pero con poca fuerza. Siguió—: Sé que probablemente merezca todo lo que ha planeado para mí. Pero en mi defensa...

—Tu defensa no requiere nada más que saber que fue Lihui quien estaba detrás de ti —dijo Nhia apasionadamente—. Nadie entiende esa parte del tema mejor que yo. He intentado hablar con Liudan del asunto, pero hasta ahora sólo parece escuchar las voces que tiene dentro de su cabeza. Ha estado leyendo antiguas formas de castigo, lo sé porque sé que ha tomado los rollos de las bibliotecas y las transcripciones en *jinashu* nunca se andan con miramientos a la hora de describir atrocidades.

En todo caso, las mujeres describían un millar de maneras de matar a alguien con bastante más deleite y atención en los detalles que cualquier hombre podría haber hecho.

—¿Así que planea un espectáculo?

—La guardia está murmurando en contra, pero...

Qiaan encontró esto extrañamente conmovedor.

—Xaforn, que era de la guardia imperial, murió por mi culpa, y, ¿todavía cuando la Emperatriz desea destruirme se muestran reacios?

—Ambas erais de los suyos —dijo Nhia—, y ellos se enorgullecen de proteger a los suyos. Asumirían la aplicación de la disciplina bajo su cargo si pudieran, pero Liudan lo ha llamado alta traición y de esta forma lo ha hecho un asunto del trono, no de la legislación de la guardia.

—¿Qué está planeando? —preguntó Qiaan, con las manos temblorosas de nuevo, muy ligeramente—. No soy buena soportando el dolor; sería un penoso espectáculo para ella, Nhia. Siempre he odiado el dolor.

—Sí, y ésa es la razón de que siempre estuvieras intentando ayudar a los demás cuando los veías sufrir —dijo Nhia—. Eso también empieza a recordarlo la ciudad; lo que vino antes de todo esto. Aunque Liudan no escucha y ya no habla con ninguna de nosotras.

Pero fue la misma Liudan, entrando majestuosamente en la celda cuando la herida de Qiaan estaba casi curada, quien vino a decirle a la prisionera lo que le esperaba.

—Había considerado simplemente acelerar tu viaje a Cahan, proporcionándote una pira para ti sola antes de que estuvieras demasiado muerta para disfrutarla —dijo Liudan—. Pero pensándolo bien, sería acelerar demasiado tu muerte; así que estuve buscando en los antiguos libros. Oh, todavía podemos hacer la pira, al final, y aún estarías bastante consciente para disfrutarla, pero antes he pensado que podíamos reinventar el tipo de azote que desuella la carne hasta que aparecen los huesos, y seguirlo con una lenta y esmerada reducción de la carne. Todo tiene que ser en la pira, lo sé, para hacer un buen viaje a Cahan, pero nada de lo que he leído me lleva a creer que el viaje en cuestión se perjudicaría de forma significativa si tus pies, tus manos, tus ojos, tus pechos y quizá algunas otras piezas escogidas llegaran a la pira independientemente del resto de ti.

Fue una letanía de horrores tan larga y con tanto detalle que Qiaan se quedó blanca y temblorosa bajo la corriente de palabras.

—Vivirás tanto como yo pueda mantenerte con vida antes de que te permita morir —dijo Liudan—. Después de esto, pocos volverán a levantarse contra mí. Sabrán lo que les espera al final del camino.

—Yo traté de encontrar mi sitio en el mundo —dijo Qiaan—. Nunca quise el tuyo.

—¿Ah, no? ¿Entonces en nombre de quién se hizo la rebelión? ¿Me imaginé yo tu nombre en las banderas?

—El nombre de Lihui estaba por encima de todas esas banderas, de toda esa rebelión —susurró Qiaan—. ¡Cahan! ¿Cómo pude dejarle? ¿Cómo pude creerle?

—¿Tenías la esperanza de parir un bastardo suyo y poner al niño en mi trono? —observó Liudan, y su voz dejaba traslucir una rabia que bordeaba la locura—. ¡Yo soy la Emperatriz del Dragón y no dejaré que eso ocurra!

Qiaan fijó los ojos en ella durante un largo instante y después dejó caer la mirada hacia donde tenía las manos dobladas, bastante serenas ahora, encima de su colcha.

—Que los dioses se apiaden de ti, entonces —murmuró.

Liudan se echó a reír.

—¿Me deseas eso tú a mí?

—Sí —respondió Qiaan sin levantar los ojos—. Porque no has tocado Cahan en mucho tiempo.

El silencio de Liudan fue frágil, como si estuviera reflexionando en una respuesta y después pensara en otra mejor. En vez de ello, se dio la vuelta y salió con paso solemne de la celda.

Esa tarde, tuvo otra inesperada visita.

—¿Nhia? ¿Qué estás haciendo?

—Shhh, tranquila —unas manos calientes y dulces dejaron una pequeña ampolla de cristal en la palma de la mano de Qiaan—. Ahora sabemos. Todos lo sabemos. Ha habido un anuncio público. Tendrá lugar pasado mañana. Esto... esto es para ti, si lo deseas.

—¿Qué es?

—La liberación —dijo Nhia con la voz espesa por las lágrimas—. Nunca te has merecido lo que te infligirá y Lihui ya está muerto, lejos de la justicia. Si lo deseas, esto te librará del dolor. Te dormirás, eso es todo. Te dormirás y no te despertarás.

La mano de Qiaan se cerró sobre la ampolla.

—Gracias.

Nhia, aunque era imposible que lo hubiera sabido, repitió el último gesto de Xaforn y besó a Qiaan dulcemente en la frente.

—Duerme en paz, *jin-shei-bao*. No puedo otorgarte la vida. Te puedo ofrecer sólo una muerte menos salvaje que la que te han preparado.

Y después se fue.

Qiaan se levantó de la cama y alzó los ojos al cielo que podía divisar a través de su pequeña ventana, segmentado por los barrotes de hierro. Era noche profunda, el cielo limpio resplandecía con brillantes estrellas, como se cuenta que son los cielos de Cahan.

Perdóname, Xaforn.

Cerrando los ojos para evitar un torrente de calientes lágrimas, Qiaan levantó la ampolla del olvido hasta sus labios.

SIETE

—¿Nhia?

—Shhh. Es tarde. Vuelve a dormirte —dijo Nhia, metiéndose en la cama.

El último amante de Nhia volvió la cabeza, restregándose los ojos.

—Me desperté y te habías ido y después me debo de haber dormido otra vez. ¿Dónde has estado?

—En ninguna parte, Weylin. Vuelve a dormirte.

Weylin se incorporó bruscamente, dejando resbalar la suave sábana de algodón que lo cubría desde su abdomen, plano y escultural. Era un aprendiz de albañil y acarrear ladrillos y madera todo el día le había puesto los músculos duros como tralla de látigo. Era mucho más joven que Nhia y alejado de los círculos sociales en los que ella se movía en aquellos días, como resultaron sus últimos enamorados. Nhia parecía estar esforzándose en elegir los hombres más inapropiados en el mejor de los casos y, en el peor, desastrosos. El predecesor de Weylin, antes de que Nhia lo hiciera suyo por poco tiempo, había estado trabajando en algunas de las menos recomendables casas de agua, las que Tammary estuvo frecuentando antes de que las circunstancias y Zhan la rescataran de esa vida.

—Has estado llorando —dijo Weylin. A pesar de su juventud y precipitación no era totalmente insensible—. Puedo notarlo en tu voz. ¿Qué ha pasado?

—¡He dicho que te duermas! —exclamó Nhia, pero su voz se quebró en la última palabra y, de repente, se echó a llorar violentamente con la cabeza en la almohada y los hombros convulsos.

Weylin la tomó en sus brazos, apoyándole la cara contra su pecho y acariciándole el pelo con dulzura.

—Dime —dijo—. Es posible que pueda ayudarte, e incluso si no puedo, ayuda hablar de ello. ¿O vas a decirme otra vez que es un secreto de Estado?

—He perdido demasiadas, demasiado rápido —sollozó Nhia—. Demasiadas. ¡Ay, mis hermanas!

—He visto el edicto de la Emperatriz —dijo Weylin—. ¿Es Qiaan? ¿Estás pensando en cómo va a morir Qiaan?

—No va a morir así —dijo Nhia con la voz amortiguada contra su pecho.

—No —dijo él reflexionando—. No va a morir... —algo en las palabras de Nhia tomó forma y Weylin reaccionó rápidamente—. ¿Así? —preguntó—. ¿De qué manera?

—No puedo dejar que ocurra —dijo Nhia, secándose la nariz con el dorso de la mano como una niña—. Sería traicionarlo todo. Liudan ni siquiera podría considerar hacerlo si se parara a pensar en el hecho de que lo hace contra una de sus propias *jin-shei-bao*.

—Ella siempre ha sido una aprovechada —murmuró Weylin.

—No —repuso Nhia—. Siempre ha sido Liudan. Estaba sola y era insegura, y se las arregló para tomar todo el poder que podía para no tener que depender más de la buena voluntad de nadie. Era Emperatriz y su palabra sería ley. Pero también era amable. A mí me dio una vida cuando la mía propia no parecía merecer la pena. Y ahora me ha obligado a quitar una vida porque valía más de lo que ella pensaba.

—Nhia —dijo Weylin después de una breve pausa con la mano congelada sobre su pelo—. ¿Qué has hecho?

—No puedo decírtelo —dijo, apartándose de él.

—¿Secreto de Estado? —preguntó Weylin, suspirando.

—No. Mío. Lo que hice es mi responsabilidad y de nadie más.

—No morirá, Nhia —dijo Weylin, eligiendo sus palabras con mucho cuidado—. Escucha, hay algo que he estado queriendo decirte durante algún tiempo. Sé que alguna gente..., gente que está involucrada, que ha estado involucrada en el levantamiento —se atrancó, buscando las palabras. Nhia de repente muy quieta posó los ojos en él con lentitud, contemplándole, sin ofrecerle ayuda—. Había una facción —continuó Weylin sin poder evitarlo, incapaz ahora de parar su confesión— que quería muerta a Qiaan.

—Casi lo consiguieron —dijo Nhia—. Mi *jin-shei-bao* Xaforn a quien despedí el otro día en su viaje a Cahan, estuvo allí.

—Lo sé —dijo Weylin—. Pero había otros... hay otros... que no estaban de acuerdo. Puede que llegaran demasiado tarde entonces, pero están preparados ahora, preparados para actuar.

—¿Qué estás diciendo, Weylin?

—Oh, Cahan. Supongo que esto es traición, también —dijo Weylin, pasándose una mano de dedos largos a través de su largo cabello—. No soy parte de este grupo, pero tengo amigos, buenos amigos, que sí. Y sé que ellos..., no debería estar diciéndote esto, pero maldita sea, se está yendo todo de las manos. Por lo que te concierne, te estás torturando innecesariamente. Qiaan no morirá dentro de dos días. Lo sé porque... no irás directa a Liudan con todo esto, ¿verdad?

—¿Qué me quieres decir? —insistió Nhia.

—Liudan estaba esperando a que ella se recuperara de sus heridas, ¿no?, antes de emprender ninguna acción.

—Sí.

—Ellos también, Nhia. Han estado esperando hasta poder raptar a una mujer recuperada. Ya es bastante difícil sacar a un prisionero de ese lugar cuando éste coopera y tiene una salud de hierro, así que si el prisionero está entorpecido por una puñalada y es incapaz de moverse rápido o silenciosamente, o de moverse en absoluto sin que lo lleven en brazos, maldita sea, es casi imposible.

—Dejasteis una ventana muy estrecha a la oportunidad —dijo Nhia, y ahora sonaba distante, helada.

—Lo sé. Pero era necesario. Pero ahora está todo preparado y tenemos planes.

—Diles que se retiren —dijo Nhia. Se dio la vuelta, repentinamente, y se tumbó en la cama dándole la espalda a Weylin, acurrucada en su lado, con los ojos abiertos y la mirada fija en el vacío.

—¿Nhia...? ¿Qué estás...?

—Llegáis demasiado tarde —dijo—. Le di una ampolla de veneno esta noche, para dormir, si la quiere. No podía soportar verla torturada y azotada y expuesta sólo porque Liudan necesita sentirse segura. Así que le di una vía de escape.

—Pero ¡mañana...! ¡Mañana habríamos...! —exclamó Weylin entrecortadamente.

—Probablemente sea demasiado tarde —le cortó Nhia—, incluso si fuera esta noche. Vete. Díselo.

—Pero te lo he dicho, no sé...

—Tienes *amigos* —dijo Nhia, poniendo un énfasis irónico en la última palabra—. Según mi experiencia, frecuentemente la gente con *amigos* en ciertas circunstancias se descubren compartiendo esas mismas circunstancias.

—¡Tu amiga está apunto de morir!

—Qiaan no es sólo una amiga; es mi *jin-shei-bao*. He hecho lo que tenía que hacer, proteger a mi hermana en nombre del juramento que nos une. Vete, Weylin. Vete ahora.

Después de un severo silencio, Nhia sintió moverse la cama cuando él sacó de ella las piernas y se puso en pie.

—Puedes haber matado el futuro para todos nosotros —dijo.

—Puedo haberlo hecho —asintió Nhia, tan cansada de repente que ya no lo soportaba, que ya no esperaba nada—. Déjame sola.

—Si Liudan lo descubre, te despellejará viva a ti en vez de a ella —dijo Weylin.

—Liudan también es mi hermana *jin-shei*, recuerda —soltó Nhia, levantándose sobre un codo.

—Eso no parece que la haya detenido a la hora de dictar esa terrorífica sentencia sobre Qiaan —dijo Weylin—. Pero te diré una cosa más y gratis: resulta que sé que intentarán matar de nuevo a la Emperatriz.

—¿Otra vez? ¿Lo han intentado ya antes?

—Varias veces y una vez casi lo lograron.

—La flecha.

—Sí.

—La Emperatriz está bien protegida contra flechas estos días.

Weylin soltó una aguda carcajada que casi recordaba a un ladrido.

—¿Piensas que son tan estúpidos para hacer el mismo truco dos veces?

—¿Cómo, entonces? —preguntó Nhia después de un silencio.

—Veneno —dijo Weylin. Nhia podía oír cómo se deslizaba dentro de sus pantalones y metía los brazos en la túnica—. Y eso es lo único que sé.

Si tuviera detalles, te los daría. Todo lo que sé es que han conseguido el veneno y que están esperando una buena oportunidad (y el caos es siempre una buena oportunidad). Ésa es la razón de que te lo esté contando. Puedes no darte cuenta todavía, pero acabas de crear el caos. El momento perfecto para ese veneno será en los próximos dos días. O tan pronto como estalle la noticia de que Qiaan ha engañado al verdugo de Liudan.

—¿Qué tipo de veneno?

—Te he dicho todo lo que sé. Buenas noches, Nhia —hizo una pausa, apenas un leve instante, y después añadió, muy suavemente—: Adiós.

Ella se sentó, buscándole con los ojos en el crepúsculo de la habitación, pero todo lo que vio fue la puerta cerrándose tras él. Tenía el presentimiento de que no volvería. Todas las últimas relaciones de Nhia parecían durar muy poco tiempo, un par de meses, a menudo sólo unas semanas y una vez o dos no más que un par de días de pasión. Siempre había sido ella la que las había terminado, todas las veces. En ocasiones, lamentaba la ruptura; algunas, la verdad es que lloró la pérdida, pero en la mayoría se sentía inmensamente aliviada de que nadie esperara de ella que diera más de lo que ya había dado, aliviada de haber escapado de algo que, si hubiera dejado correr su curso natural, la habría destruido.

Weylin era silencioso, amable. Con él, podría haber sido diferente. Si ella hubiera hecho las cosas de otra forma. Si se hubiera esforzado más. Si la vida no fuera tal desastre.

¿Habría dicho la verdad? ¿Había ella matado realmente a Qiaan, la había ayudado a morir, quizá sólo a unas horas de que la rescataran? No se podía ni creer las torturas que le iban a infligir, la bilis le había llegado hasta el fondo de la garganta ante su mero pensamiento, y como canciller de Syai habría sido su tarea estar presente cuando se llevara a cabo la sentencia. «¿Era a Qiaan a quien intentaba salvar o a mí misma? ¿Es demasiado tarde?»

Su mente era un caótico remolino, rebosante de dolorosos recuerdos, con culpabilidad, con miedo, luchando por el interés de Liudan, por el duelo por Xaforn, por el dolor por Qiaan. Hubo un tiempo en que había sabido cómo calmar su espíritu, cómo dormir en un estado de meditación, cómo sentarse silenciosamente durante horas y ser parte de la luz de Cahan y salir fresca y renovada. Pero no parecía recordar cómo hacerlo de nuevo. Era como si hubieran pasado siglos desde que había apelado por última vez a aquella habilidad, no los pocos años que habían pasado de verdad.

Nhia cerró los ojos, golpeó la almohada con ambos puños para someterla, intentando excavar en ella un refugio y dormir, pero fue inútil. No parecía encontrar una posición cómoda. Dio vueltas sin descanso en la cama, enredando las sábanas alrededor de su pie contrahecho. Todo le dolía: la pierna atrofiada, los huesos, los hombros contraídos de la tensión y un punzante dolor detrás de los ojos.

Yuet podría haberle dicho tajantemente que lo primero que tenía que hacer era dormir un poco. Pero Yuet se había ido, convertida en cenizas. Xaforn habría... Qiaan habría...

—¡Oh, Cahan! —protestó con desesperación. Había demasiados fantasmas compartiendo su cama con ella aquella noche. Ninguno había venido a pedir reparaciones, o a acusar, o echarle la culpa. Pero estaban allí, consistentes, a su alrededor; le ardía la piel por su presencia.

Esa habitación no era un refugio para ella, esa noche no.

Se levantó y se volvió a vestir, estremeciéndose al meter su doloroso pie tullido en su calzado especial. Era bien pasada ya la medianoche y la ciudad estaba tranquila cuando salió a las calles por una puerta falsa, pasando apresuradamente entre las casas con los postigos cerrados y cruzando la gran plaza del mercado, donde ya algún movimiento era evidente; el aire tenía el olor del pan recién salido del horno y el panadero avivaba el fuego preparándose para los primeros clientes del día.

La casa de Tai estaba en silencio y oscura, salvo por un farol encendido junto a la puerta, cuando Nhia, echándose la capucha de su manto más cerca de su rostro, llamó a la puerta con el puño.

Tuvo que hacerlo bastantes veces antes de que un adormecido sirviente apareciera para contestar a su llamada.

—Necesito ver a tu señora —dijo Nhia, permitiendo que su manto se deslizara un poco hacia atrás para que el sirviente pudiera alcanzar a verle la cara a la luz del farol que llevaba en la mano—. Sé que es tarde. Es una emergencia.

—La despertaré —dijo, reconociendo a la visita y haciéndose a un lado para que ésta pudiera entrar. Cerró la puerta con pestillo tras de sí—. Encenderé los faroles del salón para vos.

El sirviente la condujo hasta allí y se entretuvo durante un momento con una vela hasta que los tres o cuatro faroles ornamentales, formados por dos gruesas capas de papel de seda, relumbraron y la cámara se llenó de delicada luz cremosa. Nhia levantó un bordado a medio terminar de la silla más cercana y se dejó caer en ella, mientras respiraba como si hubiera corrido hasta allí desde el Palacio; ella, que no había corrido en su vida, que nunca había podido correr. «Quizá es la razón de que haga lo que hago», pensó Nhia con una rápida y desilusionada perspicacia. «No puedo escapar usando mis pies, así que me creé la forma de escapar usando la mente.»

No mucho después entró Tai en la habitación, pisando silenciosamente y restregándose el sueño de los ojos con los nudillos de ambas manos como un niño pequeño. Se había soltado el pelo para dormir y caía sobre sus hombros como una capa oscura; tenía los pies desnudos.

—¿Nhia? ¿Qué estás haciendo aquí? ¿Qué hora es? ¿Qué ha pasado *ahora?*

—Liudan la habría torturado —dijo Nhia abruptamente.

Tai hizo el esfuerzo de despertarse, de hacer la transición mental.

—¿Te refieres a Qiaan? —susurró—. Lo sé. Vi el edicto.

—Weylin me dijo que iban a haberla rescatado mañana.

—¿Quién?

—Su gente. Los rebeldes.

—¿La gente de Lihui o su gente? —preguntó Tai completamente despierta ahora—. No dices nada con sentido, Nhia. Déjame que haga un poco de té —la miró más de cerca y se dio cuenta de que Nhia estaba llorando silenciosamente; avanzó un paso hacia ella, le tomó la mano y la apretó—. No te atrevas. Si tú te vienes abajo encima de mí, juro que me iré y me arrojaré yo misma desde las murallas de la ciudad.

Nhia hipó, riéndose y sollozando a la vez.

—Lo siento, pero...

—Té —dijo Tai con firmeza—. Espera aquí, volveré enseguida.

Desapareció brevemente para pescar a un sirviente que se había despertado temprano en la cocina y mandarle que preparara el té; después volvió corriendo a donde estaba Nhia, sentada con la cara enterrada entre las manos. Su pelo, alborotado porque no se había molestado en peinárselo o arreglárselo antes de hacer su loca carrera nocturna hasta la casa de Tai, caía entre sus dedos en mechones sueltos y enredados.

Durante un momento Tai se transportó a algunos años atrás, cuando ambas eran niñas en las calles de Linh-an, hijas de mujeres que se ganaban la vida con el trabajo de sus manos, hijas de costurera y lavandera. Qué lejos quedaba todo eso y qué cerca. Nhia había mudado las pieles de maestra del Templo, mujer sabia, canciller, y era una vez más sólo la amiga de infancia de Tai. Con todo lo que había ganado y perdido a través de los años, siempre estaba eso.

—Somos muy arrogantes —susurró Nhia—, pensando que siempre sabemos más.

—¿Qué es lo que has hecho? —preguntó Tai, muy dulcemente, sentándose en el suelo a los pies de Nhia y apoyando la mejilla en su rodilla buena.

—Una cosa que no entiendo —respondió—. Sé que Liudan deseaba destruir a Qiaan; sé las órdenes que tenían los guardias de matarla si la encontraban. Qiaan contó que era lo que Xaforn... lo que Xaforn dijo, también, allí en el patio. Que la guardia tenía órdenes de matar a Qiaan. Pero entonces, cuando tuvieron la oportunidad de hacerlo después de haber quitado a Xaforn de su camino, no lo hicieron. *No lo hicieron.* Y la trajeron ante Liudan. Quien decidió que matarla no era suficiente.

—Eso es porque las órdenes de Liudan rara vez son las mismas dos días seguidos en estos últimos tiempos —dijo Tai—. Estos días la gente lucha por anticiparse a ella, para estar un paso por delante, sólo para asegurarse de que su cólera no descenderá sobre ellos por razones que parecen completamente irracionales. Pero tú, entre toda la gente, sabes esto. Tú eres canciller; has estado haciendo malabarismos con los explosivos antojos de Liudan durante años.

—Sí, pero de alguna manera siempre he sido capaz de comprenderla —repuso Nhia—. Ahora no me estoy anticipando a ella, estoy actuando para mí —su respiración se convirtió en un sollozo otra vez—. Él dijo que la rescatarían, Tai. Y justo antes de que me dijera eso, yo... ¡Oh, Cahan! Tai, pensaba que la elección era entre contemplar cómo hacían con ella una horrorosa carnicería en la plaza pública dentro de dos días o darle una oportunidad de tener una muerte digna, una muerte sin dolor; pero ¿y si me he equivocado? ¿Si Weylin tenía razón? ¿Si iban a haber venido a por ella? ¿Y si la elección hubiera sido entre vida o muerte, y yo... yo, su propia *jin-shei-bao*, evité que pudiera decidir? Xaforn murió por ella y lo que he hecho puede haberlas traicionado a las dos.

—Nhia... —empezó a decir Tai.

—Si es culpable de algo, es sólo de caer bajo el hechizo de Lihui, y yo misma también he estado ahí, conozco lo poderosa que esa voz suya puede ser, qué imperiosa la necesidad de obedecer sus deseos. Si ella es culpable, yo también lo soy del mismo pecado. No habría podido sentarme y contemplarla pagar el precio de mis propios errores. Le ofrecí una salida, esta noche, Tai —Nhia tragó saliva—. Le llevé una ampolla de veneno a su celda. Una muerte con dignidad, pensé, y no un espectáculo para las multitudes, o una forma de que Liudan satisfaga su paranoia. Como si la crueldad y la violencia impidieran las rebeliones; en todo caso, las alimentan.

Los ojos de Tai se llenaron de lágrimas, que acabaron derramando.

«Una rama desnuda temblando al sol. *Pau-kala.*»

Las manos de Nhia se aferraron a las de Tai, apretándolas con una fuerza sorprendente.

—¿Y si estaba equivocada? —susurró con violenta intensidad—. ¿He matado lo que Xaforn intentó salvar con su muerte? ¿Habría podido detener la guardia imperial los planes de Liudan, si los rebeldes fracasaran? ¿Y si me equivoqué, Tai? Pensaba que estaba haciendo lo correcto, lo único que podía hacer, pero ¿y si había una oportunidad, si en vez de eso podía haberla salvado? Soy canciller. ¿Por qué no fui a Liudan y le pedí que no continuara con esto? Podía habérselo pedido, en nombre del *jin-shei*...

—Y ella habría encontrado la forma de rechazarte —dijo Tai en voz baja—. Se ha encerrado prácticamente en una torre, aislada de todos, hasta de nosotras, sus *jin-shei-bao*, salvo cuando se volvió hacia la hermandad para exprimir lo que necesitaba de unas o de otras. Pero estos días es así sólo con nosotras, aunque todas las que se han ido sean buenos ejemplos de lo que está haciendo Liudan. Exige absoluta lealtad, pero está sola para juzgar lo que es la lealtad o cómo se expresa. Y en cierta forma es comprensible; es Emperatriz y la lealtad al trono siempre ha sido importante. Pero Nhia, ha colocado la lealtad contra la sabiduría, la lealtad contra el honor, la lealtad contra la felicidad, y con nosotras ha sido siempre en nombre del *jin-shei*. Ha pedido la inmortalidad y sigue pidiéndola, incluso cuando era imposible dudar que era insensato perseguirla. Pero ella quería lo que quería y le pidió demasiado a Khailin. Usó a la guardia como apoyo cuando tomó el trono como Emperatriz del

Dragón y en esa gente se inculca la lealtad durante generaciones, a través de reinados de muchos, muchos emperadores; pero le pidió demasiado a Xaforn. Y parecía realmente creer que ambas, Tammary y Qiaan, debían de alguna manera olvidarse de su inconveniente linaje, sólo para que la Emperatriz del Dragón pudiera sentarse con más seguridad en el trono. Rompió las leyes de *jin-shei* incluso cuando las invocaba, cada vez. Antian me pidió que cuidara de ella, pero, sinceramente, no sé cómo hacer eso ya.

—¿La has visto últimamente?

—No me ve muy a menudo —dijo Tai—, y cuando lo hace, parece estar en un plano diferente. Es como intentar hablar con una criatura extraña que vive sólo en el fuego y se alimenta de sangre y miedo y conflicto, pero siempre que tengan lugar lejos del sereno y elegante silencio de su salón.

La sirvienta había traído el té y dejado la bandeja en una mesa baja junto a la entrada del salón. Tai fue hasta allí, trajo dos tazas humeantes y le pasó una a Nhia.

—Bueno, será mejor que vaya a verla mañana —dijo Nhia con cansancio.

—Si crees que abrir tu corazón a Liudan en una confesión ayudará... —empezó Tai, pero Nhia, aceptando la taza con una mano, levantó la otra para interrumpirla.

—No, es esa cosa de la lealtad —dijo con una sonrisita—. Ya ves, el inminente rescate de Qiaan no es lo único que Weylin me ha contado esta noche.

Tai, estremeciéndose de repente, apoyó su taza de té.

—¿Qué más?

—La misma gente que habría liberado a Qiaan tiene planes más profundos. Weylin no sabía ni cómo ni cuándo, o quizá no quiso decírmelo, pero están preparando la muerte de Liudan. De alguna forma, en algún lugar, alguien va a echarle veneno y Weylin parecía creer que sería en estos días —Nhia apuró su té como si estuviera bebiendo aguarrás y volvió hacia Tai una irónica y retorcida sonrisa—. Yo le di veneno a Qiaan con mis propias manos y ahora tengo que ir y asegurarme de que se lo quito a Liudan de la boca. Ay, en qué criatura me he convertido, Tai. Doy la muerte con una mano y la vida con la otra.

OCHO

Por segunda vez en menos de veinticuatro horas, a media mañana del día siguiente, Nhia se encontró llamando a la puerta de una de sus hermanas del *jin-shei*. Pero esta puerta estaba vigilada por una sirvienta sordomuda que parecía menos propicia a conceder su admisión.

«La Emperatriz está indispuesta», le dijo la muchachita mediante signos.

—¿Indispuesta? ¿Cómo? —preguntó Nhia con brusquedad. «En nombre de Cahan, ¿habré llegado ya demasiado tarde?»

La sirvienta repitió que la Emperatriz no quería ver a nadie. Quizá le dijo algo más, pero el lenguaje de signos, tan afinado entre ella y la Emperatriz que a veces le parecía a Nhia que Liudan leía la mente de su sirvienta en vez del baile de sus manos, no era algo en lo que la propia Nhia fuera competente. Cualquier otro día, habría dejado un mensaje urgente para Liudan y habría vuelto más tarde. Pero un intenso temor le ardió por dentro, e «indispuesta» podría significar otra cosa en ese momento. Un repentino eco de la voz de Xaforn sonó en su mente: «Si Liudan no me da permiso, tendré que hacerlo sin él». El día en que le pidió a Nhia que estuviera de guardia en el camino fantasma para ir en busca de Qiaan. El día que murió.

Los ojos de Nhia se pusieron de pronto muy brillantes.

Si Xaforn había tenido la valentía de hacerlo...

—Lo siento —murmuró a la muchacha—, pero tengo que verla. Ahora mismo. Es una emergencia. Tendrá que verme, soy la canciller de su reino.

La sirvienta hizo algunos gestos para evitar que entrara, pero Nhia pasó por su lado y entró en la antecámara de las habitaciones de Liudan. La encontró desordenada, había cosas amontonadas en una mesa baja junto a la puerta como si hubieran pillado desprevenida a la sirvienta en medio de la preparación de algo, o incluso haciendo el equipaje. Bajo circunstancias normales, Nhia habría prestado más atención, pero pasó junto a la mesa echando sólo una rápida ojeada a sus objetos revueltos y abrió la puerta de las habitaciones interiores.

Liudan, vestida sólo con un traje de mañana de seda suelta atada en la cintura y con el pelo escapando desordenadamente de un apresurado recogido que intentaba recordar al estilo de la corte, se quedó en medio de la habitación, y parecía la encarnación de la más absoluta e intensa rabia.

—¿Qué? —preguntó con la cabeza vuelta desde la puerta—. ¡Le dije que te quedaras fuera! ¿Qué quieres?

—No nos puede mantener a todos fuera para siempre —respondió Nhia.

La cabeza de Liudan se giró bruscamente a su alrededor. Tenía la boca blanca de furia, los ojos centelleando como fuego negro.

—¡Tú! —dijo con acritud—. Ya que estamos, tengo un trabajo para ti; sabré quiénes son responsables de esto, ¡y tendré sus cabezas! Ya le he dicho a la guardia que destituyan al hombre que estaba de turno anoche. Que lo destituyan permanentemente. ¡Veneno! ¿Cómo pudo tener acceso al veneno? Los únicos que entraron a verla fueron esa vieja bruja curandera y aquel guardia. Quizá la curandera... tuviera acceso a cosas como ésa.

—Y JeuJeu, de la guardia —dijo Nhia—. Y Tai. Y yo misma. Y tú.

—¿La guardia? ¿Tú crees que la guardia osaría hacer algo así?

—No —dijo Nhia. Estaba de repente muy tranquila. Enfrentándose a la locura que atormentaba a Liudan, se encontró recordando (no sin dolor) el cielo en el que una vez voló con las alas de un águila. Una vez, hacía ya mucho tiempo, en una época de inocencia.

Liudan la fulminó con la mirada.

—Alguien se lo hizo llegar —gruñó—. Y cuando descubra quién fue...

—Yo lo hice, Liudan. Lo hice en nombre de...

—¿Tú? ¿Tú le diste el veneno? ¿Has perdido el juicio? Ahora no tengo nada que pueda usar para...

—Lo hice en nombre del *jin-shei* —dijo Nhia, terminando su frase como si el arrebato de Liudan no la hubiera interrumpido.

Liudan cerró la boca con un chasquido.

—He venido a advertirte, Liudan —continuó Nhia, desviándose con soltura del tema como si hubiera estado hablando del inclemente tiempo y no pasándole a Liudan el equivalente verbal de un fuego artificial encendido—. Me he enterado de que tu vida peligra, que van a atentar contra ti estos días. Quizá en cuestión de horas.

—¿Le diste el veneno a Qiaan? —repitió Liudan una vez más con las facciones flácidas de la impresión. Pero enseguida se recompusieron, en una expresión de rabia superior incluso a la que Nhia había visto antes—. ¡Tenía que ser un ejemplo, algo para demostrar que no se toleraría ningún levantamiento más contra la Emperatriz del Dragón, para enseñar a otros que pudieran pretender robar mi Imperio el destino que les esperaba si lo intentaban!

—Liudan —dijo Nhia con infinita paciencia—, crear mártires normalmente tiene el efecto contrario. Habrías sembrado dientes de dragón en una tierra demasiado fértil. Pero hay mucho descontento todavía ahí fuera que busca algo a lo que aferrarse. Todavía puedes escarmentar a alguien, si quieres. Qiaan ha muerto. Murió porque fue utilizada para liderar la ambición de alguien, y tú lo sabes, Liudan, ¡tienes que entender eso! Yo misma he estado bajo el hechizo de Lihui. Lo que él te dice, tú te lo crees. Lo que le dijo a Qiaan fue lo que ella necesitaba creer. Todo lo que ella quería era hacer un mundo mejor.

—Y ser Emperatriz haría todo simplemente perfecto —dijo Liudan con sorna—. Lihui también está muerto, de todas formas, así que no hay forma de demostrar esa acusación, de imputarle la responsabilidad a nadie salvo a Qiaan. Si no hubiera querido barrerme de su camino, nunca habría...

—Antes de que Lihui viniera y le llenara la cabeza de esas visiones, Qiaan nunca pensó en reivindicar el Imperio —observó Nhia—. Todo lo que quería era hacer las cosas distintas, situarse entre la catástrofe y aquellos demasiado débiles o demasiado ignorantes para afrontarla. Nunca supo siquiera quién había sido su verdadera madre, porque la historia de «doble realeza» con la que Lihui la alimentó, era a todas luces un sinsentido.

—Que ella tomó con ambas manos y echó a correr —rugió Liudan—. Nhia, ¡lo has destrozado todo!

—¿Vas a encarcelarme en lugar de Qiaan, entonces? ¿Todo se ha vuelto traición estos días?

La furia de Liudan estaba al rojo vivo.

—Podría hacerte pedazos por esto. Podría...

—Veneno —dijo Nhia.

Distraída, Liudan sacudió hacia atrás la cabeza.

—¿Qué? Ya sé, me lo dijeron. Encontraron el cuerpo esta mañana temprano. Y la ampolla. Maldita seas, Nhia, ¿por qué has tenido que entrometerte?

—No a Qiaan. A ti —dijo Nhia—. Pretenden envenenarte. No sé cómo ni dónde ni en qué preciso momento, pero en los próximos dos o tres días.

—No pueden envenenarme —dijo Liudan—. Toda mi comida está catada. Tú lo sabes.

—Ellos también. Si son conscientes de eso, y tienen que serlo si sus planes tienen alguna posibilidad de éxito, habrán tenido en cuenta ese aspecto en su plan.

—¡No pueden matarme! —gritó Liudan, golpeando el puño contra el marco de la ventana. Falló el golpe. Su mano chocó con la ventana acristalada de su cámara, haciéndola añicos. Volaron las esquirlas de cristal y empezó a manar gran cantidad de sangre de varios cortes en el brazo de Liudan, algunos de ellos profundos. Miró fijamente su brazo como si no fuera consciente de que le pertenecía—. No pueden herirme —susurró, con la voz de una niña perdida, asustada, llena de las patéticas bravuconadas de alguien que se defiende contra lo imposible, contra un enemigo sin número—. No pueden. No pueden. Me aseguraré de que no pueden tocarme. Nadie puede tocarme. ¡Nadie! Soy Liudan, soy la Tercera Princesa. Soy... ¡soy la Emperatriz del Dragón! ¡Soy inmortal! —elevó la voz en un grito—: *¡Inmortal!*

Nhia saltó corriendo hacia Liudan al ver su acción, pero llegó demasiado tarde para evitarla; ahora estaba ayudando a Liudan a salir de la zona del destrozo del cristal roto, envolviendo la manga de su ligero traje con fuerza alrededor de su brazo herido. El llamador de campana para hacer venir a la sirvienta de Liudan estaba al alcance; Nhia tiró de él con su mano libre. La muchacha sordomuda entró sin hacer ruido en la habitación en pocos momentos y se quedó mirando.

—¡Llama a una curandera! —gritó Nhia—. ¡Y trae agua! ¡Tráeme agua para limpiar esto mientras tanto! ¡Y vendas limpias! ¡Corre!

La muchacha cerró la boca, se dio la vuelta y desapareció en la antesala.

Liudan estaba llorando, suavemente, casi sin ningún sonido. Le saltaban grandes lágrimas de los ojos y resbalaban por sus mejillas, una detrás de otra.

—Shhh, tranquila, enseguida estarás bien —dijo Nhia, meciéndola como a un niño—. Déjame verlo. Si tienes cristales clavados tendremos que sacarlos.

Liudan movió los labios, pero no emitió ningún sonido. Nhia se inclinó más hacia ella.

—¿Qué?

Oyó frases inconexas, suaves murmullos, casi enteramente inaudibles.

—Qiaan... y no es justo... veneno... nadie ha intentado nunca... todo muerto, todo desaparecido... cuida de mi... madre... dónde están las otras hermanas... me quiere...

—Todas te queríamos —dijo Nhia, examinando los cortes de su brazo—. Creo que hay un trozo de cristal en éste. Va a doler, estate quieta.

Nhia intentó extraer la fina astilla de cristal de uno de los cortes más profundos, tan delicadamente como pudo, pero el corte sangraba abundantemente y los dedos de Nhia dudaban en su tarea. Liudan gimoteó; tenía la manga empapada de sangre y el resto de su traje salpicado también. Nhia titubeó con náuseas.

—Siempre he odiado la visión de la sangre —dijo entre dientes—. Cahan, ¿por qué no viene la curandera? ¿Y dónde se ha metido esa niña tonta?

La sirvienta volvió corriendo exactamente en el mismo momento en que Nhia levantaba los ojos con preocupada impaciencia. Llevaba una gran bandeja lacada; en ella había un pequeño barreño con agua, una pila de paños limpios, vendas de hilas y una copa alta llena hasta el borde de un líquido que olía a limón y miel. Nhia ya estaba alcanzando los paños antes incluso de que hubiera depositado la bandeja, hundiendo uno en el barreño de agua, volviéndose hacia Liudan.

La sirvienta le hizo un gesto nervioso y le señaló la copa a Liudan haciendo con mímica como que se bebía.

Por una vez Nhia tuvo muy poca dificultad en interpretar el gesto. La chica había traído una bebida fría, algo para reanimar a la Emperatriz. Liudan se había puesto muy blanca y tenía la piel húmeda al tacto. Nhia no era curandera, pero sabía bastante sobre conmociones como para asentir con la cabeza en señal de aprobación de la copa.

—Consígueme también una manta —ordenó— y tráele una túnica limpia.

Tomó la copa para pasarle la bebida a Liudan y se detuvo al darse cuenta de que la sirvienta no se había movido. Estaba todavía ahí de pie, suspendida sobre sus pies. Mirando con expectación. Esperando. Nhia levantó los ojos y sorprendió una veloz mirada de ávida anticipación en la cara de la sirvienta; desapareció instantáneamente, casi demasiado rápido para que Nhia se asegurase de que la había visto. La sordomuda había bajado los ojos, velando su expresión, pero todavía estaba allí, clavada en el suelo. La bebida que había traído continuaba despidiendo su inocente aroma de limón y miel, pero la copa que Nhia sostenía había cambiado: ya no era reconfortante, sino una amenaza.

Puede que estuviera viendo cosas. A lo mejor sólo estaba viéndolas porque esperaba que ocurrieran, un atentado contra la vida de Liudan era la gran advertencia que había venido a traer. Se llevó la copa a sus propios labios, tocó con ellos el borde y tomó un cuidadoso y vacilante sorbito de la bebida. Bajo la acidez del limón y la dulzura de la miel, había de repente algo más, otro sabor que inundó su boca, un sabor fuerte de algo que recordaba al jengibre.

El sabor de la muerte.

Yuet había sido su *jin-shei-bao* y las curanderas conocen los venenos tan bien como las hierbas curativas. No había antídoto contra este veneno. El mero gusto de él en la boca de Nhia fue suficiente para decirle que ya era demasiado tarde para lamentarlo.

Sosteniendo la mirada de la sirvienta, Nhia se bebió la copa con lenta parsimonia, y después la depositó en la bandeja otra vez, vacía.

«Una vida por una vida.»

En su ojo interior resplandecieron dos visiones, dos brillantes hebras trenzándose la una sobre la otra. Liudan, entrando majestuosamente en la habitación de la casa de Yuet donde habían traído a Nhia después de haber escapado de las garras de Lihui. Qiaan diciéndole a Nhia que no podía esconderse para siempre, que estaba hecha para cosas más grandes. Qiaan sentada en el despacho de Nhia con uno de sus apasionados ruegos a favor de los pobres y desposeídos de la ciudad. Qiaan esperando la muerte en la celda del recinto de la guardia. Liudan relamiéndose con el retorcido placer de la venganza que planeaba para la muerte de Qiaan. Liudan sonriendo, esperando a Nhia cuando estaba a punto de entrar en la Cámara del Consejo por primera vez como canciller. «¡Ah, los vientos de renovación que podemos hacer que soplen por ese Palacio enrarecido, tú y yo!»

Era demasiado tarde para Qiaan. Había actuado pensando que hacía lo mejor. Pero aquella ampolla de veneno la obsesionaba y esta copa tenía el sabor de su culpabilidad, de su miedo, de su remordimiento. De su amor, de su lealtad.

—No —dijo suavemente, manteniendo la mirada de la sirvienta—. No mientras yo viva todavía para protegerla.

Durante un largo momento, el tiempo pareció ralentizarse, casi pararse, pero las palabras de Nhia rompieron el estancamiento y todo pareció ocurrir a la vez. La mirada de Liudan se elevó, lúcida, por la súbita comprensión. La muchacha se dio la vuelta para huir, volcando la bandeja que acababa de traer, desperdigando los vendajes y derramando el barreño de agua por toda la alfombra de seda de Liudan. La Emperatriz, sosteniendo contra el pecho su brazo herido, se levantó y tiró de un diferente llamador bordado que colgaba junto a la amplia chimenea, haciendo caso omiso de las manchas de sangre que dejaba en él. La sirvienta se había marchado hacía apenas unos segundos antes de que un par de guardias imperiales irrumpieran en la habitación con las armas preparadas. Eran guerreros adiestrados, instruidos para actuar según las órdenes, cualesquiera que fueran las distracciones de sus circunstancias y contexto, pero no pudieron evitar una mirada de asombro y desconfianza ante el caos de las dependencias privadas de la Emperatriz, con los objetos esparcidos en la escapada de la sirvienta, cristales rotos y manchas de sangre. Pero Liudan les dio órdenes a gritos y, después de echarle una última mirada veloz a la habitación para comprobar que no había enemigos acechando todavía allí, se dieron la vuelta y se fueron corriendo según las órdenes. Liudan, envolviéndose la manga todavía más fuerte alrededor del brazo, se apresuró a volver a donde Nhia estaba sentada, lo único inmóvil en la confusión del momento, con los ojos levantados hacia donde una brisa de la ventana rota agitaba las cortinas de seda que enmarcaban la vista de un jardín clásico lleno de coníferas enanas cuidadosamente podadas y bosquecillos de bambú.

La Emperatriz se hundió en el sofá junto a Nhia.

—Por favor, dime que no era la copa envenenada que habían preparado para mí —susurró con la voz quebrada y la rabia de repente extinguida.

Los ojos de Nhia viajaron lentamente hacia abajo desde las copas de los árboles, y por la cara de Liudan.

—Jengibre —dijo—. El gusto del jengibre. Yuet nos habló de ello. El veneno *baixin*. Sabe como el jengibre, pero no tiene ningún olor. Es fácil disimularlo bajo otras cosas, para esconderlo hasta que es demasiado tarde..., y una vez lo has probado, es demasiado tarde. Mata. Mata sin auxilio posible y mata rápido.

—¿Por qué, Nhia? Por el amor de Cahan, ¿por qué? —gritó Liudan—. ¿Por qué tiene que terminar? ¿Por qué tenemos que terminarlo así?

Nhia alzó la mano y apoyó su palma en la mejilla de Liudan en un curioso gesto maternal. Su mano estaba fría.

—Te equivocaste, mi *jin-shei-bao*. Has sido querida. Sólo que nunca aprendiste a entender eso. La lealtad, Liudan, no quiere decir sumisión ciega a tu voluntad. Nosotras, las que te quisimos, hemos sido siempre fieles a lo que eres, a quien eres, pero no sólo porque eras la Emperatriz. Eras nuestra hermana y nos preocupamos por ti, todas nos hemos preocupado —hizo una pausa para tomar aliento profundamente, como si el simple acto de dar forma a las palabras empezara a poner a prueba sus fuerzas—. Nos preocupamos tanto como para decírtelo cuando creíamos que te equivocabas —continuó todavía más suavemente, de modo que Liudan tuvo que aproximarse a ella para oír—, tanto como para actuar a veces contra tus órdenes, en tu nombre, y después hacernos a un lado para que la gloria recayera sobre ti o dar un paso adelante y aceptar la culpa.

—Eso es lo que has estado haciendo todos estos años, ¿no es cierto? —dijo Liudan—. Recorrer Syai en mi nombre, mientras yo perseguía fantasmas y sombras y hundía mi espíritu en la oscuridad. Lo más inteligente que he hecho en la vida fue nombrarte mi canciller.

—No —dijo Nhia; su voz era ahora casi un susurro—, designaste a Yuet como tu curandera y a Xaforn para tu protección. Has hecho muchas cosas inteligentes.

—Y a Khailin como mi maga, a Qiaan y a Tammary como mis enemigas —dijo Liudan amargamente.

—Y a Tai, primero y para siempre, como tu amiga, el espíritu guardián en esta tierra que tu hermana te dejó antes de morir. Lo has olvidado. Has olvidado bastante sobre el camino del *jin-shei.* Has olvidado cómo confiar en nosotras, en cualquiera de nosotras.

—Confié en ella —dijo Liudan—, esa mocosa que acaba de intentar darme la bebida envenenada. Confié en ella completamente y sólo en ella. Ella ha hecho lo que yo le pedía, instantáneamente y sin preguntas, durante tanto tiempo, que nunca consideré la posibilidad de que pensara siquiera en intentar... —sacudió la cabeza con impotente y angustiada rabia—. ¡Cahan! ¡El mundo que me he labrado! Me encerré en una jaula y puse la llave en manos equivocadas!

—Confía en la gente que te quiere —dijo Nhia. Cerró los ojos y dejó que su cabeza se hundiera hacia atrás en el respaldo del sofá.

Las manos de Liudan apretaron las de Nhia.

—Aguanta —dijo desesperadamente—. He mandado a uno de esos guardias que traiga a la curandera. Estará aquí tan pronto como pueda.

—Déjala que mire tu brazo —dijo Nhia débilmente—. Por mí hay muy poco que hacer. Liudan, vuélvete hacia tu país. Vuélvete hacia tu pueblo. No es demasiado tarde. Y Tai..., cuida de Tai. Ella empezó a preocuparse por ti porque eras el legado que le había dejado Antian, pero ha pasado mucho desde entonces. Ha pasado muchos años queriéndote, inquietándose por ti y preocupada por no saber cómo ayudarte a sobrellevar tu carga, y no ha sido porque la Pequeña Emperatriz le dijera que lo hiciese.

—No —dijo Liudan, y su voz se quebró en un sollozo—. No me dejes. No me dejes ahora.

—Si siempre estaré contigo —susurró Nhia y añadió con su último aliento—: Todas las que hermanamos nuestras vidas contigo siempre seremos una parte de ti. Somos *jin-shei.*

Liudan cerró los ojos ya apagados en la cara blanca de su *jin-shei-bao*, y se quedó sentada acariciando la mano sin vida de Nhia con silencioso dolor. Su vida se alzó ante sus ojos, macerada en la opulencia del Imperio, envuelta en sedas y los brillos de las joyas, empapada en valiosos perfumes y con el eco de los ruiseñores enjaulados traídos a sus jardines para que le cantaran en las calurosas noches de verano llenas de blanca luz de luna y de aroma de jazmín, en todo su esplendor después de la puesta de sol.

Y vacía, con todo en su interior convertido en un exquisito escudo contra la posibilidad de que la hirieran, o la abandonaran, o la traicionaran.

Había aprendido pronto a no preocuparse por nadie demasiado. Preocuparse por la gente conducía al dolor. El dolor le haría abrirse a la inseguridad. Era mejor estar sola, aislarse en su torre de cristal y contentarse con las deformadas visiones del mundo exterior refractadas a través de las protectoras murallas. Sus parientes de sangre la habían decepcionado, decepcionado al criarla, al protegerla. Cuando llegó el *jin-shei*, lo contempló de la misma manera que había contemplado a aquellos otros lazos más tempranos: lo usó y no pensó más en ello. Pero ahora, de pronto, enfrentada al recuerdo de las manos de Nhia alrededor de la copa de veneno, la cara de Nhia mientras lo apuraba, la voz de Nhia mientras daba un paso entre Liudan y la muerte...

«No mientras yo viva todavía para protegerla.»

—Yo no te protegí —murmuró Liudan con los ojos sobre la cara de Nhia—. A ninguna de vosotras. Y es ahora, cuando os he perdido a casi todas, cuando por fin lo comprendo.

La voz de Nhia volvió otra vez, sus últimas palabras, como una bendición; Liudan se tapó los ojos con la mano libre y lloró. «Si siempre estaré contigo. Somos *jin-shei*.»

NUEVE

El carrito en el que Tai viajaba era cómodo, dentro de lo posible en ese tipo de transporte, pero podía sentir los surcos del camino incluso a través de los cojines del respaldo; especialmente cuando dejaron una de las vías principales, endurecida y alisada durante décadas de ruedas y pies, y tomaron un camino más pequeño y desigual que salía hacia el lago en las orillas del cual Tammary había construido su hogar. Pero las sacudidas y los ocasionales baches que la hacían entrechocar los dientes cuando las ruedas del carro se hundían, pasaban casi desapercibidos. La mente de Tai estaba muy lejos, a caballo entre el pasado y el futuro. Se estaba preparando para el encuentro que estaba por venir y recordando el encuentro en el Palacio imperial que la había enviado a este viaje.

Qiaan y Nhia habían cruzado juntas a Cahan, ofrecidas al fuego el mismo día; Liudan acudió a ambos funerales, ataviada con una túnica blanca de luto y con el pelo trenzado con lazos blancos. Se había quedado mirando la pira de Qiaan durante mucho tiempo, y por fin murmuró una oración, pidiendo perdón y concediéndolo, en nombre de la madre de la que ambas habían nacido. En la de Nhia, se puso de rodillas ante las llamas e inclinó la cabeza en reconocimiento de la grandeza de espíritu de la que había partido. Tenía una deuda con ella que nunca podría pagar. Pero su gesto fue advertido, sobre él se cuchicheó y hubo cabezas que asintieron con aprobación por la humillación de Liudan ante las cenizas de la mujer que había pagado con su vida la vida de la Emperatriz. Los sacerdotes del Gran Templo incluso llegaron a consultar con Liudan la posibilidad de convertir a Nhia en Sabia Santa y otorgarle su propia hornacina en el Segundo Círculo.

—La inmortalidad no es un don que yo pueda otorgar —dijo Liudan con la voz algo quebrada al decir la palabra, aunque lo controló—. Pero me complacería que quisierais hacerlo. Era merecedora del honor.

A Tai le pareció haber entrevisto a Khailin en el funeral de Nhia. Le pareció incluso haberla visto alzar la mano en un saludo desde un claro entre la multitud que había ido a presentar sus últimos respetos. No pudo llegar hasta allí para encontrarse con la figura que pensaba que era Khailin, y cuando las multitudes se dispersaron un poco, Tai perdió de vista la aparición, y ni siquiera estuvo segura de que había estado allí. Pero recorrió el lugar, después, buscando a su perdida *jin-shei-bao*. No encontró ni huella de Khailin y fue como si ella, también, estuviera muerta.

Con todas estas pérdidas todavía frescas en su interior, Tai fue a las habitaciones de Liudan después de que ambas asistieran a la entrega de la hornacina para Nhia en el Templo dos semanas después de los funerales.

Las habitaciones de la Emperatriz estaban impecables otra vez, con un cristal nuevo en la ventana, alfombras recién lavadas extendidas en el suelo, sin ninguna señal de las fuerzas de la naturaleza que habían revuelto aquellas dignas y serenas paredes hacía tan poco tiempo. Liudan, también, mostraba pocos signos exteriores. Todavía llevaba un ligero vendaje alrededor de su brazo, pero estaba escondido por las capas de las mangas de su traje de corte, y como no hacía excepciones en el uso de su brazo bueno sobre el malo, un observador despreocupado podría no darse cuenta de que tenía algún problema. Pero las heridas interiores eran más profundas y difíciles de curar.

—Mis lectores de *ganshu* se están subiendo por las paredes —le dijo Liudan a Tai—, porque lo único que pueden ver en mi futuro es niebla, muerte y destrucción. A veces, sin embargo, creo que confunden lo que ven. Me parece que cualquier cosa que me reserve el futuro no puede ser peor que lo que mi pasado me ha dado —se detuvo—. Echo de menos a Nhia, muchísimo.

—Dijo que tú apenas hablabas con ella últimamente y que la escuchabas menos todavía —le comentó Tai, ahogando las últimas palabras.

—Tenía razón —dijo Liudan después de un silencio, controlando su propia voz.

—A menudo tenía razón. Nunca supe lo que tuve hasta que lo perdí. Es lo que pasa muchas veces —se volvió hacia Tai con una cara que parecía un modelo de frío alabastro—. Así que, depende de ti y de mí, al final.

—Todavía quedan otros —dijo Tai, luchando por controlar sus emociones—. Estoy segura de que era Khailin a quien vi en el funeral.

—Si lo era, obviamente pensó que era mejor ir a cualquier parte donde yo no estuviera, y no podría culparla por ello —observó Liudan—. Pude haberla perdido de la misma manera en que perdí irrevocablemente a Yuet, o a Xaforn, o a Nhia, o incluso a Tammary y a Qiaan.

—Pero Tammary vive —dijo Tai.

Un destello de antigua furia saltó en los ojos de Liudan y rápidamente murió.

—Prefería creer que estaba muerta —dijo—. Era más fácil. Así que tú la escondiste de mí, ¿verdad? —se dio unos golpecitos en el labio inferior con el dedo, un viejo gesto familiar de cuando reflexionaba—. Puede que fuera —reconoció al final— una sabia decisión en su momento.

—Ella me obligó, en nombre del *jin-shei* —dijo Tai—, y si alguna vez tuviste dudas de que Tammary quisiera algo de ti, puedes dejarlas descansar ahora. Ha demostrado que no quiere nada. Le ha dado la espalda a la ciudad y a todo lo que significa. Nunca volverá aquí por propia voluntad.

—Ella es lo más cercano que tengo... —dijo Liudan haciendo un esfuerzo... que tengo a un heredero.

—Tú no sabes... —empezó a decir Tai acaloradamente, pero Liudan la detuvo con un estudiado gesto imperial.

—Lo sé —dijo sombría—. Hasta los lectores de *ganshu* lo saben. Cometí errores cuando era joven, cuando realmente pensaba que viviría para siempre. Ya puedo ver la otra orilla de mis días en mi futuro.

—Todavía eres joven —insistió Tai—. Tienes todo el tiempo del mundo para...

—Es mi desastre y debo cargar con ello —dijo Liudan—. Probablemente podría casarme, incluso ahora, pero ¿quién confiaría en mí? Todo lo que hago está mancillado con lo que ya he hecho. Y sin matrimonio, no habrá niños que puedan heredar el trono, y sin eso, Syai será...

Tai se quedó durante un momento llena de angustia y en silencio con los puños apretados. Sería una traición. Podría haber muchos tipos de traición. Pero era hora de que algunas cosas salieran a la luz. Había pasado mucho tiempo.

—Hay un niño —dijo lentamente.

* * *

—Ya hemos llegado —dijo el cochero del carro, asomándose al acortinado interior. Tai volvió en sí bruscamente al presente.

—Ayúdeme a bajar —dijo, sacando afuera una mano de forma tan imperiosa que la propia Liudan habría envidiado.

—¿Debo esperar? —preguntó el cochero después de que ella se quedara junto al transporte con el polvo del camino sobre sus zapatos de ciudad.

—No será necesario —dijo Tai, levantando su pequeña bolsa y pasándole un puñado de monedas al cochero—. Gracias.

Él se inclinó respetuosamente y volvió a subir al pescante, arreó a la mula y el carro se fue dando bandazos; lentamente desapareció en la nube de polvo que dejaba detrás. Tai se limpió desdeñosamente la fina capa de polvo blanco que se le había quedado en las mangas y partió en dirección a la granja que podía divisar entre los árboles al final de un largo camino lleno de curvas.

Se encontró primero con Zhan, un Zhan muy diferente de sus anteriores encarnaciones como hombre elegante y refinado de la corte y capitán del ejército imperial. Éste era un hombre con la piel curtida por el sol y las manos ásperas del trabajo honrado. Había estado podando algunos arbustos junto al estrecho camino que llevaba a la granja, pero nada más ver la aparición que caminaba hacia él, en sus polvorientos brocados cortesanos, fue incapaz de hacer otra cosa que clavar en ella la mirada.

Entonces, gritó como un niño y echó a correr hacia Tai y tomó sus manos entre las suyas.

—¡Tai! ¡Por todos los milagros de los dioses, Tai! ¿Qué estás haciendo aquí?

—He venido a ver a mi *jin-shei-bao* y asegurarme de que cuidas bien de ella —dijo Tai con una sonrisa.

—Nos cuidamos mutuamente —dijo Zhan—, y es a ti a quien tenemos que dar las gracias. Ha pasado mucho tiempo, Tai. Mucho tiempo.

Ella apretó sus manos como respuesta.

—Lo sé —susurró—. Y parece... y parece que fue ayer.

—Ven —dijo Zhan, soltando sus manos para ayudarla con el equipaje y hacerle un gesto cortés de que avanzara—. Amri se volverá loca de alegría cuando te vea.

—¿Amri? ¿La llamas así ahora? —dijo Tai con una sonrisa.

—No fue nada fácil —dijo Zhan, respondiéndole con otra.

La condujo al lateral de la casa y hacia la parte trasera, donde una silla de madera artesanal estaba colocada junto a la puerta abierta. Una mujer estaba sentada en ella, una mujer con un inconfundible pelo rojo.

—Tienes visita —le dijo Zhan a su esposa, justo cuando ella se agachaba para tomar en el cesto de lana virgen a sus pies otro puñado para alimentar su huso.

Tammary alzó la vista.

—Si es la joven Mei, dile que las hierbas están en la mesa de la cocina —dijo, pero algo en la expresión de Zhan hizo que dejara caer la lana y se incorporara de repente. ¿Qué? ¿Quién es?

—No es Mei —dijo Zhan, y se hizo a un lado.

Tammary dejó caer el huso, enmarañando las hebras sin fijarse en ello, y se puso en pie.

—¡Tai! —gritó, echándole los brazos alrededor a aquella mujer, más joven que ella, con el alegre abandono de un niño pequeño—. ¡Oh, Tai! ¡Qué alegría de verte!

Tai, riéndose y llorando, le devolvió el abrazo generosamente, y después alejó a Tammary de ella medio metro, echándole un vistazo de aprobación desde la cabeza a los pies.

—Tienes muy buen aspecto —dijo Tai—. La maternidad te sienta muy bien.

—Este lugar me sienta muy bien —dijo Tammary, señalando con un brazo la casa a su espalda, sus ventanas abiertas al sol del verano, la extensión de césped que caía hacia una fila de árboles y el lejano rielar del sol en el agua. Sobre la casa, una cadena de montañas cerraba el horizonte, algunas coronadas de nieve todavía a esas alturas de la estación, por encima de una franja de bosque en sus laderas bajas—. No tiene murallas —siguió Tammary—. Ni temor. Ni expectativas. Nadie aquí me conoce de otra manera que como la mujer de Zhan, la madre de Jovanna, la mujer sabia que puede ofrecer una infusión contra un dolor de cabeza o una cataplasma para ayudar a curar un corte, o una pasta para frotar en las encías de un niño cuando le empiezan a salir los dientes. Y estoy satisfecha, Tai.

—Estabas siempre fascinada por la gente, te encantaba observarles —murmuró Tai—, pero aquí estás aislada. ¿No la echas de menos a veces?

—¿La ciudad? No, Tai. Nunca. Ni una sola vez —dijo Tammary con dulzura—. Es una parte de lo que me hizo así, pero ahora que conozco esa parte de mi herencia, es todo lo que es, el pasado. No queda allí nada para mí. Pero cuéntame tus noticias.

—Ha sido un año duro —dijo Tai con la voz tensa por el dolor de los últimos meses—. Ha habido demasiados funerales. ¿Te acuerdas de mi boda, Amri? Todas vosotras a mi alrededor, Yuet y Qiaan y Xaforn y Nhia. Todas se han ido ahora. Y Khailin ha desaparecido. Tengo una carta suya, sólo una desde que se desvaneció, y contaba que estaba contenta donde estaba, pero no decía dónde. Parece que había encontrado un hogar y un compañero.

—¿Maxao? —preguntó Tammary con los ojos muy abiertos.

—No —dijo Tai, sonriendo a pesar de sí misma—. No creo que sea Maxao. Dejó caer en la carta que quizá, si Cahan quería, aprendería a tener un diferente tipo de inmortalidad. Creo que se refería a que esperaba poder algún día tener niños. No creo que Maxao tenga esos planes en su futuro.

—Es extraño —dijo Tammary—, de todas sólo tú... tú y yo...

—Me pareció ver a Khailin en el funeral de Nhia, pero desapareció antes de que tuviera una oportunidad de hablar con ella, si en efecto era Khailin. Ella, todavía más que tú, le ha vuelto la espalda a la ciudad. Creo que también está buscando esto, exactamente esto —Tai levantó los ojos hacia las montañas y después por encima de ellas, al claro cielo de verano salpicado de altas y livianas nubes.

Los ojos de Tammary estaban llenos de lágrimas.

—He llorado por todas ellas —dijo—. Las calles de Linh-an deben de estar vacías para ti.

—Sólo quedamos Liudan y yo. Y Liudan... Es de Liudan de lo que he venido a hablarte.

—¿Le dijiste dónde estaba? —preguntó Tammary, y una desconfiada mirada, casi de angustia, vino a sus ojos por un momento.

—No —dijo Tai—, pero sabe que estás viva y feliz, y que yo sé dónde estás. Y no le diré más que esto, no sin tu permiso. Pero ella ha cambiado, Amri. Los acontecimientos de este último año la han cambiado completamente. Ha tenido que soportar un enorme peso y casi se rompe bajo él.

—Ella lo eligió así —dijo Tammary. Dobló los brazos a la altura del pecho, abrazándose los hombros con las manos, y caminó preocupada por la hierba que había ante su casa—. Ella lo quiso. Quería ser la Emperatriz del Dragón. Asumió sola todo el trabajo y no aceptó un compañero que la ayudara a compartir la carga. Sé todo esto. Vosotras me contasteis la historia a vuestra manera en un momento o en otro. Tú, Yuet, Nhia... ¿Qué ha cambiado ahora?

—Todo —dijo Tai—. El futuro se ha trastocado y Liudan está cansada. No creo que ni se diera cuenta de cuánto dependía de Nhia hasta que no estuvo más a su lado —la voz de Tai se quebró un poco al decir esto último y Tammary alargó la mano para apretarle el hombro en señal de silencioso pésame.

—Debes de echarla mucho de menos —dijo en voz baja.

—Antian fue mi primera *jin-shei-bao*, pero Nhia era la amiga de mi infancia —dijo Tai—. Crecimos juntas, ella y yo. Recordamos las mismas calles pobres de Linh-an. Nuestras madres compraban nuestra comida en las mismas tiendas y sacaban el agua de los mismos pozos. Cuando ella y yo nos convertimos en *jin-shei*, no era una novedad para nosotras, era como si le hubiéramos puesto nombre a algo que ya existía, que había estado ahí entre nosotras durante muchos años. Sí, la echo de menos. Hay veces en que no me puedo creer que se haya ido; en ocasiones me parece que puedo oír ese paso arrastrado suyo (cuando su pie le molestaba más que de costumbre y empezaba a cojear más), me giro para saludarla y detrás de mí sólo hay aire.

—Los fantasmas te siguen —dijo Tammary—. Puedo casi oírlo, también —se estremeció ligeramente como si una sombra acabara de apagar la transparente luz del sol estival que fluía a su alrededor—. ¿Te apetece un poco de sidra? —dijo de pronto—. Un granjero local que tiene un huerto de manzanas me ha cambiado un montón de ellas por un purgante contra el cólico; dijo que había sido un precio muy pequeño por haberle librado durante unas cuantas horas del llanto de su hijo recién nacido.

—Yuet estaría orgullosa de ti —dijo Tai, sonriendo.

—Eso espero —murmuró Tammary, mientras miraba para otro lado.

—¿Dónde está tu hija? —preguntó Tai mientras entraban en la casa.

—Está abajo, echándose la siesta del mediodía —dijo Tammary—. ¿Quieres verla?

Tai sonrió; la sonrisa de Tammary también resplandeció como respuesta, la sonrisa de una madre, orgullosa y satisfecha.

—Está ahí —dijo Tammary, abriendo la puerta de una habitación con mucha luz con las paredes pintadas de flores de rojo intenso y mariposas multicolores. En una cuna en un rincón, una niña pequeña dormía con los pulgares metidos en la boca con determinación; sus largas pestañas oscuras descansaban, rizadas, sobre sus mejillas. Su pelo, de brillante color castaño, estaba recogido en dos trencitas atadas con lana roja.

—Me costó una eternidad hacer que Xanshi se dejara de chupar el pulgar —susurró Tai, sonriendo, con cuidado de no despertar a la niña dormida—. ¿Cómo has dicho que era su nombre? ¿Jovanna?

—Así es como la llamo —respondió Tammary—. Es la versión nómada de su nombre. Zhan insiste en llamarla Yehovann e incluso sólo Yovann. Dice que así está bien, es lo correcto, y que además es un nombre real.

—La madre de Antian, la Emperatriz del Marfil, se llamaba Yehonaia —dijo Tai—. Puede que tenga razón.

—Para mí es Jovanna —dijo Tammary, sonriendo, pero con un deje de obstinación en la voz—. Y siempre lo será.

—Es preciosa —dijo Tai—, la llames como la llames.

Se quedaron allí durante un momento más, echándole una última mirada a la niña mientras Tammary remetía mejor la colcha alrededor de su figura durmiente, y después salieron en silencio otra vez, cerrando la puerta de la habitación tras ellas.

—¿Quién hizo la habitación? —preguntó Tai—. ¿Las flores, las mariposas...?

—Zhan —respondió Tammary, y sonrió con hoyuelos en las mejillas al pensarlo—. ¿Quién me iba a decir que me casaba con un artista?

—Yo solía hacer bosquejos, hace mucho tiempo —dijo Tai—. Así es como conocí por primera vez a Antian, la Pequeña Emperatriz. A mí también me encantaba dibujar mariposas.

Hablaron de los tiempos pasados y del presente. Hablaron de sus hijos, como hacen las madres; Tammary tenía recuerdos muy tiernos de la pequeña Xanshi, la hija de Tai, y de la insistente codicia de la niña por el brillante pelo de Tammary.

—Todavía me pregunta a veces —le contó Tai a su *jin-shei-bao*, riéndose. Me suele preguntar en los momentos más inesperados. A veces se inventa historias sobre un zorro llamado Tami que triunfa sobre las demás bestias y hombres por su ingenio y sabiduría y por lo guapo que era. Y saca ese mechón de pelo que le diste una vez. ¿Te acuerdas?

—Sí, le dije que si dormía con él bajo la almohada, con el tiempo su pelo se volvería de ese color —se rió Tammary.

—Creo que una parte de ella todavía lo cree —dijo Tai—. Pero lo levanta y dice que su Tami tiene ese color por todas partes. Creo que te echa de menos.

Tammary se quedó mirando largamente a su visitante con inquietud.

—Tai, no has venido sólo para hablar de los viejos tiempos, ¿verdad? —preguntó—. Estoy encantada de verte, ha pasado mucho tiempo, y han pasado demasiadas cosas, había olvidado lo feliz que siempre estoy en tu compañía, pero sé que no has hecho todo este camino para decirme que tu hija me recuerda con cariño. ¿Qué te ha traído realmente aquí?

—El futuro —dijo Tai tras un momento de silencio.

—Quieres que te dé a mi hija —dijo Tai con las mejillas de repente enrojecidas como por la fiebre.

—He soñado con todo esto —dijo Tai sin poder contenerse—. Te escribí contándotelo. Soñé con el bebé y lo que puede representar cuando crezca. Pero todo fue vago, muy vago, hasta que esta amarga primavera llegó y fuimos lo único que quedaba en el *pau-kala* del círculo; tú te has convertido en el único vínculo que une el Imperio de Liudan y los años venideros. Tú y Yovann. Zhan puede haber tenido razón en decir que era un nombre real.

—¿Le dijiste a Liudan que tenía una hija?

Tai dudó antes de responder.

—Sí —confesó al final—. La Emperatriz del Dragón ha perdido su fuego. Todavía no tiene herederos. Ni siquiera quiere pensar en ello, ahora no, todavía no, no cuando todo está hecho cenizas a su alrededor. Pero hay un camino para que la línea del Imperio no se interrumpa. Da igual de qué manera ocurriese, tú vienes de la misma línea real; y Zhan tiene algo de esa sangre también. Yovann es la heredera natural, la única que puede dirigir el Imperio pacíficamente en el futuro. La alternativa a eso es más conflictiva y otros pueden intentar hacerse un hueco en lo que Liudan deje vacío cuando se vaya.

—¡Liudan eligió su camino! —dijo Tammary con violencia, apartándose—. ¡Todavía es joven como para tener hijos propios si lo decide! ¿Por qué mi bebé?

—No sería ahora. No sería tu bebé, no esa dulce niña que ahora duerme en la otra habitación. Pasarán años antes de que la necesiten, antes de que la llamen.

—Pero ¿por qué? ¿Por qué tengo que dar a mi hija para que el Imperio la mastique y la escupa? Liudan me habría matado si hubiera tenido la oportunidad, por mi mera existencia, por haber tenido la temeridad de nacer. ¿Por qué ahora le iba a dar yo a mi hija?

—Porque ningún lugar sería seguro si no lo hicieras —dijo Tai con lágrimas en los ojos—. Sé lo que te estoy pidiendo. Pero no lo pido en nombre de Liudan o en el mío; lo pido porque los dioses de Cahan lo han puesto en mi camino. Tú existes por una razón. Todos estamos aquí porque hay un papel para nosotros según desvela el Camino a nuestro alrededor. Tú eres lo que une este reino: el lazo que hay entre tú y Zhan, y tu propio legado de doble naturaleza. Liudan no tendrá ningún hijo. Hasta yo puedo darme cuenta y todas las lecturas de *ganshu* que le han hecho siempre lo han confirmado. Yovann es lo único que tenemos, Amri.

—No entregaré mi hija a la ciudad —dijo Tammary—. ¡No lo haré! Tenemos una vida aquí. Somos una familia. Somos felices. Jovanna apenas tiene un año de vida, ¡por el amor de todos los dioses que te sean queridos! No puedo entregársela. No puedo.

—Amri —dijo Tai, tocando la mano de la otra mujer dulcemente, y retirándola cuando Tammary se estremeció—. No he venido aquí para pedírtela, ni para robar —dijo—. Lo que tenga que ser, será, decidas lo que decidas. Pero piensa en ello.

—La apartarán de mí —dijo Tammary destrozada.

—Tendría que ser educada para su posición —dijo Tai—. Sí. Pero eso no ocurriría hasta dentro de unos años. Nadie quiere robarte ni su infancia ni tu papel en ella —tragó saliva—. Lo siento, Amri. Estuve a punto de no venir. Sé lo que te estoy pidiendo. Pero todavía estoy limitada por los mismos lazos que una vez te hicieron pedirme protección en tu huida. Es el *jin-shei* lo que me guía, incluso ahora. Es el *jin-shei* lo que puede salvar Syai de más luchas sangrientas.

—Liudan puso los cimientos para eso —dijo Tammary implacablemente.

—Sí —asintió Tai—. Lo hizo. Pero todos estamos conectados, todos nuestros caminos se cruzan y se vuelven a cruzar. Acataré tu decisión.

Tammary enterró la cara entre las manos.

Después de un momento, Tai estiró la mano y acarició con mucha dulzura los hombros de Tammary con las yemas de los dedos.

—Amri, lo siento. Todo cuelga de un hilo. Este hilo. Una vez que lo supe, tuve que venir. Tenía que preguntar.

Las velas ardieron durante mucho tiempo en el dormitorio de Tammary y de Zhan aquella noche, y una pequeña vela de sebo parpadeaba en la habitación que le habían dado a Tai, casi un eco, mientras hacía su propia vigilia. Ya era muy tarde cuando Tai pensó que había oído el débil gemido de un niño, pero rápidamente se sumió en el silencio de nuevo.

—Si alguien me hubiera venido a pedir que ofreciera a Xanshi para un futuro en el trono pero sin mí, ¿lo habría hecho? ¿Lo habría hecho? —se susurraba Tai a sí misma con la mirada fija en la ventana, en el cielo sobre el campo oscuro lleno de centelleantes estrellas de verano—. ¿Cómo puedo esperar que ella lo haga, entregar precisamente a esa niña, con la alegría que ha traído después de tanto sufrimiento? ¿Cómo pude siquiera preguntárselo? ¿Cómo puedo esperar a que venga mañana a mí con otra respuesta que no sea un rotundo «no»?

Yovann sería hija del *jin-shei*, acogida por la hermandad, educada para la corona, nacida para sostener un país, para mantener un Imperio en la prosperidad y la paz. La propia Liudan lo prometió en la conversación que ella y Tai habían tenido. «Será como si hubiera nacido de mí y dentro de mi linaje», dijo, cuando se le reveló la existencia de la hija de Tammary.

Una hija para el Imperio.

Pero Tammary había pasado demasiado, había aguantado demasiado, para que le pidieran este sacrificio.

Tai contempló el cielo iluminarse en el amanecer, se fue a caminar antes de que el sol saliera para observar cómo la luz empezaba a derramarse sobre las montañas, encendiendo la nieve en las cumbres de resplandeciente gloria, perfilando los bosques en las empinadas laderas con el brillo de la luz del verano, hasta por fin alcanzar la pequeña casa en la colina donde tantos habían pasado aquella noche sin dormir.

Una suave pisada a su lado le dijo que ya no estaba sola, pero esperó, sin darse la vuelta, hasta que oyó la voz de su *jin-shei-bao*, un quebrado susurro.

—¿Me prometes que será feliz?

—No puedo, Amri —respondió Tai—. Nadie puede hacer esa promesa en nombre de otro.

—Por lo menos deja que se case con Baio cuando llegue el momento —dijo Tammary con algo a medio camino entre una risa y un sollozo.

Tai se volvió.

—Será Emperatriz, entonces, Amri, y será la Emperatriz quien elija a su compañero. Pero si las estrellas están en lo cierto, mi hijo bien podría ser uno de los que se presenten ante ella. Y aunque el *jin-shei* no atraviesa generaciones —una hermana elige y es elegida y no hereda los hijos de las hermanas de su madre en su propio círculo—, me complacería inmensamente si ella y mi Xanshi se eligieran como tú y yo nos elegimos una vez.

—He hablado con Zhan —dijo Tammary, llorando ahora abiertamente—. Dice..., lo hemos decidido.

—Pasarán muchos años antes de que la llamen —dijo Tai con opresión en la garganta—. Te lo he dicho, ¡no he venido aquí a apartar de ti a tu bebé, Amri! Tenéis muchos años por delante. En muchos sentidos, serás tú quien forme a la nueva Emperatriz. Pero si tú accedes, puedo volver a casa y decir a Syai que ya hay una Pequeña Emperatriz que vendrá a solicitar el trono cuando crezca.

—Irá —susurró Tammary.

Es pau-kala, escribió Tai en su diario, tarde, aquella noche. *La rama todavía está desnuda. Las hojas del viejo árbol no volverán: son un recuerdo y una canción. Pero hay un árbol joven, un árbol joven justo al lado del viejo, y está temblando lleno de promesas. Habrá de nuevo primavera.*

SÉPTIMA PARTE

Atu

No hay fin, y no hay principio.
Todos empezamos en las nubes de Atu,
hechos de la misma materia
que las estrellas.

KITO-TAI, año 28 del Emperador de la Estrella

—Sí, sí —dijo Tai con irritación, quitándose de encima las manos que la querían ayudar y que la sujetaban mientras se acercaba al ruinoso muro de lo que había sido una vez el Palacio de Verano de Syai—. Puedo ser vieja, pero no estoy incapacitada. Y conozco este lugar mucho mejor que tú.

—Pero tu bastón no, *baya*-Tai —saltó la atrevida y joven voz de uno de sus autoproclamados guías.

—Además... —empezó la otra, una chica de piernas largas que tendría más o menos trece años de edad, y Tai la acalló con un gesto impaciente de la mano.

—Lo sé —dijo—. Tu abuela adiestraba halcones en estas montañas. Lo sé. Ahora suéltame el brazo, Amai, vas a hacerme caer de un momento a otro.

—Pero eres vieja, *baya*-Tai —señaló Amai.

—¡Ay! —suspiró Tai—. Si pudieras dejar que lo olvidara aunque sólo fuera un momento. Especialmente aquí...

—Cuéntanos una historia, *baya*-Tai —dijo el chico, de seis o siete años, con la nariz salpicada de pecas apenas perceptibles y el pelo oscuro que brillaba con un trasfondo de rojo oscuro heredado de su abuela, la adiestradora de halcones, la *jin-shei-bao* de Tai, Tammary. Muerta hacía muchos años ya.

—¿Alguna vez os hablé del zorro llamado Tami? —murmuró Tai.

Los niños suspiraron.

—Sí, *baya*-Tai —dijo el chico con simpática resignación.

—Calla, Orien —dijo Amai de repente como hermana mayor, llegando a un nivel adulto de perspicacia y comprensión—. Estoy segura de que *baya*-Tai no nos ha contado todas las historias de Tami.

—Solía bailar aquí, ¿sabéis? —murmuró Tai, mirando la esbelta figura de Amai y viendo en ella las largas y graciosas piernas de la joven Tammary, que había bailado una vez en esas ruinas bajo una música salvaje que sólo ella podía oír.

—¿Quién, el zorro? —preguntó el chico, despertando su interés.

—Calla, Orien —susurró Amai de nuevo, observando la cara de Tai. Algo se había encendido en sus ojos, un lejano recuerdo, y estaba a mucha distancia de ellos en este momento, distante y joven otra vez.

«Son tus nietos los que me traen aquí, Amri. No, no los hijos de tu hija; no los hijos de la Emperatriz que se sienta en el trono de Syai. Y su Emperador no es mi hijo Baio, como deseaste una vez. Baio está muerto, y nunca tuvo hijos, aunque él y su mujer tuvieron una vida llena de encanto. Pero murió muy joven y ella lo lloró, y después vino a mí y me preguntó si la perdonaría si se casaba de nuevo, y le dije que no sólo lo haría, sino que Baio habría querido eso para ella. Así que ahora tiene hijos, aunque no sean de mi sangre. Y Xanshi tiene una hija, se casó con un hombre de familia de mar y vive lejos, muy lejos ahora..., y rara vez tengo noticias suyas. Sus hijos deben de estar ya casi preparados para su Xat-Wau. No tienen necesidad de una abuela. Así que son estos, los hijos del hijo que le diste a Zhan tan tarde y por el que moriste, son éstos niños los que ahora me llaman *baya*-Tai, me llaman «abuela» en tu nombre, aunque no tengo ninguna conexión con ellos, a pesar de haber nacido de una mujer a la que mi propio hijo una vez llamó esposa. Oh, qué enredado camino seguimos a través de nuestras vidas...

»Es aquí donde te siento más vívidamente; aquí donde encontré a mi primera *jin-shei-bao,* Antian, la Pequeña Emperatriz, y mi última: tú. Ella, que me dio el legado, y tú, que nos diste a todos la esperanza en el futuro. Creo que es feliz, tu Yovann, tu pequeña Jovanna que vino a la ciudad tan asustada y ahora gobierna con tanta fortaleza y orgullo junto al hombre que ella eligió como pareja. El Emperador de la Estrella, lo llamó, y hay algo de eso en ellos, algo de ese brillo. Y tú lo hiciste, Amri. Tú la hiciste así.

»Desearía poder volver a verte. Desearía poder verte bailar.»

—¿*Baya*-Tai?

—¿Sí, Orien?

—¿Dónde está la terraza esa tuya? —Amai interrumpió, dándole a su hermano una veloz y no muy sutil patada en el tobillo con la punta de su bota para hacerle callar.

—No muy lejos de aquí. Esto era antes el jardín. Había un árbol muy grande, verdaderamente grande, justo ahí donde veis ese árbol joven, que debe de haber brotado de sus raíces. Por Cahan, ¿queréis mirarlo de una vez?

—¿Cómo de grande era el viejo árbol?

—Enorme —dijo Tai, dibujando una forma gigantesca con sus frágiles manos de vieja—. Así. Y yo solía venir aquí y dibujar las flores cuando era una niña, más pequeña que tú, Amai. Y las mariposas (el lugar estaba lleno de mariposas). Y solía haber colgadas de los árboles jaulas de grillos que cantaban para ti en el crepúsculo.

—¡Qué bonito! —suspiró Amai.

Pero Orien estaba aburrido. Le dio un puntapié a un grupo de altas hierbas leñosas cargadas sorprendentemente de delicados racimos de flores blancas, y fue de inmediato entretenido por un trajín de alas, ya que una pareja de pajaritos asustados salieron disparados de la maleza. Agradablemente distraído, Orien corrió tras ellos, con el cuello estirado.

—Vigílalo —dijo Tai—, este lugar está lleno de agujeros y escombros. Tienes que cuidar de tu hermano.

«Cuida de mis hermanas.

»Ay, Antian... Ha pasado mucho tiempo desde que caminábamos juntas por este jardín. ¿Son los jardines de los dioses en los valles de Cahan tan hermosos como era la visión de nuestro río desde la vieja terraza?

»Intenté, intenté con esfuerzo mantener mi palabra. Te recuerdo. No he dejado nunca que tu recuerdo se desvaneciera en mi corazón. Tu cara es tan nítida para mí hoy como lo era hace casi siete décadas ahora. Tu sonrisa, y la luz... la luz que contemplé morir en tus ojos aquella mañana cuando el mundo se hizo pedazos a mi alrededor.

»Y entonces Yuet estaba allí; fue como si me hubieras dado una promesa imposible y una amiga para ayudarme a guardarla. Ay, Yuet, tu muerte fue la peor de todas nosotras: moriste inútilmente y con dolor, te echo de menos. Te he echado de menos todos estos años. Debías haber envejecido a mi lado. “El curandero es compasivo, trata a todos los pacientes de la misma manera. El curandero sale cuando lo mandan llamar, trabaja día y noche sin hacer caso al hambre, la sed, la fatiga, el calor o el frío. El curandero se ocupa del paciente poniendo en ello todo el corazón." Me recuerdo citándote el juramento del curandero a ti, hace tiempo, volviendo a la ciudad desde estas mismas montañas; Tammary, que era la hija del Emperador, estaba dormida en la habitación trasera de la posada donde descansamos en nuestro viaje y tú tenías tanto miedo, Yuet, de lo que estábamos a punto de hacer... Y ahora sus nietos corren a mi alrededor y me quieren y me mantienen joven.

»Creo, Yuet, que habrías estado orgullosa de aquello en lo que Amri se convirtió. El "problema" de las montañas por el que tú y yo tanto nos preocupamos, creció para ser una mujer gentil, una amante esposa, una desinteresada madre y una curandera, Yuet, a su vez. Desearía que hubieras vivido para ver a sus hijos. Quizá, si hubieras vivido, ella no habría muerto. ¿O tal vez esté llamando magia a tus habilidades, exagerándolas en el recuerdo ahora que están tan alejadas de mí? Pero no, tú eras una curandera innata. Me acuerdo ahora de esa intoxicación, cuando conociste por primera vez a Qiaan.»

—Lo tengo, *baya*-Tai —dijo Amai, dirigiendo a su hermano pequeño de vuelta con una mano firme apoyada entre sus omóplatos.

—Shhh —dijo Tai, señalando con el dedo—. Mirad allí.

Un conejo estaba sentado en las ruinas de lo que había sido una vez una fuente, ahora cubierta de musgo y de hierba alta. El conejo estaba acicalándose al sol, limpiándose las largas orejas, inconsciente de la compañía hasta que Orien de repente estornudó ruidosamente contra su manga. El conejo se movió y desapareció entre la hierba.

—¡Oh...! —exclamó Orien, disgustado consigo mismo—. ¡Lo he ahuyentado!

—Hay muchos por aquí ahora —dijo Tai—. Veremos más.

—Allí hay otro —dijo Amai, señalando a algo que dejaba la hierba alta meneándose ligeramente al andar.

—Eso no era un conejo —dijo Orien con esa absoluta certeza que sólo los niños pequeños pueden llevar seria y dignamente.

—Tienes razón, creo —dijo Tai—. No saltaba, se deslizaba de forma sigilosa. Parecía más bien un gato, de hecho.

—¿Un gato? ¿Aquí fuera? —preguntó Amai con escepticismo.

—Había muchos en palacio cuando este sitio estaba todavía entero —comentó Tai—. Algunos deben de vivir aquí todavía y haber criado una familia. Serán salvajes, pero de ahí vinieron, los gatos reales que había como mascotas y los gatos trabajadores que hacían que no aumentase la población de ratones en los establos.

Amai levantó los ojos brillantes hasta la cara de Tai.

—¿Recuerdas todo esto, *baya*-Tai?

—Oh, sí —respondió Tai.

—¿Recuerdas todos los gatos? —preguntó Orien.

—No a todos ellos.

«No aquí, de todas formas. Recuerdo uno de los gatos, el que nunca estuvo aquí arriba en las montañas. Me pregunto qué sería de ti al final, Tinta. Cuando Qiaan murió, y Xaforn murió, tus dos protectoras... Pero por ese tiempo tú habías tenido ya una larga y cómoda vida.

»Ah, aquellas dos, luz y oscuridad, dos lados de la misma moneda. Me pregunto si seguís discutiendo en Cahan. Ambas caminasteis vuestras vidas con honor, excepto por aquella breve sombra que fue Lihui al final de ella, Lihui, cuyo tacto hizo pedazos a tantas de nosotras.

»¡Oh, Xaforn de brillante, brillante recuerdo! Niña huérfana que te convertiste en guardia porque no conociste otra vida, y después la más fiel de todas las *jin-shei-bao*. Te entregaste a ti misma a tu hermana.

»Tú y Nhia, mi Nhia, la niña tullida que llegó a ser una maestra en el Templo, canciller de Syai y mano derecha de una Emperatriz, cuya muerte asumió.

»La guerrera y la sabia.

»Oh, qué rica era mi vida con todas vosotras a mi lado.»

El sol se está poniendo, *baya*-Tai —dijo Amai suavemente.

—Así es. Es el momento de que vayamos a la terraza. Está justo ahí, pasado el arco en el viejo muro.

Los niños se le acercaron para ayudarla otra vez, a pesar de sus quejas, y por fin llegaron al borde del jardín. Hasta los restos de la terraza en la cual la joven Tai solía observar las puestas de sol, en la que Antian había muerto; se habían ido desmoronando con los años y todo lo que pudieron hacer fue asomarse al borde del muro peligrosamente, atisbando a través del arco por donde el sol ya estaba volviendo el río dorado, de la forma en que Tai lo recordaba.

—¿Lo veis? ¿Qué os dije? Un río de oro hacia el oeste.

—Oh, sí —dejó escapar Amai—. ¡Es tan bonito! Es como mágico.

«Es como mágico; la magia que Liudan intentó arrancarle a Khailin, buscando la inmortalidad. Ella es inmortal ahora, Liudan, aunque quizá no de la forma que quería. La recuerda su pueblo, a veces con furia o con desilusión, es verdad, pero a menudo con una extraña clase de orgulloso afecto. Era tan sólo una niña y puso su mano en el timón de un Imperio y fue la Emperatriz, la única Emperatriz, la Emperatriz del Dragón que voló sola hacia el sol. Desaparecida, ahora, pero no olvidada, nunca olvidada. Si las cosas hubieran sido ligeramente diferentes, quizá podía haber sido más de lo que fue.

»Pero ahí estaba Lihui, después los levantamientos que alimentaron las inseguridades y, oh, Liudan, tú estabas loca en aquellos días, estabas loca al pedir lo que pediste... y Khailin rompió todas las leyes de Cahan para darte lo que querías.

»Yo debí haber estado allí para Khailin, al final. Todo lo que supe, después, vino en esos breves mensajes que ella consideraría cartas: unas cuantas frases aquí y allá, dejándome vislumbrar una vida que transcurría lejos de mí. Sé que tuviste un niño, Khailin. Ni si quiera sé su nombre.

»¿Cuidé de ellas, Antian, Pequeña Emperatriz que me hiciste prometer que velaría por tus hermanas cuando te hubieras ido? Recuerdo que mi Kito, de bendita memoria, me dijo una vez lo jóvenes que éramos todas. Y lo éramos, Antian, lo éramos. Y algunas de nosotras..., algunas de nosotras nunca llegaron a viejas.

»Todas eran tus hermanas, al fin y al cabo, no sólo aquella que una vez llamaste tu "enojada hermana", sino también la guerrera, la curandera, la alquimista, la sabia, la nómada, la dirigente rebelde. ¿Mantuve mi promesa hacia ti, hecha hace tanto tiempo, aquí en estas piedras caídas?»

—Deberíamos irnos, *baya*-Tai, pronto estará oscuro —dijo Amai con sentido práctico.

—Lo sé —dijo Tai—. Pero espera. Espera. Mira al cielo y contempla.

—¿Qué estamos contemplando? —preguntó Orien con curiosidad, entrecerrando los ojos mirando al cielo que se estaba volviendo de los transparentes tonos del zafiro y la amatista donde no llameaba con los rojos vestigios de la puesta de sol.

Tai no dijo nada, sólo señaló el lugar en que la primera y brillante estrella de la noche se había encendido en el crepúsculo.

Y después se sentaron y observaron maravillados, la anciana y los dos niños, cómo una a una las estrellas volvían a la vida, resplandeciendo en el cielo de verano.

NOTA HISTÓRICA
EL PROCESO DE UNA NOVELA

Sería posible decir que el chino como tal no es un lenguaje, que lo que pensamos como el lenguaje hablado en China es de hecho un complejo tejido de más de quinientos dialectos, siendo el mandarín el más conocido y el más comúnmente hablado. Posiblemente el menos conocido es un lenguaje secreto escrito que pasó de madres a hijas durante más de quinientos años, un lenguaje llamado *nushu*. La última mujer que lo aprendió en las rodillas de su madre tiene ahora noventa años y se está muriendo. Cuando se haya ido, el lenguaje pasará a la historia y al laboratorio.

Pero mientras vivía en los corazones y las mentes de las mujeres de China, *nushu* era algo extraordinario. Posibilitó que éstas, que aparte de él tenían poca o ninguna educación, pudieran ser alfabetizadas y dejaran constancia de acontecimientos y emociones que los ojos de ningún hombre podrían nunca profanar.

El lenguaje secreto del jin-shei empezó con diez personajes en busca de argumento. Las primeras ideas de la novela no consistían más que en descripciones de los personajes de diez niñas pequeñas, situadas en un contexto oriental a grandes rasgos, y específicamente chino. Pero no tenía una idea real de la historia que uniría a esos personajes hasta que me enteré del *nushu* y de lo que significaba para aquellas a quienes perteneció. Un estudio del lenguaje *nushu* hablaba de sus orígenes en una región de China bendecida con suelos fértiles y cosechas abundantes. La agricultura era el territorio de los hombres, que dejaban a las mujeres de la zona libres para concentrarse en artes más delicadas: hilado, tejido, bordado y poesía. Las mujeres podían reunirse en las casas de las demás y trabajar juntas en estas tareas. A través del vínculo que compartían del lenguaje secreto, era una costumbre popular entre las jóvenes observar algo que llamaban *Jiebai Zhimei*, una hermandad bajo juramento, un compromiso de corazón y espíritu entre mujeres que no eran de la misma sangre. Las hermanas *Jiebai Zhimei* se escribían las unas a las otras contándose sus alegrías y sus penas cuando el matrimonio las separaba. Mis propios personajes ganaron una identidad, un lenguaje, una hermandad que yo reinventé y bauticé como «jin-shei» en una mítica tierra —no exactamente China— que llamé Syai.

Me lancé a investigar sobre China. Encontré un manual de siglos de antigüedad sobre la buena educación de las jóvenes distinguidas y rápidamente hice que mis personajes rompieran las normas. Devoré libros como *Court Life in China*, de Isaac Taylor Headland, que me ofreció detalles de la vida cotidiana de las mujeres de la aristocracia, con descripciones del período Pekín y sus calles y bazares, con las costumbres de los nacimientos, funerales y matrimonios.

Mientras investigaba en mi historia y mi mundo más y más profundamente, un punto clave del plan resultó ser la búsqueda de la inmortalidad, y encontré abundante información sobre ello en los preceptos de la alquimia china, que estaban bastante ligados a los del Tao. Así que investigué el Tao y construí un mundo con ciencia y religión fuertemente arraigados en esa filosofía.

En algún lugar del proceso adquirí un libro llamado *Chinese Civilization: A Sourcebook*, editado por Patricia Buckley Ebrey. Fue un tesoro de ideas: los preceptos de Confucio, cómo una concubina era comprada, tratada y cómo entraban sus hijos en las jerarquías, la estructura de la vida en la ciudad e, incluso, el gremio de los mendigos, que al parecer era una entidad real. Tomé el concepto y me puse en marcha, transformándolo en algo bastante diferente en el proceso, pero que estaba ahí, esperándome.

La antigua China es un suntuoso tapiz, ornamentado como sólo lo oriental puede serlo. He usado muchos de sus ricos hilos para tejer la historia de *El lenguaje secreto del jin-shei*.

ALMA ALEXANDER
Marzo de 2003

GUÍA DE PRONUNCIACIÓN Y GLOSARIO

GUÍA DE PRONUNCIACIÓN

La mayoría de las pautas de pronunciación siguen el sistema Pinyin, el más usado para transcribir las palabras chinas al inglés, con algunas excepciones. Nosotros lo hemos intentado adaptar al español. Las pronunciaciones menos familiares aparecen abajo, con algunos ejemplos.

C: Se pronuncia como TS, salvo cuando va antes de H, en cuyo caso conserva la tradicional pronunciación de CH. Cahan se pronuncia: Tsahan.

Q: CH. Qiaan se pronuncia Chiaan.

X: SH. Xaforn se pronuncia Shaforn.

Z: DS. Zibo se pronuncia Dsiboo (la O, según veremos también más abajo).

ZH: Como la Y entre vocales. Zhan se pronuncia Yan.

A: A.

AI: AI.

E: Como la U en español. Excepto antes de N o NG, que se pronuncia como una A española.

I: Normalmente pronunciada como la I.
Excepciones: cuando viene después de C, S, o Z, se pronuncia la I como AI. Cuando va después de CH, R, SH o ZH se pronuncia como ER.

IA: IA, arrastrando la A.

IAN: IEN. Antian se pronuncia Antien.

IU: IO, con el acento en la O: Liudan se pronuncia: Liódan.

O: Como una O alargada, o doble. (Mirar arriba ejemplo de Zibo.)

OU: OU.

U: Normalmente se pronuncia como una U grave y alargada. Excepciones: cuando la sílaba acaba en N como en Kunan, por ejemplo, se pronuncia como la U normal castellana. Cuando la U va después de J, Q, X o Y, se pronuncia como la U en el francés «tu». Yuet se pronunciaría con esta última U.

UI: GÜEY.

GLOSARIO

Águila: signo del zodiaco de Syai para aquellos nacidos en el mes de Sinan. Signo cardinal, Aire Macho.

Ama-bai la Gran Maestra: en vida, fue una mujer sabia que consiguió al principio la primera inmortalidad y después el estatus de deidad menor en Cahan. Se le ofrecen muchas plegarias para pedir sabiduría e iluminación.

Antian: Primera Princesa, hija del Emperador del Marfil y de la Emperatriz, heredera de Syai, primera *jin-shei-bao* de Tai; murió en el terremoto del Palacio de Verano.

Aric: capitán de la guardia imperial, padre de Qiaan.

Atu: la Edad Intermedia —después de la muerte / antes del nacimiento— en la existencia del espíritu.

Baio: hijo de Tai.

***baixin*:** veneno de rápida actuación con sabor a jengibre.

***-ban*:** sufijo afectuoso que suelen aplicar las madres a sus hijos. Por ejemplo: Tai-*ban*.

***-baya*:** diminutivo de «abuela», equivalente a «yaya».

Búfalo: signo del zodiaco de Syai para aquellos nacidos en el mes de Taian. Signo cardinal, Tierra Hembra.

Cahan: Paraíso.

Cai: concubina imperial, madre de Liudan (con el Emperador del Marfil) y de Qiaan (con el capitán Aric de la guardia imperial).

Camino del Cha (el Camino): «*Cha* es el sendero del espíritu, la energía y el poder. *Cha* es parte de todo y de cada criatura del mundo. Puro *cha* es de lo que está hecho el más alto Cielo, un lugar perfecto donde lo masculino y lo femenino, el *chao* y el *cha'ia*, se encuentran y funden en perfecto equilibrio, donde el que busca se pierde a sí mismo, pero se convierte en el mundo entero».

camino fantasma: un camino más allá del mundo físico que atraviesa el espacio y el tiempo y conduce a todas partes y a ninguna. Es peligroso para los no iniciados pero usado por expertos para viajar rápidamente de un sitio a otro.

Cerdo: signo del zodiaco de Syai para aquellos nacidos en el mes de Tannuan. Signo menor, Tierra Macho.

Chanain: primer mes del verano.

***chayan*:** el nombre nómada para la gente de Syai.

Cheleh: el cronista de la corte, padre de Khailin.

Chuntan: segundo mes de otoño.

Cielo Primitivo de Cahan, el Paraíso de los Espíritus: el hogar de las deidades menores del gran panteón, no los grandes señores y los más grandes poderes, sino las deidades que tuvieron su origen en Cahan y nunca fueron mortales.

Cisne: signo del zodiaco de Syai para aquellos nacidos en el mes de Chanain. Signo cardinal, Agua Hembra.

Colibrí: signo del zodiaco de Syai para aquellos nacidos en el mes de Siantain. Signo cardinal, Aire Hembra.

Consejo imperial: cuerpo gubernamental de doble grada que aconseja a los emperadores de Syai. En el nivel secular, lo integran el canciller y un número de consejeros con funciones específicas; y en el nivel del consejo religioso y espiritual, los Nueve Sabios de Syai, nueve filósofos y eruditos del Camino.

Corte de Otoño: el acontecimiento más formal del Año Imperial, a partir del cual se consideran los reinados —cuando se corona al Emperador de Syai, su reinado comienza oficialmente el primer día de la primera Corte de Otoño siguiente a su coronación—. Consiste en una semana de audiencias (privadas y públicas), juicios abiertos del Emperador en determinados casos que los súbditos lleven ante el trono en esta época y espléndidos espectáculos. Es prácticamente obligatoria en esta ocasión renovar la vestimenta de corte.

Cuarto Círculo: la parte interior del Gran Templo donde residen los Tres

Seres Puros, los Señores de los Tres Cielos de Cahan: Shan-sei, el Señor de Shan (el Cielo del Puro Espíritu), I'Chi-sei, el Señor de I'Chi (el Cielo de la Pura Energía) y Taiku-sei, el Señor de Taikua (el Cielo de la Pura Vitalidad).

Dioses menores, los Espíritus de la Lluvia, el Trueno, el Viento y el Fuego: los Espíritus de los elementos a menudo son invocados por la gente del campo respecto a los caprichos del tiempo o las catástrofes naturales; sus capillas están alojadas en el Segundo Círculo del Gran Templo.

Dragón: signo del zodiaco de Syai para aquellos nacidos en el mes de Kunan. Signo cardinal, Fuego Hembra.

Eleo: el secuestrador de Tammary.

Emperador del Marfil: el Emperador que muere en el terremoto, padre de Liudan, Antian y Tammary.

Emperatriz del Dragón: título que tomó Liudan cuando subió al trono de Syai.

Emperatriz Heredera: título de la hija mayor del Emperador, normalmente reservado al período entre la muerte del Emperador y la subida al trono de su heredero (antes de su coronación).

Energía *cha'ia*: la forma femenina de la energía de Cha, o el Camino, que es la fuente de todas las cosas.

Energía *chao*: lo masculino de la energía de Cha, o el Camino, que es la fuente de todas las cosas.

Fiesta de Todas las Almas: celebrada el último día de Chuntan (el último día de otoño). Una fiesta dedicada a la muerte y la renovación durante la cual el Emperador hace sacrificios en la Torre del Señor del Cielo en el santuario más recóndito del Gran Templo.

***ganshu*:** método de adivinación que se basa en preceptos asociados con el Camino y con la astrología de Syai.

Gran Templo: el Templo principal en la capital imperial de Syai.

Gremio de los mendigos: una organización jerárquica muy bien estructurada a la que pertenecen los mendigos profesionales. Hay una en cada ciudad y sus miembros entregan sus ganancias a la organización a cambio de su mediación en conflictos. Estructuran con sus propias leyes la mendicidad (incluyendo la de los obligados obsequios a las delegaciones de mendigos que se envían para recogerlos en las casas cuando hay en ellas celebraciones especiales) y ofrecen otros servicios. Los mendigos que llegan a la ciudad desde otros lugares para continuar esta profesión deben inscribirse ante el dirigente del gremio para que les dé licencia para pedir en la ciudad y les conceda un territorio.

Guardia imperial: elite, fuerza altamente entrenada para la lucha, que es la guardia y el ejército personal preferido del Emperador.

***hacha-ashu*:** el alfabeto «masculino», la herramienta común de escritura del lenguaje hablado de Syai (las mujeres en su mayoría desconocen este alfabeto, salvo algunas excepciones).

Han-fei: el Tonto Santo, un personaje usado en las enseñanzas como ejemplo y manera de explicar las complejidades de los dioses y su Camino hacia la gente.

Hermano número uno: título por el cual se conoce al dirigente del gremio de los mendigos.

Hsih-to, el Mensajero de los Dioses: una deidad del Último Cielo, un espíritu menor no mortal que a menudo se representa alado o llevando un atuendo con alas; frecuentemente apelado por los fieles para que lleve sus plegarias y sus súplicas a los dioses más importantes y espíritus, pero también, según la sabiduría del Camino, el espíritu utilizado en Cahan como el propio mensajero de los dioses entre sí y con sus fieles en la Tierra.

Jessenia: mujer nómada, hermana de Jokhara, tía de Tammary.

JeuJeu: una guardia imperial, que se encargó una vez de los reclutas de la guardia.

***jin-ashu*:** el alfabeto «femenino» o la «lengua de las mujeres». Un lenguaje secreto pasado de madres a hijas durante generaciones, un conocimiento cifrado restringido sólo a las mujeres y prohibido a los hombres. Es un lenguaje escrito que no tiene homólogo hablado: es la lengua común, tal y como se hablaba en Syai, pero simplemente traducida a una escritura secreta. Hay toda una literatura de gran riqueza en estos caracteres que ningún hombre podrá nunca leer.

***jin-shei*:** un compromiso de hermandad entre mujeres amigas que no están unidas por la sangre. Las hermanas prometidas con este voto están mucho más cerca una de la otra que de sus hermanas de sangre, y *jin-shei* era un compromiso de por vida, vinculante y sagrado.

Si una hermana pedía algo a otra en nombre de la hermandad, la petición tenía que cumplirse a toda costa.

Jokhara: la madre de Tammary, una mujer nómada.

***kala*:** edad, en el sentido, por ejemplo de: *Liu-kala*, la edad de Liu.

Kannaian: segundo mes de verano.

Khailin: una de las hermanas del *jin-shei*, hija de Cheleh, cronista de la corte, casada durante un tiempo con Lihui, el alquimista.

Kito: marido de Tai, hijo del tallador de cuentas So-Xan.

Kunan: primer mes de otoño.

La lengua de las mujeres: la versión escrita de la lengua común de Syai, pasado de madres a hijas, un alfabeto secreto conocido sólo por mujeres (ver *jin-ashu*).

***-lama*:** tratamiento respetuoso, como «maestro», usado hacia un superior o a una persona de mayor rango o por un aprendiz hacia su maestro artesano.

Lan: la Segunda Edad, pérdida de los dientes de leche.

León: signo del zodiaco de Syai para aquellos nacidos en el mes de Kannaian. Signo cardinal, Fuego Macho.

Li: madre de Nhia.

Lihui: el Noveno Sabio de Syai, el Sabio del Consejo imperial de más alto rango y también el más joven de todos ellos. Resultó ser un hechicero inmortal de gran poder maligno.

Linh-an: capital de Syai.

Liu: La Primera Edad, nacimiento, primeros pasos.

Liudan: la hija legítima más joven del Emperador del Marfil y de la concubina Cai; heredará el trono de Syai y gobernará como la Emperatriz del Dragón.

***liu-kala*:** La Primera Edad, a menudo aplicada a una era, no a personas.

Los Tres Seres Puros, los Señores de los Tres Cielos de Cahan: el Shan, el I'Chi y el Taikua, los reinos del Puro Espíritu, la Pura Energía y la Pura Vitalidad: los altos Señores de los Tres Cielos de Cahan, el Señor del Espíritu (que se traduce en la mente / alma de los seres humanos), el de la Energía (corazón / sangre), y la Vitalidad (órganos reproductores / sexuales).

Lucio: signo del zodiaco de Syai para aquellos nacidos en el mes de Chuntan. Signo cardinal, Agua Macho.

Madera de la edad: calendario de Syai. Durante el reinado de cada Emperador se producen cuentas específicas que son ensartadas en marcos especiales de madera con una base diaria. Las cuentas señalan ocasiones especiales (mayoría de edad, matrimonio, etc.).

***-mai*:** término usado para calificar a un inferior, como por ejemplo, un maestro a su aprendiz.

Maxao: una vez fue Sabio imperial pero traicionado y cegado por su estudiante y aprendiz Lihui y dado por muerto. Asumió la posición del hermano número uno en el gremio de los mendigos de Linh-an, lo que indujo a Nhia a apodarle «el Rey de los mendigos» cuando se conocieron por primera vez. Un mago poderoso.

Nhia: hija tullida de Li la lavandera, que llegó a convertirse en canciller de Syai, célebre por su sabiduría y empatía.

nómadas: gente itinerante de Syai, normalmente de cabello rubio. Hacen ferias ambulantes y suelen vivir siempre de viaje en sus caravanas. Aunque hay nómadas asentados en el norte, donde tuvieron su origen.

Nueve Sabios: el nivel espiritual del Consejo imperial.

Oylian: ver *Segunda Princesa Oylian*.

Pau: la Sexta Edad, la Última Edad, la edad de la viudedad / vejez / muerte.

Pequeña Emperatriz: cariñoso título por el que se conoce a menudo a la Primera Princesa, la heredera al trono.

Primer Círculo: el círculo comercial del Gran Templo, donde se pueden comprar las ofrendas, obtener lecturas de *ganshu* y las cuentas de la madera de la edad son talladas y vendidas.

Primera Princesa: título dado a la hija mayor del Emperador, la heredera del trono.

Qai: la Cuarta Edad, la plena madurez, cuando se tiene una familia propia.

Qiaan: hija de Aric, capitán de la guardia y de Cai, concubina imperial; más tarde utilizada por Lihui como títere en su intento de hacerse con el poder.

Qiu-Lin: esposa y Emperatriz del Emperador de la Nube, uno de los antiguos emperadores de Syai. También fue una poetisa de renombre en su época.

Rey de los mendigos: ver *Maxao*.

Rimshi: madre de Tai.

Rochanaa: esposa sin hijos del capitán Aric de la guardia, madre adoptiva de Qiaan.

Ryu: Quinta Edad, la edad de los nietos.

Sabios Santos: hombres doctos y sabios muy venerados en vida que han conseguido la inmortalidad siendo colocados en el Segundo Círculo del Gran Templo como Espíritus guía.

***sai'an*:** tratamiento de «señora».

Segunda Princesa Oylian: hermana menor de Antian y mayor de Liudan. Perece en el terremoto del Palacio de Verano.

Segundo Círculo: el Círculo del Gran Templo dedicado a las deidades y espíritus del Último Cielo.

***sei*:** tratamiento de «señor».

Señor del Cielo: la deidad más alta y poderosa de Cahan, nunca nombrada.

Señores de los Cuatro Cuartos: Kun Señor del Norte, Sin Señor del Este T'ain Señora del Oeste y K'ain Señora del Sur: deidades del Cielo Inferior, pero por estar asociados con los cuatro cuartos y de este modo con asuntos astrológicos, estos cuatro dioses se consideraban responsables de los destinos humanos y son invocados por los lectores de *ganshu* y los astrólogos de Syai para las previsiones y la adivinación.

Siantain: primer mes de primavera.

Sinan: segundo mes de invierno.

***so ji*:** obsequio de jade tallado concebido para la pedida en matrimonio. «Como mi amado o amada desee», es lo que significaban originariamente esas palabras.

So-Xan: tallador de cuentas de maderas de la edad en el Gran Templo, padre de Kito, suegro de Tai.

Syai: el Reino Medio, el Imperio donde *jin-shei* tiene lugar.

Szewan: curandera de la corte imperial de Syai, anteriormente una nómada llamada Sevanna.

Tai: hija de Rimshi, fundadora junto a Antian del círculo *jin-shei* de esta historia. Es el personaje clave del círculo, la que tiene la vida estable y normal en la que las demás descansan.

Taian: segundo mes de primavera.

Tammary: hija de la mujer nómada Jokhara engendrada por el Emperador del Marfil. Medio nómada, medio *chayan*.

Tannuan: primer mes de invierno.

Tercer Círculo: Círculo del Gran Templo dedicado a las deidades menores del Cielo Primitivo.

Tercer Príncipe Zhu: pretendiente de Khailin que posteriormente se casa con otra mujer.

Tercera Princesa: título de la tercera hija del Emperador, portado por Liudan antes de heredar el trono.

Tierra Hembra: uno de los puntos cardinales de la astrología de Syai.

Tsu-ho, el Espíritu de la Cocina de la Abundancia: una de las deidades de los Cielos Inferiores.

Último Cielo de las Deidades y Espíritus: según las enseñanzas del Camino, la parte de Cahan donde tienen su hogar las deidades menores, los espíritus de aquellos que fueron una vez mortales, pero consiguieron la inmortalidad en Cahan a través de sus acciones o atributos mientras vivían. Por ejemplo, los Sabios Santos, los emperadores del pasado, deidades menores como Ama-bai y Yu.

Xaforn: la más joven guardia imperial, una de la hermandad del *jin-shei*.

Xanshi: hija de Tai.

Xat: la Tercera Edad, la mayoría de edad.

Xat-Wau: la ceremonia de la mayoría de edad.

Xinxan, el de los Encuentros: un diosecillo feo adorado en el Segundo Círculo del Gran Templo.

Xsixu: la secreta identidad de Lihui como maestro de Nhia.

Yan: hermana menor de Khailin.

***yang-cha*:** la «alquimia externa». Tiene más que ver con la comprensión del aquí y el ahora que el mas allá o la trascendencia. La ciencia empírica.

Yehonaia, Emperatriz: madre de Antian, esposa del Emperador del Marfil.

Yovann: hija de Tammary, en última instancia heredera al trono de Syai (su nombre nómada es Jovanna).

Yu, el general de los Ejércitos Celestiales: deidad marcial que tiene que ver con la guerra y el conflicto.

Yuet: curandera, aprendiz de Szewan, más tarde curandera imperial. Una de las hermanas del *jin-shei*.

Yulinh: madre de Khailin.

Zhan: amante de Tammary y marido, padre de su hija Yovann.
***zhao-cha*:** la «alquimia interna», trata los reinos etéreos que podrían solos ser alcanzados por lo incorpóreo, lo espiritual.
Zibo: el antiguo canciller de Syai.

AGRADECIMIENTOS

Supongo que podría retroceder un largo camino para seguir la pista de los agradecimientos que debo para este libro. Los editores que trabajaron conmigo en el manuscrito: Renee Sedliar en los Estados Unidos y Susan Watt en Reino Unido fueron absolutamente maravillosas y me dejó abrumada el auténtico entusiasmo que generó este libro en la gente que estaba encargada de preparar su publicación. Pero ellos probablemente nunca lo habrían visto si mi extraordinaria agente, Jill Grinberg, no se hubiera enamorado de él a primera vista. Y ella probablemente nunca lo hubiera visto de no ser por el consejo de otro invalorable agente, Anthea Morton Saner, quien, para mi sorpresa, todavía recordaba mi nombre después de casi una década de silencio tras nuestro primer contacto. Y Anthea nunca habría oído hablar de mí si no fuera porque aprendí su nombre a través de la lectura de uno de mis autores favoritos, Guy Gavriel Kay, quien continúa inspirándome cada vez que tomo una de sus obras... y así podría seguir. Ningún libro ha nacido nunca aislado y éste no es una excepción, y los nombres de la gente que lo alimentaron con fe, pasión e inspiración harían una lista casi tan larga como el libro en sí mismo. A todos los nombrados en este párrafo y a muchos, muchos más, mis gracias.

Particularmente quería agradecer a algunas personas especiales que no tienen nada que ver con el proceso de la publicación, pero todo con la forma en la que maduró el libro. A los lectores «beta» que fueron los primeros en encontrar esta historia mientras le daba forma, Mark y Sharyn en Australia, los Monday Nighters en Florida, y especialmente a Toni por hacer una única y significativa pregunta. A Carol Schmidt, cuya ayuda fue decisiva al suministrarme los bloques constructivos de mi historia haciéndome conocer el *nushu*, el lenguaje de las mujeres de China. Y, siempre, a mi marido, Deck, mi editor de primera línea y un hombre con una comprensión inigualable sobre el que todo el sistema se sostiene, sin el cual todo habría sido mucho más difícil.

ALMA ALEXANDER
Marzo de 2003